W0410901

FOLIO SCIENCE-FICTION

Loïc Henry

Loar

Gallimard

© *Griffe d'encre, 2011.*

Loïc Henry est né en 1971, d'un père cornouaillais et d'une mère léonarde. Bercé par l'océan pendant son enfance et son adolescence, il a quitté la Bretagne pour poursuivre ses études à Lille, en Angleterre puis à Paris. Il a ensuite travaillé deux ans au cœur d'un Hong Kong encore britannique, avant de revenir en France en 1997. *Loar*, paru aux Éditions Griffe d'encre, est son premier roman.

À ma mère et mon père.

À Alexandrine, Aziliz, Aelaïg et Izoenn.
« Pour réaliser ses rêves, il faut d'abord rêver. »

À tous ceux qui m'ont aidé ou encouragé.

À Philippe Ébly et Frank Herbert.

À la question de rhétorique: « Lors d'un conflit, préféreriez-vous vous passer des spols ou des Latars ? », je réponds que cela revient à demander si l'on préfère se passer d'une arme à projectiles ou de ses munitions.

Extrait du journal intime d'Emrodes, souverain de Loar.

Loar, palais d'Aven, six jours standard avant l'expiration de l'ultimatum.

Chuluun, le Latar qui commandait les armées de Loar depuis maintenant plus de quinze ans, cachait mal son impatience. Ses yeux en amande, noirs et profonds, fixaient la porte en chêne que franchirait d'ici peu Bleiz, le spol du royaume. Son visage, entouré de longues mèches brunes qui assombrissaient encore un peu plus son regard, paraissait pourtant serein.

Son expérience et sa fidélité me seront des plus précieuses dans cette crise, pensa soudain Emrodes. *Chuluun et Bleiz… Mes deux soutiens les plus cruciaux dans cette lutte pour la survie du royaume, un mercenaire étranger et un spol, quelle ironie ! Mais la situation est similaire pour les autres royaumes : eux aussi dépendent des Latars et des spols…*

Assise à ses côtés, Aour, la première maître d'armes de Loar, parcourait distraitement les derniers rapports sur les déplacements de troupes de Melen. Aucun lien n'entravait sa chevelure ambrée, qui encadrait un visage ciselé avant de retomber en pluie sur ses épaules.

Bleiz apparut soudain dans l'embrasure de la porte de la salle du conseil. Il les salua d'un bref hochement de tête, puis s'affala dans le fauteuil situé en face de Chuluun. Le spol avait négligé de se couvrir, malgré les rigueurs de l'hiver d'Aven, la capitale de Loar. En dépit de sa frêle constitution et de la pâleur de ses lèvres, Emrodes savait que le spol ne souffrait pas de l'agression du froid.

Bleiz semblait se trouver ailleurs, tel un adolescent égaré dans un rêve intérieur.

« La situation t'amuse, n'est-ce pas ? cracha Chuluun en fusillant le spol du regard.

— Oui, elle brise quelque peu la routine... »

Élégante façon de définir la plus grave crise depuis la guerre des royaumes, songea Emrodes.

« Les rapports de force ont évolué depuis ce matin, observa Aour.

— Les planètes Mein et Cloch se sont rangées aux côtés de Melen, poursuivit Bleiz.

— Comment le sais... ? commença Aour.

— Leur spol ne pouvait que leur conseiller cette solution, l'interrompit Bleiz. Et cela signifie que l'influence d'Asbjorn s'étend dorénavant depuis son royaume de Melen jusqu'à la frontière de la zone inféodée à Kreis, la planète sainte.

— Comment réagissent les prêtres de Kreis ? demanda Emrodes.

— Ils persistent à s'abriter derrière leur supposée neutralité, répondit Aour, comme si les conquêtes territoriales et les intrigues politiques ne les concernaient pas. Asbjorn les ménage : une crise religieuse dans son royaume compliquerait ses plans. Du moins pour l'instant... »

Ils espèrent aussi que leur soutien à Melen les protégera, songea Emrodes.

« L'ultimatum que nous avons reçu hier ne nous laisse que peu de liberté. Nous soumettre ou périr... Leur nouvelle arme semble imparable et Loar serait anéantie sans que nous puissions réagir.

— En cas de refus global, Asbjorn ne pourrait détruire toutes les planètes de la région, objecta Aour.

— Mais Loar servirait sans doute d'exemple, répliqua Emrodes. Le régent conserve toujours en mémoire le douloureux souvenir de ses défaites. Il pense peut-être que la destruction d'Aven le délivrera de ses vieux fantômes. Les autres royaumes n'ont pas encore réagi, j'imagine ?

— Ils attendent notre impulsion, admit Aour... comme au temps de ton père. »

La menace n'était pas si mortelle alors, pensa Emrodes. *Nous aurions dû en finir à cette époque, au lieu de nous contenter d'une trêve qui ne représentait qu'un simple sursis. Leurs richesses naturelles leur ont permis de se relever plus rapidement que nous et, aujourd'hui, ils savourent leur revanche.*

« Nos chances de succès en cas d'attaque surprise sur Melen ?

— Faibles, répondit Chuluun. Il faudrait transiter par des royaumes alliés à Asbjorn, et nous serions de toute façon exposés à leur nouvelle arme lors de leur riposte.

— Pensez-vous que nous puissions rallumer les querelles internes au sein des alliés de Melen ? » s'enquit Emrodes.

Le spol secoua la tête :

« Leur opulence les aveuglait par le passé, mais Asbjorn a réussi à les vassaliser.

— Par la force, la traîtrise, l'assassinat, le complot et la menace de leur nouvelle arme ! explosa Aour.

— Oui, fit Bleiz. Et alors ? »

Il est vrai que la vertu et le pouvoir ne possèdent que peu de traits en commun, pensa Emrodes.

Il se leva de son fauteuil pour marcher jusqu'à la baie vitrée qui surplombait la rivière. Elle serpentait entre les rues d'Aven tandis que le crépuscule colorait les bâtiments de ses teintes orangées. La lune de Loar, célèbre dans tous les royaumes pour sa clarté et ses dimensions, se jouait de l'onde, reflets d'or dans l'eau vive.

Une telle crise alors qu'il ne règne que depuis quelques mois, songea Aour. *Lourde responsabilité pour un jeune homme de vingt-deux ans, même s'il est formé au pouvoir depuis son enfance ! Je le préférais dans le rôle de l'amant maladroit que j'initiais au plaisir de la chair… Mais il est mon souverain, dorénavant*, se reprit-elle*; je lui dois la même fidélité qu'à son défunt père.*

« Beaucoup d'éléments restent toujours en suspens, intervint Bleiz. La véritable puissance de l'armement ennemi nous est inconnue.

— Puis-je me permettre de te rappeler que Beltz est réduite en cendres ? ironisa Chuluun.

— Personne ne tente de nier l'efficacité et la précision de leur arme. Mais nous ne savons rien de ses contraintes : ni sur sa fréquence de tir, ni sur ses besoins en énergie… Le sous-sol de Melen regorge de richesses pétrolières, mais leur capacité de production connaît des limites. »

Le spol marqua une pause.

« Et n'oublions pas les problèmes d'Asbjorn sur Melen, poursuivit-il.

— Quels problèmes ? demanda Aour.

— Ils attendent un nouveau commandant en chef de Latar. »

Chuluun bondit de son fauteuil :

« Comment sais-tu cela ? Les tractations entre Latar et les différents royaumes sont secrètes !

— Je suis un spol, murmura Bleiz. Je ne le sais pas, je le déduis : trop d'indices pointent dans la même direction. En outre, je doute que leur spol demeure longtemps à leurs côtés ; il leur faudra attendre quelques jours avant l'arrivée du nouveau. »

Ne jamais sous-estimer un spol, avait appris Emrodes. *En dépit de sa jeunesse et de son manque d'expérience, son analyse sera toujours précise.*

Bleiz se leva brusquement, et se dirigea vers la porte :

« Mes services ne vous sont plus utiles pour le moment. Et surtout, la nuit nous promet de somptueux horizons : lorsque le soleil se sera assoupi, l'astre blond croisera le temple de l'île noire, au milieu de la baie d'Aven. »

Après qu'il eut franchi le seuil de la salle du conseil, Chuluun ne put réprimer une grimace de dédain :

« Obligé de supporter cette racaille », murmura-t-il.

Emrodes se rappela les paroles de son père : « Ta confiance envers les Latars, redoutables et fidèles, peut être totale, comme envers les spols, libres mais sincères. Les Latars haïssent les spols, ils les considèrent comme des sous-hommes, mais ils reconnaissent malgré tout leur utilité. »

« Quelle est ton opinion, Chuluun ?

— Le spol a raison, bien entendu. »

Il évite si soigneusement de l'appeler par son nom.

« … L'attente demeure, pour l'instant, la meilleure des attitudes, reprit Chuluun. Mais je ne te cacherai pas que, d'un point de vue militaire, la situation actuelle nous laisse peu de chances. »

Emrodes se sentit transporté douze ans en arrière lorsque son père tenait ses conseils de guerre quotidiens dans cette même salle. Il se rappela les ambassadeurs menaçants, les réunions interminables, les conseils avisés du spol de l'époque, la redoutable efficacité de Chuluun, les décisions tranchantes de son père, les peurs inavouées, les blessés agonisants qui revenaient du front, le goût sur des défaites et la joie teintée d'amertume de la victoire finale.

D'autres bulles de souvenirs refirent soudain surface. Il revit ses entraînements adolescents en compagnie des meilleurs maîtres d'armes, ces heures passées à répéter, tel un danseur minutieux, le geste parfait, celui qui bloquerait le couteau de l'adversaire ou qui permettrait de le déséquilibrer. Son habileté au combat à l'arme blanche le plaçait au niveau des meilleurs Latars : il avait même surpassé Chuluun depuis plusieurs années.

Et mon père m'avait imposé Gi : le spécialiste Latar du combat au couteau, le seul adversaire que je n'ai jamais pu déborder à l'entraînement.

À l'âge de seize ans, Emrodes passait ses nuits à concevoir des parades et des feintes nouvelles, destinées à vaincre Gi ; pourtant, le lendemain matin, le Latar esquivait ses enchaînements. Un jour, Gi l'avait amené sur une plage déserte fouettée par les vents de noroît. Emrodes avait tout d'abord cru qu'il s'agissait d'un nouvel exercice, mais le Latar lui avait présenté son couteau en le tenant par la lame.

« Prends ce couteau. Mon départ est prévu pour ce soir, car je n'ai plus rien à t'enseigner », avait-il dit.

Et un pan de ma vie s'est tout d'un coup écroulé : le crissement des pas de Gi sur le sable froid, le reflet du soleil sur nos lames et les danses d'approche guerrières se sont soudain évanouis.

Chuluun comprit que le silence du souverain signifiait la fin de la réunion. Il salua et quitta la pièce, en direction de la salle d'entraînement. Aour se rapprocha du jeune homme, et lui caressa les cheveux avec tendresse. Les yeux d'Emrodes, entourés de longs cils sombres et soyeux qui en soulignaient l'éclat, continuaient à la fasciner après toutes ces années. Leur teinte lui paraissait si proche de la malachite, la pierre semi-précieuse de l'île polaire de Glas.

La pierre des rituels funèbres, songea-t-elle. *Un bien étrange présage pour un royaume menacé d'extinction.*

Geot : plante herbacée de couleur jaune, endémique aux steppes septentrionales de Melen. Elle est parfois consommée sous forme de tisane aux propriétés apaisantes.

Faune et flore de Melen.

Melen, palais de Lur, cinq jours standard avant l'expiration de l'ultimatum.

Heikki décida de traverser les jardins royaux pour rejoindre les appartements d'Asbjorn. Il imaginait sans peine la colère de son père à l'annonce du rappel du commandant en chef Latar de ses armées.

Quelques gardes doivent trembler devant la rage de l'auguste Asbjorn, songea-t-il.

Il dédaigna l'allée principale qui remontait vers les écuries pour s'engager sur un petit sentier qui pénétrait au cœur de la forêt du domaine. Il connaissait par cœur chaque arbre, chaque talus, pour y avoir joué des heures avec Ince, son frère cadet, pendant leur enfance. Ils y avaient bâti ensemble de misérables cabanes, qui leur paraissaient alors aussi luxueuses que le palais royal.

Nous n'étions pas encore concurrents, pensa-t-il avec amertume. *Nous nous complétions au lieu de nous combattre.*

Il pressa le pas ; chaque minute de retard attiserait un peu plus la colère de son père. Il contourna l'étang sur lequel se prélassaient quelques sarcelles puis obliqua vers la clairière de Gweiz. Il la traversa sans accorder un regard au chêne séculaire qui trônait à son extrémité, emblème du pouvoir qui ornait depuis des temps immémoriaux les armoiries de Melen.

Chêne noir sur fond jaune. Jaune comme la geot qui recouvre nos steppes glacées.

La fascination qu'exerçaient sur l'héritier du trône les terres inhospitalières du nord de la planète intriguait son entourage. Heikki ne se reconnaissait pas dans le tumulte de Lur, la capitale de Melen. La beauté urbaine de la cité ainsi que la richesse de son architecture le laissaient froid : ni les lieux de culte décorés de statues d'argent, ni les arcs de triomphe érigés en souvenir des victoires passées, ni la vieille ville au charme suranné ne trouvaient grâce à ses yeux. Il n'affectionnait pas ces balades en compagnie des jeunes aristocrates du royaume au cours desquelles des sommes considérables étaient dilapidées pour se procurer le bijou le plus scintillant, l'étoffe la plus douce ou le parfum le plus rare.

Il préférait s'éclipser seul, pour sillonner les steppes, parfois pendant des semaines entières. La teinte unique de la geot, les hurlements nocturnes des animaux sauvages, le froid pinçant des hivers septentrionaux représentaient à ses yeux la source de vie de la planète. Il ressentait le besoin de cette communion, tel un bain de jouvence avant de retrouver les intrigues du palais. Le silence chargé d'incompréhension qui l'attendait à chacun de ses retours lui importait peu. Seul Asbjorn comprenait ses motivations et personne, pas même Ince, n'osait railler une attitude que le régent approuvait tacitement.

Il approchait maintenant de l'entrée ouest du palais et, à mesure qu'il progressait, il percevait plus nettement les éclats de voix de son père. Il pénétra enfin dans le vestibule et gagna en hâte la bibliothèque. Asbjorn s'interrompit en l'apercevant :

« Mon fils aîné, le futur régent, daigne nous gratifier de sa présence…

— Je te prie de m'excuser pour mon retard, Père », répondit Heikki, faussement humble.

Le capitaine des gardes ose à peine respirer, de peur de contrarier encore un peu plus mon irascible père, songea-t-il avec amusement.

Ince semblait à son aise, un masque de courroux teinté de compréhension sur son visage adolescent. La lourdeur de sa démarche, la lenteur calculée de ses gestes et son rire enfantin trompaient les interlocuteurs qui avaient omis de remarquer l'acuité de ses yeux perçants.

Il a dû passer son après-midi à abonder dans le sens de mon père, pensa Heikki. *Si jeune et déjà un tel sens politique : un véritable caméléon du pouvoir…*

Au moment où Asbjorn reprenait sa respiration entre deux diatribes enflammées, Heikki demanda :

« Quand notre nouveau commandant en chef arrivera-t-il de Latar, Père ?

— Il ne s'agit pas de ces vautours de Latar pour l'instant ! explosa Asbjorn. Qu'ils aillent au diable avec leurs mercenaires ! »

Le rire clair d'Heikki résonna soudain dans la pièce :

« Quel est alors le motif de ta bruyante colère ? »

Le capitaine des gardes se recroquevilla un peu plus sur lui-même, étonné par l'insolence tranquille d'Heikki. Asbjorn se tourna lentement vers son fils aîné et murmura :

« Commentaire maladroit, mais qui a le mérite de la franchise. Notre spol nous a quittés cette nuit, pour regagner “les sentiers de la liberté”, selon leur expression consacrée. Notre ultimatum n’a que peu de valeur si les décisions futures doivent être reportées en attendant le nouveau spol.

— Peut-être pourrions-nous nous passer de ses conseils pendant un moment », suggéra Ince.

À peine sa phrase terminée, Ince se pinça la lèvre inférieure. Asbjorn s’apprêtait à répondre lorsqu’un garde se présenta à l’entrée de la bibliothèque, un message codé à la main :

« Le centre de décryptage vient de traduire le message d’Evzek, le grand prêtre de Kreis. »

Asbjorn prit le document et le lança en direction du capitaine des gardes :

« Nous t’écoutons, Niets. »

Le garde s’est retiré, remarqua Heikki. *Efficace, ce qui est courant. Discret, ce qui l’est moins.*

« “D’Evzek, grand prêtre de la Sainte planète de Kreis, à Asbjorn, régent de Melen”, commença Niets. “Mon ami”...

— Quel honneur, ironisa Heikki.

— “Je ne peux que me féliciter des excellentes relations que nous entretenons avec vous depuis le début de votre règne”, poursuivit le capitaine des gardes. “Vous avez contribué à l’expansion de la Sainte Religion au sein de votre royaume et le clergé de Melen vous tient en très haute estime.”

— Si leur estime est proportionnelle à l’argent que je leur distribue, elle doit en effet atteindre des sommets, l’interrompit Asbjorn.

— “La situation semble se détériorer entre Melen et ses alliés d’une part, et les royaumes du Ponant, tels que Loar et Bihan d’autre part. Ces tensions ont toujours jalonné l’histoire des royaumes et si, par malheur, un conflit devait éclater, Kreis conserverait une position neutre. Bien que la politique ne soit pas de notre ressort, je souhaiterais que vous examiniez ces deux requêtes liées au domaine spirituel."

— Nous y voilà, murmura le régent.

— "Beaucoup tiennent pour probable l'expansion de la zone d'influence de Melen, en particulier sur son flanc occidental. Sur certaines des planètes concernées, la Sainte Religion est en régression, parfois au profit de cultes impies. Je me permets d'espérer qu'une extension de votre autorité s'accompagnerait d'un renouveau religieux."

— Il sait que nous n'avons guère le choix, cracha Asbjorn. Poursuis, Niets, je te prie.

— "En outre, un point précis inquiète certains prêtres de notre conseil. Plusieurs planètes situées à proximité des centres d'études de Kreis vous ont récemment prêté allégeance. Je ne doute pas que les planètes avec lesquelles Kreis entretient des liens historiques représentent à vos yeux des sanctuaires. Pourtant, les prêtres les plus jeunes sont soucieux, peut-être parce qu'ils étudiaient il y a peu sur ces planètes, sans doute aussi parce qu'ils n'ont pas encore conscience des liens d'amitié qui lient Melen à notre planète sainte. Une confirmation de vos bonnes intentions dissiperait leurs inquiétudes."

— La soumission de Mein et Cloch les rend nerveux, remarqua Ince.

— Ces deux planètes n'abritaient aucun centre d'études religieuses, ils ne peuvent donc émettre aucune protestation officielle, précisa Asbjorn. J'ai hâte de connaître la conclusion de cette lettre qui se définit comme neutre et non politique, railla-t-il.

— "Je suis convaincu que nos requêtes rencontreront un écho favorable de votre part : une compréhension mutuelle ainsi qu'une coopération étroite nous sont aussi utiles à l'un qu'à l'autre…"

— Il ose ! explosa Asbjorn. Il ose nous menacer. Qu'il profite bien de ces instants ! Lorsque nous aurons vaincu les royaumes du Ponant, nous en reparlerons… Et ces maudits prêtres se trouveront bien isolés à ce moment-là.

— "Les meilleurs chasseurs sont les plus patients", récita Ince, en reprenant l'une des devises chères à son père.

— C'est juste. Autre chose que les formules de politesse usuelles ? demanda Asbjorn au capitaine des gardes.

— Non.

— Épargne-les-nous alors. Nous avons suffisamment subi l'hypocrisie d'Evzek. »

Niets se recula d'un pas, le regard au loin, fidèle soldat en attente des ordres de son souverain.

« Mes chers fils, m'accompagnerez-vous pour une promenade dans les jardins ? demanda Asbjorn.

— Avec plaisir, Père », répondit Ince.

Heikki se contenta d'acquiescer d'un mouvement de tête.

Le régent se dirigea vers la véranda qui jouxtait la bibliothèque, sans accorder un regard aux plantes rares qui décoraient les murs. Puis il gagna la terrasse, suivi par ses deux fils.

« Prenons la direction des jardins de pierre », murmura Asbjorn.

Les jardins de pierre représentaient la plus exquise collection de sculptures anciennes de l'univers : l'origine de certaines pièces se perdait dans l'Histoire. Les jardins de pierre s'étaient agrandis au cours des siècles, au gré des conquêtes de Melen, et témoignaient de la richesse du royaume.

Asbjorn brisa le silence :

« Avez vous remarqué la nouvelle sculpture dans la partie nord des jardins ? »

Les deux frères reconnurent le ton neutre qu'utilisait leur père lorsqu'il craignait une quelconque surveillance.

« Superbe, en effet, répondit Heikki.

— Son souci du détail place l'artiste parmi les plus grands, renchérit Ince.

— Il est pourtant très jeune, n'est-ce pas, Père ?

— Oui, mais très prometteur. »

Les trois hommes poursuivaient leur chemin en direction du centre des jardins de pierre, qui abritait les œuvres les plus précieuses.

Nous pénétrerons bientôt dans l'ellipse silencieuse, songea Heikki. *Nos conversations ne pourront plus être épiées et nous connaîtrons les secrets qui justifiaient de telles précautions.*

« Son style se rapproche quelque peu de ce sculpteur aveugle du siècle dernier, observa Asbjorn. Comment s'appelait-il déjà ?

— Dall, répondit Ince.

— Oui, c'est cela : Dall. Un authentique génie… »

Ils s'arrêtèrent quelques instants au pied d'une statue de dragon, comme pour en étudier les détails.

Enfin…, pensa Heikki, *en plein milieu de l'ellipse.*

« Que crains-tu donc, Père ?

— Les espions de Kreis ont pénétré les plus hautes sphères du pouvoir, ici même, sur Melen. Il ne reste que peu de personnes en qui je place une entière confiance : vous deux, Niets et quelques autres…

— Notre nouveau Latar ? demanda Ince.

— Aucune inquiétude, bien sûr. Tout comme le prochain spol… lorsqu'il daignera se présenter au palais », siffla Asbjorn.

Il caressa la pierre, comme pour apprécier le travail minutieux de l'artiste.

« Mais vous savez que la relation que nous entretenons avec Kreis est ambiguë. La Sainte Religion nous fournit un excellent prétexte pour nos conquêtes.

— Nos troupes d'élite sont toutes très religieuses, ajouta Heikki.

— Précisément, répondit Asbjorn. Ils se considèrent un peu comme des… missionnaires. Ils perçoivent les conquêtes comme une juste cause, les atrocités comme un mal nécessaire.

— Ce sont des fanatiques, lâcha Ince.

— Oui, mais ils nous sont utiles tant que la menace est militaire.

— Nous devrons nous en débarrasser lorsque nous nous retournerons contre Kreis, remarqua Heikki.

— Bien entendu. La difficulté réside dans le juste équilibre entre l'utilisation de la Sainte Religion et l'intégrité de notre royaume. Nous ne deviendrons pas des pantins aux ordres d'Evzek ! Laissons-le croire que nous ignorons le noyautage de Melen.

— Tu ne penses pas que Kreis constitue une véritable menace, n'est-ce pas, Père ? demanda Ince.

— Non, en effet. Nos ennemis se trouvent ailleurs : les petits royaumes éparpillés à l'occident. Chacun d'entre eux est insignifiant, mais ils ont su conserver cette unité qui les a sauvés… jusqu'à présent.

— L'exemple de Beltz devrait les amener à réfléchir, remarqua Ince. Leur soumission complète n'est qu'une affaire de semaines. Ils ignorent tout de notre nouvelle arme : certains d'entre eux croient même qu'il s'agit d'un missile. »

Espérons qu'ils en ignorent aussi les points faibles, songea Heikki. *Un cinquième de nos réserves d'uranium parti en fumée : tout cela pour une frappe sur une planète petite et proche !*

« J'avoue espérer un début de résistance, murmura Asbjorn. Cela nous permettrait de laver l'affront de notre défaite passée. Je ne serais pas mécontent d'observer la lune de Loar graviter autour d'une planète sans vie.

— Les soumettre serait tout aussi exaltant, répliqua Heikki.

— Peut-être, mon fils. Peut-être… »

Un sourire sans joie se dessina sur les lèvres d'Asbjorn :

« Et les prêtres de Kreis ne posséderont plus aucun levier susceptible de nous gêner. Nous aurons alors le loisir de leur arracher les crocs.

— Puis nous vassaliserons Latar, poursuivit Ince.

— Ils n'auront que peu de solutions. La paix de Melen aura déferlé sur l'univers et plus aucun royaume ne paiera les sommes démesurées qu'ils exigent pour leurs combattants. Nous interdirons l'usage des Latars : ni commandant en chef des armées, ni maître d'armes, ni pilote, ni assassin. Tous ces mercenaires resteront sur Latar au lieu de répandre leur art de la guerre sur l'ensemble des planètes habitées. »

Ince gloussa :

« Il ne nous sera peut-être même pas nécessaire de nous aventurer jusqu'aux confins de la galaxie pour les combattre. Ils tomberont d'eux-mêmes. Ces courageux guerriers, si efficaces et pourtant obsolètes. Très triste, n'est-ce pas ?

— Navrant, approuva Asbjorn. Qu'en penses-tu, Heikki ?

— C'est la partie suivante du plan qui m'inquiète.

— Tu penses aux spols ? Ils deviendront aussi inutiles que les Latars, nous pourrons alors les détruire sous le couvert de la Sainte Religion. Personne ne les pleurera.

— Ne crains-tu pas que l'un d'eux évente notre projet, que notre prochain spol utilise cette prodigieuse capacité d'analyse contre nous ? demanda Heikki.

— Tu oublies que les spols sont solitaires, répondit le régent. Ils errent entre villes et campagnes, indifférents aux hommes et aux femmes qu'ils croisent, y compris leurs congénères. Ils ne possèdent ni solidarité ni organisation. Leurs qualités individuelles sont remarquables, mais leur égoïsme les rend inoffensifs en tant que groupe. »

Personne ne connaît vraiment les spols, songea Heikki. *Et tu n'es pas différent, Père…*

Les nombres gouvernent le monde.

Devise gravée sur le fronton du centre de recherches d'Aven, la capitale de Loar, attribuée à un mathématicien de l'époque préspatiale nommé Pythagore.

Loar, palais d'Aven, quatre jours standard avant l'expiration de l'ultimatum.

Emrodes tendit le bras pour avancer son pion noir d'une case sur le plateau octogonal en bois de hêtre qui le séparait de Kai ; ses parties de gwezboell avec son ami d'enfance constituaient l'une de ses détentes préférées.

Le vent sur la terrasse soulevait les mèches brunes de Kai, comme pour sculpter une coiffure inédite. Il leva ses yeux de jais vers Emrodes et lui dit :

« Tu n'espères pas me déstabiliser avec cette ouverture de débutant !

— C'est ton tour, bavard ! » répondit Emrodes en riant.

Kai fit glisser son cavalier blanc pour contrer l'avancée des pièces d'Emrodes sur le flanc gauche de l'octogone. Emrodes déplaça aussitôt un autre pion sur le côté opposé du plateau.

Une variante de l'ouverture classique, analysa Kai.

Il avança son chien de trois cases, à la fois pour bloquer le pion noir et pour tenter de contrôler le centre de l'octogone, la zone stratégique du jeu. Emrodes se saisit de son cavalier pour le placer entre le chien blanc et son pion noir.

Toujours à l'attaque, songea Kai. *Ce cavalier a pourtant vocation à défendre le roi.*

À chaque coup, Emrodes avançait ses pions autour de son cavalier, comme pour créer une nouvelle base, afin de lancer une attaque ultérieure en direction des pièces de son adversaire. Kai renforçait ses défenses pour ne pas se laisser submerger par les pions noirs.

Emrodes déplaça enfin sa reine vers la même zone, en son centre, protégée par les pions déjà présents. Kai hésita : il pouvait de nouveau surenchérir en avançant à son tour sa reine ou replier son roi vers une autre arête de l'octogone pour diminuer l'importance de la zone qu'Emrodes cherchait à contrôler.

Il se saisit de son roi, puis le posa sur une case qui l'éloignait des pions noirs. Emrodes fit alors glisser son fou sur toute la diagonale, en plein milieu des pièces blanches, sur une case non contrôlée par Kai.

Kai comprit le piège tendu par son adversaire. L'attaque d'Emrodes ne représentait qu'une diversion pour l'obliger à déplacer son roi vers une zone encore peu contrôlée.

Il va maintenant utiliser ses pièces moyennes, pensa Kai. *Mais son roi est bien isolé, sans même un pion pour le protéger.*

Les pièces disparaissaient une à une du plateau : à chaque prise d'Emrodes, Kai répondait par un coup similaire.

Il cherche à réduire les défenses de mon roi, songea Kai, *et il est prêt à perdre un nombre important de pièces pour y parvenir.*

Lorsque les attaques d'Emrodes le permettaient, Kai

avançait ses pions blancs sur le plateau. La quasi-totalité des pièces se trouvait de son côté, mais il repoussait peu à peu Emrodes en tissant sa toile de pions au centre de l'octogone.

Le rythme du jeu s'accélérait : Emrodes portait l'ensemble de ses pièces vers l'avant en laissant son roi seul, et Kai contrait en organisant sa défense de façon à laisser de moins en moins de champ à son adversaire.

Ta défense va s'écrouler d'un coup, songea Emrodes. *Tu ne possèdes plus assez de pièces pour repousser les trois attaques simultanées que je mène.*

Kai se saisit de son chien, bloqué depuis plusieurs coups sur son arête arrière, pour le porter à l'autre extrémité du plateau.

Emrodes observa cette contre-attaque qu'il n'avait pas su prévoir. Le chien blanc ne pouvait provoquer le mat, mais Kai avait la possibilité de l'obliger à déplacer son roi noir à chaque tour.

« Nulle ? proposa Emrodes.

— Nulle. »

Emrodes observa de nouveau le plateau et se saisit du chien en nacre qui avait interrompu ses attaques successives :

« Le détail qui a anéanti mes efforts, murmura-t-il.

— Tu prends beaucoup de risques, remarqua Kai. L'attente paie parfois davantage.

— Je suis en train de l'expérimenter sur un autre plan, plaisanta Emrodes. J'aimerais, moi aussi, disposer d'un chien blanc qui nous conduirait à une partie nulle.

— Aour m'a mis au courant des derniers développements. Et j'ai croisé Chuluun ce matin, il paraissait encore plus sombre qu'à l'accoutumée.

— Je ne sais pas si son humeur est due à la situation actuelle ou aux remarques de Bleiz, ironisa Emrodes. Quelle est ton opinion sur la situation ?

— La même que celle du spol. Une réaction nous

conduirait à subir une attaque de Melen. Patience, patience… Attendons un faux pas de leur part. »

Kai s'interrompit en apercevant Aour qui se dirigeait vers la terrasse. Elle gravit les marches de granit à la hâte puis s'arrêta à quelques pas du plateau :

« Je viens du centre de recherches. Goronwy semble très excité ; il m'a demandé de venir vous chercher. »

Goronwy… excité ? songea Emrodes.

Il se remémora le visage ridé de Goronwy, ses cheveux de neige qui encadraient un visage osseux. Le responsable du département des mathématiques astronomiques représentait à ses yeux l'image même du calme. Ses recherches avaient notamment permis de réduire les risques de collision avec les astéroïdes et de diminuer les frottements dans l'air des vaisseaux d'observation.

« Tu te souviens de nos leçons de mathématiques avec Goronwy ? » lui demanda Kai en riant.

Les yeux d'Emrodes pétillèrent de malice :

« Il s'en souvient sans doute tout autant… »

Le trio se dirigea d'un pas décidé vers le centre de recherches. Goronwy les attendait sur le seuil :

« Entrez, entrez. Il faut que je vous montre cela. »

Il les conduisit dans son bureau et leur désigna un dossier rempli de feuilles griffonnées à la main.

« Voilà ! » annonça-t-il fièrement.

Aour, Kai et Emrodes se regardèrent sans comprendre.

« De quoi s'agit-il ? demanda Emrodes.

— Ce sont ses notes ! s'écria le vieil homme. Certaines pages sont un peu confuses, mais il est possible de suivre les démonstrations de bout en bout. Je ne l'en aurais jamais cru capable. Le point le plus surprenant réside dans son assimilation des concepts les plus récents. Pensez que les approximations qu'il utilise ne datent que de quelques mois et… »

Emrodes interrompit Goronwy d'un geste sec :

« De qui parlez-vous ? Quels sont ces travaux ? »

C'est bien la première fois que Goronwy est si imprécis, songea Emrodes.

« Veuillez me pardonner, dit le vieil homme, en s'asseyant sur son fauteuil : j'ai très peu dormi ces derniers jours. Installez-vous, je vous prie, je vais reprendre depuis le début.

— Nous vous écoutons, répondit Emrodes.

— Vous rappelez-vous Tadhg ? demanda Goronwy.

— Oui, nous avons parfois discuté. Un garçon de notre âge, parfois un peu rêveur, dit Emrodes. Il vous avait rejoints depuis peu, je crois.

— Oui, c'est exact. Il avait commencé un mémoire sur les interférences créées par la lune de Loar.

— Pourquoi parlez-vous de lui au passé ? » s'enquit Kai.

Goronwy baissa la tête et ouvrit ses paumes en signe d'impuissance :

« Tadhg est devenu spol. »

Dure épreuve pour ses proches, pensa Emrodes. *Sans doute presque aussi difficile que de le voir disparaître.*

« Quand a-t-il... basculé ? demanda Aour.

— C'est justement ce point qui nous a paru étonnant, répondit Goronwy. Tout le monde connaît le processus de mutation : le sujet tombe d'un coup en transe, et ce pendant plusieurs heures, puis il se réveille spol et il demeure tel jusqu'à sa mort. Mais la transformation de Tadhg a semblé... progressive.

— C'est impossible, objecta Aour. Personne ne devient spol progressivement, la mutation est toujours soudaine.

— Je sais, dit le mathématicien. Pourtant, Tadhg a évolué peu à peu, pendant deux jours : des silences, des tremblements et des instants de délire. À aucun moment il n'est entré en transe.

— Vous êtes sûr qu'il est spol ? demanda Emrodes.

— Oui. Nous étions sceptiques au début, mais lorsque nous l'avons croisé hier matin, à sa sortie du centre d'études, le doute n'était plus permis. Il nous a précisé qu'il "rejoignait les sentiers de la liberté."

— Sa transe a peut-être eu lieu pendant la nuit, hasarda Kai.

— Impossible, il n'est jamais resté seul. Des tests ont été menés cette nuit-là : nous avions besoin de l'obscurité pour expérimenter un nouvel appareil. »

Tadhg, quel chemin empruntes-tu maintenant ? pensa Emrodes. *Tu n'avais que peu d'amis : nous te trouvions tous un peu trop discret... étrange pour tout dire. Les contraintes de ce monde doivent te paraître bien futiles maintenant que tu peux en ignorer la plupart. Mais tes « sentiers de la liberté » sont autant d'énigmes pour ceux que tu as laissés derrière toi.*

« Pendant ces deux jours, poursuivit Goronwy, Tadhg s'est plongé dans les ouvrages fondamentaux, il a griffonné de multiples pages qu'il a regroupées le matin de son départ dans ce dossier.

— Et que contient-il ? demanda Emrodes.

— Je vais essayer d'être aussi clair que possible. Vous étiez tous deux des élèves dissipés, mais réceptifs aux mathématiques, ajouta-t-il avec un sourire. Son dossier se décompose en trois parties distinctes. Dans la première, il développe des outils originaux à partir des toutes dernières découvertes mathématiques.

— Lorsque vous parlez "d'outils", vous voulez dire qu'il s'agit de nouvelles démonstrations ? » fit Kai.

Le vieux mathématicien demeura un instant silencieux, puis il poursuivit d'une voix chargée d'émotion :

« Plus que cela : des avancées considérables. Il a développé des formules fermées d'équations différentielles qui posaient problème depuis des siècles, il a défini des fonctions d'analyse numérique qui affinent les approximations utilisées en astronomie mathématique. Il a créé de nouvelles lois de probabilités qui simplifient la modélisation du mouvement des étoiles et des planètes. Beaucoup de chercheurs se contenteraient d'une seule de ces réussites pendant une vie entière de recherche... »

Goronwy marqua une pause, puis reprit :

« Nous n'avons pas encore tout vérifié, mais ce que nous avons examiné est révolutionnaire ! Comprenez-moi : Tadhg était un étudiant doué, mais pas un génie. Il lui restait encore beaucoup à apprendre, en particulier sur la rigueur nécessaire à la recherche.

— Les spols ne se sont jamais intéressés aux mathématiques, seulement à l'analyse politique », remarqua Aour.

Est-ce un développement de spol ou non ? se demanda Emrodes. *Leurs talents cachés s'étendent-ils jusque-là ?*

« La suite est encore plus passionnante, dit le vieux mathématicien. Dans la deuxième partie, il modélise, à l'aide des outils qu'il a développés dans la première, l'arme de Melen.

— Le missile d'Asbjorn ? le questionna Aour.

— Il ne s'agirait pas d'un missile.

— Quelle serait cette arme dans ce cas ?

— Je n'ai pas encore saisi la description complète, mais Tadhg la définit comme une "énergie amplifiée". Une forte source d'énergie dirigée vers des directions précises se trouverait en quelque sorte réactivée par les différentes étoiles ou planètes qu'elle frôlerait. Elle gagnerait donc en puissance jusqu'au moment où elle toucherait... une planète, par exemple. L'impact donnerait un résultat proche de ce qui s'est passé sur Beltz.

— Que pensez-vous de cette explication ? demanda Emrodes.

— Je vous l'ai dit : je ne l'ai pas encore étudiée dans son ensemble, mais les hypothèses de Tadhg coïncident avec les enregistrements de la fin de Beltz.

— Quelque chose m'échappe, intervint Kai. Si ces

développements sont si novateurs, comment Melen a-t-il pu concevoir cette nouvelle arme, alors que leur recherche n'a jamais brillé par son efficacité ?

— Je ne pense pas que Melen l'ait modélisée comme Tadhg. Si vous lancez un caillou sur un tronc d'arbre, vous n'avez pas besoin de savoir que la trajectoire est parabolique pour que votre pierre atteigne son but. Cette découverte pourrait être le fruit du hasard, au cours d'une expérience sur les nouvelles techniques de forage à la surface de leur satellite par exemple.

— Dans ce cas, pourquoi cette chanceuse découverte n'a-t-elle jamais été reproduite ailleurs ? demanda Emrodes.

— Vous touchez l'un des points clés de la modélisation de Tadhg, répondit Goronwy. Cette découverte accidentelle n'aurait jamais été reproduite sur une autre planète, parce que Melen est la seule planète sur laquelle cette possibilité est présente.

— Je ne comprends pas, dit Emrodes.

— La galaxie que nous habitons est souvent assimilée à une sorte de sphère alors qu'il s'agit plutôt d'une spirale à trois dimensions. L'origine de cette spirale se trouve non loin de Melen, elle parcourt ensuite les royaumes du Ponant, revient vers Kreis, puis rejoint les planètes ardentes, Latar et les mondes périphériques. La réaction que je vous ai décrite ne serait possible que de l'origine vers la périphérie. Et l'énergie nécessaire serait proportionnelle à l'éloignement de la planète cible. En d'autres termes, cette arme ne serait utilisable que de Melen vers les royaumes du Ponant, voire jusqu'à Kreis.

— Fabuleux ! s'écria Kai. Cela signifierait qu'Asbjorn a trouvé l'arme idéale qui ne peut être retournée contre lui.

— Pas tout à fait, rectifia Goronwy : elle posséderait une faiblesse majeure.

— Laquelle ? demanda Aour.

— L'énergie initiale requise serait colossale, ce qui limiterait le nombre de tirs à quatre, peut-être cinq. »

Sacrifier Loar pour épuiser les réserves de Melen… Bel héroïsme, mais mince consolation, songea Emrodes.

Emrodes concentra son attention sur ses compagnons. Aour paraissait attentive, réceptive à tout espoir de salut tandis que les yeux de Kai balayaient le bureau de Goronwy, dans une attitude qu'il ne connaissait que trop bien. Il avait l'impression d'entendre les pensées de son ami au creux de son oreille.

Seul le respect que Kai éprouve à l'égard de notre ancien professeur l'empêche d'exprimer ses doutes à haute voix.

« Vous avez parlé d'une troisième partie tout à l'heure, commença Aour.

— Oui. Les derniers feuillets proposent une parade, mais… celle-ci n'est étayée par aucune démonstration mathématique. »

Goronwy ouvrit le dossier et sortit les deux dernières feuilles : une écriture maladroite recouvrait le papier, elle semblait hésitante, confuse et désordonnée.

« La… parade est explicitée sur ces pages. Seules les conclusions sont présentes, aucun raisonnement, aucune formule, rien… »

Emrodes prit soudain conscience de la fatigue de Goronwy. Il comprit que le vieux mathématicien avait passé des heures à essayer de décrypter les raisonnements de son ancien élève.

Il y croit ! Goronwy, si rigoureux à l'accoutumée, accorde une confiance aveugle aux travaux de Tadhg.

« Si je n'avais pas lu la première partie, poursuivit Goronwy, je vous conseillerais d'ignorer ce document, mais je ne me sens pas capable de porter un jugement sur ce travail après avoir pris connaissance des développements effectués par Tadhg.

— J'imagine que cette parade serait complexe à mettre en œuvre ? s'enquit Emrodes.

— En fait, non. Loar est la première planète sur la spirale après Beltz, ou plutôt ce qu'il en reste. Il suffirait d'installer le système sur notre lune pour nous protéger, ainsi que les autres royaumes du Ponant. Quelques jours devraient suffire pour la réalisation, mais… »

Goronwy s'interrompit.

« Mais nous ne pourrons jamais le tester, c'est bien cela ? » demanda Emrodes.

Le mathématicien hocha la tête.

Que risquons-nous ? songea Emrodes avec amertume. *Simplement la destruction de Loar, rien de plus…*

Ne pas rapporter la transe d'un spol est considéré comme un acte de haute trahison envers la Sainte Église de Kreis.

Sainte loi de Kreis.

Sainte planète de Kreis, quatre jours standard avant l'expiration de l'ultimatum.

Pourquoi ses parents ne l'ont-ils pas signalé à la police religieuse ? songea Sudhir.

Il vérifia que ses hommes étaient positionnés aux points clés de la ruelle : dix soldats cachés dans les recoins sombres, protégés par les tireurs d'élite sur les toits.

Ils sont entraînés pour ce genre de mission, se rassura-t-il. *Je ne dois pas leur montrer que, moi aussi, je crains cet affrontement. Cela affecterait leurs capacités de réaction et Dieu sait que nous en aurons besoin s'il passe par ici.*

Il percevait maintenant des cris ainsi que des rafales d'armes automatiques. Le récepteur qu'il portait à son oreille grésilla :

« Tenez-vous prêt ! Il vient de passer près de la fontaine, il pourrait se diriger vers vous, fit la voix anonyme au creux de son oreille.

— Est-il touché ? » demanda Sudhir dans un murmure.

Son interlocuteur hésita :

« Négatif.

— Quelles sont nos pertes ?

— Inconnues », répondit la voix dans son récepteur.

Il ment, pensa Sudhir. *Ils sont avertis de la moindre blessure. Déjà deux heures de chasse, la cité doit être jonchée de cadavres de soldats.*

Le bruit s'était éteint et la ville semblait de nouveau calme, mais cette quiétude le mettait mal à l'aise : elle signifiait que le spol n'était pas localisé et qu'il pouvait apparaître au bout de la ruelle d'une seconde à l'autre.

Pourquoi ses parents n'ont-ils pas suivi la loi sainte ? Nous l'aurions supprimé pendant sa transe, sans aucun risque. Ils n'espèrent tout de même pas le sauver, nous finirons par le tuer et ils seront exécutés sur la place publique pour l'exemple.

« Lieutenant, des signes du spol ? l'interrogea la voix dans son oreille.

— Aucun », répliqua-t-il.

Ils l'ont perdu, pensa Sudhir. *Les imbéciles !*

Un jeune garçon apparut soudain au bout de la ruelle. L'obscurité ne permettait pas de distinguer ses traits, mais sa taille et sa corpulence le décrivaient comme un adolescent d'une douzaine d'années. Il avançait doucement vers la bâtisse où Sudhir était caché.

Le lieutenant fut un instant ébranlé : il ne s'attendait pas à un garçon aussi jeune. Il comprenait maintenant la raison pour laquelle ses parents n'avaient pu se résigner à appeler la police religieuse.

Concentre-toi sur le combat ! Laisse-le avancer au milieu du piège.

Le spol s'arrêta soudain et observa les alentours, à la recherche du détail qui indiquerait une présence humaine en dépit du couvre-feu.

Il nous a repérés ! songea Sudhir.

D'un signe de la main, il donna l'ordre à ses hommes d'intervenir. Les rafales d'armes automatiques crépitèrent autour du garçon. Au premier son suspect, il avait jailli, mais une balle lui avait déchiré la cuisse. Il plongea vers la droite et roula jusqu'à la première porte cochère. La rapidité de son geste surprit Sudhir et il cessa le feu pendant un court moment. Le spol s'était relevé d'un bond près de l'un des soldats ; il lança son pied droit vers la tempe de l'homme armé, le tuant sur le coup. Il dédaigna son arme pour prendre appui sur un morceau de bois qui traînait dans la rue et se projeta de l'autre côté de la ruelle en direction d'un groupe de trois soldats abrités derrière une barricade improvisée. De son poste, Sudhir ne pouvait voir le combat, mais il ne doutait pas de son issue.

Si un spol peut s'approcher à moins de trois mètres de vous, quelle que soit votre arme, vous êtes mort, se rappela-t-il *; au mieux, vous pourrez le blesser d'une balle perdue.*

Le son d'un bris de glace lui indiqua que le spol avait sans doute pénétré à l'intérieur d'une demeure. Il se saisit de son récepteur et cracha :

« Renforts ! Renforts ! Il est rentré dans une maison. Il est blessé.

— À quel endroit ? demanda la voix dans le récepteur.

— À la jambe », répondit Sudhir.

Un silence oppressant avait enveloppé la ruelle. Sudhir distinguait l'ombre furtive de ses hommes, qui s'approchaient de la bâtisse à l'intérieur de laquelle le spol s'était réfugié. Ils se déplaçaient en véritables professionnels, l'un après l'autre, sans effleurer un objet qui trahirait leur progression.

Les maisons communiquent souvent entre elles dans ce quartier, se souvint-il. *Et s'il s'aventure sur les toits, nos tireurs d'élite pourront l'atteindre.*

Sudhir tenta de se remémorer ses cours sur les techniques de combat des spols. Il se souvint de l'un de ses professeurs, un ancien major de la police religieuse, ridé par les ans et les batailles. Il avait conclu son exposé par une phrase qui avait intrigué les élèves officiers : « Si, par malheur, vous êtes amenés à combattre un spol, malgré les meilleures recommandations et les simulations les plus pointues, il serait surprenant que vous ne soyez pas surpris ! L'inattendu est la meilleure arme des spols. »

Et nous manquons cruellement d'expérience : le cas précédent remonte à plus de huit ans. Mais il s'agissait d'un homme, pas d'un gamin, se rassura-t-il.

Un de ses soldats en poste dans la ruelle s'écroula soudain, une tache carmin au milieu du front, puis un deuxième qui tentait de se mettre à l'abri.

Seigneur ! Il a désarmé un des tireurs.

« Il est armé d'un fusil de précision ! rugit-il dans l'émetteur.

— Tenez bon, Lieutenant ! l'encouragea la voix dans le creux de son oreille. Un commando Latar sera sur les lieux d'une minute à l'autre. »

Sa situation lui permettait de surveiller l'ensemble de la ruelle tout en demeurant dans une zone d'ombre. Mais l'offensive du spol avait changé la donne : la rue importait maintenant moins que l'intérieur. Les cibles que le jeune spol s'était choisies révélaient pourtant sa position, dans la maison voisine de celle qu'occupait Sudhir.

Il existe un passage entre les deux bâtisses au sous-sol, se rappela-t-il. *S'il souhaite profiter de l'avantage que lui confère le fusil de précision, cela l'immobilisera quelques instants.*

Sudhir se dirigea vers l'escalier qui menait au sous-sol et rejoignit la cave humide ; son casque à vision infrarouge lui permettait de se diriger sans trébucher, en dépit de l'obscurité totale. Des tas de gravats, des sacs emplis de déchets et des détritus volumineux encombraient le sous-sol. Il distingua enfin la petite ouverture qui l'autoriserait à se couler dans la maison voisine. Il glissa son fusil par la cavité et perçut le bruit mat de sa chute sur le sol en terre. Il s'engagea à son tour dans l'ouverture et se réceptionna avec souplesse dans une cave qui ressemblait comme deux gouttes d'eau à celle qu'il venait de quitter.

Alors qu'il s'apprêtait à ramasser son fusil, Sudhir se retourna soudain, conscient d'une présence dans son dos. Le spol se tenait à quelques mètres de lui, immobile, sans arme. Le lieutenant se saisit de son couteau et se jeta sur le garçon, tout en récitant une prière intérieure.

« Lieutenant, quelles sont vos pertes actuelles ? demanda la voix anonyme.

— …

— Lieutenant ?

— … »

Dans la salle de garde du palais des prêtres, l'opérateur se retourna vers Zelgai, le chef de la police religieuse, et secoua la tête :

« Il est mort… »

Zelgai ne répondit pas.

Bien sûr qu'il est mort ! songea-t-il.

« Mais le spol est touché à la jambe », continua l'opérateur.

Arrêter l'hémorragie ne lui a sans doute pris que quelques secondes, pensa Zelgai. *Ce n'est pas cela qui le ralentira beaucoup.*

Un autre opérateur se retourna vers lui :

« Le commando Latar du troisième régiment l'a repéré ! Ils tentent de l'encercler. »

Zelgai perçut les signes d'excitation des hommes présents dans la salle de garde. Les mercenaires représentaient sans doute la meilleure chance de venir à bout du spol.

« Deux Latars tués au couteau, rapporta l'opérateur. Mais le commando a pénétré dans le bâtiment où s'est réfugié le spol.

— Où sont nos troupes les plus proches ? demanda Zelgai.

— Une escouade de la police religieuse à sept minutes et le commando Latar du cinquième régiment à dix minutes, répondit un opérateur.

— Qu'ils convergent tous vers le lieu du combat », ordonna-t-il.

Trop loin, songea-t-il. *Si le spol n'est pas mort dans les deux minutes, il se sera déjà enfui.*

« Ils l'ont blessé, intervint l'opérateur en liaison avec le commando Latar.

— Le spol est neutralisé ? le questionna Zelgai.

— Je n'ai pas la liaison avec le chef du commando Latar pour le moment, souffla l'opérateur, je n'entends que le crépitement des armes. »

Tant que les mercenaires tirent, cela prouve au moins qu'ils sont toujours en vie, pensa Zelgai.

« Le commando Latar l'a touché à plusieurs reprises, poursuivit enfin l'opérateur.

— Ils l'ont toujours en visuel ? demanda Zelgai.

— Négatif. Il s'est enfui. Quatre survivants », précisa l'opérateur.

Sur un commando d'élite de douze Latars, songea Zelgai avec amertume.

« Je dois rendre compte à Evzek. Prévenez-moi si la situation évolue », ordonna-t-il.

Avant de gagner les luxueux appartements du grand prêtre de Kreis, Zelgai tenta de se composer un visage serein malgré les dernières nouvelles des combats. Il remplissait sa tâche de chef de la police religieuse depuis plus de cinq ans et ce massacre venait assombrir son parcours jusqu'alors immaculé. Il salua d'un mouvement de tête les gardes personnels d'Evzek et pénétra dans ses appartements. Le grand prêtre était assis à son bureau, face à la porte de merisier. Son visage sec, creusé par les rides, respirait l'autorité. Il toisa Zelgai de ses yeux azur et demanda sèchement :

« Quelle est la situation ? »

Zelgai déglutit :

« Le spol est blessé. Le commando Latar du troisième régiment l'a touché à plusieurs reprises.

— Les pertes ?

— Environ quatre-vingts hommes, dont huit Latars, murmura Zelgai.

— Remplacer ces mercenaires va nous coûter une fortune ! siffla le grand prêtre. La tension dans les royaumes a fait flamber le prix des Latars. »

Zelgai garda le silence, les yeux rivés au sol.

« La famille ? poursuivit Evzek.

— Nous avons capturé les parents et la sœur, répondit Zelgai. Le spol est un garçon d'à peine douze ans. »

Si jeune ! pensa Evzek.

« Le châtiment doit être exemplaire : toute la famille sera brûlée vive à l'endroit où le spol tombera. Je vous laisse le soin de peaufiner la propagande : des liens entre la famille et les groupes rebelles, des images d'enfants en pleurs près du corps de leur père, le symbole du feu purificateur…

— À vos ordres, répondit Zelgai.

— Nous ne pouvons tolérer ces… créatures sur la planète sainte. Les spols ne respectent rien : ni les hommes, ni les lois, ni même Dieu. Certains déambulent dans les montagnes, à la recherche de je ne sais quelle fleur, d'autres restent prostrés des journées entières, semblables à des rochers sans âme, d'autres parcourent Kreis, indifférents à toute présence humaine. Leurs "sentiers de la liberté" ne sont que les divers chemins de la folie. Même si leur démence n'est pas dangereuse en tant que telle, elle prêche la subversion, elle prône la désobéissance, elle sape l'autorité de nos prêtres, elle propage le germe de la rébellion… »

Le grincement de la porte interrompit Evzek : le visage familier de Dimitar, le bras droit de Zelgai, apparut dans l'embrasure. Il s'inclina devant le grand prêtre :

« Le spol est mort. Le commando Latar du cinquième régiment l'a pris à revers alors qu'il affrontait l'escouade de la police religieuse. »

Evzek demeura silencieux ; ses yeux d'aigle étudiaient Dimitar, qui n'osait poursuivre.

« … Les pertes sont importantes. Plus de cent vingt soldats, dont une quinzaine de mercenaires.

— Contactez Subotaï sur Latar, pour leur remplacement », ordonna Evzek.

Le grand prêtre respira à plusieurs reprises pour recouvrer son calme :

« Cette… épreuve nous a-t-elle appris quelque chose de nouveau sur les spols ?

— J'ai pu discuter par radio avec le lieutenant Latar qui a mené l'ultime assaut, répondit Dimitar. Les performances physiques du spol, bien qu'exceptionnelles, ne l'ont pas surpris : qu'il s'agisse de vitesse de course ou de hauteur de saut, elles correspondaient à ce que l'on avait pu observer par le passé.

— Ses blessures l'ont-elles gêné ? s'enquit Evzek.

— Non, admit Dimitar. Il avait pourtant été touché à cinq reprises. »

Rien de très original, songea Evzek. *La douleur ne les atteint pas et leur capacité de cicatrisation est bien supérieure à celle d'un humain.*

« Cependant, poursuivit Dimitar, de telles facultés pour un spol de cet âge ont étonné le Latar. Aucun enfant n'était entré en transe avant la puberté jusqu'à présent.

— Les premières enquêtes n'indiquent pas de précocité particulière chez cet enfant, tant sur le plan physique que mental », intervint Zelgai.

Les témoignages concorderont tous, pensa Evzek. *Un garçon discret, sans doute un peu trop rêveur…*

« Tenez-moi au courant des résultats de l'autopsie, je vous prie, dit le grand prêtre.

— Bien entendu, répondit Zelgai.

— Dernière chose : assurez-vous que ce genre d'incident ne se reproduira pas. Je n'ai pas pour habitude de récompenser l'incompétence », ajouta-t-il en congédiant d'un signe ses deux interlocuteurs.

Zelgai devint blême devant la menace voilée. Les châtiments corporels sur la planète sainte étaient réputés pour leur sévérité et personne, pas même le chef de la police religieuse de Kreis, n'était à l'abri d'une telle punition. Les deux hommes se retirèrent en s'inclinant devant leur grand prêtre.

Et tous les royaumes écoutent les conseils de leur spol, comme s'il s'agissait de la parole divine ! s'insurgea Evzek. *Seules Kreis et ses planètes vassales ne dépendent pas de ces créatures pour leurs décisions. Même sur Melen, je ne peux contraindre Asbjorn à les pourchasser.*

Evzek reporta son attention sur le pli confidentiel qu'il étudiait avant l'arrivée de Zelgai. Il émanait de Bendiks, le grand prêtre de Melen.

Un nouvel officier supérieur de Melen dans nos filets, se réjouit Evzek. *Lorsque Asbjorn distinguera la toile tissée autour de lui, il sera déjà trop tard.*

Il parcourut les rapports précédents, à la recherche d'un agent de Kreis susceptible de leur fournir des renseignements sur la nouvelle arme de Melen. Les prêtres n'avaient pas réussi à soudoyer des chercheurs du très secret centre de recherches de Lur.

Après tout, quelle importance ? Dès qu'Asbjorn aura soumis les royaumes du Ponant, ses soldats seront accom-

pagnés par les missionnaires et le temps sera venu de s'occuper du pouvoir sur Melen. Nous cueillerons les sanglantes conquêtes d'Asbjorn comme autant de fruits mûrs.

Mon père décrivait ainsi Chuluun : « le meilleur mercenaire que Latar nous ait jamais envoyé. » L'admiration qui perce parfois dans le regard des commandants en chef des autres royaumes semble confirmer cette opinion.

Extrait du journal intime d'Emrodes, souverain de Loar.

Loar, palais d'Aven, trois jours standard avant l'expiration de l'ultimatum.

Chuluun s'approcha de la terrasse pour profiter de la beauté du spectacle. Le soleil levant éclairait les bâtiments d'Aven, la capitale de Loar, comme pour allumer un à un les cierges sur l'autel d'un temple. Il affectionnait le calme de l'aube, ce moment unique où les hommes n'avaient pas encore pris possession de l'espace.

Il repensa aux matins de Latar, sa planète natale. C'était une terre difficile, et la vie d'un adolescent destiné à devenir commandant en chef d'un royaume ne l'était pas moins. Mais le jeune Chuluun avait pris l'habitude de se lever avant ses camarades, malgré la dureté de l'entraînement et le manque de sommeil, pour observer les premiers rayons sur la citadelle. Il aimait se promener sur les remparts de pierre qui entouraient la vieille ville de Laboused : les flots venaient lécher les murs de granit, le rythme du ressac et le fracas des vagues résonnaient dans son esprit, telle une symphonie composée par l'océan lui-même. Lorsqu'une tempête éclatait, il s'abritait près du palais du conseil pour contempler la colère de la mer, pour écouter les hurlements du vent d'ouest et pour sentir l'odeur des embruns. Il étudiait l'étendue salée pour repérer un morvaout. Seuls ces oiseaux marins, couleur de nuit, osaient affronter les éléments déchaînés. Ils disparaissaient parfois dans l'océan, à la recherche d'un poisson-lune, puis s'en échappaient, pour frôler de leurs ailes ébène l'ivoire de l'écume.

Laboused dominait la baie, semblable à un défi muet lancé à l'océan. Les phares bâtis sur les îlots désertiques au large de la cité illuminaient de leurs reflets les bâtiments de la capitale Latar. Partout la mer était présente, sur les vaisseaux aux voiles multicolores amarrés sur le port, dans les filets des pêcheurs qui séchaient sur les murs, dans le regard des Latars qui, chaque matin, interrogeaient le ciel pour connaître son humeur.

Tous les jeunes Latars suivaient l'entraînement des combattants. Certains demeureraient sur place, les plus affûtés quitteraient la planète pour remplir leur rôle de mercenaire, loin de leur famille et de leurs amis. Ces départs étaient nécessaires à la survie de Latar et tous l'acceptaient comme une cruelle fatalité.

Chuluun perçut soudain un tressaillement sur sa gauche et se mit en garde. Il se détendit en reconnaissant la silhouette familière de Bleiz.

« Toujours aussi silencieux, spol.

— Toujours sur tes gardes, Chuluun. »

Insolence ! Insolence !

Pourquoi ce terme s'imposait-il aussi facilement lorsque l'on pensait aux spols ? Tout dans leur comportement respirait l'insolence. Ils se permettaient des écarts auxquels Chuluun ne pouvait s'habituer. Tout homme normal aurait marqué un respect teinté de crainte devant un commandant en chef Latar. La réputation de susceptibilité et de violence soudaine des mercenaires alimentait les plus folles légendes de l'univers. On racontait que bon nombre d'inconscients avaient perdu la vie, pour avoir osé soutenir le regard d'un Latar... Mais pas les spols.

Maudits spols !

« Oui, toujours. Je suis ici pour servir de mon mieux Loar... »

Une lueur d'amusement traversa les yeux de Bleiz.

« Tandis que moi, je peux m'en aller quand je le désire ? »

Chuluun ne répondit pas. Depuis son arrivée, il y avait maintenant presque quatorze ans, il avait vu défiler vingt et un spols : certains étaient restés plusieurs années, d'autres quelques semaines. Ils partaient, un jour, sans explication, sans préavis, sans raison apparente, sans que personne songe à les retenir.

Quelques jours plus tard, un autre spol se présentait, et les rois, les empereurs, les ducs, les puissants, ceux qui aspiraient à le devenir, trop heureux de retrouver un conseiller politique devenu indispensable, ne pouvaient qu'accepter ce nouveau venu sans poser de questions.

Ne jamais acculer un spol !

Chuluun savait que leur calme apparent était trompeur. Les derniers rapports de Kreis ne faisaient que le confirmer. Grands Dieux. Plus de cent cinquante morts en l'espace de quelques heures, et la plupart étaient des militaires entraînés au combat. D'après ses informations, une quinzaine de mercenaires avaient péri. Quinze compagnons d'armes. Il avait peut-être connu certains d'entre eux. Il s'efforça de contenir la colère qui le submergeait : ils étaient morts dans l'honneur, pour Latar.

Les spols sont si… sereins, pensa Chuluun. *Et capables d'une telle violence lorsque leur liberté de parole ou de mouvement est menacée.*

Celui-ci n'était pas différent. Chuluun n'ignorait pas que, malgré son habileté au combat, le spol gracile qui lui faisait face le tuerait en quelques secondes.

Ne jamais acculer un spol !

Maudits spols !

« Vous vous croyez différents ? » ajouta Bleiz.

Le visage de Chuluun s'empourpra. Il avait porté, par réflexe, la main à son poignard.

« Nous sommes fidèles jusqu'à la mort !

— Vous n'avez pas le choix… », murmura-t-il.

Tu ne sais pas, spol… Tu ne sais rien de Latar.

« C'est notre mission : servir. Servir et combattre.

— Disons plutôt que c'est votre moyen de survie. »

Chuluun tressaillit imperceptiblement.

Des mots, spol, rien que des mots, tu ignores tout de Latar.

Il songea à son enfance. Les plus grands maîtres d'armes lui avaient enseigné l'art de la guerre. Comme tous les mercenaires que Latar distillait dans l'univers à prix d'or, il excellait dans la stratégie de combat à l'échelle planétaire, dans le commandement des hommes, dans le pilotage des navettes, dans l'assassinat politique et dans le maniement des armes blanches. Il repensa à sa dernière conversation avec son instructeur en chef, quelques jours avant son départ pour Loar, à l'aube de ses vingt ans. Ses mots résonnaient toujours en lui : « Latar est double, et cette dualité se nomme honneur et secret. Notre secret, qui est aussi notre faiblesse, doit rester caché aux yeux du monde. Nous envoyons nos enfants aux confins de l'univers pour servir dans l'honneur, parfois jusqu'à la mort. Ne place que le secret au-dessus de l'honneur. Nous avons besoin, comme tu le sais, des richesses qui nous font défaut sur cette planète infertile qu'est Latar. Tu pars pour vingt années standard : ne parle jamais de Latar. N'évoque ni sa population, ni son climat, ni sa langue, ni même tes joies ou tes peines d'enfants. Personne ne devrait d'ailleurs être assez fou pour te questionner à ce sujet. Latar est inconnu du reste de l'humanité et cela doit demeurer ainsi. »

Et toi, spol, tu n'en sais pas plus.

« L'irrégularité, dans certains domaines, peut parfois représenter la pire des faiblesses », poursuivit Bleiz.

Chuluun devint livide.

Se pouvait-il qu'un spol ait soupçonné le secret de Latar ?

« Que veux-tu dire, spol ? gronda-t-il.

— Les spols ne sont pas dangereux pour vous, Chuluun. Nous sommes même les seuls que vous ne devez pas craindre. Le pouvoir et la puissance ne nous intéressent pas. Pourquoi, pendant tous ces siècles, Latar a-t-il été le seul royaume qui n'ait jamais cherché à s'agrandir ? Pourquoi, alors que vous êtes le vivier des meilleurs combattants de l'univers, êtes-vous toujours restés reclus sur votre planète, que vous interdisez à tout visiteur ? Pourquoi, si ce n'est parce que votre force cache votre faiblesse mortelle ? L'irrégularité du cycle de vos naissances vous prive parfois de combattants d'âge mûr sur votre propre planète. D'après mes projections, vous ne devez pas dépasser les deux cent mille, en comptant les quelque trente mille mercenaires éparpillés dans l'univers. »

Chuluun était blême. Le secret, le secret sacré était connu. Il fallait nettoyer l'univers de cette engeance avant que la nouvelle ne se répande, à commencer par celui-ci. On ne pouvait faire confiance aux spols. Le secret à nu !

Je n'aurai qu'une seule chance. Mon poignard en plein cœur, ou il me tuera dans la seconde suivante.

Il s'efforça de se composer un visage amusé :

« Vraiment ? Deux cent mille Latars ? demanda-t-il.

— Au plus », répondit Bleiz.

Détourne-toi, l'espace d'un instant. Tu parais si sûr de toi, spol. Allez, un effort, pour ma lame.

« Tu n'ignores pas que nous ne parlons jamais de Latar ?

— Je sais. C'est d'ailleurs un des éléments clés de mon analyse. »

Chuluun essayait d'évaluer ses chances, il savait qu'à cette distance, il n'aurait aucun mal à lancer sa lame vers la poitrine d'un être humain normal, mais Bleiz possédait de tels réflexes…

« J'aimerais assez que tu écoutes ce que j'ai à te dire avant de tenter en vain de me tuer, reprit Bleiz. Votre survie dépend de l'équilibre instable. Les royaumes s'opposent, se combattent. Certains tombent, d'autres se développent. Mais l'équilibre demeure : tant qu'une puissance n'aura pas anéanti les autres, les différents protagonistes auront besoin de Latar. L'instabilité vous est nécessaire parce que ce sont les guerres qui justifient le prix exorbitant que vous demandez pour vos services. Un monde en paix ne vous apporterait pas les richesses dont vous avez besoin pour survivre. »

Chuluun demeurait silencieux.

Tu crois m'apprendre quelque chose, spol. Fanfaronne, ma lame est patiente.

« Réfléchis, Chuluun. Que se passerait-il si un royaume conquérait l'univers, à l'exception de Latar ? Crois-tu qu'il lui faudrait longtemps pour se retourner contre ce qu'il considérerait comme l'ultime menace, la planète des combattants ? Combien de temps pourriez-vous tenir contre un ennemi qui posséderait l'univers entier, malgré vos qualités de combat ? Et ne te leurre pas, le danger que vous représenteriez serait bien trop grand pour prendre le risque de laisser ne serait-ce qu'un seul Latar vivant.

— Je ne savais pas que les spols avaient troqué leur sens de l'analyse légendaire contre un chapelet de banalités péremptoires.

— Votre stratégie, continua Bleiz imperturbable, ne dépend que de cet équilibre instable et, dans une certaine mesure, de la préservation du secret de votre faiblesse démographique. Il s'agit, bien évidemment, d'un problème génétique et non pas d'une conséquence de votre environnement. Vous auriez depuis longtemps conquis une planète mineure pour y prospérer dans le cas contraire. »

Viens-en au but, racaille, pensa le mercenaire.

Le spol ne quittait pas Chuluun des yeux. Il pouvait y lire le meurtre aussi sûrement que si ce dernier lui avait crié le mot dans le creux de l'oreille.

« Mais il s'élève des voix au sein de votre conseil pour changer la politique qui vous a si bien réussi jusqu'alors…

— Comment le saurais-tu ?

— Il n'est nul besoin d'être devin pour se douter qu'un bon nombre de sages du conseil doute de la capacité des royaumes du Ponant à se défendre contre une agression de Melen, même en supposant qu'ils connaissent l'existence de la protection de Tadhg.

— Je combattrai aux côtés de Loar jusqu'à la mort !

— Sauf si Latar ordonne le contraire, rectifia Bleiz.

— Sauf si Latar ordonne le contraire, admit Chuluun.

— Ces mêmes esprits brillants ne doutent pas des capacités de Melen à phagocyter les planètes du centre par la suite, devenant, *de facto*, les maîtres de l'univers.

— Ce n'est pas une analyse que je partage.

— Mais tu te rangeras à l'avis du conseil. »

Chuluun acquiesça silencieusement.

« Une partie des conseillers, minoritaire pour l'instant,

ne verrait-elle pas d'un œil bienveillant une alliance avec les seuls vainqueurs possibles, quitte à sacrifier des millénaires d'honneur et à trahir jusqu'au dernier précepte de… ?

— Assez ! Nous n'avons pas besoin des conseils d'un spol ! explosa Chuluun. Nous avons toujours su prendre nos décisions sans vos avis !

— Bien obligés. Statistiquement, il doit en apparaître un tous les deux siècles. »

Chuluun s'efforça de retrouver son calme. Le spol avait raison, bien entendu. Il avait lui-même défendu cette position auprès du messager Latar lors de sa visite annuelle sur Loar. Des hérétiques ! Ils voulaient vendre les valeurs de Latar au plus puissant, au mépris des traditions ancestrales. Il n'avait pas encore parlé au conseil de la protection imaginée par Tadhg, mais ce gadget créé à la lisière de la folie ne lui inspirait que de la méfiance. La victoire de Melen apparaissait de plus en plus comme une certitude, mais cela ne signifiait pas que Latar devait se prostituer pour assurer sa survie. Ils avaient connu des crises pendant tous ces siècles, même s'ils n'avaient jamais frôlé de si près une hégémonie totale. Plutôt la mort que le déshonneur, lui avait-on appris enfant. L'heure était peut-être venue de faire ce choix…

« En quoi notre sort t'intéresse-t-il, spol ? demanda-t-il posément.

— Appelle cela de l'altruisme, si tu le souhaites, répondit ce dernier en souriant. Je voudrais attirer ton attention sur deux points, Chuluun. »

Nous y voilà…

« Je connais tes doutes concernant les travaux de Tadhg, mais… disons que je suis persuadé de l'efficacité de la parade. »

Que me cache-t-il sur cet épouvantail à formules ?

« Tu n'es pas mathématicien, à ma connaissance.

— Non.

— Mais spol fait confiance à spol !

— Ensuite, poursuivit Bleiz en ignorant le sarcasme, souviens-toi que la puissance d'une civilisation cachée ne se révèle que lorsque cette dernière se montre au grand jour. »

Une civilisation cachée ? songea Chuluun. *Une planète de spols ? Non, ils apparaissent au hasard sur toutes les planètes, mais personne ne naît spol. À moins que... La périphérie ? Ce fou ne peut pas croire qu'il s'agit là d'une force durable dans l'univers.*

Pourtant, sans trop savoir pourquoi, Chuluun se sentait ébranlé par les paroles du spol, qui restait maintenant silencieux, comme si la suite des événements le laissait indifférent. Le regard du mercenaire croisa celui de Bleiz puis le spol se retourna, présentant son dos à Chuluun, et se dirigea vers l'intérieur du palais.

C'est l'occasion !

Mais ses bras restèrent immobiles le long de son corps, son esprit trop occupé à réfléchir aux implications des paroles de Bleiz.

Maudits spols !

N'attaque ni pour impressionner, ni pour troubler, ni pour lancer un avertissement. Attaque pour désarmer, blesser ou tuer. La surprise est ton alliée.

Précepte Latar.

Melen, palais de Lur, trois jours standard avant l'expiration de l'ultimatum.

Le bureau personnel d'Asbjorn n'était éclairé que par une faible lueur émanant du plafond, mais le régent affectionnait l'intimité de cette semi-obscurité.

Il se pencha sur une carte détaillée des neuf royaumes. Chacun d'entre eux ne représentait qu'une puissance moyenne, mais leur unité constituait leur meilleure défense. Douar, Tan, Mor, Heol et Aer étaient chacun composés de plusieurs planètes. Les villes se regroupaient le plus souvent sur la planète la plus hospitalière, les autres servaient à fournir la nourriture, les sources d'énergie et les matières premières.

« Et les quatre royaumes mono-planète », remarqua Asbjorn à haute voix.

Traezh se situait entre Tan et Douar. Les déserts recouvraient la majorité des terres émergées et la chaleur y était suffocante. Mais ses sous-sols abritaient du pétrole et du gaz naturel à de faibles profondeurs, ce qui permettait à la planète des sables de commercer avec ses voisins.

À l'opposé, Erc'h exhibait fièrement ses montagnes et ses paysages immaculés. Ses mines de métaux et de pierres précieuses lui avaient permis de se hisser au même rang qu'Aer, son plus proche voisin. Aucune cité ne comptait plus d'un million d'habitants, la population était éparpillée sur l'ensemble du territoire, à l'exception des pôles, où les températures extrêmes interdisaient une vie normale.

Loar ne détenait aucune richesse naturelle, mais ses compétences dans les domaines de la recherche lui avaient permis de compenser son manque d'atouts. Les universités de Loar étaient réputées comme les plus pointues et bon nombre de jeunes des royaumes du Ponant y étudiaient pendant quelques années. Cela permettait aussi à Loar de conserver des liens étroits avec les élites de toutes les capitales.

Bihan demeurait un mystère. Peu peuplé, il ne possédait pas d'atouts particuliers. Néanmoins, il conservait son influence sans conflit ni révolte.

Homogènes, songea Asbjorn. *Aucun d'entre eux ne pourrait dominer plus d'un adversaire. Un troupeau… Mais je vais me charger de les isoler les uns des autres.*

Le nouveau commandant en chef Latar avait rejoint le palais et il tardait à Asbjorn de le rencontrer. Il ne doutait pas un instant de son efficacité et de ses compétences : jamais un Latar ne l'avait déçu. Pourtant, les conflits à venir le rendaient nerveux. La stratégie du commandant en chef était primordiale en cas de guerre, pour éliminer les poches de résistance ou pour soumettre une population hostile, après la reddition des royaumes.

Deux coups sourds retentirent contre la porte de son bureau :

« Entrez », dit Asbjorn.

Niets franchit le seuil et salua le régent.

« Tu as conduit le commandant Latar dans la salle des armes ? demanda Asbjorn.

— Je... euh... oui, Sire, bredouilla le capitaine des gardes.

— Allons donc le saluer ! » ordonna le régent en se levant d'un bond.

Le Latar a troublé Niets, nota Asbjorn. *Les soldats craignent les mercenaires, même lorsque ceux-ci se battent à leurs côtés.*

Il traversa le vestibule d'honneur, suivi par le capitaine des gardes, et pénétra dans la salle des armes, véritable musée des différentes armes de poing utilisées par Melen depuis plus de vingt-cinq siècles. Heikki et Ince étaient déjà présents, en costume d'apparat. Les sept autres capitaines de Melen, alignés contre le mur nord de la salle, s'étaient mis au garde à vous à l'arrivée du régent.

Au milieu de la pièce se trouvait une jeune femme, à peine sortie de l'enfance. Son physique évoquait l'adolescence, mélange d'insouciance enfantine et de détermination adulte. Même son uniforme de commandant en chef Latar, pourtant synonyme de danger dans tout l'univers, ne parvenait pas à la rendre crédible. Ses yeux bridés semblaient insondables, îlots de mystère au milieu de ce visage gracieux.

« Commandant en chef Loazour, de Latar. À vos ordres ! »

Sa voix claire était emplie d'orgueil, cet orgueil qui habitait tous les mercenaires, qui les habillait comme une seconde peau. Les sourires en coin et les coups d'œil furtifs que s'échangeaient les capitaines confirmèrent les craintes du régent. Jamais ils n'accepteraient cette enfant comme leur chef.

Mais nous ne pouvons la renvoyer à Subotaï sans

provoquer d'incident diplomatique, songea Asbjorn. *Et le moment serait mal choisi…*

Heikki prit la parole :

« Père, je me suis permis de présenter nos capitaines à Loazour.

— Excellent, répondit le régent. Il serait souhaitable que vous rencontriez nos officiers, mais j'imagine que cela peut attendre jusqu'à demain.

— Rien ne sert de fatiguer notre nouvelle… commandant en chef, intervint Gazsi, le capitaine qui dirigeait les troupes d'assaut. Nous devons la ménager… »

Une ironie téméraire ! pensa Asbjorn. *Loazour demeure une mercenaire…*

« Je préférerais d'abord discuter avec ceux-ci, répondit-elle en désignant les capitaines d'un geste du menton. La notion de discipline s'est un peu relâchée depuis le départ de mon prédécesseur. »

Le rire d'Heikki résonna dans la pièce :

« Grâce à votre arrivée, en plus de la beauté, nous avons gagné en esprit. »

À quel jeu joue mon fils ? Les plus belles courtisanes du palais n'attendent qu'un signe de sa part. Il ne peut désirer une Latar.

Mais la lueur dans le regard d'Heikki venait contredire cette logique. L'héritier du trône étudiait chaque réaction de Loazour et paraissait prêt à accourir au premier signal. Son attitude contrastait avec la mine sombre des capitaines. Gazsi dirigeait les troupes d'élite de Melen et son avis pesait souvent dans les décisions d'Asbjorn. Vaincre ses réticences vis-à-vis du commandant en chef demanderait sans doute du temps.

Mais nous n'avons pas de temps à gâcher !

Gazsi s'approcha de la mercenaire, sans la quitter des yeux :

« L'esprit est un bel attribut…, cracha-t-il, quoiqu'un peu vain sans l'efficacité. »

Loazour méditait la remarque de l'officier. Elle demeurait immobile, calme, semblable à un animal endormi. Elle pivota soudain, comme pour prendre congé, prolongea son geste, posa son pied gauche sur le sol et lança sa jambe droite vers Gazsi : la pointe de son pied vint lui écraser la gorge. Il s'écroula sur le sol, sans vie. Elle se tenait maintenant en garde, face aux capitaines qui n'avaient pas eu le temps d'esquisser le moindre mouvement.

Je dois reprendre l'ascendant ! se dit Asbjorn.

L'hésitation se lisait sur les traits des sept capitaines. Aucun d'eux ne semblait prêt à risquer sa vie pour une remarque déplacée ; Asbjorn lisait aussi la colère naissante dans leur regard. Le meurtre et la politique se côtoyaient souvent sur Melen ; la mort de Gazsi leur rappelait que leur fonction de capitaine du royaume ne leur offrait pas une protection absolue.

« Gazsi était l'un de nos meilleurs officiers, mais il a commis une erreur fatale. Que sa faute vous serve de leçon ! Des générations de Latar ont commandé nos armées, et Loazour va poursuivre cette tradition. »

Nous l'avons tous sous-estimée. Moi, le premier… J'ai oublié le commandant en chef Latar pour ne voir qu'une gamine. Et cette erreur m'a coûté un officier…

« La valeur de la leçon. »

Il s'approcha d'Heikki, lui prit la tête entre les deux mains, puis lui chuchota à l'oreille :

« Toi aussi, mon fils, tu t'engageais sur le sentier de l'erreur.

— Oui, Père », murmura Heikki.

Deux gardes apparurent à l'extrémité de la salle. Une femme d'une trentaine d'années, aux cheveux roux flamboyants, les suivait. Des yeux aigue-marine illuminaient son visage parsemé de taches de rousseur. Les gardes s'arrêtèrent à quelques pas d'Asbjorn, mais la jeune femme les dépassa pour s'approcher du corps de Gazsi.

Elle le poussa du pied, observa un instant Loazour, puis se tourna vers Asbjorn :

« Un imbécile qui avait jugé une Latar un peu hâtivement, j'imagine ? »

Une journée riche en surprises, pensa le régent.

L'absence de salutations et l'impertinence de la remarque de l'inconnue ne surprirent pas Asbjorn ; il s'était habitué à l'effronterie des spols.

« J'ai omis de me présenter, poursuivit-elle. Je me nomme Gouanv, je suis votre nouvelle spol.

— Nous vous attendions, fit Asbjorn.

— Je sais. »

Asbjorn fit signe aux gardes de s'approcher :

« Accompagnez Loazour et Gouanv dans leurs appartements, ordonna-t-il. Veillez à ce qu'elles soient bien installées.

« Dès que vous serez prêtes, rejoignez-nous pour un point dans mon bureau », ajouta-t-il doucement.

Il se détourna, suivi par ses deux fils, et disparut dans le couloir sombre qui le ramenait à ses appartements. Ils longèrent le vestibule sans un mot puis pénétrèrent dans le bureau du régent. Asbjorn désigna de l'index la carte des neuf royaumes :

« Les couleurs de Melen flotteront bientôt sur ces planètes ! Ils se soumettront et les éventuelles rébellions ne résisteront pas longtemps à nos troupes. Quel dommage que Gazsi ne soit plus des nôtres…

— Mais il espionnait pour le compte de Kreis, Père ! remarqua Ince.

— Nos intérêts sont convergents. À la fin d'une bataille, tant d'accidents peuvent survenir… Pour le combat, conservons les plus efficaces, nous nommerons les plus loyaux par la suite.

— Pourquoi un tel risque ?

— Les prêtres de Kreis ne sont pas des combattants, l'intrigue est leur arme. Tant que les conflits ne seront pas apaisés, ils demeureront dans l'ombre. Ce sont des charognards, ils n'interviendront que lorsque les armes se seront tues. Laissons-les croire qu'ils contrôlent notre armée par l'intermédiaire de nos officiers, il est plus aisé de vaincre un ennemi lorsque l'on connaît ses positions. Pourquoi nous dévoiler en leur révélant que nous avons identifié leurs espions ? »

Notre spol les avait démasqués en quelques jours, songea Asbjorn. Ces prêtres sous-estiment les spols. Mais comment connaîtraient-ils leurs véritables capacités puisqu'ils les éliminent sur Kreis ?

« Croyez-vous que les capitaines accepteront Loazour comme chef ? demanda Heikki.

— Les capitaines, souffla le régent… Oh, oui… Eux aussi ont appris tout à l'heure, ils oublieront l'adolescente pour ne plus voir que la Latar. »

Ce sera plus difficile pour moi, songea Heikki. *Oublier la jeune fille pour ne plus voir que la mercenaire. Elle semble pourtant si fragile. Adorable…*

Asbjorn s'extirpa de son fauteuil comme l'on frappait à la porte. Il s'effaça pour laisser passer Loazour et Gouanv. La spol se dirigea vers la fenêtre, effleura du doigt le verre, puis la poignée en fer forgé. Elle se retourna et contempla les décorations peintes sur les murs et le plafond du bureau. Les portraits d'anciens régents habillaient le mur ouest de la pièce : elle reconnut Diasezer, le cruel fondateur de la dynastie qui gouvernait Melen depuis plus de quinze siècles, et Asbjorn, son descendant. Elle plongea ses iris dans ceux du régent, comme pour quérir une précision.

« Le bureau est protégé, dit Asbjorn en réponse à sa question muette. Personne ne peut nous espionner ici.

— Sage précaution, répliqua Gouanv. Cinq espions parmi les sept capitaines qui vous restent, belle proportion ! Mais je ne vous apprends rien, mon prédécesseur vous a sans doute averti.

— Exact, confirma Asbjorn. J'imagine que vous avez besoin de temps pour réunir les données nécessaires. Nous organisons une orgie demain soir en l'honneur de Loazour. Cela vous permettra de glaner des informations. »

Il se tourna vers Loazour :

« Ochir, notre dernier commandant en chef, vous a mis au courant de la situation actuelle ?

— Oui, répondit la jeune femme. Nous nous sommes rencontrés sous le sceau du secret. Et je partage son avis, vous abritez beaucoup trop de traîtres dans le palais.

— C'est un danger connu, intervint Gouanv.

— Je me doutais de votre position, railla Loazour. Même sans avoir rencontré le spol précédent, vous partagez ses opinions ! »

À peine une heure pour que la Latar se querelle avec la spol... la coutume est respectée, nota Heikki.

« Votre première tâche sera de choisir un remplaçant à Gazsi, poursuivit Asbjorn, puisque vous nous avez privés de ses talents.

— J'ai préféré dissiper le malentendu qui s'installait entre nous », rectifia Loazour.

« Dissiper le malentendu », répéta le régent intérieurement. *Seule une mercenaire peut justifier un meurtre par de tels mots.*

« Nous attendons une réponse des royaumes du Ponant dans trois jours, annonça le régent. Cela vous laissera le temps de vous familiariser avec Melen. Niets vous renseignera sur les questions militaires.

— À ce qu'on m'a dit, vos jardins abritent de magnifiques espèces d'orchidées, remarqua soudain Gouanv.

— Euh... oui, en effet. Mais...

— Les discussions politiques seront plus pertinentes après l'orgie de demain soir, poursuivit la spol, je posséderai alors plus d'éléments. »

Gouanv se détourna, franchit le seuil du bureau et

rejoignit les jardins du palais en se laissant guider par les senteurs de la brise printanière. Seuls le gazouillis des oiseaux et le vol incessant des abeilles venaient troubler le silence. Elle se pencha pour admirer une orchidée ambrée, qui exposait ses couleurs chaudes à l'abri du vent, et observa les trois pétales et les trois sépales fragiles de la fleur, un *paphiopedilum*, surnommé « sabot de la vierge » par les poètes. Gouanv s'assit sur l'herbe humide, à proximité de la fleur rare.

Le chemin est étroit, songea-t-elle. *Mais la tâche est plus aisée pour moi que pour les autres… Il sera sans doute nécessaire de se découvrir quelque peu. Mais nous devons conserver la diversité. À tout prix.*

Elle s'allongea sur le sol meuble. Un à un, elle relâcha ses muscles comme elle l'avait naturellement appris lorsqu'elle était devenue spol. Elle se concentra ensuite sur son visage et son cou, elle jouait avec ses tendons et ses ligaments, conservant le reste de son corps immobile.

Conserver la diversité…

Elle percevait maintenant le moindre son qui l'entourait. Les pas de la fourmi sur sa droite résonnaient dans sa tête. Le bruissement des pétales de l'orchidée voletait dans son esprit. Elle chassa les bruits lointains pour ne se concentrer que sur la proximité, à la limite de l'inaudible.

Conserver la diversité…

Une goutte d'eau s'écrasa sur l'herbe, bientôt suivie par une nouvelle puis encore une autre. La bruine obscurcissait le ciel de Lur, elle trempait les vêtements de Gouanv, sans que la spol ne cille. Elle sentait l'eau couler le long de ses tempes, glisser sur elle, la lier à la terre.

Forcer le destin sans paraître intervenir, là réside le défi. Conserver la diversité…

Kampiola ? Une jonquille veillée par un papillon…

Extrait du journal intime d'Emrodes, souverain de Loar.

Bihan, palais d'Arger, trois jours standard avant l'expiration de l'ultimatum.

Papillon blanc…

Kampiola suivait des yeux le vol de son gardien, celui qui la protégeait lors de ses voyages immobiles, le papillon blanc. L'éclat de ses ailes immaculées illuminait maintenant la pièce, distillant sa lumière dans sa chambre.

Papillon blanc
Flottant
Libre dans l'air
Solitaire.

Elle savait que cela ne constituait qu'un prélude anodin, avant la montée. Elle se leva pour se diriger jusqu'à la fenêtre. Elle pouvait contempler la cité d'Arger, la capitale de Bihan. La réalité n'avait pas encore perdu ses droits. Les lueurs de la ville en ce début de nuit demeuraient familières, les bruits du palais coutumiers.

S'ils se doutaient que leur régente s'approche de la transe ! songea-t-elle.

Le papillon tournoyait au-dessus de sa tête, en attente de l'effet de la substance. Kampiola sentait son corps se réchauffer, signe d'une accélération proche. Le fleuve qui glissait entre les rues pavées d'Arger s'irisait, se parait des couleurs de l'arc-en-ciel.

Papillon blanc, donne-moi le bleu…

La teinte du fleuve se modifia peu à peu. Le turquoise dominait les autres nuances, l'eau traçait un cordon irrégulier qui décorait la cité. Le papillon se posa sur sa paume, y sema une graine et s'envola de nouveau. La régente étudia sa main : de minuscules pierres y germaient. Elle reconnut des lapis-lazulis, symboles de la fête dans les anciennes légendes de Bihan. Les pierres tombaient maintenant de ses mains pour s'éparpiller sur le sol, elles se transformaient en statues céruléennes, harmonieuses en dépit de leur irréalité. Les ailes du papillon avaient adopté une couleur proche des gemmes.

Papillon bleuté
Mais toujours immaculé
Plonge sous l'eau
Dans le ciel tout là-haut.

Des milliers de papillons s'échappaient à présent de l'eau vive. Lorsque l'un d'entre eux touchait un monument d'Arger, l'édifice se colorait en turquoise, à l'image du fleuve. Un temple sacré s'allumait sur la colline qui surplombait la ville, une maison en ruine brillait dans les faubourgs, une fontaine projetait ses éclats sur une place déserte. Une multitude de papillons avaient atteint le ciel obscur, comme autant de fidèles messagers porteurs d'une lueur de vie. Et le firmament s'éclaira, semblable à un dôme protecteur. Le fleuve et le ciel se touchaient, s'entremêlaient, se séparaient pour se rejoindre un peu plus loin.

Kampiola se détourna et regagna le centre de sa chambre. Elle joignit les mains et les tendit vers le plafond de marbre. Le papillon, à nouveau blanc, vint s'y poser ; elle souffla un merci à l'insecte, dans leur langage secret.

Elle s'approcha du miroir cristallin qui ornait sa chambre. Ses longs cheveux ambrés s'éveillaient dans son dos ; ils se dressaient sur le sommet de son crâne pour former une haute collerette. À présent, ses yeux de jade coulaient en une tige cylindrique qui s'unit bientôt avec sa chevelure. Elle se métamorphosait en fleur, en jonquille. Les senteurs s'associèrent à sa vision et le parfum envahit la pièce. L'une des quatre ailes du papillon se mit à grandir tandis que les autres rapetissaient.

Papillon blanc
Clignotant
Sans logique
Asymétrique.

Kampiola perçut la tonalité de l'eau avant de sentir les gouttes sur son visage. Chaque larme possédait une couleur unique. Une goutte pourpre s'écrasa sur le sol et se transforma en colombe de même couleur. Partout jaillissaient des animaux fabuleux, un faon indigo trottait autour d'elle, un goéland ocre dépliait ses longues ailes sur le bureau, une hermine ivoire sautillait sur les draps de soie. Les sons se mêlaient aux arômes et aux couleurs. Elle entendait les parfums exotiques, elle respirait les teintes éclatantes, elle apercevait le chant de ces animaux que lui offrait la transe.

Les oiseaux s'envolèrent à travers les carreaux de sa fenêtre et les autres bêtes s'évanouirent dans une gerbe de lumière.

Je dois les laisser s'enfuir, songea-t-elle. *Ne pas retenir les rêves…*

De minces filaments surgissaient des murs pour tisser d'improbables figures géométriques devant ses yeux ébahis. Des sphères de cristal s'allongeaient pour former de nouveaux fils, puis des octogones ténébreux.

Une douce musique s'éleva dans l'air, chaque filament jouait sa propre partition, mais l'ensemble engendrait une mélodie radieuse, bien qu'emplie de mélancolie. Le cœur de Kampiola vibrait avec les cordes des harpes enchantées, elle ressentait jusqu'au plus profond de son être le rythme des percussions. Deux voix s'élevèrent au milieu de cette symphonie. Le timbre de la première semblait masculin, il amplifiait le rythme naturel de la musique, il l'élevait pour se fondre avec le ballet géométrique qui dansait autour d'elle. La deuxième voix jouait avec les notes aiguës, elle les portait comme pour ajouter une nouvelle dimension à la mélopée.

Papillon montre la voie
Qui n'existe pas
Le néant rempli
D'irréalités pleines de vie.

Kampiola s'allongea sur son lit pour laisser son esprit se libérer des contraintes physiques. Elle sentait sa chambre pivoter, tourner sur elle-même, pour ensuite effectuer des rotations sur les trois axes de l'espace. Elle n'était plus capable de distinguer le haut du bas, ni la droite de la gauche. L'appréhension commençait à la gagner, mais le papillon blanc se posa sur ses lèvres pour la rassurer. Le temps et l'espace avaient perdu toute signification. Seules comptaient ses sensations, amplifiées et déformées par la substance.

Changement de dimension
Ni haut, ni bas, ni profond
Autre espace réel
Pour tout dire, artificiel.

Kampiola sentait qu'un semi-sommeil l'enveloppait. Le papillon devenait de plus en plus translucide. Pendant de brefs instants, la réalité s'imposait de nouveau à elle. Elle se souvint de la menace de Melen, de la délégation de Loar qui devait lui rendre visite le lendemain. Les hallucinations et les lueurs s'estompaient pour laisser la place à l'obscurité.

Non… Pas encore…

Sa conscience lasse reprenait peu à peu le dessus ; Kampiola luttait pour demeurer éveillée, mais son esprit était déjà assoupi. Elle ouvrit la bouche pour gémir, mais aucun son n'en sortit. Un faible nuage bigarré imprégna ses lèvres, ultime offrande de son gardien.

Un sourire béat éclaira son visage lorsqu'elle s'endormit.

Papillon substance
T'offre la transe
Et te fait découvrir
L'intérieur de ton sourire.
Papillon se pose
S'arrête, se repose
Faiblit, puis explose
Et avec lui, l'osmose…

Les couleurs du blason n'existent qu'en nombre limité : or (jaune), argent (blanc), gueules (rouge), azur (bleu), sable (noir) et sinople (vert). Ces six couleurs se répartissent en deux groupes, or et argent pour le premier, gueules, azur, sable et sinople pour le second. La règle interdit de juxtaposer ou de superposer deux couleurs qui appartiennent au même groupe.

La fréquence des couleurs varie d'une manière importante suivant la géographie. À titre d'exemple, le sinople est peu employé à l'extérieur des neuf royaumes, sauf pour quelques figures mineures, alors qu'il est, tout comme l'azur, l'une des couleurs les plus utilisées au sein des royaumes du Ponant.

On notera néanmoins que seul le blason de Douar comprend ces deux couleurs : « d'or à une fasce d'azur et une fasce de sinople ».

Extrait de *Héraldique des royaumes.*

Bihan, cité d'Arger, deux jours standard avant l'expiration de l'ultimatum.

Depuis qu'il avait posé le pied sur Bihan, accompagné par Aour, Kai, Chuluun et Bleiz, Emrodes se sentait épié. Il lisait la même inquiétude dans les réactions de sa maître d'armes : Aour fouillait les alentours du regard, attentive au moindre signe suspect.

La gravité et l'urgence de la situation avaient autorisé la présence des spols dans les deux délégations, au mépris des règles qui régissaient les rencontres officielles depuis des siècles.

Elestr, la jeune sœur de Kampiola, dirigeait leur escorte. Les gardes lui obéissaient sur un simple geste, sans qu'il lui fût nécessaire d'ordonner à voix haute.

Kampiola n'était pas plus âgée lors de son couronnement, songea Emrodes. *À peine quinze ans… Mais elle règne déjà depuis trois ans alors que ma propre expérience est limitée.*

Arger ne ressemblait à aucune autre capitale des royaumes du Ponant. La cité exhalait une sensation de calme et de sérénité. Aucun soldat ne gardait les bâtiments administratifs, pas une patrouille ne surveillait le centre-ville. Même leur escorte était réduite, comme si le danger n'existait pas sur Bihan.

Aucune révolte depuis des siècles, se rappela Emrodes. *Pas une émeute. À peine quelques manifestations pacifiques…*

Sur le trajet, il observa les échoppes dans les rues qui les menaient au palais. Comme partout, les marchands s'époumonaient pour vanter les qualités d'une épice, d'un tissu ou d'un objet d'art. Toutefois, aucune boutique n'affichait d'opulence excessive. Les façades richement décorées ou les commerçants parés de bijoux somptueux étaient absents des rues d'Arger. Les habitants ne paraissaient pourtant pas pauvres : leurs vêtements et leur démarche démentaient toute privation.

Homogènes, pensa Emrodes. *Peu de riches, pas de pauvres. Si Kampiola avait souhaité masquer une quelconque misère, de nombreux gardes lui auraient été nécessaires. Le déplacement de la foule est trop… naturel pour une mise en scène.*

Ils s'immobilisèrent à l'entrée pour un contrôle de routine ; Elestr fit un signe rapide au garde qui s'effaça pour les laisser entrer.

« Bienvenue au palais ! J'aurais aimé vous montrer la vieille ville, mais je crois que votre temps est précieux. Ma sœur vous attend dans la salle des conseils. »

Elle se dirigea vers la grande porte en hêtre surmontée d'un blason vert uni, les couleurs de Bihan. Emrodes l'imita, suivi par sa délégation. Ils pénétrèrent à l'intérieur du bâtiment ; la clarté des pièces l'étonna : de grandes vitres laissaient le soleil illuminer l'intérieur du palais.

Agréable, mais pas très sûr, songea-t-il.

Ils avaient rejoint la pièce où les attendait Kampiola. La ressemblance entre les deux sœurs était saisissante. Le visage de la régente paraissait seulement un peu moins enfantin. Trois hommes d'âge mûr se tenaient à deux pas derrière elle. Emrodes ne les avait jamais rencontrés auparavant, mais il n'eut aucun mal à reconnaître Donn, le commandant en chef Latar, Akil, le spol du royaume, et Toanxe, le bras droit de la régente.

Emrodes s'inclina et prononça le salut rituel :

« Soyez remerciée pour votre hospitalité.

— Votre visite est un honneur et un plaisir, répondit-elle. Je suis heureuse de faire enfin votre connaissance, même si j'aurais préféré des circonstances plus légères. »

Elle invita Emrodes à prendre place à la table. Il s'installa et elle s'assit en face de lui, puis les deux délégations prirent place aux côtés de leurs souverains.

Je ne me suis pas encore tout à fait posée, songea Kampiola. *La substance a laissé quelques traces en moi. Je perçois tant de détails qui me seraient habituellement cachés : le froncement de sourcils d'Aour, la gêne de Toanxe, la position du bras d'Emrodes qui révèle la présence d'un couteau dans sa manche. La salle des conseils elle-même m'offre une harmonie inédite de boiseries et de décorations.*

« Bihan et Loar ont toujours connu des liens privilégiés au sein des royaumes du Ponant, commença Emrodes. Je souhaitais donc vous exposer notre… position, de vive voix.

— Votre position, répéta Kampiola. Vous considérez que le choix nous est permis ? Nous ne savons que peu de choses sur l'arme de Melen, en dehors de sa terrible efficacité.

— En effet, admit Emrodes. Mais il est possible que nous détenions une parade. »

Comme Kampiola demeurait silencieuse, Emrodes s'appliqua à décrire la machine pensée par Tadhg, en évitant d'expliquer le rôle du spol dans sa conception. À la fin de son exposé, un silence pesant s'installa dans la pièce.

« Le scientifique à la base de ces travaux ne vous a pas accompagnés ? s'enquit Toanxe d'une voix perfide.

— Ses… occupations l'appelaient ailleurs, mentit Emrodes.

— Vous souhaitez que nous résistions à Melen, sur la base d'une parade qui n'a jamais été testée ! s'écria Kampiola. Vous voulez que je joue la survie de Bihan sur un tel pari !

— Au début, Melen se contenterait d'un exemple, intervint Akil, et il est probable que la cible ne sera pas Bihan, mais Loar.

— Exact, dit Emrodes. Loar a besoin de votre support, mais si notre protection se révélait inefficace, vous seriez alors libre de capituler.

— D'autant plus vite que Bihan constituerait sans doute le second objectif, nota Akil.

— Pourquoi un tel risque ? demanda Kampiola.

— Vous avez une autre idée ? contra Emrodes.

— Une apparente soumission, puis la résistance, les embuscades, les attaques éclair…

— Vous sous-estimez les forces d'occupation de Melen. Et si un royaume devenait un peu trop turbulent, rien n'empêcherait Asbjorn d'utiliser son arme à ce moment-là. »

Une décision de désespéré, songea Kampiola. *Lui-même doute, il tente de cacher son appréhension sous un masque de certitude, mais la peur est visible dans ses yeux.*

Elle perçut un flottement, signe d'une résurgence de sa transe. Deux billes grenat illuminèrent un instant la pièce, projetant des ombres de feu sur les tapisseries. Elle ferma les yeux pour ne rien laisser paraître de son trouble.

Pas maintenant !

Sa conscience se stabilisa pour retrouver la réalité, qu'elle avait abandonnée pendant quelques secondes.

« Nous vous offrons une possible liberté, chuchota Bleiz. Libre comme l'air, libre comme… un papillon. »

Kampiola fixa sur lui des yeux emplis de surprise.

Personne ne connaît mon gardien. C'est impossible !

La candeur de la remarque de Bleiz avait troublé la régente, mais le spol se désintéressait maintenant de sa réponse, et son visage ne reflétait aucune émotion.

Une simple coïncidence, se dit-elle. *J'accorde trop d'importance aux paroles des spols.*

Akil et Donn lui avaient déjà transmis leur assentiment par un geste discret. Elle se tourna vers Elestr, qui approuva d'un bref mouvement de la main droite. Seul Toanxe semblait réservé.

« C'est d'accord, souffla-t-elle.

— Votre aide nous serait précieuse pour convaincre les autres royaumes, souligna Emrodes.

— Bien entendu. Et puisque Loar court le plus grand danger, nous allons partager avec vous quelques renseignements qui pourraient vous intéresser… si vous survivez à l'attaque de Melen.

— Je le souhaite autant que vous, ironisa-t-il.

— Vous êtes-vous déjà rendu sur les planètes ardentes ? l'interrogea Kampiola.

— Euh… oui », répondit Emrodes, surpris par la question de son hôtesse. « J'ai séjourné pendant deux jours sur Koroll, la plus importante d'entre elles, lors d'une visite officielle, peu après mon couronnement.

— Nous avons profité de leur fête du printemps, l'année dernière, pour leur rendre une visite de courtoisie, précisa Elestr avec un sourire malicieux.

— Avez-vous remarqué comme les jeunes filles sont belles sur Koroll ? » demanda Kampiola.

Emrodes toussota pour dissimuler sa gêne :

« Bien moins que sur Bihan, d'après ce que j'ai pu en voir, répondit-il galamment.

— Nous ne cherchons pas la flatterie, répliqua sèchement la régente. Ma question était sérieuse. »

Oui, bien sûr, les jeunes filles de la cour étaient belles, songea Emrodes. *Comme dans l'ensemble des royaumes.*

« Je ne vous parle pas des courtisanes », reprit Kampiola, qui devinait le cours de ses pensées. « Je parlais plutôt de la population. »

Il essaya de rassembler ses souvenirs. Les visites à l'extérieur avaient été brèves, mais il avait pu croiser le peuple de Koroll. Il se souvenait de visages fins et de démarches gracieuses, mais, surtout, il ne parvenait pas à se rappeler les jeunes femmes laides.

Ma mémoire est sélective sur ce point, se dit-il, amusé.

« Et qu'avez-vous pensé des jeunes hommes de Koroll ? poursuivit la régente.

— J'ai tendance à moins m'y intéresser », plaisanta-t-il.

Devant le sérieux de Kampiola, il tenta de visualiser ses balades dans la ville. Des images d'hommes âgés s'imposèrent à son esprit, mais il ne se souvenait pas de beaucoup de jeunes hommes, et encore moins d'adolescents.

« Je ne crois pas avoir croisé un échantillon suffisant, finit-il par lâcher.

— De nombreuses femmes mais peu d'hommes, n'est-ce pas ? résuma Elestr. Du moins pour les plus jeunes…

— C'est vrai, intervint Kai, qui avait accompagné Emrodes pour ce voyage. Même la garde rapprochée de Naïs, la régente, se composait en majorité de femmes. »

Les implications des questions des deux sœurs sous-entendent une terrible accusation, comprit soudain Emrodes. *Les manipulations génétiques sont interdites par la convention humaine universelle !*

« Koroll ne prendrait jamais un tel risque ! s'écria-t-il. Tous les royaumes se retourneraient contre eux si de telles pratiques étaient prouvées.

— Sauf si les planètes ardentes sont soutenues par une force plus puissante », insinua Kampiola.

Une force plus puissante, pensa Emrodes. *Melen ? Jamais ils n'oseraient. Les prêtres de Kreis, gardiens de la convention, n'auraient d'autre choix que de se rallier à nous pour les combattre. Même les Latars leur tourneraient le dos !*

« Une force que l'univers sous-estime depuis des générations…, précisa Elestr.

— … qui se dissimule et se prépare depuis des siècles, poursuivit Kampiola.

— Les mondes périphériques ? » demanda Emrodes, incrédule.

Chuluun se tourna vers Bleiz, sur sa gauche. Les mots que le spol avait prononcés la veille résonnaient dans son esprit : « la puissance d'une civilisation cachée ne se révèle que lorsque cette dernière se montre au grand jour ».

« L'instant est idéal, martela Kampiola. Le monde a

les yeux tournés vers Melen et les neuf royaumes. Qui se préoccupe des pauvres planètes ardentes ?

— Mais les mondes périphériques ne sont constitués que de quelques planètes dispersées aux confins de l'univers, protesta Emrodes.

— C'est une vision que ces planètes entretiennent, mais personne ne s'est rendu là-bas depuis bien longtemps.

— De tels voyages coûtent cher, objecta Emrodes. Comment pouvez-vous émettre ces accusations sur des bases aussi imprécises ? Un décalage entre le taux de naissance des garçons et des filles est habituel. La norme varie entre quatre-vingt-quatorze et cent onze garçons pour cent filles, je crois.

— D'après les rapports de nos espions, expliqua Kampiola, leur taux serait plus proche de soixante-cinq. Trois filles pour deux garçons. Et ce ratio est en constante diminution. »

« Nos espions », nota Emrodes.

La réputation de Bihan dans le domaine du renseignement était de notoriété publique. Le cas d'un étudiant de Bihan qui espionnait au centre de recherches de Loar avait failli provoquer un scandale, avant que l'affaire ait été étouffée pour ne pas nuire aux relations entre les deux royaumes.

« Nous les surveillons de près depuis quelques années, expliqua Elestr. Comme la dernière visite était officielle, Akil n'a pu nous accompagner, mais les signes étaient présents.

— Je ne doute pas de vos talents d'observateurs, mais votre théorie me paraît néanmoins hâtive, répliqua Emrodes.

— Savez-vous que Koroll, tout comme les autres planètes ardentes, ne renouvelle pas ses Latars lorsque l'un d'entre eux a terminé sa période ? ajouta Kampiola.

— Le prix des mercenaires a flambé depuis quelque mois, contra Emrodes.

— Aucun renouvellement depuis plus de quatre ans », insista Elestr.

Quatre ans ! Les palais de Koroll doivent être truffés d'espions de Bihan, songea Emrodes.

Il se tourna vers Bleiz, qui avait suivi le dialogue sans se départir de sa réserve. Le spol possédait assez d'informations pour composer une analyse liminaire.

« Les projections de Bihan me semblent pertinentes, observa Bleiz. Quant à leurs conclusions, elles sont crédibles, bien que sujettes à une marge d'erreur non négligeable.

— Que suggérez-vous ? demanda Emrodes.

— Nous ne possédons pas de preuves, remarqua Kampiola. Organiser une enquête de la part de la commission prendrait des semaines, voire des mois. Asbjorn nous accuserait d'organiser une diversion et cela ne nous protégerait pas de son attaque. Il s'agit simplement d'un renseignement dont nous pourrons peut-être profiter si nous sommes attentifs aux signaux émis par les planètes ardentes… à condition que votre parade fonctionne, bien entendu.

— Vous ignoriez l'existence de cette machine avant notre arrivée ? la questionna Emrodes sur un ton ingénu.

— Oui, admit Kampiola dans un sourire. Nos espions sont occupés ailleurs en ce moment… »

Elle s'interrompit un instant, avant d'ajouter :

« Il existe un autre secret que j'aimerais partager avec vous, mais je ne le révélerai qu'en privé. M'accompagnerez-vous dans l'aile ouest du palais… seul ? »

Emrodes hésita : même dans un royaume ami tel que Bihan, se séparer de son escorte représentait un risque. Il songea au conseil de son père : « Dans le doute, fais confiance à ton instinct ! »

« Je vous suis. »

Considérant *que la reconnaissance de la dignité humaine constitue le fondement de la liberté, de la justice et de la paix dans le monde.*

Considérant *que les expériences génétiques conduisent à des actes de barbarie qui méprisent cette dignité et qui désacralisent la personne humaine.*

Considérant *qu'il est essentiel que l'intégrité du patrimoine génétique de chacun soit protégée contre toute manipulation.*

Considérant *que la Sainte Église de Kreis et les royaumes se sont engagés à assurer le respect universel et effectif de la dignité humaine.*

La Sainte Église de Kreis et les royaumes proclament la présente déclaration de la convention humaine universelle comme l'idéal commun à atteindre par tous les peuples, afin que tout individu soit protégé contre les méfaits des manipulations génétiques. Tous les signataires s'engagent à respecter cette convention sur l'ensemble des planètes placées sous leur juridiction.

Préambule de la convention humaine universelle.

Sainte planète de Kreis, centre d'études religieuses, deux jours standard avant l'expiration de l'ultimatum.

Il irradiait des étudiants assis à leur pupitre un respect craintif. Ils contemplaient le grand prêtre sur l'estrade, qui s'apprêtait à débuter le cours. Evzek affectionnait ces rares interventions au centre d'études religieuses de Kreis. Au-delà du plaisir de l'enseignement, elles lui permettaient parfois de repérer des éléments intéressants, parmi les séminaristes destinés à la prêtrise.

J'observais le grand prêtre de l'époque avec la même déférence, lorsque j'étudiais ici, se souvint Evzek. *Peut-être est-ce grâce à l'une de ces leçons qu'il décida de m'appeler à ses côtés après mon ordination.*

Une trentaine de paires d'yeux se fixèrent sur lui lorsqu'il se retourna pour affronter l'assemblée. Sa voix mélodieuse emplit la pièce :

« Vous étudiez les Saintes Écritures depuis maintenant quatre ans. Le chemin est encore long, mais votre conscience est déjà éveillée. Je ne suis pas venu pour vous parler, mais pour vous écouter, pour recueillir les premiers fruits de vos réflexions. »

Ils ne se sont pour l'instant penchés que sur l'assimilation. Combien d'entre eux deviendront prêtres ? Sans doute pas plus de cinq ou six. Les autres s'occuperont de la logistique…

« Commençons par les origines. Toi, ajouta Evzek en désignant un séminariste au premier rang, qu'a provoqué l'expansion spatiale ?

— Une multiplication des religions, récita ce dernier. De nouveaux cultes se sont créés.

— De quelle manière ?

— À l'origine, chaque nouvelle colonie constituait un monde presque indépendant, précisa un autre étudiant. Les différences ont d'abord porté sur des détails, puis est venu le temps des schismes.

— Poursuis.

— Chaque désaccord mineur était prétexte à l'instauration d'un nouveau dogme. Cette affliction s'est propagée jusqu'à la planète originelle. Cette discordance religieuse a provoqué des conflits inter et intracoloniaux : l'isolement a grandi au sein des mondes, entraînant d'autres scissions puis de nouvelles guerres.

— Puis ?

— Les chefs religieux de plusieurs confessions ont fini par réaliser la futilité de leurs différends. Les plus sages d'entre eux ont donné naissance à une première religion unifiée, ici même, sur Kreis. La zone d'influence de cette nouvelle doctrine s'est étendue rapidement, et a procuré à ses adeptes la paix à laquelle ils aspiraient tant.

— Les autres cultes n'étaient pas assez puissants pour affronter cette religion unifiée, poursuivit son voisin. Ils continuaient à se battre entre eux, jusqu'à ce que, épuisés, ils rejoignent les rangs du nouveau culte. Les doctrines minoritaires ont disparu une à une pour laisser place à la Sainte Religion.

— Quels bienfaits a apportés cette époque troublée ? demanda le grand prêtre.

— Elle n'a provoqué que souffrance et désolation, récita un séminariste.

— Je ne suis pas venu pour vous entendre psalmodier les Saintes Écritures, répliqua sèchement Evzek. J'attends votre réflexion ! »

L'incompréhension figea le visage des étudiants ; l'apprentissage des Saintes Écritures constituait leur unique activité depuis le début de leur formation.

Le passage au stade supérieur est toujours douloureux, pensa le grand prêtre. *Mais il demeure essentiel...*

« L'expansion et la contraction, hasarda une voix sur sa gauche.

— Précise ta pensée.

— Cette multitude de cultes a créé un foisonnement d'idées, une richesse intellectuelle, malgré tous ces conflits. Lors de la phase de regroupement en une religion unique, celle-ci s'est enrichie de ces nouveaux concepts pour enfanter une doctrine florissante et novatrice.

— D'où te vient une telle théorie, Rayan ? demanda le grand prêtre après avoir consulté la liste des noms des séminaristes.

— Euh… j'ai parcouru un recueil qui discutait du sujet.

— Ces théories ne sont décrites que dans les ouvrages de la Sainte bibliothèque, qui ne sont pas accessibles aux séminaristes de votre âge », chuchota Evzek.

Rayan leva son regard clair vers le grand prêtre :

« Je m'y suis glissé pendant la nuit », dit-il sans ciller.

Un jeune homme audacieux, songea Evzek. *Malin et ambitieux aussi, sans aucun doute. Il conviendra de vérifier qu'il sait aussi être obéissant si son intérêt l'exige.*

« Nous en reparlerons plus tard, trancha-t-il. La Sainte Religion est une synthèse, une mosaïque. Elle n'a pas émergé du néant, elle s'est nourrie des autres cultes pour s'affirmer. La parole de Dieu se trouvait éparpillée en une multitude de confessions. Cette phase de contraction les a réunies, pour la première fois de l'histoire humaine. Au-delà de cette vérité, quels furent les impacts sociaux de la Sainte Religion ?

— L'unicité du message a recréé un ensemble de valeurs morales cohérentes, répondit un séminariste.

— Cohérentes et stables, enchaîna un autre. Elles ont peu à peu formé un ciment social. L'anarchie et le désordre ont partout reculé, la communication s'est amplifiée entre les mondes avant que ceux-ci deviennent des royaumes.

— Les rites de passage ont retrouvé leur importance, ajouta Rayan. De vie, de mort, de passage à l'âge adulte, d'union.

— En effet, dit Evzek. Ils ont replacé l'homme dans un cheminement, en lui rendant un espoir autrefois obscurci par la multiplicité des cultes. Une stricte définition du Bien et du Mal, issue des Saintes Écritures, a servi de lueur aux croyants, pour les guider dans leurs épreuves quotidiennes. Elle leur a permis de retrouver la promesse d'une vie éternelle pour les Justes.

— La Sainte Religion a aussi offert la convention humaine universelle aux hommes, remarqua un étudiant. Elle les protège des méfaits de la génétique. »

Remarque servile, nota le grand prêtre. *Un parfait prêtre de planète mineure d'ici cinq ans…*

« Sans cette cohésion, jamais une telle avancée sociale n'aurait pu être appliquée. »

L'humain, enfant de Dieu, aurait déjà disparu pour laisser la place à un être hybride, peut-être plus résistant mais sans dimension spirituelle. Nous sommes les garants de cette convention : les communautés de croyants présentes sur chaque planète protègent les royaumes, parfois contre eux-mêmes.

« Y compris dans les royaumes du Ponant, où la pratique religieuse est en constante diminution ? » le questionna Rayan.

Question pertinente, pensa Evzek.

« Elle demeure présente même si je la souhaiterais plus vivace. Même sur les planètes ardentes, la religion est établie, bien qu'encore faible.

— Et dans les mondes périphériques ? demanda un étudiant.

— Ces planètes ne représentent rien, ni par leur nombre ni par leur développement. Leurs populations sont bien trop clairsemées.

— Pourquoi éliminons-nous les spols ? » l'interrogea soudain Rayan.

Son caractère le pousse à questionner les dogmes.

« Les spols représentent la contestation. Vivants, ils défient la Sainte Religion. Par leur attitude, leurs discours, leurs actes, ils mettent en péril l'équilibre religieux. Ils se retirent du monde réel en ignorant les lois, les coutumes.

— D'où leur viennent leurs capacités physiques ? s'enquit un séminariste.

— Nous l'ignorons, admit le grand prêtre. Ils en sont pourvus dès la fin de leur transe : c'est la raison pour laquelle la Loi Sainte impose la déclaration immédiate de cet état. Ils ne sont vulnérables qu'à ce moment-là.

— Pourquoi les autres royaumes refusent-ils de les supprimer ? demanda Rayan.

— D'abord par intérêt, expliqua Evzek : les spols remplissent un rôle de conseiller politique auprès de nombreux souverains. Par peur aussi : éliminer l'ensemble des spols engendrerait des troubles importants, de nombreux morts et des coûts considérables.

— Le clergé constitue-t-il une cible ?

— Non, affirma le grand prêtre. Les spols ne possèdent pas de conscience collective, un spol se moque bien du décès d'un de ses congénères sur Kreis. Les prêtres des royaumes n'ont rien à craindre des spols.

— Latar représente aussi une forme de résistance à la Sainte Religion, remarqua Rayan. La planète n'abrite aucun prêtre. »

À combien de reprises s'est-il introduit dans la bibliothèque Sainte ? se demanda Evzek. *Les arguments des opposants de Latar l'ont sans nul doute ébranlé.*

« Les mercenaires acceptent les coutumes des planètes qui les recrutent. Je préférerais la création d'un clergé sur Latar mais, nous aussi, nous obéissons parfois à des contraintes diplomatiques. Pas plus que les royaumes, nous ne pouvons nous passer des mercenaires. Le chef de nos armées est un Latar, mais la police religieuse est dirigée par un prêtre : Zelgai.

— Nous oublions donc un instant notre tâche de missionnaires », ironisa Rayan.

Ses observations frôlent parfois l'affront !

« Si, pour atteindre ton but, tu dois traverser des marais, les contourner ne représente pas un renoncement, mais le moyen le plus sage d'aboutir. Seul l'inconscient dédaigne les obstacles et croit que son courage lui suffira à surmonter les épreuves. »

Rayan déglutit. Il réalisa que son insolence l'avait porté un peu trop loin :

« Je vous prie d'accepter mes excuses, grand prêtre.

— Qu'il en soit ainsi, répondit Evzek, magnanime. Vous êtes ici pour apprendre, les erreurs sont sources de leçons pour qui sait les assimiler. L'une des raisons de ma venue aujourd'hui résidait dans cet échange. Mais il marque aussi pour vous le début d'une nouvelle étape. Des prêtres vous attendent à la Sainte bibliothèque pour vous montrer les ouvrages primordiaux. Vous les étudierez un par un, dans un ordre établi, guidés dans votre réflexion par un prêtre. »

Evzek sentit l'excitation qui parcourait son auditoire. Un pan des secrets allait se découvrir devant eux. Il perçut aussi les regards jaloux dirigés vers Rayan, qui avait violé les règles et qui avait consulté, librement, les livres sacrés.

« Rayan, tu attendras ici qu'un prêtre vienne te chercher pour ton châtiment. La faute que tu as commise est lourde, la punition le sera donc aussi. J'espère que l'enseignement que tu en retireras t'aidera dans ta quête et qu'il te rapprochera de Dieu. »

Rayan baissa la tête, silencieux.

Tu ne me donnes pas le change ! pensa Evzek. *Conserve ton intelligence et ta témérité — les interdits n'importent que lorsque leur transgression s'avère connue —, mais apprends la discrétion, jeune Rayan…*

Le grand prêtre surprit le regard étincelant du jeune séminariste, un mélange d'impertinence et de détermination.

Il a compris que la punition était plus destinée à ses collègues qu'à lui-même, songea Evzek. *La violation d'une règle se doit de comporter certains risques. Espérons que nous ne serons pas obligés de l'éliminer avant la fin de ses études, il serait dommage de se priver d'un tel potentiel…*

La justice n'a pas besoin de lois, elle doit même les considérer comme ses ennemies.

Aphorisme de Bihan.

Bihan, palais d'Arger, deux jours standard avant l'expiration de l'ultimatum.

« Asseyez-vous donc sur le lit », lui conseilla Kampiola. La régente de Bihan, alanguie sur ses draps de soie, regarda Emrodes s'exécuter. Il paraissait mal à l'aise, comme s'il craignait un quelconque piège.

« Comment avez-vous trouvé Arger ? demanda-t-elle d'une voix innocente.

— Intéressante, répondit-il. La ville semble paisible, sereine.

— Oui, c'est ce que tous nos visiteurs nous confient. Peu de soldats parcourent les rues de la cité.

— Le maintien de l'ordre n'est-il pas trop incertain ? »

Le rire cristallin de Kampiola éclata dans la chambre :

« L'ordre n'est pas proportionnel au nombre de brigades, expliqua-t-elle. Bien au contraire. »

Emrodes fronça les sourcils.

« Je ne comprends pas, dit-il.

— Le travail des forces de surveillance consiste à sillonner la ville, à la recherche d'une agression, d'un trouble naissant. Que se passe-t-il lorsque la cité est calme ? Les soldats interviennent pour tout problème : une échauffourée entre deux amis ivres, une dispute familiale ou tout autre accroc temporaire qui se serait réglé de lui-même. En général, leur présence n'accélère pas le dénouement, elle contribue plutôt à étendre le nombre de protagonistes et la complexité des différends.

— Une vision originale, souligna Emrodes... Oublions les moments où la ville est tranquille. Un problème sérieux peut survenir n'importe où, n'importe quand. Et si sa source se situe loin d'un groupe de soldats, vous ne pouvez intervenir à l'instant optimal, avant que le conflit ne dégénère.

— Lors de votre transfert au palais, vous étiez surveillés, commença Kampiola.

— Oui. Nous l'avons ressenti.

— Pourtant, vous n'étiez pas épiés en continu : un commerçant dans une boutique, une adolescente au balcon, un vieil homme sur un banc. Mais vous n'auriez pas échangé d'informations secrètes avec votre délégation, ni par la voix ni par les gestes.

— Nous ignorions les moments de surveillance, concéda Emrodes.

— Précisément, approuva-t-elle.

— Vous espionnez votre propre cité ! accusa-t-il. Et vous comptez sur la crainte que cette surveillance engendre pour prévenir les incidents.

— Pas tout à fait. Arger ne fourmille pas d'informateurs recrutés par la régence. Mais chaque habitant est un relais potentiel.

— Une ville d'indicateurs, cracha Emrodes.

— Ce n'est ni l'appât du gain ni la soif de pouvoir qui les guident, le corrigea Kampiola. Leur conscience les laisse libres de choisir ce qui doit être rapporté et ce qui ne doit pas l'être.

— Selon quels critères ?

— Chacun possède les siens propres. »

Alors qu'Emrodes allait protester, elle posa son index sur les lèvres entrouvertes du jeune homme pour lui intimer le silence. La surprise le paralysa ; il demeura figé, attentif aux moindres mouvements de Kampiola. Elle frôla la pulpe de son ongle avant d'insinuer son doigt dans la bouche d'Emrodes ; elle effleura sa langue à plusieurs reprises, sans que le jeune homme n'esquissât un geste pour la retenir. Elle retira son index avec une infinie douceur pour le porter à ses propres lèvres, sans quitter le souverain de Loar des yeux.

« Je vais répondre à la question que vous allez bientôt vous poser, murmura Kampiola. Nous ne sommes pas surveillés, mais je crois que peu d'habitants de la cité jugeraient que notre action met en péril la sécurité d'Arger. »

« Notre » action ! songea Emrodes. *Mais l'absence de réaction est en soi un assentiment*, se reprit-il.

« Une méthode personnelle pour gagner l'avis de vos opposants ?

— Soyez rassuré sur ce point, dit-elle en souriant. Vous avez droit à un traitement de faveur. Nous parlions de la multiplicité des critères, je crois. »

Elle s'allongea sur le lit, les yeux mi-clos, sa chevelure de miel éparpillée sur le drap immaculé. Le visage de la jeune femme, à quelques centimètres de la cuisse d'Emrodes, paraissait serein. Il glissa une main timide dans les cheveux de Kampiola :

« La décision de signaler tel ou tel fait repose sur des interdits, sur des lois…

— Non, interrompit-elle. Bihan ne connaît pas de lois.

— Pas de lois ! Il existe pourtant des tribunaux et des prisons sur Arger.

— Les juges n'ont nul besoin de lois pour décider de la culpabilité d'un prévenu. »

Les doutes de nos conseillers semblent donc fondés, pensa Emrodes. *L'isolement de Bihan leur a permis de dissimuler leurs coutumes.*

« C'est absurde, objecta le jeune homme. S'il n'existe pas de lois, nul ne peut les transgresser, il n'est donc pas de culpabilité possible.

— Comment est conçu un système judiciaire classique ? demanda Kampiola. Le droit se compose de lois, d'arrêtés, de cas de jurisprudence qui régissent le domaine civil, social, économique. Il vise à réguler la société de la façon la plus extensive possible. Mais de nouveaux litiges et des cas particuliers originaux se présentent sans cesse : ils contraignent le législateur à créer de nouvelles lois, qui enfanteront encore d'autres interdits. Cet ensemble de règles se transforme inexorablement en un magma que seuls les spécialistes peuvent interpréter. La complexité des lois, leur langage particulier et les rituels qui s'instaurent éloignent l'homme de ces règles. Elles ne deviennent pour lui que théories obscures qu'il ne pourra jamais appréhender sans l'aide d'un… traducteur. »

Tandis qu'elle discourait, Kampiola se blottissait contre Emrodes ; il s'enhardit à lui caresser la nuque avec sa paume. L'échancrure de sa tunique l'autorisa à glisser sa main entre les épaules de la jeune femme. Comme il lui massait les muscles du dos par de lents mouvements circulaires, elle laissa échapper un soupir de plaisir.

« Lorsque les limites sont consensuelles, presque tacites, la population ne considère plus les lois comme des systèmes mystérieux, doués de leur dynamique propre, reprit Kampiola.

— Les interprétations personnelles peuvent varier.

— C'est le métier des juges de trancher. Mais l'absence de lois les rend plus justes. Chaque procès est un cas particulier, les magistrats ne dépendent pas d'un amendement établi trois siècles plus tôt pour contrebalancer la dureté d'une loi vieille de cinq cents ans.

— Il s'agit d'un pouvoir illimité !

— Non, si l'une des parties conteste la décision d'un juge, elle peut toujours exiger un nouveau procès.

— Arger doit compter plus de tribunaux que de tavernes ! s'exclama le jeune homme.

— D'après nos derniers rapports sur les procès dans les royaumes, la proportion entre Arger et Aven, votre capitale, s'approche de six pour un, en votre défaveur, pour une population identique. Vous négligez l'un des bienfaits de ce système : la conscience collective qui naît de l'absence de lois préserve la société bien mieux que n'importe quel enchevêtrement de règles. »

Il conviendra de renforcer la protection des informations sur Loar, pensa Emrodes. *Leurs espions sont sans doute infiltrés à tous les niveaux de la société.*

« Cela signifie qu'un même acte peut être jugé anodin par un juge et délictueux par un autre, remarqua-t-il.

— En effet, admit-elle. Mais c'est le cas dans tous les royaumes. Chaque loi est sujette à une interprétation, différente pour chaque magistrat. À de rares exceptions près, un assassinat impliquerait toujours une peine, quel que soit le juge, et personne ne remettrait en cause sa décision sous prétexte qu'il n'existe pas de lois condamnant l'assassinat. Mais comment arbitrer les conséquences d'une rixe ? La décision dépend des protagonistes, des motifs, de la volonté de blesser, des circonstances, du lieu, du moment, des antécédents, des blessures, et je ne sais de combien d'autres paramètres. Toutes les possibilités ne peuvent être explorées dans un texte de loi, aussi complet soit-il. Des règles ne permettraient pas au juge de rendre un jugement plus juste, bien au contraire. L'issue du procès serait conditionnée par le talent des avocats, par les facultés de l'un d'entre eux à dénicher l'article issu d'un cas de jurisprudence suranné qui justifierait les actes de l'un ou de l'autre. »

Kampiola se redressa. Elle saisit ses deux oreillers moelleux qu'elle cala entre le bois précieux de son lit et le dos d'Emrodes, pour l'installer en position assise, les jambes étendues. Elle se plaça à califourchon sur ses cuisses, sans le quitter du regard. Son buste demeurait maintenant immobile, seuls ses bras se mouvaient. Ses mains esquissaient des danses énigmatiques autour de son visage, elles tournoyaient, virevoltaient, pivotaient, pour s'immobiliser l'espace de quelques secondes, puis elles reprenaient leur ballet sibyllin. Emrodes se laissait imprégner de la magie de l'instant, envoûtant comme un sortilège occulte.

Est-ce donc là le secret qu'elle souhaitait partager? pensa Emrodes.

Les mains de Kampiola se posèrent sur sa tunique ivoire, parée d'un griffon grenat, ancienne figure des armoiries de Bihan. Elle libéra les attaches d'un geste langoureux et le vêtement s'affaissa sur sa taille. Emrodes contemplait la peau satinée de la jeune femme, la finesse et la grâce de ses membres dénudés, le rubis étincelant qui ornait son nombril, invitations muettes à l'extase. Elle avança son buste jusqu'à ce que sa poitrine frôle le visage du jeune homme. Répondant au désir de Kampiola, il entrouvrit la bouche et titilla un mamelon du bout de sa langue humide. Elle lui caressa la nuque, pour lui témoigner son plaisir naissant. Il réalisa que la lumière s'était peu à peu estompée dans la chambre.

Un système télépathique?

Les ombres irréelles qui sautillaient autour d'eux accentuaient le charme de leur étreinte. Au-dehors, le chant d'un oiseau brisa le silence qui avait enveloppé les appartements personnels de la régente.

Il semble à la fois résolu et si fragile, songea Kampiola.

Elle rompit le charme en reculant sa poitrine de quelques centimètres.

« Le système judiciaire importe peu, reprit-elle. Le véritable enjeu, c'est le choix des magistrats. L'équité dépend du juge, pas des lois.

— Cette théorie pourrait s'appliquer dans bien des domaines, remarqua-t-il, le gouvernement par exemple. Pourtant, je crois que votre père dirigeait déjà Bihan… »

Ah… Une riposte perfide, pensa-t-elle.

« En effet, admit-elle. Sans le savoir, vous venez de toucher l'un des points clés de la succession sur Bihan. Je n'ai pas hérité du trône à la mort de mon père, comme le veut la coutume dans les autres royaumes. Il s'est effacé, après quatorze années de règne, à l'instar de son frère qui lui avait transmis le sceptre. L'ultime défi pour un chef réside dans sa capacité à transmettre son autorité avant que l'ivresse du pouvoir ne le gagne.

— Avez-vous choisi votre successeur ?

— Non, pas encore. Peut-être Elestr, ma sœur, ou un cousin adolescent dont les qualités s'affineront avec le temps.

— Mais il s'agira d'un membre de votre famille…

— Les enfants des familles royales sont éduqués dès leur plus jeune âge, expliqua Kampiola. Et l'incertitude liée au choix du prochain souverain les protège de la décadence qui menace tous les royaumes. Cependant, puisque cela vous inquiète, sachez que le nouveau régent est parfois choisi en dehors du cercle familial.

— Et que se passe-t-il lorsque la mort survient avant qu'un successeur n'ait été désigné ? demanda Emrodes.

— La famille se réunit en conclave pour désigner un nouveau souverain.

— L'ivresse du pouvoir, répéta-t-il dans un souffle. Si elle vous gagnait, vous ne penseriez qu'à conserver votre trône jusqu'à votre mort, même si pour cela vous deviez intriguer, corrompre, assassiner…

— Oui.

— Votre système comporte une faille puisque le

régent décide du moment où il souhaite transmettre son pouvoir !

— Pas une faille, non : une difficulté. Nous sommes protégés par ce que nous appelons, sur Bihan, l'éveil. »

« L'éveil »… une quelconque mystique, issue du fond des âges ? se demanda Emrodes.

Kampiola sourit de l'incompréhension qui se dessinait sur les traits du jeune homme :

« Laissez-moi vous expliquer de quoi il s'agit avant de me considérer comme une illuminée, plaisanta-t-elle. L'un des piliers de l'éducation, qu'elle soit destinée à la famille royale ou au peuple, réside dans la contradiction. Ce terme est souvent associé, à tort, au désaccord ou à la désobéissance. Pour nous, il est le garant de notre système.

— Vos officiers l'enseignent-ils aussi à leurs troupes ? ironisa-t-il.

— L'armée de Bihan est soutenue par deux piliers, la contradiction et la discipline. Ces deux notions ne sont pas opposées, mais plutôt complémentaires. Elles évitent les excès auxquels les officiers supérieurs sont parfois tentés de s'adonner : les soldats de Bihan ne les suivraient jamais pour un coup d'État.

— Cet… état d'esprit s'applique aussi au régent ? s'étonna le jeune homme.

— Oui, c'est ce qui nous préserve d'une éventuelle ivresse du pouvoir. Aucun souverain ne peut se cramponner au pouvoir s'il est désavoué par sa famille, l'armée, les forces économiques du royaume et le peuple. Même s'il réussit à pervertir les échelons supérieurs, cette dégénérescence ne se propagera pas, grâce à l'éveil et au libre arbitre de chaque homme et de chaque femme de Bihan. »

Elle me cache quelque chose, songea-t-il. *Le système qu'elle me décrit ne peut qu'engendrer émeutes et mutineries, autoritarisme et tyrannie…*

Elle déposa un baiser affectueux sur le front d'Emrodes.

« L'obéissance à des règles établies est un leurre, un danger », poursuivit-elle.

Pris d'une impulsion soudaine, il lui saisit délicatement les poignets et la repoussa sur le lit. Il entreprit de la déshabiller, effaçant un à un les derniers remparts de sa pudeur, jusqu'à ce que son corps de dryade révèle la pureté de sa nudité. Il s'abreuva d'images, estampes naturelles qui appartiendraient, le lendemain venu, au domaine des souvenirs. Ils luttèrent sur la couche, par jeu, semblables à de jeunes chiots complices. Leurs rires ingénus contrastaient avec le sérieux de leur discussion. Kampiola était parvenue à le débarrasser de ses vêtements. Elle détacha le couteau sanglé à son avant-bras par deux lanières de cuir. Leurs corps juvéniles se frôlaient pour de sensuelles caresses éphémères. Emrodes chercha la bouche de la jeune femme et y déposa un long baiser passionné auquel elle répondit avec fougue. Leurs langues entrelacées échangeaient des messages mystérieux, que seuls les amants peuvent déchiffrer. Comme à regret, leurs lèvres se détachèrent tandis que leurs prunelles étincelantes conservaient ce lien fragile qui les avait unis.

« En somme, Bihan tend vers une démocratie, observa le jeune homme.

— Ah… La démocratie… que l'on confond si souvent avec le pouvoir du peuple, murmura-t-elle. La démocratie est un luxe, qui n'offre sa saveur que lorsque les besoins essentiels sont déjà satisfaits, quand la faim ne représente qu'une notion floue, quand la protection et la sécurité paraissent naturelles.

— À vous entendre, c'est le cas sur Bihan. Pourquoi ne pas pousser vos convictions un peu plus loin, jusqu'aux démocraties des temps anciens ?

— La démocratie, au sens où vous l'entendez, ne représenterait pas un progrès par rapport à la situation actuelle.

Au contraire, elle constituerait une régression. Pourquoi confier le libre arbitre à des groupes ou des partis qui ne manqueraient pas de se former, alors qu'il appartient pour l'instant à l'homme lui-même ? Ne vous méprenez pas, le pouvoir serait concentré entre peu de mains, comme pour n'importe quel type de gouvernement.

— Mais les habitants de Bihan posséderaient une véritable faculté de choix, à la place de ce libre arbitre théorique, protesta Emrodes.

— Quel choix ? Au bout d'un temps plus ou moins court, l'alternative se résumerait à deux ou trois factions concurrentes, qui occuperaient le pouvoir à tour de rôle. Les idées nouvelles seraient étouffées dans l'œuf, sans possibilité de se développer, par manque de soutien et d'argent. La corruption ne serait pas étrangère à ces régimes ; et un jour, la situation se détériorerait, les crises économiques, le désordre ou la guerre se manifesteraient, malgré les lois, l'ordre et les beaux discours. Et les habitants de Bihan, indignés par les excès de leurs dirigeants, finiraient par céder aux chants de sirène d'un quelconque tyran.

— Votre description me semble bien morne, objecta le jeune homme. La démocratie peut prendre bien des visages.

— Y compris celui de gouvernements qui autorisent l'esclavage ou qui méprisent l'opinion des femmes, railla-t-elle. Nous échangerions notre éveil contre une chimère. »

Pendant leur discussion, Emrodes n'avait pas cessé de flatter les jambes de la jeune femme par des massages évanescents. Il s'aventura un peu plus haut, vers son pubis. La progression graduelle des mains du jeune homme avait interrompu la discussion. Elle ferma les yeux, tandis que le mouvement imperceptible de ses hanches encourageait son amant dans son avancée. Lorsqu'il effleura enfin de son index la vulve humide de Kampiola, son corps entier se détendit et elle écarta ses jambes pour livrer son intimité aux caresses hédonistes d'Emrodes. Il titilla le bourgeon tendu, pour ensuite insinuer un doigt agile et curieux au plus profond de sa chair. Le corps de la régente tressaillait, animé de spasmes de plaisir.

Elle est encore plus belle et plus gracieuse ainsi, songea Emrodes.

Il éloigna sa main et pencha son visage vers le ventre de Kampiola. Il embrassa avec délicatesse le rubis de son nombril puis poursuivit ses baisers vers le pubis. Comme le voulaient les coutumes des royaumes, la vulve de la jeune femme était épilée avec soin. La langue d'Emrodes se concentra sur le clitoris de son amante, il l'humecta de ses lèvres, l'excita de ses tendres baisers. Kampiola noua ses jambes légères autour du cou du jeune homme, afin de lui signifier son complet abandon. Elle posa la main sur la chevelure sombre alors qu'il glissait sa langue au creux de son sexe, flattant les nymphes avec agilité. La jeune femme ne cessait maintenant de gémir, sentant percer en elle les prémices d'un orgasme incontrôlable. Kampiola, lumineuse dans son impudeur, cria enfin sa jouissance.

Elle demeura étendue, inerte, pendant quelques minutes. Puis elle se redressa et repoussa Emrodes sur le dos. Ses iris de jade reflétaient une détermination sauvage ; elle s'accroupit sur le jeune homme et glissa le membre érigé de son amant au sein de son intimité. Elle le laissa la pénétrer, semblable à la fleur qui accueille l'abeille butineuse, puis, sans que son bassin n'esquisse le moindre geste, elle contracta les muscles de son vagin pour les laisser se détendre au bout de quelques secondes.

Et encore.

Et encore.

Et encore.

Emrodes appréciait cette caresse experte qui le guidait vers le plaisir. La jeune femme entama un lent va-etvient tout en excitant, de la pointe de ses ongles, la base de la verge de son amant. Le jeune homme sentit la sève brûlante converger vers son sexe, il explosa à son tour, emporté par l'orgasme.

Un sourire candide illumina les traits de Kampiola, elle se blottit contre Emrodes pour profiter de sa présence, que l'aube lui reprendrait.

Ces instants de bonheur nous filent entre les mains, songea-t-il.

Il chassa ses pensées mélancoliques pour contempler les courbes harmonieuses du corps de la régente.

« Pourquoi ? demanda-t-il enfin.

— Tu vas bientôt risquer ta vie sur un pari fou : nos destins sont liés, je voulais aussi unir nos corps… et partager mes pensées. »

Plutôt des pensées qu'un véritable secret, pensa-t-elle. *De nombreux royaumes soupçonnent notre logique, et ils la tournent en dérision…*

« Tu souhaites convertir Loar au mode de gouvernement de Bihan ? demanda Emrodes, amusé.

— Non. Tu ne m'as pas comprise… Loar n'est pas prêt pour un tel régime. Le système optimal varie suivant les lieux ou les époques : le fonctionnement actuel est idéal pour Bihan, mais les évolutions futures imposeront sans doute de nouvelles modifications. Mais "l'éveil" nous permettra de nous ajuster plus rapidement : l'adaptation, une constante dans l'histoire de Bihan. Et souviens-toi…

— Oui ?

— Le régime n'a que peu d'importance, le véritable enjeu réside dans le choix des chefs. »

Elle sombrait peu à peu dans le sommeil tout en continuant à jouer avec les cheveux bruns d'Emrodes.

Dors, ma douce, songea-t-il. *Dors, ma belle utopiste…*

Les prêtres de Kreis se moquent des risques encourus par les jeunes hommes de Koroll lors des fêtes du printemps. Ce qui les irrite, c'est le sacrifice du tarw, un geste ancien à la connotation religieuse marquée.

Remarque attribuée à Naïs, souveraine de Koroll.

Koroll, arènes royales, deux jours standard avant l'expiration de l'ultimatum.

La foule, massée derrière les protections métalliques de l'arène, contemplait l'animal avec un mélange d'admiration et de crainte. Le tarw à robe noire prenait possession de l'espace, il rejoignait le centre du cirque pour ensuite s'aventurer jusqu'aux barrières et les frôler de la pointe de ses trois cornes. Le sable clair crissait sous ses sabots, et les muscles saillants de l'animal témoignaient de sa puissance.

Tous les regards convergèrent vers la loge de Naïs, la régente de Koroll, qui brandissait dans sa main droite les trois foulards, symboles de la fête du printemps sur la planète. Elle lâcha d'abord le jaune, que le vent porta jusqu'au milieu de l'arène, le domaine du tarw. Des cris d'enthousiasme montèrent des tribunes lorsque la bête piétina le tissu importun avec fureur. Elle laissa ensuite le foulard orange s'envoler, il s'éleva dans les airs, virevolta et retomba lentement vers les tribunes basses ; une jeune fille s'en saisit avant qu'il ne touche le sol.

Le foulard orange est le symbole de la fertilité. Elle n'aura aucun mal à dénicher un époux grâce à un tel signe du destin.

La régente joua pendant quelques secondes avec le foulard rouge, comme le voulait la coutume. Elle s'amusa de la fébrilité de la foule ; la rumeur enflait pour devenir assourdissante. Elle le noua enfin autour de son cou, signifiant ainsi le début des festivités. Les enfants chantaient, et bon nombre de spectateurs dansaient sur place, encouragés par les applaudissements de leurs voisins. Naïs s'assit et salua de la main la foule assoiffée de chaleur, de musique et d'émotion.

Un homme d'une trentaine d'années enjamba le premier la barrière, face au tarw. Il demeura un instant immobile, salué par les encouragements des spectateurs, puis il s'élança sur sa droite, parcourut quelques mètres et bascula de nouveau dans les tribunes sous les ovations de l'assistance. L'animal n'avait esquissé aucun geste, sans doute surpris par le comportement étrange de l'homme.

La première sortie est toujours prudente, songea Naïs.

Les hurlements dans les tribunes excitaient le tarw, habitué au calme des plaines désertiques de Su, sa région natale. Un jeune homme bondit au-dessus des barrières et se réceptionna sous les clameurs de la foule. Il leva ses bras vers le ciel, sans quitter des yeux l'animal qui l'avait maintenant remarqué.

Un amoureux transi qui souhaite prouver son courage.

Par provocation, il avança et exécuta quelques pas de danse, une chorégraphie simple mais fière, issue de l'ancienne culture de Su. La majorité des spectateurs, issus des faubourgs de Kan, la capitale de Koroll, découvraient les tarwoù dans l'arène, mais les enfants de Su apprenaient à les côtoyer et à les craindre dès leur plus jeune âge. Un silence ardent enveloppait l'arène, la foule admirait le sang-froid du jeune homme, qui aurait pu se contenter de ce pas de danse, mais qui demeurait immobile, îlot d'orgueil sur le sable chaud. Le tarw, à l'autre extrémité de l'arène, se dirigea vers lui au trot, pour bientôt imprimer toute sa puissance dans sa course. Une voix claire s'éleva derrière le jeune homme :

« Preus ! »

Ce jeune fou a gagné le cœur de sa belle, s'amusa Naïs.

Au son de la voix de son amie, il pivota sur lui-même, s'élança vers les tribunes en liesse, prit un appui sur le haut des barrières qu'il franchit dans un mouvement aérien. L'animal percuta la balustrade protectrice et laissa échapper un grognement sourd.

S'il avait raté son saut, le tarw l'aurait déchiqueté. Périlleux…

Elle comprit pourtant le message qu'avait lancé Preus à l'élue de son cœur : *Je suis peut-être considéré comme un fils de paysan de Su, né loin de la capitale du royaume, mais lequel de tes prétendants aurait osé affronter le tarw de la sorte ?*

Deux hommes enjambèrent les protections à l'unisson, à l'opposé de l'animal. Le premier se dirigea sur la droite, en longeant les barrières : il agitait les bras et lançait des cris arrogants en direction du tarw. Pendant ce temps, le deuxième homme longeait l'autre côté des tribunes, sans émettre le moindre son.

Des jumeaux. À quel jeu jouent-ils ?

L'animal parut hésiter quelques instants puis il dirigea son attention vers le plus bruyant des deux frères. Il se rua sur l'homme qui continuait à gesticuler et à crier. Au moment où la bête avait entamé son attaque, le deuxième homme, toujours silencieux, s'était élancé vers le milieu de l'arène. Lorsque son frère bascula dans les tribunes, évitant de justesse le contact avec le tarw, il atteignit le centre du cirque et s'empara du foulard jaune, recouvert de poussière. Il poursuivit sa course dans le dos de l'animal, et s'abrita derrière les barrières, hors d'haleine. La foule exultait : la manœuvre des deux frères leur avait permis de récupérer le foulard jaune, le symbole de la bravoure. Les jumeaux s'étreignaient et riaient, semblables à deux enfants qui viennent de réussir une bonne farce. Leurs embrassades ne permettaient plus de les distinguer l'un de l'autre, de différencier l'auteur de la diversion du coureur silencieux.

Les honneurs se partageront entre eux, songea la régente.

De nombreux hommes enjambaient les barrières, mais ils demeuraient tous à une distance prudente du tarw et ils s'empressaient de regagner les tribunes au premier signe de danger. La tension baissait peu à peu dans l'arène, les danses perdaient de leur joie et de leur intensité, l'ivresse de la foule paraissait s'estomper.

Ce soir, toute la ville ne parlera que du jeune homme de Su et du foulard jaune des deux jumeaux, pensa Naïs.

Les intrusions dans l'arène se raréfiaient de plus en plus, si bien que le tarw se retrouva de nouveau seul, maître du cirque, sans aucun adversaire à défier. La régente s'apprêtait à ordonner l'ouverture des portes pour lâcher l'animal dans les rues de la ville, lorsqu'une jeune femme se laissa tomber à son tour sur le sable. Les conversations cessèrent brusquement, et elle esquissa une révérence en direction de l'animal écumant de rage de l'autre côté de l'arène. Comme le tarw demeurait immobile, elle se retourna vers les tribunes en présentant son dos à la bête et effectua une nouvelle courbette.

Danger ! Il ne faut jamais quitter le tarw de l'œil !

Le grondement de la foule avertit la jeune femme de la charge soudaine de l'animal, mais elle se retourna sans hâte. Elle feinta à gauche, en direction de la bête, puis à droite. Alors que le tarw incurvait sa trajectoire pour la faucher, elle sauta les barrières et regagna son abri. Tous se précipitèrent pour la féliciter : pour la première fois dans l'histoire des fêtes du printemps, une femme avait osé affronter le tarw. De l'avis de chacun, son attitude méritait les louanges : elle ne s'était pas contentée d'un court passage dans l'arène, mais elle avait provoqué l'animal avec courage, seule.

Ce geste est révélateur, pensa la régente. *Il devient urgent d'agir…*

Elle ordonna l'ouverture des portes qui gardaient l'entrée de l'arène et le tarw se précipita dans les ruelles étroites des vieux quartiers de Kan. Cette course dans la ville demeurait la partie la plus dangereuse des fêtes du printemps. L'alcool diminuerait les inhibitions et provoquerait des accidents, sans doute aussi quelques décès. La cruauté n'était pas absente de ce jeu : l'animal s'écroulerait dans la nuit, abattu par les coups et la fatigue, et hommes et femmes festoieraient autour de son corps, persuadés d'avoir vaincu leurs peurs intimes.

Naïs disparut derrière la soie des tentures, suivie par une nuée de conseillers et de courtisans. Malgré l'allégresse ambiante, elle arborait une mine sombre, que les rires de sa suite ne parvenaient pas à effacer. Elle se tourna vers Caterina, sa première conseillère, et lui fit signe de la suivre dans ses appartements privés, puis elle abandonna sans un salut les courtisans, qui discouraient sur les mérites respectifs des différents protagonistes des jeux du printemps :

« Les jumeaux ont manœuvré d'une manière adroite, j'en conviens.

— Plus adroite que courageuse ?

— Le foulard jaune est censé représenter la bravoure et non l'habileté…

— Il me semble que la jeune femme aurait mérité ce trophée.

— Une noble attitude que celle de ce jeune… paysan de Su.

— Elle dénote sans doute une certaine virilité, ma chère… »

Des éclats de rire ponctuèrent la remarque acide du vieux courtisan. À mesure qu'elles progressaient dans les couloirs du palais, le brouhaha s'estompait pour laisser la place aux claquements de leur pas sur les lames du parquet. Elles pénétrèrent dans le bureau de Naïs et s'installèrent sans un mot sur les divans en velours châtaigne qui gémirent sous leur poids.

Caterina s'éclaircit la voix :

« L'initiative de la jeune femme dans l'arène t'inquiète ? »

Toujours aussi perspicace, fidèle Caterina.

« Elle révèle une évolution des mentalités.

— Peut-être une simple coïncidence », hasarda Caterina.

La régente s'autorisa un sourire sans joie :

« Tu n'y crois pas toi-même… Où se trouve la spol du royaume ? Ses analyses nous seraient précieuses en ce moment. »

Comme la conseillère demeurait silencieuse, la tête baissée, Naïs demanda sèchement :

« Eh bien ?

— Elle m'a annoncé, peu avant le début des jeux, que les festivités l'ennuyaient, que le bruit, la sueur et l'odeur de la peur l'incommodaient. Elle s'est éclipsée pour deux jours dans les montagnes. »

Quelle impertinence ! songea la régente.

« Jamais une femme n'aurait osé affronter le tarw dans des conditions normales, reprit Naïs.

— Toutes les précautions nécessaires ont été prises pour cacher l'essence du projet au peuple. Les chiffres sont truqués depuis plus de quarante ans. Et le déséquilibre n'est réel que depuis une vingtaine d'années.

— Mais les infirmières des maternités, les professeurs d'école et les éducateurs sportifs discutent. Ils s'étonnent des différences entre les chiffres officiels et la réalité du terrain.

— La propagande avance des explications plausibles, objecta Caterina : l'attrait de la campagne chez les jeunes hommes, l'augmentation du travail féminin dans la société…

— Oui, interrompit la régente. Le peuple n'a pas conscience du projet, ni même du déséquilibre. Néanmoins, l'initiative de cette jeune femme nous montre que le doute commence à s'installer, même si cette inquiétude n'est pour l'instant qu'inconsciente. »

Mais peu importe ! La phase de préparation n'a que trop duré, les mots doivent maintenant laisser la place aux actes. Je poursuivrai l'œuvre amorcée par ma mère, seule cette voie nous évitera l'asservissement.

Elle s'imposa une série de respirations lentes afin de chasser de ses pensées le comportement de la jeune femme dans l'arène ; une sérénité apaisante se diffusa peu à peu dans son esprit.

« Des points à régler avant mon départ pour les mondes périphériques ? demanda-t-elle.

— Aram, le grand prêtre de Koroll, réclame une audience, annonça Caterina.

— De quel sujet passionnant veut-il nous entretenir cette fois-ci ? Des maigres ressources que nous allouons à la Sainte Église, de l'aspect païen de la fête du printemps ou du pèlerinage que je devrais effectuer sur Kreis pour purifier mon âme ?

— Presque, plaisanta la conseillère. Il souhaiterait partager avec toi ses inquiétudes sur, je cite, “le comportement parfois amoral des jeunes gens de Kan”.

— Je vois, murmura la régente. Dis-lui que ce problème attire toute mon attention, mais que mon emploi du temps est… Enfin, je te laisse concevoir une belle excuse inédite !

— À ton service. »

Pauvre Aram ! pensa Naïs. *Il n'a pas encore compris que sa mission évangélisatrice sur Koroll constituait un moyen simple de se séparer d'un élément peu prometteur. Pour un prêtre, une affectation sur les planètes ardentes est rarement synonyme de promotion.*

« D'autres messages aussi… primordiaux ?

— Les habituelles félicitations pour notre fête du printemps. Quelques-unes t'intéresseront, je pense.

— Je t'écoute.

— Un message commun des souveraines de Don et de Flour : *Puisse votre prochaine fête se dérouler sous de nouveaux auspices, symboles d'une ère nouvelle.*

— Le message était codé, j'espère ? »

Caterina acquiesça.

Koroll, Don et Flour, les trois royaumes des planètes ardentes, songea Naïs, *et un parfait avant-poste pour les armées de Morgevnid, la reine des mondes périphériques.*

« Je leur transmettrai mes remerciements de vive voix dès demain, précisa la régente. Qu'en est-il des autres royaumes ?

— Une avalanche de compliments d'Asbjorn, avec une conclusion ambiguë qui prélude à un ultimatum.

— Une réponse humble pour ce serpent. Évitons d'éveiller sa méfiance… »

Asbjorn s'imagine déjà en souverain universel. Mais l'arrogance est souvent mauvaise conseillère…

« Kampiola te remercie de nouveau pour l'accueil que tu as réservé à la délégation de Bihan lors de la fête précédente…

— Ce nid d'espions, l'interrompit Naïs d'un geste rageur. Pour chaque agent que nous découvrons, nous en laissons échapper dix autres.

— Le secret du projet est absolu ! protesta Caterina. À

peine une dizaine de personnes sont dans la confidence, en comptant les chercheurs. Les critères de fidélité et d'intégrité sont draconiens ; de toute façon, ils sont surveillés jour et nuit ! »

Quelles étaient leurs motivations secrètes lors de leur venue sur Koroll ? s'interrogea la régente. *Il ne s'agissait sans doute pas d'une simple visite de courtoisie.*

« D'autres messages ?

— Une allégorie sur l'honneur et le courage d'Emrodes…

— Deux qualités qui seront nécessaires à Loar dans les prochains jours, remarqua Naïs.

— Et enfin, comme à l'accoutumée, une absence totale de félicitations de la part de Kreis. »

Les prêtres n'affichent que du mépris pour nos fêtes impies.

« Nous survivrons à leur dédain, trancha Naïs. Je quitte Koroll demain, à l'aube, pour rejoindre Morgevnid sur une planète mineure des mondes périphériques. Mon voyage doit demeurer confidentiel, je compte sur toi pour camoufler mon absence aux yeux de la cour.

— N'aie crainte. »

Mes seules craintes concernent l'avenir de Koroll et des autres planètes ardentes, fidèle Caterina. Morgevnid nous a offert une voie pour échapper à la domination d'Asbjorn et des missionnaires de Kreis, mais le chemin est hasardeux…

En réponse à votre question, l'orgie a confirmé que les charmes de Loazour ne semblent pas laisser Heikki indifférent.

Archives du département d'espionnage de Bihan : rapport de l'agent PL1209, en poste sur Melen.

Melen, palais de Lur, deux jours standard avant l'expiration de l'ultimatum.

Le murmure de gorge des trois chanteuses brisa le silence respectueux qui s'était glissé dans la salle des festivités du palais d'Asbjorn. Leurs notes demeuraient monotones, en phase avec la genèse de la gwerz, le chant sacré des royaumes. Jamais plus d'une artiste ne reprenait sa respiration au même moment, si bien qu'au moins deux d'entre elles psalmodiaient les rythmes ancestraux. Le son se densifiait, comme si les interprètes modulaient le timbre et la puissance de leur voix pour s'adapter aux caractéristiques de l'endroit.

Le public, composé pour l'essentiel de la cour et des officiers des armées de Melen, discernait peu à peu la mélodie dissimulée derrière la complainte monocorde des trois jeunes femmes. L'une d'entre elles entamait parfois une variation de quelques secondes, pour rejoindre ensuite la tonalité de ses deux consœurs.

Pour la première fois depuis le début de la soirée, les regards curieux s'étaient détachés de Loazour, et la jeune Latar appréciait ce semblant d'intimité au milieu des invités. Elle assistait à sa première gwerz, et, malgré l'indifférence qu'elle affichait, l'excitation la gagnait. Même si elle avait déjà pu écouter des retransmissions de concerts au sein de la citadelle de Laboused, la rumeur affirmait que rien ne remplaçait un authentique récital public, tel que celui qu'Asbjorn offrait à ses invités.

Les chanteuses s'autorisaient de nouvelles improvisations qui soutenaient, renforçaient ou amplifiaient l'harmonie générale. Deux voix graves se glissèrent soudain aux côtés des voix féminines ; les chanteurs s'étaient avancés avec discrétion à quelques pas des jeunes femmes. Les voix des hommes et des femmes se fuyaient parfois, pour s'unir à nouveau sur un rythme lancinant. Une émotion étrange se diffusait dans le corps de Loazour ; elle ressentait la chaleur réconfortante de la litanie, la douceur extrême des mélodies éphémères, la violence cachée des claquements de langues. Elle se détourna soudain, au bord des larmes.

Reprends-toi ! songea-t-elle. *Tu représentes Latar !*

Un regard circulaire lui apprit que la plupart des invités n'avaient su retenir leurs pleurs, comme pour se délivrer d'un excès d'émotion. Elle concentra de nouveau son attention sur les artistes, envoûtée par la beauté simple des chants. Elle réalisa soudain que les voix étaient maintenant accompagnées par la pureté du son de la telenn, l'instrument à cordes issu du fond des âges. Elle n'avait pas perçu le moment où le telenner s'était joint aux chanteurs, comme si les plaintes de son instrument s'étaient naturellement intégrées au récital. De nombreux musiciens prenaient maintenant place autour des chanteurs, la plupart d'entre eux s'asseyant à même le sol, leur instrument sur les genoux.

Loazour en reconnut quelques-uns : des percussions simples composées d'une peau naturelle et d'une caisse de résonance, des baguettes de bois qui émettaient des claquements secs, des bombardoù au son pincé. Un à un, ils rejoignaient le concert, sans briser la magie de l'ensemble, en ajoutant une nouvelle touche personnelle qui amplifiait le charme du récital.

Le son gagna encore en profondeur, en diversité. Chacun jouait sa propre partition, indifférent aux autres artistes ; pourtant, une impression d'unité et d'harmonie se dégageait de la mélodie. Les lignes d'écoute se multipliaient sans cesse, pour ensuite disparaître dans une explosion de sons. Loazour devenait la voix chaude et grave qui inspirait la confiance, elle ressentait les envolées qui vantaient la précieuse liberté, elle s'ébrouait dans les cascades claires de la telenn qui évoquaient les rires oubliés de l'enfance, elle s'imprégnait de la douce plainte des bombardoù et des rythmes répétitifs des percussions.

Puis la mélodie se simplifia, comme si les musiciens avaient décidé de s'unir pour offrir aux invités un bouquet final. Les improvisations se fondaient en une entité délicate, émouvante malgré sa simplicité. Les instruments se turent l'un après l'autre, comme pour laisser aux voix le soin d'offrir l'ultime adieu. Les chants se muèrent en murmures presque inaudibles et finirent par s'éteindre alors que chacun tendait l'oreille pour glaner la grâce des dernières notes.

Les convives demeurèrent un instant silencieux. Les applaudissements, piètres témoignages de l'émoi dans lequel le récital avait plongé les invités, paraissaient vains, d'autant plus que les artistes s'étaient éclipsés telles des ombres, comme le voulait la coutume.

Puis les masques de courtisans se reformèrent sur les visages, des chuchotements germèrent autour de la salle des festivités, bientôt remplacés par des conversations et des exclamations : beaucoup tentaient de commenter une émotion que les mots ne suffisaient pourtant pas à exprimer.

Loazour sentit une présence proche à ses côtés ; elle pivota et reconnut la chevelure de feu de Gouanv.

« Beau, n'est-ce pas ? observa la spol.

— Oui, souffla Loazour.

— Quel dommage que de telles perles soient exposées dans un lieu si inapproprié ! Mais c'est peut-être le seul véritable attrait de ce palais... »

La Latar jugea plus prudent de ne pas répondre. Elle reporta son attention sur les convives qui s'étaient dispersés dans la salle des festivités. Les uns conversaient en petit comité, les autres s'étaient déjà installés sur les divans de satin. Des servantes gracieuses papillonnaient autour des invités et leur offraient des mets succulents composés d'ingrédients rares, de fruits exotiques cultivés dans les serres royales, de vins d'exception vieillis dans les caves du palais.

« Le luxe, le faste et l'apparat pour débuter la soirée, récita la spol. La beuverie, la débauche et la luxure pour la conclure.

— Comment le savez-vous ? C'est votre première orgie !

— Peut-être pourrions-nous abandonner le vouvoiement ? proposa Gouanv sur un ton badin.

— Comme vous... comme tu préfères.

— Je n'ai nul besoin d'expérience pour décrypter les regards obsédés par le plaisir immédiat ou les rires de circonstance qui masquent une impatience malsaine. Mais je ne t'apprends rien, tu partages mon opinion. »

C'est vrai, admit Loazour. *Sans doute un des rares points sur lesquels spols et Latars s'accordent.*

« Tous ces corps qui recherchent l'ivresse et la jouissance pour se prouver qu'ils existent et qu'ils contrôlent leur destinée, reprit Gouanv... Fascinant, non ?

— Pourquoi me racontes-tu cela ?

— Ah... La suspicion Latar. Notre mépris pour les orgies n'est pas un secret, chère commandant en chef des armées de Melen. »

La spol posa sa main sur le bras de la Latar et mima un sourire courtisan :

« Veuillez m'excuser, mais je me dois d'observer la fine fleur des armées de Melen dans son milieu naturel.

— Je croyais que les spols n'acceptaient aucune obligation, ironisa Loazour.

— Celle-ci est un véritable plaisir », répondit Gouanv en s'éloignant.

Une servante s'arrêta, un plat de petits-fours farcis de viande de perdreau à la main. Son sourire engageant masquait mal l'inquiétude que ressentaient la plupart des individus devant un commandant en chef Latar, et Loazour perçut également de l'étonnement dans le regard de la jeune femme.

Les circonstances du décès de Gazsi ont été commentées dans tous les couloirs du palais. Ils s'attendent à rencontrer une tueuse et ils découvrent une adolescente.

Elle perçut une silhouette qui se dirigeait vers elle et reconnut Dellinger, le capitaine des troupes spécialisées dans le combat urbain, qui lui apportait une coupe de flamboes, la liqueur de fruits rouges, symbole d'accueil dans les royaumes.

« Votre réputation vous a précédée en ces lieux, plaisanta Dellinger en lui offrant la coupe.

— Merci, répondit la mercenaire. Mais vous, ma... réputation ne vous dérange pas ? »

Nos paroles et nos attitudes sont épiées par tant de curieux. Les quelques courtisans qui nous entourent pourront se vanter d'avoir saisi des bribes de conversation entre Loazour et l'un de ses capitaines.

« Vous êtes notre commandant en chef, se justifia-t-il.

Je crois que plus personne ne le conteste. Autant débuter par de bonnes relations de travail.

— Oui, bien entendu, acquiesça-t-elle. Gazsi et vous étiez amis ?

— Sans remettre en cause ses compétences militaires, je jugeais son comportement un peu trop emporté. La fougue représente une qualité sur les champs de bataille, mais son impulsivité le conduisait à prendre de nombreux risques… »

Tandis que toi, tu te complais dans les intrigues de palais, pensa Loazour.

« Et le commandement des troupes d'assaut nécessite beaucoup de rigueur », poursuivit-il.

Voici donc le sens de ta démarche, songea-t-elle. *Tu vises plus haut que les troupes de combat urbain. « Dellinger, capitaine des troupes d'assaut », ce titre sonne bien à tes oreilles, traître !*

« La rigueur n'est que l'une des nombreuses qualités nécessaires à cette fonction, remarqua-t-elle.

— Oui, bien sûr », dit-il, un peu gêné.

Il porta son verre à ses lèvres pour masquer son trouble naissant. Il avait consumé tout son courage pour aborder la mercenaire le premier, et ainsi faire taire les rumeurs sur son manque d'initiative. L'assurance et l'orgueil de la jeune Latar le mettaient mal à l'aise, il avait maintenant hâte de se soustraire à ses questions et à son regard.

« Permettez-moi de prendre congé, je ne voudrais pas que l'on pense que je vous accapare. Les questions militaires peuvent attendre le lever du jour.

— Votre délicatesse vous honore », ironisa Loazour.

Dellinger salua et fendit la foule pour rejoindre ses compagnons, qui l'observaient du coin de l'œil et ne manqueraient pas de l'interroger sur sa conversation avec le commandant en chef.

Dans la salle des festivités, les rires éclataient maintenant sans retenue. Étourdis par le vin et les liqueurs de fruits, les convives abandonnaient peu à peu leur bienséance coutumière. Les plaisanteries grivoises et le volume sonore des conversations témoignaient du changement d'attitude. Certains s'étaient affalés sur les divans de velours et se gavaient des plats fins préparés par les meilleurs chefs cuisiniers du palais. Le ballet incessant des servantes ajoutait une touche d'animation et de couleur au tableau général.

Quelques invités se trémoussaient au son d'une musique rythmée, déclenchant çà et là des vivats lorsque l'un d'entre eux esquissait une danse un peu plus suggestive.

Comment peuvent-ils apprécier cette chanson grossière quelques instants après la pureté du récital ? se demanda Loazour.

Une jeune femme se hissa sur l'estrade qui surplombait la salle, portée par des mains d'hommes qui s'attardaient un peu plus que nécessaire sur son corps. Elle leva les bras vers le ciel et entama une danse sensuelle : ses hanches ondulaient en rythme, elle laissait ses mains errer sur ses cuisses nues et sur l'étoffe qui recouvrait sa poitrine. Elle se retourna soudain pour présenter son dos à l'assistance, rejeta sa chevelure brune en arrière et accentua les mouvements de son bassin. Les clameurs et les applaudissements l'invitaient à poursuivre sa chorégraphie. Elle tournoya sur elle-même, pivota sur la pointe des pieds et entreprit de mimer un pas de deux avec un partenaire imaginaire. Elle semblait s'abandonner à ses caresses chimériques et exhibait, impudique, un plaisir simulé. Deux autres jeunes femmes la rejoignirent et entamèrent à leur tour une succession de figures où s'entremêlaient danses et positions plus équivoques.

Et c'est cette planète qui aspire à gouverner l'univers entier.

À côté du buffet, des invités s'enivraient jusqu'à ne plus pouvoir tenir debout sans être soutenus par un ami à peine moins ivre qu'eux. Ils regagnaient ensuite un divan sur lequel ils s'effondraient en émettant parfois un borborygme sonore. L'un d'entre eux s'était isolé près du mur nord de la salle et paraissait sur le point de rejeter l'excédent de liqueur qu'il avait absorbé.

« Pathétique, n'est-ce pas ? » fit une voix dans son dos.

Elle se retourna et reconnut Heikki qui contemplait les invités avec une grimace de dégoût.

« C'est pourtant la régence qui a organisé cette orgie, répliqua-t-elle.

— Mon père méprise presque autant que moi cette… décadence. Mais elle est pourtant essentielle.

— Essentielle ? répéta Loazour, incrédule.

— Oui, poursuivit Heikki. Elle donne l'illusion à tous que mon père s'intéresse à leur personne, puisqu'il dépense des sommes folles pour leur plaisir. Et une soirée telle que celle-ci est riche d'enseignements : beaucoup laissent l'ambiance et l'alcool leur arracher des secrets qu'ils gardaient au fond de leur cœur depuis bien longtemps.

— Un raisonnement cynique, cracha la mercenaire.

— Certes, admit-il. Mais avantageux. »

« Tu te sentiras sans doute seule pendant ces longues années loin de Latar », m'a promis mon instructeur dans la citadelle de Laboused. Je goûte maintenant l'amère saveur de ses paroles…

« Oublions un instant l'orgie, reprit Heikki. Votre discussion avec Dellinger vous a-t-elle éclairée sur ses intentions ?

— Il n'était pas encore assez saoul pour se confier à moi, si c'est le sens de votre question. »

Le rire clair d'Heikki résonna dans la salle et sa spontanéité surprit Loazour :

« Touché, admit-il.

— Je partagerai mes impressions avec votre père dès demain.

— Fidèle et discrète… Vos craintes sont inutiles : mon père ne nous cache rien, à mon frère et à moi.

— Raison de plus pour que je ne vous livre pas mes opinions. Votre père sera ravi de vous informer de la situation, railla-t-elle.

— De toute manière, l'endroit n'offre pas toutes les garanties de sûreté. "La prudence et la discrétion sont les ciments du royaume" », récita Heikki.

Comme Loazour haussait un sourcil interrogateur, il précisa :

« L'une des maximes favorites de Diasezer, le lointain fondateur de la dynastie.

— Sage précepte, approuva-t-elle.

— Mais je manque à tous mes devoirs d'hôte ! Je ne vous ai même pas demandé si vos appartements vous convenaient. Souhaitez-vous que nous ordonnions des arrangements ?

— Tout est parfait, je vous remercie. Je dois avouer qu'ils sont bien plus confortables que les chambres de la citadelle… »

Ne parle pas de Latar !

« Je suis à votre disposition si vous changez d'avis, fit-il.

— Vous faites honneur à la légendaire hospitalité de Melen, observa Gouanv qui s'était glissée à leurs côtés.

— Vous appréciez la soirée ? s'enquit Heikki, sans relever l'impertinence à peine voilée de la remarque.

— Elle me comble, murmura Gouanv. Je ne pensais pas qu'il était possible d'atteindre un tel degré de… raffinement. »

Allez donc au diable, toi et tes semblables ! songea-t-il.

« Ravi que la fête vous plaise, cracha-t-il.

— Mais mon intrusion dans votre conversation n'était pas des plus délicates. »

Avant qu'Heikki eût le temps de protester, Gouanv s'était éclipsée dans la multitude. Les conversations animées s'interrompaient sur son passage et laissaient la place à un silence gêné.

Leurs mines de conspirateurs sont pourtant aussi éloquentes que leurs paroles, pensa la spol.

Alors qu'elle avait presque atteint la sortie, la silhouette massive d'Asbjorn se dressa sur son passage. En dépit de sa chevelure ébouriffée et du manque d'ordre de ses habits, son regard clair démentait un quelconque état d'ivresse :

« Vous nous quittez, je suppose. J'aimerais que nous discutions avec Loazour dès demain matin.

— Je serai présente. »

Elle ressentit le soulagement du régent : malgré sa position, il ne pouvait imposer ses volontés à un spol. Leur liberté de décision était totale et ils pouvaient refuser les ordres d'un souverain sans jamais fournir la moindre explication.

Alors qu'Asbjorn se détournait, elle souffla :

« Sire… Merci pour ce récital. »

La sincérité du ton de Gouanv le surprit ; elle tranchait avec son habituelle insolence. Il apprécia à sa juste valeur cet hommage simple, bien plus authentique que les éloges apologétiques des courtisans.

Ainsi donc, les spols affectionnent les gwerzoù…, songea-t-il.

Un jour, à la fin d'un entraînement intense, j'ai demandé à Gi : « Si je dois affronter un spol dans un combat au couteau, quelle attitude dois-je adopter ? » Après un court silence, il a murmuré : « Ta meilleure chance de survie, c'est de poser ta lame. » Comme je m'étonnais de la résignation du Latar que l'univers considérait comme le meilleur spécialiste du combat à l'arme blanche, il m'a répondu : « Si tu te retrouvais dans une telle situation, cela signifierait que tu as commis une grossière erreur. »

Extrait du journal intime d'Emrodes, souverain de Loar.

Bihan, palais d'Arger, la veille de l'expiration de l'ultimatum.

Aour effleura du doigt le manche de nacre de l'antique poignard posé sur un coussin de soie pourpre. Elle s'en saisit d'un geste timide ; les symboles anciens du royaume de Bihan ornaient l'arme, semblables à des messages ésotériques issus d'un passé oublié. La lame réfléchissait les rayons de soleil aventureux qui étaient parvenus à forcer le passage des étroites lucarnes de la salle du musée. Tandis qu'elle admirait la finesse des décorations, elle réalisa que le poignard était équilibré d'une manière parfaite pour le combat rapproché. Elle se plaça en position d'assaut et apprécia en connaisseuse l'ergonomie du manche, la sécurité qu'offrait l'ellipse de la garde et la forme allongée de la lame.

Emrodes aimerait cette arme, pensa-t-elle. *Tout du moins… en temps normal.*

Elle n'avait pas revu le régent depuis la veille au soir, lorsque Kampiola l'avait invité à la suivre pour partager un secret. La première maître d'armes ne ressentait aucune inquiétude : Emrodes lui avait fait parvenir un message codé l'informant qu'une proposition commune à Loar et Bihan avait été envoyée aux autres royaumes du Ponant et qu'il rejoindrait sa délégation en début d'après-midi. Pourtant, la note d'Emrodes avait éveillé en elle un sentiment nouveau… la jalousie. L'invitation de Kampiola lui était apparue, à son réveil, plus intime qu'elle ne l'avait imaginée lors de la réunion.

Plus préoccupé par la gaudriole au moment où Loar court un tel danger, songea-t-elle en reposant le poignard sur son coussin d'un mouvement un peu trop vif.

Elle ferma les yeux quelques secondes et s'efforça de retrouver son calme.

Je suis injuste, se reprocha-t-elle. *Et je ne dois pas laisser la colère me submerger : dans le combat comme dans la réflexion, elle est mauvaise conseillère. Je laisse mon imagination déborder sans aucun élément tangible, rien ne prouve qu'ils aient passé la nuit à faire des galipettes dans le lit.*

Elle rouvrit les yeux et se força à étudier les armes surannées qui composaient le musée du palais. Son regard papillonna des dagues à lame courbe vers les couteaux de lancer, pour ensuite s'attarder sur les frondes de cuir. Elle se dirigea vers la salle suivante au sein de laquelle étaient exposés des arcs et des arbalètes archaïques ; les armes en bois de hêtre ou de noyer en côtoyaient d'autres plus récentes, en carbone et en fibre de verre. Aour utilisait parfois de tels instruments sur Loar lors de ses entraînements. Faisant fi de leur faible efficacité, elle améliorait ainsi son adresse et sa concentration. Seul Chuluun comprenait ses motivations et elle se souvint avec émotion du jour où il lui avait offert un arc à poulie, d'une précision redoutable pour une telle arme.

Il n'a jamais voulu me renseigner sur son origine. Latar utilise-t-il les arcs pour la formation de ses mercenaires ?

Le grincement sinistre de la porte du musée la tira de ses pensées ; la silhouette maintenant familière d'Akil, le spol de Bihan, apparut dans la pénombre. Son visage buriné évoquait la lassitude, ses épaules voûtées suggéraient une apathie qui n'abusait pourtant pas Aour.

« Je me suis permis de visiter votre musée, dit-elle.

— Elestr a souhaité que votre séjour en ces lieux se place en dehors de l'habituelle cérémonie diplomatique, la rassura-t-il. C'est un honneur pour nous de constater que ces humbles témoins du passé attirent votre attention.

— Certaines pièces sont singulières et, j'imagine, plutôt rares.

— Oui, sans doute. Je constate aussi avec fierté que vous jugez le palais d'Arger assez sûr pour vous promener sans escorte. »

Une menace voilée ? s'interrogea Aour. *Non, je suis un peu trop suspicieuse ce matin.*

« Il est vrai que, si l'on en croit votre réputation de combattante, une escorte vous est inutile, reprit le vieux spol.

— Les rumeurs exagèrent toujours la réalité, rectifia-t-elle. Mais vous avez raison sur un point, je me sens en parfaite sécurité dans ce palais. »

Les actes des spols sont rarement aléatoires. Il n'est pas venu discuter avec moi par simple courtoisie…

« Kampiola souhaite que vous gardiez tous un bon souvenir de votre passage sur Bihan.

— Je ne doute pas un instant de la qualité de son… hospitalité », siffla-t-elle.

Mais qui suis-je pour juger ainsi le comportement de mon souverain ? Nos émois passés ne m'autorisent pas à considérer qu'il m'est lié…

« Je perçois des nuances d'amertume dans votre voix, observa-t-il. Une pointe de dépit, peut-être ?

— Cherchez-vous à éveiller ma colère dans le but de me déstabiliser ? demanda-t-elle d'une voix glaciale.

— Nullement, vous laissez vos sentiments vous submerger… »

Et nous avons besoin de toi, Aour, songea Akil. *Pour conserver la diversité, même si cela nous oblige à prendre quelques risques.*

« Vos émotions constituent votre force, reprit le vieux spol. Ne les laissez pas devenir votre faiblesse majeure.

— Comment osez-vous ? explosa Aour, indifférente aux règles de l'étiquette. Gardez vos précieux conseils pour cette petite garce, je me débrouillerai très bien sans vous. »

Presque. Elle est presque prête…

« Vos paroles dépassent votre pensée, murmura-t-il. Vous accordez un peu trop d'importance à vos souvenirs sexuels pour être tout à fait impartiale. »

À ces mots, Aour bondit en lançant son pied droit vers le genou du spol. Dans le même mouvement, elle avait sorti le couteau de son fourreau et son bras avait décrit une courbe sèche vers le cou de son adversaire. Akil s'était décalé sur sa droite d'un saut vif, et les attaques de la maître d'armes ne rencontrèrent que le vide.

« Ces souvenirs altèrent aussi vos capacités de combat », remarqua-t-il.

Elle feinta à plusieurs reprises ; son corps envoyait des informations contradictoires pour troubler son adversaire. Elle déclencha une ondulation subtile du bassin, puis une amorce de coup de pied suivie par une avancée franche de l'épaule, mais Akil ne réagit à aucun des signaux qu'elle enchaînait avec une rapidité déconcertante. Alors que son corps suggérait un retrait, elle frappa, sa lame dirigée vers le foie du spol. Akil s'effaça au dernier moment et il assena un coup sec du tranchant de la main sur le poignet d'Aour, qui la contraignit à lâcher son couteau. La chute de l'arme sur le sol résonna quelques secondes dans les salles du musée et parut extirper la maître d'armes de sa transe.

Suis-je devenue folle ? songea-t-elle. *Je viens d'attaquer au couteau un spol d'un royaume ami. Je devrais être morte.*

Akil se tenait impassible à ses côtés, il se pencha pour ramasser son couteau et le lui tendit, comme si la réaction d'Aour n'avait constitué qu'un simple malentendu entre vieux amis :

« J'espère que cette attaque quelque peu… ridicule vous a permis de réaliser les excès de votre colère et qu'elle vous évitera de commettre des sottises à votre retour sur Loar. Emrodes aura besoin de vous dans les jours qui viennent.

— En tant que maître d'armes, soupira-t-elle.

— Oui, en tant que maître d'armes, mais pas seulement. Nul besoin d'être un spol pour déceler la tendresse qu'il éprouve pour vous. Il sait que vos opinions sont dénuées d'arrière-pensées, que votre fidélité est réelle et que vos sentiments sont purs. Peu de souverains sont entourés de tels êtres lorsqu'ils sont au pouvoir, et cela constitue l'une des grandes forces de Loar.

— De la tendresse, mais pas de l'amour…

— Non, sans doute pas. Mais votre présence à ses côtés le rend plus serein, plus fort. Et n'ayez crainte, jamais il n'oubliera les nuits qui ont éveillé ses sens. »

Nous devons leur offrir des conditions idéales, songea

Akil, *le chemin est si étroit. Mais il nous permettra peut-être de conserver la diversité…*

Aour accepta le couteau que lui tendait le spol. Elle le replaça dans son fourreau et leva les yeux vers lui :

« Merci. »

Je sais maintenant ce qu'il recherchait, pensa-t-elle. *Il voulait éteindre ma colère naissante avant qu'elle ne me consume.*

« Nos intérêts sont convergents », répondit-il.

Et c'est doublement vrai, songea Akil. *Mais la tâche est ardue pour Bleiz et les spols de Loar…*

« Rejoignons les autres, dit Aour. Je les ai quittés depuis plus d'une heure, je ne voudrais pas qu'ils s'inquiètent.

— Oui, bien sûr. »

Il suivit la maître d'armes et referma la lourde porte métallique derrière lui. Leurs pas crissaient sur le gravier ocre de l'allée qui menait à la terrasse où s'étaient regroupés les membres des deux délégations. Des bruits de conversation furent bientôt perceptibles, Aour reconnut le timbre de voix d'Elestr ainsi que le rire turbulent de Kai. Les visages se tournèrent vers eux lorsqu'ils gravirent les quelques marches qui les séparaient de l'esplanade.

« Juste à temps… le flair de la maître d'armes et du spol, ironisa Kai en exhibant un parchemin qui portait les signes de l'unité de décodage. Une première réponse nous est parvenue.

— Que dit-elle ? s'enquit Aour.

— Elle nous vient de Traezh et d'Erc'h : ils donnent leur accord de principe pour un premier refus commun à l'ultimatum de Melen. »

Curieux que ces deux planètes nous expédient une dépêche commune, songea Aour. *Ni leur géographie, ni leur histoire, ni leurs coutumes ne les rapprochent. Nous ignorons bien des accords secrets entre les royaumes…*

« Ils précisent que leur position pourrait être modifiée à tout moment en cas de "modification majeure dans les données du conflit", précisa le jeune homme.

— En clair, intervint Elestr, ils prévoient que la première frappe de Melen sera dirigée sur Loar et ils pourront alors vérifier l'efficacité de votre riposte... Tout comme nous.

— Les cinq autres royaumes ont reçu une copie de leur missive, ce qui devrait nous aider à obtenir leur accord », reprit Kai.

Où se trouve donc Emrodes ?

« Le document porte la marque d'Emrodes », observa Bleiz, comme s'il lisait dans l'esprit de la maître d'armes.

« Ainsi que celle de Kampiola », ajouta Elestr.

Aour prit place à la table entre Kai et Bleiz alors qu'Akil s'installait à côté d'Elestr. Chuluun et Donn, les deux Latars, demeuraient silencieux, s'activant déjà à imaginer les stratégies militaires qui donneraient l'avantage à leur souverain.

Bleiz est-il l'instigateur de la démarche d'Akil ? se demanda soudain Aour. *Est-il possible qu'il lui ait suggéré de m'éprouver ? Ils n'ont échangé aucun signe de connivence depuis notre arrivée, mais comment décrypter le comportement d'un spol ?*

La beauté et le calme du parc du palais diffusaient une impression de sérénité tranquille, comme si les menaces ne représentaient plus qu'une lointaine illusion. Aour se saisit d'une coupe de cristal emplie d'un liquide grenat, que lui tendait une jeune servante, et leva les yeux vers la sœur de la régente.

« Du jus de baies sauvages », précisa Elestr, en réponse à la question muette de la maître d'armes.

Elle porta la coupe à ses lèvres et recueillit une gorgée du nectar. Ses papilles apprécièrent la fraîcheur et la saveur du breuvage, à peine masquées par l'amertume du fruit. Elle se souvint que les vergers de Bihan étaient réputés pour leur diversité et pour la qualité de leurs fruits.

Une brise tiède leur caressait le visage ; elle procurait une agréable sensation de fraîcheur en ce milieu de journée, marquée par la présence étincelante d'un soleil radieux. Aour ferma à demi les paupières pour profiter de ces instants de repos avant le tumulte qui s'annonçait.

Tant de douceurs alors que l'ultimatum expire demain, songea-t-elle.

*

Emrodes avait écarté le rideau pour observer au loin la discussion des deux délégations. Il avait repoussé les adieux jusqu'à la minute ultime, mais il savait que son absence ne pouvait se prolonger plus longtemps. Il se retourna pour contempler Kampiola qui griffonnait sa marque sur les trois derniers messages qu'un garde venait de leur apporter. Tan, Mor et Heol avaient, à leur tour, accepté de se joindre à la coalition ; seuls Aer et Douar manquaient encore à l'appel, mais il ne doutait plus de leur assentiment.

Les pieds nus de Kampiola caressèrent la laine tissée du tapis ; elle déposa sur les lèvres du jeune homme un baiser mutin et laissa ses mains errer dans sa chevelure :

« Une résistance commune s'organise au sein des royaumes du Ponant, observa-t-elle : tu as obtenu ce que tu étais venu chercher.

— Plus encore, chuchota-t-il au creux de son oreille.

— Merci, fit-elle.

— Pourquoi ? demanda-t-il, surpris.

— Pour la lueur d'espoir que tu nous as offerte, même si elle est frêle… »

Et peut-être éphémère, songea-t-elle. *Quelle ironie ! Mes émotions et la survie de Bihan sont maintenant intimement liées…*

« L'avenir nous unira à nouveau », promit Emrodes, comme s'il suivait le cours des pensées de la régente.

Dans ce monde ou dans un autre, pensa-t-elle avec amertume.

« Je ne désire pas la langueur des adieux », murmura Kampiola, après un long silence.

Comme le jeune homme demeurait muet, elle se détourna et franchit le seuil de la porte sans qu'il ébauchât le moindre geste pour la retenir. Le bruit de ses pas résonna dans l'esprit d'Emrodes plusieurs minutes après son départ. Il se décida enfin à regagner les jardins pour retrouver sa délégation ; les images de la nuit se succédaient dans sa tête, à un rythme beaucoup plus rapide que ce qu'il aurait souhaité. Il se dirigea sans peine dans les couloirs du palais et atteignit le salon qui jouxtait la terrasse. Malgré la tristesse sourde qui montait de son âme, il tenta d'offrir un visage serein à ses compagnons.

Ne détestez rien, car ce que vous détestez pourrait faire votre bonheur.

Extrait du Coran, le livre sacré de l'une des cinq religions antiques.

N.B. Toute consultation de cet ouvrage est réservée aux prêtres et soumise à l'accord préalable du grand prêtre.

Sainte planète de Kreis, centre d'études religieuses, la veille de l'expiration de l'ultimatum.

Les ampoules percées de sa main droite empêchaient Rayan de progresser aussi rapidement qu'il l'aurait souhaité ; il lui restait encore un quart de la cour à nettoyer et une lassitude pesante commençait à se faire sentir. Un garde surveillait son travail du coin de l'œil : il s'assurait que l'étudiant ne trompait pas sa vigilance et ne profitait pas de sa torpeur pour se reposer.

Il n'attache sans doute aucune valeur à sa besogne, songea Rayan, *mais il craint d'être à son tour victime d'une punition s'il ne remplit pas sa mission de contrôle, ordonnée par le grand prêtre lui-même.*

Il abandonna son balai pour se saisir d'une brosse à

poils durs qui lui permettrait de venir à bout d'une tache résistante sur le sol en marbre de la cour intérieure du bâtiment. Ce travail ingrat ne constituait que la partie la plus supportable du châtiment ordonné par Evzek, le grand prêtre de Kreis. Il avait enduré sans se plaindre les coups de fouet publics, administrés par un prêtre robuste que Rayan soupçonnait de sadisme. Malgré les onguents des infirmières du centre de soin, il ressentait toujours les morsures du cuir.

Et les visages jubilants de mes camarades d'études, qui assistaient à mon supplice sans mot dire. Ils sont plus que jamais persuadés que l'obéissance aveugle est une vertu et l'initiative un danger… Ah, les idiots.

Rayan savait que la fin de son labeur serait synonyme d'un sermon interminable sur la nécessaire graduation de la progression du savoir, prodigué par les gardiens d'une orthodoxie rigide. Il demeurerait silencieux, comme réceptif aux inepties égrenées par les prêtres formateurs.

Ils m'isoleront ensuite pour la nuit dans l'aile la plus glacée du bâtiment : le froid pour la sanction physique, la solitude pour la pénitence morale. Cependant, leur surveillance s'est relâchée et ils me croient sans doute trop exténué et conscient de mes fautes pour supposer que je puisse m'éclipser.

En dépit de la douleur, il poursuivit son nettoyage sans faiblir ; il ne restait maintenant plus qu'une zone restreinte à astiquer et Rayan ne souhaitait pas subir les prêches jusqu'au milieu de la nuit. Il s'efforça de se concentrer sur les quelques dalles qui méritaient encore un coup de brosse, puis il rangea ses outils un à un en affichant sa fatigue profonde. Il perçut de la compassion dans le regard du garde, qui s'était levé pour l'accompagner dans le bâtiment.

Ils traversèrent ensemble la cour et gravirent l'escalier étroit qui menait au bureau du prêtre responsable des étudiants de sa promotion. Le garde frappa doucement sur le bois de la porte et s'écarta pour laisser Rayan entrer ; il referma la porte et les laissa seuls.

« Ton repentir semble sincère. Même si tes fautes sont lourdes, je me félicite de ton attitude : ton travail est consciencieux et tu perçois enfin le bien-fondé du Saint Enseignement. »

Une variante dans son introduction…

« Aussi, j'ai décidé d'intervenir en ta faveur pour que tu puisses te reposer après ton travail manuel, et ce, jusqu'à la fin de ta punition, c'est-à-dire dans… trois jours. »

Il préfère une bonne table à un monologue enflammé.

« Je vous en remercie, répondit humblement le jeune étudiant.

— Essaie de ne pas décevoir une nouvelle fois la confiance que j'ai placée en toi.

— Je ferai de mon mieux. »

Le prêtre hocha la tête, le congédia d'un geste sec et replongea dans la lecture de ses documents. Rayan sortit de la pièce et gagna la chambre qui lui avait été attribuée, accompagné par le garde. Il dévora les maigres provisions qui avaient été déposées sur son bureau, éteignit la lumière et se coucha sans même prendre la peine de se déshabiller.

Qu'ils croient donc que je suis exténué au point de m'écrouler sur mon matelas. L'attention de ceux qui me surveillent s'émoussera à mesure que la nuit se fera plus sombre.

Il s'efforça de s'endormir, pour profiter au maximum des heures de repos qu'il pourrait glaner avant son réveil.

*

La nouvelle lune permit à Rayan d'enjamber la fenêtre de sa chambre sans risque d'être repéré par une sentinelle. Il franchit, en équilibre sur le muret, les quelques mètres qui le séparaient de l'escalier de secours.

La seule partie délicate.

Il atteignit enfin les premières marches et gagna le sol en prenant soin de demeurer silencieux. Les semelles souples de ses chaussures absorbaient le son de ses pas ; il se dirigea vers la façade nord du bâtiment des études en empruntant les allées désertes qui serpentaient entre les jardins, les cours carrées et les hauts édifices. Soudain, Rayan perçut un mouvement sur sa gauche : il s'immobilisa contre un mur de pierre et bloqua sa respiration.

Ce n'est qu'un seps, souffla-t-il, en reconnaissant la silhouette du lézard ocre à pattes courtes.

Il reprit sa progression et rejoignit bientôt les vergers de l'université ; il prit appui sur un pommier adjacent à l'enceinte, se hissa sur le mur et se laissa retomber avec souplesse de l'autre côté. Il demeura immobile, le temps de vérifier que sa chute n'avait alerté personne, puis s'éloigna des bâtiments en direction du nord-ouest. Il s'obligea à conserver une cadence de course régulière, qui lui permettrait de rejoindre sa destination en une heure.

Oublie les coups, oublie la fatigue, pense seulement à ton rythme…

La fréquence de sa respiration s'harmonisait avec le bruit sourd de ses pas, il avait dépassé les dernières demeures des faubourgs et il contournait la haute colline qui surplombait la ville en suivant un sentier qu'il avait déjà emprunté à maintes reprises. Les muscles de ses jambes lui rappelaient qu'il avait besoin de repos, mais il appréciait néanmoins sa cavalcade nocturne dans les bois du Norz.

La nuit, son alliée lors de sa fuite, compliquait quelque peu sa progression ; la végétation devenait de plus en plus abondante et contraignait Rayan à ralentir l'allure pour éviter de trébucher.

Même les yeux bandés, je serais capable de retrouver les grottes, je connais le moindre buisson...

Rayan contourna une pierre de forme oblongue et dédaigna le chemin pour s'enfoncer au cœur des broussailles. Les ronces lui griffaient les bras, mais il savait qu'il déboucherait bientôt dans une zone de genêts ambrés. Il parcourut une centaine de mètres et s'arrêta au pied d'un buisson aux feuilles couleur de jade. Il l'écarta et dégagea une entrée étroite à l'intérieur de laquelle il se glissa. Lorsque ses pieds rencontrèrent la terre meuble, ses mains lâchèrent prise, et il poursuivit son avancée, à demi courbé. Le boyau s'élargit pour déboucher dans une petite caverne humide ; Rayan fouilla l'entrée à tâtons et ses mains finirent par trouver la lampe qu'il avait cachée lors de sa dernière venue. Il l'alluma, éclaira la grotte d'un geste circulaire, et suivit un tunnel qui s'enfonçait dans les profondeurs pendant quelques minutes, puis il accéda à une seconde caverne, bien plus étendue que la précédente.

Enfin...

Bien qu'il fût préparé au panorama qui l'attendait, la beauté majestueuse de l'endroit le cloua au sol, comme chaque fois qu'il se rendait dans les grottes de Reter. Des protubérances ivoire se lançaient à l'assaut de la voûte distante d'une dizaine de mètres, semblables à des totems guerriers érigés par des tribus païennes. La lumière de sa lampe se réfléchissait sur le calcaire des formes baroques, façonnées au cours des millénaires. À chacune de ses visites, elles excitaient son imagination adolescente : un soleil asymétrique côtoyait des ébauches de méduses efflanquées. Seul le ruissellement monotone venait troubler la quiétude des lieux, Rayan osait à peine se déplacer, par crainte de briser le charme de l'instant.

Il s'avança à l'intérieur de la caverne et suivit une

voie courbe qui coulait au milieu des excroissances minérales. De longues stalactites karstiques lui frôlaient le visage, tels des crocs effilés ; parfois, une goutte glacée s'en échappait et éclatait sur sa peau cuivrée. Des voiles transparents habillaient l'espace, çà et là reliés par des filaments graciles, délicats comme le cristal.

Elle m'attend sans doute au pied de l'arbre…

Il discerna enfin une ombre élancée, accroupie au pied d'une sculpture taillée par la nature qui évoquait le sedr, l'arbre précieux des forêts millénaires du Norz. Il esquissa un salut muet en direction de la silhouette, qui se redressa à son approche.

« Bonjour, petit frère », murmura-t-elle.

La pâleur de ses yeux aux reflets tilleul, noyés dans le lait de sa peau, s'harmonisait à la perfection avec les éclats ivoire qui apparaissaient, fugaces, comme esquissés par la lumière de la torche de Rayan.

« Bonjour, Esyllt », répondit-il.

Il ressentait l'envie de se jeter dans ses bras, de libérer les larmes qu'il contenait en lui depuis des jours, mais il ne voulait pas montrer ses faiblesses, pas même à sa sœur.

« Tu t'es donc dévoilé, souffla-t-elle.

— Oui, admit-il. J'ai simulé un lapsus lors de la venue du grand prêtre, afin qu'il apprenne mes escapades dans la bibliothèque. Les gardes se doutaient de quelque chose de toute façon, et il valait mieux qu'ils croient que les livres secrets représentaient le seul objectif de mes fugues. »

À peine sorti de l'enfance, il affronte un milieu hostile chaque jour, songea-t-elle. *Et il tente pourtant de masquer ses souffrances…*

« Tu as commis une imprudence en m'attendant dans ces grottes malgré ma journée de retard, lui reprocha-t-il. J'aurais pu être démasqué et contraint de révéler nos secrets. La rébellion a besoin de toi !

— Le chemin était surveillé. »

Oui, bien sûr, pensa-t-il. *« Prévoir l'imprévisible », comme elle le répète si souvent, même l'éventualité des aveux de son frère. Elle ne dirige pas la rébellion par hasard à l'aube de ses vingt-cinq ans…*

« Je ne peux prendre aucun risque, se justifia-t-elle.

— Je comprends.

— Ton rôle est tout aussi important, tu es le seul élément que la rébellion a réussi à infiltrer dans leur cycle d'études. »

S'il en existait d'autres, elle ne me divulguerait pas l'information.

« Mon échange avec le grand prêtre m'a permis de détourner leur attention, observa-t-il en ignorant la remarque d'Esyllt, et je pense aussi être parvenu à éveiller son intérêt. Je suis persuadé que ma punition ne constituera pas un handicap dans l'avenir.

— Je suis consciente des sacrifices que nous exigeons de toi…

— C'est ma propre décision, l'interrompit-il.

— Oui. Mais peut-être pouvons-nous soulager une partie de ton fardeau.

— Est-ce ma sœur ou le chef de la rébellion qui parle en ce moment ? »

Il est devenu si méfiant, pensa-t-elle. *Mais comment pourrait-il en être autrement dans le milieu au sein duquel il évolue ?*

« Rayan, si tu ne te relâches pas lorsque tu es parmi nous, la pression deviendra un jour intolérable. Personne, et surtout pas moi, ne songerait à te le reprocher. »

Elle s'avança, les mains tendues, vers son jeune frère et le serra contre sa poitrine pour tenter de lui prodiguer un peu de cette tendresse qui lui faisait si cruellement défaut. Rayan demeura silencieux, impassible, puis il sentit une vague qui montait du plus profond de son être, qui le débordait de toutes parts. Et il laissa les larmes couler sur ses joues, il pleura la douleur des coups, les humiliations continues de ses instructeurs, l'indifférence méprisante des étudiants, il pleura les craintes d'être découvert, les premiers soupçons dans le regard des gardes, l'arrogance hautaine des prêtres, mais surtout il pleura son enfance déjà lointaine, son innocence oubliée, enfouie sous les impératifs de la lutte.

Il s'écarta et essuya l'humidité de ses yeux d'un revers de la manche :

« Je suis sot, fit-il.

— Non, protesta Esyllt d'une voix douce. Tu n'es qu'humain, je devine ce que tu dois endurer. »

Il s'efforça de retrouver sa sérénité, mais il devinait que ses émotions demeuraient toujours aussi visibles.

« J'ai déniché quelques renseignements utiles, annonça-t-il.

— Je t'écoute.

— Dans une salle attenante à la bibliothèque, ils conservent les dossiers des étudiants et le mien contient la mention "orphelin, sans frère, ni sœur, ni aucune autre famille répertoriée". Ils te croient morte, comme nous le supposions.

— Parfait. Quelque chose d'autre ?

— Oui, mais plus une intuition qu'un fait. Nos instructeurs en stratégie politique ont annulé toutes leurs conférences, ils ont quitté les bâtiments des études.

— Pour rejoindre le grand prêtre ?

— Je l'ignore. Mais ils anticipent peut-être du nouveau dans les royaumes. »

Ce qui nous ramène à la problématique classique, songea Esyllt. *Devons-nous contacter certains royaumes pour accroître nos moyens et nos réseaux d'information, au risque de nous découvrir ? Non, le péril est encore trop élevé…*

« Dès que ma quarantaine aura pris fin, j'aurai un accès officiel à la bibliothèque, et donc à de nombreuses données complémentaires.

— Méfie-toi ! La surveillance deviendra alors plus pesante.

— Oui, la fréquence de nos rencontres doit être réduite, afin de limiter les risques. »

La lutte sera encore longue, mais le temps travaille pour nous, pensa Esyllt. *Ils ne connaissent rien de nos activités et sous-estiment nos aptitudes, alors que chaque journée nous apporte de nouvelles informations sur leur compte. Si Rayan parvient un jour à intégrer le cercle fermé des conseillers du grand prêtre, nous disposerons alors d'une mine de renseignements.*

« Il serait plus prudent que je regagne l'université religieuse, ajouta-t-il, le trajet me prendra encore une heure.

— Tu as raison. »

Comme il se détournait pour regagner la première caverne, elle l'interpella :

« Rayan !

— Oui, répondit-il, sans la regarder.

— Ne doute plus de mon affection… »

*

Rayan attendait les premières lueurs de l'aurore, allongé sur son matelas ; malgré sa fatigue, il ne parvenait pas à trouver le sommeil. La rencontre avec sa sœur l'avait réconforté après les épreuves de ces derniers jours ; il savait qu'Esyllt avait forcé sa réserve naturelle pour lui exprimer ses sentiments, et il lui en était reconnaissant.

Ne craque pas maintenant, songea-t-il. *Ne gâche pas ces quatre longues années ! Tu es parvenu à te faire remarquer du grand prêtre, une chance pareille ne se reproduira peut-être plus.*

Le jeune homme comprenait que le principal espoir de la rébellion reposait sur ses frêles épaules. Leurs moyens demeuraient limités, leur influence et leur notoriété ne parvenaient pas à croître, seule la connaissance de l'ennemi leur permettrait de passer à l'offensive.

Je vengerai mes parents ! Je tiendrai ma promesse...

Il avait appris à masquer la fureur qu'il ressentait lors des explications mensongères des prêtres sur l'accident qui, selon eux, leur aurait coûté la vie. Il s'imposait une mine triste, accablée, qui suffisait à tromper la vigilance de ses interlocuteurs.

Ne craque pas maintenant.

Lorsque la poignée de la porte pivota, Rayan avait retrouvé toute sa hargne, enfouie sous une attitude paisible.

Écoute, regarde, réfléchis. Parle peu. Et agis vite.

Précepte Latar.

Latar, la veille de l'expiration de l'ultimatum.

L'extrémité de la ceinture de cuir qui maintenait la longue tunique brune de Subotaï en place claquait sous les gifles du vent. La coupe grossière et surannée du del, le vêtement traditionnel qui le protégeait des morsures du froid, aurait suscité des sourires méprisants sur une autre planète. Mais pas sur Latar. Les jeunes gens le portaient lors de leurs activités quotidiennes, comme un symbole commun de reconnaissance.

Des nuages de brume voilaient l'immensité de la steppe, mais cela ne gênait pas le cavalier, qui contraignait son cheval à conserver un cap nord-est, en direction de la taïga que l'on distinguait à peine à l'horizon.

Je ne me suis pas rendu près du lac depuis si longtemps, pensa-t-il.

Ses yeux en amande, sans cesse en mouvement, ajoutaient une touche de mystère à l'ovale de son visage sec, que quelques rides commençaient à peine à strier.

Même si de nombreux Latars partageaient les mêmes caractéristiques physiques, les souverains de l'ensemble des royaumes avaient appris à reconnaître les traits du commandant de la citadelle de Laboused.

Il regroupa les rênes dans sa main droite puis, sans ralentir l'allure, il ajusta son loovuz, le chapeau en peau de loup qui protégeait ses oreilles et son front des assauts du vent. Il se rappela sa chasse solitaire, à la veille de son seizième anniversaire ; il désirait alors prouver sa bravoure à celle qu'il croyait être l'élue de son cœur. Il s'était enfoncé seul avec sa jeune monture, son arc en bandoulière, dans la taïga qui bordaient les rives du lac Khövsgöl. Il avait traqué une meute de loups pendant trois jours sans parvenir à la diviser, malgré ses harcèlements incessants. La nuit constituait l'instant le plus dangereux ; malgré les feux qu'il allumait dès que les derniers rayons du crépuscule s'étaient éteints, il percevait la présence des bêtes sauvages qui rôdaient dans l'attente de son sommeil. À l'aube du quatrième jour, un jeune mâle peinait à suivre le rythme de ses congénères, il se traînait à l'arrière, sans doute victime d'une blessure à la patte. Subotaï ne savait pas si les loups se regrouperaient pour le défendre ou s'ils l'abandonneraient pour augmenter leur chance de survie ; en dépit de son adresse, la perspective d'affronter six loups avec son seul arc ne l'enchantait guère. Au milieu de l'après-midi, il devint clair que le jeune mâle ne pourrait plus poursuivre sa course effrénée ; alors que Subotaï observait la meute à une distance prudente, il vit le chef se retourner, hésiter l'espace de quelques secondes puis s'enfuir, bientôt suivi par les quatre autres loups. Il n'eut aucun mal à achever la bête dont il ramena la dépouille à son village ; il la confia ensuite à une ancienne qui tailla un loovuz et une del aux mensurations de la jeune femme en échange d'une bonne partie de la viande.

Je me souviens avec plus de précision du regard ambigu

du chef de la meute au moment de sa décision que des traits de la jeune fille, qui refusa de m'ouvrir sa porte malgré ma preuve de vaillance. Peut-être n'était-il pas mécontent de se débarrasser d'un rival qui aurait pu l'inquiéter à la saison suivante…

Les collines boisées qui entouraient le lac se dessinaient maintenant devant Subotaï. Il pouvait même discerner un troupeau de yaks placides qui broutaient l'herbe jaunie, à proximité de l'orée de la forêt. Il força sa monture à obliquer vers la gauche pour aborder le lac par sa face occidentale puis il lui caressa l'encolure pour l'encourager à poursuivre son effort.

Nous pourrons nous rafraîchir avec l'eau la plus pure de la planète d'ici peu de temps.

Le sentier parsemé de rocaille se lançait à l'assaut de la première colline ; des pins élancés, gardiens centenaires de la splendeur du lac, apparaissaient au fur et à mesure de leur avancée. Lorsqu'il franchit le sommet, la splendeur du paysage lui arracha un soupir de satisfaction ; les multiples teintes de vert de la végétation rehaussaient l'azur du lac, semblable à un bijou précieux auréolé d'un écrin de verdure.

Nous nous sommes installés près des côtes depuis des générations ; certains d'entre nous sont devenus pêcheurs et affrontent la fureur de l'océan, mais nous sommes restés des enfants des steppes…

Il éperonna son cheval pour gagner la rive ; il avait hâte d'étancher sa soif, mais les distances étaient trompeuses et une heure supplémentaire leur serait nécessaire pour atteindre l'étendue liquide. Tandis qu'il progressait, il se rassasiait d'images, de sons et de senteurs, comme si sa mémoire laissait ses sens retrouver les émotions de son enfance.

La brève halte au bord du lac lui permit de se désaltérer et de remplir ses outres. Il profita de la pause pour surprendre deux volatiles, que ses flèches transpercèrent d'un trait adroit.

Puis Subotaï poursuivit son chemin. Quelques minutes plus tard, il discerna enfin la forme d'une ger, nichée à flanc de colline, protégée des vents par quelques résineux qui l'entouraient. Il attacha sa monture à un arbre, à quelques mètres de la ger, l'habitation temporaire des tribus nomades qui persistaient à sillonner la planète au gré des climats. Il s'immobilisa, plaça ses mains en porte-voix et lança le salut rituel en direction de la porte finement décorée :

« Nokhoï khor ! »

Cette formule de politesse en langue ancienne signifiait « Retenez votre chien », alors que bien peu de familles possédaient encore un canidé. La porte de la ger pivota et un vieil homme ridé par les ans apparut sur le seuil ; ses traits s'illuminèrent à la vue de Subotaï et il s'effaça pour l'inviter à entrer. Le commandant retira son loovuz, salua son hôte et pénétra à l'intérieur de la ger. Une femme sans âge se tenait sur sa droite, comme le voulait la tradition nomade. Il la remercia de son accueil et se laissa entraîner par le vieil homme au fond de l'habitation, à la place d'honneur réservée aux invités. Après les courtoisies d'usage, il leur remit les deux pièces de gibier en prenant soin de ne pas froisser les anciens par une parole maladroite.

Surtout ne pas insinuer qu'ils ont des difficultés à subvenir à leurs besoins, pensa-t-il, *même si c'est probablement le cas. Ils préféreront vider leurs réserves plutôt que de l'admettre.*

Pendant que Subotaï se restaurait en honorant un plat insipide à base de mouton bouilli, le vieil homme avait déniché une vieille photographie sur laquelle posait un adolescent, et la tendit au commandant. Subotaï s'efforça de se remémorer ce visage qui évoquait en lui de vagues souvenirs.

« Oui, observa-t-il. Un jeune homme courageux, que nous avons envoyé sur Aer l'année dernière, un excellent mercenaire... »

Le sourire de fierté qui éclaira le visage du vieil homme lui confirma qu'il avait touché juste.

Un bien piètre stratège, songea le commandant. *Peu brillant, mais sa bravoure est réelle.*

« C'est notre fils, commandant, expliqua la femme. Il nous manque, mais nous sommes fiers de lui. »

Subotaï approuva d'un hochement de tête et rendit la photo au vieil homme.

L'éternelle cruauté de la séparation, pensa-t-il. *Mais le choix ne nous est pas permis, seules nos capacités militaires nous protègent.*

La conversation s'orienta peu à peu vers des sujets plus traditionnels ; le vieil homme lui conta ses dernières chasses en mimant, tel un saltimbanque, la discrétion de ses approches et les réactions de surprise du gibier. Subotaï ne put réprimer son rire lorsque son hôte imita la glissade d'un lynx qui tentait d'éviter les flèches meurtrières.

« Vous l'aviez touché ? le questionna le commandant.

— Non, admit le vieil homme dans un sourire. Sa chute m'a surpris et je n'ai plus les réflexes d'antan. Il parcourt sans doute encore la taïga en se moquant de ce pauvre chasseur, incapable d'ajuster son tir.

— Les peaux qui vous servent de couvertures sont autant de preuves que tous n'ont pas profité de la même maladresse. »

Son hôte parut apprécier le compliment, d'autant plus qu'il venait de l'un des hommes forts du conseil des sages de Latar. Il servit aussitôt une rasade d'alcool supplémentaire à son invité et trinqua avec lui, sous l'œil un peu inquiet de sa femme.

Sa santé ne lui permet sans doute pas de nombreux excès, songea le commandant.

Il vida son verre d'un trait et le reposa sur la table basse. Alors que le vieil homme s'apprêtait à le remplir de nouveau, il déclina l'offre selon la coutume nomade.

« Mon voyage sera long demain et je connais mes limites », ajouta-t-il.

Il perçut le soulagement dans le visage ridé de la vieille femme ; il imagina sans peine ses efforts incessants pour soutenir son mari, sans lui donner l'impression qu'elle le jugeait diminué. Il répondit à l'invitation de ses hôtes et prit place sur sa couche alors que le vieil homme éteignait une à une les lumières de la ger.

Il se détendit sans laisser le sommeil le gagner et pensa aux récents messages qui lui étaient parvenus des royaumes. Le souvenir de la missive codée de Donn, le commandant en chef Latar des armées de Bihan, s'imposa à nouveau.

Est-ce parce que son message m'est parvenu juste avant mon départ ou parce que ses arguments reprennent, presque à l'identique, la position défendue par Chuluun, le commandant en chef de Loar ?

La conclusion de la dépêche de Donn résonnait encore dans sa mémoire : *Ne trahissons pas notre honneur, ne trahissons pas nos ancêtres.* Le mercenaire exilé n'avait pas cru bon de justifier son opinion sur des critères d'intérêt ou même de survie, il n'avait à aucun moment abordé l'hypothèse d'une victoire massive de Melen qui conduirait sans doute, tôt ou tard, au siège de Latar. Il s'était contenté de rappeler que la confiance que témoignaient les royaumes à Latar se basait sur des siècles d'une fidélité absolue.

Ce point de vue était relayé par Ochir qui, depuis son retour de Melen, ne cessait de conspuer les partisans d'un accord avec Asbjorn, le « courant pragmatique » comme ils s'étaient eux-mêmes baptisés, flirtant par instants avec l'insulte. Son statut d'ancien commandant en chef des armées de Melen lui conférait une aura de prestige, mais il semblait à Subotaï que ses arguments ne rencontraient que peu d'échos auprès des membres du conseil.

Tous nos commandants en chef exilés au sein des royaumes, sans exception aucune, nous enjoignent de ne pas céder à la tentation, songea Subotaï. *Même Loazour, malgré son jeune âge, a pris position. Mais leur opinion suffira-t-elle à dissuader les membres du conseil des sages de céder aux propositions du « courant pragmatique » ?*

Les membres les plus virulents de ce groupe l'avaient abordé à maintes reprises ces derniers jours pour tenter de le convaincre du bien-fondé de leurs positions. Le prestige de Subotaï influencerait sans doute quelques votes lors de la réunion du conseil, mais le commandant de la citadelle avait conservé ses opinions secrètes.

Et mon désir de retrouver les steppes l'espace d'une journée ne constituait qu'une excuse pour éviter les assauts des uns et des autres.

Son esprit, à présent quelque peu assoupi, vagabondait vers les événements de ces dernières semaines. Il se souvint des signes précurseurs du conflit qui s'annonçait, des menaces à peine voilées, des ultimatums menaçants, des exigences des royaumes quémandant de nouveaux mercenaires.

D'habitude, la guerre nous apporte de nouvelles richesses… Cette fois-ci, nous risquons de tout perdre.

Toute cette excitation tranchait avec le rituel immuable de l'entraînement des cadets de la citadelle, la sérénité des cours de stratégie avancée et la rigueur des épreuves physiques. La citadelle bruissait des efforts des étudiants, de leur ambition à devenir des mercenaires pour la gloire et la survie de Latar. Les jeunes garçons et les jeunes filles devenaient opérationnels de plus en plus tôt, à l'image de Loazour, le plus jeune commandant en chef de l'histoire de Latar.

Et l'une des plus compétentes, songea Subotaï, *un bien beau cadeau que nous avons offert à Asbjorn. Mais nous n'avions pas le choix, elle seule avait atteint le niveau suffisant pour remplir de telles fonctions.*

Le cri aigu d'un rapace l'éloigna de ses pensées et le replongea dans ses souvenirs d'enfance, lorsqu'il ambitionnait, lui aussi, d'intégrer la citadelle pour devenir un combattant. Ses premiers instructeurs avaient décelé en lui une aptitude naturelle au commandement et à la compréhension des méandres de la stratégie militaire. À l'âge de onze ans, il avait rejoint la prestigieuse citadelle de Laboused au sein de laquelle l'élite des mercenaires était formée. Cette décision avait marqué un tournant dans sa vie. À l'accoutumée, les étudiants polissaient leurs connaissances grâce à un stage final de quelques semaines, avant de partir vers un royaume. Subotaï avait intégré la citadelle comme étudiant à plein temps, avec un commandement en ligne de mire.

Il s'endormait chaque soir en s'imaginant à la tête d'un escadron sur une lointaine planète, Melen, Tan ou pourquoi pas Kreis. Les mois s'écoulèrent, dévoilant ses capacités tactiques. Subotaï l'ignorait alors, mais les discussions à son sujet accaparaient l'attention de la hiérarchie de la citadelle. Beaucoup de ses professeurs le considéraient comme un génie stratégique et il aurait sans nul doute rempli la fonction de commandant en chef des armées d'un royaume majeur en temps normal.

Mais la fonction de commandant de la citadelle se libérerait dans quelques années et la tradition imposait que le meilleur élément fût affecté à la formation des jeunes cadets ainsi qu'à la défense de Latar, dans le cas improbable où la planète serait attaquée. Cette fonction ne pouvait être remplie par un ancien commandant en chef puisque l'élu ne devait être lié par aucun lien affectif, positif ou négatif, à l'un des royaumes.

À quatre mois de la fin de sa formation, seuls deux noms circulaient encore sur les listes du conseil des sages. Subotaï ne comprit pas que la nomination sur Loar de son meilleur ami, d'un an son aîné, signifiait que lui-même avait été choisi pour exercer la fonction la plus prestigieuse : la formation des mercenaires et la protection de Latar.

Je n'ai ressenti que le vide de la séparation, l'impression de perdre un ami et un compagnon qui décryptait mieux que n'importe quel formateur les subtilités stratégiques des batailles. Chuluun… Ton départ pour Loar a scellé nos destins, le conseil des sages en avait décidé ainsi.

Le sommeil commençait à le gagner et il se rendit compte que ses pensées devenaient de plus en plus confuses. La torpeur l'enveloppait et altérait ses perceptions comme ses raisonnements. Dans un sursaut de conscience, la réponse à ses questions s'imposa à lui, comme une évidence.

Oui, songea-t-il. *Aucune autre solution ne serait satisfaisante…*

Une « brisure » désigne une légère modification du blason, à l'origine destinée à différencier le « chef d'armes » des branches cadettes. La meilleure illustration se trouve dans les blasons des trois planètes ardentes :

Koroll : « d'argent à la fasce de gueules ».

Don : « d'argent au chef de gueules ».

Flour : « d'argent à deux fasces de gueules ».

Lequel des trois blasons mérite le titre de chef d'armes ? Cette question, sensible sur le plan politique, n'a pas encore été élucidée et les études des chercheurs se heurtent souvent à de nombreux obstacles lorsqu'ils tentent de séparer la vérité historique de l'ivraie.

Extrait de *Héraldique des royaumes.*

Système stellaire mineur de la périphérie, la veille de l'expiration de l'ultimatum.

Naïs reprit conscience six minutes après le saut spass ; elle demeura allongée sur la couche de sa cabine, suivant les conseils du commandant du vaisseau. La sensation d'engourdissement s'estompa peu à peu pour laisser la place à une légère migraine. La régente de Koroll ne s'était jamais habituée aux effets secondaires des sauts spass, malgré la fréquence de ses voyages officiels.

Les meilleurs pilotes ne restent évanouis que quelques secondes, songea-t-elle.

Un coup sourd sur sa porte la fit tressaillir ; elle s'éclaircit la voix et ordonna :

« Entrez ! »

Le visage inquiet du commandant du vaisseau, une femme d'âge mûr au visage ciselé dans la pierre, apparut sur le seuil.

« Je venais prendre de vos nouvelles, Majesté. Le saut n'a pas provoqué de complications particulières ?

— Rien en dehors des désagréments habituels, la rassura la régente.

— Je vais appeler le médic pour qu'il vous apporte un calmant…

— Laissez, interrompit Naïs. La douleur disparaîtra d'elle-même d'ici quelques minutes.

— Nous avons atteint notre destination, suivant les coordonnées que vous nous avez indiquées, poursuivit le commandant. Comme vous l'aviez annoncé, nous sommes au milieu d'un système stellaire et la cinquième planète est habitée. »

Son cerveau bruisse de questions qu'elle ne peut poser, pensa Naïs. *Comment ai-je obtenu ces coordonnées ? Pourquoi nous aventurons-nous dans les mondes périphériques alors que nous ne possédons même pas de carte approximative ? Qui nous invite ici ?*

« Bien, souffla la régente. Dirigeons-nous vers cette planète.

— Nous sommes déjà en route, Majesté. Et nous avons reçu un message de bienvenue quelques minutes après notre saut, une escorte nous est proposée.

— Acceptez-la.

— Dois-je ordonner des précautions de sécurité ?

— Cela ne sera pas nécessaire, répondit Naïs. Notre vaisseau de transport ne résisterait de toute façon pas bien longtemps à une attaque, n'est-ce pas ?

— C'est bien ce qui m'inquiète.

— N'ayez aucune crainte, le lieu est sûr. »

Elle en doute, mais elle n'ose pas en discuter.

« Je vous remercie », ajouta Naïs.

Le commandant salua et quitta la cabine, pour rejoindre le poste de pilotage. La régente consulta ses écrans de contrôle pour découvrir la planète, dont les océans recouvraient plus des neuf dixièmes de la surface, séparant les terres en deux continents. Le plus massif était presque centré à l'équateur et s'étirait d'ouest en est en offrant aux yeux de Naïs un paysage désertique, rehaussé au sud par une savane parsemée d'arbres chétifs qui abritaient quelques espèces animales. Au nord-est s'étendait l'autre continent, en forme de croissant de lune, qui accueillait la seule ville de la planète.

Quatre navettes légères accompagnaient leur vaisseau, et elle reconnut le symbole des mondes périphériques, l'ovale blanc d'où émergeaient huit pattes stylisées.

Les sept couleurs de l'arc-en-ciel, plus le noir... Cet endroit est si isolé ; nous ressemblons à des conspirateurs.

Les vaisseaux se dirigeaient vers le port spatial niché au cœur de la ville qu'elle avait aperçue sur ses écrans. Nul palais ou monument ne se détachait de cet ensemble monotone, la cité projetait une impression de fadeur et d'uniformité qu'aucun ornement ne venait démentir.

Mais nous sommes des conspirateurs, se reprit-elle.

Elle franchit la porte de sa cabine et se dirigea vers le sas de sortie, à côté duquel l'attendaient deux gardes en armes qui parvenaient à dissimuler leur tension sous un masque de cire. L'une d'elles se tourna vers Naïs :

« Majesté, le vaisseau sera arrimé d'ici quelques secondes.

— Parfait, répondit la régente. Considérez que nous sommes en terre amie, j'attends de l'attention, mais pas de réaction précipitée. Et... un dernier point. »

Elle perçut le raidissement de la plus jeune des deux gardes.

« Cette visite exige le secret le plus absolu, poursuivit Naïs. Vous ne devrez même pas en parler entre vous à notre retour. »

Caterina est sûre de leur discrétion, ce qui constitue une garantie presque totale.

« À vos ordres, Majesté », répondirent-elles d'une seule voix.

Sur un geste, le sas s'ouvrit et Naïs s'engagea au cœur du port spatial, suivie par son escorte. En dehors du rythme régulier de leurs pas, aucun son ne filtrait du bâtiment, comme si la vie avait déserté les lieux. Naïs ne se formalisa pas de l'absence de comité d'accueil : ses précédentes rencontres avec Morgevnid, la souveraine des mondes périphériques, s'étaient toujours déroulées dans un cadre intime. Naïs et les gardes n'avaient, pour l'instant, rencontré aucun embranchement ; de la succession des pièces étriquées suintait l'ennui. Elles débouchèrent enfin au milieu d'une salle dont la chaleur tranchait avec la laideur des pièces qu'elles avaient traversées jusqu'alors.

C'est moins la richesse du lieu que le contraste avec le reste du port spatial qui attire l'attention, songea Naïs. *Les mondes périphériques fourmillent de tant de contradictions…*

Elle reconnut l'araignée multicolore sur la porte en bois précieux, à l'autre extrémité de la salle.

Comme convenu…

« Vous m'attendrez ici », ordonna-t-elle.

Naïs abandonna son escorte pour franchir la porte, qu'elle referma derrière elle. Les seules parures de la pièce se résumaient à quatre sièges placés autour d'une table anthracite ; les lumières sur le plafond se réfléchissaient sur le marbre ivoire du sol, comme autant de reflets de bienvenue. La symétrie exemplaire de l'endroit poussait Naïs à chercher des défauts dans l'architecture ou la décoration.

Un carré parfait, semble-t-il… Une porte au milieu de chaque mur, quatre sièges autour d'une table, située au centre de la pièce. Pourquoi une telle précision ?

Naïs s'avança pour saluer Lihuen, la régente de Don, qui se leva à son approche.

« Vous êtes la seconde, lui annonça Lihuen.

— Pas de signe de notre hôte ? demanda Naïs.

— Pas encore… J'imagine qu'elle s'annoncera lorsque Kahaia nous aura rejointes.

— Sans doute, oui.

— Puisque nous profitons d'un peu… d'intimité, j'en profite pour vous féliciter à nouveau pour vos fêtes de printemps. »

Une hésitation feinte, songea Naïs. *Elle ne croit pas plus que moi à la discrétion de Morgevnid.*

« Permettez-moi de vous remercier pour votre message. J'espère en effet, comme vous l'avez mentionné dans votre missive, que les prochains jeux se dérouleront sous de nouveaux auspices. »

Le grincement de l'une des portes interrompit Naïs, et Kahaia, la régente de Flour, apparut sur le seuil. Au même moment, Morgevnid se présenta du côté opposé.

« Nous sommes donc au complet, observa Lihuen.

— Je vous remercie de votre présence en ces lieux peu hospitaliers », commença Morgevnid.

Elle n'a pas pris une ride, songea Naïs. *Elle dirigeait déjà les mondes périphériques pendant le règne de ma mère et elle paraît pourtant plus jeune que moi, on la croirait à peine sortie de l'adolescence.*

« Je vous remercie aussi pour votre sincérité, poursuivit-elle. Vous êtes venues avec une escorte réduite, sans soutien aérien, et cette marque de confiance me touche. »

Un piège ? s'interrogea Naïs.

« Votre parole nous suffit, Morgevnid, intervint

Kahaia. La présence des trois régentes des planètes ardentes au même endroit et, qui plus est, sans véritable escorte représente un risque, mais nos intérêts sont communs, n'est-ce pas ?

— Oui, admit Morgevnid. Koroll, Don et Flour nous ont fourni des renseignements précieux sur les royaumes, leurs coutumes, leurs forces militaires, leurs antagonismes… »

Pourquoi parle-t-elle au passé ? s'inquiéta Naïs.

« Ces indications nous ont permis d'affiner notre stratégie, ajouta Morgevnid.

— Dès l'origine, nos accords visaient à offrir de meilleures perspectives, pour vous comme pour nous, souligna Naïs.

— Je décèle une certaine appréhension sur vos visages, ajouta Morgevnid : laissez-moi la dissiper. Je vous ai promis l'intégrité de vos royaumes et notre protection en échange de votre soutien et ces engagements sont, pour moi, sacrés. Le but de cette rencontre est de parfaire les derniers réglages avant l'offensive.

— L'ultimatum de Melen expire demain, observa Kahaia.

— Asbjorn n'interviendra que lorsqu'il aura obtenu la reddition des royaumes du Ponant, affirma Morgevnid.

— Vous êtes bien confiante dans les réactions de Melen, remarqua Kahaia.

— Quelle est l'opinion de vos spols ? » répliqua Morgevnid d'une voix cinglante.

Comment peut-elle connaître l'avis de nos spols ? songea Naïs. *À moins que… Des spols dans la périphérie ! Elle nous avait caché cela jusqu'alors.*

« C'est aussi leur position, reconnut-elle. Koroll, pas plus que Don ou Flour, ne représente une cible prioritaire. Pourtant, je n'ai pu obtenir de projection, même vague, sur l'échéance. »

Kahaia acquiesça d'un hochement de tête et Lihuen se tourna vers Morgevnid :

« Possédez-vous d'autres éléments ?

— Non, avoua-t-elle. Le rapport des forces ne laisse que peu de doutes sur l'issue, mais les délais demeurent flous. Cela importe peu. L'attention des royaumes sera détournée par le conflit et notre attaque n'en sera que plus efficace.

— Puisqu'il semble évident que vous abritez des spols, avez-vous la chance de disposer de Latars ? demanda Lihuen.

— Vous oubliez que Latar est signataire de la convention humaine universelle et que notre… éthique personnelle en est assez éloignée. Vos propres mercenaires vous abandonneront dès que notre accord sera connu !

— C'est probable, admit Lihuen.

— Leur réputation de tacticien est surfaite, affirma Morgevnid. Nos stratèges sont tout aussi brillants et l'absence de connaissances sur la périphérie interdira toute contre-offensive. Ils nous considèrent encore comme des peuples arriérés disséminés en de multiples tribus sans projets. Nos chercheurs ont exploré des voies dont ils ne soupçonnent même pas l'existence, les royaumes craignent la génétique et, pour justifier son abandon, ils ont créé "la convention humaine". Les imbéciles… »

Naïs étudia le visage de Morgevnid. Son image immuable évoquait l'harmonie, nulle irrégularité, nul sillon ne venait ternir l'eurythmie de ses traits, le contraste entre le jais de sa chevelure et la clarté de son regard suggérait une délicatesse trompeuse.

Elle paraît à la fois si belle et si… artificielle.

Cependant, Naïs savait que les travaux génétiques des chercheurs de la périphérie ne concernaient pas que l'aspect extérieur. Des détails anodins trahissaient une évolution qui ne devait rien à la nature. Elle soupçonnait que les muscles et les réflexes de la souveraine des mondes périphériques avaient été modifiés pour lui assurer un atout supplémentaire.

Et elle bénéficie de la force du nombre, une arme presque illimitée. Et de je ne sais combien d'autres découvertes…

« Vous parliez de l'offensive, reprit Kahaia. La date est-elle fixée ?

— Le moment dépendra de l'évolution du conflit entre Melen et ses ennemis, mais c'est une question de jours, vous devez vous tenir prêtes. »

Les trois souveraines des planètes ardentes hochèrent la tête de concert.

« Notre offensive provoquera une contre-attaque rapide, reprit Morgevnid.

— Mais nous ignorons encore la composition des forces qui prendront part à cette riposte, intervint Naïs.

— C'est juste, tout dépendra de la réaction de notre cible. Nous laisserons la hiérarchie s'enfuir, leur exil accentuera la confusion générale et le désordre est notre meilleur allié. L'inconnue réside en effet dans la capacité d'union des royaumes, mais je crois que la guerre imminente ne les aidera pas à s'entendre.

— Pourtant, même s'ils parviennent à regrouper leurs forces, les mondes périphériques demeurent pour l'instant à l'abri de leurs assauts, remarqua la régente de Koroll. Les royaumes ne connaissent rien de vos structures, de votre organisation, de votre degré de développement ; ils imaginent encore quelques planètes primitives qui commencent à tisser des liens entre elles. Les coordonnées spass de la périphérie leur sont inconnues et mener une campagne d'exploration s'étendrait sur des siècles. C'est de plus impossible dans un milieu hostile. »

Elle marqua une pause et s'humecta les lèvres avant de poursuivre :

« Le maillon faible se situe au niveau des planètes ardentes. L'attaque nous placera *de facto* à vos côtés et nous devrons assumer le départ des Latars, des adversaires supérieurs en nombre et en technologie pour lesquels nous représenterons la seule cible identifiée, une éventuelle contestation intérieure lorsque notre engagement sera rendu public… »

Une partie de sa réflexion a pour origine les analyses d'un spol, songea Morgevnid. *Mais pas entièrement… Un potentiel intéressant… Ses gènes pourraient s'avérer précieux pour notre recherche.*

« Je le répète, murmura la souveraine des mondes périphériques d'une voix soyeuse, les capacités des Latars sont exagérées, tant sur le plan militaire que sur le plan tactique. Accordez-moi votre confiance sur ce point.

— Admettons, répondit Kahaia, sans conviction.

— Il est vrai que la périphérie demeure à l'abri d'une éventuelle riposte ennemie et, même si nous prenons soin de ne pas dégarnir nos défenses, la majorité de nos unités seront présentes dans les royaumes. Après la première frappe, nos troupes se répandront vers les autres cibles. Je doute qu'à ce moment-là l'invasion des planètes ardentes constitue leur priorité, ils seront trop occupés à tenter de défendre leur propre monde.

— Vous avez éludé la question sur la possibilité de révoltes, observa Naïs. Nourrissez-vous quelque inquiétude à ce sujet ? »

Ah… Question insidieuse, pensa Morgevnid.

« Vous êtes préparées, affirma-t-elle. La féminisation de vos populations est amorcée, des modifications génétiques mineures ont été introduites sur un nombre substantiel de nouveau-nés, votre propagande fonctionne à plein régime depuis deux générations et, en ultime recours, vous pouvez compter sur notre soutien.

— Vous nous avez promis une non-ingérence dans nos affaires internes, répliqua Naïs.

— Oui, admit Morgevnid, tant que vos orientations scientifiques respectent nos accords. Nous n'interviendrons qu'à votre demande, sur des missions ponctuelles. »

Naïs approuva d'un geste lent de la main. Elle reporta son attention sur l'insigne qui agrémentait l'uniforme ébène de son hôte, une représentation stylisée du symbole des mondes périphériques, l'araignée polychrome.

Comme Morgevnid qui tisse sa toile autour des royaumes, songea Naïs. *Et nous, que sommes-nous ? Des congénères, des parasites de l'arachnide ou des proies qui s'ignorent ?*

Le regard glacé de Morgevnid se figea dans les iris de Naïs :

« Je ne vous ai pas trompées, insista-t-elle. Nous ne sommes pas une nouvelle force de conquête similaire aux précédentes. Nous ne recherchons pas de nouvelles terres, la périphérie est bien assez vaste ; nous n'espérons pas les pillages, nos richesses sont suffisantes ; nous n'aspirons pas à la gloire ou aux honneurs. Je vous ai promis un monde différent, une communauté qui serait en mesure de combattre ses maladies, ses tares héréditaires et qui oublierait l'obscurantisme pour profiter des bienfaits de la science génétique. Je tiendrai mon engagement, même si notre quête nous éloigne de temps à autre de nos idéaux.

— Il n'existe pas de chemin aisé, récita Lihuen, mi-sérieuse, mi-ironique.

— Non, approuva la souveraine des mondes périphériques. Et le nôtre sera parfois assombri par le sang et les pleurs. »

Le plus noble des desseins pour justifier les actions les plus sordides, pensa Naïs. *Mais c'est peut-être différent cette fois-ci. Peut-être…*

« Melen, maintenant et toujours ! »

Cri de bataille de Diasezer, fondateur de la dynastie régente de Melen.

Melen, palais de Lur, la veille de l'expiration de l'ultimatum.

Allongée sur le dos, dans un relâchement complet, Loazour ressentit l'activation de l'ellipse de silence ; les bruits du dehors s'atténuaient pour laisser la place à une rumeur sourde. Bientôt, elle ne perçut plus les craquements irréguliers de la vieille demeure ni le sifflement de la brise vespérale dans les feuilles au-dehors. Un calme absolu l'entourait et Loazour ralentit le rythme de sa respiration pour diffuser en elle la sérénité nécessaire à sa méditation.

Lutter contre l'appréhension que provoque l'absence de sons…, songea-t-elle. *Un commando de Latars veille sur ma chambre : personne, pas même Asbjorn, ne peut en franchir le seuil tant que je demeure en ma retraite intérieure.*

Comme le lui avaient appris ses instructeurs à la citadelle, elle s'efforça de laisser ses pensées s'envoler sans tenter d'y accorder la moindre importance.

Délie ton esprit ! Laisse les projets, les intentions et les opinions s'évaporer…

Des images défilaient dans son esprit sans qu'elle tentât de les retenir ou de les analyser : le visage triste, pourtant empreint de fierté, de son père à l'heure de son départ, le dernier salut de Subotaï, la clameur assourdissante de l'océan sur les remparts de la citadelle, les regards moqueurs des capitaines à son arrivée, la pureté du récital de la veille.

Libère ton âme de ses images, de ses sons et de ses odeurs…

Une étrange sensation de flottement la gagnait, elle oubliait la lourdeur de son corps. Ses propres membres lui paraissaient étrangers, elle prenait conscience de leur présence, comme un observateur extérieur.

Presque…

Une onde de chaleur se propagea dans ses veines, comme pour nourrir sa chair, depuis longtemps sevrée. Elle percevait la vigueur de la sève pourpre qui irriguait ses tissus.

Mon esprit est un désert, le désert du tacticien… L'épreuve ultime pour tout prétendant au commandement d'un royaume. Apprendre à abandonner ses repères pour ne plus se concentrer que sur la stratégie.

Une succession de rencontres s'imposaient à son esprit, semblables à des bulles d'air éparpillées dans un océan, qui gagnaient soudain la surface.

Melen… Concentre-toi d'abord sur les hommes, ils représentent l'enjeu premier. Sept capitaines et un poste vacant. Trois unités classiques : l'infanterie, l'air et l'espace. Deux formations d'élite à effectifs réduits : l'assaut et le combat urbain. Deux divisions de soutien : le génie et le transfert de troupes. En dehors de l'assaut qui attend une nomination à la place de Gazsi et du transfert, ces unités sont commandées par des capitaines à la solde de Kreis. Et enfin, la garde, dirigée par Niets, le dernier rempart avant Asbjorn lui-même. Niets... Mon prédécesseur me l'a décrit comme une personne tourmentée qui voue une admiration sans limites à son souverain. Un élément dont la loyauté, à défaut de la compétence, est acquise. Le transfert de troupes ne représente pas l'unité la plus auréolée de gloire, mais son loyalisme est important, surtout en cas de putsch...

Deux impératifs pour la nomination du nouveau capitaine : la compétence pour les opérations externes et la fidélité pour s'assurer d'une force militaire efficace, ce ne sont pas les gardes de Niets qui pourront s'opposer à une rébellion ! Quel dommage que je ne puisse nommer un Latar à ce poste... Les traditions demeurent vivaces : un seul Latar parmi les officiers supérieurs, le commandant en chef... J'ai besoin d'un jeune officier brillant, un brin idéaliste. Pourquoi pas ce jeune major des troupes de combat urbain ? Dellinger, le paon des salons, le méprise, sans doute parce que ses aptitudes militaires sont plus élevées que les siennes. Voir un de ses propres officiers le supplanter pour le poste dont il rêvait le rendra furieux, mais cela nous offre l'occasion de lui signifier que nous attachons la plus grande importance aux qualités opérationnelles de nos officiers supérieurs...

Les Latars. Melen abrite le plus important contingent de mercenaires... Le privilège de l'opulence. Quatre mille, dont les trois quarts dans les unités classiques. Le reste est réparti en sections d'une vingtaine d'hommes au sein des autres formations, une forte représentation dans les troupes d'assaut et dans le combat urbain, peu de mercenaires dans la garde. Pour la guerre, cette configuration représente le choix le plus pertinent... Mais pour la sécurité du royaume, ce schéma recèle quelques faiblesses.

Repositionner les Latars pour contrer un coup d'État. Adjoindre à la garde quelques commandos mercenaires pour renforcer son efficacité. Pour les autres unités, incorporer dans chaque section un spécialiste de l'assassinat,

Melen en regorge. Créer des sections spéciales, officiellement affectées à la protection personnelle de chaque capitaine, qui seront à même d'éliminer les traîtres au moment propice. Nous justifierons cette nouveauté par des impératifs de sûreté, liés à la situation actuelle. Nous devons aussi promouvoir des éléments fidèles à la tête des bataillons pour désactiver les relais des capitaines félons. Le moment venu, nos Latars spadassins élimineront les officiers les moins sûrs d'une manière discrète.

La zone de défense... La position est idéale : les douze planètes originelles sont éparpillées autour de Melen et constituent un rempart naturel contre une tentative d'invasion... Pas de réel point faible de ce côté-là. Les royaumes du Ponant, Kreis et Melen forment presque un triangle équilatéral et les planètes mineures situées entre ces trois points se sont toutes soumises à l'ultimatum d'Asbjorn, ce qui nous offre une zone tampon d'une trentaine de planètes.

Les forces en présence... Les neuf royaumes se sont regroupés sous la bannière de Loar, comme lors du précédent conflit. Kreis ne contrôle plus que les planètes qui abritent des universités religieuses, six au total, à proximité de la planète Sainte. Evzek, le grand prêtre, ne prendra pas parti dans le conflit, il attendra son heure... Les royaumes indépendants ont presque tous disparu, ils se sont ralliés à Melen. Le choix ne leur était guère permis, l'exemple de Beltz en a découragé plus d'un. Leurs troupes ne participeront pas aux combats. Nous devons affaiblir leur capacité de résistance... Les officiers de Melen se sont déjà insinués au sein de leur hiérarchie militaire et les régences sont coopératives, mais cette attitude relève de l'opportunisme. Si Asbjorn montre des signes de faiblesse, elles essaieront de regagner leur liberté perdue. Une attitude naturelle... Personne n'apprécie le poids de l'occupation, ni l'arrogance des soldats étrangers. Seuls Koroll, Don et Flour, les planètes ardentes, aux confins du monde exploré et les royaumes situés dans la zone de

Latar conservent leur autonomie. Leur ralliement n'est pas prioritaire pour l'instant.

L'essentiel de la situation se résume donc à un affrontement entre Melen et Loar et ses alliés. Cette fois-ci, Asbjorn ne commettra pas les mêmes erreurs que par le passé, ses troupes sont plus nombreuses, mieux préparées, même si leur niveau général se situe en deçà de celui des armées des neuf royaumes. Le nombre de soldats et la qualité du matériel compenseront cette différence. Et surtout… Melen détient l'arme, une botte si secrète qu'il n'a pas daigné me décrire ses capacités. Il sait pourtant qu'une vision extensive de la situation me permettrait d'affiner ma stratégie… Manque-t-il encore de confiance en moi ? Ou alors…

Oui… Il se réserve la possibilité d'utiliser la même menace à l'encontre de Latar lorsqu'il aura soumis ses ennemis. Cela expliquerait aussi le nombre réduit de mercenaires dans sa garde. Sa réaction à ma proposition d'intégrer des Latars aux côtés des hommes de Niets sera riche d'enseignements…

Les royaumes du Ponant… Ils ont repoussé l'ultimatum d'Asbjorn une journée avant son expiration, à l'unanimité. Dans un conflit traditionnel, Asbjorn conserverait un léger avantage même si leur cohésion représente un défi à ses offensives. Mais l'arme d'Asbjorn modifie l'équilibre des forces… L'objectif premier est déjà désigné, nul besoin d'être spol pour deviner qu'Asbjorn choisira Loar, il tient sa vengeance. Pourquoi ont-ils opté pour la confrontation directe alors qu'une stratégie de guérilla leur aurait offert un espoir, même mince ?

Si la réaction des huit autres royaumes est compréhensible, puisque leur spol ne doute pas du choix de la première cible de Melen, comment expliquer l'attitude suicidaire d'Emrodes ? Gouanv conseille un report de l'attaque, elle est persuadée que leur contenance représente un signal d'alerte : « S'il était convaincu de l'efficacité de l'arme de Melen, il ne réagirait pas de la sorte. »

Et s'il s'agissait d'un bluff? Simuler la confiance pour tromper le spol de l'ennemi… Un jeu dangereux, certes. Mais Asbjorn ne semble pas décidé à suivre les conseils de sa spol… Son goût pour la revanche est trop prononcé. Et les arguments de Gouanv paraissent bien minces : comment Loar aurait-il pu concevoir une parade dans un délai si court ?

Un jeu dangereux pour un si jeune souverain… La technologie de Loar est sans doute la plus avancée, mais, seul, Emrodes ne peut rivaliser avec Melen. Son destin est lié à sa capacité à rassembler ses voisins autour de son étendard, à l'instar de son père.

Bihan… Subotaï citait leur réseau de renseignement en exemple lors de ses conférences à la citadelle. Ils délaissent souvent les cibles évidentes pour se concentrer sur des jeunes encore peu exposés, qui deviennent quelques années plus tard les nouveaux cadres du régime. Les espions de Bihan sont souvent beaucoup plus difficiles à repérer que d'autres, aucun changement d'attitude n'alerte les responsables du contre-espionnage. Leur structure politique est la source de nombreuses rumeurs, parfois propagées par Bihan lui-même.

La famille royale… Asbjorn est incontesté au sein de la famille, mais la tension entre les deux frères laisse présager une succession agitée. Ince dispose de soutiens internes ; Heikki demeure l'héritier désigné d'Asbjorn. Une tentative d'assassinat n'est pas à exclure… Mon rôle n'est pas d'arbitrer les querelles de palais, à moins qu'Asbjorn n'exprime un tel souhait.

Gouanv… Les cours de la citadelle ne peuvent nous préparer à nos rencontres avec les spols. Et Latar n'en abrite aucun… Lors de la réunion de ce matin, elle affichait une telle insouciance, comme si les événements à venir ne constituaient qu'un simple amusement destiné à divertir de jeunes enfants. Ses doutes sur l'attitude des royaumes du Ponant ne m'ont pas convaincue… Pour-

tant, bien que ténus, ses arguments résonnent dans mon esprit. Est-ce encore un sortilège de spol ?

Le conseil des sages… Au cœur de la citadelle de Laboused demain. J'ai confiance en Ochir, mon prédécesseur sur Melen, pour convaincre les membres du conseil de ne pas céder aux sirènes du pragmatisme. Je ne peux imaginer que Subotaï décide de se ranger à leurs côtés, lui, le gardien de la tradition Latar. Si Asbjorn décidait de se retourner contre nous après sa campagne dans les royaumes du Ponant, à nous de lui montrer que notre réputation de combattants n'est pas usurpée.

Deux jours… Deux jours avant le début des hostilités. Deux jours avant la destruction programmée de Loar…

*

En dépit de l'heure tardive, Asbjorn ne parvenait pas à renoncer à la douce quiétude de son bureau. Une pénombre lénifiante enveloppait les lieux et plongeait le souverain dans un bien-être paisible, qui l'éloignait pour un instant des obligations de sa fonction. Sa main effleura pourtant la carte tridimensionnelle des royaumes du Ponant et son regard se posa sur le croquis de Loar, seule planète d'un système à soleil unique.

Curieux que je m'attarde sur le soleil de Loar, alors que les nuances ambrées de sa lune ont inspiré tant de poètes.

Il tendit la main et pointa l'index vers Bihan, la petite planète solitaire, située en dehors des routes commerciales historiques.

Si la démonstration n'est pas suffisante, Bihan sera la prochaine sur la liste…

Il désactiva l'hologramme géodésique et joignit les mains pour s'efforcer de concentrer son attention sur l'offensive prochaine.

L'hégémonie de Melen, rêvée par Diasezer, le fondateur de la dynastie, est à portée de main, après des siècles de luttes, de compromis, de victoires prestigieuses et de défaites humiliantes. Je devrais me réjouir: la gloire et l'ivresse de la vengeance... Mais la disparition proche de Loar ne me procure pas la satisfaction espérée, je souhaiterais presque qu'Emrodes revienne sur sa décision. Est-ce pour ce motif inconscient que je n'ai ordonné la frappe que dans deux jours? L'ultime délai du condamné...

Il humecta ses lèvres et énonça à voix haute:

« Capitaine Ambrosius, commandant des troupes d'assaut. »

Un excellent choix, je dois l'admettre. Sa vitalité et ses compétences nous seront précieuses en cas d'intervention et sa droiture nous garantira son soutien en cas de rébellion. Et les sections spéciales de protection des capitaines... Une idée brillante. Tout comme l'incorporation officieuse de spadassins au cœur même des différentes unités. Loazour... Cette jeune femme est une perle.

Heikki semble toujours sous le charme de la jeune mercenaire, il lui reste encore beaucoup à apprendre. Un geste déplacé de sa part pourrait se révéler fatal; jamais une Latar n'accepterait le moindre écart, même d'un prétendant au trône. Et elle est si susceptible!

Il serait d'ailleurs temps de trouver une compagne à mon fils aîné; je ne peux pas le laisser culbuter les courtisanes du palais ad vitam aeternam. *Une alliance de sang avec l'un des royaumes du Ponant consoliderait notre position. Oui... Et pourquoi pas Kampiola? Elle est, paraît-il, charmante, et si son intelligence est aussi vive qu'on le prétend, elle ne saurait refuser une telle offre... à condition que Bihan existe toujours.*

Asbjorn se détourna de son bureau et examina les armes qui décoraient la pièce, comme pour chercher un motif qui justifierait sa présence tardive. Son attention s'égara vers le message qu'il avait reçu quelques minutes plus tôt.

Bendiks, le grand prêtre de Melen, me prie d'autoriser une présence neutre de prêtres à l'intérieur des vaisseaux en cas d'opération militaire d'envergure. Pour que les soldats ne soient pas privés de « soutien spirituel ».

Son poing s'abattit violemment sur le bois de son secrétaire.

Nous abritons déjà assez de traîtres dans nos rangs !

Les prêtres de Kreis s'imaginent que les troupes de Melen ne sont que des pantins désarticulés dont ils tirent les ficelles. Ils espèrent ainsi rétablir la primauté de Kreis et enrayer le déclin de son influence.

Mais les ficelles sont lâches ! Et même si les pantins semblent vous obéir, ils jouent à leur tour au marionnettiste. « Melen, la pieuse »... Mais ce titre nous assure la neutralité bienveillante de la Sainte Église. Elle nous permettra même de justifier la disparition des anciennes structures. L'empire de Melen englobera la totalité du monde exploré, et une nouvelle ère de prospérité débutera.

La phase de conquête se nourrira de sang, mais seule une hégémonie totale nous permettra de rompre avec ces siècles d'intrigues, de conflits et de guerres. La période qui s'annonce offrira les délices de la paix aux peuples de l'empire naissant.

Nous pourrons alors oublier nos querelles et explorer les mondes inconnus de la périphérie. Les dernières missions datent de vingt siècles, mais de nombreuses planètes abritent des sociétés, souvent primitives. Le défi réside dans notre capacité à les intégrer à nos mondes d'une manière pacifique...

Nous sommes faits de la même étoffe que les songes.

Citation attribuée à un écrivain de l'époque pré-spatiale, nommé Shakespeare.

Loar, palais d'Aven, le jour de l'expiration de l'ultimatum.

Du cuir, sans doute…

Emrodes palpait la bourse entourée d'un assemblage complexe de fines cordelettes. Il n'avait pas encore osé ouvrir le présent que lui avait remis Kampiola lors de son séjour sur Bihan.

Peut-être parce que je pressens son contenu.

Il projeta la bourse dans les airs en suivant sa trajectoire d'un œil distrait. L'objet décrivit une parabole et disparut de son champ de vision lorsqu'il retomba derrière sa nuque. Il le récupéra d'un geste vif avant qu'il ne vienne choir sur le sol de sa chambre.

« La nuit offre les plus pures envolées », a-t-elle murmuré à mon oreille en glissant la bourse dans ma main.

Au-dehors, la lumière lunaire aux reflets ocre protégeait la ville d'une obscurité complète. Elle façonnait des ombres effilées, éphémères et irréelles qui profitaient de la nuit pour valser au milieu des places désertes. Il s'assit à même le sol, en tailleur, et posa la bourse devant lui avec délicatesse. Il s'appliqua à libérer les nœuds qui gardaient avec un soin jaloux le mystère du présent. Au bout de quelques tentatives infructueuses, il extirpa enfin de jeunes pousses topaze, à l'apparence inoffensive.

Emrodes hésita, non qu'il doutât de l'usage de ces plantes, mais le protocole exigeait que les cadeaux destinés au souverain ou à sa famille, même en provenance d'un royaume ami, soient examinés avec le plus grand soin par les laboratoires du palais.

S'il s'agit bien de ce que je présage, jamais je ne pourrais user de ces herbes. Je ne peux que les refuser ou les accepter en toute confiance.

Il se saisit d'une jeune pousse et la porta à ses narines pour humer la plante.

Un parfum boisé ordinaire… Rien de très original.

Il entrouvrit les lèvres et la déposa dans sa bouche. Il commença à mâchonner avec précaution et le goût âpre de la plante se diffusa dans son palais. Il s'efforça de négliger la saveur amère et poursuivit sa mastication avec les autres pousses. Il lutta un instant contre un sentiment de nausée et avala la dernière feuille avec soulagement.

Et maintenant ?

Immobile, il guettait un signe annonciateur d'une altération de la réalité. Mais ni les bruits de la nuit, ni les meubles de sa chambre, ni ses impressions corporelles ne témoignaient de la plus infime évolution.

Me serais-je fourvoyé sur le rôle de ces plantes ? À moins que Kampiola ne se soit moquée de moi… Ces jeunes pousses n'étaient peut-être que des aromates rares destinés à relever la saveur d'un plat.

Cette pensée lui arracha un sourire ; il se revit en

train de mâcher ces plantes dans la pénombre, dans le secret le plus absolu.

Je n'ai peut-être ingéré que l'équivalent de notre thym ou de notre basilic… Encore heureux que cette scène se soit déroulée sans témoin.

Au bout d'une dizaine de minutes supplémentaires, alors qu'aucun symptôme, même minime, n'était venu divertir son attente, Emrodes se leva et se dirigea vers la fenêtre nord-ouest de sa chambre.

Tant qu'à être éveillé au milieu de la nuit, autant observer les merveilles de la baie…

Les lueurs lunaires se réfléchissaient sur la crête des vagues et lançaient des éclats roux en direction de la ville. Il discernait avec peine les masses sombres des îles qui, semblables à des gardiennes éternelles, protégeaient le cœur de la baie. Emrodes appréciait le charme mystérieux de ces îlots : des plages de sable blond de l'île blanche, Enez Gwenn, aux falaises escarpées de la mystérieuse Enez Du ; chacune des sept îles possédait une grâce unique qui la distinguait de ses sœurs.

Il se pencha pour ramasser la bourse vide, abandonnée sur le sol, l'approcha de ses lèvres et s'amusa à souffler sur les cordelettes pour leur imposer une oscillation circulaire. Il prit soudain conscience du ridicule de la situation et laissa échapper un rire nerveux.

L'occupation nocturne du souverain d'un royaume menacé d'extinction à brève échéance : insuffler un mouvement rotatoire à de simples lacets, pour tromper l'ennui.

Emrodes ressentit soudain une langueur dans ses membres, comme si la fatigue accumulée depuis les derniers jours se rappelait à son bon souvenir. Il s'accroupit sur le sol, mais les engourdissements se propageaient peu à peu dans son corps. Sans qu'il en connût la raison, sa torpeur passagère le divertit, et il laissa un sourire éclairer son visage.

Je ne suis pourtant pas si enjoué d'habitude : la tension sans doute. Ou alors…

Il enveloppa sa chambre d'un regard inquisiteur ; aucun changement notable n'attira son attention ; pourtant, il perçut des différences ténues, subtiles. La scène lui paraissait plus fluide, les meubles anciens, les figurines de cristal, l'air et lui-même interféraient et s'unissaient à la nuit, par d'invisibles liens. Il exécuta un ballet silencieux avec ses mains, comme s'il prenait soudain conscience de l'infini des gestes qu'elles pouvaient accomplir.

Il ne s'agissait peut-être pas d'une plante aromatique, après tout…

Il distingua un insecte qui bourdonnait à l'autre extrémité de la chambre. Tout son être lui criait que l'abeille insolite n'appartenait pas au monde réel. Pourtant, Emrodes se sentait fasciné par l'évolution céleste de l'hyménoptère ; le vrombissement de l'insecte s'était mué en douce mélopée hypnotique. Puis de nouvelles abeilles apparurent autour de lui et se joignirent à la chorégraphie de leur sœur.

Des abeilles harmoniques
Jouent pour toi la musique
Distillent leur pollen sonore
Son sucré, noir et or

Emrodes percevait les oscillations de son propre corps, qui obéissait à la danse primitive des insectes. Des milliers d'abeilles tournoyaient maintenant autour de lui, et la mélodie semblait provenir de l'air lui-même. Ses yeux écarquillés discernèrent des gouttelettes qui se formaient sur les ailes de ses compagnes de transe ; lorsqu'elles atteignaient la taille d'une larme, elles se détachaient pour éclater sur ses lèvres. Il but le liquide nacré qui coulait sur sa langue et sentit la fraîcheur de la liqueur se diffuser dans ses veines.

Le goût du précieux miel

Imprègne leurs deux ailes
Tout comme la ruche colorée
Sable, pourpre et bleutée

Une jeune pousse, semblable à celles qu'il avait ingérées en solitaire, apparut au milieu de la pièce. Un rayon de lune audacieux caressa la plante ; une feuille teintée de jade crût jusqu'à entourer la jeune pousse qui se muait en tige fluette, surmontée d'un bourgeon. La scène captivait Emrodes. Il ne parvenait pas à détacher son regard de la plante ; le bourgeon s'éveilla et dévoila une fleur ample, aux pétales multicolores.

Un nymphéa…

Les abeilles se nourrissaient des saveurs de la fleur, elles se posaient sur l'un des pétales, recueillaient quelque essence, puis s'échappaient dans une envolée spirale.

Elles butinent le nectar
D'une plante rare
Un simple nénuphar
Le nénuphar du désespoir

En dépit de la beauté de la fleur, Emrodes sentait monter en lui un sentiment diffus de mélancolie. Plus il œuvrait à oublier le nymphéa, plus sa présence l'obsédait ; il devinait la noirceur en filigrane, il percevait la tristesse masquée par l'explosion des couleurs. L'appréhension se transformait peu à peu en anxiété et des vagues de désarroi menaçaient de le submerger. Emrodes comprenait que le monde réel se trouvait encore trop éloigné pour espérer le rejoindre par la seule force de la volonté, mais la proximité de la fleur inhibait son envie de poursuivre le voyage.

Peu différent d'un végétal
Seule la beauté de ses pétales
Égaie parfois le noir
Du nénuphar du désespoir

Une abeille majestueuse s'approcha de lui et lui offrit

deux gouttelettes dorées qui parfumèrent son palais asséché.

La reine…

La volupté du nectar mielleux apaisa l'essentiel de ses peurs ; un message accompagnait la saveur de la liqueur, une succession de pensées rassurantes qui le guidait dans sa transe.

Les couleurs et l'obscurité se côtoieront toujours lors de mes balades. À moi de naviguer dans l'océan des couleurs en évitant les écueils de noirceur…

Il contempla à nouveau le ballet des abeilles, tableau vivant de la fluidité de ses visions.

Au centre de la fleur
Un océan de couleurs
Recouvre la terre
De bonheurs complémentaires

La pénombre de sa chambre s'estompait pour laisser la place à une lueur ambrée qui émanait des deux, au-dehors. Les rayons de la lune de Loar, indiscrets, s'incurvaient pour pénétrer au cœur du palais. Ils se reflétaient sur le verre des lumignons, sur les ailes des abeilles et même sur les boiseries sombres de son bureau. Les abeilles jouaient avec les éclats lumineux, elles effleuraient les rayons puis se laissaient porter par la clarté lunaire.

Ses rêves de lumière
Illuminent les éthers
Et les étoiles sourient
À cette fontaine de vie

Même s'il conservait, au creux de son âme, le souvenir saumâtre des instants de tourment, l'inquiétude s'était évaporée de l'esprit d'Emrodes. Il percevait les efforts croissants de la réalité pour reprendre ses droits et il souhaitait profiter du terme de son voyage, du goût unique du nectar de nymphéa, des arabesques enchanteresses des abeilles et des reflets insolites de la lune.

Mais même l'abeille mère

Toujours, clôt ses paupières
De peur de croiser le regard
Du nénuphar du désespoir

Avant de s'assoupir, des pensées de reconnaissance s'envolèrent en direction de la reine des abeilles, qui l'avait détourné de sa mélancolie naissante.

Elle incarne mon soutien, ma protection… Elle est ma gardienne.

Tous les êtres humains naissent libres et égaux en dignité. Chacun d'eux peut se prévaloir de tous les droits et de toutes les libertés proclamés dans cette Déclaration, sans distinction aucune, notamment de race, de couleur, de sexe, de langue, d'opinion politique ou de toute autre opinion, d'origine sociale, de fortune, de naissance ou de toute autre situation. De plus, il ne sera fait aucune distinction fondée sur le statut politique, juridique ou international de la planète dont une personne est ressortissante, que cette planète soit indépendante, sous tutelle, non autonome ou soumise à une limitation de souveraineté.

Convention humaine universelle : article premier.

Sainte planète de Kreis, le jour de l'expiration de l'ultimatum.

Esyllt se tenait au cœur de la foule, au centre de la Sainte place de Kreis. Tous les visages étaient tournés vers le minaret finement ciselé qui surplombait l'esplanade ; il se dressait, arrogant, une dizaine de mètres devant l'entrée principale du temple premier de Kreis, dont les contours dessinaient une ellipse parfaite, sur la portion nord de la place. Les portes massives, incrustées de pierres précieuses, affrontaient le méridien et lançaient des éclats laiteux, émeraude, rubis et saphir.

La pureté géométrique comme parangon de la Sainte Religion, songea-t-elle. *Et partout, l'utilisation extensive du nombre saint : un virgule six, un, huit, zéro, trois, trois, neuf, huit, huit, sept, quatre, neuf, neuf… L'ancien nombre d'or, déjà utilisé dans les canons de l'architecture pré-spatiale.*

Comme le soleil se hissait à son zénith, la tension paraissait plus perceptible au sein de la foule des croyants : à l'apogée de l'astre diurne, les portes s'ouvriraient pour accorder le passage à un nombre limité de pèlerins.

Et toujours le nombre saint. La hauteur des portes sur leur largeur est égale au nombre d'or, tout comme la hauteur du minaret sur celle du sommet du temple, ou encore comme la distance entre les deux foyers de l'ellipse du temple sur la longueur du grand axe.

Elle balaya la place d'un regard circulaire en prenant soin de feindre une impatience contenue, pour ne pas éveiller les soupçons. Elle identifia plusieurs membres de la police religieuse déguisés en fidèles : leur froideur teintée d'une touche de mépris suffisait à les repérer d'une manière sûre.

La foule se densifiait autour d'elle, elle sentait le souffle moite d'une respiration mâle sur sa nuque et le contact de la peau d'une adolescente à ses côtés. Le temple saint accueillait toujours de nombreux pèlerins lors de l'office dominical, mais l'annonce de la présence d'Evzek lui-même pour la cérémonie avait suscité un afflux de fidèles en provenance des régions lointaines de Kreis.

Soudain, une voix frémissante s'éleva du minaret et étouffa les discussions des petits groupes qui s'étaient constitués pendant les heures d'attente. Le flux humain entraîna Esyllt vers les portes du temple, sans qu'elle puisse régler la direction ou le rythme de son propre déplacement.

Les gardes n'accorderont l'entrée qu'à dix-sept mille sept cent onze personnes. Encore un nombre de la suite sacrée à l'origine du nombre saint… Les portes vont peut-être se clore juste devant mon visage.

Mais elle franchit le seuil du temple, sans qu'aucun des soldats n'intervînt. La pression se relâcha aussitôt ; les gardes en uniforme d'apparat guidaient les pèlerins entre le dédale des allées esquissées par les bancs baroques et les statues religieuses. Ses yeux papillonnèrent d'un point à un autre puis s'attardèrent un instant sur les merveilles du temple : des vitraux chatoyants aux multiples formes, des mosaïques surannées aux teintes pastel ou des caryatides de pierre, esthétiques et fonctionnelles.

Sur un geste ferme de l'un des gardes, Esyllt s'assit sur un banc et s'efforça de se concentrer à nouveau sur les raisons qui l'avaient poussée à se déplacer pour la cérémonie.

Même si le temple recèle de multiples trésors en son sein, je ne suis pas ici pour admirer ses splendeurs, mais pour déchiffrer les codes, interpréter les signes et isoler les faiblesses.

L'ellipse avait atteint sa pleine capacité, et les prêtres avaient actionné le système de pivotement des lourds battants, sous le regard attentif de la police religieuse. La lumière se tamisa à l'intérieur du temple, à l'exception de lueurs safran qui illuminaient les statues les plus précieuses ; l'autel, à l'extrémité septentrionale de l'ellipse, semblait flotter dans la pénombre. Les cris de déception des pèlerins refoulés s'estompèrent peu à peu pour céder la place à une atmosphère de recueillement, à peine troublée par de courts apartés.

Soudain, elle prit conscience de la présence de prêtres, pétrifiés comme des statues de sel, autour de l'autel maintenant auréolé d'une clarté chrysolithe.

D'où sortent-ils ? Ah… Sans doute d'une pièce courbe qui épouse les contours extérieurs de l'ellipse…

Evzek s'avança de quelques pas et leva les bras vers le ciel pour signifier le début de l'office. Deux prêtres assistants, membres de la haute hiérarchie cléricale de Kreis, se tenaient à ses côtés ; à leur suite, Esyllt reconnut les trois pasteurs gardiens de la tradition, les cinq prélats qui officiaient à l'accoutumée dans le temple, puis huit jeunes prêtres ordonnés depuis peu. Quelque peu en retrait, treize étudiants tentaient de masquer leur tension et s'efforçaient d'ignorer les regards de la foule qui glissaient sur leur chasuble acajou.

Et toujours les nombres de la suite sacrée, pensa-t-elle. *Un, deux, trois, cinq, huit, treize…*

Le visage buriné par les ans de son ancien professeur de théologie de l'université religieuse de Kreis lui revint en mémoire. Malgré leurs divergences d'opinions, Esyllt avait conservé intacte son affection pour le vieux prêtre, et ce dernier n'avait jamais rapporté à sa hiérarchie les doutes de son élève.

Sa passion était presque touchante, se souvint-elle. *« Un, deux puis un plus deux égalent trois : on obtient le nouveau nombre de la suite en additionnant les deux précédents ! Deux et trois égalent cinq. Trois et cinq : huit. Cinq et huit : treize et ainsi de suite. Et maintenant, Esyllt, écoute bien : lorsque tu divises un élément de la suite sacrée par le précédent, tu obtiens un résultat qui tend vers le nombre saint ! Trois sur deux : un virgule cinq. Cinq sur trois : un virgule soixante-six. Huit sur cinq : un virgule six. Treize sur huit : un virgule six cent quinze.* In fine, *tu t'approches d'aussi près que tu le souhaites du nombre saint ! Ces proportions sont omniprésentes dans la Sainte Religion, ainsi que dans les religions pré-spatiales. Tu les retrouves aussi dans la construction des monuments les plus anciens, et dans le cœur du tournesol ou de la marguerite, qui exhibent des spirales dérivées de ce nombre. » Mais cela ne prouve rien, mon vieux professeur, seulement que l'homme a appris à interpréter les lois de la nature…*

Evzek laissa ses bras retomber le long de son corps et se positionna au niveau du deuxième foyer de l'ellipse ;

les particularités géométriques du temple amplifièrent la voix caverneuse du grand prêtre :

« Yadà yadà hi dharmasya
Glànir bhavati bhàrata
Abhyutthànam adharmasya
Tadàtmànam srjàmy aham »

« À chaque instant et à chaque endroit où sont présents un déclin de la religion et une montée majeure de l'incroyance, ô descendant de Bharat, à ce moment-là, je me manifeste Moi-même », traduisit mentalement Esyllt. *Mais combien de croyants déchiffrent encore l'une des cinq langues saintes ?*

Alors que les étudiants se déployaient autour du grand prêtre, les fidèles psalmodiaient les incantations rituelles ; Esyllt accompagnait leurs cantiques tout en observant la richesse, pécuniaire et historique, des symboles qui ornaient le temple. Une rosace stylisée, sculptée dans un bloc d'améthyste, englobait de multiples symboles entrelacés : un croissant, un aum, une étoile à six branches, une roue de Dharma et une croix.

Et parmi les fidèles, bien peu connaissent l'origine de ces symboles. Le clergé de Kreis s'est arrogé le savoir, il a dissimulé les livres et les documents numériques dans les bibliothèques des instituts religieux, il a éloigné le peuple des documents originels pour lui fournir des « interprétations simplifiées ». Des « interprétations simplifiées »... Doux euphémisme. Et ces offices ne sont plus que des pantalonnades vides de sens !

Elle reporta son attention sur les treize étudiants qui secondaient les prêtres au cours de la cérémonie. Ils s'affairaient à leur tâche avec ferveur, conscients de l'honneur qui leur était réservé.

Certains d'entre eux sont peut-être des amis de Rayan... Des connaissances, pas des amis, corrigea-t-elle aussitôt. *Comment Rayan pourrait-il se fier à quiconque au sein de l'université religieuse ?*

« La splendeur de Shekinah est soixante-cinq mille fois plus brillante que le soleil, et son éclat protège les fidèles des maladies, récitèrent les pasteurs. Ni les insectes ni les démons ne peuvent profiter de la nuit pour les blesser. »

Essaie de glaner des informations utiles ! Comment est assurée la protection d'Evzek dans ces lieux ?

Une demi-section de la police religieuse occupait l'espace entre l'autel et les fidèles alors que leurs collègues étaient éparpillés à l'intérieur du temple et s'assuraient qu'aucun comportement suspect ne venait perturber l'office.

La défense la plus visible et donc la moins sérieuse…

Depuis son entrée dans l'ellipse, Esyllt avait décelé la présence de systèmes de surveillance acoustiques, calorimétriques, électromagnétiques, à induction, à diffraction, à diffusion…

Malgré leur efficacité, ces systèmes ne peuvent prévenir l'inattendu, une attaque d'envergure, un attentat suicide… Leurs mesures de prévention ne se limitent pas à ces précautions d'usage.

Les huit jeunes prêtres s'avancèrent pour présenter aux fidèles les huit symboles de chance. Le plus jeune exhiba l'antique étoffe sur laquelle était tissé un parasol ivoire, emblème de protection et d'autorité ; une jeune prêtresse se présenta à son tour et dévoila un vase séculaire, signe de sagesse et d'immortalité. Puis, tour à tour, les six autres prêtres exposèrent leur symbole sacré.

Le coquillage pour l'éveil, la bannière pour la victoire et la paix, le couple de poissons d'or pour le bonheur et la résurrection, le lotus pour la pureté et la révélation et le nœud de corde pour l'éternité.

Les fidèles s'inclinèrent à l'unisson lorsque apparut le dernier des jeunes prêtres, porteur de la roue de Dharma qui évoquait l'unité et la diffusion de la religion dans l'univers.

Où sont positionnés les Latars ?

Aucun mercenaire en tenue officielle n'était visible au sein du temple, pas même un commando de soutien. Esyllt en avait repéré quelques-uns au milieu des pèlerins, leur chevelure de jais, leur port de tête altier et leurs yeux en amande constituant autant de phénotypes Latars connus de chacun.

Leur dispersion leur interdirait une action concertée en cas de besoin… Étrange.

Elle étudia un mercenaire qui se tenait deux bancs devant elle, sur sa gauche. Il répondait aux incantations des prêtres et participait à l'office, comme tout fidèle, mais son visage conservait ce masque de pierre glacé qui ne révélait rien de ses véritables pensées.

L'éternelle réserve des Latars… Aucun prêtre n'a jamais posé le pied sur leur planète, mais Evzek n'a guère le choix, tout comme ses prédécesseurs. Partagent-ils la Sainte Foi avec le reste du monde exploré ? Latar, terre de mystères…

Elle reporta son attention en direction de l'autel, Evzek exhibait un calice opalin qu'Esyllt savait empli d'un nectar nacré. Un détail, en apparence anodin, la troubla soudain : lors de ses interventions, le grand prêtre avait beau s'adresser à la foule dans sa globalité, ses yeux restaient pointés vers l'autre extrémité de l'ellipse, légèrement décalés sur sa droite.

Un orateur averti comme lui devrait pourtant varier la direction de son regard…

Les deux assistants d'Evzek discouraient sur les implications d'une parabole relatée dans l'un des livres Saints et Esyllt s'aperçut qu'eux aussi fixaient le même point virtuel, à l'arrière du temple.

Tout comme les pasteurs ou les étudiants en retrait ! Une telle coïncidence est troublante. À moins qu'une personnalité d'importance ne soit assise là-bas et que les prêtres en soient avertis ? Non, un invité de marque serait placé dans la loge d'honneur, pas au milieu de la foule sans aucune protection.

Elle faillit manquer le début de la prière première tant sa découverte l'intriguait. Elle se contraignit à conserver la tête baissée pour ne pas attirer l'attention de ses voisins et, lorsqu'elle leva de nouveau les yeux vers l'autel, le regard des deux prêtres n'avait pas dévié.

Une idée insolite lui traversa l'esprit. Elle observa les mouvements et les réactions des prêtres à travers le prisme de son hypothèse et elle sentit l'excitation la gagner.

Oui, oui… Un morpho-hologramme parfait ! Jamais Evzek, ni aucun prêtre ou étudiant, n'est présent lors de ces cérémonies, ils n'ont même pas quitté l'université religieuse. Et la faiblesse de la garde est un appât séduisant pour un groupe de rebelles à la recherche d'une action d'éclat…

Un rayon de soleil indiscret, filtré par un vitrail aux teintes turquoise, esquissait un oiseau sur sa main droite. Les courbes évoluaient, comme pour donner vie à l'animal imaginaire ; Esyllt crut discerner un rapace pour ensuite reconnaître un oiseau de mer.

Maintenant, je peux savourer le charme du temple…

Dans un combat au corps à corps, l'erreur consiste souvent à se focaliser sur la force. Le paramètre essentiel, c'est la rapidité, et non la force.

Précepte Latar.

Latar, citadelle de Laboused, le jour de l'expiration de l'ultimatum.

« Ne le laisse pas t'acculer contre le mur ! » tonna Subotaï.

La jeune fille parut puiser de l'énergie dans la voix de son instructeur et lança son attaque sur le flanc gauche du jeune garçon qui l'affrontait. Ses deux mains agrippées au bazh, le bâton de combat habillé pour l'entraînement de protections en mousse, elle frappa sur sa droite en direction des côtes de son adversaire et enchaîna aussitôt de l'autre côté par un coup à la jambe. Son opposant avait esquivé le premier impact d'un saut leste et avait paré la deuxième attaque d'un geste court ; il contre-attaqua par une succession d'assauts alertes qui obligèrent la jeune fille à reculer encore un peu plus vers le muret. Il reprit une position de garde, tout en devançant les mouvements de l'adolescente pour l'empêcher de se dépêtrer de l'étau qu'il maintenait autour d'elle.

Elle se dandina un instant, feinta sur sa droite puis se recentra aussitôt en lançant la pointe de son bazh vers le sternum de son adversaire. Mais le jeune garçon avait anticipé sa ruse et s'était décalé d'un pas en décochant une attaque précise vers la tête de son opposant. Pourtant, son bâton ne rencontra que le vide ; la jeune fille avait prolongé sa trajectoire, elle s'était jetée dans l'ouverture laissée libre et avait roulé sur elle-même en assenant au passage un coup sec sur le genou droit de son rival.

Une feinte bien dissimulée, apprécia Subotaï en connaisseur.

Elle se releva d'un bond au moment où son adversaire se retournait ; il enchaîna une série d'attaques avec une célérité rare et s'appliquait à la déstabiliser en variant la technique, l'angle et la percussion de ses coups. Mais les esquives fluides et la qualité des parades de la jeune fille la protégeaient de la vitalité de son opposant ; il accéléra encore le rythme pour l'obliger à découvrir une partie de ses défenses et profiter d'une faiblesse de sa garde, mais elle résista sans céder le moindre pouce de terrain.

Soudain, il recula d'un pas comme pour reprendre haleine puis s'élança en imprimant à son bazh une courbe ample et rapide afin de déséquilibrer la jeune fille. Elle n'essaya pas de contrer la violence du coup ni de se placer hors d'atteinte, mais au contraire s'avança d'un saut vif vers lui, à un endroit où le corps à corps la protégerait du geste large, et planta la pointe de son bâton dans le foie de son adversaire. Elle se recula de deux pas alors que le jeune garçon s'écroulait au sol, le souffle coupé.

Risqué mais décisif, songea Subotaï.

Elle posa son bazh à même le sol et tendit la main au jeune homme pour l'aider à se relever. D'abord hésitant, il se saisit de sa main et se releva dans une grimace de douleur ; il essuya la poussière de son del et adressa un sourire complice à la jeune fille. Subotaï s'approcha des deux étudiants et demanda au perdant :

« Tes erreurs ?

— Mon ascendant s'est envolé lorsqu'elle est parvenue à se libérer de la situation de pression que j'exerçais. Et ensuite, j'ai perdu patience, j'ai tenté une attaque difficile et j'ai ouvert une brèche dans ma garde…

— Oui, approuva Subotaï. Ton combat nous a montré de nobles qualités : ta capacité à enfermer l'adversaire, la variété et la rapidité de tes enchaînements. Mais reste sur tes gardes, tu ne dois pas laisser ton opposant te surprendre. »

Le jeune garçon hocha la tête, un sourire fugace suspendu à ses lèvres.

N'aie aucune crainte, pensa le commandant de la citadelle, *ta défaite n'a pas masqué tes aptitudes.*

Subotaï se tourna vers la jeune fille :

« Et toi ?

— J'ai vu l'ouverture dans la garde et j'ai agi, répondit-elle sur un ton espiègle.

— Je voulais parler de tes fautes ! » répliqua-t-il sèchement.

Je ne dois pas la laisser se délecter de sa victoire, cela lui rendrait un bien mauvais service.

« L'habileté de ta feinte t'a sauvée d'une situation délicate. Pourtant, jamais tu n'aurais dû te laisser enfermer de la sorte, poursuivit-il. La prise de conscience de ses erreurs est le premier pas vers le progrès. »

Elle baissa les yeux et murmura :

« Veuillez m'excuser, j'ai laissé l'orgueil me submerger. »

Une attitude bien naturelle pour une élève aussi douée, mais il lui reste encore beaucoup de travail pour approcher le niveau de sa sœur aînée, Loazour. Elles partagent la même intelligence au combat, la même vision du faux pas de l'adversaire.

« Je ne te laisserai pas partir sans t'adresser mes félicitations pour ce combat, ajouta Subotaï. Ton ultime riposte était de toute beauté : souple, adroite et définitive. »

Elle acquiesça sans un mot et rejoignit en trottinant le groupe d'étudiants qui avait assisté à l'assaut.

L'heure est proche. Un conseil des sages historique, au sein duquel va se jouer la destinée de Latar… Et j'éprouve le besoin de m'immerger dans la culture de la citadelle jusqu'à la dernière seconde.

Latar, salle du conseil de Laboused, le jour de l'expiration de l'ultimatum.

Subotaï dévisagea les onze autres membres du conseil, assis en cercle sur le sol, dans le silence le plus absolu. De vétustes chandeliers projetaient des ombres imprécises sur les dalles de la salle.

« En tant que commandant de la citadelle, je déclare la séance ouverte, énonça Subotaï avec solennité.

— Qu'il en soit ainsi, Subotaï, répondirent en chœur les autres membres du conseil.

— Le sujet du jour concerne l'attitude que doit adopter Latar dans les conflits des royaumes. »

Un énoncé simple pour une décision qui esquissera l'avenir de Latar, songea Subotaï.

Tömör, le responsable de la formation tactique à la citadelle, leva les yeux vers lui et lui adressa un signe discret pour lui signifier qu'il souhaitait prendre la parole.

« Je t'en prie, Tömör.

— Merci, Subotaï, je vais tenter d'être concis. Mon point de vue, partagé par un certain nombre de membres du conseil, est le suivant. Nous sommes spécialisés, depuis plusieurs siècles, dans ce que nous nommons d'une manière pudique "les affaires militaires" et, le plus souvent, nous sommes présents, d'une façon ou d'une autre, dans les armées des différents protagonistes impliqués dans les conflits. Nous ne souhaitons pas la guerre, elle touche aussi les mercenaires en mission, mais Latar se nourrit des batailles : elles nous permettent de préserver notre liberté. Les royaumes nous respectent parce que nos capacités leur sont utiles, mais aussi parce qu'ils nous croient puissants : si l'un d'eux découvrait la vérité sur la faiblesse de notre population et sur nos... soucis de natalité, nous serions exposés à brève échéance à une intervention armée.

— Permettez-moi de vous rappeler le message de Chuluun, intervint Subotaï. Le spol de Loar, Bleiz, s'est approché tout près de la vérité ; il ne manque que peu d'éléments à son analyse.

— Oui, admit Tömör. Mais Chuluun lui-même est persuadé que le spol ne trahira pas notre secret, et je tendrais à être du même avis. »

Les autres membres du conseil acquiescèrent l'un après l'autre.

Pourquoi Bleiz aurait-il dévoilé le résultat de ses déductions à Chuluun s'il souhaitait les rendre publiques ? se demanda Subotaï. *Mais les spols sont si imprévisibles.*

Il hocha la tête à son tour et invita d'un signe Tömör à poursuivre.

« Je n'ai aucun état d'âme quant à notre moyen de survie. Je crains cependant qu'il ne soit plus approprié dans les circonstances actuelles. L'hégémonie est annoncée, Asbjorn possède une arme décisive et sa victoire ne fait aucun doute à nos yeux.

— Vous oubliez un peu vite les intrigues d'Evzek, objecta Ochir, l'ancien commandant en chef de Melen.

Le royaume d'Asbjorn fourmille de traîtres à la solde de Kreis.

— Que l'hégémonie se nomme Melen ou Kreis, quelle différence pour nous ? répondit Tömör. Les futurs régents n'auront plus besoin des compétences de Latar. Sans richesse extérieure, nous sommes condamnés à l'extinction ou à la soumission. Notre nombre ne nous permet pas de nous lancer dans une campagne d'expansion. Notre seule chance réside dans une alliance avec le seul vainqueur possible : Asbjorn ; des accords accompagnés de garanties sûres nous permettraient d'éviter l'impasse dans laquelle nous nous engageons. »

Un bon résumé du point de vue du courant pragmatique, pensa Subotaï. *Quatre membres acquis à cette solution, y compris le vice-commandant de la citadelle, la jeune Tylin. Et quatre anciens commandants en chef de royaumes opposés à cette voie, tout comme les commandants en exercice.*

« Des garanties sûres, répéta Shin, la doyenne du conseil, qui avait dirigé les armées de Bihan pendant presque vingt ans. Le conseil serait, je pense, curieux de les connaître...

— Un engagement écrit et public d'Asbjorn et la présence de Latars aux postes clés de Melen, par exemple, répliqua Tömör.

— De bien piètres cautions, observa Shin. Les promesses et les traités n'engagent que ceux qui y croient. Supposons qu'Asbjorn soumette les royaumes, quels seraient alors les atouts de Latar ? La réponse est simple : aucun. Et même si Asbjorn respectait ses engagements, ce dont je doute, l'un de ses héritiers finira bien par rompre un éventuel pacte, en dépit de toutes ces... garanties. Ce que vous nous proposez ne nous procurera qu'un simple sursis !

— Je souhaiterais éclaircir un point avant de poursuivre, observa Tylin de sa voix cristalline. Quelqu'un ici doute-t-il de la victoire d'Asbjorn, ou des prêtres de Kreis ?

— Toute certitude est dangereuse », remarqua Ochir après une infime hésitation.

Il n'ose pas s'appuyer sur le rapport de Chuluun, songea Subotaï : *la protection de Loar paraît si légère !*

« Jamais l'issue d'une guerre n'a paru plus certaine, contra Tömör. De quel autre choix disposons-nous ?

— De quel autre choix ? rugit Ochir. Celui du combat et de l'honneur ! Celui qu'ont préconisé nos glorieux ancêtres et qui nous a sauvés de l'extinction. Mais tes schémas stratégiques t'ont peut-être éloigné des vertus de la dignité, Tömör ! »

Shin posa la main sur l'avant-bras d'Ochir pour interrompre sa diatribe. Le visage d'ordinaire serein de Tömör s'était changé en masque de granit ; seuls les éclairs de ses yeux en amande témoignaient de sa rage.

« La violence est étrangère aux conseils, siffla Tömör, mais je ne te laisserai pas salir mon nom, Ochir. »

Il nous faudra élire un nouveau membre avant ce soir si je n'interviens pas, pensa Subotaï.

« Le conseil se réunit pour décider de la meilleure politique pour Latar, précisa le commandant de la citadelle, tous les points de vue sont tolérés. La violence est proscrite, qu'elle soit physique ou verbale ! »

Ochir parut soudain réaliser la virulence de ses propos ; il joignit les mains puis s'inclina jusqu'à ce que son front touche le sol :

« Pardonne-moi d'avoir mis ton honneur en doute, Tömör.

— Tömör ? demanda Subotaï.

— Que le malentendu se dissipe. »

La formule rituelle, songea Subotaï.

« Notre position est sensiblement différente, dit Shin. Nous ne croyons pas qu'un accord, avec Asbjorn ou qui que ce soit d'autre, puisse nous protéger à long terme :

au mieux, il nous permettra de conserver notre indépendance quelques années supplémentaires. Nous ne possédons pas toutes les données : ni Ochir ni Loazour ne connaissent les caractéristiques précises de l'arme de Melen et, bien que chacun ici évite d'aborder le sujet, nous ignorons la valeur du projet de Loar.

— Miserais-tu la destinée de Latar sur ce… prototype ? la questionna Tylin.

— Notre analyse de l'arme de Melen et du projet d'Emrodes est proche de la vôtre, répondit Shin, mais j'accorde une marge d'erreur à nos conclusions.

— Si cette marge reflète les chances de survie de Latar, notre situation est désespérée, ironisa Tylin.

— Que connaissons-nous des intrigues qui se trament en ce moment dans les royaumes ? demanda Shin. Notre faiblesse est trop mortelle pour accorder notre confiance à quiconque. »

Le problème est posé, pensa Subotaï.

Les clameurs du vent au-dehors troublaient le silence qui régnait de nouveau dans la salle du conseil. Les craquements inquiétants des charpentes de bois, le bruit mat des vagues contre les remparts de pierre de la citadelle de Laboused et la fraîcheur soudaine de l'air témoignaient de l'arrivée imminente d'une tempête.

« La recherche d'une solution ne doit pas occulter l'honneur de Latar, souligna Ochir.

— Même si cela nous conduit à un suicide collectif ? s'enquit Tylin.

— Un espoir de liberté me semble tout aussi rationnel que la servitude, répliqua Shin. Si le conseil tranchait en faveur d'une reddition, bon nombre de Latars ne pourraient se résoudre à assumer cet… abandon.

— Je ne suis pas certaine de saisir le sens de tes paroles, articula Tylin. Si la décision du conseil vous était défavorable, prôneriez-vous une mutinerie à l'encontre de ce dernier ? »

Shin ne parvenait plus à masquer son émotion ; de fines larmes perlaient au coin de ses yeux ridés lorsqu'elle murmura :

« Tylin… Crois-tu que je m'engagerais dans la voie de la trahison contre nos propres institutions ? Non, la décision du conseil est souveraine, mais si vous renonciez à notre éthique, nous ne vous accompagnerions pas dans cette voie et nous nous résoudrions à quitter notre monde, accompagnés de ceux, sur Latar ou au sein des royaumes, qui voudraient nous suivre… »

Une scission ! songea Subotaï. *Ils abandonneraient Latar pour fonder une nouvelle colonie. Combien de Latars participeraient à leur aventure ? Sans doute de nombreux mercenaires en poste et une majorité d'étudiants : environ un quart de la population, mais l'essentiel des éléments les plus brillants…*

Tömör s'apprêtait à répliquer, mais le commandant de la citadelle lui signifia d'un geste qu'il souhaitait prendre la parole.

« Votre choix vous appartient, mais auparavant je souhaiterais que nous examinions la situation actuelle sous un angle stratégique : après tout, nous sommes des tacticiens Latars ! Si notre ennemi est symbolisé par l'hégémonie et qu'il paraît, en l'instant, plus puissant que nous, nous n'avons évoqué que deux options : la reddition et le combat. Mais une autre possibilité s'offre à nous… »

Le vacarme du tonnerre étouffa les dernières syllabes de Subotaï ; le ciel anthracite, ténébreux et menaçant, parfois zébré d'éclairs bleutés, se détachait dans l'étroite lucarne séculaire.

Laisse-les se placer en mode de réflexion stratégique.

Tylin fut la plus prompte à réagir :

« Le repli…

— … pour organiser notre défense et renforcer notre position, poursuivit Ochir. Quelles sont les possibilités de retraite ? Le secret d'une telle opération nous interdit un repli vers l'un des royaumes.

— Les mondes périphériques, murmura Shin. Éparpillés, primitifs pour la plupart… Nous n'aurions aucune difficulté à coloniser une planète isolée, viable et inhabitée.

— L'approche génétique représente une autre option, ajouta Subotaï, mais notre refus est, je crois, unanime. »

Si risqué… Pouvons-nous jouer l'avenir de Latar sur un tel pari ? Et la science génétique a sombré dans l'oubli depuis l'avènement de la convention humaine universelle ; ressusciter ce savoir nous coûterait des années de recherche. Pour une issue si immorale…

« Pas un membre du conseil ne songerait à s'engager dans cette voie, approuva Shin. Mais un repli est possible. Oui…

— Latar est protégé jusqu'à l'ultime bataille du conflit, souligna Subotaï. Aucun belligérant ne prendrait le risque de s'opposer à nous tant que ses ennemis ne sont pas vaincus. Tylin, quel serait le délai nécessaire pour ramener l'essentiel des mercenaires sur Latar et organiser un exil ?

— Si les commandants des royaumes sont prévenus à l'avance de cette possibilité, deux semaines environ.

— Jamais personne n'aurait le temps ni l'audace d'organiser une attaque contre nous en si peu de temps, approuva Shin. Seule l'arme d'Asbjorn pourrait constituer une menace.

— Pas avec les spadassins que Loazour dissémine dans les rangs de Melen », railla Ochir.

La division ne nous est pas permise, songea Subotaï. *Les Latars ne pourront survivre que dans l'union.*

« Le vote ? demanda-t-il.

— Il n'est peut-être plus nécessaire, Subotaï, murmura Tylin, en lançant une œillade en direction du quatuor des anciens commandants en chef.

— C’est aussi mon opinion », approuva Shin.

J’espère que nous n’aurons jamais recours à une telle extrémité, mais nous devons nous tenir prêts pour un exil. Ensemble…

Si, lors du premier contact avec une nouvelle planète, vous développez une attitude agressive, l'intégration de cette planète au sein des mondes périphériques sera alors retardée d'au moins deux générations.

École des navigatrices des mondes périphériques.

Stered, planète-capitale de la périphérie, le jour de l'expiration de l'ultimatum.

Une nouvelle perle à notre collier, songea Morgevnid. *Enfin…*

La souveraine des mondes périphériques se saisit du rapport qui résumait les conclusions de la navigatrice à l'origine de la découverte.

LOCALISATION : *Planète située entre Uhel et Isel au sein d'une zone jusqu'alors peu explorée en raison de l'absence d'étoile importante et de l'éloignement des planètes qui laissaient supposer des climats trop froids pour y abriter la vie (cf. climat). La période de révolution est proche du double de l'année standard.*

GÉOGRAPHIE : *Les océans recouvrent environ les deux tiers de la surface de la planète, mais ils sont pour l'essentiel gelés ; seules les mers situées à proximité de l'équateur échappent à cette règle. Les continents sont, eux aussi, recouverts de glace, à l'exception des faibles latitudes où une steppe aride autorise une présence animale et végétale plus soutenue.*

CLIMAT : *Climat rigoureux à l'équateur, entre – 40 °C et + 5 °C, et bien plus sévère dès que l'on s'en éloigne. Les extrêmes se situent aux pôles : jusqu'à – 90 °C. Les précipitations sont peu nombreuses, mais régulièrement réparties dans l'année.*

POPULATION : *L'implantation humaine n'est présente qu'à l'équateur. Elle est partagée en de nombreuses tribus, qui se côtoient sans tension notable et qui sont, pour la plupart, sédentaires. L'agriculture et l'élevage sont développés et contribuent pour une grande part à l'apport alimentaire ; la chasse et, dans une moindre mesure, la pêche la complètent. De nombreux signes, tels que la présence de villes en ruines et l'utilisation d'instruments en matière plastique, en céramique et en carbone, alors qu'aucune industrie n'existe sur la planète, indiquent qu'une civilisation plus avancée précédait la culture actuelle. Les premières études situent son déclin au 118e siècle A.S. Les indigènes ne maîtrisent plus les techniques antérieures, mais continuent néanmoins d'utiliser les restes de cette civilisation, comme les bâtiments, les outils et parfois les armes à projectiles pour la chasse. La population actuelle s'élève à environ deux millions d'habitants, sans doute en décroissance. Le risque d'extinction n'est pas à négliger dans la mesure où les tribus sont de plus en plus éloignées les unes des autres et que le code moral est très strict sur les risques de consanguinité.*

FAUNE : *Cheptel d'animaux domestiques varié et suffisant pour assurer les besoins. Faune sauvage développée, tant sur terre que dans les mers.*

FLORE : *En dehors de la flore microscopique et de la*

flore sous-marine, les végétaux sont eux aussi localisés autour de l'équateur : une steppe aride mais vaste, quelques arbres éparpillés et même une forêt de conifères de plusieurs millions de kilomètres carrés.

HISTOIRE : *Les tribus avec lesquelles nous avons pris contact ne semblaient pas garder trace d'une véritable histoire écrite, mais plutôt de légendes, le plus souvent liées à l'arrivée (ou au retour suivant les cas) d'humains de l'espace. Ces croyances nous ont permis de bénéficier d'un accueil chaleureux de la part des indigènes.*

LANGUE : *Comme pour les planètes découvertes jusqu'alors, les indigènes parlent la langue universelle, avec toutefois quelques variantes locales. L'écriture est connue et utilisée, mais la littérature, historique, biographique ou romanesque, est inexistante. La planète porte le même nom dans les différents groupes humains : Yen (parfois écrit Yén).*

ORIGINE : *La prééminence de la langue universelle et les références récurrentes à des visiteurs venus de l'espace dans leurs mythes ne laissent planer que peu de doutes : comme pour les autres mondes, cette planète est une redécouverte, la présence humaine se résume sans doute à une descendance de colons, d'origine extérieure.*

GOUVERNEMENT : *Pas de gouvernement centralisé sur la planète. Les décisions sont le plus souvent prises par des chefs de tribus et le pouvoir est transmis par filiation, à l'aîné, sans préférence sexuelle. Les conflits paraissent rares et la coopération entre les tribus est la règle, comme l'illustrent les échanges de denrées précieuses.*

RELIGION : *Religion basée sur des racines monothéistes, influencées par de nombreuses légendes. La base est similaire pour l'ensemble des tribus, mais des différences existent, notamment lors des célébrations du culte. Les divergences les plus notables concernent les tribus les plus isolées.*

TRAITS GÉNÉTIQUES : *Les maladies génétiques semblent en augmentation, malgré la rigueur de leur code moral. Aucun des peuples de Yen ne souffre outre mesure des morsures du froid ; cette protection naturelle, de nature génétique, pourrait permettre une avancée significative dans ce domaine.*

AUTEUR : *Kikue, navigatrice.*

Sa troisième découverte, si j'en crois les rapports, pensa Morgevnid.

Une silhouette élancée apparut à l'autre extrémité du vaste hall d'honneur ; l'absence de gardes et la souplesse de sa démarche annonçaient Poenui, la première biologiste des mondes périphériques. Elle s'immobilisa à quelques mètres de Morgevnid et esquissa le salut traditionnel.

« Assieds-toi, je t'en prie, l'invita la souveraine.

— Merci. Une belle découverte, ajouta Poenui en désignant le rapport sur le secrétaire.

— Que révèlent les premières études ? demanda Morgevnid.

— La résistance au froid des tribus de Yen semble, en effet, d'origine génétique. Cette protection est polygénique, duale pour être précise ; nous avons localisé l'un des gènes sur le treizième chromosome et les tests pointent aussi en direction du quatrième chromosome. De plus, il est possible que des déclencheurs environnementaux interviennent dans le mécanisme. Les résultats des recherches devraient être disponibles d'ici quelques mois ; nous pourrons alors intégrer cette nouveauté dans nos projets futurs.

— Aucun problème apparent pour la phase de normalisation génétique ?

— Non, répondit la biologiste. Dès que le gouvernement central sera en place, nous débuterons l'équilibrage des naissances : une proportion de quatre filles pour un garçon me paraît adaptée. »

Le prélude, songea Morgevnid : *féminiser la société pour la rendre plus stable et moins violente.*

« Un délai d'une dizaine d'années sera nécessaire pour basculer les conceptions en mode artificiel, poursuivit Poenui. Nous amorcerons ensuite le renforcement de leur patrimoine génétique.

— La technologie sera alors plus présente dans leur quotidien. Dans trois générations, Yen sera tout à fait intégré aux mondes périphériques. »

Le concept de l'osmose, pensa la souveraine. *Nous leur offrons la technologie, la sécurité et les bienfaits de notre savoir génétique et, de notre côté, nous affinons peu à peu nos connaissances en glanant des gènes au hasard de nos découvertes.*

La biologiste esquissa un sourire malicieux :

« Nous avons examiné ton échantillon…

— Le cheveu de Naïs, la régente de Koroll ?

— Oui, acquiesça Poenui. Les conclusions finales ne sont pas encore disponibles, mais les premiers résultats sont à la fois intéressants et décevants.

— Pour quelle raison ?

— L'explication est un peu complexe, mais…

— J'ai tout mon temps », l'interrompit Morgevnid d'une voix cassante.

La biologiste se recroquevilla sur son siège et s'humecta les lèvres :

« Le nombre de gènes d'un humain est proche des vingt-cinq mille, répartis sur vingt-trois paires de chromosomes. Les gènes ne représentent qu'environ deux pour cent de la composition du chromosome, le complément ne renferme aucune information d'ordre génétique. Nos recherches nous ont permis de dresser une liste exhaustive de ces gènes.

— Et de leur fonction, ajouta la souveraine.

— Oui et non. Nous connaissons ce que nous nommons “la fonction première” pour la quasi-totalité des gènes : nous avons identifié le gène qui détermine la couleur des yeux, ou celui qui conduit à telle ou telle maladie génétique, pour ne citer que les exemples les plus triviaux. Pourtant, bon nombre de réactions s’expliquent par l’association de plusieurs gènes et le champ d’investigation croît d’une manière exponentielle : pour deux gènes, le nombre de doublets se monte à plus de six cents millions et, pour trois gènes, à environ quinze mille milliards. Nous avons décrypté la fonction de la majorité des doublets et cela nous a permis, comme tu le sais, d’améliorer nos performances physiologiques et mentales, mais nous ne sommes qu’aux balbutiements en ce qui concerne le déchiffrage du rôle des triplets.

— Et les quadruplets ? » ironisa Morgevnid.

Poenui se permit un sourire sans joie :

« Lorsque nos descendants les étudieront, leurs capacités mentales n’auront sans doute plus grand-chose à voir avec les nôtres… »

Évoluer pour progresser, récita la souveraine.

« Malgré la diversité de la race humaine, les différences génétiques entre individus sont ténues, poursuivit la biologiste. Les planètes des mondes périphériques sont d’une variété fascinante, mais les dissemblances liées au facteur géographique sont rarissimes ; la fréquence de variations est plus élevée au sein d’un même groupe de population. Il serait surprenant, par exemple, que l’étude des gènes des habitants de Yen nous amène à la découverte de nouveaux gènes, en dehors de ceux qui régulent la protection contre le froid, et leur apparition n’est due qu’à une mutation naturelle liée aux conditions particulières de la planète.

— Quel est le lien avec Naïs ?

— J’y arrive… Tu n’ignores pas que, pour les êtres

vivants, le codage du patrimoine génétique est quaternaire. Les quatre bases azotées, adénine, cytosine, guanine et thymine, remplacent les dix chiffres de l'arithmétique et sont assemblées par trois pour former les codons, ce qui donne…

— Soixante-quatre possibilités, coupa Morgevnid.

— Exact. Et les gènes sont des séquences de codons, qui correspondent à des protéines bien précises. Dans nos études, nous avons répertorié ces suites chimiques, observées dans nos populations pour chaque gène, et lorsque nous accueillons de nouveaux éléments, nous enrichissons nos données à partir des nouvelles séquences rencontrées. La bonne nouvelle est que Naïs possède un gène original : en milieu de séquence, l'une des faces de l'hélice de ce gène ne comporte que peu d'adénine, alors que cette base chimique est d'habitude très présente à ce niveau, pour l'ensemble des sujets.

— Un seul parmi les vingt-cinq mille ?

— Oui, et il est probablement partagé par d'autres humains, mais nous ne l'avions pas observé jusqu'alors. Mais souviens-toi qu'en moyenne, l'apport de chaque planète découverte se résume à un ou deux nouveaux gènes.

— Et quelle est la… fonction première de ce gène ?

— Elle est mineure, elle intervient dans la digestion, mais la différence ne génère aucun effet particulier.

— Et associé à l'un des vingt-cinq mille autres gènes ?

— Les tests sont plus délicats. Nous avons lancé une phase d'observation : ce gène a été introduit dans l'ADN de nouveau-nés communs, en adjoignant des combinaisons de doublets qui nous paraissaient pertinentes. Leur comportement nous permettra de mieux cerner le potentiel du patrimoine de Naïs.

— Et si cette différence n'influe qu'au niveau des triplets ? »

La biologiste haussa les épaules :

« Tu connais la réponse… L'observation de Naïs pourrait nous permettre d'orienter nos recherches, mais il est délicat de tirer des conclusions sur l'impact des gènes à partir de son comportement. Elle n'a pas profité de l'éducation cadrée et l'influence de son patrimoine génétique a sans doute été diluée par son éducation. Et peut-être que cette variation n'induit aucun progrès. »

Quel gâchis ! songea Morgevnid. *Certaines de ses aptitudes sont enfouies à tout jamais au plus profond de son être. Mais l'urgence se situe ailleurs.*

« Quelle est la situation dans les planètes ardentes ? s'enquit la souveraine.

— Difficile à évaluer… Nous avons procédé par petites touches, puisque les conditions nous imposaient la plus extrême discrétion, mais nous avons atteint nos limites. Poursuivre notre tâche impliquerait d'opérer au grand jour.

— L'attente ne sera plus très longue.

— Tu accordes ta confiance aux régentes des planètes ardentes ? demanda Poenui.

— Ce sont des alliées fidèles. Elles favoriseront notre tâche sur leur planète et les informations qu'elles détiennent sur les royaumes nous sont précieuses. La méthode d'intégration classique, progressive et pacifique, étalée sur deux ou trois générations, ne fonctionnera pas dans les royaumes : leur niveau de développement est proche du nôtre, parfois supérieur dans certains domaines. Des poches de résistance compliqueront notre mission et l'évolution des mentalités sera lente, les “lois” de la convention humaine ont semé leurs mauvaises graines. Les réactions des peuples des planètes ardentes, ignorants de leur propre conditionnement, nous permettront d'affiner nos méthodes.

— Une tâche de longue haleine…

— Oui, mais les royaumes représentent l'unique menace pour la périphérie, à long terme, affirma

Morgevnid. Lorsque nous les aurons soumis, nous nous concentrerons sur l'exploration des espaces vierges de la périphérie, sans crainte d'une avancée technologique qui nous menacerait ; sur ce point, je rejoins les projections des spols. À ce propos, une quelconque avancée dans tes expériences ?

— Pas un iota. Les recherches que nous avons menées sur le passé des derniers spols sont convergentes : aucun signe annonciateur si ce n'est un comportement parfois solitaire, mais cela ne constitue pas l'apanage des futurs spols. Éducation cadrée, apprentissage progressif, mise en valeur du patrimoine génétique, rien ne manque… Et l'étude de l'ADN des spols, à partir d'un ongle ou d'un échantillon d'épiderme, ne nous apprend rien : aucune corrélation visible entre leur état et leurs gènes. Même l'opération "calque" a échoué. Nous avons engendré plus de mille cinq cents nouveau-nés avec un patrimoine génétique rigoureusement identique à celui d'un spol, et nous avons varié à l'infini les conditions exogènes : pas un n'est devenu spol. La fréquence d'apparition est immuable, quels que soient les biais, génétiques ou non, que nous introduisons.

— La proportion est-elle différente suivant les planètes ? demanda la souveraine.

— Non. »

Je peux lui accorder toute ma confiance dans le domaine de la recherche, pensa Morgevnid. *S'il existe une explication, elle la découvrira. Dans sa spécialité, Poenui est un pur joyau, une réussite parfaite du programme génétique. Tout comme moi…*

Tendresse, plaisir et joie
Avec toi.
La mélancolie, juste un soupçon
Piment des émotions.
Et des éclats de fête
Offrande des daofined.

Extrait de la *Cantilène des daofined.*

Loar, lande de la région d'Aven, le lendemain de l'expiration de l'ultimatum.

« Sans amorçage ? s'étonna Aour.

— Exact, dit Emrodes. Le système est autonome, il est composé d'une centaine de relais disséminés sur notre lune, sur la face cachée ou le côté visible, à la surface ou en profondeur. Le centre de commande automatique n'est situé à aucun endroit, il est réparti dans ces unités éparpillées, toutes d'égale importance. Les relais ne fonctionnent pas grâce à un système hiérarchique, mais plutôt comme un maillage ; pour neutraliser notre défense, il serait nécessaire de localiser puis de détruire plus de quatre-vingt-quatorze pour cent des relais : six unités sont suffisantes pour assurer l'efficacité du système. Et il est toujours possible de rajouter des relais supplémentaires, que l'on connecte au maillage, pour renforcer la sécurité du système.

— Et la source d'énergie ?

— Chaque unité assure ses propres besoins d'une manière indépendante et interagit avec les autres relais. Et les sources d'énergie sont multiples : réactions chimiques, énergie solaire, batteries nucléaires… Seule la destruction de notre lune pourrait anéantir le système d'une manière décisive.

— Mon rôle n'est pas essentiel, tu ne devrais pas me dévoiler de tels secrets », chuchota la maître d'armes.

Emrodes caressa d'un geste tendre, presque amoureux, la joue d'Aour :

« En dehors de l'équipe scientifique, Chuluun, Kai et toi êtes les seuls à connaître les détails du projet ; j'ai besoin de ton savoir, de tes intuitions et de ton soutien. »

Je serai présente à tes côtés, songea Aour. *Et ton cœur accueillera peut-être un jour mon amour…*

« Et Bleiz ?

— La compréhension des subtilités techniques ne lui est pas nécessaire pour ses projections politiques. L'essentiel…

— C'est que la défense fonctionne, enchaîna Aour.

— Tout juste.

— La lune de Loar représente le point névralgique dans notre parade.

— Oui. Chuluun s'applique à prévoir toutes les possibilités d'attaque contre notre lune ; ses plans de défense fourmillent de ripostes d'envergure, de retraites feintes, de diversions successives : je crois que plusieurs mois me seraient nécessaires pour comprendre toutes les subtilités de ses modèles. »

Ils reprirent leur balade le long du chemin bordé de buissons d'ajoncs safran ; Emrodes écarta les épines protectrices et se pencha pour respirer les senteurs des fleurs. Dans l'esprit du jeune homme, leur parfum évoquait les douces caresses du soleil sur sa peau, les courbes harmonieuses des dunes de sable ivoire et un camaïeu enchanteur de bleu marine, de turquoise et d'indigo.

Leur parfum ressemble à celui des fruits des palmiers des régions tropicales de Loar, au lait si savoureux, songea Emrodes. *Curieux que cette analogie ne m'ait pas marqué plus tôt.*

Emrodes suivit le sentier des yeux : il filait sur les falaises de granit, plongeait vers les clameurs de l'océan en contrebas, pour ensuite se hisser avec peine le long des pentes rocailleuses. Des étendues de bruyère parme enluminaient la lande sauvage, les herbes tilleul recouvraient la naissance des roches et d'infimes bourgeons opalins émergeaient des buissons, comme effarouchés.

Mon voyage nocturne a affiné mes perceptions...

Il leva les yeux vers le ciel chargé de nuages : la splendeur de la scène le troubla un instant, mais il se reput bientôt des teintes que lui offraient les éthers. Loin de la fadeur d'ordinaire associée au gris, les nuages déployaient des nuances étincelantes : des touches laiteuses, baroques, égayaient l'infini anthracite, des images se révélaient, à la fois imprécises et suggestives, et se fondaient ensuite pour créer de nouvelles figures.

« Tu parais égaré, murmura Aour.

— Ne t'inquiète pas, je profite de la beauté du paysage.

— Veux-tu que nous rejoignions la crique ?

— Pourquoi pas... »

Ils suivirent une sente qui se glissait au milieu des ronces, des genêts et des ajoncs. La rocaille affleurait et les contraignait à une progression lente et attentive ; le pied d'Aour se déroba soudain et son corps bascula vers les buissons, mais un geste vif d'Emrodes lui permit de reprendre appui.

« Merci », souffla-t-elle.

La végétation s'éclaircissait peu à peu et les pierres déformaient le sentier jusqu'à en effacer la trace. Ils atteignirent bientôt le haut de la falaise rocheuse ; aucun chemin ne rejoignait l'anse de sable isolée qui paressait une cinquantaine de mètres plus bas.

« Prête ? Ou tu préfères reprendre ton souffle ? plaisanta le jeune homme.

— Si tu commences à paniquer, appelle-moi », ironisa-t-elle en amorçant sa descente.

La solidité de la roche leur offrait de multiples prises ; quelques minutes leur suffirent pour atteindre le sable blond. Ils s'approchèrent du rivage et leurs regards s'attardèrent sur le ballet des vagues qui s'éteignaient une à une sur la plage.

« Tenté par un bain ? demanda la maître d'armes.

— En plein hiver, dans la mer Kornog, sans vêtements de rechange ? Très peu pour moi, merci… »

Aour plongea sa main dans la mer et projeta quelques gouttes dans sa direction :

« Je t'ai connu plus courageux, railla-t-elle.

— Et toi plus sage », répondit-il en s'écartant vivement.

Ils se dirigèrent vers la pointe qui protégeait avec un soin jaloux la crique des assauts de l'océan et s'assirent sur l'un des rochers qui surplombaient la mer. Aour avait ramassé quelques pierres et s'amusait à les lancer dans l'écume au moment où la vague se brisait sur leur promontoire.

« Tu te souviens de cette plage ? » s'enquit-elle sur un ton ingénu.

Pas seulement de la plage, pensa Emrodes. *Je me rappelle la fraîcheur de la soirée automnale, les cris perçants des sternes perchées sur les roches et tant d'autres détails.*

« Crois-tu que le souvenir de mon premier baiser s'estomperait avec autant de facilité ?

— Ton audace m'avait surprise, avoua-t-elle.

— Mes mains tremblaient lorsque je me suis approché, j'étais sous le charme… »

Comme j'aimerais entendre cette phrase au présent, songea Aour.

Loar, centre de recherches d'Aven, le lendemain de l'expiration de l'ultimatum.

Seul le ronronnement monotone des machines troublait la quiétude de la salle des ordinateurs du centre de recherches d'Aven, la capitale de Loar. Goronwy, les yeux dans le vague, attendait les premiers résultats de sa simulation. Le timbre aigu du signal le tira de sa rêverie : il se leva comme à regret et consulta le résumé.

Bien entendu ! songea-t-il. *Moins d'une chance sur dix puissance quinze que la formule soit erronée. Deux heures de calcul avec les processeurs les plus puissants de la planète, si ce n'est des royaumes, pour simuler l'interaction entre six modules lunaires suivant le mouvement du soleil, de Loar et de son satellite, grâce aux algorithmes numériques de Macao et aux approximations développées au sein de ce centre. Pour quel résultat ? Les simulations nous apprennent que la probabilité d'une erreur dans l'un des soixante-quatorze théorèmes non démontrés de la parade de Tadhg est infime, pour un nombre de modules égal à six. Et il en existe une centaine… Mais le temps de calcul pour cent modules dépasserait les six mois et la précision serait alors beaucoup plus faible.*

Le vieux chercheur reposa les feuillets griffonnés de sa main sur le bureau et s'approcha de la fenêtre qui surplombait les jardins du centre de recherches. Il sentait soudain la lassitude le gagner, et cette impression ne provenait pas du manque de sommeil de ses dernières nuits, mais plutôt de son incapacité à résoudre les problèmes posés par les travaux de Tadhg.

Contraint de se baser sur des probabilités issues de simulations au lieu de justifier les théorèmes ! Pour une raison simple, pourtant si humiliante : je n'en ai pas les capacités, pas plus que les autres chercheurs du centre d'ailleurs.

La porte de la salle pivota et laissa le passage à Chuluun.

« Puis-je entrer ? demanda-t-il. J'ai frappé, mais je n'ai pas entendu de réponse.

— Les méfaits de l'âge. Installez-vous, je vous en prie. Quel est le motif de votre visite ?

— J'aurais besoin de renseignements complémentaires pour parfaire les plans de défense de notre lune.

— Je vous écoute.

— Vous m'avez indiqué que le nombre minimal de relais nécessaires au fonctionnement de la parade était de six. La défense fonctionne-t-elle quel que soit l'emplacement de ces modules ? Leur dispersion ou au contraire leur regroupement améliore-t-il l'efficacité du système ? »

Le vieil homme hésita quelques secondes avant de répondre :

« Tout d'abord, je réitère mon avertissement : toutes les réponses que je peux vous fournir ne sont que des projections ; la probabilité qu'elles soient erronées est faible, infime même, mais la possibilité demeure. »

Le Latar acquiesça en silence.

« Je dispose de plus d'éléments que ce matin, poursuivit le vieil homme. Le système semble opérationnel avec un nombre de relais réduit à six, indépendamment de leur emplacement : isolés, regroupés, alignés, éparpillés, peu importe. Avec cinq modules, le fonctionnement de la parade dépend de l'emplacement des unités, mais la modélisation optimale ne se résume pas à une dispersion ou à une concentration, elle est bien plus complexe.

— Avec six relais, le fonctionnement est assuré, en

dessous le résultat varie suivant leur position, résuma Chuluun.

— Avec cinq modules, les probabilités de fonctionnement se situent en deçà de soixante-dix pour cent. Et sont presque nulles avec quatre, avant que vous ne me posiez la question. »

La flamme qui brille d'ordinaire dans ses yeux a presque disparu, pensa le Latar. *Il se reproche l'incertitude dans laquelle le royaume est plongé.*

« Vos renseignements sont précieux, Goronwy. Et ne vous inquiétez pas, notre position défensive est sûre.

— Si la parade est efficace... Je vous remercie de votre délicatesse, mais je suis encore assez lucide pour analyser la situation : les vies de Loar dépendent d'un système que j'ai cautionné sans en déchiffrer les arcanes.

— Si Emrodes ne vous accordait pas une totale confiance, il n'aurait jamais opté pour cette voie. Sans vous, Loar se soumettrait aux troupes de Melen et l'occupation ne serait pas douce. Vous avez peut-être sauvé le royaume !

— À moins que je ne l'aie précipité dans le gouffre... »

Mais l'avenir nous révélera bientôt notre sort, songea Goronwy.

Loar, lande de la région d'Aven, le lendemain de l'expiration de l'ultimatum.

Aour brisa le silence la première :

« Le marathon diplomatique de Kai a porté ses fruits. »

Sept royaumes en trente heures, songea Emrodes. *Son corps a louvoyé entre les saisons et les décalages horaires : une nuit printanière sur Tan, une matinée pluvieuse sur Mor, un soleil étincelant sur Heol...*

« Ils nous confirment leur soutien, dit-il. Mais les souverains demeurent réticents : leur accord leur apparaît un peu comme un paraphe sur l'arrêt de mort de Loar. Leur confiance en notre système est limitée, mais leur appréhension est naturelle : ils ignorent son fonctionnement et les circonstances de sa création. Jamais ils ne nous auraient épaulés si nous leur avions avoué toute l'histoire.

— Kai était troublé à son arrivée, il luttait contre un sentiment confus, une vague impression de négliger des détails d'importance, des fragments d'information primordiaux. »

Le discours ne constitue pas le signe essentiel, pensa Emrodes. *Les hésitations, les attitudes et les tabous sont bien plus éloquents.*

« Il a pourtant perçu de nombreux signes, parfois dissimulés avec soin, parfois affichés avec ostentation, comme sur Traezh et Erc'h, qui ne cherchent même pas à masquer leur connivence.

— L'alliance de l'énergie et des métaux précieux », murmura la maître d'armes.

Nul ne saurait les blâmer, songea le régent. *Leur alliance tacite leur permet de se placer au même niveau que les autres royaumes du Ponant.*

« Et cette sensation de laisser échapper la pièce manquante ne fut nulle part plus patente que… »

Aour s'interrompit et se mordilla la lèvre inférieure.

« … que dans les rues d'Arger, la capitale de Bihan », compléta Emrodes.

Sibylline Bihan…, pensa la maître d'armes. *Parmi les informations que nous obtenons, lesquelles sont pertinentes, lesquelles sont futiles et lesquelles sont distillées par leurs propres services de renseignement ? Même lors de notre visite, les indices et les confidences glanés çà et là nous ont autant éclairés qu'embrouillés. Ah… démêler l'écheveau des mystères de Bihan.*

L'arythmie soudaine dans la mélodie de la houle détourna leur attention ; un nœud marin enflait à la surface des flots, à quelques dizaines de mètres de la pointe sur laquelle ils discutaient.

Il ne s'agit pas d'une tempête naissante, songea le régent, *le phénomène est bien trop localisé.*

La rumeur océane s'amplifiait, jusqu'à étouffer le chant délicat des oiseaux marins ; Aour et Emrodes retenaient leur souffle, comme pour préserver le charme de la scène. Puis les fracas d'écume s'éteignirent peu à peu, et une litanie éthérée germa au cœur de l'étendue salée.

La cantilène des daofined ! pensa Emrodes. *Quatre mois nous séparent pourtant de l'équinoxe de printemps.*

La complainte naissante des cétacés géants distillait dans leur esprit une mélancolie béate ; le velouté de la mélodie imprégnait leur chair, comme pour y graver un message occulte.

Et je ne pourrais jurer que ce sont mes oreilles qui perçoivent le son…

Soudain, la cantilène se suspendit et laissa la place à un silence saumâtre ; Aour et Emrodes se retinrent avec peine de hurler tant la litanie s'était insinuée dans leur être. Ils demeurèrent prostrés quelques minutes avant de retrouver l'essentiel de leurs perceptions.

« Les daofined ne se sont pas approchées des côtes depuis de nombreuses années, chuchota la maître d'armes. De tels préludes vont se multiplier avant l'apogée équinoxial, qui s'annonce somptueux.

— Tu étais présente lors de leur dernière apparition ?

— Je n'en ai gardé que des souvenirs merveilleux, je me rappelle l'émotion… »

Les daofined, chantres de la cantilène, hier comme aujourd'hui…

« D'or au chêne sable » : le blason de Melen détonne dans l'héraldique des royaumes qui comporte peu de figures. L'hypothèse selon laquelle Melen serait issu d'une branche renégate d'un royaume n'a jamais pu être vérifiée, car il serait nécessaire d'étudier les documents sur Melen même, faveur qui n'a jamais été accordée aux historiens indépendants puisqu'elle risquerait de confirmer la véracité de cette théorie, au grand dam de Melen.

Extrait de *Héraldique des royaumes.*

Melen, palais de Lur, le lendemain de l'expiration de l'ultimatum.

Une profusion de roses et de glaïeuls, agrémentée de lys immaculés.

Le bouquet majestueux trônait sur la commode et distillait ses senteurs printanières dans la chambre d'Heikki. Il percevait les affinités subtiles dans l'association des couleurs et les allusions allégoriques de son jardinier personnel.

Doré pour les couleurs de Melen, ivoire pour l'innocence et rouge pour la passion… Je n'ai pas remarqué ces détails hier soir, lorsque j'ai offert le bouquet à Duyen.

Il écarta le drap et observa la jeune femme blottie contre lui : ses gestes inconscients révélaient l'imminence de son éveil. Ses paupières s'entrouvrirent et son visage s'éclaira lorsqu'elle distingua Heikki ; elle se réfugia au creux de son épaule pendant que sa main errait sur le corps de son amant pour des caresses câlines.

Heikki écarta les mèches brunes de la jeune femme pour discerner l'éclat sombre de ses iris ; ses pommettes saillantes et le teint cuivré de sa peau soulignaient la grâce farouche de Duyen. Elle patientait, attentive, comme si elle souhaitait que leur étreinte nocturne se prolonge lors des lueurs matinales.

Il se souvint de l'orgie fastueuse de son père, de la pureté limpide du récital, du ballet grossier des corps gorgés d'alcool et de la beauté des jeunes femmes qui tournoyaient autour de lui. Chaque courtisane rêvait de se glisser dans la couche de l'héritier de Melen, pour quémander quelque faveur ou pour se lier, l'espace d'une nuit, à l'un des puissants du royaume.

Pourquoi mon choix s'est-il porté sur un officier de nos armées plutôt que sur une muse des salons ? s'étonna Heikki. *Mais je connais la réponse à cette question… Elle me rappelait Loazour, qui hante mon âme depuis son arrivée sur Melen.*

« Tu ne dois pas rejoindre ton unité ?

— Je suis de garde la nuit prochaine, ce qui me libère pour la matinée.

— Je devrais peut-être te laisser te reposer dans ce cas ?

— N'y songe même pas », plaisanta-t-elle.

Elle scella ses lèvres sur celles du jeune homme pour un baiser fougueux ; lorsqu'elle recula son buste, Heikki effleura la joue de Duyen et murmura :

« Désires-tu que j'ordonne ton remplacement pour cette garde ?

— Non…

— Des scrupules ? »

Elle hésita quelques secondes tandis qu'un voile de mélancolie obscurcissait ses traits :

« Je ne recherche ni cadeau ni privilège d'aucune sorte, chuchota-t-elle. Et l'on prétend que ton père ne goûte guère les escapades, réelles ou imaginaires, de son fils aîné : pourquoi attirer l'attention ?

— Mes relations avec mon père ne regardent que moi ! s'offusqua-t-il.

— Pardonne-moi. Je ne cherchais pas à te blesser, je veux simplement te préserver. »

Noble attitude ! Ce n'est pas l'attribut que j'affectionne d'ordinaire chez mes conquêtes, les premières lumières de l'aurore sont souvent le signal de la séparation. Pourtant, c'est la deuxième nuit que je partage avec Duyen… Pour quelle raison ?

Le souvenir de leurs premières étreintes resurgit dans son esprit ; la ressemblance avec la jeune Latar s'était vite estompée, mais leurs ébats avaient laissé un goût velouté dans la mémoire charnelle d'Heikki.

Pourquoi ne pas l'admettre ? Duyen est une experte de l'exaltation des sens, une égérie sensuelle et voluptueuse.

« Tu n'es pas irrité ? demanda la jeune femme.

— Pas le moins du monde. Mais je m'étonne un peu que les médisances de la cour s'étendent jusque dans les rangs de nos armées. »

Duyen se redressa, surprise :

« Tu te méprends, Heikki. Tu ne peux ignorer l'estime que te portent les militaires.

— Cesse de me flatter…

— Je suis sincère ! l'interrompit Duyen. Crois-tu que nous sommes aveugles ? Les parades d'Ince impressionnent les courtisans et les politiques, mais ton frère ne s'est jamais intéressé à la pérennité du royaume. Qui plus est, tu es le successeur désigné d'Asbjorn, tu représentes la continuité, alors que ton frère personnifie la confusion. Et l'armée exècre le désordre.

— La succession n'est pas une question d'actualité.

— C'est juste. L'autorité d'Asbjorn n'est pas contestée, mais un jour viendra, tu seras amené à lui succéder. Et puis... »

Duyen se tut, comme si elle réalisait que ses commentaires étaient déplacés.

« Et puis ? l'encouragea Heikki.

— Je ne sais si je dois poursuivre.

— Disons qu'il s'agit d'un ordre, trancha-t-il.

— Je... le répète : personne ne nie l'autorité de ton père, mais... plusieurs officiers, en particulier les plus jeunes qui ont étudié en détail les batailles de la dernière guerre, savent que les décisions d'alors n'étaient pas toujours les plus pertinentes.

— L'issue sera différente cette fois-ci.

— Oui, grâce à notre arme secrète. »

Et non pas aux qualités du régent, traduisit le jeune homme.

« Heikki, tous les officiers sont fidèles à ton père, tu ne peux leur reprocher d'espérer ton règne ! Certains sacrifieraient leur vie pour la gloire de Melen et pour soumettre les royaumes impies.

— Les royaumes impies ? répéta-t-il.

— Les neuf royaumes : ils ont délaissé la Sainte Religion pour se vautrer dans l'apostasie. »

Duyen appartient aux unités d'assaut, se souvint Heikki. *Les plus fanatiques, mais des combattants aguerris.*

« Pardonne ma curiosité, mais... les rumeurs sur les royaumes du Ponant sont-elles fondées ? demanda-t-elle.

— Lesquelles ?

— L'abandon de la convention humaine universelle... »

La propagande des prêtres de Kreis tourne à plein régime pour nous. La foi mystique de nos troupes est un atout, mais elle recèle un danger latent pour l'avenir. Et les troupes les plus religieuses constitueraient mon meilleur soutien contre les manœuvres de mon cher frère. Quelle ironie !

« Je ne peux répondre », s'excusa-t-il.

Duyen baissa les yeux :

« Je comprends, mais ton silence est presque un aveu. »

Et pourquoi démentir une rumeur qui nous raffermit ? pensa Heikki.

Duyen se blottit à nouveau contre lui, comme pour retenir le cours du temps ; elle s'abandonnait dans les bras de son amant, dans une complète confiance. Heikki, les paupières closes, s'imprégnait du parfum sucré de la jeune femme ; la senteur tarderait à se dissiper après son départ.

Je ne devrais sans doute pas la revoir, mais le piment de ses étreintes ressemble fort à une drogue.

Il cligna des yeux et entrevit, à la limite de son champ visuel, le sourire de la jeune femme ; il conserva les paupières scellées en essayant de masquer son trouble.

Ce sourire ne reflétait ni la béatitude, ni le bonheur, ni même la sérénité. Il révélait l'émotion maîtrisée, le devoir accompli et le froid cynisme.

Il s'efforça de ne rien laisser paraître et se concentra sur les instants partagés avec la jeune femme. Il se souvint que son couteau se trouvait sur le secrétaire à l'autre extrémité de la chambre, rangé dans son fourreau.

Du calme ! Je ne risque rien : si elle avait voulu me tuer, elle aurait pu frapper en maintes occasions. Je dois confirmer mon soupçon, ne pas me contenter d'une simple impression.

« J'aimerais te revoir », murmura Heikki.

Sa voix ne tremblait pas et il en ressentit de la fierté. Duyen se pencha vers lui et déposa un baiser mutin sur son cou tandis qu'il épiait les réactions de la jeune femme du coin de l'œil.

Aucun mot superflu, un geste amoureux et si naturel. Une attitude presque parfaite si ce n'est l'absence de surprise…

« Je termine ma garde à l'aube demain, suggéra-t-elle.

— Le plus charmant des réveils. »

Elle ne sait donc pas que l'attaque est sur le point d'être lancée. Ou elle feint de l'ignorer.

« La nuit t'aura épuisée », plaisanta le jeune homme.

Elle taquina le lobe de l'oreille d'Heikki du bout de sa langue et chuchota :

« N'y compte pas ! Et repose-toi bien, je ne te laisserai pas un moment de répit. »

En dépit de ses soupçons, Heikki sentit ses sens attisés par les paroles de la jeune femme, qui évoquaient dans son esprit la volupté de leurs ébats nocturnes.

Quel naïf ! Mais comment quiconque a-t-il pu se douter que mon attention serait attirée par Duyen, alors que j'étais entouré des plus belles courtisanes de Melen ?

Dès qu'il eut formulé sa question, la réponse s'imposa à son esprit et lui glaça le sang.

Parce que mon attirance pour Loazour constituait un paramètre intégré à l'appât, la ressemblance entre Duyen et la Latar n'est pas une coïncidence… Ah, très habile. Les conspirateurs ont également deviné que cet attrait s'envolerait en fumée sitôt la nuit écoulée et les talents secrets de la belle ont ajouté une dimension supplémentaire au piège. Astucieux de se servir des charmes d'un officier des troupes d'assaut, je me serais méfié d'une courtisane bien plus tôt.

« C'est une promesse ?

— Un simple vœu », corrigea la jeune femme.

Quels fruits espèrent récolter les conjurés ? se demanda-t-il. *La réponse dépend de l'origine de la menace… Mon cher frère ? Non, jamais il ne courrait un tel risque. Mon père ? Une telle duplicité n'est pas dans ses habitudes. Restent Kreis ou l'un des neuf royaumes…*

« Il sera exaucé », promit Heikki.

Bihan, la planète des espions ? Ce modus operandi *ne correspond pas à leurs habitudes, ils mettraient ainsi en péril un agent promis à un brillant avenir. À moins que la situation actuelle ne les contraigne à un gambit… Mais pour quelle raison Duyen exalterait-elle les valeurs religieuses ? Non, l'hypothèse Bihan n'est pas plausible.*

Il se leva, ceint d'un drap blanc, et observa les jardins intérieurs à travers le voile transparent des rideaux. Au centre, l'antique cadran solaire à anneau symbolisait le point d'équilibre du palais ; Heikki distinguait l'encoche éclairée par le rayon de soleil qui indiquait que l'astre diurne s'approchait de son zénith.

Les prêtres s'autorisent donc quelques risques. Mais pourquoi m'assurer du soutien de l'armée, que Kreis est convaincu de manipuler ? À moins que… Oui, ils s'apprêtent à assassiner mon père à la fin des combats pour me placer sur le trône, tel un pantin étiolé. J'ai failli croire en ses louanges… Quelle vanité ! Je suis leur préféré, non pas en raison d'une quelconque estime, mais parce que les prêtres me jugent faible. Mais mon ambition ne saurait tolérer le parricide !

Heikki attendit pour se retourner vers la jeune femme que la colère qui brûlait dans ses veines se fût estompée : le regard de Duyen ne reflétait que tendresse et candeur.

« Ton absence va me peser », déclara-t-elle.

Une telle sincérité dans le ton…

« Nos retrouvailles n'en seront que plus douces », observa-t-il.

Dois-je la livrer aux sbires de mon père pour lui arracher ses secrets ou laver mon honneur de ma main ? Un coup précis à la gorge où le fer de ma lame effacerait la souillure.

Elle se redressa à son tour et s'approcha, nue et lascive, de son amant :

« Je ne suis pas encore partie… »

Elle entraîna Heikki vers le lit et entreprit de le débarrasser de son vêtement improvisé ; le velouté de ses mains effleurait la peau du jeune homme, s'attardait l'espace d'un souffle sur les points les plus sensibles, pour ensuite reprendre sa quête sensuelle.

Il me serait si aisé de la tuer maintenant, songea-t-il.

Le rythme des caresses de Duyen s'accélérait ; elle guettait les réactions de son amant pour l'exciter sans lui accorder le repos de la jouissance.

« Lorsque la proie connaît le piège, le chasseur devient gibier », récita Heikki. *Si les prêtres croient me contrôler, ils n'intrigueront plus contre moi.*

« Tu conserves encore un reliquat d'énergie ? plaisanta Duyen.

— Seulement pour rendre hommage à tes charmes.

— Flagorneur ! Mais tu ne t'en tireras pas à si bon compte. Honore-moi… »

Mon rôle n'est pas le plus pénible, jamais aucune partenaire n'a su exciter mes sens de la sorte. Si toutes les protégées de Kreis sont aussi sensuelles, nous regretterons la perte de leur soutien, s'amusa-t-il.

Alors qu'il s'apprêtait à répondre à l'invitation charnelle de la jeune femme, ses pensées flânèrent vers le cadran solaire du jardin ; chaque seconde décalait la lumière temporelle de quelques millièmes de degré. Heikki savait que son père se trouvait à présent au centre scientifique, entouré des savants impliqués dans le projet.

Semblable au cadran, le compte à rebours égrène les instants : le moment fatidique est proche, presque présent. Seuls une parole laconique ou un geste sec de mon père nous séparent du déluge de feu qui vise le plus insolent des neuf royaumes. En temps humain, à peine quelques minutes…

Il contempla l'harmonie des courbes féminines de Duyen et sentit son désir enfler, il désirait la chaleur de ses baisers, le miel de ses caresses et la volupté de son intimité.

L'apogée du soleil marquera la disparition de Loar, et comment mieux célébrer cette victoire qu'en m'abandonnant à la jouissance…

Arger, la ville principale de Bihan, diffère des capitales des autres royaumes en de nombreux points. La particularité la plus patente concerne la géométrie des rues : Arger grouille d'escaliers, de venelles et d'arcades qui offriraient de multiples possibilités à des insurgés. Seul Bihan méprise les grands axes qui divisent les villes en secteurs et qui permettent de contrer une révolte. La raison en est simple : Bihan juge que la probabilité d'une rébellion est infime.

Extrait du journal intime d'Emrodes, souverain de Loar.

Bihan, palais d'Arger, le lendemain de l'expiration de l'ultimatum.

Les volutes de vapeur plongeaient Kampiola dans une douce léthargie ; elle savourait la tiédeur lénifiante et le calme du hammam privé du palais.

« Un peu d'eau froide ? demanda Elestr.

— Non, souffla Kampiola. Laisse-moi encore mijoter quelques minutes.

— À ta guise. »

Les voûtes byzantines, soutenues par des colonnes ornées de riches mosaïques, diffusaient une sensation de sérénité que les deux sœurs affectionnaient. La beauté du décor dissimulait les dernières avancées technologiques et le hammam leur assurait un espace d'intimité, à l'abri de toute oreille indiscrète.

Kampiola se redressa et se saisit du vase empli d'eau fraîche :

« Tentée ?

— Enthousiaste… »

La régente versa l'eau sur le corps d'Elestr ; les gouttes crépitaient sur la peau hâlée de la jeune fille pour retomber en pluie sur le jaspe du sol. Kampiola s'aspergea à son tour avant de se rasseoir aux côtés de sa sœur.

« Tu parais songeuse depuis quelques jours, remarqua Elestr.

— La situation est tendue, sœurette.

— La conjoncture actuelle est hostile, je l'admets, mais je pensais plutôt à ces moments où tu demeures silencieuse, le regard dans le vague et un sourire benêt aux lèvres. »

Le rire argentin de Kampiola vibra au cœur du hammam :

« Petite effrontée, tu pourrais manifester un peu plus de respect pour ta souveraine ! Tu le trouves comment ?

— Mignon, approuva Elestr. Un brin naïf, mais mignon. Et si chevaleresque…

— Arrête de me narguer, peste !

— Ce n'est pourtant pas le premier homme que tu entraînes dans ton lit. Amoureuse ? »

Kampiola demeura muette, comme désorientée.

« Je vois, poursuivit Elestr. Mais ne t'attache pas trop, les jours d'Emrodes sont en sursis.

— Tout comme les nôtres.

— La menace est moins létale pour Bihan. Nous disposons de leviers dans les défenses de l'ennemi. »

Mais nos chances seraient bien minces, pensa la régente.

« La deuxième salle nous tend les bras, déclara-t-elle.

— Je te suis. »

Une fois l'arche maure passée, une brume parfumée à l'eucalyptus les enveloppa. Elles patientèrent quelques instants pour laisser leur corps s'habituer à la montée de la température puis s'installèrent à proximité d'une fontaine. Le tintement des gouttelettes paraissait suspendre le présent, comme si le temps s'était figé au sein de ce décor sans âge. Elles s'avancèrent dans le brouillard et s'accroupirent sur la marche qui décorait la fontaine ; Kampiola immergea sa main dans l'eau glacée et l'agita pour engendrer d'infimes tourbillons.

« On prétend que la lune rehausse encore la beauté des paysages de Loar, observa Kampiola.

— Dès que la guerre sera terminée, je suis convaincue que ton galant te dévoilera les panoramas les plus romantiques de sa planète, plaisanta Elestr. Et qui sait ? Les lueurs de l'astre blond éclaireront peut-être vos baisers.

— J'envisageais plus qu'un séjour… »

Alertée par le ton solennel de sa sœur, Elestr fronça les sourcils :

« Tu es sérieuse ?

— Ai-je l'air de badiner ?

— Tu songes à une alliance entre Loar et Bihan ? »

Kampiola secoua la tête :

« Je n'entraînerai pas le royaume dans mes affaires de cœur. L'association de nos deux planètes menacerait l'équilibre des neuf royaumes, nos voisins craindraient notre puissance. Non… Et tu sais comme moi que nos… spécificités culturelles se dilueraient dans une telle entente.

— Bihan a besoin de toi !

— Pour l'instant, oui. Mais tu apprends vite, Elestr… »

L'adolescente parut surprise par l'allusion de sa sœur.

« Je n'ai que quinze ans.

— L'âge de mon accession au trône. Mais ne crains rien, je n'ai pas encore abandonné mon autorité. »

Tes qualités ne demandent qu'à éclore, songea Kampiola. *Tu deviendras l'une des meilleures régentes de l'histoire de Bihan.*

La chaleur humide essoufflait quelque peu les deux jeunes filles ; elles laissaient les senteurs imprégner leur corps et retardaient leur départ de la salle brumeuse.

« Regagnons les jardins de repos, proposa Kampiola.

— Avant que nous succombions », approuva Elestr.

De longues tuniques soyeuses les attendaient sur les bancs de grès ; les deux sœurs les enfilèrent et s'allongèrent sur les nattes étendues à même le sol. L'impression de fraîcheur qu'elles avaient ressentie en pénétrant dans la verrière se dissipait pour laisser la place à une sensation de somnolence paisible.

Soudain, un coup sourd résonna sur la porte qui les séparait du reste du palais. Elestr se positionna en retrait pour ne pas offrir une cible unique à un agresseur éventuel.

Personne n'est censé nous déranger en ces lieux, pensa Kampiola. *Et six gardes sont postés devant le seuil.*

Elle relâcha ses muscles et s'agenouilla derrière un banc de pierre, son poignard à la main ; un coup d'œil lui confirma que sa sœur avait adopté une position de garde.

« Entrez », ordonna-t-elle.

La porte pivota et la régente se détendit lorsqu'elle reconnut les silhouettes familières de Donn, le commandant en chef Latar, et d'Akil, le spol du royaume. Le mercenaire enregistra la position des deux sœurs et réprima un sourire :

« Une défense appropriée, murmura-t-il. Veuillez nous excuser pour notre intrusion importune.

— Motivée par une raison essentielle, j'imagine ? répliqua Kampiola d'un ton sec.

— Asbjorn a lancé son attaque sur Loar », annonça Donn.

La régente sentit sa gorge se nouer et son pouls s'emballer :

« Et ?

— Emrodes avait raison, il ne s'agit pas d'un missile. La source… d'énergie s'est dissipée alors qu'elle allait frapper la planète.

— Loar est sauf ? »

Kampiola avait presque hurlé sa question.

« À quelques secousses telluriques et tsunamis près, la planète est intacte », confirma le Latar.

Elle ne put retenir les larmes de joie qui perlaient à ses paupières.

La parade a fonctionné. Asbjorn ne dispose pas d'une arme absolue…

« Le retour aux conflits traditionnels, remarqua Elestr.

— À quelques nuances près, rectifia Donn. Leur armée semble mieux organisée que dans le passé et Melen a déjà soumis de nombreuses planètes.

— Akil, peux-tu nous livrer une analyse liminaire sur les intentions d'Asbjorn ? demanda Kampiola.

— Avec joie, mais le manque d'informations rend mes conclusions incertaines.

— Nous t'écoutons.

— Asbjorn dispose de trois familles d'options, commença le spol ; bien entendu, de nombreuses variantes existent au sein de chaque famille. La première possibilité consiste à se maintenir sur les planètes qui lui ont prêté allégeance et à préparer une offensive ultérieure contre les neuf royaumes. Cette solution paraît raisonnable, mais comporte de nombreuses faiblesses. Melen devra lutter contre les mouvements de résistance qui ne manqueront pas d'apparaître sur les planètes occupées, tout en se gardant des intrigues de Kreis qui pourrait tenter d'interférer dans leurs affaires d'une manière plus active. Affronter des troubles plus ou moins sporadiques altérerait la préparation de son attaque.

— Peu attirant, commenta Elestr.

— Je te l'accorde, admit Akil. Asbjorn peut aussi choisir le retrait, afin d'organiser ses forces d'une manière optimale.

— Et perdre ainsi la face ? le questionna Kampiola.

— Certes. Mais cela réduirait les délais en vue d'une nouvelle offensive.

— Que tu estimes à ?

— Plus de deux années standard, répondit le spol. Mais les richesses de Melen et le temps lui offriraient alors une armée bien supérieure aux nôtres. »

Jamais Asbjorn n'acceptera un pareil affront, songea Kampiola.

« La dernière solution se résume à une attaque éclair contre les royaumes du Ponant, à pleine puissance. La guérilla sur les planètes que Melen domine n'aurait pas le temps de s'organiser et une victoire rapide lui assurerait l'hégémonie.

— Quelles sont ses chances de succès ? s'enquit la régente.

— Élevées, mais pas certaines…

— Il nous suffirait de prolonger le conflit et d'attendre les révoltes sur les planètes conquises par Melen, observa Elestr.

— Un conflit qui s'enlise nous affaiblirait autant, si ce n'est plus, que Melen et nous serions à la merci d'un royaume indépendant un peu plus téméraire que les autres, corrigea le spol.

— Quel conseil lui donnera son spol ? demanda Elestr.

— Le repli », affirma Akil.

Nous n'obtenons qu'un sursis, songea Kampiola.

« Asbjorn suivra son avis ? s'enquit Donn.

— Question délicate, murmura Akil. Je tendrais vers le non… »

*

Le silence enveloppait à nouveau la verdure des jardins de repos, le Latar et le spol s'étaient éclipsés pour laisser les deux sœurs seules au cœur de leur refuge.

« Le danger immédiat est écarté », murmura Elestr.

Cette guerre s'annonce encore plus âpre que la précédente, pensa Kampiola. *Le vainqueur, quel qu'il soit, ne se contentera pas d'une simple reddition, il soumettra ses adversaires pour s'assurer de leur innocuité.*

« Tu n'ignores rien du dilemme qui nous attend en cas de victoire ? demanda-t-elle.

— Non, bien sûr. Si nous transformions Bihan en une puissance conquérante, nous provoquerions une implosion de notre modèle de société.

— C'est juste.

— Et même si cette idée nous séduisait, nous ne serions pas suivies dans cette voie, ni par l'armée ni par le peuple, affirma Elestr.

— Ce qui témoigne de notre degré d'éveil… »

Certains de nos alliés ne comprendraient pas notre refus, songea Kampiola. *Et notre isolement ne constituerait-il pas une potion trop amère pour les habitants de Bihan ?*

« Inutile de nous affoler, ironisa Elestr. Après tout, la victoire est loin d'être acquise… »

Tu ne me donnes pas le change, petite sœur ! Nous partageons les mêmes inquiétudes.

Kampiola se rallongea sur sa natte et étira ses muscles, tel un félin. Elestr somnolait. Les doigts de sa main gauche dessinaient de vaines arabesques, composées de lignes cambrées, qui évoquaient parfois une silhouette humaine endormie.

Elle aussi souhaite profiter de nos derniers instants de quiétude avant le fracas des batailles.

La géométrie irrégulière de l'espace et les senteurs des plantes allochtones accentuaient encore le caractère mystérieux des jardins, comme pour souligner l'originalité des lieux. Son attention fut attirée par une jeune pousse d'araucaria, qui dardait ses branches vers la lumière de l'astre diurne.

Je n'avais jamais remarqué cet arbrisseau... Les circonstances me rendent sans doute plus attentive.

Ses pensées se focalisèrent sur les derniers rapports des espions en poste sur Loar; aucun d'eux n'était parvenu à fournir une quelconque précision au sujet de la riposte d'Emrodes.

Les neuf royaumes ne doivent leur survie qu'à une parade élaborée en quelques jours, songea Kampiola. *Loar abrite les centres les plus avancés sur le plan technologique, mais comment leurs scientifiques sont-ils parvenus à réagir avec une telle célérité ? À moins que...*

Le doute qui s'insinuait peu à peu dans son esprit impliquait un piège si chafouin qu'elle n'osait le formuler de manière explicite.

Et si l'attaque d'Asbjorn n'était pas aussi réelle qu'elle en a l'air? Melen et Loar complices... Mais dans quel but? Pour placer Emrodes en position de commandant naturel des royaumes du Ponant...

Elle ressentit soudain la violence des battements de son cœur contre sa poitrine.

Un partage de l'univers à l'amiable?... Les neuf royaumes pour l'un et les autres planètes pour l'autre ?

La voix d'Elestr brisa le silence et parut glaciale aux oreilles de la régente:

« Es-tu certaine de l'affection d'Emrodes ? »

Nous sommes victimes du syndrome de Bihan, pensa Kampiola. *Nous usons de tant d'espions que nous en venons à douter des sentiments les plus nobles.*

« Oui, sœurette... »

L'assurance de son aînée dissuada Elestr d'approfondir la question.

« Un traître ? » hasarda-t-elle.

Melen, plus qu'aucun autre royaume, est truffé d'espions à notre solde, songea la régente. *Nous avons nous-mêmes essayé de nous introduire dans les arcanes du projet secret d'Asbjorn… Sans succès. Il est peu probable que Loar y soit parvenu.*

Elestr ajouta :

« Je veux parler d'un traître au sein de Loar. Quelqu'un d'assez influent pour simuler une parade contre une menace inexistante.

— À quelle fin ? Il serait bien plus simple pour Asbjorn de détruire Loar comme il l'a fait pour Beltz.

— Nous ne savons rien de cette arme. Beltz se situait à proximité de Melen, mais si l'on suppose que la frappe est impossible contre toute autre cible…

— Il vaudrait mieux convaincre l'ennemi de la réalité de la menace, quitte à le persuader qu'il détient un remède, poursuivit Kampiola.

— Et simuler ensuite une carence de la parade pour contraindre l'adversaire à la capitulation », conclut Elestr.

Peu plausible…, pensa la régente. *Il faudrait soudoyer l'ensemble de la cellule de recherche qui a conçu le système de riposte.*

Un sourire taquin illumina le visage d'Elestr.

« La situation nous rend un peu trop méfiantes. »

Lai : petit poème narratif ou lyrique.

Dictionnaire des termes aujourd'hui inusités de l'époque pré-spatiale.

Loar, coordonnées inconnues, deux jours standard après l'expiration de l'ultimatum.

La première stance du lai…

Le jeune homme pénétra dans le village isolé, ultime refuge humain avant la beauté sauvage des montagnes Kerzu. Il distinguait la rumeur familière d'un marché : les cris enjoués des camelots crépitaient çà et là pour exalter les mérites de leurs produits et la foule bigarrée se pressait sur la place à la recherche d'un vêtement, d'un outil ou d'un jouet pour égayer le quotidien.

La première, la plus lente des quatre stances…

Il s'engagea au cœur de la foire, sans accorder la moindre attention aux étals disparates ; il percevait l'éclosion des sentiments que déclenchait son passage au sein de la multitude, révélée par un regard appuyé ou par un geste esquissé.

L'étonnement en prélude… Puis la diversité des émotions, l'incompréhension, la curiosité et l'appré-

hension mêlées, la haine parfois, instinctive et irraisonnée.

Les conversations se muaient en murmures qui s'éteignaient peu à peu, semblables à des braises dispersées par la violence du vent. Une fillette s'approcha de lui, comme attirée par son aura : elle feignait une errance sans dessein précis, mais ses pas la rapprochaient du jeune homme, et ses iris indiscrets lançaient de furtives œillades en direction de l'inconnu, comme pour glaner un accord tacite. Elle parut soudain puiser en elle le courage nécessaire et se dirigea vers lui en guettant ses réactions ; elle l'aurait sans doute abordé si sa mère ne l'avait pas retenue par le bras.

Elle arbore tant de signes annonciateurs sans que personne soit à même de les déchiffrer… Ses proches l'apprendront bien assez tôt.

Il atteignit la fontaine de granit incrustée d'éclats de quartz, se pencha pour se désaltérer et savoura la fraîcheur de l'eau qui s'écoulait dans son gosier. En dépit de l'attention constante des villageois, cette halte lui procurait un sentiment de répit, peut-être parce qu'elle l'éloignait l'espace de quelques instants des méandres de son esprit. Il s'aspergea le visage d'eau et laissa les gouttelettes s'insinuer sous sa tunique sombre.

Tant d'années, tant de lieux. Et la première stance cède la place à la seconde pour la suite du lai…

Il s'assit sur le rebord de la fontaine, immobile et silencieux. Le temps espaçait les regards indiscrets et la foule semblait oublier la présence insolite du jeune homme.

Trois pôles : Kreis, Melen et les royaumes du Ponant, regroupés autour de Loar… Chaque pivot est sensible au risque de décadence ou à la possibilité d'entente de ses deux rivaux. Le danger majeur réside dans l'émergence d'un univers bipolaire : à long terme, l'affrontement provoquerait une situation de domination absolue.

Le jeune homme se leva et se glissa dans l'une des

vieilles ruelles du village. Il délaissa bientôt les dernières maisons pour s'engager sur un sentier qui ondulait vers le col le plus accessible des montagnes Kerzu.

Les neuf royaumes ne craignent plus la puissance de l'arme de Melen. Sur ce point aussi, la première stance a rempli son office…

En tant que navigateur, vous bénéficiez d'un privilège unique, celui de vous éveiller seul parmi les voyageurs endormis. Pendant quelques secondes, l'espace vous appartient.

Extrait du *Manuel du navigateur.*

Melen, palais de Lur, deux jours standard après l'expiration de l'ultimatum.

« Le repli, affirma Gouanv.

— C'est votre conseil ? J'espère que vous plaisantez », répliqua Asbjorn d'une voix cinglante.

La spol haussa les épaules :

« L'attente comporte de nombreux risques...

— Il n'est pas question de tergiverser, l'interrompit le régent. Je pensais à l'assaut !

— Les probabilités de succès sont plus faibles », répondit Gouanv sur un ton neutre.

Il ne s'agit pas de vos satanées probabilités, les conquêtes suivent d'autres lois que les statistiques ! songea Asbjorn.

« Gouanv vous livre ses projections..., intervint Loazour. Comme tout spol. »

Une Latar défend la position d'une spol. Rare ins-

tant… Mais il est vrai que le dépit et la colère sont mauvais conseillers au moment de la décision.

Heikki et Ince avaient perçu le courroux de leur père et avaient gardé le silence pendant l'analyse de Gouanv.

« En cas d'attaque, notre position est-elle meilleure que celle des royaumes du Ponant ? demanda Asbjorn.

— Oui », répondit la spol.

Loazour acquiesça :

« Notre armée est mieux équipée, tant pour les unités d'assaut que pour les combats en espace profond. Les royaumes du Ponant ne sont pas en position d'attaquer Melen, ils devront se contenter de défendre. Et la nécessité d'entente, au niveau politique et militaire, constitue pour eux une difficulté supplémentaire.

— Leur cohésion paraissait totale lors du précédent conflit, remarqua Ince.

— La situation est quelque peu différente et le sens de nos actions peut peser sur leur supposée harmonie, répondit la mercenaire.

— Nos faiblesses ? » la questionna Heikki.

La question essentielle, songea Loazour.

« Leur diversité. Chaque royaume possède des atouts distincts de ceux de ses voisins, et leur union leur offre la richesse des uns, la technologie d'un autre…

— Et les espions du troisième, poursuivit Asbjorn.

— En effet, admit Loazour. En cas d'attaque, vous ne leur laissez d'autre solution que l'union pour leur survie.

— “*Ar choas nemetan*”, récita Heikki.

— “Le seul choix” », traduisit Loazour.

Je ne veux même pas imaginer la possibilité d'un repli, songea Asbjorn. *Mon orgueil ne saurait supporter un nouvel affront : nous attaquerons et nous vaincrons !*

« Kreis ? demanda-t-il.

— Kreis se réjouira d'une attaque, répondit Gouanv, parce qu'elle vous affaiblit ainsi que les royaumes du Ponant, mais surtout parce qu'elle espère imposer sa loi en cas de victoire de Melen. Ils n'interviendront pas avant l'issue du conflit, du moins pas directement…

— C'est-à-dire ?

— Les enjeux les pousseront à prendre quelques risques pour assurer leurs arrières. Je ne crois pas en une action violente, mais leurs agents tenteront sans doute de recueillir quelques renseignements. »

La spol avait ponctué son analyse d'un regard candide en direction d'Heikki.

Elle ne peut connaître ma relation avec Duyen, pensa-t-il. *Elle tente de me sonder !*

« Les prêtres de Kreis ne représentent pas un danger immédiat », trancha le régent.

L'amande des yeux de la mercenaire se figea dans les iris d'Asbjorn, comme pour s'enquérir de sa décision.

« Nous attaquerons les neuf royaumes, murmura-t-il. Dans quel délai pouvez-vous nous fournir des plans de bataille détaillés, Loazour ?

— Dès ce soir.

— La conquête débutera donc demain », annonça Asbjorn.

Pour la plus grande gloire de Melen, psalmodia Heikki en son for intérieur.

Melen, jardins du palais de Lur, deux jours standard après l'expiration de l'ultimatum.

Loazour et Gouanv cheminaient côte à côte dans les allées des jardins du palais ; elles empruntaient des sentiers sinueux, comme pour prolonger leur flânerie indolente. Les rafales saccadées de l'aquilon sculptaient la chevelure de la spol, des flammes fauves voletaient autour de l'ovale de son visage.

« Si je n'étais pas sûre que tu connaissais déjà les détails de ta stratégie de conquête, je m'en voudrais de retarder ainsi ton travail pour une balade frivole », murmura Gouanv.

C'est exact, songea la mercenaire. *Les professeurs de Latar m'ont enseigné les forces et les faiblesses de chaque royaume, l'essence des principales orientations stratégiques, ainsi que les variantes tactiques mineures. Et comme l'exige la tradition, je me suis enfermée au cœur de la citadelle pendant le mois qui a précédé mon départ pour Melen, afin de forger mes propres convictions...*

« Tu savais qu'Asbjorn choisirait la conquête, avant même de lui avoir exposé l'alternative, n'est-ce pas ? demanda-t-elle, ignorant la remarque de la spol.

— Oui.

— Pourtant, tu ne lui as épargné aucun détail sur la probable croissance des poches de rébellion en cas d'attente ou sur les atouts d'un repli, poursuivit Loazour.

— Comme tu l'as souligné, c'est mon rôle. »

Le vent du septentrion affirmait peu à peu sa vigueur, mais ni la spol ni la Latar ne se préoccupaient de la fraîcheur qui les entourait ; elles atteignirent bientôt les rives de l'étang au milieu duquel se prélassaient sarcelles et bernaches. La mercenaire observa le dodelinement de la tête noire des oies sauvages ; leurs sifflements déchiraient parfois le silence sans raison apparente, semblables à des plaintes languides.

« Tu savais aussi que les neuf royaumes détenaient une parade, reprit la mercenaire.

— Non, contra Gouanv. Leur attitude, celle de Loar en particulier, le laissait présager, mais je n'avais aucune certitude. Je t'ai d'ailleurs avertie, ainsi que le régent. »

C'est vrai, admit Loazour. *Mais qui aurait pu prévoir que Loar concevrait une parade en si peu de temps ?*

« Sans empiéter sur tes prérogatives, j'imagine que toute stratégie prévoit des attaques similaires, ne serait-ce que pour tester les limites de la défense d'Emrodes, poursuivit la spol.

— Une attitude logique, commenta la mercenaire. Nous ne savons rien sur la validité de la parade lorsque l'arme vise une autre planète que Loar.

— Une quelconque préférence ? Bihan, par exemple ?

— Je suis un commandant en chef Latar, articula Loazour. Je ne laisse pas les sentiments me dicter ma stratégie. Tout comme toi, je conseille… Et Asbjorn décide. »

Et l'arme d'Asbjorn constitue l'une des inconnues les plus secrètes, même pour moi, songea la mercenaire, avant de reprendre à voix haute :

« Tu ne sembles pas convaincue de l'utilité d'une telle opération…

— Si Emrodes doutait de l'efficience de sa défense, pour Loar comme pour les autres royaumes du Ponant, sa réaction serait différente, expliqua Gouanv. Il chercherait à tergiverser, à gagner de précieux jours pour affiner sa défense, pour étendre l'influence de sa parade.

— Il s'agit peut-être d'un *bluff* !

— À quelle fin ? »

Elle marque un point, admit Loazour. *Les neuf royaumes n'espèrent sans doute pas un repli de Melen…*

« Mais la défense de Loar signale une bonne nouvelle, chuchota la spol.

— Une bonne nouvelle ?

— Je ne pensais pas à Melen, mais plutôt à Latar… »

Danger ! La moindre parole, le geste le plus infime, et même mes silences peuvent l'éclairer sur Latar.

« Comme tu le sais…

— Les mercenaires ne parlent pas de Latar, l'interrompit Gouanv.

— C'est juste. »

La parade de Loar éloigne la menace de Latar, pensa Loazour, *d'une part parce qu'une défense existe, d'autre part parce que Asbjorn a plus que jamais besoin de nos services.*

« Tu as raison, ne gâchons pas une si plaisante promenade. Je n'ai rien d'intéressant à t'apprendre sur ce sujet, de toute façon… »

Pas même que la parade de Loar a sauvé les Latars de l'exil, songea Gouanv.

Toute manipulation génétique sur un ou plusieurs gènes humains, in vivo *ou* in vitro, *en association ou non avec des gènes d'autres organismes vivants, est prohibée, quel qu'en soit l'objectif.*

Convention humaine universelle : article 2.

Stered, planète-capitale de la périphérie, trois jours standard après l'expiration de l'ultimatum.

Je ne devrais pas tarder à apercevoir le pont du Korz, songea Morgevnid.

Elle s'efforça de préserver son rythme ; son corps fendait l'eau de la rivière Ster sans qu'aucun son trahît sa progression, sans qu'aucun mouvement superflu troublât la régularité de sa cadence. Son corps nu frôla les pousses de roseaux disséminés dans le coude de la rivière, messagers muets qui annonçaient la proximité du pont.

Un peu moins d'un kilomètre avant d'atteindre l'aile sud du palais…

Le chuintement d'une chouette hulotte lui rappela soudain que l'obscurité et le silence l'entouraient ; pas une embarcation ne sillonnait la rivière, pas un promeneur ne flânait sur les berges. À cette heure-ci, Ster était sienne : Morgevnid se coulait dans l'onde à l'extrémité nord du palais et suivait les méandres de la rivière, qui la ramèneraient, environ une heure plus tard, à la pointe méridionale des jardins.

L'activité physique répondait aux besoins de son corps, mais, au-delà des contraintes de forme, Morgevnid appréciait cette solitude. Elle s'assura qu'aucun de ses muscles n'éprouvait de sensation d'engourdissement, puis elle accéléra l'allure jusqu'à ce que son pouls atteignît les cent quarante pulsations par minute. Sa respiration ne témoignait d'aucun essoufflement ; la régente pouvait nager à ce rythme pendant plusieurs heures si le besoin s'en faisait sentir.

Les merveilles de la recherche génétique. Non seulement les maladies ont presque disparu de notre quotidien, mais nous répondons à chacun de nos besoins et de nos envies…

Elle guetta la lassitude qui l'assaillait parfois à la fin de son parcours, mais elle n'en ressentit pas les prémices. La dernière thérapie génique avait permis de corriger ce travers, grâce à un afflux d'hormones au moment adéquat.

Poenui a elle-même supervisé l'opération, ce qui constitue une garantie presque totale de succès.

La nuit lui laisserait encore trois heures de sommeil, ce qui suffisait à la plupart des habitants des mondes périphériques pour retrouver leurs pleines capacités. Les tentatives pour abaisser ce seuil s'étaient heurtées à des échecs ou, au mieux, à un spectre d'effets secondaires tel que les solutions n'avaient pas été retenues.

Elle discernait maintenant l'ombre vague du palais et les multiples tourelles lui apparurent comme autant de boutures surannées, parfois analogues à des greffes minérales. Les mondes périphériques avaient par le passé usé des possibilités de greffes humaines, mais les interventions géniques, plus sûres et plus précises, avaient peu à peu supplanté ces techniques.

Elle plongea, avant de poursuivre sa progression au creux du lit de la rivière, en prenant soin de ne pas troubler l'onde par des mouvements désordonnés.

Je commencerai à ressentir le manque d'air dans un peu moins de sept minutes…

Les secondes s'égrenaient avec lenteur sous l'eau et Morgevnid repoussait à l'extrême l'instant où sa condition d'humaine la contraindrait à remonter pour happer une goulée salvatrice. À bout de souffle, elle laissa échapper une bouffée d'air et regagna la surface à la hâte.

Nous n'avons pas effacé les limites, nous les avons seulement décalées… Mais l'intellect et le comportement ont sans doute encore plus profité que le physique des bienfaits de la recherche génétique.

Son règne parvenait à son apogée ; la précédente souveraine des mondes périphériques avait cherché à modeler un successeur apte à gérer une époque de conquête. Comme Morgevnid, plus de trois mille autres petites filles étaient nées avec un patrimoine génétique supérieur, et l'une d'elles était destinée à devenir la souveraine idéale des mondes périphériques. D'infimes nuances génétiques, accentuées par de minces différences de l'éducation cadrée, avaient généré autant de fillettes uniques et la sélection avait débuté dès l'enfance pour aboutir au crépuscule de l'adolescence.

Épreuves physiques, examens psychologiques, tests logiques… Une concurrence permanente, exacerbée par une surveillance continue. Et une issue simple : la régence ou la mort… Petite fille, j'ai haï notre souveraine pour la cruauté de cette sélection. À mon tour, bientôt, je rechercherai la future régente, avec les mêmes méthodes, pour placer sur le trône des mondes périphériques celle qui saura nous guider lors du cycle de consolidation.

Sa main toucha enfin la berge et elle se hissa sur la terre ferme alors que de fines gouttelettes traçaient des linéaments sibyllins sur sa peau cuivrée.

« Ponctuelle, comme à l'accoutumée », hasarda une voix sourde.

Elle pivota lentement pour affronter l'inconnu qui dérangeait ainsi sa solitude nocturne. Le jeune homme, étendu sur l'herbe humide, paraissait indolent, indifférent à la rosée qui trempait ses habits. Morgevnid n'esquissa pas le moindre geste pour masquer sa nudité :

« Un jour, tu t'aventureras trop loin, Dagur, siffla-t-elle.

— Ta prévisibilité me laisse quelque délai.

— Tu as déjoué la vigilance de mes gardes pour pénétrer ici.

— Leur attention s'émousse parfois.

— Elles seront châtiées. »

Il se redressa, puis épousseta les brins d'herbe agglutinés sur sa tunique :

« Je n'en doute pas.

— Ta présence était souhaitée cet après-midi, remarqua-t-elle. Loar semble détenir une parade. »

Le regard de Dagur se posa sur l'épaule de Morgevnid, s'attarda sur les courbes de sa poitrine, puis plongea vers son pubis orgueilleux. Comme à regret, il leva les yeux pour les figer au plus profond des iris turquoise de la régente.

Jamais un spol ne m'a regardée ainsi, pensa-t-elle.

« Tu es belle, murmura-t-il. Si...

— Parfaite ?

— Réussie.

— C'est un compliment ? »

Le spol hésita un instant :

« Pourquoi "semble" ?

— Pardon ?

— Tu as dit : "Loar semble détenir une parade"... »

Rare que Dagur esquive de cette manière, pensa Morgevnid.

« La première salve d'Asbjorn a buté contre les défenses d'Emrodes et Melen n'a pas renouvelé l'attaque.

— Je maintiens mon analyse : l'attitude des royaumes du Ponant dans cette crise dévoile leur confiance dans leur défense. Et cette parade équilibre les forces en présence.

— Ce qui ne représente un atout pour les mondes périphériques que si Asbjorn opte pour une conquête traditionnelle, intervint Morgevnid.

— Il défiera les neuf royaumes. En dépit des conseils de son spol. »

Excellent, songea la régente. *La situation est idéale…*

« Et l'arme de Melen ne constitue pas une menace sérieuse pour les mondes périphériques, reprit Dagur. Mais je ne t'apprends rien. »

Asbjorn ne connaît même pas la position de nos planètes, pensa-t-elle. *Et notre dispersion nous protège.*

« Laissons les royaumes se déchirer, murmura Morgevnid.

— Que dure leur rivalité ! »

La régente s'apprêtait à conclure leur dialogue lorsque Dagur s'enquit :

« Vos recherches sur l'apparition contrôlée de spols progressent ? »

Morgevnid ne put retenir une moue de surprise :

« Ce sujet…

— … est hautement confidentiel », termina-t-il.

Poenui considérait Dagur comme l'un des membres les plus prometteurs de son équipe, en dépit de l'insignifiance de son patrimoine génétique. Quel émoi à l'annonce de sa transe !

« Du temps s'est écoulé depuis lors », chuchota le spol, comme s'il suivait le cours des pensées de la régente.

Et il connaît les grandes lignes du « projet spols ». Ah, le dilemme sans issue sensée... Laisser vivre Dagur en dépit de ses connaissances ou risquer un conflit avec les spols au plus mauvais moment, celui de la conquête ?

« Si le secret de vos expériences te préoccupe, je tiens à te rassurer : ce projet m'indiffère au plus haut point.

— Parce que tu l'estimes voué à l'échec ?

— Oui.

— Une analyse de spol ? railla-t-elle.

— Une certitude. »

Être à même de concevoir des spols nous permettrait peut-être ensuite de les rendre plus dociles.

« Mais j'écourte ton repos, chuchota Dagur, et je m'en voudrais d'empiéter sur les rêves que la nuit t'offre. »

Il enveloppa le corps nu de Morgevnid d'un dernier regard et se détourna pour regagner le palais. La régente suivit son ombre des yeux puis se dirigea vers l'espace de détente ; comme chaque soir, elle trouva sa tunique anthracite pliée sur un banc et l'enfila à la hâte.

Les rites de mes nuits me rendent-ils si prévisible ?

Elle aperçut une masse sombre sur sa gauche et obliqua vers la silhouette obscure ; elle reconnut l'une des gardes assignées à la surveillance nocturne des jardins septentrionaux. Appréhensive, la sentinelle se redressa en reconnaissant la souveraine ; Morgevnid n'avait pas l'habitude de parler à ses gardes à cette heure.

« Je viens de croiser Dagur dans les jardins... »

La sentinelle parut d'abord étonnée par le ton badin de la régente puis elle blêmit, consciente des implications de la remarque.

« Nous en reparlerons demain », conclut Morgevnid.

La haine des gardes envers Dagur s'accentuera encore après la punition... tout comme leur crainte des spols.

Elle se retira sans un mot de plus et pénétra à l'intérieur de la véranda qui jouxtait sa chambre. À son arrivée, le jeune ki-kazh parut s'éveiller et s'approcha d'elle à pas prudents. Son nez effleura la peau de Morgevnid, comme pour s'imprégner de son odeur, puis l'animal bondit dans les bras de la souveraine. Elle cajola ses longs poils soyeux et le ronronnement profond du ki-kazh troubla bientôt le silence de sa chambre. La lumière tamisée se reflétait sur la fourrure bariolée de l'animal ; les poils grenat, camel, lapis-lazulis et topaze se mêlaient pour suggérer des images fugaces, aussitôt remplacées par de nouvelles estampes. L'animal l'observait avec passion, l'iris droit empli d'azur, le gauche éclairé par des nuances fauves, et cette dissonance accentuait encore l'apparence chimérique du ki-kazh.

Un pelage plus foncé autour de ses yeux soulignerait leur mystère… J'en parlerai à l'unité de génétique animale.

L'animal, repu de caresses, s'élança vers le bureau et se réceptionna sans un son sur le bois mat du meuble ; il erra un instant tandis que Morgevnid admirait sa démarche souple, puis il s'allongea contre l'étoffe moirée qui ornait le bureau.

Si mystérieux, si félin et si fidèle… Pas étonnant que chacun désire un tel animal dans son logis. Mais le ki-kazh est stérile et l'alchimie génétique qui précède leur modelage est instable… et si coûteuse.

Elle laissa sa tunique au pied du lit et se glissa dans les draps de satin. Ses muscles agacés par l'effort se relâchaient un à un et elle sombrait dans une béatitude lénifiante ; la fraîcheur de sa couche se dissipait et une tiédeur exquise l'enveloppait, semblable à une seconde peau.

Pourtant, Morgevnid ne parvenait pas à s'abandonner complètement au sommeil ; elle tressaillait dans son lit, comme pour quérir ce repos qui se dérobait.

Nous sommes tellement habitués à l'effronterie des spols que leur aplomb et leur hardiesse ne nous étonnent même plus, songea-t-elle. *Dagur s'est joué de mes gardes comme s'il s'agissait d'une simple facétie.*

Le ki-kazh redressa la tête et huma le souffle de l'air, puis il darda ses yeux mystérieux en direction de la souveraine, comme s'il percevait sa tension intérieure. L'animal s'approcha du lit de Morgevnid avec prudence, telle une ombre bienveillante, et se hissa sur la couche.

Il aurait pu m'éliminer ce soir, s'il l'avait souhaité, en dépit de mes qualités de combattante… Et la succession des mondes périphériques n'est pas encore assurée. Comment puis-je tolérer pareille menace à un moment aussi crucial ?

Comme elle flattait le flanc du ki-kazh de sa main droite, il se lova contre elle et scella ses paupières, signe d'abandon complet. Les doigts de la souveraine assemblaient des tresses fugaces et des nattes confuses sur le pelage chamarré du ki-kazh.

Parce que le choix n'est pas permis… Sans le secours des spols, nous n'aurions jamais entamé notre conquête par l'infiltration des planètes ardentes : leur analyse nous a dévoilé le point faible des royaumes. Et les conflits imminents rendent leur présence essentielle.

Elle laissa échapper un sifflement discret et le ki-kazh se redressa, surpris ; il regagna à regret la véranda. Puis il se nicha au creux d'un coussin douillet et enfouit son nez entre ses pattes pour la nuit.

Puissent les spols nous obéir un jour comme les ki-kazhoù !

Où s'arrête la patience et où commence l'indécision ? Comment distinguer la ténacité de l'obstination ? Si vous différenciez les facettes positives et négatives d'un même trait de caractère avec acuité et précision, c'est qu'il est temps d'analyser votre propre vanité… que vous assimilez sans doute à de l'intelligence.

Précepte Latar.

Loar, à proximité du nœud spass N-Arz, six jours standard après l'expiration de l'ultimatum.

C'est le troisième vaisseau qui vient nous narguer aujourd'hui, grommela Kai.

— Il ne représente aucun danger, le rassura Chuluun.

— Nous pourrions le détruire sans risques… »

Le Latar lui adressa un regard critique :

« Il s'agit d'un vaisseau éclaireur : léger et peu armé, mais véloce et maniable. Le poursuivre et l'abattre nous contraindrait à lancer une offensive à partir de plusieurs positions, pour éviter qu'il ne regagne un nœud spass : nous dévoilerions ainsi une partie de notre stratégie de défense. Et dans quel but ? Écraser un ennemi insignifiant qui croise trop loin pour glaner la moindre information utile. »

Le Latar avait à peine terminé sa phrase que les écrans se mirent à clignoter avec fébrilité ; les radars de contrôle signalaient la présence d'une myriade de vaisseaux à proximité du nœud spass N-Arz.

« N-Arz communique avec un nœud situé à proximité de Cloch, l'une des planètes vassales de Melen, rappela Kai.

— Positions de combat ! » ordonna Chuluun dans l'émetteur.

Le mercenaire se concentra sur les premières approximations des ordinateurs : environ mille vaisseaux.

Un minggan complet…

« Les dix djaghouns qui composent le minggan ne comprennent pas que des escadrons légers, murmura-t-il.

— Un minggan ! s'étouffa Kai.

— Tout seul, il ne peut rien, précisa Chuluun. Et nous contrôlons les nœuds proches. »

Mais l'essaim de vaisseaux ignorait Loar et son satellite, et longeait les défenses ennemies sans esquisser de manœuvre belliqueuse.

« Ils se dirigent vers le nœud N-Euza ! s'exclama Kai. Peut-être attendent-ils d'autres renforts…

— Impossible. N-Euza ne communique qu'avec le nœud N-Lleyn, isolé à la limite de l'espace de Bihan, et aucun saut spass n'aurait pu mener les armées de Melen à proximité de N-Lleyn. Et si des renforts surgissaient d'un nœud que nous ne contrôlons pas, plusieurs semaines leur seraient nécessaires pour rejoindre Loar.

— Un nœud inconnu ?

— Dans l'espace proche de Loar ? Nous l'aurions déjà repéré… Et Kampiola nous a confirmé que N-Lleyn était bel et bien un nœud solitaire. »

S'ils n'utilisent pas N-Euza comme nœud d'arrivée, ils peuvent s'en servir comme point de départ vers N-Lleyn, songea Chuluun, *ce qui signifierait qu'une offensive d'envergure se prépare contre Bihan.*

Il se leva de son fauteuil et observa avec attention les plans des nœuds spass, épinglés sur les parois de la cabine de commandement. Chuluun contrôlait de son vaisseau l'ensemble des forces de défense de Loar et il devait s'assurer de la sécurité de la planète comme de celle de leur lune, l'hôte du réseau de modules qui protégeait les royaumes du Ponant de l'arme d'Asbjorn.

« Tu crains un assaut massif sur Bihan ? » demanda Kai.

Il est plus réfléchi que son caractère impulsif ne le laisse présager, pensa Chuluun…

« C'est une possibilité. »

Il se plongea à nouveau dans l'étude de la carte des nœuds spass et toucha du doigt l'emplacement de N-Euza puis celui de N-Lleyn. Le Latar examina un à un les quatre-vingt-dix-neuf nœuds connus, éparpillés au sein des neuf royaumes : seuls vingt-neuf d'entre eux se situaient dans l'espace semi-profond, tels N-Arz ou N-Euza ; les autres s'agglutinaient plutôt au voisinage des étoiles ou des planètes.

Les ondes électromagnétiques émises par les nœuds spass permettaient aux unités de découverte de les repérer, mais ces recherches étaient longues et fastidieuses à cause de la faible intensité et de l'intermittence des émissions. Les astronomes tentaient ensuite de modéliser leur trajectoire : certains étaient presque immobiles tandis que d'autres se mouvaient le long de courbes complexes.

Jadis, chacun protégeait avec une jalousie farouche le secret de ses nœuds spass, pensa le mercenaire. *La dernière guerre a contraint les neuf royaumes à partager leurs informations, afin d'affiner leur défense.*

L'origine et le fonctionnement des nœuds constituaient le mystère le plus absolu de l'univers ; les hommes les avaient découverts par hasard, et les sauts spass leur avaient permis de franchir des années-lumière en quelques secondes. Cette révolution dans les voyages spatiaux avait autorisé l'exploration de mondes aux confins de l'univers et marqué le début de « l'ère de la colonisation ». La plupart des planètes étaient surpeuplées, et la simplicité des voyages spass avait engendré des générations de navigateurs prêts à risquer leur vie pour découvrir leur Éden. Certains étaient morts pour s'être risqués au cœur de systèmes stellaires inhospitaliers, sans possibilité de retour puisque la dérive des nœuds avait coupé à tout jamais les liens avec leur planète originelle ; d'autres avaient enfanté de nouvelles colonies, comme autant d'utopies que la réalité maltraitait souvent, d'autres enfin avaient choisi de suivre les grandes missions d'exploration pour bénéficier d'une relative sécurité dans leur voyage.

Puis, « l'ère des troubles » s'était peu à peu installée, marquée par les conflits entre micro-républiques et mini-royaumes ; chacun s'était renfermé sur ses propres certitudes tout en méprisant celles de ses voisins. Les guerres politiques, culturelles ou religieuses s'étaient succédé à un tel rythme que l'emplacement de bon nombre de nouveaux mondes s'était perdu dans les arcanes de la mémoire collective.

Et nous sommes les héritiers de « l'ère de la convergence », songea le Latar. *Des institutions stables se sont créées autour des pôles dominants, mais les luttes intestines ont perduré, sans que le vieux rêve de réunion des mondes perdus, à la périphérie, se soit évaporé. Combien de mondes isolés subsistent ? Sans doute plusieurs milliers…*

La voix de Kai le tira de sa rêverie :

« Le minggan conserve le même cap. »

De N-Arz vers N-Euza, pensa Chuluun, *deux nœuds bi-facettes de l'espace semi-profond de Loar, la prudence est de mise…*

Les nœuds spass se décomposaient en plusieurs familles : les nœuds bi-facettes, assimilables à des tunnels où l'on pénétrait par un côté et l'on ressortait par l'autre, et les nœuds multi-facettes, pour lesquels le hasard jouait un rôle important. Tout dépendait du nombre de facettes : trois, quatre, parfois cinq ; le vaisseau qui pénétrait au cœur du nœud ne pouvait deviner vers quelle sortie il était orienté. La flotte pouvait être répartie parmi les différentes facettes sans que l'on pût influer sur l'exposition du nœud spass : gênant en temps normal, périlleux en période de guerre.

Les mathématiciens avaient tenté de décrypter la logique intrinsèque des nœuds spass, sans le moindre succès. Même les derniers modèles du chaos moderne développés par les théoriciens du centre de recherche d'Aven n'avaient fourni aucun indice sur leur comportement.

Et si les nœuds conservaient au moins une certaine stabilité, songea Chuluun. *Mais les bi-facettes se transforment parfois en multi-facettes, et inversement.*

Loar ne comptait que cinq nœuds proches, N-Vriad, N-Calot, N-Molenes, N-Houad et N-Gerveur, et trois nœuds dans son espace semi-profond : N-Arz, N-Euza et N-Gwrae. Chuluun avait délaissé la défense des nœuds semi-profonds pour concentrer les forces de Loar sur les plus rapprochés.

« Récapitulons. N-Calot et N-Houad sont des bifacettes, chuchota le Latar. Le premier nous mène vers Kreis et le second vers Koroll, l'une des planètes ardentes.

— N-Molenes est plus instable, poursuivit Kai. Parmi ses quatre facettes, seule l'une d'entre elles nous conduit vers un monde connu…

— Latar. »

Et cette incertitude nous oblige à transiter par une planète amie lorsque nous nous rendons sur Loar, pensa le mercenaire.

« N-Vriad débouche soit au cœur de Melen, soit dans l'espace situé entre Mor et Traezh, nos alliés, reprit Kai. Et N-Gerveur vers Bihan ou Aer… »

Et l'alliance des autres royaumes du Ponant nous donne accès à un maillage qui permet à chacun de rejoindre la planète de son choix, sans trop dépendre des aléas des facettes, pensa Chuluun : *Erc'h transite par Aer ou Bihan pour gagner Loar, et Traezh s'appuie sur Tan pour rejoindre Bihan…*

« Tous les nœuds proches sont contrôlés par l'un ou l'autre des neuf royaumes, poursuivit Kai, en dehors de ceux pour lesquels nous avons poussé l'entente jusqu'à organiser une défense commune. Et nous pouvons mobiliser des renforts en direction d'un allié agressé, par le biais des sauts spass successifs.

— Asbjorn dispose de forces supérieures et il ne commettra pas les mêmes erreurs que par le passé, répliqua le Latar.

— La défense des nœuds spass est une position bien plus confortable que leur attaque ! »

Même si les meilleurs pilotes ne demeuraient inconscients que quelques secondes après un saut spass, ce délai autorisait les unités en place à prendre un avantage souvent décisif dans la bataille. La capture d'un nœud spass impliquait des pertes colossales, mais la seule variante résidait dans de longs voyages à partir de nœuds situés dans l'espace semi-profond, ce qui laissait le temps à la défense de s'organiser.

Aussi confortable que soit notre position de défense, elle laisse l'initiative à nos ennemis, songea Chuluun. *Ils adoptent le lieu, le moment et la stratégie qui leur conviennent et nous devons nous adapter à leurs choix.*

« Crois-tu que Kreis laissera Asbjorn utiliser les nœuds de son espace ? s'enquit Kai.

— C'est l'opinion de Bleiz… Les prêtres n'hésiteront pas à nier, quitte à suggérer que Melen ait découvert de nouveaux nœuds. »

Une attaque décisive, à partir d'un nœud supposé allié, constitue le moyen le plus sûr de percer nos défenses, pensa le Latar. *Mais comme nous surveillons tous les nœuds proches ouverts vers l'extérieur, Asbjorn ne peut surgir ni de Kreis, ni d'une planète parsemée, ni même d'un monde inconnu.*

« Seuls une douzaine de nos nœuds demeurent secrets, reprit Kai, pour la plupart des bi-facettes qui joignent l'un des royaumes du Ponant à un autre.

— Au plus. Mais nous possédons les plans des nœuds connectés aux planètes que contrôle Melen : sur ce point, le concours de Bihan s'est avéré précieux… »

Et Kai n'ose pas évoquer le serment Latar, s'amusa Chuluun. *Les postes de commandant en chef des armées sont tous occupés par des mercenaires, ce qui induit une connaissance implicite de l'ensemble des nœuds spass connus. Mais, tout comme Loazour ne connaît que les plans spass de Melen, je n'ai eu accès qu'à ceux de Loar, avant mon départ de la citadelle ; seul Subotaï détient le glossaire complet des nœuds spass de l'univers connu. Une assurance contre les velléités de conquête éventuelles de l'un ou l'autre des souverains…*

Les écrans témoignaient de la régularité de la progression du minggan de Melen : il n'avait pas dévié son cap d'un dixième de degré et il se rapprochait peu à peu de N-Euza.

« À ce rythme, il leur faudra trois ou quatre jours pour rejoindre N-Euza, remarqua Kai. Si nous déclenchons le mouvement de notre flotte demain soir, leur repli vers N-Arz deviendra alors impossible, et Bihan, avec le secours de Douar et Tan, les attendra à leur sortie de N-Lleyn…

— Une tenaille.

— Oui. »

La riposte est si évidente, songea Chuluun. *Pourtant, j'imagine mal Loazour commettre une erreur de ce type en début de conflit. Est-ce la marque d'une stratégie personnelle d'Asbjorn ? À moins que…*

« La tactique de Baïdar, murmura le Latar.

— Pardon ?

— Baïdar et Qada'an, les petits-fils du grand Khan, avaient pour mission de contenir les armées ennemies du nord, poursuivit Chuluun comme s'il se parlait à lui-même, pour sécuriser le flanc droit de Batou, le premier Khan de la horde d'or. Ils décidèrent de se séparer et de s'avancer aussi loin que possible, au cœur des terres ennemies. Et l'avant-garde de Baïdar, attirant à dessein l'attention sur elle, longea les défenses d'une ville ennemie. »

Kai hésita : les propos du Latar semblaient décousus, comme s'il tentait de relier des souvenirs désordonnés. Pourtant, le jeune homme avait aussi appris à respecter l'art de la guerre des mercenaires et il conserva le silence.

« Vladimir, le palatin qui commandait la ville, donna l'assaut avec ses troupes et Baïdar se replia, entraînant à sa suite l'armée de Vladimir…

— Et elle parvint à les rattraper ? intervint Kai.

— Batou leur tendit une embuscade et la majorité des troupes de Vladimir périt dans la bataille.

— Le cas est différent ! Ce sont nos alliés qui sont maîtres de N-Lleyn.

— Si nous intervenons, le minggan déviera sa course et se dirigera vers l'espace profond, peut-être en direction de N-Gwrae, et il nous incitera à le poursuivre. »

Et je parierais que les djaghouns sont des escadrons plus légers qu'il n'y paraît, pensa Chuluun. *Une stratégie basée sur une bataille si ancienne… Audacieux.*

« Et Asbjorn sait que Loar constitue le point névralgique de la défense des neuf royaumes, reprit le Latar.

— La parade…

— Précisément. En toute logique, il devrait fureter autour de nos lignes de défense, afin d'en extraire quelques indices sur le fonctionnement de la parade qui a tenu en échec sa nouvelle arme. Et l'attitude du minggan ne concorde pas avec cette stratégie. »

Le jeu de dupes a débuté, songea Chuluun.

« Et puis…, continua le mercenaire.

— Oui ?

— Je crois que notre bien-aimé spol a raison sur un point.

— Sur un seul ? ironisa Kai.

— Asbjorn retentera sa chance avec son arme, répondit le mercenaire en ignorant la remarque du jeune homme, et Bihan constitue la cible idéale pour une seconde tentative. Dans ce cas…

— Pourquoi envoyer des troupes à proximité d'une planète que l'on souhaite anéantir ? » termina Kai.

Accorde-nous une traversée sereine
Sans heurt, sans douleur et sans peine.

Prière du navigateur.

Vaisseau de commandement de Melen, à proximité du nœud spass N-Aberaeron, neuf jours standard après l'expiration de l'ultimatum.

La variante de la stratégie de Baïdar n'a pas abusé Chuluun, songea Loazour, *mais cela ne me surprend guère…*

Dellinger, le capitaine des troupes de combat urbain, se pavanait au cœur de la cabine de commandement. La nomination de l'un de ses officiers au poste de capitaine des troupes d'assaut, la prestigieuse fonction qu'il convoitait depuis tant d'années, l'avait affecté, mais il feignait une décontraction raffinée, comme si la présence de Loazour à ses côtés témoignait de son ascendant sur les autres capitaines.

Il me hait, pensa la Latar. *Il savoure par avance le moment où l'une de ses âmes damnées me plantera une lame dans le corps par surprise.*

Pour l'heure, il attendait la réaction de la mercenaire :

le message d'Asbjorn était parvenu quelques minutes plus tôt et confirmait les prévisions de Gouanv, la spol de Melen.

« Nous nous passerons donc de l'arme secrète de Melen, souffla-t-elle.

— Pas plus de succès que lors de la première tentative ? s'enquit Dellinger d'un ton servile.

— Moins encore. Loar s'est ajusté, et aucune secousse terrestre ou marine n'a été observée à sa surface cette fois-ci. Quant à Bihan… Aucun effet. Peut-être ignorent-ils même que leur planète constituait la cible de Melen. »

Et la menace s'éloigne de Latar, songea Loazour.

Elle enveloppa la cabine de commandement du regard ; les quatre officiers et le navigateur s'affairaient à leur tâche sans s'intéresser à la conversation entre leur capitaine et la mercenaire. De riches soieries ornaient les parois du vaisseau et le socle de noyer sur lequel trônait un bloc de quartz brut qui reflétait la moindre lueur en l'habillant de reflets argentés.

Trop de faste dans les vaisseaux de Melen, pensa la Latar. *Ces apparats flattent l'ego, mais la guerre exige l'ascétisme des officiers ; c'est ainsi que l'on gagne la loyauté de ses troupes.*

« Même sans cet… atout, je ne doute pas que vous nous mènerez à la victoire », susurra Dellinger.

Huileux à souhait, pensa Loazour en réprimant une grimace de dégoût.

Elle aperçut l'esquisse d'un sourire amer sur le visage de l'un des officiers, dans le dos du capitaine, qui lui confirma que même ses hommes proches ne lui accordaient qu'un mépris teinté de crainte.

Sans doute aussi tyrannique avec ses troupes qu'il est obséquieux avec moi. Comment un tel sournois est-il parvenu si haut dans la hiérarchie militaire de Melen ? Comme partout : par l'intrigue et la flatterie…

Elle reporta son attention sur les écrans de contrôle,

pour vérifier la position des vaisseaux du minggan avant le saut spass : ni trop éloignés pour ne pas disperser ses forces, ni trop proches afin d'éviter les collisions. Les systèmes neuronaux des ordinateurs de bord se chargeaient de maintenir le cap des vaisseaux pendant les quelques secondes où les navigateurs se perdaient dans les brumes de l'inconscience, mais la prudence exigeait de pénétrer dans le nœud en équilibre idéal.

N-Aberaeron est un tri-facettes : une chance sur deux… Si le nœud nous envoie dans la mauvaise direction, nous échouerons dans l'espace semi-profond des planètes ardentes et il nous faudra alors attendre plusieurs heures avant de retenter un nouveau saut spass, pour laisser à notre corps le temps de libérer l'azote accumulé dans notre sang. Si nous sommes chanceux, nous rejoindrons nos éclaireurs dans l'espace semi-profond de Mor, le plus éloigné des neuf royaumes.

« Une minute avant le saut spass, annonça le navigateur dans son émetteur : veuillez attacher vos sangles. »

Dellinger et les officiers vérifiaient leur harnais et essayaient de décontracter leurs muscles, de manière à aborder le nœud spass sans tension excessive.

« Cinq, quatre, trois, deux, un, zéro… »

L'obscurité enserra le vaisseau et un silence sinistre s'établit dans la cabine. Ni le ronronnement des moteurs ni les signaux récurrents des ordinateurs de bord n'étaient plus perceptibles ; si la pression avait autorisé la parole, les sons n'auraient pas atteint les tympans. Alors que la mercenaire sombrait dans l'inconscience, une pensée lugubre lui traversa l'esprit :

C'est maintenant que je suis la plus vulnérable : le navigateur pourrait me poignarder sans que j'esquisse un seul geste de défense.

*

Douleur…

Elle entrouvrit les paupières avec peine et aperçut le navigateur qui lui tendait une tisane de geot, l'herbe polaire de Melen.

« Merci, murmura-t-elle.

— C'est un plaisir. »

Le jeune homme paraissait tout à fait à son aise, comme si le saut spass n'avait pas eu d'effet sur sa constitution. Elle se souvint soudain des autres officiers, mais elle se sentait si lasse qu'elle ne voulait pas tourner la tête dans leur direction.

« Vous êtes la première éveillée, l'informa le navigateur, comme s'il lisait dans ses pensées.

— Après vous… »

Le navigateur approuva d'un hochement de tête, gêné :

« C'est mon rôle. »

Au moins, il n'en tire pas de vanité, songea la Latar.

« Combien de temps suis-je restée inconsciente ? demanda-t-elle.

— Trois minutes vingt-quatre : un délai court, surtout pour… »

Il s'interrompit et se pinça les lèvres.

« Surtout pour une jeune femme ? suggéra Loazour.

— Je vous prie de m'excuser.

— Aucune offense. Jusqu'à preuve du contraire, cela correspond à ma description et je ne suis pas encore assez prétentieuse pour ignorer mes faiblesses. »

Elle perçut le relâchement du navigateur et elle chercha des yeux la pendule-spass de la cabine, qui témoignait du temps d'inconscience du pilote : l'écran indiquait quatre secondes et deux dixièmes. Il suivit son regard puis il se retourna avec lenteur :

« J'avoue que, dans la minute qui a suivi, mon esprit n'était pas d'une clarté cristalline. Vous souhaitez peut-être connaître l'orientation du nœud spass ? »

Oui, bien sûr, pensa la mercenaire. *J'aurais déjà dû poser la question…*

« Les idées aussi ont besoin d'un peu de temps pour s'ordonner, observa le navigateur devant l'air hébété de Loazour. Remercions l'âme de N-Aberaeron : l'ensemble du minggan croise dans l'espace semi-profond de Mor.

— Vous croyez que…

— Oui ?

— Non, rien. J'ai cru que vous parliez du nœud comme d'un être vivant.

— Qui sait ? » chuchota-t-il.

Loazour s'apprêtait à approfondir la question lorsqu'elle entendit une plainte geignarde sur sa gauche.

« Dellinger se réveille », ironisa le navigateur.

Elle tourna la tête et aperçut les officiers qui regagnaient un à un les rives de la conscience, chacun suivant un chemin propre. Dellinger vida d'un trait la tasse de tisane tandis qu'à sa droite, un officier luttait contre la torpeur et mâchait des graines de geot séchées. Le navigateur regagna son poste et afficha sur les écrans de contrôle les nouvelles coordonnées du minggan ainsi que les dernières données du saut spass.

Une trentaine de traumatismes bénins, douze crises de convulsion et un décès, lut Loazour sur son écran personnel.

« Quelle est la cause du décès ? s'enquit-elle.

— Problème cardio-respiratoire, répondit le navigateur. Fréquence d'apparition d'un pour trente mille lors d'un saut spass de cette amplitude.

— Vous veillerez à ce que sa famille ne manque de rien », ordonna-t-elle à l'un des officiers.

Nos troupes doivent savoir que nous prenons soin d'eux, même après leur mort.

Les écrans crachaient une kyrielle d'informations sur le royaume de Mor : la Latar s'installa sur son fauteuil et sélectionna l'option « description générale ».

DESCRIPTION GÉNÉRALE : *Mor est composé de*

six planètes, en révolution autour de cinq soleils : aucune fonction spécifique n'est attribuée à l'une ou l'autre de ces planètes. Pour bon nombre de critères (population, nombre de planètes, puissance militaire, richesses naturelles), Mor se situe dans la moyenne des royaumes du Ponant : il ne dispose d'aucun atout d'importance par rapport à ses voisins, mais il n'affiche non plus aucune faiblesse majeure.

Les doigts de Loazour pianotaient sur son écran, pour glaner une information essentielle qu'elle aurait négligée jusqu'alors.

LOCALISATION : *Mor est situé en retrait par rapport à Melen et à Kreis, quelque peu excentré de ses voisins. Les royaumes les plus proches sont Douar, Traezh et Tan en direction de Melen et Aer et Erc'h en direction de Kreis. Aucune puissance connue n'est présente à l'arrière de Mor, mais peu de missions d'exploration ont été lancées.*

GOUVERNEMENT : *Le souverain actuel se nomme Tudur. Plus de vingt siècles se sont écoulés depuis que ses aïeux ont conquis le pouvoir sur Mor et jamais sa famille n'a perdu les rênes du pouvoir depuis.*

RELIGION : *L'influence de Kreis s'estompe sur Mor. Les prêtres de Kreis sont tolérés plutôt que vénérés et leurs opinions influent peu sur les décisions du souverain. Sur ce point, comme sur beaucoup d'autres, l'attitude de la population est semblable à celle de son régent.*

POPULATION : *Peu de problèmes sociaux. Présence policière en deçà de la normale.*

HISTOIRE ANCIENNE : *Mor ne s'est joint que tardivement aux huit autres royaumes, puisque ses ressources lui permettaient de vivre en quasi-autarcie. L'émergence de conquérants menaçants et l'apparition de fonctions spécifiques (les écoles de pilotage sur Tan — aujourd'hui disparues — ou la recherche scientifique dans les centres d'études de Loar, par exemple) ont rapproché Mor de ses voisins au fil des siècles.*

HISTOIRE RÉCENTE : *Mor s'est engagé sans états d'âme aux côtés des autres royaumes lors du dernier conflit contre Melen. Les tentatives d'Asbjorn de briser l'union s'étaient concentrées sur Bihan et Mor, avec le peu de succès que l'on connaît : Tudur, en particulier, n'a jamais consenti à recevoir un ambassadeur de Melen pour discuter d'un accord bilatéral.*

NŒUDS SPASS : *Mor compte plus de nœuds spass que n'importe quel autre des neuf royaumes : à notre connaissance, seize au cœur de son espace, pour la plupart orientés vers l'extérieur de la coalition, et cinq dans son espace semi-profond. Cette densité contraint Tudur à accepter l'aide de ses alliés, en particulier Aer et Tan, pour contrôler l'ensemble de ses nœuds planétaires.*

RÔLE DANS LA COALITION : *Mor est souvent décrit comme un élément fiable mais sans génie, mais ce cliché occulte les possibilités stratégiques qu'offrent ses nœuds spass, lors d'éventuelles contre-attaques.*

D'ici deux semaines, nous aurons rejoint les planètes de Mor, songea Loazour, *et nous commencerons alors le harcèlement de leurs lignes de défense.*

« Ils s'attendent à une guerre, nous allons leur offrir une guérilla, murmura la Latar.

— Pourquoi souhaitez-vous épargner Douar ? » intervint Dellinger.

Exposer les analyses stratégiques à Dellinger équivaut à les murmurer dans le creux de l'oreille du grand prêtre de Kreis. Mais peu importe ! Evzek prie sans doute tous les jours pour la victoire de Melen.

Elle activa la bulle de silence autour d'eux pour les isoler des officiers présents dans la cabine de commandement :

« Les neuf royaumes ont concentré leur défense autour de leurs planètes et à proximité de leurs nœuds spass proches. Ils nous ont abandonné les nœuds spass semi-profonds.

— Leur puissance militaire ne leur permettait pas

d'assurer la défense de tous leurs nœuds, renchérit Dellinger.

— C'est juste. Mais leur stratégie de défense est basée sur les compétences cumulées de neuf commandants en chef Latar : attaquer de front l'un ou l'autre des royaumes serait suicidaire. »

D'autant plus que l'un de ces commandants se nomme Chuluun, songea-t-elle.

« C'est l'un des enseignements du précédent conflit », acquiesça le capitaine.

Asbjorn avait laissé son orgueil le guider, au point d'ignorer les conseils de son commandant Latar, se souvint Loazour.

« Nous devons donc les harceler, bousculer leurs plans, ébranler leurs certitudes, pour les déconcerter jusqu'à créer une ouverture dans leur cuirasse. Profitons de l'initiative que nous offre leur stratégie défensive !

— Ce qui nous ramène à ma question initiale, intervint Dellinger : pourquoi épargner Douar alors que nos attaques visent les autres royaumes ?

— La moindre fêlure dans leur union est une bénédiction pour nous. Mor et Douar sont rivaux depuis des siècles, non pas à cause de leurs différences, mais à cause de leurs ressemblances : même nombre de planètes, puissance militaire similaire, présence de ressources naturelles suffisantes… Mais seuls Tan et Aer participent à la défense des multiples nœuds de Mor. Si Mor devient une cible privilégiée alors que Douar n'est même pas éraflé, au pire nous sèmerons la jalousie, au mieux nous récolterons le doute.

— Vous visez l'implosion de la coalition ?

— D'éventuelles pressions sur Douar pour participer plus activement à l'effort de guerre me suffiraient, répondit la Latar. Nous sommes maîtres du jeu : rien ne nous oblige à attaquer les lignes où sont présentes les troupes de Douar.

— Je vois : répandre la discorde afin de générer l'ouverture.

— Si leur défense se base sur des considérations politiques et non plus militaires, nous pourrons alors pénétrer leurs lignes.

— Perfide, approuva Dellinger. Mais les spols et les Latars ne seront pas dupes.

— Les spols, comme les Latars, conseillent, mais la décision appartient aux souverains. »

Elle désactiva la bulle de silence et observa les clichés animés des planètes de Mor que les ordinateurs d'observation grappillaient peu à peu.

Tout comme Djötchi, le fils de Gengis Khan, harcelait les lignes ennemies le long du fleuve Syr-daryâ, pour préparer la conquête de la Transoxiane par son père, nos vaisseaux vont aiguillonner les défenses des neuf royaumes pour ourdir l'assaut final.

Les images vivantes de Mor défilaient sous les yeux éblouis de Loazour ; l'océan était omniprésent sur les six planètes : farouche et noble au pied des falaises de granit, ardent et accueillant le long des plages blondes des tropiques ou boréal et blafard au cœur des icebergs immaculés.

L'écran s'attardait maintenant sur une vue aérienne de l'une des planètes : l'unique continent ondulait, tel un reptile, du nord vers le sud et abandonnait à la mer l'essentiel de l'écorce planétaire. Çà et là jaillissaient des îles mystérieuses, esseulées au milieu de l'océan, comme autant de fleurs rares sur un manteau de neige.

« Enchanteur, n'est-ce pas ? observa Dellinger.

— J'ai pourtant étudié les rapports et les photographies…

— Et la réalité sur les planètes est, paraît-il, encore plus séduisante.

— Je n'en doute pas », murmura la mercenaire.

L'ordinateur les abreuvait de panoramas féeriques : le

vol sibyllin des oiseaux marins et les teintes éclatantes de la lande, fouettée par les bourrasques, rehaussaient encore la magie des paysages. Il était difficile d'imaginer que les espaces de Mor seraient le théâtre d'opérations militaires d'envergure.

Et pourtant..., songea Loazour. *Embuscades, faux replis, guets-apens, traquenards, retraites simulées, nous userons de tout l'éventail des actions de guérilla.*

L'un des officiers s'approcha et lui tendit un message décodé :

« Le saut spass s'est déroulé sans anicroche pour le minggan commandé par Heikki, annonça-t-il. Il croise à douze jours de Bihan. »

Le secret réside dans la mobilité : un conquérant des temps archaïques, nommé Napoléon, prétendait que la puissance d'une armée correspondait à la quantité de mouvement en physique, le produit de sa masse par sa vitesse. La vélocité... le sceau des grands conquérants.

Puis Lévi lui offrit un grand festin dans sa maison, et il y avait à table avec eux une foule nombreuse de publicains et autres gens. Les Pharisiens et leurs scribes murmuraient et disaient à ses disciples : « Pourquoi mangez-vous et buvez-vous avec les publicains et les pécheurs ? » Mais Jésus prit la parole et leur dit : « Ce ne sont pas les gens en bonne santé qui ont besoin de médecin, mais les malades ; je ne suis pas venu appeler les justes, mais les pécheurs au repentir. »

Extrait de la Bible, le livre sacré de l'une des cinq religions antiques, Évangile selon saint Luc, 5, 29-33.

N.B. Toute consultation de cet ouvrage est réservée aux prêtres et soumise à l'accord préalable du grand prêtre.

Sainte planète de Kreis, bois du Norz, seize jours standard après l'expiration de l'ultimatum.

Le prêtre posa ses mains sur la tête d'Esyllt et récita les paroles rituelles :

« Je te pardonne, au nom du Père, du Fils et du Saint-Esprit. Va en paix, ma fille. »

Esyllt sourit au vieil homme et s'éclipsa sans un mot dans l'obscurité, le cœur léger après sa confession.

Ce sacrement conserve toute sa solennité malgré la patine du temps, songea la jeune femme. *Il diffère tant des bouffonneries de la Sainte Religion de Kreis que les prêtres officiels épandent dans l'univers.*

Elle quitta la chapelle exiguë, dissimulée au creux d'un souterrain humide, et s'engagea dans un tunnel sombre qui débouchait, au bout d'une centaine de mètres, à l'arrière d'une cascade. Ses pensées s'envolèrent en direction de son jeune frère, Rayan, qui supportait les relents de la propagande au cœur de l'université religieuse de Kreis.

J'ai choisi la religion de notre père, il a opté pour celle de notre mère. Et la pureté de sa foi en Allah n'a pas vacillé en dépit des épreuves.

L'étroit sentier ondoyait à flanc de montagne, et Esyllt aperçut bientôt le coude qui signalait le bosquet au cœur duquel l'une de ses retraites était nichée. Elle écarta les ronces et les fougères, en prenant soin de ne laisser aucune trace de son passage, et se glissa à l'intérieur de la cahute en pin. Elle ne disposait que de peu de temps avant son rendez-vous avec le panchen-lama, le Saint homme de l'une des cinq religions clandestines de Kreis.

Cinq religions authentiques en face de ce magma dénué de sens enseigné par le clergé d'Evzek. Cinq religions, réparties en vingt-sept cultes, riches de leur histoire et de leur diversité…

La croûte du pain brioché gémit sous ses incisives et Esyllt apprécia l'arrière-goût de cannelle avant d'étancher sa soif avec une timbale d'eau pure. Puis elle se haussa sur la pointe des pieds pour attraper une pomme dans une corbeille d'osier, qu'elle enfouit au fond de la poche de sa gabardine sombre avant de ressortir.

Le soleil blême projetait des ombres vaporeuses sur les buissons et se dissimulait parfois derrière la frondaison. Malgré son apparente solitude, Esyllt fouillait la forêt des yeux, à la recherche d'un son ou d'un mouvement inhabituel ; elle avait déjà décelé les signes discrets de ses hommes qui lui confirmaient que le panchen-lama l'attendait seul, au pied des éboulis de roches. Un aigle parut glatir au lointain et la jeune femme reconnut le signal de l'un de ses éclaireurs.

Aucune présence étrangère aux alentours.

Elle contourna les rochers et aperçut la silhouette familière du panchen-lama : son visage buriné par les ans rayonnait de douceur et de bonté.

« Bonjour, Saint homme.

— Bonjour Esyllt. Toujours aussi prudente, à ce que je vois… »

La jeune femme écarta les paumes en signe d'impuissance.

« Je serais bien ingrat de te le reprocher, poursuivit le panchen-lama, puisque la rébellion assure notre protection contre la police religieuse d'Evzek.

— Vous faites partie de la rébellion, corrigea-t-elle.

— Mieux que quiconque, tu connais la nuance : aucune des cinq religions ne cautionne la violence de votre combat, même si nous soutenons vos objectifs… Mais assez de vaines discussions politiques ! Je suis heureux de te revoir, Esyllt.

— Moi aussi. Je souhaiterais que nos rencontres soient plus fréquentes, mais leur préparation exige de multiples précautions et…

— Il n'est pas avisé de regrouper deux cibles d'importance dans le même lieu, termina le vieil homme.

— Exact. Mais si vous avez besoin de quoi que ce soit… »

Le panchen-lama leva la main droite pour l'interrompre :

« Nous nous sommes aussi habitués à la vie au cœur de la forêt : au moins assez pour distinguer le cri de l'aigle d'un signal humain, ajouta-t-il avec malice. Mais tu ne m'as pas encore révélé la raison pour laquelle tu souhaitais me voir. »

Esyllt s'éclaircit la voix et murmura :

« Nous avons récolté une information d'apparence anodine.

— Oui ?

— Le montant qu'exige Latar pour des mercenaires affectés à des unités de la police religieuse est exorbitant.

— Naturellement. Les Latars sont hors de prix, et leur coût ne cesse de croître…

— Ce n'est pas ce que j'ai voulu dire, objecta Esyllt. Un homme de troupe Latar est facturé à un coût dix fois plus élevé dans une unité de la police religieuse que dans un commando d'assaut, et je ne vous parle pas du prix d'un officier.

— C'est tout à fait illogique ! La formation d'un mercenaire destiné à intégrer une troupe d'assaut est bien plus pointue. »

Laisse-le réfléchir, songea la jeune femme. *Je suis curieuse de savoir s'il parviendra aux mêmes conclusions.*

« Tu es sûre de ta source ? demanda-t-il.

— Certaine.

— Quelle est-elle ? »

Malgré la confiance que j'accorde au panchen-lama, je ne peux lui parler de Rayan ; sa sécurité passe avant tout.

Le vieil homme perçut le trouble d'Esyllt :

« Je retire ma question. »

Il ferma à demi les paupières et parut se plonger au cœur d'un voyage intérieur, comme si le monde extérieur avait soudain cessé d'exister. Malgré son âge, la quiétude de ses traits évoquait l'insouciance de l'enfance, encore empreinte de confiance et de naïveté.

« À la place d'Evzek, si la différence était telle, je ne gaspillerais pas d'argent pour des mercenaires plus onéreux que la normale, je me contenterais de Latars au sein des commandos d'assaut, quitte à renforcer la police religieuse avec des troupes de Kreis.

— Quel est le rôle de la police religieuse ? demanda-t-elle.

— S'assurer du respect du culte officiel au sein du peuple, protéger le clergé de Kreis, traquer la rébellion et les "cultes impies", ses fonctions sont variées… Pour les résumer en une phrase, je proposerais "défendre le système en place".

— Bonne définition.

— Je ne comprends toujours pas la position de Latar, poursuivit-il. Les mercenaires n'ont aucun état d'âme, ils sont intégrés à la garde personnelle de tous les régents et ils n'ont jamais trahi leur serment. Pourquoi la situation serait-elle différente sur Kreis ?… Ou alors… Tu insinuerais ? »

Sa réflexion le pousse dans la même direction que ma théorie, pensa Esyllt.

« Tu ne peux pas sérieusement croire que Latar souhaite la chute du clergé de Kreis. Aucune planète n'est plus stable : la structure est identique depuis plus de vingt siècles, les grands prêtres successifs se sont présentés comme les gardiens de la morale, ils ont même réussi à s'approprier les mérites de la convention humaine universelle, comme s'ils l'avaient initiée. Même au sein des neuf royaumes, Kreis jouit d'un certain prestige…

— Je ne crois pas que Latar souhaite la chute d'Evzek et de sa clique, confirma-t-elle.

— Ah… Tu présumes que Latar protège la rébellion. »

Presque.

« Non, je pense que Latar répugne à vous pourchasser ou, pour être plus exacte, à tourmenter l'une des cinq religions. »

Le panchen-lama s'apprêtait à protester, mais Esyllt le devança :

« Tout ce temps ! Et les grands prêtres ne sont pas parvenus à annihiler les résidus des anciennes religions. Jamais la police religieuse n'a abrité beaucoup de mercenaires et c'est ce qui nous a sauvés ; nous n'aurions jamais pu tenir aussi longtemps face à des commandos Latars.

— Tu extrapoles avec bien peu de données : Kreis n'utilise les services des Latars que depuis sept siècles et leur faible représentation au sein de la police religieuse puise aussi aux sources de l'histoire.

— Et c'est la raison pour laquelle elle n'étonne plus personne !

— La présence de mercenaires au cœur du palais rend les grands prêtres nerveux, ajouta-t-il. Ils n'ont jamais abandonné leur méfiance envers les Latars.

— Nous sommes seconds sur la liste des hérétiques de la "Sainte Religion", juste derrière les spols. Pourquoi les grands prêtres se priveraient-ils de l'efficacité Latar ? Les combattants autochtones sont considérés comme les moins performants de l'univers connu.

— Parce que les prêtres estiment infime la probabilité d'une révolte, protesta le panchen-lama.

— Oui, mais cela n'explique en rien l'attitude de Latar.

— Peu de faits, beaucoup de conjectures... »

Il ne lutte plus que pour dissiper ses propres doutes.

« La politique de Latar n'est pas nouvelle, précisa-t-elle. En fait, depuis l'origine, elle n'a pas varié d'un iota sur ce point.

— Les grands prêtres sous-estiment depuis toujours le nombre de nos fidèles ainsi que la vigueur de la rébellion. Evzek connaît d'autres priorités que l'extinction de ce qu'il considère comme une poignée d'irréductibles. »

La jeune femme s'apprêtait à répliquer, mais un piaillement étouffé l'incita à chercher des yeux un refuge. Elle entraîna le panchen-lama, docile, au cœur d'un buisson d'adiantes, les fougères aux fins pétioles noirs qui justifiaient leur nom de cheveux de Vénus.

« Un souci ? chuchota le Saint homme.

— Un détachement de la police religieuse.

— Vous n'allez pas intervenir ? s'inquiéta-t-il.

— À moins d'y être contraints. Nous ne souhaitons pas dévoiler notre présence. Qu'Evzek continue à nous prendre pour une bande d'écervelés en guenilles ! »

Huit hommes pour une patrouille de routine. Inutile d'attirer l'attention sur nous pour ce menu fretin.

« Silence, à présent », ordonna Esyllt.

Ils adoptèrent une position confortable sur le tapis végétal, de manière à éviter les prémices d'une crampe qui les obligerait à divulguer leur position par un mouvement inopportun. Les pas des soldats trahissaient leur progression ; ils suivaient le sentier qui menait à l'amas rocheux, proche de leur abri.

Ils atteignirent les blocs de pierre et le chef du détachement signala une halte ; il posa son arme sur la roche et extirpa de son sac une gourde emplie d'eau. Esyllt distinguait les contours de leurs silhouettes et percevait leur respiration irrégulière, elle tira son poignard à manche nacré de son fourreau et se tint prête à bondir.

Quatre de nos hommes sont embusqués dans les fourrés, avec des armes à projectiles, ce qui signifie qu'ils pourraient en toucher cinq ou six avant que les soldats n'aient le temps de réagir… ce qui m'en laisserait deux ou trois, affaiblis par l'effet de surprise. Ma lame a connu des situations moins heureuses.

« Aucun signe des rebelles, comme d'habitude, commença l'un des soldats.

— Tu le regrettes ? demanda l'un de ses compagnons.

— Presque.

— Tu sais pourtant qu'ils n'oseraient jamais s'aventurer aussi près des cités, ils préfèrent se terrer au fond des forêts sauvages, comme des animaux.

— Qui sait ? Un élément isolé, incapable de se servir d'une boussole, pourrait tomber entre nos pattes un jour », ironisa l'un des soldats.

Aucun d'eux n'a gardé son arme en main, songea Esyllt. *Tant d'assurance…*

Elle cessa de s'intéresser aux plaisanteries des soldats pour étudier le tracé du chemin qu'ils emprunteraient une fois leur pause terminée : il effleurait le buisson d'adiantes puis se perdait au cœur de la forêt.

Notre abri semble sûr.

Les soldats avaient rangé leur gourde et repris leurs armes ; un à un ils défilaient le long du fourré sans y accorder le moindre regard.

Cinq, six, sept… Il en manque encore un.

Le retardataire ajusta les bretelles de son sac à dos et s'élança à la suite de ses compagnons. Soudain, il se figea et lança une œillade suspicieuse dans leur direction ; il plissait les yeux comme pour deviner les formes nichées dans les fougères. Esyllt leva son couteau, prête à intervenir si le soldat tentait de s'avancer vers leur retraite.

Sa tête est sans doute dans la ligne de mire d'au moins deux fusils de précision. Au premier geste suspect, il est mort…

La jeune femme ne s'inquiétait ni de la survie du panchen-lama ni de la sienne propre — leur existence n'était pas menacée par la curiosité du soldat —, mais elle priait pour que ses compagnons conservent leur sang-froid et qu'aucun d'eux ne cède à la tentation de presser la détente.

« Javor ! » appela une voix sèche.

Le soldat hésita un instant, secoua la tête comme pour se débarrasser d'un ultime doute puis rejoignit son détachement qui s'était immobilisé pour l'attendre. Le panchen-lama et Esyllt demeurèrent silencieux et immobiles jusqu'à ce qu'un signal leur confirmât que tout danger était écarté.

« J'ai cru que vous alliez tuer ce pauvre homme, murmura-t-il.

— Ce pauvre homme ne vous aurait guère épargné si l'occasion s'était présentée, répliqua la jeune femme. Ces soldats doivent leur vie à des considérations stratégiques plutôt qu'humanistes ; je ne souhaite pas voir les bois du Norz grouiller de militaires en armes, en quête de vengeance.

— N'essaie pas de te faire passer pour plus insensible que tu ne l'es, Esyllt. Tu dupes peut-être tes compagnons, mais pas moi… »

Dix-huit. Retenez ce chiffre : dix-huit. Jamais votre temps d'inconscience ne doit dépasser dix-huit secondes.

Extrait du *Manuel du navigateur.*

Bihan, espace proche, vingt-trois jours standard après l'expiration de l'ultimatum.

« Ils ont enfin adopté leur position de combat », murmura Elestr.

Donn, le commandant en chef de Bihan, approuva d'un hochement de tête :

« Ils ont scindé leur minggan en dix djaghouns, comme nous l'avions pressenti. »

Loazour place ses pions sur l'échiquier des neuf royaumes, songea Elestr. *Nous participons à un jeu dont nous ne connaissons pas les subtilités, seuls les Latars en déchiffrent les arcanes.*

Son regard embrassa la cabine de commandement du vaisseau amiral de Bihan puis se posa sur le visage paisible du mercenaire. Assis en tailleur au milieu de coussins bigarrés, Donn observait la jeune fille ; ses yeux en amande, rehaussés par l'éclat sombre de ses iris, semblaient attentifs aux moindres mouvements d'Elestr.

Donn et Chuluun évoquaient des batailles si lointaines lors de leurs discussions, se souvint-elle. *Quels enseignements peuvent nous apporter ces guerres antiques ?*

« Tu maintiens ton analyse ? demanda-t-elle.

— Asbjorn ne cherche qu'à agacer nos défenses pour nous contraindre à commettre une erreur. Depuis que le minggan de Melen a rejoint N-Barri, le plus proche des nœuds de notre espace semi-profond, aucun vaisseau ennemi ne les a ralliés…

— Alors que Bihan compte plus de nœuds semi-profonds dans son espace que tout autre royaume.

— Ce qui exclut une opération d'envergure contre Bihan », conclut le Latar.

Si nos nœuds proches sont tous orientés vers un royaume ami, à l'exception de N-Colwyn, la multiplicité des nœuds dans notre espace semi-profond nous rend vulnérables à une agression, pensa Elestr. *Seuls, nous n'aurions aucune chance, les vaisseaux ennemis fondraient sur Bihan en moins d'un mois, mais, unis, ce délai nous permet de renforcer nos positions grâce aux renforts de Tan et d'Erc'h.*

« L'heure des batailles a sonné », murmura-t-elle.

Un sourire furtif illumina le visage de Donn.

« Je t'amuse ? demanda la jeune fille d'une voix glaciale. Tu me considères encore comme une enfant, n'est-ce pas ?

— Non, jamais je ne commettrais une telle erreur. En l'absence de Kampiola, tu commandes notre flotte, et nos officiers refuseraient tes ordres s'ils doutaient de tes capacités. »

Une des vertus de « l'éveil » propre à Bihan, songea le mercenaire. *À moins qu'il ne s'agisse de l'un de ses travers…*

« Et puis… Loazour n'est guère plus âgée que toi, ce qui ne l'empêche pas d'être l'un des stratèges les plus brillants de ce conflit.

— Plus brillante que toi ?

— Oui. »

Une soudaine succession de chiffres les détourna de leur conversation ; le regard de Donn sautait d'un écran à l'autre, afin d'en extraire la substance.

« L'un des djaghouns de Melen assaille le nœud N-Pwllheli. »

Un nœud bi-facettes orienté vers l'une des planètes de Mor, se souvint-elle. *Ce royaume constitue la cible privilégiée d'Asbjorn : il est vrai que la densité de nœuds dans son espace le rend attrayant.*

Elle se tourna vers ses écrans et pianota pour obtenir les informations souhaitées :

« Seules les unités légères du djaghoun sont passées à l'attaque.

— Elles cherchent à semer la confusion au cœur de nos lignes », expliqua le mercenaire.

Une alarme tinta dans la cabine de commandement et une nouvelle série de chiffres défila sur leurs moniteurs.

« Un second djaghoun se dirige vers N-Lleyn, murmura le Latar. Il devrait atteindre nos premières lignes de défense d'ici… trois heures. Et un troisième a dévié sa course pour s'approcher de nous, le contact est prévu dans six heures trente.

— Une stratégie prévisible. J'imagine que les officiers qui commandent les autres unités de défense n'ont pas besoin de conseils complémentaires.

— Ils connaissent les tactiques ennemies et les pièges probables, confirma Donn.

— Tu peux donc te focaliser sur la défense de N-Colwyn.

— Et toi sur les informations qui nous parviennent des autres royaumes… »

Une subtile crispation de la mâchoire du mercenaire confirma à Elestr qu'il concentrait toute son attention sur la tactique employée par l'ennemi.

« Une formation similaire pour les attaques de Melen contre nos autres nœuds ? l'interrogea-t-il.

— Négatif. Seulement des attaques éclair suivies d'un repli.

— Elle abuse quelque peu des références historiques », siffla Donn.

Elestr comprit au bout de quelques secondes que la remarque du Latar visait Loazour.

« Une nouvelle botte secrète ? demanda-t-elle.

— Au contraire, une ancienne… »

Elle adapte les stratégies des armées de Gengis Khan aux champs de bataille stellaires, songea le mercenaire. *Le défi réside dans la capacité à intégrer la dimension supplémentaire.*

La jeune fille se pencha vers ses écrans pour déchiffrer la logique de l'attaque de Melen :

« Étrange… Un corps d'armée principal composé d'escadrons légers, quatre flancs plus armés quoique toujours mobiles, à droite, à gauche, au-dessus et en dessous du corps principal…

— Et une arrière-garde plus statique avec une force de frappe puissante. »

Le Latar désigna d'un geste la représentation holographique du djaghoun ennemi : les quatre flancs s'avançaient, de manière à enserrer les positions de Bihan, tandis que l'avant-garde se préparait à une attaque frontale.

« Ordre de Donn, rugit le mercenaire dans l'émetteur. Deux arbans en face de chaque flanc et de l'avant-garde de Melen. Ne laissez pas leurs vaisseaux progresser, brisez leur unité. Coûte que coûte !

— Notre défense est composée de deux djaghouns, observa Elestr : un rapport de deux pour un à notre avantage, vingt arbans contre dix.

— Mais notre situation nous contraint à une position statique, répliqua Donn. À la moindre faille dans notre défense, leur mobilité leur donnera l'avantage. »

Encore heureux que Chuluun m'ait rappelé les tactiques des Khans, songea-t-il. *Lui aussi avait étudié les détails de leurs batailles…*

Elestr étudiait la progression des vaisseaux sur le globe holographique au milieu de la cabine de commandement. Les unités de Melen tentaient de se positionner sur les flancs, afin de harceler les vaisseaux de Bihan et d'affaiblir leur défense pendant que les arbans de Bihan, fidèles aux ordres de Donn, manœuvraient pour briser leur progression. Toutefois, le surnombre n'empêchait pas les unités ennemies, plus véloces, de prendre peu à peu possession de l'espace convoité.

Ne pas les laisser se placer ! pensa le Latar.

« Ordre de Donn. Cinq arbans supplémentaires à l'attaque du flanc gauche, cinq autres en place au cœur de la défense. Pour les cinq arbans d'interception à proximité de N-Colwyn : redoublez d'attention, une percée ennemie est probable.

— Tu crains une attaque à partir de Dibh ? s'enquit Elestr.

— Plutôt une unité de vaisseaux rapides, dans le but de semer la confusion. »

Elestr reporta son attention sur l'hologramme et ne put réprimer un cri de surprise :

« Quel…

— Ils pivotent, expliqua le mercenaire, le flanc gauche devient l'avant-garde, les flancs supérieurs et inférieurs viennent se placer à son niveau, l'avant-garde devient le flanc droit et le flanc droit contourne le champ de bataille par l'arrière pour devenir le flanc gauche. De cette manière, notre attaque est toujours portée au centre, donc entourée par leurs flancs. »

Il se saisit de l'émetteur, avec une pensée reconnaissante pour Chuluun :

« Ordre de Donn. Pivotez d'une manière symétrique et, dès que vous serez en place, attaque de leur nouveau flanc droit par les cinq mêmes arbans que tout à l'heure. »

Encore une chance que Loazour ne soit à la tête des armées de Melen que depuis quelques semaines, songea le Latar. *Si elle avait eu le temps d'entraîner leurs troupes à de telles manœuvres…*

« Nos djaghouns les plus proches ne peuvent nous aider, précisa Elestr. Ils sont tous aux prises avec l'ennemi. »

Bien entendu…, pensa le mercenaire.

Une voix calme rompit le silence de la cabine de commandement :

« Les vaisseaux ennemis utilisent N-Colwyn. Soixante-dix-huit vaisseaux détruits sur les quatre-vingt-deux qui ont effectué le saut spass. »

Même si leurs navigateurs ne demeurent assoupis que quelques secondes, un tel délai les rend vulnérables, songea la jeune fille.

« Aucun nouveau vaisseau depuis deux minutes, poursuivit la voix. Tous leurs vaisseaux sont à présent détruits. »

Les navigateurs sont trop précieux pour les gâcher ainsi, songea Donn, *et ils savent maintenant que leur attaque n'a pas émoussé notre attention.*

L'hologramme témoignait du mouvement des arbans en direction du flanc droit, mais, au lieu de s'engager dans le combat, les unités de Melen se repliaient, comme résignées à abandonner la partie. Une nouvelle voix emplit la cabine :

« Ils battent en retraite. Demande autorisation de les poursuivre.

— Négatif, répliqua Donn. Interdiction formelle de toute poursuite. »

Elestr se retourna vers le Latar, surprise, puis ses traits se détendirent.

« Un piège ?

— Sans doute. Nous n'avons aucun intérêt à abandonner notre position, même d'une manière partielle. Et le résultat de cette première escarmouche n'est pas à leur avantage. »

Elle tapota sur son clavier personnel, et une série de chiffres défila sur son écran personnel.

Trois cent dix vaisseaux détruits de notre côté, quatre cent vingt du leur, dont quatre-vingt-deux en sortie de N-Colwyn. Et combien de soldats tués en l'espace de trente minutes ? Plusieurs milliers…

« Une escarmouche, murmura-t-elle.

— Je comprends ton désarroi, chuchota le Latar, mais nous ne pouvons nous permettre aucun atermoiement.

— Je sais. »

Elle se concentra à nouveau sur son écran et réalisa que les diverses attaques contre leurs positions s'étaient relâchées. Partout, les djaghouns de Melen se repliaient, sans qu'aucune contre-offensive ne soit lancée, conformément aux directives de Donn. Elle profita de ce répit pour étudier les missives issues de leurs alliés : les vaisseaux de Melen harcelaient les royaumes du Ponant, mais refusaient les affrontements majeurs.

La bataille que nous venons de livrer sera décrite comme le premier choc de la guerre, songea Elestr.

« Mor, la cible privilégiée d'Asbjorn, murmura-t-elle.

— Y compris lors de ce combat, ajouta le mercenaire. N-Colwyn n'a d'importance que parce qu'il relie Dibh à Bihan. S'il tombait, les troupes de Melen s'empareraient de N-Pwllheli sans mal et ils détiendraient alors un accès supplémentaire vers Mor. »

Les yeux d'Elestr voletaient d'un écran à l'autre, afin de glaner l'essence des informations que le système distillait :

« Et toujours ce souci d'épargner Douar… Pour semer la discorde.

— Personne n'en doute, approuva Donn. Mais il est

parfois difficile de conserver son objectivité lorsque les corps s'amoncellent.

— Tu penses que Tudur, le souverain de Mor, perdra patience ?

— Je l'ignore. »

Elle coupa la transmission et relâcha ses muscles. La première salve avait été repoussée sans trop de dommages, mais elle n'ignorait pas qu'Asbjorn reviendrait à la charge, jusqu'à ce qu'il trouve le défaut de leur cuirasse. Elle commençait à comprendre ce que les Latars nommaient « les fruits amers de l'immobilisme ».

« Pouvons-nous les vaincre ? demanda Elestr.

— S'ils commettent une erreur, nous les repousserons cette fois encore.

— Et sinon ?

— Difficile à dire. Je ne vous ai jamais caché que leur position était plus enviable, même sans le secours de leur nouvelle arme. »

Je l'avais presque oubliée, pensa-t-elle. *Si Emrodes ne nous avait pas prévenus, nous n'aurions même pas su qu'Asbjorn avait pris Bihan pour cible. Et nous ne sommes toujours pas parvenus à découvrir le secret de la riposte de Loar, pas plus que celui de l'arme de Melen : deux dangereuses inconnues dans les équations de ce conflit.*

Elle se détourna pour observer Donn. Il s'affairait autour de l'hologramme, afin d'éventer un éventuel piège lors de la retraite des vaisseaux ennemis, mais il paraissait de plus en plus rassuré au fur et à mesure que la trajectoire des djaghouns se confirmait.

Bihan détient la documentation la plus complète sur l'ensemble des royaumes de l'univers connu, grâce au labeur de plusieurs générations d'espions. Qu'il s'agisse de souverains amis ou ennemis, nous connaissons des secrets que certains croient enfouis depuis des décennies. Pourtant, nous ne savons rien de Latar. Pas même des vétilles. Nous n'avons jamais réussi à corrompre un mercenaire, même pour obtenir des renseignements mineurs.

Donn se recula et observa l'hologramme d'un regard altier, semblable à un artiste fier de son œuvre.

Et c'est peut-être la raison pour laquelle nous leur accordons notre confiance sans questions…

La maternité dans laquelle j'exerce le métier de sage-femme est l'une des plus importantes de Kan, la capitale de Koroll. En ce qui me concerne, j'ai donné naissance à cinq cent quatre nouveau-nés l'année dernière, deux cent deux garçons et trois cent deux filles.

Archives du département d'espionnage de Bihan : rapport de l'agent DF407, en poste sur Koroll.

Koroll, palais royal de Kan, vingt-trois jours standard après l'expiration de l'ultimatum.

Attirée par la cadence envoûtante des taboulinoù, Naïs s'approcha du balcon qui surplombait la place du marché. Les joueurs effleuraient la peau de leur taboulin plus qu'ils ne la frappaient et des groupes épars se formaient autour d'eux, comme attirés par le rythme indolent. Les taboulineroù jouaient avec l'impatience de la foule, ils caressaient leur instrument et préservaient la lenteur de la cadence.

Koroll…

Le mot flottait dans l'esprit de Naïs : il désignait à l'origine ces danses païennes improvisées qu'accompagnaient les taboulinoù, et les premiers pionniers avaient nommé ainsi la planète sur laquelle ils espéraient fonder une nouvelle communauté.

Koroll, isolée avec ses deux planètes sœurs aux confins de l'univers connu. Don, Flour et Koroll, les trois planètes ardentes…

Un groupe d'adolescents s'approcha, bientôt rejoint par de nombreux badauds, tandis que les musiciens laissaient échapper une douce plainte monotone. Peu à peu, le rythme évoluait ; il conservait sa lenteur, mais se hasardait parfois dans de brèves improvisations alertes.

Le moment crucial… La foule est-elle assez imprégnée du tempo des taboulineroù ?

Une vieille femme fut la première à succomber : elle oubliait les années, les courbatures et la parure des rides pour s'abandonner à la berceuse de la musique. Elle esquissa une chorégraphie personnelle, intime, comme si le son clair des taboulinoù l'avait libérée du vernis de la bienséance. Puis elle tendit la main, invitation muette à la foule, à laquelle répondit un jeune homme gracile : ils tournoyaient, indifférents à l'âge et aux regards. Bientôt, de nombreux spectateurs les accompagnèrent, comme autant d'étincelles sauvages allumées çà et là. Deux fillettes se donnaient la main pour une ronde qui s'annonçait effrénée ; le groupe d'adolescents s'illuminait d'une complicité nouvelle ; un homme courtaud et massif se balançait au gré des aléas de la musique.

Ces danses réunissent des gens qui ne se côtoient que peu d'ordinaire ; elles transcendent les barrières ethniques et sociales et dissolvent les ambiguïtés entre générations. Rarement sensuelles, elles s'adressent à chacun d'une manière différente, certains la ressentent comme un murmure personnel, d'autres comme une invitation à partager leur liesse.

Elle se retourna soudain, consciente d'une autre présence sur le balcon : Caterina, sa conseillère, se tenait à ses côtés et observait les danses avec acuité.

« Je ne voulais pas te déranger, s'excusa-t-elle.

— Ne t'inquiète pas. Que penses-tu de ces taboulineroù ?

— Ils sont subtils, leurs infimes variations de cadence ensorcellent la foule.

— Prie pour que nous ne perdions jamais ce don, murmura la régente. Mais tu voulais peut-être me parler d'un point particulier ?

— Je voulais t'informer que Melen a de nouveau utilisé l'un de nos nœuds sans aucune demande d'autorisation.

— Le même *modus operandi* que lors des jours précédents.

— Oui, répondit Caterina. Asbjorn nous a envoyé un message pour nous informer qu'un nouveau minggan transiterait par notre espace pour rejoindre ses vaisseaux situés dans l'espace profond d'Aer.

— Il nous informe au lieu de nous solliciter. Habile. Soit nous acceptons son diktat de bonne grâce, soit nous prenons l'initiative d'un trouble. »

Ce serpent ne nous humiliera pas de la sorte très longtemps.

« Aucune réponse, comme lors des intrusions précédentes, poursuivit la régente. Ainsi, nous ne nous opposons pas au glorieux Asbjorn, mais nous marquons notre désapprobation d'une manière tacite.

— C'est la réaction à laquelle il s'attend, approuva Caterina.

— Surtout, ne pas éveiller ses soupçons… »

La ferveur avait maintenant gagné l'ensemble de la foule sur la place et chacun, seul ou en groupe, s'immergeait dans le rythme enivrant des taboulinoù.

« Rentrons, murmura la régente. Je suppose que tu veux m'entretenir des autres affaires du royaume. »

Elles regagnèrent le salon privé du palais et s'installèrent sur un divan décoré de coussins de soie.

« Je t'écoute, commença Naïs.

— La situation ne s'arrange pas dans les régions arides.

— Même dans la province de Su ?

— Le solde migratoire s'équilibre, mais il demeure négatif. Nous avons pourtant accordé de multiples avantages aux colons qui souhaitaient s'établir là-bas : la gratuité de la terre, les bourses pour leur permettre de constituer leur premier cheptel, les avantages fiscaux, la création de nouvelles écoles, l'amélioration des voies d'accès…

— Les colons ne sont pas tentés ? la questionna la régente.

— Si, les avantages promis les incitent à s'installer là-bas, mais la plupart d'entre eux ne tiennent pas plus de six mois.

— Quelles sont les raisons de leur retour ?

— Elles sont multiples, mais elles peuvent se résumer ainsi : le cadre de vie est excellent, les infrastructures sont suffisantes, mais le travail est trop dur. En général, les familles s'acclimatent bien au début, jusqu'à ce que la sécheresse les oblige à déplacer leurs troupeaux au gré des humeurs des rivières souterraines. Ils doivent alors affronter les reliefs, les conditions de vie précaires…

— Aucune amélioration du côté de l'ingénierie hydraulique ? »

Caterina haussa les épaules :

« Non. La situation est immuable, le débit des cours d'eau est trop volatil pour construire un bassin de retenue. Une rivière peut se tarir en quelques jours et ne plus couler pendant des années. Tant que nous n'aurons pas percé le secret des ruisseaux souterrains… »

… nous ne pourrons pas édifier de barrage, termina Naïs. *Et nos ingénieurs sont des parangons d'incompétence dans ce domaine.*

« Nous ne progresserons pas sans un soutien extérieur, poursuivit Caterina.

— Que seul Loar peut nous fournir, ce qui est impossible dans les conditions actuelles.

— Les cours à terme ont atteint un nouveau plafond sur les marchés hier. La viande commence à devenir une denrée rare, un luxe.

— Il existe peut-être une autre solution, observa la régente. J'ai évoqué cette question lors d'une discussion avec Morgevnid lors de notre dernière rencontre et son commentaire m'a paru intéressant.

— Oui ?

— Elle m'a dit : "Si vous ne pouvez agir sur les ressources naturelles, nous pouvons vous aider à en réguler le besoin."

— Le besoin d'eau des troupeaux ?

— Oui. Nous avons perdu l'habitude de réfléchir en ces termes depuis l'avènement de la convention humaine, mais elle est persuadée qu'il est possible d'effectuer quelques modifications mineures sur le patrimoine génétique du bétail pour diminuer leur besoin en eau.

— Sans conséquence pour la viande ? demanda Caterina.

— C'est ce qu'elle prétend. »

J'ai l'impression de n'envisager qu'une partie infime de ce que la génétique des mondes périphériques peut nous offrir, songea Naïs. *Tant pour ses mérites que pour ses dangers…*

« Leur intervention ne pourra débuter que lorsque la situation aura évolué, bien entendu, précisa la régente.

— Oui, je comprends. Nous ne devons pas nous dévoiler pour un sujet somme toute mineur. »

Naïs hésita un instant et murmura :

« Lihuen, la régente de Don, s'est confiée à Morgevnid au sujet de ses migraines…

— Et ?

— Ses douleurs sont maintenant de l'histoire ancienne.

— Un… traitement génique ? »

La régente hocha la tête :

« Morgevnid m'a proposé une intervention similaire pour ma myopie… que j'ai refusée. Mon refus l'a amusée.

— Elle a cru que tu te défiais d'elle ?

— Non. Tout comme nous, elle sait que les planètes ardentes sont à sa merci si elle le souhaite. Par le passé, les mondes périphériques avaient besoin de nos connaissances, mais ce n'est plus le cas aujourd'hui. Nous leur accordons notre confiance parce que nous n'avons pas le choix.

— Tu penses que Morgevnid respectera ses engagements ? demanda Caterina.

— Au risque de paraître naïve, oui.

— Pourquoi ce refus dans ce cas ?

— Non par crainte d'une zone d'ombre. Même si j'accepte l'idée des manipulations génétiques, je ne parviens pas à l'appliquer à mon cas personnel. La réalité de cette science est parfois si…

— Si peu naturelle ?

— Oui, fit Naïs. Ma réaction ne l'a pas choquée, elle a souligné qu'un conditionnement vieux de plusieurs siècles ne pouvait s'effacer en quelques années. »

« Prenez votre temps », m'a-t-elle dit. Elle sait quelquefois faire preuve de tant de douceur. Elle semble désireuse de nous aider de son mieux, de nous prouver qu'elle ne se comporte pas avec nous en conquérante assoiffée de pouvoir.

Caterina toussota pour interrompre le cours de ses pensées :

« L'entretien avec Aram est prévu pour 4 heures… »

Dans deux minutes, traduisit la régente.

« Tu as demandé aux gardes de l'amener ici ?

— Comme tu l'avais ordonné.

— Bien. Je suis impatiente de revoir le représentant de la Sainte Église de Kreis sur Koroll.

— Dommage que les affaires du royaume ne te permettent pas des rencontres plus fréquentes, ironisa Caterina.

— Quel dommage, en effet. »

Un officier de la garde personnelle de Naïs frappa deux coups sourds à la porte, l'ouvrit avec prudence et annonça d'une voix neutre :

« Le grand prêtre de Koroll, Aram. »

La régente observa le jeu subtil des doigts du garde qui lui transmettait le résultat des capteurs pointés sur le grand prêtre.

Pas d'arme. Pas de récepteur, ni d'émetteur.

Elle hocha la tête pour lui signifier qu'elle avait reçu le message et le laissa se retirer, suivie par Caterina.

« Soyez le bienvenu, Aram, commença-t-elle. C'est toujours un plaisir de vous voir.

— Un plaisir partagé, Naïs. D'autant plus précieux qu'il est rare... »

Toujours aussi gracieux.

Le visage du grand prêtre de Koroll inspirait la défiance : ses joues charnues masquaient presque son menton fuyant, et ses yeux, enfoncés dans leurs orbites, valsaient sans cesse pour éviter de croiser le regard de son interlocutrice.

« Quels sujets souhaitez-vous aborder ? s'enquit-elle.

— J'aimerais discuter avec vous de nombreux points, mais... notre temps est limité. Pour être franc et direct, Naïs, je m'inquiète pour Koroll.

— Et quelle est la source de cette inquiétude ?

— La population s'éloigne de la foi en la Sainte Église et des valeurs morales qu'elle représente, expliqua Aram.

— C'est-à-dire ?

— Pour être concret, sur le chemin qui me menait à votre palais, j'ai assisté juste sous vos fenêtres à une… forme de…

— De danse ? »

Elle ose nommer « danse » cette transe impie, songea le grand prêtre.

« En quelque sorte.

— Vous n'en ignorez pas l'origine. Les korolloù sont aussi anciennes que la colonisation de la planète. Elles appartiennent à notre culture au même titre que les fêtes de printemps. »

Que Kreis exècre tout autant, pensa Naïs.

« Certes, admit Aram. Mais, loin de s'effacer avec le temps, ces… traditions sont de plus en plus vivaces, en particulier au sein de la jeunesse de Kan.

— Vous avez décelé d'autres signes préoccupants ? »

Le grand prêtre s'accorda quelques secondes de réflexion ; il porta un calice de cristal à ses lèvres et apprécia la fraîcheur de l'eau sur sa langue. Si l'ironie de la question de Naïs ne lui avait pas échappé, elle ne l'affectait plus autant que par le passé.

« Un faisceau d'indices, oui. Des temples désertés lors des offices, le manque de valeurs de la nouvelle génération, l'indécence de bon nombre de tenues vestimentaires.

— Des détails… »

Il est temps de peser dans les affaires de ce royaume, songea Aram. *Je la ménage depuis trop longtemps.*

« Des détails révélateurs, reprit-il. Et je crains que la régence ne soit pas toujours exemplaire. »

Une attaque directe, pensa Naïs.

« Votre remarque me peine.

— De quand date votre dernier pèlerinage sur la Sainte planète de Kreis ? la questionna-t-il.

— La situation actuelle ne s'y prête guère.

— Les conflits ne durent pas depuis douze ans… »

De quel droit ose-t-il me dicter ma conduite ?

« Je ne cherche qu'à vous aider, poursuivit-il d'un ton mielleux. Comme vous l'avez mentionné, la situation est un peu tendue depuis quelques semaines. Gageons que le calme reviendra bientôt, mais qui sait quels changements ces luttes pourraient apporter ? »

Naïs serrait les poings pour ne pas trahir sa rage ; elle se contraignit au silence.

Sous-entendu : Asbjorn finira par vaincre les royaumes du Ponant et il n'aura qu'à cueillir les royaumes mineurs, dont Koroll. L'influence de Kreis s'étendra alors à l'ensemble de l'univers connu et mon sort dépendra du bon vouloir de notre cher Aram.

« Vous êtes persuadé de la victoire de Melen, n'est-ce pas ? demanda-t-elle soudain.

— Pas vous ? »

Ne pas se dévoiler, pensa-t-elle. *Réagir comme si je croyais que l'étendard de Melen flottera d'ici peu sur toutes les planètes, mais tout en nuances, sans attirer son attention.*

« Je vous devine hésitante, poursuivit Aram. Puis-je vous mettre à l'aise ?

— Je vous en prie.

— Asbjorn finira par l'emporter tôt ou tard. Je le sais. Vous le savez. Et les missionnaires de Kreis seront de plus en plus présents sur les planètes où la Sainte Religion a, disons, perdu de son influence. Au début, la priorité se situera ailleurs, dans les neuf royaumes, ce qui nous laisse un délai…

— Nous ?

— Nous. Je vais jouer franc jeu avec vous. Nos intérêts sont convergents, vous êtes à la tête d'un royaume en sursis et ma nomination dans la capitale d'une puissance mineure — si vous me passez l'expression — avait pour unique but de m'éloigner des centres du pouvoir de Kreis.

— La situation est la même pour bon nombre de royaumes : Don, Flour… »

Elle commence à pressentir la raison de ma visite.

« Kreis ne peut multiplier à l'infini le nombre de grands prêtres, poursuivit-il. Il est probable que quelques élus seront amenés à exercer leurs fonctions à une échelle plus large que ce qui existe aujourd'hui.

— Les planètes ardentes ?

— Par exemple. Et cet argument demeure valable pour les régences : si Melen et Kreis vous accordaient leur confiance, pourquoi vous remplacer au risque de susciter des troubles au sein de la population ? Au contraire, il serait plus sage d'étendre les limites de vos attributions. »

Ne pas accepter avec trop d'ardeur…

« Vous me conseillez la collaboration ?

— Je vous recommande la survie. Si Koroll devenait un modèle pour Kreis comme pour Melen et que chacun de nous soutienne l'autre, nous y gagnerions tous les deux. »

Elle sait que nous avons besoin l'un de l'autre, pensa le grand prêtre. *Et le titre de « souveraine des planètes ardentes » sonne sans doute comme une douce mélodie à ses oreilles.*

« Laissez-moi y réfléchir, murmura Naïs.

— Je suis patient, mais chaque jour qui passe complique notre tâche. D'autant plus que d'autres tiennent peut-être le même discours dans un royaume voisin. »

Il est persuadé que je vais accepter. Il raisonne toujours suivant les canons de l'ancien monde alors que le nouveau est sur le point de surgir du néant pour balayer l'ordre établi. Mais il l'ignore encore…

Quelques documents de l'ère pré-spatiale évoquent parfois la présence d'une septième couleur héraldique, le pourpre (violet). Même alors, son emploi était exceptionnel et elle n'est jamais utilisée dans l'héraldique moderne.

Extrait de *Héraldique des royaumes*.

Vaisseau de commandement de Melen, espace semi-profond de Bihan, vingt-quatre jours standard après l'expiration de l'ultimatum.

Heikki ressassait les mêmes pensées depuis le repli du djaghoun qu'il commandait. Battre en retraite devant l'ennemi, même si cela correspondait à la stratégie de Loazour, lui avait laissé un arrière-goût âpre dans la bouche. Il se saisit à nouveau du message qu'elle lui avait envoyé après la bataille, baume apaisant sur les blessures de son amour-propre.

Heikki,
J'ai suivi la bataille que tu as menée dans l'espace de Bihan et je t'adresse mes sincères félicitations. Les manœuvres des vaisseaux, tant lors de l'attaque qu'au moment du repli, se sont déroulées d'une manière parfaite.

Certes, les pertes sont plus élevées de notre côté que du leur et cette bataille ne nous a pas permis d'ouvrir une faille dans la défense des neuf royaumes, mais nous attaquerons de nouveau avec une autre stratégie et, tôt ou tard, nous percerons leur cuirasse.
Dans ce conflit, les positions ne sont pas symétriques : nous perdrons de nombreuses batailles avant de goûter la saveur du succès, mais une défaite n'altère pas notre position tandis qu'une victoire nous ouvrirait une brèche décisive dans leur défense.
Ils ont opté pour l'immobilisme et leur décision est rationnelle, aucune autre possibilité ne leur est permise. Pourtant, ce choix les contraint à la perfection : à la plus petite erreur, le conflit tournera à l'avantage de Melen. Et nous adoptons le lieu, l'instant et la méthode qui nous siéent.
Dans l'espace de Bihan, l'heure est maintenant au harcèlement. Houspille-les, ne les laisse pas en paix et brise le combat dès que leurs forces sont en position. Replie-toi avec lenteur, pour les inciter à te poursuivre et distendre leurs positions.
Cordialement.
Loazour.

Il relut la missive à plusieurs reprises, mais les compliments de la Latar n'effaçaient pas complètement son amertume. Seul au cœur de la cabine de commandement du vaisseau, il guettait le moindre signe insolite sur ses écrans. Le récepteur crépita dans le silence de la cabine :

« Message pour Heikki, du commandant de l'unité d'attaque de N-Lleyn : nous avons touché un de leurs vaisseaux et perdu l'un des nôtres. L'ennemi est maintenant en position. Quels sont vos ordres ?

— Repli, répondit Heikki d'un ton laconique. En deux temps. Les vaisseaux les plus lents d'une manière organisée. Ensuite, les plus rapides en simulant la confusion.

— Compris. S'ils poursuivent la deuxième formation ?

— Ne les semez pas. Essayez de les entraîner le plus loin possible vers l'espace profond.

— Bien reçu. »

Heikki sentait la fatigue le gagner, mais il ne pouvait se résigner à laisser le commandement à l'un des officiers Latar du vaisseau pendant son sommeil.

Ils sont plus compétents que moi. Et seule leur importe la victoire finale, ils ne se laisseront pas déstabiliser par les aléas du conflit.

« Les vaisseaux ne nous poursuivent pas. »

Bien entendu.

« Compris, répondit Heikki. Rejoignez votre djaghoun. »

Il pianota sur son moniteur pour obtenir l'hologramme des neuf royaumes : les longs rubans des minggans d'Asbjorn les enveloppaient d'une gangue meurtrière. Un détail attira soudain son attention : les djaghouns de Melen situés dans l'espace de Mor se scindaient chacun en dix arbans et s'éparpillaient ensuite dans les éthers.

Le mouvement confus des arbans évoquait une farandole désordonnée plutôt qu'une manœuvre militaire. Chacun d'eux se mouvait sans cohérence avec les autres, tel un soliste qui refuse l'autorité du chef d'orchestre, certains s'approchaient des positions ennemies, d'autres se repliaient vers l'espace profond, d'autres enfin se dirigeaient vers les planètes de Mor.

Une centaine d'arbans, comme disséminés au hasard. Étrange…

Pourtant, Heikki commençait à percevoir la stratégie de Loazour : elle éparpillait ses forces, mais elle accentuait ainsi sa pression sur l'ennemi. Si Mor optait pour le *statu quo*, il ne pourrait défendre toutes ses positions contre les nuées d'arbans, mais s'il imitait Loazour, il disperserait ses vaisseaux et risquerait ainsi d'affaiblir la défense de ses nœuds proches.

La seconde offensive.

Il écarquillait les yeux pour déceler l'amorce d'une impulsion au cœur des armées ennemies, mais en vain. Il modifia les espaces holographiques pour discerner les nuances de tactique, mais, à l'échelle des planètes, les déplacements spatiaux étaient lents lorsqu'ils n'empruntaient pas les nœuds spass.

Les options de chacun ne seront claires que d'ici quelques heures, ce qui me laisse le temps de grappiller un peu de sommeil.

*

Étendu sur le dos, Heikki sombrait peu à peu dans le sommeil lorsqu'un grattement furtif à sa porte attira son attention. Intrigué que le garde n'ait pas éconduit l'importun, il se leva et se dirigea vers la porte, son poignard de combat à la main. Il ouvrit la porte et se décala aussitôt sur sa gauche pour esquiver une attaque éventuelle. Le sourire du garde et, surtout, la présence à ses côtés d'un officier des unités d'assaut dissipèrent sa colère.

« Je me suis permis de vérifier si vous dormiez », commença le garde.

Un élément fidèle et discret.

« Excellente initiative, approuva-t-il. Veuillez entrer… Lieutenant. »

Duyen remercia le garde d'un hochement de tête et pénétra dans la chambre.

« Il va de soi que je ne souhaite être dérangé par quiconque, précisa Heikki.

— Je comprends. »

Il verrouilla la porte et se retourna. Le sourire mutin de Duyen augurait d'instants de plaisir charnel plutôt que d'un sommeil réparateur.

« Mon Seigneur, commença la jeune femme.

— Lieutenant ?

— J'ai pensé qu'après la tension des combats, un moment de détente serait le bienvenu.

— Tu pensais à une liqueur de flamboes ? »

Heikki s'approcha de la jeune femme et dégrafa les premiers boutons de son uniforme.

« Pas tout à fait, répondit Duyen. J'imaginais quelque chose de moins nocif… »

Elle recula d'un pas et se débarrassa de sa vareuse, de sa tunique et de son pantalon. Sans quitter Heikki des yeux, elle abandonna ses sous-vêtements et s'approcha du jeune homme, nue comme au premier jour.

« Une tisane de geot, peut-être ? proposa-t-il.

— Trop soporifique… »

Elle l'avait presque déshabillé et l'entraînait avec douceur en direction de sa couche. Elle s'allongea sur les draps ivoire et cambra ses reins, telle une sybarite moderne. Heikki l'enveloppa du regard et posa sa paume sur son épaule ; il laissa sa main errer ainsi sur son dos puis ses doigts glissèrent le long des bras de la jeune femme.

« Tu m'en veux d'interrompre ton sommeil ? demanda-t-elle sur un ton ingénu.

— À ton avis ? »

Elle se lova au creux de son épaule tandis qu'il s'amusait avec les mèches brunes de sa maîtresse.

« Tu nous as offert une belle bataille… »

Elle aborde enfin le sujet pour lequel elle est venue, songea Heikki.

« Dommage qu'il s'agisse d'une défaite.

— Ils ne réagiront pas de la sorte à chaque offensive, le rassura Duyen.

— C'est l'avis de Loazour.

— C'est l'avis de tous les officiers. Le temps est notre allié. »

Elle agaçait de son ongle le ventre du jeune homme et traçait d'invisibles arabesques sur sa peau cuivrée. Ses yeux ne reflétaient rien d'autre qu'une passion sensuelle et une volupté charnelle.

Son regard se posa sur les capteurs de sa chambre, qui lui confirmèrent que Duyen ne portait ni arme ni micro. Le garde avait sans doute effectué les mêmes contrôles avant d'introduire la jeune femme dans la pièce.

À peine quelques secondes après son arrivée, j'étais déjà certain qu'elle ne portait aucune arme, s'amusa Heikki. *À part un micro greffé sous la peau, elle ne pouvait pas dissimuler grand-chose… Mais jamais les prêtres n'auraient pris un tel risque.*

« Loazour a lancé une offensive contre Mor, souffla-t-il.

— Quel genre ? »

Difficile de distinguer l'excitation naturelle de l'intérêt de l'espionne…

« Je ne sais pas encore. J'y verrai plus clair tout à l'heure… si tu me laisses m'échapper.

— N'y compte pas trop, susurra la jeune femme.

— Tu ne voudrais pas m'empêcher de remplir mes fonctions ? »

Elle posa son index sur les lèvres d'Heikki.

« Puisque nous avons si peu de temps, ne le perdons pas en vaines paroles. »

Sa langue musarda sur les lèvres de son amant puis elle déposa un tendre baiser sur sa joue :

« Viens… »

*

Heikki étouffa un bâillement et se concentra sur le message de son père. À nouveau seul dans la cabine de commandement, il s'efforçait d'appliquer les derniers codes pour transcrire le document crypté.

Heikki,
Je me joins à Loazour pour t'adresser mes félicitations. Tu as montré l'étendue de tes qualités lors de ce combat.

Je n'ose imaginer leurs commentaires le jour où je gagnerai une bataille…

Comme je te l'ai expliqué avant ton départ, notre stratégie repose sur un harcèlement continu des forces ennemies, accompagné d'offensives majeures contre un ou plusieurs royaumes du Ponant.

« Notre » stratégie… La meilleure stratégie pour Melen, c'est de se conformer aux analyses de Loazour.

Notre nouvelle attaque se déroule dans le royaume de Mor. Au mieux, elle nous permettra de prendre pied sur l'une des planètes si leur défense n'est pas à la hauteur ; au pire, elle sèmera des graines de discorde.
Melen, maintenant et toujours.
Asbjorn.

Rien que je ne sache donc déjà.

Il définit de multiples angles de vision sur ses consoles avant d'étudier la situation dans le royaume de Mor. Six heures s'étaient écoulées depuis son départ de la cabine et la curiosité le rongeait.

Qu'a ourdi Loazour cette fois-ci ?

Ses écrans s'illuminèrent en une kyrielle de couleurs, semblables à des estampes peintes par un artiste halluciné. Puis il étudia les écrans un à un pour en extraire la substance de la stratégie de Loazour.

Les points rouges représentent nos vaisseaux, répartis en une centaine d'arbans. Les points bleus symbolisent les djaghouns de Mor, à proximité des nœuds proches, épaulés çà et là par Tan, en jaune, et Aer, en turquoise.

Il orienta l'hologramme de manière à simuler le mouvement des vaisseaux depuis son départ. Les points rouges suivaient une course désordonnée, mais, au bout d'un moment, trois types de parcours se dégageaient. Le premier tiers des vaisseaux se dirigeait vers les nœuds proches, sans cohésion visible ; le second se rapprochait des planètes qu'il atteindrait d'ici deux ou trois jours, et le dernier tiers hésitait entre ces deux options.

Loazour se réserve la possibilité de les envoyer vers les nœuds ou les planètes suivant la réaction de l'ennemi.

Les manœuvres de Melen n'affectaient pas la position des points bleus, jaunes et turquoise de l'hologramme ; aucun djaghoun ne quittait la ceinture des nœuds proches pour renforcer la défense des planètes.

Curieux…

La simulation défilait en accéléré, et de nouveaux vaisseaux surgirent des deux nœuds les plus proches : deux djaghouns, figurés en vert, à proximité de la planète la plus excentrée, et un minggan complet, couleur sable, près de la planète principale. Le regard d'Heikki chercha la légende spass pour connaître l'origine de ces renforts.

Vert pour Loar et sable pour Traezh. Étrange que ce dernier dégarnisse ainsi ses défenses…

Il pianota à nouveau sur sa console pour observer l'espace de Traezh, soumis, comme tous les royaumes, à la pression de Melen. En plus des points rouges de Melen et sable de Traezh, il identifia bientôt une troisième couleur sur ses écrans, le vert amande de Douar.

Traezh se découvre pour assister Mor, mais il s'en remet à Douar pour la défense de l'un de ses nœuds. Un bel exemple de coopération…

Peu à peu, les renforts se positionnaient pour contrer l'offensive de Loazour. Les vaisseaux de Loar protégeaient la planète excentrée tandis que ceux de Traezh formaient un cordon de défense autour des cinq autres.

Heikki ne put s'empêcher d'admirer la confiance que témoignait Tudur, le souverain de Mor, à ses alliés.

Aucun vaisseau pour défendre ses propres planètes… Sur le plan militaire, leur décision paraît saine, mais Tudur confie ainsi la défense du cœur de son royaume à ses alliés sans le moindre secours de Mor.

Heikki recula son siège de quelques pas pour englober l'ensemble de l'hologramme du regard. Les vaisseaux de Melen, jusqu'alors en attente, se dirigeaient maintenant vers les nœuds spass de Mor pour accentuer la pression sur leurs armées.

La riposte des neuf royaumes est parfaite. Les graines de discorde ne sont pas près d'éclore…

*Nul ne se souvient du nom de l'auteur d'*Héraldique des royaumes. *Persona non grata sur la majorité des planètes, y compris Loar, à cause de son ouvrage qui heurtait les règles strictes de la diplomatie, il a terminé sa vie dans le seul royaume qui ne lui a pas tenu rigueur de ses écrits, Bihan. Pourtant, après tous ces siècles, ce livre est toujours présent sur les étagères des bibliothèques des puissants, souvent caché comme s'il s'agissait d'un poison fatal. L'auteur est mort, tout comme ses détracteurs, mais ce livre témoigne de la passion d'un homme et de sa bataille pour la vérité.*

Extrait du journal intime d'Emrodes, souverain de Loar.

Douar, salle du conseil, quarante et un jours standard après l'expiration de l'ultimatum.

« La réunion peut commencer », énonça Gearoid, le souverain de Tan.

Les neuf régents des royaumes du Ponant étaient installés autour d'une table circulaire, dans la salle de cristal du palais de Douar. Afin d'éviter de froisser toute susceptibilité, les souverains étaient placés suivant leur âge.

Gearoid, le sage doyen, songea Emrodes. *À sa droite, la génération qui a gouverné lors de la précédente guerre des royaumes : les deux frères ennemis, Tudur de Mor et Estevo de Douar, et les deux sœurs amies, comme les surnommaient mon père, Nerys d'Heol et Nivlenn d'Aer.*

« Au nom de tous, je remercie Estevo pour son accueil, poursuivit Gearoid.

— C'est un honneur. »

Puis la nouvelle génération, Banain d'Erc'h et la belle Rosenn, de Traezh. Et Kampiola clôt le cercle à ma droite.

« Nous connaissons tous la situation actuelle, reprit Gearoid. L'agression de Melen envers Loar, par le biais de sa nouvelle arme, date d'une quarantaine de jours et la dernière offensive d'envergure s'est déroulée dans le royaume de Mor, voici plus de deux semaines. Depuis, nous affrontons tous les tactiques de guérilla de Melen, plus ou moins violentes suivant les royaumes.

— Avant de poursuivre, intervint Nivlenn, j'aimerais, sans doute comme beaucoup d'autres, évoquer l'arme de Melen. La seule autre tentative visait Bihan et elle a échoué. Nous ignorons cependant si cette arme nous menace toujours…

— Je pense que non, répondit Emrodes.

— Vous pensez, répéta Nerys.

— Je ne peux vous fournir aucune assurance absolue, mais chaque royaume devrait bénéficier, en cas d'attaque, de la même protection que Loar ou Bihan.

— Quelques précisions seraient appréciées », observa Nivlenn.

Que vous dire ? songea Emrodes. *Que notre parade est l'œuvre d'un homme au bord de la transe et que personne n'en comprend les arcanes…*

« Je regrette.

— Nous jouons notre survie, objecta Nivlenn.

— Tout comme Bihan, souffla Kampiola. Et nous sommes toujours de ce monde.

— Peut-être disposiez-vous d'éléments… complémentaires.

— Nous n'avons pas encore réussi à placer d'espions dans le centre de recherches mathématiques d'Aven, si c'est ce que vous voulez insinuer. »

Le rire de Banain répondit à la flèche décochée par Kampiola :

« Nous devrions plutôt remercier Emrodes pour sa parade. Sans elle, les royaumes du Ponant seraient anéantis ou occupés par les troupes d'Asbjorn.

— Et peu ici profiteraient encore des douceurs de la vie », approuva Rosenn.

Un soutien inattendu, pensa Kampiola. *Traezh et Erc'h sont d'ordinaire méfiants vis-à-vis des autres royaumes…*

« Soit », murmura Nivlenn.

Gearoid toussota pour s'éclaircir la voix :

« Jusqu'à présent, nous sommes parvenus à contrer les assauts de Melen. Grâce à notre unité. Grâce aussi à la collaboration étroite de nos commandants en chef. Il semble que Chuluun soit devenu, *de facto*, le responsable militaire de notre coalition. Je vous propose de ne pas nous en offusquer puisque cette situation convient à nos officiers Latars. »

Il s'interrompit pour guetter un signe d'opposition puis reprit son analyse :

« Cependant, notre situation n'est guère enviable. Les forces en présence nous contraignent à des tactiques défensives et nous sommes à la merci de la moindre erreur.

— Cette fois-ci, Asbjorn suit les conseils de son commandant en chef, précisa Nivlenn.

— Pour notre malheur, l'un des plus fins stratèges de Latar », compléta Nerys.

Tout cela n'est que verbiage, songea Emrodes. *La dissension est notre principal ennemi et l'objectif de cette réunion est d'en déceler d'éventuelles prémices.*

Kampiola prit la parole :

« Tudur, votre royaume constitue la cible privilégiée de Melen. Quelle est la situation ? »

Direct, pensa Emrodes.

La question de la jeune femme sortit le souverain de Mor de sa léthargie :

« Mauvaise. Les opérations éclair de Melen démoralisent nos troupes et plusieurs officiers ne comprennent pas pourquoi nous subissons l'essentiel des attaques de l'ennemi alors que d'autres demeurent indemnes.

— Comme Douar », suggéra Banain.

Estevo lui lança une œillade noire, mais resta muet.

Tout doux, tout doux, songea Emrodes.

« Oui, comme Douar. Le seul royaume que la guerre n'a pas affecté… »

Estevo s'apprêtait à répliquer, mais Banain le devança :

« Estevo, Asbjorn vous a-t-il contacté ?

— Oui. Il m'a proposé la régence d'une partie des royaumes du Ponant si je me rangeais à ses côtés.

— Quelle partie ? demanda Banain.

— Douar et Mor. J'ai refusé. »

Banain joue un jeu dangereux, mais il procède de manière subtile, pensa Kampiola.

Rosenn brisa le silence pour questionner Tudur :

« Doutez-vous de la loyauté de Douar ?

— Non. Nul besoin d'être un spol pour distinguer le piège d'Asbjorn, il espère ainsi briser notre unité. Cependant…

— … les jeunes gens de Mor tombent les uns après les autres au gré des embuscades de Melen, enchaîna Banain. Et les vieux antagonismes entre Mor et Douar resurgissent dans les esprits.

— Mais vous n'êtes pas seul », observa Rosenn.

Emrodes surprit les signes codés de la main qu'échangeaient Banain et Rosenn sous la table.

Traezh et Erc'h sont encore plus proches que nous ne le supposions.

« Lors de l'offensive de Melen, nous sommes venus à votre secours, rappela Rosenn.

— Et je vous en remercie, souffla Tudur.

— Votre espace accueillait des djaghouns de Tan, d'Aer, de Loar et de Traezh, poursuivait-elle. Je ne cherche pas à vous humilier, je sais qu'abandonner la défense de vos planètes à des troupes étrangères constituait une décision difficile et courageuse.

— La protection de Mor est intéressée, souligna Banain. Un accès aux nœuds de Mor offrirait à Asbjorn de multiples accès aux autres royaumes du Ponant…

— … Mais si les troupes de Traezh et d'ailleurs ont pu vous seconder, c'est aussi grâce au soutien de Douar dans notre propre espace », conclut Rosenn.

Les passes de Banain et de Rosenn ne doivent rien au hasard, pensa Emrodes, *elles suivent un canevas établi à l'avance. Et Estevo a l'intelligence de ne pas intervenir dans le dialogue. S'il développait lui-même ces arguments, il ne toucherait pas Tudur de la sorte.*

« C'est juste, admit Tudur. N'ayez crainte, je suis amer, peiné pour toutes ces vies fauchées dans la fleur de l'âge, jaloux aussi parfois, je dois l'avouer. Mais pas stupide au point de remettre en question notre unité. »

Nous devons entourer Mor lors de ces épreuves, songea Kampiola. *En dépit de ces belles paroles, l'usure des mois de combats et la pression de ses officiers pourraient entamer ces résolutions.*

Douar, parc du palais, quarante et un jours standard après l'expiration de l'ultimatum.

« Tu as noté la connivence entre Rosenn et Banain ? » demanda Emrodes.

Kampiola sourit, mutine.

« J'ai dit une bêtise ?

— Tu es parfois si naïf, s'amusa la jeune femme. C'est délicieux… »

Un colibri chamarré, en vol près d'un cattleya aux étincelants pétales fuchsia, ponctua sa phrase d'un murmure aigu.

« Lui aussi se moque de toi », plaisanta-t-elle.

Ils suivaient une étroite sente qui glissait vers une crevasse humide, peuplée d'oiseaux rares qui ornaient le décor de couleurs chatoyantes et de chants exquis. Elle lui prit la main et s'enfonça au milieu des fougères, dressées telles des sentinelles sylvestres.

« Ceux qui nous espionnent ne profiteront ainsi que du son, mais sans l'image, chuchota Kampiola.

— Même pas, répondit le jeune homme en exhibant un boîtier ébène aux angles arrondis.

— Une nouvelle trouvaille des chercheurs de Loar ?

— Oui, une ellipse de silence mobile.

— Quelle est sa portée ?

— Suffisante pour nous protéger de tout curieux. »

Kampiola s'assit sur un matelas de mousse entouré de hautes fougères et l'entraîna à ses côtés. Elle déposa un baiser frais sur ses lèvres et s'allongea sur le tapis végétal, insensible aux gouttelettes de rosée qui perlaient le long des tiges des plantes.

« Rosenn et Banain profitent aussi de ces instants d'intimité. Les accords secrets entre Traezh et Erc'h datent de plusieurs années ; la nouveauté réside dans la relation entre leurs souverains, Rosenn et Banain, qui dépasse la simple connivence.

— Tu n'es qu'une vilaine voyeuse !

— Un atavisme de Bihan…

— Et tu n'as toujours pas réussi à placer d'espions dans notre centre de recherches ?

— Pas encore. Ce n'est pas faute d'essayer, pourtant.

— Peut-être me mens-tu pour détourner mon attention, suggéra le jeune homme.

— Qui sait ? »

Elle se leva d'un bond et ses doigts élancés caressèrent la paume d'Emrodes :

« Viens. Je veux profiter des trésors de Douar avec toi. »

L'éden des espèces animales, se souvint le jeune homme. *Douar abrite la faune terrestre la plus riche de l'univers connu.*

Ils dévalèrent la pente comme deux enfants frondeurs ; la terre ocre s'incrustait sous la semelle de leurs chaussures et rendait la progression de plus en plus périlleuse. Kampiola bondit au-dessus d'une branche morte, mais ne put éviter une racine d'orme qui affleurait. Entraînée par son élan, elle roula sur plusieurs mètres avant de terminer sa course au cœur d'un buisson de genêts en fleur. Elle se releva aussitôt, hilare, quelques égratignures sur le visage et une myriade de brindilles enchevêtrées dans sa chevelure ambrée.

« Je t'aiderais bien à nettoyer tout cela, observa Emrodes, mais tu es si jolie, tu ressembles à une dryade.

— Une… dryade ?

— Une nymphe des arbres et des bois. »

Elle allait répliquer lorsque les feuillages en contrebas s'écartèrent pour laisser le passage à un troupeau de cerfs ; le plus vieux mâle les observa, mais il jugea que deux humains recouverts de terre ne présentaient guère de danger.

« Un dix-cors, murmura Kampiola, un mâle de six ou sept ans.

— Et trois jeunes daguets. »

Les biches paraissaient moins sauvages que les mâles, et l'une d'entre elles s'approcha à pas mesurés, sensible au moindre indice qui révélerait un piège.

Les cervidés sont protégés depuis des siècles sur Douar, ils ne craignent plus l'homme, se rappela la jeune femme.

Soudain, le dix-cors donna le signal du départ ; son brame déchira le silence et il s'élança en direction d'un bosquet de feuillus, bientôt suivi par le reste de la harde. Ils les regardèrent s'éloigner puis reprirent leur descente, attentifs aux embûches de la pente.

« De telles réunions seront difficiles à organiser à l'avenir, observa Emrodes.

— Je sais. Akil a failli s'étrangler lorsque je lui ai annoncé que les régents des neuf royaumes se retrouveraient tous en un lieu unique.

— Tout comme Chuluun. Il vaut mieux laisser à Traezh et Erc'h le soin de veiller sur les humeurs de Tudur.

— Un commentaire de ta part serait moins bien perçu, Loar détient les clés de la parade et la prééminence de Chuluun n'équilibre pas les relations. Quant à moi...

— Tu incarnes Bihan, la planète des espions, compléta-t-il.

— J'en toucherai deux mots à Rosenn et Banain avant notre départ. »

Aux premières lueurs de l'aube, pensa Emrodes.

Kampiola se blottit contre le jeune homme, sa langue effleura le lobe de son oreille et elle lui susurra :

« L'aurore patientera. La nuit nous appartient... »

Kim karma kim akarmeti
kavayo 'py atra mohitah
tat te karma pravaksyami
yaj jñatva moksyase 'subhat.

« Même l'intelligent est dérouté lorsqu'il s'agit de déterminer ce qu'est l'action et ce qu'est l'inaction. Maintenant, je vais vous expliquer ce qu'est l'action et cette connaissance vous permettra d'être libéré de toute infortune. »

Extrait de la Bhagavad Gita, le livre sacré de l'une des cinq religions antiques.

N.B. Toute consultation de cet ouvrage est réservée aux prêtres et soumise à l'accord préalable du grand prêtre.

Sainte planète de Kreis, quarante-trois jours standard après l'expiration de l'ultimatum.

Éviter le moindre son.

Rayan enjamba le balcon et se jeta dans le vide, en direction du tapis de terre meuble. Il retomba avec souplesse et se laissa rouler jusqu'au laurier-rose qui exhibait ses fleurs pastel avec fierté.

L'arbre le protégeait ainsi des regards indiscrets des

gardes : au bout de quelques instants, il se décida enfin à couvrir les quelques mètres qui le séparaient de la bâtisse en pierre, se colla contre le mur et progressa vers la partie nord de l'édifice, jusqu'à atteindre un soupirail étroit qui plongeait vers une cave sombre.

Il sortit une clé de sa poche et entreprit de dévisser les boulons qui maintenaient la grille en place. Il la posa sur le sol avec délicatesse et se glissa à l'intérieur sans un bruit.

Assurer mes arrières…

Rayan se saisit de la grille et la replaça en équilibre, sans serrer les vis pour faciliter son retour. Il demeura immobile pour s'habituer à la faible luminosité, et les formes apparurent bientôt, vaporeuses au début puis de plus en plus distinctes. L'endroit lui était familier ; il aurait pu se diriger dans le noir. Il s'accorda néanmoins ce répit pour se ménager un avantage en cas de rencontre fortuite. Son regard s'attarda sur les bouteilles de grands crus, rangées avec soin de manière à préserver la richesse de leurs arômes, et il franchit la voûte en pierre qui menait aux cuisines.

Rayan ignora le réfectoire et s'engagea dans l'escalier en colimaçon qui rejoignait le dernier étage du bâtiment. Arrivé au grenier, il ouvrit la lucarne et se hissa sur la terrasse de la bâtisse. Dans un souci d'harmonie, les terrasses de l'ensemble des édifices du centre des études religieuses de Kreis, à l'exception des temples, se situaient toutes à la même hauteur.

Et cette recherche de l'eurythmie me permet ces escapades nocturnes.

Il s'approcha du bord et contempla la terrasse de la bibliothèque Sainte, à quelques mètres de lui. Il se détourna et se plaça au milieu du toit, les yeux clos, la respiration régulière et les membres relâchés.

Après une longue inspiration, il s'élança vers le bord de la terrasse, ses muscles au paroxysme de l'effort ; son pied droit frappa la pierre et il se jeta dans le vide, les bras lancés vers les éthers.

La distance entre les deux bâtisses n'est que de cinq mètres, un de moins que mon record personnel, se rassura le jeune homme.

Lors de son saut, les secondes s'égrenèrent comme des heures éternelles. Ses pieds touchèrent enfin le toit de la bibliothèque et, emporté par son élan, il roula sur lui-même. Il se releva d'un bond, essuya la poussière brune qui maculait son habit et vérifia les marques qu'il avait laissées sur le sol.

Trente centimètres de marge, c'est bien peu…

Le vent commençait à effacer ses traces. Il se glissa en silence dans le grenier de la bibliothèque du centre puis marcha le plus près possible des murs, afin d'éviter la plainte déchirante des lattes de parquet au milieu de la pièce.

Prudence, prudence… Ce bâtiment-ci n'est pas désert.

Douze gardes étaient affectés à la surveillance des étages supérieurs, mais ils préféraient en général se retrouver au cinquième étage pour une partie de cartes, parfois entrecoupée d'une ronde paresseuse.

La routine émousse leur vigilance en dépit de la crainte du châtiment. Et l'avantage des toits, c'est que l'on pénètre ainsi dans le Saint des Saints, alors que les indiscrets sont plutôt attendus en bas.

L'escalier menait à l'étage le plus secret de la bibliothèque, empli de recueils confidentiels et de livres impies.

Evzek croit que mes intrusions se sont limitées aux salles de lecture du premier étage, comme les escapades de quelques autres. La hiérarchie des prêtres s'attend à ces indiscrétions, elle les espère pour déceler les éléments capables de braver les interdits. Les insoumis sont utiles à tout système, tant qu'ils restent dans un périmètre acceptable.

Rayan suivit le dédale des couloirs qu'il avait peu à peu appris à connaître. Il délaissa les salles : ni les dossiers des étudiants du centre, ni les textes sacrés des religions antiques, ni les cartes des garnisons de Kreis ne l'intéressaient aujourd'hui.

Si jamais Evzek apprend que j'ai violé le sanctuaire des derniers étages, ma mort sera lente et douloureuse.

Enfin, il parvint à la porte en carbone de silicium devant laquelle il s'était arrêté lors de sa précédente visite. Son regard embrassa les systèmes de sécurité qui défendaient la pièce : un clavier numérique pour le code, un support en kevlar pour les empreintes digitales, des capteurs sensoriels sur la poignée, la porte et les murs, et surtout, le capteur calorimétrique sur le sol du couloir.

Si je dépasse le temps limite sans m'identifier, les gardes seront prévenus. D'après Esyllt, je dispose d'une minute…

Près du support en kevlar, il retira de sa tunique un moulage de cire en forme d'annulaire. Rayan avait lui-même récupéré un verre dans lequel le grand prêtre avait bu et les scientifiques de la rébellion s'étaient chargés du moulage.

Puisque ma chère sœur leur accorde sa confiance…

Il inspira une grande bouffée d'air et plaça le doigt factice sur le support en kevlar. Le clavier s'illumina alors et Rayan s'empressa de composer le code que lui avait communiqué Esyllt : 3, 1, 4, 1, 5, 9.

Comment a-t-elle obtenu ce code ? Et comment sait-elle ce qui se cache derrière cette porte ?

La porte pivota sur ses gonds pour lui laisser le passage et il pénétra à l'intérieur de la pièce en prenant soin de ne pas dépasser les marques discrètes gravées à même le sol. Il portait des plaques de plomb dans sa poche pour que son poids corresponde à celui du grand prêtre.

Un leurre classique…

Un signal aigu lui confirma que son stratagème avait abusé les défenses du système ; sans hâte, il dégaina son senseur pour éventer tout piège encore présent dans la pièce.

S'il existe encore un code ou une nouvelle confirmation corporelle, je suis perdu.

Au bout de quelques secondes, l'écran du senseur avisa Rayan d'une dernière ruse : un fil incolore, tendu à quelques centimètres du sol entre le bureau et une table basse, attendait les curieux, ultime symbole des protections d'Evzek.

Un outil précieux que ce senseur acheté à Loar. Il date de plusieurs années et n'abuserait pas les défenses d'un royaume, mais il est efficace sur Kreis. Les prêtres nous sous-estiment tant.

Il enjamba le fil et commença à consulter les dossiers ordonnés avec soin dans les secrétaires en buis bistre ; aucun signal du senseur ne venait troubler ses recherches.

Si confiants et si arrogants... Ils pensent que leur système de sécurité les protège contre l'effraction. Toute défense statique est condamnée face à la persévérance humaine, mais les prêtres ont exclu l'homme de leur mode de pensée depuis si longtemps qu'ils méprisent cette évidence.

Attentif aux indices les plus mineurs, il parcourait les archives secrètes de Kreis, mais les minutes fugitives l'empêchaient de s'attarder.

Je ne peux rentrer bredouille après tant d'efforts.

Il furetait dans la pièce depuis plus d'une heure et la prudence lui conseillait de s'éclipser avant que l'un des gardes ne se décidât à effectuer une ronde. Il parcourut des yeux un dossier sur les théories élaborées au fil des siècles pour déchiffrer le fonctionnement des nœuds spass ; spéculations scientifiques, modélisations mathématiques, délires mystiques : aucune explication n'était parvenue à éclaircir le mystère des sauts spass.

Ce secrétaire contient pourtant des dossiers liés aux nœuds spass.

Alors qu'il replaçait le dossier, le dos de sa main effleura une aspérité sur le côté droit du meuble. Inquiet, il se pencha pour chercher la trace d'un piège que son senseur n'aurait pas décelé. Il passa à nouveau la main sur le bois du secrétaire et son index découvrit une encoche, courte et fine ; il y glissa un ongle et le pupitre du secrétaire pivota, laissant apparaître trois nouveaux dossiers. Rayan s'en saisit et lut le titre du plus volumineux : *Carte des nœuds dans les royaumes.*

Que nous connaissons déjà…

Le deuxième ne portait pas de titre, mais il regroupait de vieux rapports qui mentionnaient l'orientation des facettes des nœuds ouverts sur les mondes périphériques.

Comme ces exposés datent de plusieurs décennies et que l'orientation des facettes évolue sans cesse, il est probable que ces renseignements soient obsolètes depuis longtemps.

Les premières lignes du troisième dossier arrachèrent un sourire discret au jeune homme. Ce rapport décrivait dans le détail les orientations récentes et les forces de défense des nœuds de l'espace de Kreis et de ses planètes vassales.

Enfin…

Il plaça les feuillets sur le pupitre et s'efforça de retrouver son calme ; une sérénité absolue était nécessaire pour atteindre la phase de sensibilité mnémonique. Ses yeux parcouraient les lignes une à une et son esprit gravait les informations dans les replis de sa mémoire. Ainsi, il n'en perdrait pas la moindre bribe et le temps n'altérerait pas l'acuité de ses souvenirs.

Comme il terminait les derniers paragraphes du rapport, il sentit les premiers signes de fatigue obscurcir son esprit. L'asthénie provoquée par l'état de sensibilité mnémonique l'obligeait à lutter pour ne pas sombrer dans le sommeil.

Ni le lieu, ni le moment.

Il replaça les dossiers à leur place, ajusta les meubles et se dirigea vers la porte, l'œil rivé sur son senseur. L'appareil ne signalait aucun piège à la sortie et Rayan referma la porte de carbone de silicium derrière lui. Il s'apprêtait à reprendre le couloir en sens inverse lorsqu'un bruit de pas interrompit sa progression.

Deux gardes. Ce couloir est en cul-de-sac et je n'ai pas le temps de me cacher dans l'une des salles. Ma seule chance est qu'ils ne poussent pas leur investigation jusqu'au bout pour retrouver leur partie de cartes.

Accroupi derrière un coude, dans la partie la plus sombre du corridor, il attendit, les sens aux aguets. Il percevait maintenant les éclats de voix dans la bibliothèque :

« Je pense qu'il triche !

— Tu dis cela parce que tu as perdu deux jours de solde ce soir.

— Ce n'est pas normal une chance pareille, les As lui poussent dans les mains. Ou alors, il a signé un pacte avec le diable.

— Ne plaisante pas avec cela. Surtout ici… »

Les militaires s'arrêtèrent un instant, comme indécis.

« Tu veux vraiment pousser jusqu'au bout du couloir ? demanda le premier.

— C'est l'affaire de quelques minutes.

— J'aimerais bien me refaire.

— Allez, viens. Cela te sauvera quelques pièces pour le déjeuner de demain. »

Il ponctua sa phrase d'une bourrade dans l'épaule de son collègue, et le premier garde se remit en route en maugréant. Le jeune homme attendait, les muscles tendus, prêt à l'affrontement.

Ils sont armés…

Le premier garde surgit dans le couloir et Rayan le cueillit d'un direct au menton, à pleine puissance : le militaire s'écroula sur le sol, inanimé. La réaction du second fut prompte : il sortit son poignard du fourreau et sa main décrivit un arc de cercle en direction du cou du jeune homme.

Rayan évita la lame, frappa du poing gauche et lança la pointe de son pied vers la tempe du garde. Celui-ci esquiva sans peine, feinta avec son poignard, posa son pied droit sur le sol et bondit pour porter un revers tournant du pied gauche vers la mâchoire de son assaillant. Rayan s'était un peu reculé pour éviter le poignard et une infime hésitation dans le regard de son adversaire lui permit de se baisser pour faucher la jambe d'appui. Il s'écroula et son poignard glissa sur le parquet du corridor. Le talon de Rayan atteignit le sternum du militaire avant qu'il ne se ressaisisse et il s'écroula, sans connaissance.

Rayan se saisit de son senseur et l'appareil confirma ses craintes : le deuxième garde avait eu le temps de donner l'alerte pendant le combat. Son regard se posa sur les deux hommes.

Le premier ne m'a pas vu, mais le second pourrait me reconnaître…

Il tergiversa encore, mais les secondes étaient précieuses et les autres militaires ne tarderaient pas à le rejoindre. À quinze ans, il excellait dans l'espionnage, mais il livrait ce soir son premier combat réel.

Le temps est compté !

Il se mordit la lèvre inférieure jusqu'au sang puis il porta un coup fatal sur la nuque du deuxième garde encore inanimé. Le craquement des vertèbres résonna dans le silence nocturne et le sang de Rayan se glaça dans ses veines.

Je suis un tueur…

Il s'élança dans le couloir en direction de l'escalier qui grimpait vers la terrasse. Aucun bruit ne montait des étages inférieurs, mais le jeune homme savait que les gardes se plaçaient avec prudence, de manière à lui couper toute possibilité de repli.

Ils n'ont pas encore compris que le toit offre une issue. Evzek craint les Latars et il préfère confier la défense de la bibliothèque à sa garde personnelle. Une chance pour moi… Aucun mercenaire n'aurait négligé la terrasse et, de toute façon, jamais je n'aurais pu les vaincre en combat singulier.

Il s'obligea à une course d'élan plus longue et il s'élança dans les airs pour gagner la terrasse du réfectoire et des cuisines du centre. La réception fut brutale, mais il se releva indemne et s'engouffra dans l'escalier en colimaçon pour rejoindre la cave humide.

Plus de cinq minutes d'avance sur mes poursuivants, ils ne me rattraperont pas. Mais cette nuit m'a transformé. Pour toujours. Je suis devenu un assassin, un tueur avec une mélopée mnémonique enfouie dans le cerveau…

Point d'émeutes, de révoltes ou de mutineries
Quelques volutes discrètes
Fredonnées par les sentinelles, hier comme aujourd'hui,
Les daofined.

Extrait de la *Cantilène des daofined.*

Flotte de Loar, espace proche de Mor, cinquante-cinq jours standard après l'expiration de l'ultimatum.

Aour vira de bord pour maintenir la distance de sécurité entre sa navette de reconnaissance et le vaisseau-transport de Melen. Son unité, composée de dix navettes-éclaireurs, légères, véloces mais peu armées, virevoltait autour du vaisseau ennemi.

Soudain, une nuée de navettes s'échappa du vaisseau-transport ; elle ignora l'unité d'Aour et se dirigea vers le cœur des défenses de Loar, dans l'espace de Vanch, la planète la plus excentrée du royaume de Mor.

Une section de combat ? se demanda Aour.

La voix de Kai siffla dans son récepteur :

« Des navettes-éclaireurs. Non armées.

— Elles se dirigent vers vous ?

— Oui. Melen cherche aussi à glaner quelques renseignements sur nos défenses, je suppose.
— Nous poursuivons notre observation de notre côté.
— Bien compris », répondit Kai.
Elle pianota de nouveau sur son clavier et relut les données qui s'affichaient sur son moniteur.

Le transport est isolé et douze heures lui seraient nécessaires pour rejoindre son djaghoun d'origine. Ce délai ne nous permet pas une attaque d'envergure, seul un escadron d'interception pourrait rejoindre le vaisseau-transport ennemi, mais il est armé pour se défendre contre une telle agression. Ce type de transport peut contenir des navettes-éclaireurs ou des vaisseaux de combat léger.

Un nouveau piège de Melen ? songea Aour. *Nous inciter à l'attaque pour dégarnir nos défenses ?*
La maître d'armes commandait les deux djaghouns de Loar affectés à la protection de Vanch dans le royaume de Mor. Kai et l'un des adjoints de Chuluun la secondaient dans cette tâche et ils s'étaient opposés à ce qu'elle dirigeât une unité de reconnaissance ; ils arguaient qu'elle ne devait pas s'exposer aux risques d'une mission de surveillance.
Nous demeurons hors de portée des armes du transport et ils connaissent tous deux les vertus de l'exemple.
« Vingt navettes-éclaireurs dispersées, reprit Kai.
— Quel genre ? demanda Aour.
— Les plus maniables. »
Et donc les plus fragiles…
« Leur trajectoire ? l'interrogea-t-elle.
— Droit sur nous. À un quart d'heure de nos défenses. »
Quinze minutes pour une navette-éclaireur, deux heures pour un vaisseau de combat, pensa Aour.
« Ils s'arrêteront avant, commenta-t-elle.

— Dommage, cela nous aurait permis d'organiser une petite séance de tir. »

Elle reporta son attention sur le vaisseau-transport ; elle essayait de discerner un détail inhabituel, mais ni ses capteurs ni son œil exercé ne décelaient le moindre piège.

Un simple vaisseau-transport, songea-t-elle.

La voix de Kai crépita de nouveau dans son récepteur :

« Les navettes-éclaireurs ne ralentissent pas leur course.

— Leur trajectoire ?

— Identique.

— Envoie des vaisseaux d'interception.

— C'est déjà fait. »

Loazour sacrifierait-elle des navettes et des pilotes pour recueillir des informations complémentaires ?

« Cinq navettes abattues. Elles se trouvent maintenant au milieu de nos djaghouns. Six, sept.

— Quelle est la réaction des rescapés ?

— Aucun changement. »

Kai égrenait les pertes ennemies dans son récepteur pendant que l'esprit d'Aour travaillait à toute allure ; cette attaque vaine éveillait en elle une gêne, un doute confus. Elle se concentra à nouveau sur le vaisseau-transport, mais il semblait endormi, indifférent au sort de ses navettes.

« Onze, douze.

— Les navettes ne disposent d'aucune arme ? demanda Aour.

— Non.

— Les huit survivantes se replient-elles ?

— Plus que sept. Non, elles poursuivent leur chemin vers Vanch, comme si elles voulaient espionner la planète elle-même.

— Elles ne pourront jamais regagner leur vaisseau. »

Curieux…

« Il n'en reste que trois », murmura Kai.

Soudain, une pensée explosa au creux de l'âme d'Aour et distilla des messages glacés le long de ses nerfs. Dans son esprit, le doute se mua peu à peu en certitude, en une conviction absolue, extrême, meurtrière.

Non !...

« Kai ! hurla la maître d'armes dans son émetteur. Il faut éliminer ces navettes avant qu'elles n'atteignent Vanch. Ce ne sont pas des éclaireurs, ce sont des unités suicides. »

Un silence oppressant répondit à son appel.

« Combien reste-t-il de navettes ? le questionna-t-elle.

— Deux, souffla Kai.

— Elles vont viser les villes, nous devons les abattre avant qu'elles ne les atteignent.

— L'une d'elles est prise en tenaille par deux de nos chasseurs... Elle est touchée ! La dernière... Oh, non...

— Que se passe-t-il ? »

Une seule... Un dernier effort.

« Kai ? rugit Aour.

— Elle s'approche de Jerze, la deuxième ville de Vanch. Nous ne pouvons plus l'intercepter. Impact dans onze secondes. »

Elle imaginait la cité de Jerze, l'inquiétude dans le regard de ses habitants puis l'impact, la lumière aveuglante et le bruit. Cette vision de cauchemar lui paraissait irréelle, semblable à une chimère maléfique.

« Aour, chuchota Kai.

— ...

— Jerze est détruite. »

Les villes ne constituent pas un objectif militaire. De tels massacres n'apportent aucun avantage sur l'échiquier stratégique. Pourquoi ?

« Une estimation du nombre de morts ? demanda-t-elle.

— La cité comptait plus de quatre millions d'habitants. »

Plusieurs centaines de milliers de morts, traduisit Aour. *Pourquoi, pourquoi ?… Pour saper l'union des royaumes. Asbjorn envoie un message à Tudur : le souverain de Mor a laissé la responsabilité de la défense de ses planètes à deux autres royaumes, Traezh et Loar, et il assiste, passif, au meurtre des siens.*

« Ce n'est pas un hasard si Melen a choisi comme cible la seule planète de Mor défendue par Loar », intervint Kai.

Ses pensées suivent le même cours que les miennes.

Une alarme sonore crépita soudain et un flot d'informations coula sur ses moniteurs.

« Quarante nouvelles navettes viennent de quitter le transport, souffla Aour.

— Tous les vaisseaux d'interception sont en alerte. Je vais ordonner l'évacuation des villes. »

Trop tard…

« Combien de navettes peut contenir un tel transport ? demanda-t-elle.

— Laisse-moi vérifier… Autour de cinq cents. »

Ce transport est un nid de frelons. Sur un essaim de quarante navettes, au moins une atteindra son but. Les villes de Vanch vont être ravagées…

« Même si nous envoyons des vaisseaux de combat vers le transport, il aura le temps de larguer toutes ses navettes », reprit Kai.

Des dizaines de millions de morts. Melen vient de porter un coup fatal à l'union des royaumes. Jamais Tudur ne pourra rester insensible aux voix de ses officiers qui réclament de concentrer les forces de Mor autour des planètes… au risque d'affaiblir la défense des nœuds spass.

« Nos hommes connaissent la cible des navettes, poursuivit Kai. Ils sont motivés comme jamais. »

Cela ne suffira pas, pensa Aour. *Mais nous n'avons pas d'autre solution. À moins que…*

Elle actionna les propulseurs de sa navette et s'approcha aussi près que possible de la limite du secteur de sécurité. Puis elle vira de bord dans une manœuvre brusque et plongea vers la zone de danger : son appareil suivait une trajectoire singulière, irrégulière.

« Aour ! Ton appareil entre dans la zone à risque. »

Les systèmes ennemis ne parvenaient pas à prévoir sa trajectoire et la maniabilité de sa navette lui permettait d'éviter les salves les plus dangereuses.

« Aour, c'est ridicule. Ta navette n'est pas armée. »

Il n'a pas encore compris, songea-t-elle.

Un coup d'œil sur ses écrans l'informa que trois autres navettes de Loar l'avaient suivie et qu'elles adoptaient la même technique de vol pour échapper aux défenses de Melen. Elle actionna l'émetteur privé de l'unité :

« Aux trois navettes qui ont pénétré dans le secteur à risque, repliez-vous.

— Négatif, répondit la voix de l'un de ses lieutenants. C'est la seule solution et nous avons plus de chances d'y parvenir à quatre que vous seule.

— Repliez-vous : c'est un ordre !

— La communication est mauvaise, je ne vous entends plus.

— Votre récepteur fonctionne à la perfection !

— C'est l'unique issue, Aour. Vous le savez. Nous vous suivrons quels que soient vos ordres.

— Compris, souffla-t-elle. Merci et… bonne chance. »

Les six autres pilotes étaient restés à l'écart de la zone de danger, mais Aour ne leur en voulait pas : elle ne pouvait exiger d'eux un tel sacrifice.

« Aour ! gronda Kai. Tu es folle. Reviens !

— Quatre morts pour en éviter vingt ou trente millions, c'est sensé au contraire.

— Tu ne parviendras pas jusqu'au vaisseau-transport.

— Si, sauf si tu m'empêches de piloter en paix.

— Aour… », gémit Kai.

Une gerbe de feu scintilla sur sa droite puis s'éteignit dans la nuit ; un coup d'œil à ses écrans lui confirma que l'une de leurs navettes avait été touchée par un missile ennemi.

Plus que trois, songea-t-elle. *Nous devons toucher le réacteur ; si nous nous écrasons à un autre endroit, nous endommagerons le vaisseau-transport, mais nous ne provoquerons pas l'explosion qui le détruira, lui et les navettes qu'il contient.*

La distance entre l'ennemi et sa navette s'amenuisait de plus en plus, et elle s'appliquait à suivre une trajectoire riche en points d'inflexion pour éviter que les systèmes de Melen ne puissent modéliser sa course.

Passer sous la coque…

Elle décrocha soudain et glissa vers le bas du transport sans essayer de s'approcher plus puis elle piqua vers l'avant du vaisseau, à la recherche du talon d'Achille ennemi. Une nouvelle explosion lui apprit qu'ils n'étaient plus que deux et le souvenir de ses équipiers affermit encore sa détermination.

À peine une minute et je le saborde. Ce genre de vaisseau est d'ordinaire protégé par plusieurs arbans de combat. Il peut lutter contre un escadron d'interception parce que leurs armes ne sont pas assez puissantes pour atteindre le réacteur, mais, comme les villes de Vanch, il est impuissant face à une attaque suicide.

Elle entraîna son appareil dans une dernière manœuvre pour perturber l'ennemi et évita ainsi le missile qui visait le nez de son appareil, puis elle se dirigea vers le réacteur, à pleine vitesse. Elle perçut un éclat de lumière sur sa gauche et reconnut la navette du lieutenant qui lui avait répondu quelques minutes plus tôt.

« Nous le toucherons à deux, murmura-t-elle dans son émetteur.

— Impact dans treize secondes », confirma-t-il.

Elle était calme, sereine, comme si la proximité de la mort lui conférait une quiétude nouvelle. Le souvenir de multiples visages effleura son esprit, les traits ridés de ses parents, le sourire épanoui de Kai, le regard mélancolique de Bleiz, les pommettes saillantes de Chuluun et surtout les reflets émeraude des iris d'Emrodes, illuminés par leur premier baiser sur une plage déserte de la baie d'Aven.

Sept secondes : aucun missile ne peut nous stopper maintenant. Même si nous étions touchés, les restes de nos navettes s'écraseraient contre le réacteur du vaisseau-transport.

« Kai, murmura Aour. Dis à Emrodes que j'emporte avec moi la saveur de ses lèvres… »

Le Graal, pour une navigatrice, c'est une planète qui abriterait une forme d'intelligence non humaine.

École des navigatrices des mondes périphériques.

Stered, planète-capitale de la périphérie, cinquante-six jours standard après l'expiration de l'ultimatum.

Une fine gouttelette d'eau s'échappa du bec vermillon du seranig et sa chute sur l'une des crêtes cristallines de la grotte emplit l'espace d'une note ténue. Hauwiti tendit l'oreille pour en percevoir les derniers échos puis le silence s'établit à nouveau, à peine troublé par le battement des ailes des seranigoù, ces étranges oiseaux qui peuplaient les grottes de cristal.

La beauté du lieu et la pureté des notes, sublimées çà et là par le vol des musiciens ailés, distillaient en elle une sensation de calme infini. Ses longs cheveux acajou encadraient un visage gracieux, presque enfantin, rehaussé par l'éclat de ses lèvres grenat et de ses iris bleu outremer, qui évoquaient le mystère des profondeurs océanes. L'habitant d'un royaume l'aurait décrite comme une jeune fille en fleur, il aurait évoqué la finesse de ses traits et l'élégance de sa jeune silhouette, mais, sur Stered, elle était Hauwiti, la première historienne des mondes périphériques depuis plus de trente années.

Un bruit de pas résonna dans la grotte, mais Hauwiti demeura immobile : l'attitude sereine des seranigoù indiquait qu'ils connaissaient la nouvelle venue et seule Morgevnid, la souveraine des mondes périphériques, côtoyait les oiseaux régulièrement.

Elle s'assit et murmura :

« Bonjour, Hauwiti.

— Bonjour, Morgevnid. Ce lieu est enchanteur…

— Je savais qu'il te plairait.

— Il me rappelle des instants heureux, chuchota la première historienne.

— J'y songe aussi parfois… »

Les années ont passé depuis, pensa Hauwiti.

Elle s'éclaircit la gorge pour dissimuler sa gêne et demanda :

« Tu souhaitais discuter de l'histoire des royaumes ?

— Oui, confirma Morgevnid.

— Quelle période ?

— Toutes. Des premiers voyages spass à nos jours.

— Cela risque d'être un peu long. »

La souveraine esquissa un geste de la main pour signifier qu'elle pouvait consacrer à ces questions tout le temps nécessaire.

« L'histoire spass est composée de six phases, expliqua Hauwiti. Commençons par le début.

— D'accord.

— L'origine, donc. Le premier voyage spass est sans doute le fruit du hasard, un aller-retour grâce à un nœud situé à proximité de la Terre, la planète originelle. Comme chaque royaume se targue d'être l'héritier des premiers colons, les coordonnées du premier nœud spass sont inconnues.

— D'autant plus que les facettes ne sont pas stables.

— Tout à fait. Mais cela n'a guère d'importance, sauf

pour les historiens à la recherche de la Terre. Ce premier voyage spass proclamait à la face du monde, encore incrédule, que le vieux rêve humain de conquête spatiale dépendait moins des trajectoires calculées des décennies à l'avance et des recherches sur l'hibernation que de la localisation des nœuds spass. Et surtout, l'espace reprenait taille humaine, les systèmes lointains, inaccessibles dans l'inconscient collectif, se révélaient à portée de… saut spass. Pourtant, les astronomes, les chercheurs et les ingénieurs ne partageaient pas la liesse des politiques et de la foule. Certes, les voyages spass offraient des possibilités intéressantes, mais…

— Comment localiser les nœuds spass ? poursuivit Morgevnid.

— À condition qu'il en existe d'autres. Mais leur inquiétude majeure se situait ailleurs.

— Le danger ?

— Pas encore. Même s'il existait de multiples nœuds autour de la planète originelle, la probabilité de se retrouver à proximité d'un système stellaire leur paraissait infime.

— La réalité leur a donné tort.

— Sur toute la ligne, approuva Hauwiti. Repérer les nœuds est une tâche longue et fastidieuse, mais les capteurs électromagnétiques étaient déjà connus à l'époque. Et surtout, les nœuds menaient vers d'autres systèmes stellaires et non pas vers l'espace profond. Les chercheurs ont tenté de l'expliquer, *a posteriori*, et de multiples théories sont nées, mais la vérité, c'est que personne ne sait — hier comme aujourd'hui — comment fonctionnent les nœuds. »

Elle marqua une pause pour se désaltérer avant de poursuivre :

« Une nouvelle surprise attendait les scientifiques : la majorité des systèmes stellaires découverts grâce aux sauts spass offraient aux explorateurs une ou plusieurs planètes habitables par l'homme.

— Un nouveau mystère des nœuds.

— Certains ont parlé de chance, d'autres de l'intervention divine. Mais peu importe ! L'humanité était prête pour la seconde phase.

— La colonisation. »

Un seranig se posa sur le genou de Hauwiti qui demeura immobile de peur de l'effrayer. Le duvet soyeux de sa tête, aux reflets orangés, contrastait avec le vert anis des plumes de ses ailes et l'ébène de ses pattes.

Une belle réussite génétique, songea-t-elle. *Tant pour les couleurs que pour la fonction.*

« La colonisation, en effet, reprit l'historienne. Le danger n'a pas découragé les premiers colons : certains espéraient une terre promise, d'autres fuyaient les persécutions ou la misère. Cette période s'est étalée sur plusieurs siècles et l'exploration a laissé de multiples traces écrites : traités scientifiques, poésies, récits romanesques, délires mystiques, allégories religieuses... À chaque saut, les colons découvraient un système nanti de nouveaux nœuds et ainsi de suite ; l'homme s'est répandu dans l'univers avec passion, mais sans véritable dessein.

— Le temps des pionniers...

— Oui. L'humanité était disséminée sur de multiples mondes et, en dépit des difficultés, l'espoir portait les colons. Mais les voyages coûtaient cher et les volontaires pour les expéditions devenaient de plus en plus rares. Aussi, les programmes d'expansion spatiale se tarirent les uns après les autres : le monde était mûr pour la troisième phase.

— La discorde, proposa Morgevnid.

— On a affublé cette période de nombreux noms : “les conflits”, “la consolidation”, “la révolte”, “la discorde”, “la régression” et j'en oublie. Les dates et les événements sont flous, mais cette phase a débuté vers le 30e siècle A.S. et elle a duré plus de six millénaires. Les témoignages dont nous disposons varient, mais il semble que l'autorité de la Terre indisposait de plus en plus les colons, et que les premières échauffourées aient opposé les colonies les plus riches et la Terre. Puis les germes de la guerre se sont répandus dans l'univers, royaume contre fédération, empire contre communauté, régime officiel contre pirates. Les causes des conflits étaient multiples : sources d'énergie, pierres précieuses ou métaux, planètes accueillantes ou nœuds stratégiques, notoriété, honneur ou gloire, vengeance personnelle ou vendetta, religion impie ou divergences politiques…

— Le chaos.

— Pendant ce temps, les liens entre les hommes se distendaient et les sciences autres que guerrières déclinaient. Les variations de facettes ont alors condamné de nombreuses planètes à l'isolement. Certains ont perdu leurs compétences techniques au point de ne plus pouvoir détecter les nœuds de leur espace ou même assurer des vols atmosphériques. Puis les attaches avec la planète originelle se sont rompues : désir des Terriens, hasard des facettes ou destruction comme l'évoquent quelques textes de cette époque, nul ne le sait.

— Quelles sont nos sources d'information sur cette période ? »

Hauwiti accompagna sa réponse d'une moue boudeuse :

« Les archives des planètes des mondes périphériques et, depuis peu, les documents de Koroll, Don et Flour. Mais nous sommes confrontés à plusieurs problèmes…

— La longueur de la période ?

— Oui, cela complique notre tâche, mais le problème principal est ailleurs. Les planètes se sont affrontées, alliées, déchirées et certaines se sont perdues dans l'oubli. Les attributs du pouvoir variaient de la même façon, les religions, les monnaies, les titres et… les calendriers. Chaque planète suivait son propre calendrier, basé sur sa période de révolution, et de nombreux changements sont intervenus au cours de ces millénaires. Rien que sur Stered, on dénombre plus de sept calendriers différents sans aucune clé pour les lier les uns aux autres. Les coups d'État et les révolutions ont foisonné et le nouveau maître, pour consolider son pouvoir, commençait par détruire les traces du régime précédent ou, s'il était plus rusé, par falsifier les documents à son profit. Pour nous, la conclusion est la même…

— Mais tu disposes pourtant de données assez précises sur les périodes antérieures, intervint Morgevnid.

— Les premiers voyages spass et la colonisation appartiennent à l'histoire commune de l'ensemble des planètes. Il est possible d'effectuer des recoupements, de compléter un document par un autre. »

Une note aiguë tinta et Hauwiti s'interrompit. Un, deux, trois puis une nuée de seranigoù voletaient autour d'elles ; ils se posaient sur le rebord des bassins, recueillaient quelques gouttes d'eau au creux de leur bec et s'éparpillaient. Puis ils abandonnaient d'infimes gouttelettes au-dessus des protubérances de cristal-son et une note délicate crevait le silence. Comme le ballet s'accélérait, une mélodie céleste enveloppa la grotte ; elle ensorcelait les deux femmes qui n'osaient parler de peur de briser la grâce du récital.

Les seranigoù sont le fruit de décennies de recherche génétique, se souvint Hauwiti. *Ils adaptent leur vol et la mélodie du cristal-son au timbre de la voix des humains présents dans la grotte…*

Les notes pâlirent peu à peu et Hauwiti sentit que le terme de l'aubade s'approchait ; elle tendit la main pour retenir la mélodie, pour inviter les seranigoù à poursuivre leur ronde enchanteresse. Lorsque la dernière note s'éteignit, elle étouffa un sanglot et se tourna vers Morgevnid.

« Les oiseaux perçoivent nos émotions, murmura la régente.

— Je sais.

— Je viens ici depuis des années et la musique est chaque jour différente. Tu veux peut-être te reposer un peu avant de poursuivre ?

— Non, non. Continuons.

— Je t'écoute.

— Vint alors la quatrième phase, “la convergence”. À cette époque, autour du 88e siècle A.S., les conflits étaient pour la plupart religieux ou, tout du moins, les souverains utilisaient la religion comme prétexte. Cependant, les religieux eux-mêmes ne cautionnaient plus ces guerres qui ensanglantaient l'univers depuis des millénaires ; ils se réunirent à plusieurs reprises en terre neutre, sur une planète connue ensuite sous le nom de Kreis, pour tenter de trouver une solution commune à ces luttes incessantes. Et là, deux écoles s'opposent. Selon l'histoire des planètes ardentes — et sans doute aussi celle des autres royaumes —, les religieux les plus sages donnèrent naissance à une religion unifiée.

— Tu n'adhères pas à cette explication ? demanda la régente.

— Non, je pense qu'elle est issue de la propagande des prêtres de Kreis. Les planètes de la périphérie situées à la frange des royaumes disposent de documents, indépendants les uns des autres, qui nous proposent une autre version. S'ils confirment les réunions entre les représentants des multiples religions présentes dans l'univers, ils ne mentionnent à aucun moment la création d'une religion unifiée. Ils précisent plutôt que, lors de ces rencontres, les religieux se sont rendu compte que la paix dépendait d'une notion simple, d'ailleurs enseignée dans la plupart des livres sacrés.

— …

— La tolérance. Reconnaître les croyances de l'autre et les accepter sans chercher à le convertir. À l'origine, Kreis personnifiait cette tolérance, pasteurs, sorciers, imams, rabbis, lamas, prêtres, chamans et moines discutaient, échangeaient et surtout apprenaient à se connaître et à se respecter. Peut-être que les souverains ne pouvaient plus utiliser l'excuse de la religion, peut-être aussi que certains d'entre eux aspiraient à la paix, toujours est-il que les conflits se sont apaisés.

— Comme par magie ?

— Non, fit l'historienne, sur une période longue : plusieurs siècles. Et de cette époque date la création des unions qui ont donné naissance aux royaumes actuels.

— Une belle histoire.

— Oui, belle mais incomplète. Les conflits passés avaient tant isolé les planètes que cette union ne concernait qu'une minorité de planètes colonisées.

— Combien ?

— Les royaumes te répondraient que l'univers connu comprend vingt pour cent des planètes colonisées, mais nous savons que la réalité est différente.

— Cinq pour cent ? proposa Morgevnid.

— À peine. La périphérie compte déjà sept fois plus de planètes que cet "univers connu" et l'espace en abrite une multitude d'autres.

— Le monde était alors scindé en deux, les planètes de la sphère de Kreis d'un côté, et la périphérie de l'autre.

— C'est juste. Les contacts entre les deux étaient minimes et se sont d'ailleurs réduits à néant avec le temps. L'univers connu est alors entré dans la cinquième phase, "la Sainte Paix". Le terme pacifique n'a de sens que comparé à la période précédente : les régimes se sont succédé et les accrochages n'étaient pas rares, mais le temps des grands conflits avait vécu. Les royaumes se sont formés entre le 92e et le 105e siècle A.S. et ont survécu jusqu'à maintenant, même si leur forme originelle a quelque peu évolué depuis. Les échanges inter-royaumes se sont développés et ont créé une relative prospérité. Un calendrier commun a été instauré en 10500 A.S., dont l'origine — sans doute fausse — marquait le premier voyage spass.

— Ils n'ont pas tenté de s'étendre vers la périphérie ? s'étonna Morgevnid.

— Des projets ambitieux, quelques explorations, mais aucune politique d'envergure. À l'origine, je crois que les royaumes s'inquiétaient plus des velléités de conquête de leurs voisins que de la périphérie. Et le changement du rôle de Kreis a sonné le glas des rares expéditions vers la périphérie. L'idéal de tolérance de Kreis n'a pas résisté à l'usure du temps ; le pouvoir de Kreis ne cessait de croître et la planète s'est peu à peu transformée : d'un lieu de rencontres, elle est devenue un centre d'influence. Deux événements se sont déroulés à la même époque sans qu'il nous soit possible de savoir s'ils étaient liés l'un à l'autre ou non : la déclaration de la convention humaine universelle et l'avènement d'un culte unique, la Sainte Religion, qui se voulait la synthèse de tous les courants.

— Tu dates cela de quelle époque ?

— La convention humaine a été signée en 10712 A.S. par tous les royaumes.

— Y compris Latar ?

— Le cas de Latar est particulier. Aucun étranger n'a posé le pied sur la planète depuis plus de vingt-cinq siècles, mais nous ne disposons pas de plus de renseignements pour les périodes antérieures. Latar est sorti des brumes du néant pour signer la convention et il a commencé à proposer les services de ses mercenaires. Les disputes persistaient : une planète par-ci ou un astéroïde riche en minerai par-là. Latar n'a jamais manqué de clients.

— 10712 A.S., répéta Morgevnid.

— Seule la date de la signature de la convention humaine est officielle. Pendant des siècles, la propagande de Kreis s'est efforcée, avec succès, d'effacer toute trace des anciennes religions sur leur planète, mais aussi dans les archives de l'ensemble des royaumes.

— Sans réaction de la part des gouvernants ?

— Avec leur bénédiction. Que craignaient les souverains d'alors ? Un retour à l'anarchie des siècles passés. Que leur proposait Kreis ? Une religion unique, qui supprimerait la cause apparente des conflits.

— Et que sont devenues les religions antiques ?

— À ma connaissance, elles se sont éteintes.

— D'où te viennent ces renseignements sur Kreis ? Des planètes ardentes ?

— Non, Koroll, Don et Flour sont persuadés de la véracité de la version de Kreis. L'essentiel de mon analyse s'appuie sur des documents de deux planètes découvertes récemment. Un changement de facettes les a isolées entre le 105e et le 109e siècle A.S., et nous avons découvert la première en 12601 et la seconde en 12836. »

Il y a environ vingt ans…

« Aucun royaume n'a pris l'ascendant sur les autres ? demanda la régente.

— Non. Certains de mes confrères attribuent cela à l'influence de Kreis, mais je n'adhère pas à cette thèse. Je pense qu'il existait un équilibre des forces en présence.

— Pendant tant de siècles ?

— C'est mon opinion.

— Et pendant ce temps-là, aux confins de l'univers…, ironisa Morgevnid.

— Quelques planètes isolées, les plus avancées sur le plan scientifique, se regroupaient pour donner naissance aux mondes périphériques.

— En 11821 A.S…

— Plus d'un millénaire après Kreis, notre analyse rejoignait la leur : les différends religieux étaient à l'origine de la plupart de nos conflits. Mais nos conclusions étaient opposées…

— Nous avons rejeté la religion pour façonner une humanité idéale, approuva la régente. Nous puisons nos ressources dans l'homme lui-même, au cœur de ses gènes.

— Et notre fédération regroupe maintenant cinq cent quatre-vingts planètes, unies non par le sang mais par les gènes. Mais tu sais cela mieux que moi.

— Quand avons-nous adopté le calendrier spass ?

— À l'union de 11821 A.S. Chacun suivait son propre calendrier, nous avons adopté le seul standard qui existait. »

La paume de Morgevnid ébaucha une conque dans l'un des bassins et elle porta un peu d'eau fraîche à ses lèvres :

« Je crois que je connais mieux la dernière phase, dit-elle en souriant.

— Ah… La dernière. Je la nomme "le renouveau". Elle est en cours depuis une centaine d'années. Une nouvelle conjonction d'événements : la perte d'influence de Kreis, dans les royaumes du Ponant comme sur les planètes ardentes…

— L'émergence d'une puissance dominante, Melen.

— Et l'imminence de la rencontre entre les mondes périphériques et les royaumes, compléta Hauwiti.

— Nous pourrions attendre qu'ils s'égorgent entre eux, mais nous risquerions alors d'affronter un unique ennemi victorieux, affranchi de ses conflits traditionnels. À ce sujet, l'analyse de nos spols nous a été précieuse.

— Dans le même registre, j'ai une information pour toi… »

Morgevnid leva un sourcil interrogateur :

« Oui ?

— Je viens de mettre la main sur un nouveau document qui confirme ce que je pressentais. Les spols n'existaient pas à l'époque pré-spatiale ; leur apparition coïncide avec les premiers sauts spass.

— Tu en es certaine ?

— Non, bien sûr, ces documents datent de plusieurs millénaires, mais je suis confiante. »

Quel rapport entre les nœuds spass et les spols ? songea Morgevnid.

« Une explication ? demanda-t-elle.

— Aucune. »

Un nouvel îlot de mystère…

Vous maîtrisez votre respiration, vous savez ralentir votre pouls, l'entraînement vous a inculqué de bons réflexes. Mais seule la communion avec le nœud vous permettra de réduire votre temps d'inconscience. N'imaginez pas le saut comme une traversée, vivez-le comme un partage. Ouvrez votre âme au nœud.

Extrait du Manuel du navigateur.

Vaisseau de commandement de Melen, espace semi-profond de Bihan, cinquante-six jours standard après l'expiration de l'ultimatum.

Je déteste ces voyages…

Bendiks sentait l'eau couler le long de ses membres ; il garda les paupières closes pour profiter des dernières volutes de vapeur puis il tourna les robinets avant de sortir de sa baignoire. Il contempla son reflet dans le miroir qui lui renvoyait l'image d'un homme à mi-chemin entre la maturité et la vieillesse, dont les muscles flasques et l'embonpoint témoignaient d'un goût prononcé pour les plaisirs de la table.

Je devrais suivre les conseils de mes médecins et me contraindre à un peu d'exercice.

Il s'imagina un instant enchaîner les assouplissements que son kinésithérapeute personnel lui avait décrits à maintes reprises et cette pensée lui arracha un sourire.

Au diable l'exercice. L'activité physique m'a toujours déplu…

Il se vêtit à la hâte puis il épingla avec soin ses insignes sacerdotaux sur le revers de sa tunique. Un coup d'œil à l'horloge lui confirma que son rendez-vous était prévu dans moins de cinq minutes.

Enfin une entrevue intéressante au cœur de l'ennui de ce vaisseau.

Il avait rejoint le vaisseau amiral d'Heikki, dans l'espace semi-profond de Bihan, la veille au soir. Asbjorn lui avait d'abord opposé une salve d'objections, il avait insisté sur le danger d'un tel périple, sur les désagréments des sauts spass et sur l'inconfort des vaisseaux puis il avait soudain changé d'avis et lui avait laissé le choix de la destination.

Un curieux revirement… Ni Heikki ni Ince n'en sont la cause puisqu'ils étaient engagés dans les batailles de Melen, l'un sur Bihan, l'autre sur Aer. Peut-être le régent a-t-il suivi les conseils de Gouanv, mais pourquoi une spol me faciliterait-elle la tâche ?

Il séjournait donc sur le vaisseau d'Heikki pour quelques jours, à l'écart des conflits qui pourraient menacer la vie du grand prêtre de Melen. La raison officielle de sa visite, « le soutien spirituel des troupes en temps de guerre », n'avait pas trompé Asbjorn, et Bendiks savait que ses déplacements et ses entretiens étaient épiés par une myriade d'espions.

Mais Asbjorn ignore à quel point ses armées sont noyautées par nos agents. J'ai rencontré Heikki, des officiers supérieurs Latars et un échantillon choisi d'officiers et d'hommes de troupe ; jamais il ne soupçonnera la raison de ma visite… Un rideau de fumée pour le seul entretien important, celui-ci.

Deux coups sourds à la porte précédèrent l'entrée d'un garde dans la pièce, suivi par un jeune officier aux yeux en amande. Il congédia le garde d'un geste et la jeune femme s'inclina :

« Grand prêtre Bendiks.

— Asseyez-vous, Duyen. »

Comme elle jetait des regards furtifs dans toutes les directions, Bendiks la rassura :

« Cette pièce est sûre et les hommes qui vous ont conduite jusqu'à moi sont tous fidèles à Kreis. »

Il laissa à Duyen le temps d'absorber ses paroles puis il ajouta :

« Quelles nouvelles, mon enfant ?

— J'imagine que vous connaissez déjà la situation militaire.

— En effet. Je m'intéresse plus à l'héritier du trône de Melen.

— Notre dernière rencontre date de trois jours.

— Heikki ne manifeste aucune… disons… lassitude à votre égard ? »

Les joues de Duyen se teintèrent d'un voile rosé lorsqu'elle répondit :

« Je ne crois pas, non. Je m'arrange pour espacer nos rencontres et ses réactions laissent entendre que je ne lui suis pas indifférente : la dernière fois, il a presque arraché mes vêtements avant de…

— Oui, oui. Épargnez-moi les détails, je vous prie. »

Un brin puritain pour quelqu'un qui m'incite à jouer de mes charmes afin de lui rapporter des renseignements, songea Duyen.

« Heikki est confiant, reprit-elle. Il ne doute pas de la victoire de Melen, ses seules préoccupations concernent Ince qu'il soupçonne de viser le trône.

— Ses relations avec Asbjorn ?

— Excellentes. Il connaît les défauts de son père, mais

il m'en parle peu ; au-delà de l'affection naturelle d'un fils envers son père, je pense qu'Heikki estime Asbjorn. »

Bendiks s'enfonça dans son fauteuil et médita les paroles de la jeune femme :

« La suite de notre conversation constitue le motif réel de ma visite. Le secret le plus absolu entoure nos propos, vous comprenez ? »

Duyen hocha la tête.

« Bien, dit le grand prêtre. Cela sous-entend-il qu'il ne participerait pas à une opération visant à le placer sur le trône ?

— Si elle implique la mort de son père, non.

— Et si elle se déroulait d'une manière pacifique ? »

Elle hésita un instant :

« Non plus.

— Que la situation soit claire : nous ne tenterons rien contre Asbjorn avant la victoire de Melen, mais nous anticipons un succès rapide. »

« Nous anticipons un succès rapide », se répéta Duyen. *Quelle douce farce ! Comme si les analyses de Kreis présentaient un intérêt. Ce grand prêtre hautain ne se doute pas de ce qu'il me révèle…*

« Vos services nous seraient alors précieux, poursuivit Bendiks. Dans une optique plus active… »

Un rôle moins ingrat que celui de la catin, traduisit-elle.

« Nous n'informerons donc pas Heikki de nos plans, conclut-il. Il sera néanmoins nécessaire de l'amener à agir suivant nos souhaits et vos suggestions pourraient alors s'avérer très utiles. Votre recrutement est récent, mais la Sainte Église vous accorde toute sa confiance.

— Je vous en remercie. »

Quel langage mielleux, songea Duyen. *La vérité, c'est que vous ne disposez d'aucune autre possibilité. Pas un seul agent de Kreis n'est placé dans l'entourage d'Heikki.*

« Heikki ne nourrit aucun soupçon ? »

Il sait depuis le second soir que je ne suis pas celle que je prétends, mais j'ai semé assez d'indices pour que sa méfiance soit dirigée vers les prêtres. Et Asbjorn est sans doute informé depuis longtemps.

« Pas le moindre, mentit-elle.

— Il accorde sa confiance aux capitaines ? »

Cette question confirme que certains d'entre eux sont à la solde de Kreis. Et puisque Heikki ne me parle jamais des capitaines, c'est qu'il les suspecte d'être liés à Kreis.

« Sans arrière-pensées, répondit-elle.

— Vous devez agir avec la plus extrême prudence ; vous ne disposez d'aucun soutien sur ce vaisseau. »

Elle semble intelligente, songea Bendiks. *Douée aussi… Nous prenons un risque calculé, mais, au premier faux pas, nos agents ne la manqueront pas.*

« Ses sentiments pour Loazour ont-ils évolué ?

— Difficile à dire. Il ne se confie pas à moi sur ce sujet…

— Oui, bien entendu.

— Je sais qu'il apprécie les compétences stratégiques de Loazour, mais cette opinion est unanime.

— Au moins parmi les troupes de Melen. »

Le grand prêtre se leva pour signifier la fin de l'entrevue et il accompagna Duyen jusqu'à la porte :

« L'office est prévu à sept heures, ce soir.

— J'y serai. »

*

La respiration de Duyen cadençait le rythme de ses pas, elle se faufilait dans les coursives pour rejoindre sa cabine et le masque de son visage ne trahissait pas l'intensité de sa réflexion.

Les prêtres sont de bien piètres conspirateurs, songea-t-elle. *La présence de Bendiks en ces lieux est révélatrice : pour me transmettre ses questions, il n'accordait sa confiance à aucun de ses agents. Et cela l'a contraint à agir lui-même… Périlleux. Si Asbjorn apprenait sa démarche, il disposerait alors d'une excuse pour rompre avec Kreis à l'issue d'une guerre victorieuse.*

Elle perçut une rumeur sourde et obliqua vers la droite, pour rejoindre le centre du vaisseau ; elle dédaigna les pôles de repos de la salle de détente et poursuivit son chemin en silence.

Kreis n'a pas compris l'essence de l'espionnage. La dévotion des agents dépend d'un paramètre essentiel… la confiance. Je sais qu'en cas de danger Bihan mobilisera toutes ses forces pour m'évacuer vers leur planète, quitte à impliquer d'autres agents dans l'opération. Bihan n'abandonne jamais les siens. Et cette assurance leur garantit des loyautés sincères.

Elle déverrouilla sa porte et s'allongea sur sa couche ; l'horloge l'informa qu'il lui restait une demi-heure de repos avant l'office célébré par Bendiks, auquel l'ensemble des officiers assisterait.

Elle repensa à l'Académie des cadets de Lur, la capitale de Melen. À l'excitation des premiers mois avait succédé une prise de conscience progressive, douloureuse : les armées de Melen n'incarnaient pas l'idéal de camaraderie et de droiture que Duyen avait espéré. Les coups bas, les abus et les injustices abondaient, elle ne se reconnaissait plus dans l'image de l'institution et la morosité l'avait peu à peu gagnée.

Jusqu'au jour où j'ai rencontré Sanvi…

Les images se succédèrent dans l'esprit de Duyen : l'insouciance d'une Sanvi épanouie, les balades dans les ruelles sombres de Lur, leurs rondes dans les galeries de peinture, les fêtes secrètes dans les catacombes.

Les agents de Bihan m'étudiaient depuis plusieurs années, même si ce premier contact m'a paru naturel, spontané.

Les rencontres avec Sanvi étaient devenues de plus en plus fréquentes, sous l'œil attentif des psychologues de Bihan.

Mais je leur suis reconnaissante de m'avoir proposé un marché clair à l'issue de cette période d'observation.

Duyen avait d'abord refusé les avances de Sanvi avec force, et s'était réfugiée dans l'Académie, certaine que son refus la condamnait à une mort violente. Pourtant, elle n'était jamais allée voir ses supérieurs, et les semaines s'étaient écoulées sans que Bihan cherche à l'éliminer. L'idéal de loyauté que Sanvi lui avait décrit l'attirait, mais elle ne savait plus comment reprendre contact. Elle s'était rendue dans tous les endroits qu'elles avaient fréquentés ensemble.

Et un jour, j'ai retrouvé un papier plié en quatre sur mon bureau…

Duyen se leva de son lit et ouvrit le tiroir de son secrétaire ; la lame de son poignard luisait dans la pénombre ; elle saisit le manche grège puis elle attacha le poignard le long de son mollet droit.

Le message l'avait invitée à rejoindre un inconnu dans un café lugubre, situé sur les docks de Lur, et la signature de Sanvi avait authentifié la missive. Elle s'était attendue à rencontrer un vieil espion au regard fuyant, engoncé dans un imperméable, mais c'est un jeune homme qui l'avait abordée. Il lui avait expliqué que chaque agent suivait d'abord une période de formation de plusieurs années répondant à un double besoin : inculquer les connaissances nécessaires aux espions de Bihan et leur laisser le temps de gravir les échelons de la hiérarchie militaire de Melen puisque le recrutement s'effectuait très tôt. En échange de ses services, il lui avait proposé de l'argent, sur Melen ou dans un coffre de Bihan, à sa convenance.

Ils avaient discuté pendant une heure, de Melen, de Bihan, de la Sainte Religion, des valeurs morales, de l'argent et de tant d'autres sujets. Puis il s'était tu. Il l'avait regardée dans les yeux puis avait murmuré : « Duyen, notre position se résume ainsi : primo, les risques que tu prends seront rémunérés à leur juste valeur ; deuzio, tu peux cesser ton activité d'espionne ou rejoindre Bihan lorsque cela te sied ; tertio, en cas de danger, nous remuerons ciel et terre pour te sauver et quarto, nous te retrouverons où que tu sois si tu nous trahis. Réfléchis. Tu es libre de ton choix, tu peux même prévenir tes supérieurs, cela nous importe peu. »

Je n'ai hésité qu'un instant. J'ai accepté. Pour l'argent, bien sûr, mais aussi pour les valeurs que défend Bihan.

Elle doutait encore de la sincérité de l'inconnu, mais un épisode lui avait confirmé ses dires quelques mois plus tard…

Ma première mission et mon ultime rencontre avec Sanvi…

Ses activités d'espionne avaient attiré l'attention de la police militaire de Melen et elle croupissait dans l'une des geôles de Lur depuis quelques heures. Duyen avait d'abord attribué l'opération de libération à un calcul cynique : Sanvi connaissait bien trop de secrets pour la laisser aux mains des enquêteurs de Melen. Puis elle avait entrevu les subtilités de la mission : douze agents impliqués, dont deux au cœur même de la prison, et surtout l'utilisation d'une navette spass pour exiler Sanvi vers Bihan. Tant d'efforts alors que la lame d'une dague ou un poison létal auraient suffi.

Et cette journée a scellé ma loyauté envers Bihan.

Les aiguilles de l'horloge indiquaient sept heures moins dix, et le temple était situé à l'autre extrémité du vaisseau.

Prête pour le Saint-Office…

> *Le blason le plus connu est aussi le plus simple : « de sable plain », des armoiries sans figure, noires unies. Il s'agit pourtant de l'écu le plus craint dans l'univers, le symbole de la planète des combattants… Latar.*
>
> Extrait de *Héraldique des royaumes.*

Latar, citadelle de Laboused, cinquante-six jours standard après l'expiration de l'ultimatum.

« De nouvelles requêtes ? demanda Tylin.

— Quelques-unes, répondit Subotaï. Asbjorn souhaite louer les services de cinq nouveaux mercenaires.

— Quelle spécialité ?

— Des spadassins. »

Une information intéressante, songea Tylin. *Asbjorn envisage de nettoyer les écuries de Melen de ses traîtres après la bataille.*

« Il anticipe donc un succès rapide », observa-t-elle.

Le chemin s'éloignait de la citadelle puis serpentait au cœur de la rocaille pour rejoindre une dépression, abritée des souffles du noroît. Subotaï remit un peu d'ordre dans sa chevelure de jais que le vent avait modelée au gré de ses humeurs, et se tourna vers son adjointe :

« L'éternel optimisme d'Asbjorn…

— D'autres requêtes ?

— Un maître d'armes pour Tan, un pilote pour Mor et un officier pour la police religieuse de Kreis.

— Un prix prohibitif pour ce dernier, j'imagine ?

— Tout juste, fit Subotaï.

— Toujours aucune démarche des planètes ardentes ?

— Non.

— De quand date leur dernière requête ? demanda Tylin.

— Presque cinq ans. Soit les planètes ardentes se sont déjà résignées à la victoire de Melen…

— Soit l'hypothèse de Bihan sur leur connivence avec la périphérie est juste. Quelle est l'opinion des officiers supérieurs Latars en poste sur Koroll, Don et Flour ?

— La plupart n'y croient pas, certains doutent, répondit Subotaï. S'il s'avère que les planètes ardentes ont bafoué la convention humaine, nous rappellerons nos mercenaires, mais nous ne nous contenterons pas de simples soupçons.

— Tu ne crains pas un refus ? »

Un sourire carnassier barra le visage du commandant de la citadelle :

« Je ne pense pas que les planètes ardentes prendraient le risque de garder nos mercenaires contre leur volonté : avec ou sans l'aide de la périphérie, leur sort serait alors scellé. »

Nous savons que la périphérie n'est pas un ramassis de planètes décadentes, mais je ne peux croire que leurs forces soient de taille à lutter contre l'un ou l'autre des royaumes, songea Subotaï.

La brume de mer avait enveloppé la plaine rocailleuse de ses nuages et le vent du large, puissant et tenace, charriait de nouvelles volutes marines. Ils percevaient les rumeurs des étudiants de la citadelle de Laboused, appliqués à peaufiner les derniers préparatifs de la fête de Naadam, prévue le lendemain.

À condition que la brume se dissipe, songea Subotaï. *Pour la lutte, passe encore, mais le tir à l'arc et les courses de chevaux requièrent un peu plus de visibilité.*

Anonymes dans le brouillard, Subotaï et Tylin fendaient les groupes épars d'étudiants et glanaient çà et là des répliques empreintes d'allégresse, d'impatience et d'une touche d'appréhension. À défaut de s'entraîner, deux jeunes garçons lissaient les cordes de leur arc et enduisaient d'un vernis imperméable les deux bandes, l'une en corde côté archer et l'autre en nerf côté extérieur, montées sur une armature en bois. Bandé, le milieu de l'arc se tendait vers l'intérieur, dessinant ainsi une double courbure, mais, détendu, il avait la forme d'un croissant.

Plus de trois cents mètres de portée. Lors des jeux de Naadam, les cibles ne sont positionnées qu'à soixante-quinze mètres, pour les garçons comme pour les filles.

« Tu as eu le temps d'étudier les tactiques de Loazour ? murmura Tylin.

— Oui.

— Ton opinion ?

— Elle a su adapter avec talent les stratégies des Khans aux contraintes spass, répondit Subotaï. Je connaissais le potentiel de Loazour, mais je pensais qu'un peu de temps serait nécessaire avant qu'elle ne parvienne à maturité.

— Elle n'a pas ouvert de brèche décisive.

— Pas encore, non. Mais la défense des neuf royaumes demeure statique, elle repose pour l'essentiel sur le génie militaire d'un homme…

— Chuluun, souffla Tylin.

— Seul Chuluun connaît les plus infimes variantes des combats des Khans.

— Tu ne penses pas que les attaques de Melen sont vouées à l'échec ?

— Non, bien sûr. L'initiative porte les couleurs d'Asbjorn et même Chuluun ne peut assurer la défense de toutes les planètes et de tous les nœuds des neuf royaumes ; Loazour décide du lieu, du moment et de la tactique : tôt ou tard, elle percera les cuirasses de la coalition.

— Et offrira ainsi les clés de l'univers connu à Asbjorn. »

Elle craint toujours l'hégémonie de Melen, songea le commandant de la citadelle.

« Tylin…, commença-t-il.

— Oui, je sais. La situation n'est pas aussi critique qu'auparavant : la menace de destruction absolue n'est plus et Melen, même victorieux, sortirait affaibli de ce conflit.

— D'autant plus que je ne crois pas à un succès complet de Melen. Même si Asbjorn soumettait plusieurs planètes, les survivants pourraient regrouper leurs forces au cœur d'une zone réduite.

— Tout en organisant la résistance sur les planètes occupées, approuva Tylin.

— L'important pour les neuf royaumes, c'est de préserver Loar puisqu'il détient les secrets de la parade. Avec l'aide de vaisseaux amis, les armées d'Emrodes peuvent tenir des mois, voire des années. De plus, Cloch, Mein, Seizh ou d'autres sont pour l'instant calmes, mais…

— Si Melen faiblit, il devra affronter la rébellion sur ces planètes », compléta la jeune femme.

Ils ne distinguaient pas les formes à moins de trois mètres, mais un hennissement strident et les effluves animales les situaient à proximité de l'enclos. Une silhouette émergea bientôt des brumes et Subotaï flatta l'encolure de l'un des chevaux ; sa robe jaune brun accentuait encore l'impression de force qui se dégageait de son corps râblé, de sa tête massive et de ses membres trapus. Alors que les chevaux étaient considérés comme les témoins d'une époque révolue dans les royaumes, Subotaï, comme tous les Latars, les vénérait ; les enfants Latars, des villes, des steppes ou des rivages, apprenaient à monter à cru dès leur plus jeune âge. Les pistes n'existaient pas sur Latar et, lors des fêtes de Naadam, les courses se déroulaient en pleine campagne, sur des distances qui dépendaient de l'âge des chevaux : de quinze kilomètres pour les shudlens, les étalons de deux ans, jusqu'à trente kilomètres pour les chevaux de six ans, les azrags.

« J'ai reçu les résultats de l'étude que tu as commandée sur les nœuds spass de Latar, murmura soudain Tylin. Huit d'entre eux n'appellent aucun commentaire particulier : les bi-facettes qui nous relient à Mor, Aer, Kreis, Melen, Unan et Orlegi...

— ... et le tri-facettes orienté vers Traezh et Erc'h, ainsi que celui qui nous lie à Koroll et à Flour.

— Exact.

— Ce qui nous laisse trois nœuds.

— Le premier est le bi-facettes orienté vers une planète de la périphérie, précisa Tylin. Nous avons envoyé quelques navettes-éclaireurs et leurs observations coïncident avec nos missions précédentes : la planète semble associée à une confédération plus vaste, que nous supposons être la périphérie.

— Ils utilisent leurs nœuds de manière régulière ?

— Oui, à l'exception de celui qui mène à Latar.

— Ce qui signifie qu'ils ont reçu des consignes strictes, observa Subotaï. Ils nous connaissent. Aucune agression envers nos navettes-éclaireurs ?

— Non, une simple surveillance. Un seul point diffère de nos observations précédentes : le nœud était défendu par des unités de combat, une incursion plus armée de notre part aurait sans doute reçu un accueil moins… serein.

— Seraient-ils en mesure de se protéger contre une offensive d'envergure de notre part ?

— Non.

— Et de nous attaquer avec quelque chance de succès ?

— Non, affirma Tylin.

— Et le second nœud ?

— Le quadri-facettes : Loar et deux planètes habitées de la périphérie.

— Toujours isolées ? demanda Subotaï.

— C'est la nouveauté : les mondes périphériques ont découvert l'une d'entre elles. L'activité reste faible, quelques navettes explorent l'espace proche pour détecter de nouveaux nœuds, mais aucune ne s'est approchée de nos vaisseaux-stations de surveillance, installés à proximité des nœuds orientés vers Latar et Loar. »

Leurs vaisseaux ont sans doute reconnu nos couleurs, songea-t-il.

« Toujours soucieux d'éviter toute provocation.

— Précisément, approuva Tylin. Loar maintient une présence autour de ces nœuds pour prévenir une éventuelle attaque-surprise de Melen.

— Une saine précaution… »

Le troisième est le seul nœud situé au cœur de notre espace semi-profond, pensa Subotaï, *un tri-facettes orienté vers deux planètes des mondes périphériques.*

« Le cas du dernier nœud est intéressant, commença Tylin. Les deux facettes extérieures du nœud sont défendues par des unités de combat, qui acceptent nos navettes-éclaireurs, mais les forces en présence au niveau des autres nœuds de leur espace sont bien supérieures à la normale. Cela ressemble fort à un message à notre attention…

— “Nous avons toujours respecté Latar, mais nous espérons une non-ingérence dans les affaires de nos planètes.”

— Ils tolèrent nos navettes-éclaireurs, mais la limite est tracée.

— Cette situation me convient, Latar n’a jamais eu de velléités de conquête.

— Pas depuis quelques siècles en tout cas », rectifia Tylin.

Des clameurs sourdes, ponctuées de quelques râles, trouaient parfois les nappes de brume. Subotaï et Tylin échangèrent un sourire amusé et se dirigèrent vers les formes obscures qui peuplaient le brouillard.

Les lutteurs s’entraînent pour demain, songea le commandant de la citadelle.

« Et que t’inspire cette étude ? demanda-t-il soudain.

— Tu avais des raisons de nourrir quelque inquiétude ? éluda Tylin.

— Une simple intuition.

— Les mondes périphériques ont toujours été plus organisés que ne le laisse supposer leur image. Bien que nos connaissances soient limitées, nous disposons de sources d’information variées qui nous permettent de mieux les situer, grâce à notre position privilégiée au sein des royaumes. »

Elle marqua une pause avant de poursuivre :

« Leur attitude évolue : ils sont moins attachés à l’illusion d’innocuité qu’ils projetaient par le passé. Du moins vis-à-vis de Latar…

— Tu penses que les mondes périphériques représentent un danger pour les royaumes ?

— Non, je pense qu’ils se sentent prêts à établir le contact, mais qu’ils prennent toutes les précautions nécessaires pour que cette rencontre soit placée sur un pied d’égalité. »

C'est l'analyse la plus rationnelle, songea Subotaï. *Pourquoi me paraît-elle si déplacée ?*

« J'imagine plutôt un contact progressif, reprit Tylin.

— Il est vrai que la période actuelle n'est pas idéale pour une rencontre et l'expérience a démontré leur patience.

— Et qui sait ? Ce sont peut-être de nouveaux clients en puissance…

— Toujours aussi cupide ! »

Ils pénétrèrent à l'intérieur d'une bâtisse en pierre surmontée d'un haut plafond soutenu par de larges poutres de bois, qui abritait six pistes de sable ainsi que des espaces d'échauffement. Les lutteurs étiraient leurs muscles ou lissaient leurs habits traditionnels : du zodog, la veste courte aux teintes chatoyantes, aux gutuls, les lourdes bottes en peaux. Subotaï affectionnait ces instants de préparation où d'infimes détails brasillaient comme autant d'étincelles fugaces ; un lutteur massif répétait une dernière fois une prise classique avec son entraîneur, un autre se recueillait au pied d'un ovoo pour une courte prière, un jeune pugiliste s'isolait dans l'ombre pour rêver ses futurs combats.

La vigilance est notre meilleure alliée en ces temps troublés. Et l'inertie de l'habitude notre pire ennemie…

Aour… Moi aussi, je garderai en mon âme le souvenir de tes lèvres.

Extrait du journal intime d'Emrodes, souverain de Loar.

Loar, palais d'Aven, cinquante-six jours standard après l'expiration de l'ultimatum.

Emrodes feuilletait une à une les pages de son journal intime ; ses yeux embrumés de larmes ne lui permettaient pas de lire ses écrits passés, mais la fragrance des pages de son carnet le replongeait dans les souvenirs d'antan. Il referma son journal et caressa un instant la couverture de cuir havane avant de le reposer au fond du tiroir de son bureau.

Aour n'est plus…

Il ouvrit un classeur, et une kyrielle de lettres se dispersèrent sur son pupitre, des condoléances, des messages de soutien ou des marques d'affection. Il en saisit une au hasard et reconnut le blason de Tan — tranché d'or et d'azur — et la signature de Gearoid :

Emrodes,
Le peuple de Tan s'associe à ma voix pour t'adresser nos plus sincères condoléances. La guerre, injuste et meurtrière, fauche nos camarades, mais le souvenir d'Aour, des pilotes de son unité et de leur action héroïque restera à jamais gravé dans nos mémoires.
Gearoid.

« *Nos camarades* », répéta Emrodes. *À mes yeux, Aour représentait bien plus que la première maître d'armes de Loar…*

Sans réfléchir, il tendit la main pour extraire deux nouvelles lettres du monceau de papiers éparpillés en désordre sur son bureau :

Emrodes,
Au nom du royaume de Heol, je t'envoie mes plus sincères condoléances. Nous partageons le chagrin des familles et des proches de ces quatre héros, morts dans l'honneur pour défendre la vie de millions d'innocents.
Nerys.

Emrodes,
Aujourd'hui, nous sommes frères de chagrin : deux villes de Vanch sont détruites, nos morts se comptent par centaines de milliers, et Loar a perdu trois pilotes et sa première maître d'armes.
Leur sacrifice n'est pas vain, il a sauvé des millions d'innocents et peut-être aussi l'unité des neuf royaumes. Le peuple de Mor, sur Vanch comme sur les autres planètes, se souviendra de leur geste et la nouvelle ville, bâtie sur les ruines de l'ancienne Jerze, se nommera Jerze-Aour.
Tudur.

L'honneur, le sacrifice, l'héroïsme…

Il fouilla les lettres à la recherche de la lettre de Kampiola.

Emrodes,
Je m'associe à ta peine.
Si tu sens que je peux te réconforter, appelle-moi et j'accourrai.
Pour te parler, pour t'écouter ou pour partager tes silences…
Toute ma tendresse.
Kampiola.

Elle sait, songea Emrodes. *Elle sait pourquoi j'étais si attaché à Aour…*

Il se souvint du message laconique de la veille et du désarroi de Kai. Son jeune compagnon se reprochait la mort d'Aour, et même les paroles apaisantes d'Emrodes n'étaient pas parvenues à alléger son fardeau.

Plus que quiconque, je pleure Aour, mais elle commandait les deux djaghouns de Loar et personne ne peut blâmer Kai pour sa mort.

Les familiers du palais s'étaient arrangés pour ne pas importuner Emrodes, et même Chuluun lui avait épargné le point militaire de la matinée. Le Latar et le spol se trouvaient à ses côtés lorsque la nouvelle était tombée et aucun d'eux n'avait profané la quiétude glacée ; le mercenaire avait posé sa main sur l'épaule de son souverain et le spol lui avait adressé un regard gorgé d'émotion et de compassion.

Curieux que des êtres aussi différents que Chuluun et Bleiz aient tous deux compris la valeur du silence…

Il s'avança sur le balcon et s'étendit sur un vieux transat patiné par les ans. Les nuages avaient déserté le ciel nocturne et les rubans d'étoiles enveloppaient de leurs fils d'or la lune rousse de Loar. Emrodes connaissait peu l'astronomie et les constellations n'évoquaient aucun nom, mais, lors de ses nuits solitaires, il percevait des formes fugaces et des animaux fabuleux naissaient dans les éthers ; une licorne dorée au nord ou un griffon cuivré au-dessus de la baie d'Aven. Soudain, une bouffée de souvenirs l'envahit : les silhouettes, les paroles, les gestes et les senteurs s'entremêlaient pour former un magma familier. Et de ce mélange émergeait le visage gracieux d'Aour.

Elle appartenait au monde des adultes alors que je n'avais pas encore quitté l'enfance. Douze années de différence… un gouffre pour un jeune garçon. Elle était ma maître d'armes et ma confidente. Jusqu'à l'aube de mes dix-sept ans…

Gardes, esquives, parades, contre-attaques, feintes, uppercuts, *atemi*, prises au sol, crochets, techniques de pied, balayages, couteaux, poignards, dagues, armes d'estoc et de taille, bâtons, nunchakus, shinais, arcs, carabines, arbalètes laser, fusils magnétiques, Aour l'avait initié à l'art du combat dès l'enfance. Puis étaient venus le temps de l'espace, la vitesse et la précision des navettes-éclaireurs, la fougue et l'adresse des chasseurs, la puissance guerrière des vaisseaux de combat et même la force tranquille des caravelles spass.

Et lorsqu'elle m'avait transmis l'essence de son savoir, elle laissait parfois la place à des experts, comme Gi, le spécialiste Latar du combat au couteau, ou Termaji, la saltimbanque des airs…

Emrodes observa la lune à la dérobée ; seuls l'astre blond et une poignée de sternes connaissaient les arcanes de ses premiers émois adolescents. L'image de la crique de sable clair, des vagues farouches de la mer Kornog et des éclats de quartz du granit, illuminés par des rayons de lune indiscrets, émergea de sa mémoire.

Puis je me suis approché d'elle… Mon esprit ne commandait plus, mes émotions guidaient mon corps et des frissons parcouraient mon échine. Je craignais tant de gâter notre si belle entente… Ma main a effleuré ses che-

veux et nos lèvres se sont unies. Un premier baiser tendre, prélude de nos nuits intimes…

Loar, une plage de la baie d'Aven, cinquante-six jours standard après l'expiration de l'ultimatum.

Le vent agaçait l'écume des vagues, crêtes ivoire au milieu des flots bleu nuit, et dessinait d'éphémères parures sur la plage tandis que les roches, oasis de calme au cœur de la tempête, paraissaient méditer sur les délires de la houle. La main gauche d'Emrodes décrivit un arc de cercle de son sternum vers les cieux, pour saluer un adversaire imaginaire, puis il choisit une garde féline. Ses pieds nus caressaient le sable humide et sa peau, insensible aux piqûres des grains, luisait de reflets d'or.

Emrodes se mouvait sans cesse, danseur solitaire et guerrier sur une plage déserte. Il attaqua de la pointe de son couteau, sans que son avancée compromette son équilibre, et se retira aussitôt pour ne pas laisser le temps à son opposant de contre-attaquer. Puis il simula une hésitation, pivota sur la pointe de ses orteils et sa lame dessina une courbe meurtrière, hyperbole de nuit et d'acier.

L'immobilité est l'ennemie du combattant au couteau.

Emrodes plongea pour esquiver une attaque imaginaire ; sa chute l'entraîna dans une roulade contrôlée ; soudain, sa main gauche frappa le sol, son corps, ressort de chair et d'os, se tendit, et une pirouette agile le plaça de nouveau en garde.

Un froissement d'étoffe l'alerta ; la plage accueillait un nouveau promeneur nocturne le long de ses rubans de sable fin. Emrodes plissa les yeux pour distinguer les contours de la frêle silhouette qui s'approchait de lui ; il avait adopté une position d'attente, pacifique mais proche d'une garde de défense.

« Tu peux baisser ta lame », lança l'inconnu.

Bleiz…

Il rangea le poignard dans son fourreau et enfila sa tunique pour se protéger des assauts du vent. Le spol glissait sur le sable, semblable à une ombre silencieuse, et Emrodes ne put s'empêcher de songer à un fantôme, un spectre couleur nuit qui hantait les rives de la mer Kornog.

« Tu es là depuis longtemps ? s'enquit le souverain.

— Assez. Des enchaînements très souples…

— Merci. »

Emrodes craignait de trahir son émotion ; le repos aiguisait de nouveau les souvenirs que l'effort physique était parvenu à refouler dans les méandres de son esprit.

« Les instants du passé affleurent à ta conscience, murmura Bleiz.

— Je ne parviens pas à les ignorer.

— Pourquoi souhaites-tu les ignorer ?

— À cause de la peine, de la douleur et de cet étau qui m'enserre la gorge. »

Le spol détourna les yeux et son regard se posa sur la mer ; les flots se gonflaient d'orgueil et d'écume puis se lançaient à l'assaut des falaises de pierre, indifférentes à l'agression des eaux. Les embruns se mêlaient aux larmes d'Emrodes pour dessiner d'infimes rigoles de sel sur ses joues.

« Écoute les plaintes de l'océan, souffla Bleiz. Il est puissant, mais lui aussi pleure Aour, il pleure le contact de sa peau tiède, il pleure le cristal de ses rires, il pleure ses regards silencieux, il pleure vos émois sur ses plages… »

Comment sait-il ?…

« Il pleure parce qu'il a perdu une partie de lui-même, reprit le spol. À jamais. »

Les mots du spol s'insinuaient dans l'esprit d'Emrodes et libéraient les verrous : les larmes coulaient sans regret à présent, humides, chaudes et pleines. Bleiz s'assit à même le sable et invita le souverain à l'imiter :

« Tu ne dois pas refouler ton chagrin, sinon il viendra hanter ton âme. Laisse-le s'écouler dans tes veines… »

Bleiz dessinait des lignes frivoles, ses doigts caressaient la plage et il se laissait bercer par la mélopée des vagues ; Emrodes essayait de distinguer des formes ou l'ébauche d'un croquis dans les esquisses du spol, mais en vain.

« Sans le moindre dessein, murmura Bleiz. De simples parures que la mer viendra câliner à la marée montante. Pourtant, même lorsque ces traits seront noyés par l'eau et le sel, le souvenir de ce moment restera gravé dans ma mémoire… »

Stance : groupe de vers offrant un sens complet et suivi d'un repos.

Dictionnaire des termes aujourd'hui inusités de l'époque pré-spatiale.

Loar, coordonnées inconnues, cinquante-six jours standard après l'expiration de l'ultimatum.

La seconde stance du lai...

Assis en tailleur sur une pierre oblongue, le jeune homme se fondait dans le rythme de la forêt des montagnes Kerzu. Une faune s'était assoupie et une autre s'éveillait, les rapaces nocturnes guettaient leurs proies et les chauves-souris chassaient dans l'ombre sélénite. Le vol de ces mammifères ailés le charmait ; elles se jouaient des obstacles grâce à leur système d'écholocation qui leur permettait aussi de repérer les insectes dont elles se nourrissaient.

La situation paraît si simple : deux des trois pôles — Melen et Kreis — susceptibles d'évoluer, vers le déclin ou le pouvoir absolu, tandis que le dernier, les neuf royaumes, affronte le néant...

Une ombre frôla sa chevelure et il put distinguer les ailes longues et effilées d'une noctule, une chauve-souris capable d'atteindre une vitesse de cinquante kilomètres par heure et de parcourir plus de deux mille kilomètres lors de ses migrations.

Melen ne doit pas mener sa campagne militaire jusqu'à son terme, c'est le péril majeur.

Un nouveau chiroptère apparut dans la pénombre, bientôt suivi de plusieurs de ses congénères ; le jeune homme était captivé par leur ronde arythmique. Les insectes insouciants ne pouvaient lutter contre les sens aiguisés des chauves-souris, elles virevoltaient, accéléraient, plongeaient, tournoyaient et toujours évitaient les obstacles à la dernière seconde.

La deuxième stance a permis de placer le décor, de lancer des impulsions et de lier les oscillations de chacun. Elle a préparé l'alchimie de la troisième…

Puis les ombres disparurent comme si la chasse nocturne n'avait constitué qu'un simple divertissement, intermède esthétique et meurtrier dans la nuit solitaire.

Un exode Latar aurait introduit tant d'inconnues. Un risque mortel. Si leur rencontre avec la périphérie s'était muée en alliance, ils auraient submergé les royaumes et nous aurions perdu tout levier. Peut-être à jamais…

Un sourire équivoque éclaira le visage rêveur du jeune homme, étincelle de vie sur son visage minéral.

Et maintenant, place aux arabesques de la troisième stance…

L'univers connu compte entre trois cent cinquante et quatre cents nœuds spass, dont les deux tiers sont situés dans l'espace proche d'une planète habitée. Une tendance se confirme depuis plusieurs siècles : de moins en moins de nœuds comportent des facettes orientées vers la périphérie. Pourquoi ?... Nul ne le sait.

Extrait du Manuel du navigateur.

Kreis, à proximité du nœud spass N-Dolgellau, cinquante-huit jours standard après l'expiration de l'ultimatum.

N-Dolgellau est toujours aussi paisible, songea le lieutenant Gad.

Les neuf autres navettes de son arban le suivaient en formation serrée. Il inclina son appareil vers le centre du nœud comme le précisait le plan de vol et articula dans son émetteur :

« Dernier tour avant le retour à la base. »

La routine des missions de surveillance...

« Si l'un de vous aperçoit un vaisseau, j'offre une tournée au sol, ironisa Gad. À la santé d'Evzek... »

Un bi-facettes orienté vers Koroll, je prends peu de risques... Les planètes ardentes ne s'aventurent guère dans notre espace et jamais sans accord préalable. N-Dolgellau n'offre aucun intérêt stratégique et ni Melen ni les neuf royaumes n'oseraient violer l'espace de Kreis.

Une voix crépita dans son récepteur :

« Lieutenant ?

— Oui.

— Préparez vos gwenneg pour la tournée ! J'ai un écho sur mon senseur magnétique. »

Aucun des capteurs de Gad ne signalait la moindre alerte, mais l'autre navette se situait presque au cœur du nœud. Soudain, ses instruments crépitèrent et une alarme sonore lui vrilla les tympans ; un bref coup d'œil sur ses consoles lui confirma que l'équilibre spass se déformait, signe annonciateur d'une arrivée imminente.

« Décrochage ! Écartez-vous du nœud, nous risquons la collision ! »

Il actionna son émetteur longue portée et rugit :

« Déformation de l'équilibre de N-Dolgellau ! Nous attendons du monde.

— Vous êtes certain ? »

Je rêve… Si peu habitués aux alertes qu'ils en oublient leurs réflexes.

« Vous voulez venir vérifier vous-même ?

— Je… Euh… Non. Mais aucun voyage spass n'est annoncé. »

Une voix féminine grésilla dans le récepteur de Gad.

« Je prends le relais. Regroupez-vous à une distance sûre et émettez une demande d'identification en continu. »

Une Latar…

« Compris », répondit Gad.

Il concentra son attention sur ses holoscopes magnétiques ; les sinusoïdes se dédoublaient sans cesse et se croisaient pour former des entrelacs désordonnés.

Ce n'est pas un vaisseau solitaire… Au moins deux arbans.

« Lieutenant ? intervint la voix de la mercenaire.
— Oui.
— Ne répondez que si vous êtes agressés. Deux djaghouns de combat ont quitté la base, ils seront sur les lieux dans moins de dix minutes. »
Deux djaghouns ! Toujours prudents, ces Latars…
Huit vaisseaux émergèrent de N-Dolgellau ; ils dérivèrent un court moment puis planèrent vers les points cardinaux de l'espace, senseurs en alerte.
Entre deux et quatre secondes d'inconscience, observa Gad. *Des navigateurs d'élite… Et leurs vaisseaux sont déjà en position de prime défense.*
« Vous êtes dans l'espace de Kreis, sans autorisation. Identifiez-vous ! »
Soudain, le nœud enfla et une nuée de vaisseaux apparut ; des navettes-éclaireurs, des unités de défense, des chasseurs et une myriade de vaisseaux de combat.
« Je répète : vous êtes dans l'espace de Kreis, sans autorisation. Identifiez-vous ! »
Trois djaghouns, et N-Dolgellau continue à cracher des vaisseaux…
La voix de la Latar le tira de ses pensées :
« Reconnaissez-vous un blason ou un insigne sur la coque des vaisseaux ?
— Attendez, je déclenche les vidéo-capteurs… Le fond est blanc… Un dernier réglage… Je l'ai : d'argent à la fasce de gueules.
— Koroll, traduisit la mercenaire.
— Oui. Ainsi que Don… et Flour.
— Combien de vaisseaux ?
— Aux alentours de neuf cents pour l'instant, mais le flot se tarit. »
Un minggan, songea Gad. *Presque le tiers des forces combinées des planètes ardentes. À quel jeu jouent-ils ?*
« Je répète : vous êtes dans l'espace de Kreis, sans autorisation. Identifiez-vous !

— Minggan de la coalition des planètes ardentes, répondit une voix sourde dans son récepteur.

— Vous ne disposez pas d'autorisation pour transiter par l'espace de Kreis.

— Nous ne transitons pas, notre objectif est Kreis. »

Ils ont perdu la raison…

« Non autorisé, répliqua Gad.

— Je sais. En ce jour, nous, Koroll, Don et Flour, déclarons la guerre à Kreis et aux royaumes qu'il administre. »

Jamais les planètes ardentes ne pourront conquérir Kreis !

« Repliez-vous, ordonna la mercenaire dans son émetteur, rejoignez les deux djaghouns de combat. Trajet estimé : deux minutes trente.

— Nos vaisseaux vont-ils attaquer les positions des planètes ardentes ?

— Négatif. »

Une telle offensive serait vouée à l'échec, approuva Gad. *Deux djaghouns contre dix…*

Aucun chasseur ne daignait les poursuivre et les navettes de son arban filaient vers les positions arrière de Kreis ; ses hommes demeuraient silencieux, mais le lieutenant Gad savait ce qu'ils ressentaient : un mélange d'excitation, de soulagement et d'humiliation.

Nos vies sont sauves, mais Kreis a perdu le contrôle de l'un de ses dix nœuds. Sans la moindre résistance…

Sainte planète de Kreis, salle de communications, cinquante-huit jours standard après l'expiration de l'ultimatum.

La mercenaire se tourna vers l'un des gardes de la salle de communications :

« Appelez Sansar. De toute urgence. »

Adieu la notion de « nœuds sûrs » défendue par des

générations de grands prêtres, songea la Latar. *S'ils nous avaient écoutés, N-Dolgellau aurait été protégé par plusieurs djaghouns et les planètes ardentes n'auraient pu s'en rendre maîtresses qu'au prix de pertes élevées.*

« Et prévenez Evzek. »

Les neuf autres nœuds sont maintenant gardés par nos forces... Les planètes ardentes ne nous prendront plus par surprise.

Elle vérifia du coin de l'œil la progression des forces ennemies, mais elles restaient stationnaires ; elles se contentaient de déployer leurs antennes pour parer une éventuelle contre-attaque.

La silhouette familière de Sansar, le commandant en chef Latar des armées de Kreis, apparut dans l'embrasure de la porte. Il se dirigea sans un mot vers l'hologramme tridimensionnel et étudia la répartition des forces de Kreis avant de murmurer à l'attention de la mercenaire :

« Une bonne position d'attente, Odval, je vous remercie. Evzek est averti ?

— Il ne devrait plus tarder.

— Un “nœud sûr”, chuchota Sansar. Comme si le danger zéro existait... »

Evzek déboula dans la salle, les cheveux ébouriffés, semblable à un dément perdu dans son rêve intérieur ; il s'immobilisa soudain, surpris par le calme qui régnait dans la pièce alors qu'il s'attendait à la confusion et au désordre :

« Le garde prétend que les planètes ardentes nous ont attaqués.

— En effet, confirma Sansar.

— Nous les avons repoussées ?

— Un de leurs minggans contrôle N-Dolgellau. »

Le Latar patienta, le temps que ses paroles s'infiltrent dans l'esprit du grand prêtre, puis il l'invita à se joindre à eux.

« Seul N-Dolgellau nous relie aux planètes ardentes, commença Evzek.

— En lien direct, oui.

— J'imagine mal Melen ou les neuf royaumes leur accorder un droit de passage pour nous agresser. Et notre défense est bien plus organisée autour des autres nœuds puisque… »

Puisque ceux-ci n'étaient pas considérés comme sûrs, compléta Sansar.

« Leur stratégie est surprenante, observa le Latar.

— Surprenante ?

— Même s'ils disposaient de deux minggans au niveau de N-Dolgellau, leur position demeurerait faible. Certes, ils pourraient défendre le nœud, mais Kreis est située à plus de deux semaines de trajet et ils devraient franchir l'ensemble de nos zones de défense avant de nous atteindre. Seule la conquête d'un nouveau nœud les aiderait, mais leurs forces sont limitées et le temps ne joue pas en leur faveur…

— Ils ne sont pas à l'abri d'une contre-attaque de Melen sur l'une de leurs planètes, approuva Evzek.

— Exact.

— Vous êtes donc optimiste ?

— Je suis plutôt étonné…

— Nous ferons rendre gorge à ces trois royaumes impies. Oser s'attaquer à la Sainte planète ! »

Il a retrouvé toute sa morgue, songea Sansar.

« Activité magnétique aux alentours de N-Dyfed, intervint Odval.

— N-Dyfed, répéta Evzek.

— Ses deux autres facettes sont orientées vers des mondes inconnus, non habités, décrivit-elle.

— Dernière exploration ? demanda Sansar.

— 12836 A.S. »

Vingt ans…

« Quelles sont nos forces en place ? l'interrogea le grand prêtre.

— Un minggan complet en position de défense, répondit Sansar.

— Même si les planètes ardentes ont découvert de nouveaux nœuds et qu'elles essaient d'ouvrir une nouvelle brèche par N-Dyfed, le risque est nul.

— Le risque est faible », corrigea le Latar.

L'attaque frontale d'un nœud n'a de chance de succès qu'avec un rapport de forces de huit pour un. À condition de disposer des meilleurs navigateurs… Ce qui dépasse les capacités des planètes ardentes, en quantité et en qualité.

« Perturbations électromagnétiques élevées au niveau de N-Dyfed, annonça Odval.

— Qui commande le minggan ? demanda le grand prêtre.

— Oyunbileg, souffla Sansar. Un de nos meilleurs officiers Latars. Odval, branchez-le sur haut-parleur et donnez-moi l'émetteur, je vous prie. Oyunbileg ?

— Nous sommes prêts. »

Soudain le cœur sombre de l'hologramme vomit un flux de points lumineux pourpres, bientôt contré par les impulsions des vaisseaux de Kreis, couleur azur. La cinématique des vaisseaux pourpres paraissait désordonnée, indifférente aux règles tactiques, mais un étrange détail alerta les sens aiguisés de Sansar.

Les navigateurs des vaisseaux d'avant-garde sont toujours les meilleurs, afin que les premiers vaisseaux se placent pour la protection des suivants. Ici, les réactions post-saut sont vives… même pour les vaisseaux de la deuxième vague.

« Sept djaghouns ennemis ont franchi le nœud spass pour l'instant, commenta Oyunbileg d'une voix posée. Trois cent cinquante vaisseaux détruits pour quatre-vingts des nôtres. »

Un mauvais ratio pour une position de défense, songea Sansar. *La moyenne se situe à neuf pour un…*

« Leur tactique d'approche est l'une des plus mauvaises que je connaisse, poursuivit Oyunbileg. Elle n'est pas digne d'un cadet de la citadelle, mais leurs vaisseaux sont actifs et agressifs juste après le saut. Tous leurs vaisseaux…

— C'est impossible, dit Evzek en blêmissant. Cela signifierait…

— … que chaque vaisseau abrite plusieurs navigateurs, une vingtaine au minimum, compléta Oyunbileg.

— Le temps moyen de réaction après le saut est-il plus faible pour la seconde vague ? s'enquit Evzek.

— Je crains de m'être mal exprimé, répondit Oyunbileg. Le temps de réaction n'est pas faible, il est nul. »

Sansar observait les teintes de l'hologramme ; les traînées pourpres jaillissaient du nœud, semblables à des fleuves de sang, et les défenses azur peinaient à contenir leur assaut, en dépit de leur maîtrise tactique.

« Deux minggans ennemis à travers N-Dyfed, poursuivit Oyunbileg. Mille trois cents vaisseaux ennemis anéantis pour trois cent dix des nôtres. »

Le rapport est stable, songea Sansar. *Environ quatre pour un… Comment échappent-ils à la phase d'inconscience ?*

« Il faut tenir ce nœud à tout prix ! explosa Evzek. Il est situé à moins de trois jours de Kreis.

— Savez-vous d'où proviennent ces vaisseaux ? demanda Sansar en ignorant la rage du grand prêtre.

— Pas des planètes ardentes ni de l'un des royaumes. Aucun blason n'est visible, juste une petite araignée polychrome au corps sable.

— Vous connaissez cette figure ? glapit Evzek.

— Non.

— La périphérie, souffla le grand prêtre.

— Qui d'autre ? » murmura Sansar.

Odval s'approcha de Sansar et lui glissa quelques mots à l'oreille avant de regagner son poste.

« Un problème ? demanda Evzek.

— Groenn subit une attaque similaire. Comme nos défenses ne comprennent que trois djaghouns, l'issue ne fait guère de doutes… »

Groenn abrite deux centres d'études religieuses…, gémit le grand prêtre pour lui-même.

« Je croyais que la périphérie ne représentait aucun danger pour nous ! rugit-il.

— C'est ce que nous pensions aussi », répondit Sansar.

Leur calme m'exaspère, songea Evzek. *Pour eux, le monde n'est qu'un vaste jeu de plateau, mais c'est la survie de la Sainte Église de Kreis qui est menacée !*

« Au total, quatre minggans ennemis ont franchi N-Dyfed, intervint Oyunbileg. Pertes : deux mille cinq cents vaisseaux contre six cents. »

Evzek interrompit l'émission et se tourna vers Sansar :

« Vous allez m'écouter, maintenant ! Nous devons envoyer tous les renforts possibles pour protéger ce nœud. S'il tombe, Kreis est perdu ! »

Le Latar planta ses yeux en amande, ceints de longs cils sombres, au creux des iris du grand prêtre et sa voix chaude emplit l'espace :

« C'est vous qui allez m'écouter. Ensuite, vous déciderez et j'obéirai puisque c'est mon rôle.

— … Soit.

— Nous ne pouvons envoyer de renforts vers le nœud : ils arriveraient trop tard et ne seraient pas de taille à affronter les armées de la périphérie. N-Dyfed est perdu. Tout comme Kreis. La planète ne possède pas de forces suffisantes pour lutter contre une invasion. »

Parce que nous étions sûrs qu'aucun royaume n'oserait profaner la Sainte planète, admit Evzek en silence.

« La seule solution réside dans un repli vers les nœuds que nous tenons encore et que nous pouvons défendre parce que leurs facettes sont orientées vers des planètes amicales ou neutres. Et tous nos vaisseaux détruits pour la défense inutile de N-Dyfed sont autant d'unités en moins pour protéger notre repli.

— Et pour les prêtres de Kreis et la population ?

— L'exil.

— Ce n'est pas un repli, c'est une fuite ! Nous ne pourrons jamais évacuer tout le monde, la planète compte plus de cinq cents millions d'habitants.

— Dix millions représentent en effet un maximum », confirma Sansar.

À peine deux pour cent de la population, pensa le grand prêtre. *Mais l'ensemble des représentants de la Sainte Église…*

« La première attaque des planètes ardentes n'a servi qu'à préparer l'offensive ultérieure vers les nœuds de l'espace de Kreis, poursuivit Sansar.

— Un exil, répéta Evzek. Vers quelle planète ? »

Le Latar haussa les épaules, pour signifier au grand prêtre que cette décision n'était pas de son ressort. Evzek hésita à appeler ses conseillers, mais aucun d'eux ne prendrait le risque d'engager son opinion sur une affaire aussi grave.

Je suis au carrefour d'une nouvelle ère. Et je suis seul.

« Ordonnez l'abandon de N-Dyfed… »

La voie traditionnelle, dite de communion avec le nœud, ne doit pas être occultée lors d'un saut spass. Les progrès génétiques ne remplacent pas cette voie, elles permettent d'en exalter les vertus.

École des navigatrices des mondes périphériques.

Koroll, palais royal de Kan, cinquante-neuf jours standard après l'expiration de l'ultimatum.

« Un carnage », observa Leonor.

Naïs tressaillit tant le ton badin et l'attitude nonchalante de la spol tranchaient avec la violence de ses mots. Elle était sur le point de répliquer, mais elle se retint à temps, consciente de la futilité d'une discussion avec Leonor sur ce sujet.

« Un carnage », médita la souveraine de Koroll. *Le terme est approprié…*

« Quel est le bilan final ? s'enquit la spol.

— Au moment où Kreis s'est repliée, les mondes périphériques avaient perdu deux mille huit cents vaisseaux contre six cent cinquante des leurs. Plus de quatre pour un.

— Un ratio assez éloigné des estimations de notre mécène, ironisa Leonor.

— La prise d'un nœud implique toujours des pertes importantes.

— Tu oublies l'absence d'inconscience des navigatrices de la périphérie, l'effet de surprise et, surtout, la supposée supériorité tactique de leurs stratèges. Morgevnid anticipait du un pour un… "au pire". Et je ne parle pas de la débâcle qui a suivi. »

Morgevnid a sous-estimé les Latars, songea Naïs. *Ses forces se sont ruées à la poursuite des fuyards et elles se sont enfermées dans une nasse funeste… Plus de cinq cents vaisseaux détruits en pure perte.*

« Mais nous tenons N-Dyfed ! Huit minggans de la périphérie sont positionnés au niveau de ce nœud, plus quatre autres à nos côtés près de N-Dolgellau.

— Félicitations… »

Insolence, insolence…

« J'ai besoin de ton analyse, reprit Naïs.

— À quel sujet ?

— Sur le retour de nos mercenaires vers Latar. Morgevnid les voit comme des ennemis que la périphérie devra un jour affronter.

— Ah… Ce ne sont plus de ridicules pantins guerriers, après tout. Elle songe à les retenir sur les planètes ardentes ?

— C'est une possibilité…

— Je vois : elle veut les éliminer.

— Elle hésite encore et la décision finale nous apparti…

— Naïs, interrompit la spol. Te souviens-tu de Kant ?

— Vaguement, c'est de l'histoire ancienne.

— À peine deux cents ans. Suite à un différend avec son commandant en chef Latar, le souverain avait ordonné son exécution ainsi que celles de plusieurs mercenaires, mais il avait laissé les autres regagner Latar. Rappelle-toi : Kant s'attendait à une riposte, mais Latar n'a pas bougé pendant plus de quatre ans, jusqu'au jour où un djaghoun de navettes-éclaireurs a réussi à tromper la défense de l'un des nœuds. Un simple djaghoun de navettes ! Ni chasseur, ni vaisseau de combat. Ils ont délaissé les nœuds et se sont posés sur la planète… Peut-être mille mercenaires, pas plus. Au bout de quelques heures, ils étaient maîtres du palais et ils ont dérobé les propres vaisseaux de Kant pour attaquer le nœud qui reliait à Latar. La défense, positionnée pour une attaque par le nœud et non par l'arrière, fut décimée et les vaisseaux des mercenaires se sont engouffrés dans la brèche. Puis les Latars se sont envolés, l'opération avait duré moins de trois jours. Aucun membre de la famille royale n'a survécu… »

Et Melen a cueilli la planète comme un fruit mûr, compléta Naïs.

« La situation est différente, dit-elle.

— Certes. Mais la conclusion ne le serait guère… Les Latars n'abandonnent jamais une vendetta. Chaque mercenaire serait un assassin potentiel, même lors d'une visite diplomatique dans un royaume allié. Pourquoi s'aliéner Latar ? Si Morgevnid te laisse le choix…

— Elle subit la pression de ses officiers, mais je crois qu'elle-même doute. »

À cause de l'analyse de son spol ? se demanda la souveraine.

« Tu as promis de leur rendre leur liberté demain, respecte tes engagements. Et puis…

— Oui ?

— Cela t'épargnera peut-être une mort précoce. »

Elle cherche à m'effrayer, songea Naïs. *Et elle y parvient… Soit. Nous laisserons les Latars regagner leur planète.*

Elle s'approcha du globe-hologramme et sélectionna la vue pleine de Kreis. Deux de leurs nœuds étaient orientés vers la périphérie et Naïs savait que la double offensive débuterait le lendemain.

Deux nouvelles batailles meurtrières en perspective. Nous nous attaquerons ensuite à la planète puis nous nous approcherons des autres nœuds…

« Que penses-tu de notre position ? » demanda Naïs.

Le rire clair de la spol la cueillit par surprise :

« Qu'y a-t-il ?

— Tu te trompes d'interlocuteur, je n'y connais rien, en stratégie militaire. Tu devras apprendre à analyser les positions militaires sans l'aide des Latars… »

Koroll, prison de Kan, cinquante-neuf jours standard après l'expiration de l'ultimatum.

Deux mètres sur trois…

Aram se hissa sur la pointe des pieds pour sentir la tiédeur des lueurs australes qui léchaient les barreaux d'acier du soupirail. Il discernait le ciel, champ d'azur semé de figures ciselées par les caprices des nuages, et l'infini des éthers le renvoyait à l'exiguïté de sa cellule.

Le grand prêtre de Koroll en prison, comme un vulgaire criminel !

Il s'assit sur son lit et enfouit son visage dans ses mains. Les événements s'étaient enchaînés un peu vite depuis la veille et Aram n'avait pas encore pris le temps de lier les différents éléments et d'échafauder une explication plausible. Les commentaires des soldats de Koroll ne laissaient planer que peu de doutes ; les planètes ardentes avaient attaqué Kreis.

Naïs ne peut croire que les royaumes abandonneront la Sainte Église de Kreis…

Le cliquetis d'un trousseau de clés déchira le silence ; la porte pivota sur ses gonds et la silhouette gracile de Caterina apparut dans l'embrasure :

« Bonjour, Aram.

— J'exige ma libération immédiate ! rugit le grand

prêtre. La Sainte Église de Kreis ne tolérera pas ces affronts plus longtemps. »

Pauvre Aram, songea Caterina. *La Sainte Église de Kreis…*

« Puis-je vous proposer une balade ? » chuchota-t-elle.

Le grand prêtre s'apprêtait à poursuivre ses invectives, mais la douceur du ton de la jeune femme l'en dissuada :

« Une… balade ?

— Dans la cour de la prison. Je souhaiterais vous soumettre une proposition de Naïs, mais une petite expérience préalable dissipera une partie des malentendus qui subsistent entre nous. »

Une menace ? se demanda Aram.

La porte pivota à nouveau et Caterina s'engagea dans le couloir obscur, suivie du grand prêtre. Au fur et à mesure qu'ils gravissaient les marches irrégulières, la pénombre cédait du terrain et ils distinguèrent bientôt la voûte de pierre qui les séparait de la cour. Aram cligna des yeux pour s'habituer à la luminosité puis il aperçut une silhouette féminine au milieu de la cour, debout à côté d'un enchevêtrement de silice et de fibre de verre.

« Aram, je vous présente Isobel, capitaine des armées des mondes périphériques. Isobel, voici Aram, le grand prêtre de Koroll. »

La jeune femme s'inclina :

« Très honorée.

— Moi de même, cracha Aram. La périphérie ? Je ne vois pas le rapport avec les actions irréfléchies de Koroll.

— Vous allez comprendre, répondit Caterina. Vous avez sans doute reconnu l'objet qui se trouve sur le sol, il s'agit d'un holo-globe de silice. Un ancien modèle… Son utilisation n'est pas des plus conviviales, j'en conviens, mais il présente un intérêt que vous saurez apprécier. »

Un holo-globe permet de dénombrer les vaisseaux situés à proximité des nœuds d'une planète, pensa Aram. *Si l'opérateur connaît les subtilités des fonctions de silice, il peut détecter les fausses impulsions et connaître le nombre de vaisseaux avec une marge d'erreur de moins de un pour cent. Et ce genre de machine n'a guère de secret pour moi…*

« Je peux maintenant clarifier la situation, reprit Caterina. Les forces des planètes ardentes ont conquis N-Dolgellau et nos alliées de la périphérie ont soumis N-Dyfed.

— Vos alliés de la périphérie ?

— Les deux autres nœuds de Kreis orientés vers la périphérie tomberont d'ici quelques jours et N-Dolgellau nous servira de tête de pont pour intensifier nos attaques. »

Aram ne put réprimer un sourire de dédain :

« Je ne vous crois pas. La vocation de Kreis n'est pas militaire, mais elle peut résister à un assaut des planètes ardentes, même soutenu par quelques unités de la périphérie.

— Je ne peux pas vous prouver la chute de ces nœuds, concéda Caterina. Par contre, cet objet vous permet de chiffrer les… quelques unités de la périphérie présentes dans notre espace. »

Aram connecta l'holo-globe et s'appliqua à régler les prismes de silice pour détecter d'éventuelles impulsions parasites. Aucun signal de distorsion ne troublait le silice et l'appareil commença son travail minutieux ; de fines paraboles de fibre de verre récoltaient les échos magnétiques et transmettaient leurs données au cœur du système.

Toujours aucune perturbation.

L'holo-globe s'immobilisa soudain ; Aram pianota sur quelques touches puis il étouffa un juron :

« Veuillez m'excuser, j'ai commis une erreur de manipulation. Je relance l'holo-globe. »

Caterina demeurait immobile, le sourire aux lèvres, tandis qu'Aram répétait ses gestes.

« Peut-être n'aviez-vous commis aucune erreur ? suggéra Caterina.

— Le résultat est le même, siffla le grand prêtre. C'est impossible, j'obtiens un chiffre de…

— Vingt-six minggans ? »

Je suis pourtant certain de mes réglages.

« Vous n'espérez pas me faire croire que les planètes ardentes possèdent vingt-six minggans.

— Non. Ces vaisseaux appartiennent à la périphérie. »

Elle ment, cela représente plus de la moitié des forces de Melen…

« Pourquoi ne pas admettre ces chiffres ?

— Quand bien même vous disposeriez de ces vaisseaux, les royaumes ne lâcheront pas Kreis. Vous ne pouvez vaincre une telle coalition !

— Sans doute pas. Mais vous oubliez un détail : les neuf royaumes et Melen sont en guerre…

— L'urgence fait loi.

— L'urgence est un sentiment relatif. »

Son temps est précieux. Si elle le passe avec moi, c'est dans un but bien précis…

« Vous avez parlé d'une proposition de Naïs… commença-t-il.

— En effet. Quand nous serons maîtres de Kreis, nous aurons besoin d'un soutien sur place, pour exploiter les documents de la Sainte Église, localiser les caches d'armes ou déchiffrer les codes. En tant que grand prêtre, vous connaissez bon nombre des secrets de…

— Jamais ! »

Si je leur suis nécessaire, c'est que Koroll s'attend à ce que les prêtres aient quitté Kreis à leur arrivée.

« Votre attitude vous honore, mais…

— Je ne peux pas en dire autant de la vôtre, l'interrompit Aram. Vous profanez la planète Sainte, vous vous compromettez avec une coalition qui n'a pas encore signé la convention humaine, vous…

— Laissez-moi dissiper tout malentendu sur ce point : les planètes ardentes ne reconnaissent plus la convention humaine depuis hier et elles attendent beaucoup des avancées génétiques de la périphérie.

— Vous déraisonnez ! »

Tant qu'il ne sera pas certain de la chute de Kreis et de la puissance de la périphérie, il se retranchera derrière un masque de dignité, songea Caterina.

« Isobel vous accompagnera au centre de défense de Kan, vous pourrez ainsi juger par vous-même de la situation et nous pourrons alors reprendre notre conversation. Si vous le souhaitez, bien entendu… »

Le grand prêtre jeta un regard hautain en direction du galbe longiligne de la jeune femme : elle ressemblait plus à une courtisane, voire à une égérie des sens, qu'à un officier de la garde.

« Sans escorte ?

— Ne sous-estimez pas Isobel. Et ses consignes sont strictes… Je serai peinée de vous perdre.

— Je cours peu de risques tant que vous aurez besoin de moi.

— Votre soutien nous serait précieux. Précieux, pas essentiel… »

J'ai besoin d'informations, pensa Aram. *Quitte à arpenter le centre avec cette nymphe…*

« Laissez-moi y réfléchir, murmura-t-il.

— Je suis patiente, mais d'autres tiennent peut-être le même discours sur Flour ou sur Don… »

Mes propres paroles lors de ma dernière entrevue avec Naïs, nota Aram avec aigreur.

Les propos de Bendiks laissent transparaître la compromission de plusieurs capitaines de Melen, sans doute à la solde de Kreis depuis plusieurs années.

Archives du département d'espionnage de Bihan : rapport de l'agent PL1209, en poste sur Melen.

Melen, jardins de Lur, soixante jours standard après l'expiration de l'ultimatum.

Le silence de l'aube…

Asbjorn guettait le rayon vert, ce bref éclat que l'on aperçoit dans une atmosphère très pure, au point de l'horizon où le soleil commence à se lever. Il se tenait seul, au sommet de l'une des collines qui entouraient la cité de Lur, écrin de verdure autour des fastes de la ville.

Encore quelques minutes.

Il osait à peine cligner des yeux, de peur de manquer la précieuse lueur ; les rares nuages, riches de multiples nuances orangées, témoignaient de la proximité de l'instant. Soudain, Asbjorn distingua un faisceau couleur jade et le ciel s'éveilla, illuminé par la chaleur du soleil.

Le rayon vert !…

Chaque seconde transformait le paysage, la montée du

disque d'or dans les cieux dévoilait les infimes nuances de vert et les rubans d'aurore s'insinuaient au cœur de la forêt, semblables à des étincelles de vie. Asbjorn épiait les premiers signes de la nature, le vol strident d'un insecte, le bruissement d'un buisson, le piaillement d'une merlette ou la course vive d'un lézard.

À regret, il se leva et étira ses muscles un à un. Le palais se trouvait à plus de trente minutes de marche et il devait discuter avec Gouanv des derniers événements.

Kreis agressée... Même si l'attaque de la périphérie complique la donne, la débâcle des prêtres m'amuse.

Tandis qu'il progressait à grandes enjambées, Asbjorn laissait son esprit vagabonder ; la périphérie avait conquis quatre nœuds de l'espace de Kreis, mais elle n'avait pas d'accès direct aux six autres.

Soit la périphérie attaque les autres nœuds à partir de ses positions actuelles, soit elle essaie de transiter par les royaumes.

Asbjorn étouffa un bâillement ; il n'avait pas coutume de se lever si tôt et ses facultés n'étaient pas encore tout à fait en éveil. Il quitta le chemin de rocaille et suivit une sente qui ondulait vers les jardins du palais.

Inutile de passer par mon bureau puisque nous devons nous retrouver au pied des sculptures de Dall.

Après une vingtaine de minutes, il aperçut la chevelure de feu de Gouanv et lui fit un signe de la main. Ils se retrouvèrent au pied d'une œuvre abstraite, alliance de verre et de marbre, que Dall avait terminée au crépuscule de sa vie.

La spol darda ses yeux aigue-marine sur Asbjorn :

« Une balade matinale ?

— En quête du rayon vert. »

Gouanv parut surprise par la réponse du souverain :

« Seul ? »

Asbjorn perçut les sous-entendus de sa question :

« Les prêtres ont encore besoin de moi. »

Est-ce le danger lié à mes promenades solitaires ou mon intérêt pour l'un des secrets de l'aube qui l'a décontenancée ?

Ils s'installèrent sur un banc d'osier, près de *La Fuite*, l'œuvre la plus célèbre de Dall. L'albâtre s'unissait avec le bois de sedr pour former une sculpture insolite, rehaussée par des cristaux d'améthyste et des éclats de grenat.

Dall, le sculpteur aveugle…, songea Asbjorn.

L'œuvre exaltait des émotions diverses suivant l'angle d'observation ou la luminosité : parfois elle paraissait douce, presque sensuelle, et le jour suivant elle projetait une aura de violence et de cruauté.

Et aujourd'hui, elle est chaleureuse. Non, pas chaleureuse… Complice.

« Tu as pris connaissance de la situation ? murmura-t-il.

— Oui. Ainsi que de l'infortune de ces pauvres prêtres, ironisa Gouanv.

— Kreis peut-il repousser l'assaut ?

— Loazour est plus qualifiée que moi pour répondre.

— Elle n'accorde que du mépris aux stratégies de la périphérie, observa Asbjorn. Mais leur nombre surpasse les capacités de défense de Kreis. D'après elle, leur commandant en chef Latar ne peut leur conseiller que le repli…

— Un repli… Latar ne les accueillerait pas et un royaume mineur n'offrirait pas de garanties de sécurité suffisantes.

— Restent Melen ou l'un des royaumes du Ponant.

— Tu imagines le grand prêtre et sa clique sur Loar ou Bihan ? L'influence de la Sainte Église est bien trop faible dans les neuf royaumes, jamais Evzek ne s'y installera.

— Maudits soient ces prêtres ! Mais rien ne m'oblige à les recevoir…

— Un refus serait délicat, objecta Gouanv. Le peuple de Melen est très pieux et l'influence de la Sainte Église est forte dans les rangs des armées, même sans parler des hommes à la solde de Kreis.

— Tu crains une révolte ?

— Les prêtres ne manqueraient pas de souffler sur les braises. »

Et je ne peux même pas soutenir la défense de Kreis, songea Asbjorn. *Selon Loazour, un secours efficace passe par un engagement massif et cela me contraindrait à abandonner la plupart de nos positions contre les neuf royaumes, voire à dégarnir les défenses de Melen.*

« Observe la situation sous un autre angle, enchaîna la spol. Offrir l'asile aux prêtres permettrait à Melen de limiter leur influence… Quels sont leurs leviers ?

— Leurs espions au sein de l'armée.

— Les spadassins de Loazour peuvent te débarrasser des plus dangereux en moins d'une journée. Difficile pour les prêtres de s'élever contre une telle opération sans admettre leur rôle…

— Leur influence sur le peuple, proposa Asbjorn.

— Elle leur assure une protection, mais elle ne leur permet pas de passer à l'offensive.

— Une tentative de coup d'État.

— Ils ne prendront pas le risque de créer un pouvoir religieux, du moins pas dans l'immédiat. Ils essaieront plutôt de placer sur le trône une personne à la fois légitime et malléable. Ce qui nous ramène…

— … à Heikki, compléta le souverain.

— Tout juste. L'attitude de Duyen est un bon indicateur des intentions des prêtres. À condition de ne pas douter de… la loyauté de ton fils aîné.

— Il m'a informé de sa relation avec Duyen dès ses premiers soupçons, souligna Asbjorn. Et j'ai confiance en Heikki, tout comme en Ince d'ailleurs.

— Nous pouvons graduer à volonté leur degré

d'influence et la proximité nous permet de mieux les surveiller, observa Gouanv. Un écueil : les velléités d'Evzek de se constituer un sanctuaire, par le biais d'une planète religieuse, de Melen par exemple.

— Hors de question, j'y veillerai. »

Une navette surgit de l'horizon et se dirigea vers le palais de Lur ; elle décrivit une courbe serrée et le nez se releva soudain pour préparer l'atterrissage. Gouanv n'accordait aucune attention aux manœuvres du pilote et paraissait absorbée dans l'étude d'une statue de marbre, transpercée çà et là d'éclats de merisier. Le soleil mutin illuminait les flammes de sa chevelure rousse et Asbjorn oublia un instant la spol pour la regarder comme une jeune femme. Puis le sifflement de la navette le rappela à la réalité et il se prépara à rejoindre le palais pour accueillir Loazour.

Encore heureux que son vaisseau se soit trouvé à proximité d'un nœud relié à Melen…

Melen, palais de Lur, soixante jours standard après l'expiration de l'ultimatum.

Quel contraste entre Loazour et Gouanv, songea Asbjorn. *Des cheveux de jais et de longues mèches rousses ondulées, des yeux sombres en forme d'amande effilée et la clarté bleutée des iris, le port altier de la mercenaire et l'insolence désinvolte de la spol…*

« J'ai suivi les derniers développements depuis le vaisseau, commença la Latar.

— Et ? demanda Asbjorn.

— La périphérie progresse. Avec maladresse, certes, mais leur supériorité numérique compense cette faiblesse.

— Sont-ils devenus plus prudents ? s'enquit Gouanv.

— À peine, cracha Loazour avec mépris. Ils se ruent

dans tous les pièges que leur tend Sansar, le commandant en chef Latar de Kreis. »

Le dédain de l'artiste pour le profane, pensa le souverain.

« Tu as examiné les options dont nous disposons ? demanda-t-il.

— J'ai bien peur que nous n'ayons guère le choix, répondit la mercenaire.

— Comment cela ?

— Le conflit avec les neuf royaumes est équilibré, expliqua Loazour. Notre mobilité et, dans une moindre mesure, notre nombre nous confèrent un avantage qui nous permettrait de percer leur cuirasse. Mais l'intervention de la périphérie a changé la situation ; la protection de Melen est devenue prioritaire, ce qui nous contraint à dégarnir nos lignes d'attaque. Ces mouvements soulagent l'ennemi qui, de son côté, n'a aucune raison d'altérer sa défense : à quelques détails près, elle reste la même, que l'agresseur soit Melen ou la périphérie. À moins d'être certain que la périphérie ne s'attaquera pas à Melen…

— Je ne peux prendre un tel risque, protesta Asbjorn.

— Dans ce cas, je te conseille de rapatrier l'ensemble de nos vaisseaux pour nous concentrer sur la défense de Melen et des planètes que nous contrôlons déjà.

— Et abandonner nos positions ?

— Une pression partielle contre les royaumes du Ponant est inutile », riposta la Latar.

À peine deux mois après le début du conflit ! ragea Asbjorn.

« Un partage de nos forces…

— … ne nous permettrait pas d'exercer une contrainte suffisante et nous placerait dans une position délicate en cas d'agression, interrompit Loazour.

— Gouanv, ton opinion ? demanda Asbjorn.

— Sur la probabilité d'une attaque de la périphérie ?

— Oui.

— Difficile à dire. L'assaut contre Kreis ne leur offre aucun atout majeur, la périphérie perd l'effet de surprise qu'elle aurait pu utiliser contre un ennemi plus dangereux, comme Melen par exemple.

— Il est heureux que Melen n'ait pas constitué la première cible, observa Loazour. Ils n'auraient sans doute pas submergé nos défenses, mais ils nous auraient blessés…

— Pour la périphérie, le seul intérêt de l'attaque contre Kreis, c'est la suppression d'un élément fédérateur », reprit la spol.

Du moins, c'est ainsi que la situation leur a été présentée, corrigea Gouanv pour elle-même.

« La religion, suggéra Asbjorn.

— Exact, fit Gouanv. Sous l'impulsion d'une Sainte Église forte, une telle menace aurait pu liguer les royaumes contre un ennemi commun. Si la périphérie a pris soin de limiter cette possibilité en débutant son offensive dans l'espace de Kreis, c'est que ses prétentions sont plus vastes.

— Combien de temps serait nécessaire au repli de nos troupes ?

— Les deux tiers de nos vaisseaux engagés sont susceptibles d'être utilisés pour la défense de Melen et des planètes que nous contrôlons sous cinq jours, répondit la mercenaire.

— Et le tiers restant ?

— Soit les vaisseaux sont loin d'un nœud relié à l'une de nos planètes, soit, et c'est plus grave, ils sont bloqués parce que la voie de retour transite par les planètes ardentes.

— Ce qui signifie que nous les abandonnerions aux forces des neuf royaumes, siffla Asbjorn.

— Non, fit la Latar. Le risque existe, mais ces vaisseaux ne constituent pas des cibles isolées, ils se déplacent en formations de cinq djaghouns au moins. De plus, Emrodes et ses alliés ont tout intérêt à ne pas épuiser leurs forces contre ces unités puisqu'elles seraient le fer de lance d'une contre-attaque de Melen contre les planètes ardentes. »

Melen, les neuf royaumes et la périphérie, résuma Asbjorn. Chacun a intérêt à ce que les deux autres s'entre-déchirent.

« Nous affrontons l'inconnu, poursuivit Loazour. Nous ne connaissons ni leur nombre ni l'emplacement de leurs planètes, ce qui nous cantonne à des stratégies défensives. Leurs tactiques sont insipides, mais la périphérie nous réserve sans doute quelques surprises, outre l'absence d'inconscience de leurs navigateurs…

— Latar est en contact avec la périphérie ? demanda Asbjorn.

— Pas pour l'instant, répondit la mercenaire. Le rejet de la convention humaine par les planètes ardentes suggère une attirance pour la génétique qui déplaît à Latar. »

« Une attirance », nota Gouanv. *Les Latars sont parfois si naïfs…*

« Pas de mercenaire dans les armées de la périphérie, chuchota le souverain comme s'il se parlait à lui-même.

— Ni dans celles des planètes ardentes », confirma Loazour.

Asbjorn se tourna vers Gouanv, les sourcils froncés :

« Des spols ?

— J'imagine… À moins que la périphérie n'ait adopté une attitude proche de celle de Kreis sur ce sujet. »

Si peu plausible que l'on frôle l'impossible, songea Gouanv.

« À ce propos, vous ne craignez pas l'arrivée des prêtres ? la questionna Loazour avec malice.

— “Vous” ? Je ne peux répondre que pour moi-même et la réponse est… voyons… négative. »

Toujours leur individualisme forcené, pensa le souverain.

Trois coups sourds retentirent contre la porte de chêne et un garde passa la tête dans l'entrebâillement :

« Un message codé d'Evzek. »

Je connais déjà son contenu.

Le temps est une illusion, la distance est une illusion et l'espace est une illusion. Seule compte la connivence avec les daofined.

Extrait de la Cantilène des daofined.

Loar, une plage de la baie d'Aven, soixante et un jours standard après l'expiration de l'ultimatum.

Assis sur le sable, Kai s'amusait à lancer des galets de grès polis par les étreintes de la mer vers une flaque esseulée au milieu des rochers et des algues :

« J'ai besoin de tes lumières, les fées océanes ne m'ont pas livré les secrets des marées. »

Allongé sur la plage, les mains croisées derrière la nuque, Emrodes somnolait et profitait des rares rayons de soleil, lueurs dérisoires soufflées par la puissance du vent d'ouest :

« Tu n'es pas tout à fait ignare dans ce domaine.

— Je sais que la mer Kornog nous offre environ deux marées par jour et que les coefficients les plus importants correspondent à la pleine et à la nouvelle lune. »

L'oscillation des océans m'a toujours fasciné, songea Emrodes.

« Les marées sont causées par l'influence de deux astres ; le soleil en raison de sa masse et la lune de sa proximité.

— Quelle distance ? demanda Kai.

— Environ trois cent quarante mille kilomètres en moyenne. L'action de la lune est trois fois plus importante que celle du soleil puisque l'effet de distance est prééminent. »

Notre lune est à la fois lourde et proche, pensa le souverain.

« Les marées résultent donc d'une partie à trois entre Loar, la lune et le soleil. La rotation de la planète dure vingt-six heures et dix-huit minutes standard, chaque point passe dans la direction de la lune…

— Pour une pleine mer, suggéra Kai.

— Exact. Puis à quatre-vingt-dix degrés pour une basse mer, à l'opposé pour une nouvelle pleine mer et enfin, à deux cent soixante-dix degrés pour une autre marée basse, et ainsi de suite.

— Ce qui explique les deux marées quotidiennes. Attends-moi quelques minutes, je vais chercher des munitions. »

Kai se leva sans hâte, arpenta la plage à la recherche de galets ronds puis revint s'asseoir à la même place, un monceau de pierres à ses côtés. Il en choisit une légère, visa une flaque étroite en forme de croissant et détendit son bras ; le galet ricocha à plusieurs reprises et termina sa course au creux d'un repli de roche.

« Raté, murmura-t-il. Cela paraît plutôt simple jusqu'ici…

— La lune introduit quelques complications. Les pleines et les nouvelles lunes sont synonymes de marées de vives-eaux, avec une amplitude importante entre les hautes et basses mers.

— Pourquoi ?

— Parce que les effets de la lune et du soleil s'additionnent.

— Et pourquoi deux marées de vives-eaux séparées d'un cycle lunaire ont-elles des coefficients différents ? le questionna Kai.

— La distance entre la lune et Loar est variable. Si la lune est proche, “à son périgée”, son influence est plus forte et le coefficient d'une marée de vive-eau est plus important que si la lune est éloignée, “à son apogée”.

— D'autres finesses de ce genre ?

— Quelques-unes, admit Emrodes. Mais les autres sont plus futiles…

— Et le soleil ?

— Outre la conjonction avec la lune, son influence propre se retrouve dans le cycle des saisons. Lors des équinoxes, de printemps ou d'automne, le soleil passe dans le plan de l'équateur et l'association avec la lune est optimale, ce qui génère les marées de vives-eaux les plus importantes de l'année.

— Si les marées suivent les cycles de deux astres, le soleil et la lune, leur période propre est donc plus longue…

— Oui, elle dure quinze ans et demi. »

L'équinoxe de printemps nous promet un océan impérial, songea Emrodes.

« Dans deux mois, nous vivrons une conjonction particulière, l'équinoxe solaire et la pleine lune à son périgée. »

Kai s'appliquait à viser une protubérance rocheuse, mais ses galets se perdaient sans jamais toucher leur cible. Il choisit une pierre grise aux stries bleutées, ferma son œil gauche et lança le galet d'un mouvement sec.

Touché…

Kai souriait comme un enfant, heureux de la précision de son tir, il leva les bras en signe de triomphe tout en fredonnant une mélodie entraînante.

« Kai, champion du lancer de caillou sur plage, ironisa Emrodes.

— Tu n'es qu'un vilain jaloux… Dis-moi plutôt pourquoi les marées ne sont pas les mêmes sur toutes les côtes de Loar.

— Elles varient en effet de quelques centimètres à vingt-trois mètres. La réaction des océans n'est pas immédiate ; le déphasage peut atteindre une journée et les marées dépendent aussi de la forme et de la profondeur des bassins océaniques ainsi que des courants et de la force de Coriolis.

— Nous disposons pourtant d'horaires et de coefficients fiables.

— Les satellites nous permettent d'observer et de prévoir les marées sur l'ensemble des côtes de Loar, mais les océanographes du centre de recherches ne sont pas encore parvenus à modéliser la propagation et la dissipation de l'énergie des marées dans les océans. »

Même si les progrès de l'analyse numérique leur ont permis de lever maints obstacles, pensa Emrodes.

« Et les daofined ? demanda Kai.

— Ils préservent leur mystère : ni les radars ni les satellites ne peuvent les repérer, seule l'approche visuelle permet de les observer. Pourtant, les études menées au début du siècle dernier ont éclairé quelques zones d'ombre ; il semble que les daofined se déplacent le long des lignes d'équiphase des marées, qui correspondent aux points où la pleine mer se produit au même instant.

— Ce qui facilite leur localisation.

— Oui et non, répondit le souverain. Une fois qu'un groupe a été repéré, cela facilite en effet la tâche des chercheurs sur le bateau, surtout si les daofined ont choisi de jouer avec l'homme. Mais s'ils plongent, les sous-marins ne peuvent atteindre les profondeurs auxquelles ils évoluent et les bathyscaphes ne sont pas assez rapides pour les suivre. Par ailleurs, chaque groupe longe une ligne d'équiphase différente, et la pleine comme la nouvelle lune marquent pour tous un changement de ligne d'équiphase, à un rythme aléatoire… Du moins pour nous.

— J'imagine que la quête se révèle souvent infructueuse ?

— Oui, avoua Emrodes. L'une des missions d'exploration avait abordé sa recherche d'une manière particulière : puisque les lignes d'équiphase des marées interviennent dans la navigation des daofined, pourquoi ne pas se placer à un endroit où la courbe se résume à un point ? Dans chaque bassin océanique, il existe un point "amphidromique" où l'amplitude des marées est nulle. Ils ont choisi le bassin de la mer Kornog et ils sont restés sur le site pendant plusieurs mois…

— Et ?

— Au début, rien. Puis, alors qu'ils commençaient à remettre en question leur présence, une multitude de daofined sont apparus lors de la pleine lune, ils ont joué jour après jour avec les hommes et sont tous repartis à la nouvelle lune.

— Et ensuite ?

— De multiples missions se sont dirigées vers les différents points amphidromiques des océans de Loar. En vain. Aucune d'entre elles n'a aperçu le moindre daofined et cette théorie est tombée dans les oubliettes de la recherche : soit les caprices du hasard avaient favorisé la première expédition, soit les daofined évitent ces points à dessein. »

Emrodes se hissa, nonchalant, sur ses coudes et épousseta les grains de sable agglutinés sur ses bras et sur sa nuque ; la course du soleil avait allongé l'ombre du rocher ventru et le souverain se retrouvait privé des bienfaits des lueurs ardentes.

« Tu ressembles à un phoque échoué sur la banquise », ironisa Kai.

Emrodes ne releva pas la moquerie de son ami et se rallongea sur une nappe de sable sec, éclairée par les rayons solaires ; seuls l'harmonie du ressac et le son des galets de Kai troublaient le silence vespéral.

« D'autres questions, lanceur de cailloux ?

— Une kyrielle. Les daofined se réunissent près des côtes d'Aven…

— Une fois tous les quinze ans et demi, approuva Emrodes. Lors de l'équinoxe pour lequel la pleine ou la nouvelle lune est à son périgée.

— Ils ne se rassemblent pas ailleurs ?

— Ils n'ont été aperçus près d'aucun autre rivage. La baie d'Aven accueille les plus fortes marées du globe et cette particularité est sans doute liée à la cantilène des daofined. Pourquoi ? Nul n'a su apporter de réponse plus précise… Des textes anciens précisent que les colons ont choisi de bâtir leur première cité, Aven, à cet emplacement en raison de la cantilène qu'ils ont entendue par hasard quelques semaines après leur arrivée.

— L'intensité diffère d'une apparition à l'autre, observa Kai.

— Oui. Toutes les cantilènes regorgent d'émotion et nul ne peut rester insensible à leurs charmes, mais certaines sont encore plus touchantes, elles sont alors précédées de divers préludes, comme cette année.

— Tu t'attends à une cantilène féerique ?

— C'est l'opinion générale.

— Les daofined… murmura Kai. Nous en connaissons si peu sur eux.

— Nous savons que ce sont des cétacés, capables d'atteindre des profondeurs de plusieurs milliers de mètres lors de plongées de plus de cinq heures. Leur communication mélange des notes, des cliquetis, des chants et des sifflements, mais leur sens tactile et leurs positions corporelles dans l'eau interviennent aussi dans leur langage.

— Et nous n'avons ni photographie ni reproduction holographique ?

— Non. Lors d'une rencontre avec les daofined, personne ne s'en soucie, même lors des expéditions d'étude, comme si les hommes tombaient sous leur charme. Des sourds avaient été placés sur les côtes : malgré leur handicap, ils "entendaient" la cantilène et agissaient de la même manière que nous tous. Nous avons abandonné l'idée d'installer des appareils automatiques pour des raisons techniques, teintées d'une touche de romantisme…

— S'ils ne désirent pas être photographiés, respectons leur souhait.

— Cette décision convient même à la plupart des chercheurs, malgré leur curiosité », précisa Emrodes.

Les savants sont beaucoup plus sensibles qu'on ne le suppose.

« Et la *Cantilène des daofined*, en tant qu'œuvre littéraire ? questionna Kai.

— Le ou les auteurs ne sont pas connus. Elle a été écrite au tout début de la colonisation de Loar puisque l'on retrouve très tôt des allusions à ce recueil. Tu l'as lu, j'imagine ?

— Oui. Je préfère les vers à la prose : certains passages sont parfois abscons, mais ils exhalent une telle impression… d'authenticité. »

Chacun le ressent ainsi, pensa Emrodes.

« Combien de personnes attendons-nous pour la cantilène ? demanda Kai.

— Autour de trente millions sur une durée de treize jours, entre le premier et le dernier quartier.

— Quinze pour cent de la population de Loar ! Quelle est la durée moyenne du séjour ?

— Deux ou trois jours.

— Ce qui donne presque six millions de personnes par jour, réparties sur les cinquante kilomètres de côte de la baie d'Aven.

— En moyenne, approuva le souverain, mais nous en prévoyons plus de quinze millions le jour de la pleine lune. »

Kai essayait d'imaginer une telle foule entassée sur les falaises de la baie d'Aven, et ses grimaces sceptiques témoignaient de son inquiétude.

« Les rivages sont les lieux les plus prisés, sourit Emrodes, mais l'on perçoit aussi la cantilène à quelques centaines de mètres des côtes et peu l'écoutent en continu, en général moins de trois heures dans la journée en cumulé. Rassuré ?

— Un peu. Comment les daofined sentent-ils l'émergence des troubles nodaux ?

— Si tu as la réponse, je pense que cela intéressera les scientifiques !

— Il n'y a pas des théories qui…

— Si, autant de théories que tu veux ; ce sont plutôt les preuves qui manquent. Loar joue sans doute un rôle dans les troubles des nœuds puisque leur fréquence dépend des périodes de révolution de notre soleil et de notre lune, et pas de celles des autres planètes. D'une manière ou d'une autre, les daofined doivent le percevoir… »

Les yeux clos, Emrodes laissa les souvenirs et le présent se côtoyer et s'entremêler : ses promenades pluvieuses le long des grèves, les menaces teintées de dédain d'Asbjorn, le carmin des lèvres d'Aour, l'agression de la périphérie, ses jeux d'enfant avec Kai, son amour pur et sincère pour Kampiola.

Le temps coule, songea-t-il. *Il estompe les mémoires anciennes, il altère les détails comme les faits importants, il cautérise les plaies les plus vives, mais il n'efface rien…*

Le regard de connivence de Kai rendait superflus toute parole, tout geste. Il suivait le cours des pensées d'Emrodes, il comprenait ses angoisses et ses peurs et se tenait à ses côtés depuis toujours, attentif et disponible.

La complicité et l'amitié : deux gemmes précieuses…

Hay que endurecerse sin perder la terdura.
« Il faut s'endurcir sans perdre la compassion. »

Précepte Latar.

Citation attribuée à un révolutionnaire de l'époque pré-spatiale, Ernesto (Che) Guevarra.

Sainte planète de Kreis, soixante-cinq jours standard après l'expiration de l'ultimatum.

« Ainsi, vous dirigez la rébellion, murmura Morgevnid.

— Oui, répondit Esyllt.

— Vous paraissez pourtant bien jeune…

— Ce n'est pas contagieux, rassurez-vous. »

De l'audace…, songea Morgevnid.

« Pourquoi avez-vous sollicité cette entrevue ?

— Nous étions en conflit avec les prêtres, mais votre offensive a bouleversé nos plans, expliqua Esyllt. Le Saint clergé et ses sbires se sont enfuis vers Melen et vous vous êtes imposés sur Kreis, sans rencontrer de réelle opposition. Pour nous, cette invasion représente une chance… ou une menace.

— Et vous voudriez éclaircir ce détail. Quels étaient les points de friction avec les prêtres ? »

Ne pas se dévoiler trop tôt, pensa Esyllt.

« Je me suis présentée, mais je ne vous connais pas. Quel est votre rang dans les armées de la périphérie ?

— Mon… rang ? Je suis la souveraine des mondes périphériques. »

La souveraine…, songea Esyllt. *J'ai pris contact avec un de leurs officiers hier soir et, moins d'une journée plus tard, elle m'accorde un entretien !*

Elle parcourut des yeux les murs de la pièce : bien que décorée avec goût, elle n'affichait aucun signe ostentatoire, ni étoffe précieuse, ni médaille clinquante, ni trophée tapageur.

Naturelle… Et sa présence sur Kreis témoigne de son assurance, tout comme l'absence de garde du corps.

« Vous semblez étonnée, observa Morgevnid.

— Votre attitude tranche avec la rigidité du protocole clérical. Vous ne m'avez jamais rencontrée, pourquoi prendre le risque de me recevoir seule ?

— Vous ne portez pas d'arme et, sans vouloir vous offenser, je ne crains pas une attaque à mains nues de votre part. Mais nous parlions de vos différends avec les prêtres…

— Ils sont nombreux, mais tous sont liés à ce que nous nommons la dictature religieuse de la Sainte Église.

— Vous avez le soutien de la population ?

— Une faible partie, avoua Esyllt. La répression des prêtres décourageait les vocations.

— De quand date la création de votre mouvement ?

— Il est issu de nombreuses… mouvances dont les racines sont anciennes.

— Plusieurs siècles ? demanda Morgevnid.

— Difficile à dire… Peut-être, oui.

— Curieux. En général, les rébellions conquièrent le pouvoir ou sont décimées au bout de quelques années.

— Kreis n'est pas une planète ordinaire. »

Elle détourne le sujet parce qu'elle cache un secret, pensa Morgevnid. *Dissiper sa méfiance…*

« Les mondes périphériques n'agissent pas comme des conquérants lorsqu'ils découvrent une nouvelle planète. Nous laissons le temps à ses habitants de comprendre et d'adopter notre vision du monde, plusieurs générations s'il le faut.

— Et s'ils refusent cette conception ?

— Le cas ne s'est jamais présenté.

— Parce que vous les influencez.

— Certes, mais nous ne les forçons pas. Et nous sommes patients. »

Vous tissez votre toile, traduisit Esyllt.

« Et quelle est votre vision du monde ?

— Un univers débarrassé de ses superstitions, reprit Morgevnid, axé sur l'homme, ses besoins, ses capacités, ses envies, ses aspirations.

— L'homme en tant qu'espèce ou en tant qu'individu ?

— Tous les régimes qui placent l'idéal humain au-dessus de l'individu, même sous le couvert de la fraternité universelle et de la liberté, sombrent dans la tyrannie et l'horreur puis ils justifient leurs crimes par cette quête de l'idéal absolu. »

Un bon point pour elle.

« Dans les mondes périphériques, poursuivit Morgevnid, la vie de chacun se rapproche de ses aspirations puisqu'elle correspond le plus souvent à ce pourquoi il a été créé, et cette adéquation permet à notre société de progresser.

— Créé ? »

Le terme effarouche toujours, songea Morgevnid.

« Votre expérience dans la rébellion vous a sans doute appris à vous méfier des dogmes, tel que celui qui prévaut sur Kreis et dans les royaumes, la convention humaine.

— Vous façonnez les humains selon vos besoins ?
— Nous ne sommes pas des sorciers ; nous procédons par touches légères et progressives, de manière à offrir à chaque nouveau-né le patrimoine génétique le plus adapté. Les maladies et les infirmités n'existent pas dans la périphérie.
— Un éden génétique, sans peine et sans tourment.
— Nous ne sommes pas exempts d'erreurs… Mais l'expérience nous aide à les corriger. »
Mon Dieu ! pensa Esyllt. *Elle critique les idéaux autoritaires, mais elle me décrit l'infamie, la négation absolue de la liberté humaine.*
« Je sais que ce raisonnement peut vous sembler inhumain, mais le temps vous démontrera la pertinence de notre modèle de société. À vous, à vos enfants ou aux générations futures. »
La périphérie va peu à peu introduire des biais génétiques au cœur de la population de Kreis et des planètes qu'elle a conquises, de manière à réduire les velléités d'opposition, songea Esyllt.
« Vous pensez vaincre les royaumes, n'est-ce pas ?
— Aucun doute, répondit Morgevnid.
— À quelle échéance ?
— Quelques mois, quelques années. Quelle importance ? »
Un autre sujet la tracasse, pensa Morgevnid.
« Et la religion ? demanda Esyllt.
— Elle s'éteindra d'elle-même, l'influence des prêtres de Kreis appartient déjà au passé. »
Elle ne soupçonne pas la présence des religions antiques sur Kreis, se rassura Esyllt.
« *Quid* des tendances mystiques de l'homme ?
— Ce travers est circonscrit », riposta Morgevnid d'une voix glaciale.
« Circonscrit ». Je n'ose imaginer ce que cela sous-entend.

« Tous les habitants des mondes périphériques bénéficient des… bienfaits de votre programme génétique ?

— Oui.

— Vous offrez à chacun le patrimoine génétique le plus adapté à sa fonction et à ses besoins.

— Exact.

— Et comment expliquez-vous la piètre performance de vos stratèges face aux Latars des armées de Kreis ? »

La jeune effrontée…, pensa Morgevnid.

« Vous êtes bien informée.

— Ce n'est pas un secret, rectifia Esyllt.

— L'expérience des Latars leur offre quelques atouts, du moins pour l'instant. Je vous rappelle cependant que nous tenons quatre nœuds ainsi que Kreis.

— Je ne pense qu'à ça, n'ayez crainte. »

La périphérie représente une menace mortelle, songea Esyllt. *Détourner son attention…*

« Quelles options nous offrez-vous ?

— Sur Kreis, la rébellion est le groupe le moins imprégné par la propagande des prêtres : un point positif à nos yeux. Votre coopération vous permettrait d'obtenir ce que des siècles de lutte ne vous ont jamais offert.

— Ce genre de propositions est souvent suivi d'un "sinon"…

— Je ne vous conseille pas l'opposition armée. Comme vous l'avez souligné, Kreis n'est pas une planète ordinaire : nous tolérerons les divergences d'opinions, mais pas une rébellion organisée. »

Elle sait qu'elle n'a guère le choix, pensa Morgevnid.

« Laissez-moi quelques jours pour en discuter entre nous, souffla Esyllt.

— Prenez votre temps, la patience est l'une de nos vertus. »

Et l'une de vos faiblesses, songea Esyllt. *Vous ne vous attendez pas à une réaction rapide de notre part.*

Kreis, à proximité du nœud spass N-Plynlimon, soixante-cinq jours standard après l'expiration de l'ultimatum.

« Un pari hardi, observa Rayan.

— La seule voie possible, petit frère, répondit Esyllt : la périphérie nous aurait détruits ou asservis.

— Aucun de leurs chasseurs ne nous poursuit ?

— Ils accordent peu d'importance aux vaisseaux isolés qui quittent la planète. Lorsque nous serons regroupés, nous serons trop proches de N-Plynlimon pour qu'ils puissent intervenir. »

Vingt-huit vaisseaux, songea-t-elle. *Et plus de trois cent mille personnes entassées à leur bord…*

N-Plynlimon, situé à quelques heures de vol de Kreis, était gardé par quelques unités fidèles à la Sainte Église, à peine un djaghoun. Mais ni la périphérie ni les prêtres n'accordaient d'importance stratégique à ce nœud, puisque le bi-facettes menait au cœur de l'espace de Latar.

La meilleure garantie qui soit. Jamais les Latars ne laisseraient un vaisseau transiter par leur espace pour attaquer l'une ou l'autre position.

« Dix-sept vaisseaux nous ont rejoints, observa Rayan. Les autres altèrent leur trajectoire, et nous serons au complet dans moins de sept minutes.

— Quel délai avant d'atteindre le nœud ?

— Dix-huit minutes. »

Esyllt serra les mâchoires ; leur fuite les contraignait à passer trois séries d'obstacles : le premier avait été franchi sans ennuis puisque les chasseurs de la périphérie n'avaient pas réagi à leur départ.

Et maintenant, les forces de Kreis aux abords du nœud…

« Vingt-quatre vaisseaux », souffla Rayan.

Une alarme scintilla sur leur pupitre et une vingtaine

de points clignotèrent sur leurs écrans : deux arbans de défense avaient quitté la base pour les intercepter et le contact était prévu six minutes plus tard. Une voix ferme vibra dans le récepteur :

« Présence non autorisée. Identifiez-vous !

— Groupe de réfugiés de Kreis.

— Ce nœud mène à Latar, tout passage est interdit. Regagnez Kreis ! »

Esyllt demeura silencieuse, tout comme les autres pilotes de la rébellion ; les derniers vaisseaux les avaient rejoints et aucun n'infléchit son cap.

Grappiller de précieuses minutes.

« Je répète : regagnez Kreis. Nous ne vous laisserons pas approcher du nœud.

— Contact avec les arbans dans deux minutes et N-Plynlimon est encore à huit minutes, précisa Rayan.

— Notre sécurité n'est pas assurée sur Kreis, plaida-t-elle dans son émetteur.

— L'espace de Latar est interdit, répondit la voix. Et dangereux. Dernier avertissement : modifiez votre cap et regagnez Kreis. »

Les chasseurs tournoyaient maintenant autour des vaisseaux de la rébellion, semblables à des fauves en quête de proies faciles. Soudain, deux d'entre eux décrochèrent de leur formation puis ils lâchèrent une salve de missiles qui faucha huit appareils de Kreis en plein vol.

« Combien sont des nôtres ? demanda Rayan.

— Six au mieux. »

Les pilotes, surpris par la réaction de leurs coéquipiers, décrochèrent, mais dix chasseurs supplémentaires furent détruits sans qu'aucun d'eux sache d'où venait la traîtrise. Les survivants se placèrent au côté des vaisseaux de la rébellion et la voix crépita de nouveau dans l'émetteur :

« Nous sommes entre amis maintenant. Saut spass prévu dans quatre minutes, aucun vaisseau de la base ne peut rejoindre le nœud avant six minutes. Je doute qu'ils s'y aventurent, ils craignent trop les mercenaires.

— Aucun navigateur parmi vous ? s'enquit Esyllt.

— Non. Espérons que les Latars attendront notre réveil avant de nous abattre. »

Mon premier saut spass, pensa Esyllt, *comme pour la plupart d'entre nous…*

« C'est en partie grâce au rapport que tu as dérobé le mois dernier que nous avons pu monter cette opération, murmura-t-elle.

— Tu me féliciteras si Latar nous épargne », répondit Rayan.

Un coup d'œil sur ses écrans confirma à Esyllt que la base n'avait envoyé aucun autre chasseur pour les intercepter.

Nous sommes sans doute le cadet de leurs soucis. Et ils comptent sur Latar pour nous éliminer ou pour nous renvoyer d'où nous venons.

« Dispersez-vous sur toute la surface de N-Plynlimon, ordonna la voix dans l'émetteur. Ainsi, nous éviterons peut-être les collisions à la sortie du nœud.

— Dix secondes avant le saut, annonça Rayan.

— À tout de suite, répondit Esyllt.

— *Inch Allah.* Trois, deux, un… »

Latar, espace proche, soixante-cinq jours standard après l'expiration de l'ultimatum.

Égarée…

« Vous avez violé l'espace de Latar, tous vos vaisseaux sont dans la ligne de mire de nos unités de défense. Identifiez-vous ! »

La voix du mercenaire vrillait le crâne d'Esyllt, elle entendait les sons sans en comprendre le sens. Rayan gisait inconscient sur le sol, et la pendule spass indiquait cinq minutes et quarante et une secondes.

« Vous avez violé l'espace de Latar, tous vos vaisseaux sont dans la ligne de mire de nos unités de défense. Identifiez-vous ! »

Cela devient une habitude.

Elle stabilisa l'appareil et sa console lui confirma qu'aucun accident ne s'était produit pendant leur inconscience ; chaque vaisseau dérivait au gré des courants spatiaux et la confusion apparente avait sans doute intrigué les mercenaires.

« Vous avez violé l'espace de Latar, tous vos vaisseaux sont dans la ligne de mire de nos unités de défense. Identifiez-vous !

— Ici Esyllt, chef de la rébellion de Kreis.

— Votre présence n'est pas autorisée, vous disposez de trente minutes pour regagner l'espace de Kreis. Passé ce délai, vos vaisseaux seront détruits.

— Nos intentions ne sont pas agressives.

— Au vu des prouesses de vos navigateurs, je n'en doute pas.

— Nous sollicitons l'autorisation de transiter par votre espace.

— Refusée.

— Vous ne savez même pas vers quelle destination ? protesta Esyllt.

— Refusée, quelle qu'elle soit. Il vous reste vingt-neuf minutes et estimez-vous chanceux d'être encore en vie. »

Je dois reprendre mes esprits…

« Nous avons besoin de quelques heures pour libérer l'azote dans notre sang, argumenta Esyllt.

— Votre problème, pas le mien, Latar ne vous a pas invités. Je répète : vingt-neuf minutes. »

Rayan émergeait peu à peu de sa léthargie, le visage

hagard ; il se hissa sur ses jambes avec peine et s'approcha du pupitre de commande pour assister sa sœur.

« Nous transportons près de trois cent mille personnes dans ces vaisseaux, rugit Esyllt. En cas de retour, vous les condamnez à une mort certaine : si les arbans des prêtres nous épargnent, les forces de la périphérie nous réduiront en miettes. Vous savez ce que signifie le terme “compassion” ?

— Vaguement », répliqua le Latar, mais son ton s'était adouci.

C'est le moment de jouer notre seul atout.

« Au-delà du nombre, nous abritons les derniers représentants du clergé des cultes antiques. Si vous nous renvoyez, vous condamnez ces religions à l'oubli !

— Les dés sont jetés », murmura Rayan.

Si jamais nos suppositions sont erronées…

« Les religions antiques, répéta le Latar. Lesquelles ?

— Les cinq majeures, y compris leurs variantes.

— Patientez quelques instants, je vous prie. »

Touché ! exulta Esyllt. *Si le sort des religieux leur était indifférent, il aurait écarté ma remarque sans hésitation.*

« Un arban va vous escorter à distance du nœud, reprit le Latar, puis nous vérifierons vos dires. Je vous rappelle que tous vos vaisseaux, sans exception aucune, sont toujours dans la ligne de mire de nos chasseurs.

— Merci, souffla-t-elle.

— Ne me remerciez pas encore. Votre sort dépend de l'avis du conseil… »

Les Latars sont croyants ! pensa Esyllt. *Je suis curieuse de connaître le culte auquel ils se réfèrent, après tant d'années d'isolement…*

Que l'on croie en une religion ou non, que l'on croie en la réincarnation ou non, il n'existe personne qui n'apprécie pas la gentillesse et la compassion.

Citation attribuée au quatorzième dalaï-lama, le chef spirituel de l'une des cinq religions antiques.

N.B. Toute consultation de ces écrits est réservée aux prêtres et soumise à l'accord préalable d'Evzek.

Vaisseau de commandement de Kreis, espace semi-profond de Melen, soixante-sept jours standard après l'expiration de l'ultimatum.

« Sansar, vous m'êtes fidèle, n'est-ce pas ? demanda Evzek.

— Je suis votre commandant en chef Latar. »

La loyauté des mercenaires, simple et sincère.

« J'ai commis des erreurs ; j'aurais dû écouter vos conseils et abandonner cette théorie des "nœuds sûrs". Vous pressentiez une attaque ?

— Non, mais ce postulat induisait des faiblesses dans la défense de Kreis.

— Et la périphérie nous a balayés.

— Le repli n'est pas une défaite, observa Sansar. Les

forces en présence ne nous permettaient pas de lutter avec quelque chance de succès, mais nous nous plaçons pour une riposte ultérieure. »

Kreis joue sa survie, pensa Evzek. *Tant d'ennemis et si peu d'amis… Même Asbjorn aimerait rogner nos ailes.*

La pénombre régnait dans la cabine du vaisseau amiral de la flotte de Kreis ; le grand prêtre étudiait les écrits rares de la Sainte bibliothèque qu'il avait emportés avec lui et Sansar analysait les positions des armées de la Sainte Église autour des six nœuds qu'elle contrôlait encore. La main décharnée d'Evzek se tendit pour saisir un parchemin millénaire qui contait la vie d'un prophète sur l'ancienne Terre. Peu de personnes connaissaient encore l'alphabet utilisé par l'auteur, mais le regard du grand prêtre n'hésitait pas, il coulait le long du papier sans jamais buter sur un terme inconnu.

Les prophètes se ressemblent tant.

L'histoire lui rappelait celle de Darouiz, ce prophète surgi de nulle part sur Mor au début du siècle dernier. Il se réclamait d'une religion si archaïque que même le grand prêtre de l'époque avait eu du mal à dénicher un texte sur ce culte dans la Sainte bibliothèque.

Et il ne s'agissait que d'une description d'un empereur ennemi puisque leur religion interdisait l'écriture pour consigner les paroles sacrées. Comment leurs enseignements s'étaient-ils transmis jusqu'à Mor au cours de ces millénaires troublés ? Mystère…

Darouiz avait d'abord amusé les prêtres en poste sur Mor puis l'inquiétude s'était installée, comme les fidèles affluaient des planètes du royaume. Le souverain de Mor observait le renouveau de ce culte d'un œil indulgent, malgré les plaintes répétées des prêtres.

Nous avons assassiné Darouiz, bien sûr… Kreis ne tolère aucun rival sur le plan spirituel.

La Sainte Église avait sous-estimé l'affection que le peuple de Mor témoignait au prophète ; plusieurs prêtres furent massacrés et bon nombre d'autres durent se réfugier sous l'aile protectrice des armées de Mor.

Et cet épisode hante la mémoire collective de Mor : les plaies religieuses sont les plus lentes à cicatriser.

« Quand est prévue l'arrivée sur Melen ?

— Dans trois jours, répondit Sansar. Le nœud connecté à Kreis est quelque peu éloigné de la planète principale, mais la voie est sûre. »

Le Latar se replongea dans l'étude des hologrammes de l'espace de Kreis ; ses doigts pianotaient sur ses claviers pour obtenir le meilleur angle de vue possible. Les quatre nœuds orientés vers la périphérie ou Koroll grouillaient de points pourpres, tout comme l'atmosphère de la planète. Sansar projeta une digression sur les hologrammes secondaires pour observer chaque nœud un à un.

Le nombre leur assure une position forte, mais quel gâchis ! songea le mercenaire. *Ils pourraient concevoir une défense aussi efficiente avec deux fois moins de vaisseaux.*

La périphérie avait lancé la seconde vague de son offensive : trois minggans se dirigeaient vers le nœud relié à Melen et cinq autres en direction des deux bifacettes voisins, liés à Orlegi et Dibh, deux planètes vassales de Kreis.

Ni l'une ni l'autre ne sont reliées aux planètes ardentes ou à la périphérie, ce qui nous permet d'organiser leur défense… À condition de tenir les nœuds qui les connectent à Kreis.

Les trois autres nœuds de Kreis semblaient pour l'instant étrangers au conflit ; le nœud orienté vers Latar était presque déserté et les deux autres, des bi-facettes qui liaient Kreis à Loar et Mor, accueillaient une multitude de points azur qui figuraient la défense dynamique mise en place par Sansar.

En cas d'urgence, le repli est toujours possible, soit vers l'une de nos planètes vassales, soit vers Melen, soit vers

Loar ou Mor. Seules les unités placées à proximité de N-Plynlimon ne disposent pas de cette option puisque le nœud est orienté vers Latar, mais la défense est pour l'essentiel composée de vaisseaux légers capables de fuir vers l'espace semi-profond et de gagner un autre nœud. Mais l'intérêt stratégique de N-Plynlimon est nul…

Le regard d'Evzek se posa sur les hologrammes du Latar :

« Pourrons-nous conserver ces nœuds ?

— Nous résisterons sans doute à la première attaque malgré leur surnombre, répondit Sansar. Ensuite, cela dépendra de leurs renforts... et du soutien des royaumes. »

La guerre en cours ne les incitera pas à dégarnir leurs positions, pensa le grand prêtre. *Même si les batailles se calment, la méfiance réciproque rend un accord hasardeux.*

« Nous ne pouvons exclure une offensive croisée, par l'espace grâce aux minggans qui se dirigent vers nos positions et par les nœuds eux-mêmes, poursuivit le mercenaire.

— Ce qui impliquerait une attaque contre Melen ou les neuf royaumes.

— Oui. »

Autant d'alliés dans notre musette, pensa le grand prêtre.

Ses yeux se posèrent à nouveau sur la missive d'Asbjorn :

Grand prêtre Evzek,
Nous avons appris avec peine que l'offensive des planètes ardentes et de la périphérie contraignait le clergé de Kreis à abandonner la Sainte planète.

Le serpent…

Melen est flatté de votre choix pour votre exil temporaire.

Comme s'il existait un autre choix.

Nous vous recevrons avec tous les honneurs dus à votre rang et nous nous efforcerons de rendre votre séjour aussi plaisant que possible. Nous avons libéré le palais d'hiver afin de vous offrir, ainsi qu'à vos proches collaborateurs, une résidence digne de la Sainte Église. Nous nous sommes efforcés de le rendre accueillant et chaleureux, nous nous tenons à votre disposition pour toute requête complémentaire.
Dans l'attente de vous retrouver, je vous souhaite un agréable voyage.
Asbjorn.

La première priorité est de protéger nos documents secrets. Une chance que tous les échelons de la hiérarchie de Melen soient noyautés par nos hommes…

Bendiks, le grand prêtre de Melen, s'activait depuis deux jours à raviver les réseaux que Kreis avait tissés au cours de ces dernières décennies, et la propagande religieuse fonctionnait à plein régime pour préparer l'arrivée du clergé de la Sainte Église. Les caravelles spass de Kreis abritaient presque dix millions de personnes, dont le quart appartenait au clergé, et les soutes renfermaient les trésors de la Sainte Église : des richesses fastueuses, mais surtout une bibliothèque opulente, sans égale dans l'univers.

« Vous avez organisé la garde des vaisseaux sur le sol de Melen ? demanda Evzek.

— Toutes les précautions sont prises et j'ai accordé un soin tout particulier à la caravelle bibliothèque.

— Parfait. »

Seule une opération d'envergure briserait notre protection, mais elle augurerait une guerre ouverte entre Melen et les prêtres, songea Sansar.

Le mercenaire appréciait en connaisseur le système de défense des douze planètes de Melen. Leur convoi progressait le long de courbes à l'apparence paisible, mais il devinait les tactiques et les pièges de Loazour, masqués derrière le trajet saccadé des vaisseaux éparpillés au cœur de l'espace de Melen.

Une jeune femme précoce. À peine seize ans, et elle dirige les armées du plus puissant des royaumes…

Il avait projeté de multiples stratégies en cas de lutte entre Melen et les prêtres, mais aucune d'elles ne leur permettrait de tenir plus de quelques semaines, à moins d'une erreur grossière de la part de leurs hôtes.

Avec Loazour comme commandant en chef, cette hypothèse me paraît chimérique.

Il orienta ses hologrammes vers les planètes vassales de Melen, au nombre de sept : les vaisseaux d'Asbjorn, figurés par des points orangés, s'agitaient sans ordre apparent, mais Sansar décelait la trame d'une défense dynamique, susceptible d'évoluer en l'espace de quelques instants. Mein, la planète la plus exposée aux attaques de la périphérie puisqu'elle était reliée à Flour et à deux mondes inconnus, abritait une kyrielle de vaisseaux de combat, sans cesse en mouvement.

Varier les positions de défense pour empêcher l'ennemi de planifier une attaque…

Evzek s'approcha des hologrammes ; son regard erra un instant sur le contour des lignes de défense puis il demanda :

« Vous connaissez Loazour ?

— Elle n'était pas encore née lorsque j'ai quitté Latar, mais la guerre avec les neuf royaumes m'a donné un aperçu de son talent.

— Impressionné ?

— Assez, oui.

— Aucun problème particulier pour d'éventuelles opérations communes contre les armées de la périphérie ?

— Non », répondit Sansar.

Mais ce ne sont pas les armes qui donneront le pouvoir à la Sainte Église, songea Evzek. *Nous avons besoin des troupes d'Asbjorn, mais, à terme, nous devons nous ménager un levier plus sûr…*

Le grand prêtre se saisit d'un dossier qui résumait les positions occupées dans la hiérarchie militaire de Melen par les agents de la Sainte Église. En plus des cinq capitaines et de nombreux officiers, Kreis détenait quelques atouts dispersés dans le royaume d'Asbjorn.

Comme Duyen, la maîtresse d'Heikki… Un élément précieux. La sagesse nous recommande de ne pas déstabiliser les troupes de Melen, mais, lorsque la périphérie sera repoussée, nous placerons quelqu'un de plus malléable sur le trône.

Le Latar tendit la main vers l'émetteur :

« Des nouvelles des vaisseaux qui ont franchi N-Plynlimon ?

— Négatif.

— Combien de temps depuis le saut ?

— Plus de dix-huit heures.

— Maintenez une surveillance active pendant deux jours, ordonna Sansar.

— Compris. »

Peu de chances qu'un seul d'entre eux soit encore en vie, pensa le mercenaire. *Latar ne tolère pas de telles incursions dans son espace…*

Les planètes ardentes pouvaient choisir le vent: le blizzard de Melen ou le sirocco de la périphérie, mais la tempête était inéluctable.

Extrait du journal intime d'Emrodes, souverain de Loar.

Vaisseau de commandement de la périphérie, espace proche de Mein, soixante-douze jours standard après l'expiration de l'ultimatum.

Mille trois cent quatre-vingts vaisseaux de Melen contre huit mille cinq cents des nôtres, songea Naïs. *Six pour un : un bien piètre ratio pour la conquête de ces deux nœuds…*

L'armada de la périphérie se dirigeait maintenant vers les positions de Melen, au cœur de l'espace de Mein, tandis que le navire amiral de Naïs patientait à proximité du nœud lié à Flour.

Huit minggans réduits en cendres. Plus de neuf cent mille morts…

Galiene, la meilleure stratège de la périphérie, s'affairait autour des hologrammes de la cabine de commandement. Les points grenat, symboles des forces de Melen, n'obéissaient à aucune stratégie claire : le corps principal attendait la progression ennemie et le reste des vaisseaux, scindés en djaghouns, voletaient sans objectif particulier. Les lourdes pertes de la périphérie lors de la prise des nœuds avaient troublé Galiene, qui accordait maintenant plus d'intérêt aux réactions de Melen.

« Étrange tactique, murmura Galiene. J'en sourirais presque si… »

Si leurs « étranges tactiques » n'avaient pas décimé nos appareils.

« Leur corps principal est composé de deux minggans et un autre est éparpillé aux alentours alors que nous leur opposons une force compacte de quatre minggans, à dominante lourde. Jamais ils ne résisteront à une telle charge…

— Vous cherchez à les disperser ? demanda Naïs.

— S'ils nous affrontent, le rapport de forces joue en notre faveur, et s'ils se disséminent, plus aucun obstacle ne nous empêche d'atteindre la planète. »

Elle pianota sur le support et la vue de l'hologramme s'élargit pour inclure l'ensemble des vaisseaux, toile sombre tachetée de grenat et de parme, tandis que les ordinateurs prévoyaient un contact entre les deux armées moins de quinze minutes plus tard.

« Je ne décèle aucun piège », souffla Galiene.

Son arrogance s'est quelque peu estompée.

Soudain, le corps principal des armées de Melen se scinda en deux, la première moitié demeura immobile alors que la seconde se répandait dans l'espace. Les points grenat flottaient peu ou prou en direction de l'armada de la périphérie et rejoignaient les unités solitaires pour s'agglutiner en cinq noyaux distincts. Quatre d'entre eux se positionnèrent sur les flancs parme et le dernier se dirigea vers le cœur des armées de la périphérie.

La manœuvre a duré moins de sept minutes, s'étonna Naïs.

Peu à peu, les vaisseaux de combat de Melen, plus légers que les unités de la périphérie, s'approchaient de l'armada, ils harcelaient l'adversaire de toutes parts et rompaient le combat dès qu'une défense efficiente s'organisait. En dépit de leur puissance, les appareils de la périphérie manquaient de vivacité pour contrer l'offensive, qui semait la confusion au cœur de leurs lignes.

« Anticipez leurs attaques et poursuivez votre route », ordonna Galiene.

Le compteur défilait à toute allure ; plus de huit cents appareils avaient déjà succombé sous les assauts de Melen et l'armada ralentissait son rythme pour se garder des attaques contre ses flancs, ce qui accentuait encore la terrible efficacité des unités ennemies.

Galiene semblait paralysée par l'indécision ; ses yeux affolés sondaient l'hologramme à la recherche d'une parade lorsqu'une brèche s'ouvrit au milieu des positions de Melen, sur la gauche de l'armada. Elle empoigna l'émetteur et hurla :

« Repli ! Profitez de l'ouverture ! »

Les vaisseaux de la périphérie s'engouffrèrent dans l'ouverture et, malgré le désordre de leurs manœuvres, la moitié de leurs forces était parvenue à s'échapper de l'étau lorsque les unités de Melen refermèrent la brèche, scindant ainsi l'armada en deux parties. Au même moment, l'arrière-garde de Melen chargea les vaisseaux enfermés dans les serres des unités légères.

Naïs n'osait regarder sa console, de peur de connaître le chiffre des pertes. Galiene, immobile comme une statue de sel, le visage livide, paraissait pétrifiée par l'effroi.

« Où avez-vous appris l'art de la guerre ?

— J'ai été conçue et éduquée pour cela », bredouilla Galiene.

Les vaisseaux englués dans la souricière de Melen luttaient encore, mais seule une poignée n'avait pas encore succombé au ballet funèbre. Naïs ferma les paupières pendant quelques secondes puis ses yeux glanèrent l'information redoutée.

Deux mille sept cents vaisseaux détruits contre trois cents… Quelle débâcle !

Les unités légères avaient abandonné la poursuite des fugitifs, qui s'étaient regroupés en djaghouns mobiles aptes à se défendre sans sacrifier leur vitesse de déplacement, tandis que les vaisseaux de Melen se regroupaient en étoile autour des appareils de l'arrière-garde.

Ils ont laissé une ouverture à dessein pour fragmenter nos forces et nous nous sommes engouffrés dans leur piège…, pensa Naïs.

*

Naïs avait branché son émetteur portatif et elle arpentait la cabine de commandement de long en large pour calmer sa rage :

« Pardonnez-moi d'être aussi directe, mais les stratèges de la périphérie sont grotesques comparés aux Latars ! Galiene…

— … bénéficie du meilleur patrimoine génétique possible pour remplir son office », coupa Morgevnid.

Une belle réussite…, songea Naïs.

« Il ne s'agit pas d'un coup de malchance, les batailles se suivent et se ressemblent !

— Sur Kreis, nous avons conquis la planète et quatre nœuds, contra Morgevnid ; sur Mein, nous sommes maîtres de deux nœuds.

— Avec des pertes de quatre à dix fois supérieures à celles de l'ennemi.

— Notre nombre nous autorise des pertes plus élevées. »

Elle est si froide, pensa Naïs.

« Nos chercheurs peaufinent les derniers détails, reprit

Morgevnid. Et l'expérience des batailles, quoique douloureuse, nous permettra d'améliorer nos stratégies.

— Ah… Je suis heureuse de vous entendre prononcer le mot "expérience". Les Latars ne profitent pas des bienfaits de la recherche génétique, mais ils étudient l'art de la guerre depuis des siècles, ce qui leur procure un avantage décisif.

— Et que proposez-vous ? La reddition ? Vous savez comme moi que les mercenaires n'accepteront jamais de nous assister puisque nous rejetons cette convention passéiste. Je suis la première à pleurer la mort de nos enfants, mais nous vaincrons ; au bout de mois, d'années ou de décennies, peu importe : nos ennemis ne connaissent pas nos planètes, ils ne peuvent se lancer à l'aveugle dans de vaines contre-attaques. »

Elle a raison sur ce point, songea Naïs. *Et pour les planètes ardentes plus encore que pour la périphérie, aucune retraite n'est possible.*

Sainte planète de Kreis, soixante-douze jours standard après l'expiration de l'ultimatum.

Morgevnid reporta son attention sur les hologrammes mouchetés de points roses — pour la périphérie — et saphir — pour les armées de la Sainte Église. N-Tywyn, le nœud de Kreis relié à Orlegi, subissait les assauts de la périphérie sous les ordres de Dao.

Une intuition…, pensa Morgevnid.

Dao avait risqué l'exclusion de l'école des stratèges à maintes reprises à cause d'une faille de son patrimoine génétique, détectée à l'adolescence ; cette lacune était censée diminuer ses facultés d'analyse ainsi que sa puissance mnémonique. Pourtant, ses instructrices ne détectèrent aucune faiblesse dans les réactions de la jeune fille ; au contraire, elle étincelait d'intelligence et de créativité. La question récurrente de son renvoi avait été soumise à la décision de Morgevnid et la souveraine avait décidé de lui accorder une chance, tant que les craintes théoriques ne se concrétisaient pas. Dao, ainsi que ses consœurs, connaissait le débat dont elle faisait l'objet, et la jeune stratège se retrouvait souvent isolée, contrainte de ne compter que sur elle-même, ce qui provoqua une nouvelle polémique : au-delà des déficiences génétiques, la solitude de Dao dérogeait à l'éducation cadrée et ses compétences risquaient d'en pâtir. Morgevnid intervint de nouveau et insista pour que la jeune fille terminât son cycle au sein de l'école des stratèges, même si ces déviances la plaçaient loin de l'élite, incarnée par Galiene et Kailee.

Et aujourd'hui, je lui donne une chance de prouver sa valeur en dépit de ses faiblesses. À elle de la saisir…

Dao avait divisé ses deux minggans en deux cents arbans, éparpillés autour de N-Tywyn. Les vaisseaux fondaient sur les positions ennemies et lâchaient deux ou trois salves de missiles avant de décrocher pour laisser la place à de nouvelles unités. La Sainte Église avait calqué sa défense sur la stratégie des agresseurs et les pilotes de la périphérie, peu habitués à ce genre de manœuvres, avaient payé au début de l'offensive un lourd tribut à la nouvelle tactique de Dao.

Alors que Morgevnid, consternée, s'apprêtait à ordonner le repli, la ronde des vaisseaux de Dao se fit plus fluide ; les pilotes accordaient leurs attaques avec le repli des autres arbans, ce qui contraignait les défenseurs à une attention continue : la moindre négligence leur coûtait plusieurs appareils.

Quatre cent cinquante contre deux cents, dénombra Morgevnid : *le ratio nous est toujours défavorable, mais il s'améliore.*

Lorsque l'un des arbans avait perdu plus de trois vaisseaux, il s'unissait à un autre arban touché par l'ennemi pour former une nouvelle unité de huit à quinze appareils, puis ils repartaient à l'assaut. Les vaisseaux des prêtres obéissaient à une curieuse danse. Ils se croisaient le long de lignes définies à l'avance ; ainsi, aucun d'eux n'offrait de cible fixe aux appareils de la périphérie.

Soudain, N-Tywyn cracha un flot de vaisseaux vermillon ; certains se placèrent aussitôt aux côtés des appareils de Kreis tandis que les autres se regroupaient aux huit points cardinaux du nœud.

Des renforts de Melen, un minggan complet…

Lorsque tous les vaisseaux de Melen furent stabilisés, ils se dirigèrent vers les positions de la périphérie pour intercepter les appareils qui terminaient leur attaque. La réaction de Dao fut vive : elle ordonna à ses arbans de se replier, de se regrouper par triplets puis en djaghoun, pour rejoindre l'arrière-garde, à distance du nœud.

La voix de Dao crépita dans son récepteur :

« Je crois qu'une retraite serait plus sage ; nous sommes en sous-nombre et je ne connais pas l'étendue des forces de Melen de l'autre côté du nœud. »

Huit cent dix vaisseaux de la périphérie abattus contre quatre cents de la Sainte Église, songea Morgevnid. *Notre meilleure bataille… Avec les renforts de Melen, l'ennemi affiche mille six cents appareils en face de mille cent quatre-vingt-dix des nôtres.*

« Les deux minggans de Kailee sont en route pour vous épauler, annonça Morgevnid.

— Quel est le délai ?

— Neuf heures et demie.

— Compris. »

Morgevnid hésita un instant puis elle se pencha à nouveau vers l'émetteur :

« Dernier détail…

— Oui ?

— Vos forces et celles de Kailee fusionnent en une seule entité, placée sous votre commandement ; Kailee vous apportera son soutien, mais son avis n’est que consultatif.

— Bien reçu et merci de votre confiance. »

Plutôt de l’instinct qu’une marque de confiance, pensa Morgevnid.

La forme de l'écu est indifférente : les plus courants sont les ellipses — sous l'influence de la Sainte Église de Kreis — et les triangles — pour des raisons mal éclaircies —, mais les autres contours abondent : cercles, carrés, losanges, rectangles ou même périmètres non géométriques.

Extrait de *Héraldique des royaumes*.

Melen, palais de Lur, soixante-dix-sept jours standard après l'expiration de l'ultimatum.

Dellinger longea l'étroit couloir pour rejoindre la galerie de l'aile nord du palais de Lur. Sa discussion avec Evzek l'avait empli d'aise : le grand prêtre de la Sainte Église avait écouté ses arguments avec attention et il n'écartait plus, comme lors de leur précédente rencontre, une ingérence de la Sainte Église dans les affaires de Melen.

La fin d'Asbjorn est proche. Et mes loyaux services me vaudront sans doute une place de capitaine des « troupes d'assaut » au lieu du « combat urbain ».

Aucun son ne filtrait du palais et les premiers rayons de l'aube, tamisés par les vitraux enluminés, enveloppaient la pierre des murs d'une pèlerine bariolée. En dépit de l'abandon de Kreis, l'arrivée des prêtres symbolisait aux yeux de Dellinger le prélude d'une ère nouvelle au cœur de laquelle il s'épanouirait.

Le pouvoir ne dépend plus des armes, mais des soutiens et des liens tissés avec les fils du temps.

Alors qu'il s'apprêtait à obliquer vers la salle d'armes, une ombre se dressa devant lui ; les fragments de la scène se gravèrent dans son esprit au même instant, la tunique anthracite de l'inconnu, l'amande sombre de ses yeux et le couteau effilé dans sa main droite.

Un spadassin Latar...

Dellinger n'avait pas encore esquissé le moindre geste lorsque la lame lui trancha la gorge.

Vaisseau de commandement de Melen, espace semi-profond de Bihan, soixante-dix-sept jours standard après l'expiration de l'ultimatum.

Duyen lézardait seule sur les fauteuils de la salle de détente du vaisseau ; elle jouissait de ses dernières minutes de repos avant de regagner la cabine d'Heikki. Elle avait réglé tous les senseurs à sa guise : température tiède, humidité légère de l'air, pénombre lénifiante.

Ce lieu est si plaisant...

Le vaisseau stationnait dans l'espace semi-profond de Bihan, à proximité de N-Barri, le nœud relié à Melen. Selon les instructions de Loazour, il pourrait ainsi épauler les défenses de Melen en cas d'attaque de la périphérie ou poursuivre son offensive contre Bihan si la menace se dissipait.

Le cliquetis de la porte la tira de ses pensées ; la salle accueillait peu d'invités à cette heure puisque, hormis les officiers de quart, les camarades de Duyen profitaient de la douce quiétude du sommeil. Une silhouette élancée apparut bientôt et se dirigea vers la jeune femme. Duyen entrouvrit les yeux et un détail anodin attira son attention : le long poignard des officiers de la garde dans son fourreau.

En plein milieu de la nuit, dans la salle de détente…

« Duyen, je m'excuse d'interrompre ainsi votre repos, commença l'homme. Je me nomme Shurik et nous servons la même cause. »

Elle reconnut le garde qui l'avait introduite dans la chambre de Bendiks, trois semaines plus tôt. Elle hésita à se lever, car ce mouvement la placerait un peu trop près de lui à son goût.

L'inconscient ! songea Duyen. *Cet endroit est truffé de capteurs vocaux…*

« Tous les militaires servent Melen, répondit-elle avec prudence.

— Oubliez les capteurs. Je ne parle ni de Melen, ni même de ces intrigants de la Sainte Église. »

Un piège ? Melen ou les prêtres me soupçonneraient-ils ? Je n'ai pas d'arme et ma position assise ne m'avantage guère. Gagner du temps…

« Je ne vois pas de quoi vous voulez parler.

— En termes clairs, de Bihan. Écoutez-moi, nous avons peu de temps : Asbjorn est passé à l'offensive, les spadassins Latars ont éliminé les cinq capitaines félons sur Melen et nous pensons que votre nom figure sur la liste.

— Vous délirez !

— Si un mercenaire ne vous attend pas dans votre cabine, c'est que Heikki aura préféré venger son honneur de sa propre main. Vous devez le rejoindre bientôt, n'est ce pas ? »

Ne le laisse pas t'entraîner dans un aveu.

« Je vais vous rassurer tout de suite, reprit Shurik. Votre premier contact à la citadelle se nommait Sanvi et votre numéro d'agent est le PL1209. Convaincue ?

— Et quelle serait votre mission ? demanda-t-elle avec méfiance.

— Vous escorter jusqu'à Bihan à bord d'une navette. »

Shurik laissa ses paroles s'insinuer dans l'esprit de la jeune femme avant d'ajouter :

« Le temps presse. Soit vous m'accordez votre confiance, soit je pars seul et je vous abandonne aux lames des spadassins. »

Une décision à l'instinct, songea Duyen.

« Je vous accompagne, trancha-t-elle.

— Bien. Suivez-moi, je vous expliquerai le reste en chemin. »

Ils se dirigèrent vers l'arrière du vaisseau et plongèrent vers l'embarcadère de lancement, autour duquel patientaient un chapelet de navettes.

« Quand deviez-vous retrouver Heikki ? la questionna Shurik.

— Dans vingt minutes.

— Un court délai…

— Surtout que nos paroles étaient épiées dans la salle de détente, observa Duyen.

— Aucune inquiétude de ce côté. J'ai déconnecté tous les capteurs après vous avoir localisée, tant ceux de Melen que ceux des prêtres. »

Ils approchaient du quai neuf lorsque deux sentinelles de la garde se dressèrent devant eux :

« Bonsoir, Major.

— Bonsoir, répondit Shurik. Rien à signaler ?

— Non, tout est calme.

— Bien. Nous devons effectuer une mission de reconnaissance en toute discrétion. Quelle navette est disponible ?

— Puis-je voir votre ordre de mission, Major ? demanda l'une des sentinelles, mal à l'aise.

— J'ai dit : en toute discrétion.

— C'est que… nos ordres…

— Consignez ma requête par écrit si vous le souhaitez, riposta Shurik d'un ton sec, mais attendez notre retour pour la signaler.

— Quelle est la durée de votre vol ?

— Quarante minutes au plus. Si nous n'étions pas revenus d'ici une heure, prévenez les unités de sauvetage. »

Les deux sentinelles se dandinaient, indécises, lorsque Shurik désigna du doigt une navette crème, véloce malgré sa taille réduite :

« Nous prenons celle-ci. »

Il se tourna vers Duyen et ordonna :

« Suivez-moi. »

Les gardes les escortèrent sans mot dire jusqu'à la passerelle de la navette ; aucun d'eux n'osait formuler son désaccord et leurs dernières velléités s'évanouirent lorsque Shurik libéra les loquets de la cabine de pilotage. Il s'installa sur le siège du pilote et invita la jeune femme à prendre place à ses côtés puis il verrouilla le sas d'un geste sec :

« Vous pouvez parler, le lieu est sûr.

— Comment le savez-vous ?

— Je n'ai pas choisi cette navette au hasard... »

Comment savait-il qu'il en aurait besoin ce soir ?

« Nous nous tenons toujours prêts à une évacuation d'urgence, murmura-t-il en réponse à la question muette de la jeune femme.

— Les chasseurs ne nous laisseront jamais passer.

— Nous disposons de plus de vingt minutes avant que l'alerte ne soit donnée et ils vous chercheront d'abord à l'intérieur du vaisseau. Nous atteindrons les positions des chasseurs dans environ trente minutes, mais nous obliquerons au dernier moment pour éviter de pénétrer dans leur rayon d'action.

— Et s'ils nous poursuivent ? demanda Duyen.

— Aucun vaisseau n'est assez rapide pour ce type de

navette. Le seul danger réside dans l'interception, avant que nous les ayons dépassés, mais je pense que nous disposons d'un peu de marge. Dans le cas contraire… ce sont les risques du métier d'espion.

— Et nous atteindrons Bihan dans… ?

— Moins de trois semaines. Le voyage sera long et quelque peu spartiate, mais votre compagnie agrémentera ces longues heures dans l'espace. »

Bihan…, songea Duyen. *Une autre vie sur une nouvelle planète…*

« Vous ne semblez pas inquiet ? observa-t-elle.

— Au sujet de Bihan ? Non, j'avoue que l'argent déjà gagné et la prime de votre sauvetage contribuent à ma sérénité. Quant à vous, j'imagine que votre récompense sera à la hauteur des risques que vous avez pris. »

Shurik procéda aux derniers réglages, salua les deux sentinelles d'un geste de la main et souffla :

« Attachez votre harnais, Duyen. »

Melen, palais de Lur, soixante-dix-sept jours standard après l'expiration de l'ultimatum.

« Les meurtres se sont déroulés sans incident particulier ? ironisa Gouanv.

— Tu désapprouves cette opération ? contra Loazour.

— Pas le moins du monde.

— Et quel est le motif de ce revirement d'opinion ? Tu ne considères plus que les espions de Kreis représentent un "danger connu" donc anodin ?

— Il serait anodin si les prêtres suivaient une ligne de pensée cohérente et logique. L'intervention de leurs agents à ce stade aurait été aussi néfaste pour eux que pour Melen, mais, dans les circonstances actuelles, nous ne pouvons exclure un comportement… disons, irrationnel de la part d'Evzek.

— Parce que aucun spol ne le conseille ? suggéra la mercenaire.

— Exact.

— Belle leçon de modestie…

— De la part d'une Latar, je prends cela comme un compliment, susurra Gouanv.

— Je vous en prie, intervint Asbjorn. Je suis ici pour entendre un compte-rendu de la situation, pas pour écouter vos enfantillages. Loazour, où en sommes-nous ?

— Les cinq capitaines sont éliminés, ainsi que les quarante officiers supérieurs que nous visions.

— Parfait.

— Toutefois, une des cibles nous a échappé…

— De qui s'agit-il ?

— Duyen. »

Elle est coincée sur un vaisseau au cœur de l'espace, elle ne peut se cacher bien longtemps, pensa Asbjorn.

« Elle a dérobé une navette avec l'aide d'un major de la garde, précisa la mercenaire.

— Ils ne peuvent aller bien loin, nous surveillons les nœuds alentour.

— Ils ne se dirigent pas vers un nœud, mais… vers Bihan.

— Je vois. »

Elle s'est jouée de nous comme des prêtres, songea le souverain.

« Une jeune femme pleine de ressources, observa Gouanv. J'aurais aimé faire sa connaissance ; elle te ressemble à s'y méprendre, à ce que l'on raconte… »

Loazour avait pâli et elle plongea son regard de braise au cœur des iris aigue-marine de la spol :

« Duyen est une catin et une traîtresse ! Ne t'avise pas de m'insulter de la sorte, espèce de… de…

— … de spol ? »

Le poing d'Asbjorn s'abattit avec fracas sur le bois de son bureau :

« Assez ! Duyen ne détient aucune information essentielle ; il est probable que ses rapports concernent l'activité des prêtres sur Melen. Pour nous, sa mort était plutôt une question d'honneur. »

Surtout pour Heikki…

« Evzek n'a pas encore réagi ? demanda Loazour.

— Non, répondit Asbjorn. Comme la version officielle désigne les cibles comme des agents des neuf royaumes, il ne peut guère protester contre leur élimination. D'autant que Gouanv a préparé quelques "preuves" qui attestent de leur impiété envers la Sainte Église.

— Une touche de raffinement », minauda la spol.

La paix règne entre les neuf royaumes depuis des siècles… quelques querelles sans importance, mais aucun incident sérieux. Cette entente est-elle le fruit d'une retenue commune ou de la conscience aiguë de nos faiblesses respectives ?

Extrait du journal intime d'Emrodes, souverain de Loar.

Aer, mangrove du palais, soixante-dix-neuf jours standard après l'expiration de l'ultimatum.

« Ces arbres sont fascinants », observa Banain.

Les palétuviers s'allongeaient d'abord à l'horizontale puis s'infléchissaient, et ils semblaient posés sur la vase molle, soutenus par l'ensemble des racines dont chacune assurait un ancrage efficace grâce à l'appareil fixateur que formaient ses branches souterraines. Comme le jeune homme illustrait ses propos par des gestes amples, la pirogue oscilla de droite à gauche, menaçant de chavirer et de projeter ses occupants dans la mangrove. En dépit du regard inquiet des deux pagayeurs, Emrodes ne put s'empêcher de sourire de l'exaltation du souverain d'Erc'h.

« Je devrais peut-être réfréner mes ardeurs, murmura Banain. L'eau regorge de karvanioù et je ne voudrais goûter ni à leur dard ni à leurs mâchoires. »

La pirogue filait, silencieuse, le long de l'un des bras secondaires de la mangrove, et seuls le clapotis de l'eau et le cri des insectes venaient troubler la sérénité du lieu. Les deux pagayeurs imprimaient un rythme régulier à leur embarcation sans accorder la moindre importance aux piqûres des insectes, tandis que Banain et Emrodes s'émerveillaient des scènes que leur offrait la nature. Puis Emrodes sortit de sa poche son ellipse de silence portative et la régla de manière que leurs paroles ne parvinssent pas jusqu'aux oreilles de leurs compagnons :

« Nous pouvons discuter en toute discrétion.

— Je vois que la réputation de technicité de Loar n'est pas usurpée.

— Vous souhaitiez bavarder avant la réunion officielle des souverains des neuf royaumes ?

— Oui, dit Banain.

— Je vous écoute.

— Me garantissez-vous le secret ?

— Sur l'honneur, répondit Emrodes.

— Bien. Comme vous le savez, l'économie d'Erc'h repose depuis des siècles sur l'exploitation de nos gisements de métaux et de pierres précieuses. Nous avons par le passé tenté de diversifier nos sources de revenus, mais, à l'inverse de Loar, sans réel succès.

— Traezh dépend de ses gisements d'hydrocarbures et Loar de son ingénierie…

— Votre modestie vous honore, mais l'ingénierie recouvre un domaine vaste et surtout elle représente une richesse renouvelable alors que les filons s'épuisent. À court terme, nous ne courons aucun risque, bien entendu, mais, d'ici quelques siècles, nos mines seront taries et l'indépendance d'Erc'h sera bien précaire. »

Banain laissa les sons de la mangrove les envelopper quelques instants pour ménager son effet :

« Un jour, la chance nous a souri. Il y a deux cent trente-deux ans, en 12624 A.S. pour être précis.

— L'année du dernier trouble majeur des nœuds, murmura Emrodes.

— Exact. »

Aussi loin que remonte la mémoire humaine, les troubles nodaux coïncident toujours avec une cantilène, songea Emrodes. *Des nœuds apparaissent ou s'éteignent, d'autres voient leurs facettes s'altérer de manière significative. De quelle manière les daofined le pressentent-ils ?*

« L'altération avait touché huit pour cent des nœuds, précisa Banain, le double de la limite qui définit un trouble majeur. Les royaumes ont répertorié les nouveaux nœuds, exploré les facettes inédites et la vie a repris son cours, avec toutefois un léger biais pour Traezh et Erc'h : l'un des nœuds bi-facettes qui nous liait était devenu tri-facettes et la troisième nous menait vers un système stellaire à deux planètes qui présentaient chacune des caractéristiques… intéressantes. Si intéressantes que nous avons préféré garder secrète cette altération ; la présence d'un bi-facettes plus accessible entre Traezh et Erc'h nous a d'ailleurs aidés.

— Je frémis d'impatience, le taquina Emrodes.

— À juste titre. La première planète est à dominance maritime et elle regorge de nappes pétrolifères sous-marines tandis que sur la seconde, plus éloignée de l'étoile, les gisements de minerai abondent. Aucune vie animale sur ces deux planètes.

— Je vois.

— Traezh s'est attelé à construire de multiples plates-formes pétrolières pendant que nous extrayions les métaux des glaces : fer, cuivre, zinc, cobalt, nickel, manganèse… une manne céleste. Nous avons maintenu une activité résiduelle sur nos planètes d'origine, plus par souci de discrétion que par besoin réel : nos stocks seuls nous permettraient de continuer à commercer au même niveau qu'aujourd'hui pendant plus de trois siècles.

— Une chance…

— … inouïe, compléta Banain. Si ces planètes avaient été colonisées par Mor, Douar, Aer ou tout autre royaume du Ponant, Traezh et Erc'h ne seraient maintenant que de vulgaires dominions. À la réflexion, je crois même que ce partage est plus sain qu'une exploitation solitaire. À titre personnel, je m'en réjouis… »

Emrodes se souvint des lueurs cuivrées dans les cheveux bruns de Rosenn, la souveraine de Traezh, de l'éclat sombre de ses yeux chocolat, du satin de sa peau obsidienne, et il ne put réprimer un sourire :

« Oui, je peux comprendre votre point de vue. »

Le cri de l'un des pagayeurs interrompit leur discussion ; son doigt pointait vers la mangrove, à l'endroit où la rivière dessinait un coude obtus. Ils ne distinguèrent au début qu'un fouillis de branchages éparpillés sur la terre puis un infime mouvement attira leur regard. Un lézard long de plus de trois mètres paressait à la lisière de l'eau : sa mâchoire entrouverte laissait apparaître deux rangées de crocs proéminents à la blancheur immaculée et sa queue musclée, terminée par un aiguillon venimeux, reposait sur le sol, immobile.

« Un karvan, murmura Banain.

— Il semble endormi…

— Ne vous y fiez pas. Sur terre, le venin de son aiguillon immobilise ses proies en quelques secondes, et dans l'eau, la pression de ses mâchoires le rend presque invincible. Il ne compte aucun prédateur… en dehors de l'homme. »

Le saurien se glissa soudain dans la rivière ; sa longue queue oscilla l'espace d'un instant puis il disparut au cœur de l'eau saumâtre. Emrodes suivit des yeux les vaguelettes qui témoignaient du passage du karvan puis il se tourna vers Banain, inquiet :

« Et s'il se décide à nous attaquer ?

— Une pirogue aussi frêle que la nôtre ne saurait lui résister bien longtemps... Mais nous sommes protégés par un système de répulsion magnétique qui éloigne ces douces créatures.

— Efficace ?

— Je l'espère autant que vous.

— ... Charmant.

— N'est-ce pas ? susurra Banain. Mais revenons à notre discussion... Nos aînés ont hésité à prévenir votre père lors de la Première Guerre des royaumes, mais comme ce nœud ne constituait pas une menace, ils ont préféré garder le secret.

— Comment pouvaient-ils en être aussi sûrs ?

— Nous avons exploré ce système stellaire et il ne contient que deux nœuds : N-Rhyl qui mène vers Traezh et Erc'h et un autre, N-Caernarfon, orienté vers un système inconnu, sans planètes, que nous avons nommé "Nor".

— Et au-delà ? demanda Emrodes.

— Nor ne contient pas moins de quatorze nœuds dont cinq quadri-facettes. L'exploration nous a pris plusieurs années, mais tous les nœuds sont orientés vers d'autres systèmes stériles.

— Vous n'avez pas poussé plus loin, j'imagine.

— Non, nous avons placé des navettes de surveillance à proximité des treize autres nœuds de Nor ainsi qu'une force de défense au niveau de N-Caernarfon. La topologie des lieux nous assure une protection supplémentaire : les nœuds de Nor sont tous situés dans l'espace profond et sont très éloignés les uns des autres, ce qui nous laisserait le temps de réagir, voire de nous replier, en cas d'attaque via Nor.

— Pourquoi me confier un tel secret, dans ce cas ?

— La situation est différente du conflit précédent, répondit Banain. Je ne crains pas d'attaque de Melen par ce canal, mais nous ignorons tout de la périphérie et Erc'h, ainsi que Traezh, s'en voudraient de saborder notre défense commune par simple cupidité.

— Vous ne préviendrez pas les autres souverains ? »

Banain joua avec l'ellipse portative, retourna le bloc de graphite comme pour en deviner les arcanes puis le reposa avec délicatesse avant de se tourner vers Emrodes, un sourire espiègle aux lèvres :

« Dévoiler notre secret représente un risque pour l'avenir de Traezh et d'Erc'h, un risque mesuré puisque Loar n'a pas manifesté de velléités de conquête depuis fort longtemps. Comme vous assurez de fait le commandement de la défense des neuf royaumes, vous alerter nous paraît suffisant.

— Je comprends… Merci.

— Dernier détail : votre serment ne concerne pas Bihan. Rosenn et Kampiola s'entretiennent en ce moment à l'abri de l'une de vos ellipses de silence. »

Il s'interrompit quelques secondes avant de reprendre :

« … Mais je soupçonne Bihan de connaître notre secret depuis de nombreuses années. »

Aer, salle du conseil, soixante-dix-neuf jours standard après l'expiration de l'ultimatum.

« Je suis ravie de vous accueillir sur la planète capitale d'Aer, commença Nivlenn, la régente. Les événements de ces dernières semaines nous obligent à réfléchir à une nouvelle stratégie puisque les mondes périphériques se sont immiscés au cœur du conflit qui nous oppose à Melen. »

« Immiscés au cœur du conflit qui nous oppose à Melen », se répéta Emrodes. *Tels des visiteurs importuns*

au milieu d'une réunion familiale ; l'image est surprenante…

Le clin d'œil enjoué de Kampiola lui confirma que la phraséologie de Nivlenn avait aussi éveillé son attention. Il se concentra à nouveau sur le discours de celle-ci qui concluait :

« … les plus récentes, et je passe donc la parole à Gearoid. »

Le régent de Tan remercia leur hôtesse d'un hochement de tête avant de prendre la parole :

« Nous avons reçu un message de Morgevnid il y a un peu plus d'une semaine.

— Sous quelle forme ? demanda Nerys, la régente d'Heol.

— Sous l'apparence d'une jeune messagère, ma foi fort jolie : elle a accompli sa tâche puis elle a regagné les mondes périphériques. Je vous épargne les tournures de style imagées, mais en substance le message se résumait ainsi : une formulation colorée sur la vilenie de Melen, en particulier vis-à-vis de Tan, et la duplicité de Kreis, suivie d'une "humble" requête… je cite, "la possibilité pour nos vaisseaux de transiter par les royaumes du Ponant, afin de frapper notre ennemi commun : Melen, l'infâme".

— De l'ironie ? suggéra Rosenn.

— Qui sait », murmura Gearoid.

J'entends encore la voix de Bleiz, pensa Emrodes. *« La venue de la périphérie est une bénédiction, nous aurions fini par succomber sous les coups de boutoir de Melen. Deux ogres se combattent à nos portes et, tant que l'un n'aura pas pris l'ascendant sur l'autre, aucun ne pourra se permettre de se disperser en s'attaquant aux neuf royaumes. »*

« Ni Melen ni la périphérie ne peuvent se permettre de se disperser en s'attaquant aux royaumes du Ponant », observa Tudur.

Presque mot pour mot !

La moue de surprise de Rosenn n'échappa pas à Emrodes ; la remarque du souverain de Mor avait touché tous les régents, comme s'il avait prononcé quelque imprécation secrète.

Combien d'entre nous ont entendu une opinion semblable de la bouche de leur spol ?

« Nous n'avons aucun intérêt à favoriser les forces de Morgevnid, une situation d'équilibre nous sert, poursuivit Tudur.

— Tout à fait d'accord », approuvèrent Nivlenn et Nerys d'une même voix.

J'ai l'impression d'avoir déjà vécu cette scène, songea Emrodes.

« Cela correspond à notre analyse, enchaîna Gearoid.

— Ainsi qu'à la nôtre », souffla Estevo.

Kampiola et Rosenn approuvèrent à l'unisson d'un geste gracieux et sept paires d'yeux se tournèrent alors vers Banain et Emrodes.

Il est aussi mal à l'aise que moi, pensa le souverain de Loar.

« Cela me convient, dit-il enfin.

— Emrodes ? l'interrogea Nivlenn.

— ... D'accord. »

L'esprit d'Emrodes vagabonda quelques instants tandis que les régents devisaient sur la défense des neuf royaumes. Il avait l'impression qu'un élément d'importance lui échappait, comme lorsqu'il essayait en vain de retenir avec ses doigts les grains de sable blond des plages d'Enez Gwenn. Les événements s'étaient enchaînés avec une rapidité foudroyante depuis quelques mois ; l'arme de Melen, la parade, la Seconde Guerre des royaumes, l'intervention de la périphérie, et il se sentait emporté par un courant puissant, sans qu'il pût lutter.

« ... que des modifications mineures. Qu'en pensez-vous, Emrodes ? » demanda Nivlenn.

Les considérations stratégiques seront traitées par nos Latars, à quoi bon perdre notre temps à simuler une expertise dans ce domaine ?

« Nous connaissons toutes les facettes des nœuds des neuf royaumes et, comme nous avons toujours supposé que les vaisseaux d'Asbjorn pouvaient surgir des systèmes inexplorés, nos commandants en chef Latars ne devraient avoir aucune peine à adapter nos défenses à cette double menace. »

Et que Traezh et Erc'h continuent à puiser dans les entrailles des deux planètes d'abondance…

L'eugénisme est prohibé, qu'il s'agisse de choisir le sexe d'un enfant, d'améliorer ou d'amoindrir ses capacités physiques, intellectuelles ou psychologiques.

Convention humaine universelle : article 5.

Latar, citadelle de Laboused, quatre-vingt-trois jours standard après l'expiration de l'ultimatum.

Tylin déroula les bandelettes qui enserraient ses paumes et essuya la sueur qui perlait à ses tempes du revers de la main, puis elle saisit la gourde en peau et laissa l'eau pure rafraîchir son corps éreinté. Seule dans la salle d'entraînement, elle examina son reflet dans l'un des miroirs. Plus grande que la plupart des Latars, sa silhouette filiforme masquait ses muscles longs et fermes, sculptés par des heures d'entraînement ; sa chevelure brune et courte encadrait un visage fuselé, rehaussé par la brillance de ses yeux effilés.

Elle déroula un tapis de chanvre et entreprit de décontracter les muscles de ses jambes, sollicités depuis plus d'une heure par les exercices de combat. Elle enchaînait les positions d'étirement et de relaxation avec la précision d'une horloge lorsque la porte de la salle s'ouvrit pour laisser le passage à Subotaï :

« Je me doutais que la lumière signifiait ta présence : aucun autre Latar ne commence ses exercices avant le lever du soleil. »

Tylin expira avec douceur pour gagner quelques précieux millimètres de souplesse supplémentaire et elle se redressa pour le saluer.

« Tu veux t'entraîner avec moi ? demanda-t-elle, espiègle.

— Jamais de la vie, cette heure est tienne et mon corps ne s'éveille qu'avec le soleil.

— Cela t'ennuie-t-il que je poursuive mes exercices pendant notre discussion ?

— Je t'en prie », répondit Subotaï.

Il s'accroupit à même le sol, et il laissa son regard errer sur les multiples machines d'entraînement. La noirceur de la nuit n'avait pas su apaiser ses pensées et il éprouvait le besoin d'en discuter avec Tylin.

« Tu songes aux vaisseaux des rebelles de Kreis ? le questionna-t-elle.

— En quelque sorte, oui.

— Les efforts de Latar depuis tous ces siècles n'ont pas été vains…

— Les unités autochtones de Kreis ne sont pas parvenues à effacer les religions antiques, dit Subotaï.

— Les prêtres sous-estimaient les forces de la rébellion.

— Tout comme nous.

— Mais nous savions que cette planète abritait les restes des anciennes religions, rectifia Tylin. Et nous avons toujours œuvré pour éviter aux mercenaires en poste sur Kreis de se trouver impliqués dans la lutte contre les rebelles. »

Mais ce n'est pas ce qui le préoccupe, pensa-t-elle.

Elle se leva d'un bond et agrippa son sac, nonchalante :

« Attends-moi quelques minutes, je vais me changer. »

Subotaï étendit le bras pour éteindre la lumière : l'obscurité l'enveloppa, chaude, sereine et mystérieuse, puis ses yeux glanèrent les éclats de lumière des astres lointains qui transperçaient la verrière de silice. Il plissa les paupières pour distinguer la forme exacte de la rosace translucide qui ornait la paroi de verre, mais les courbes assombries se jouaient de ses sens et se dissipaient en de multiples illusions. Le silence absolu s'accordait avec la pénombre et il lui semblait que le temps se suspendait, que le moment présent se pétrifiait, qu'il était l'unique être éveillé au milieu d'une multitude aux gestes figés. Seule sa respiration rythmait les instants et il en jouait pour étirer les secondes ou pour les hâter, à sa guise.

« Tu parais songeur… »

Subotaï abandonna ses pensées à regret ; Tylin avait rejoint la salle sans un bruit et elle l'observait, amusée :

« Tu préfères l'obscurité ?

— S'il te plaît, oui.

— Moi aussi. »

Elle s'assit en tailleur, silencieuse. Son visage effilé reflétait une patience infinie et Subotaï lui sut gré de ne pas précipiter la conversation.

« Je pensais à notre faute.

— La faute de Latar, psalmodia-t-elle.

— Nous en payons encore le tribut, presque trois millénaires plus tard. »

Curieux que ce sujet soit presque tabou, songea la mercenaire. *Tous les Latars connaissent leur histoire et en mesurent les effets, mais peu en parlent, comme si les mots renforçaient notre malédiction.*

« Il est plus facile d'en discuter à deux, dans la pénombre d'une nuit étoilée, n'est-ce pas ? murmura Tylin.

— Oui.

— Notre orgueil nous a poussés vers des rivages malsains ; nous croyions être un peuple supérieur, destiné à dominer l'univers. Et nous pensions que la génétique serait notre alliée…

— … La touche ultime, compléta Subotaï. Pour nous rendre plus forts, plus adroits, plus ingénieux… mais moins humains. La plupart de ces altérations se sont évanouies au fil des générations, seule est demeurée notre tare génétique.

— La stérilité. »

Les émeutes ont éclaté comme un coup de tonnerre et elles ont duré plusieurs mois, jusqu'à la création du conseil des sages, se souvint-il. *Son premier édit fut l'interdiction de toute manipulation génétique, six cents ans avant la convention humaine.*

« En nous se terre un allèle corrompu, cracha Tylin. Pourquoi les femmes comme les hommes sont-ils stériles pendant des années avant de devenir féconds l'espace de quelques mois ? Et pour notre malheur, ce caractère est dominant et répandu dans l'ensemble de la population.

— Et Latar est sorti du brouillard de l'isolement pour devenir la planète des combattants. »

Qui se rappelle que Latar signifie « brumes » dans la langue des premiers explorateurs spass ? Un nom prémonitoire…

« Et cela nous ramène aux vaisseaux des rebelles de Kreis, murmura Tylin. À terme, les accueillir condamnerait les Latars. Bien que combattants, nous sommes des proies génétiques faciles face à une population nouvelle.

— Les royaumes voient Latar comme une source presque intarissable de mercenaires, mais notre nombre se limite à deux cent mille âmes alors que les vaisseaux qui croisent dans notre espace depuis bientôt trois semaines abritent plus de trois cent mille personnes.

Nous serions rayés de la planète en quelques générations.

— Sans la présence de religieux au sein de ces vaisseaux, nous n'aurions guère d'états d'âme…

— Certes, admit Subotaï. Mais la situation actuelle nous interdit l'extinction et une offre d'asile ne nous est pas permise.

— Il existe une solution intermédiaire…

— Tylin… N'essaie pas de passer pour plus insensible que tu n'es, une main tendue pour les uns s'accorde mal avec l'horreur d'un pogrom pour les autres.

— Reste donc une unique solution : réussir à convaincre l'un des neuf royaumes d'accueillir ces fugitifs en échange de compensations quant à nos services. Mais en ces périodes de conflit, cela peut prendre des mois et nous risquons d'attirer l'attention sur nous. J'imagine déjà les questions muettes : d'où vient cette soudaine générosité Latar ? Et que cache-t-elle ?

— Nous prétexterons une dette d'honneur.

— Mmmm… Tu penses abuser les spols avec cette explication ?

— Les spols ne communiquent à leur souverain que ce qui leur sied. Bleiz connaît notre secret et il n'est sans doute pas le seul ; dans une certaine mesure, nous sommes obligés de leur accorder notre confiance.

— Accorder notre confiance aux spols ! » railla Tylin.

Elle sait que nous n'avons pas d'autre choix, songea-t-il.

« Tu as rencontré Esyllt lors de tes visites sur les vaisseaux…

— Oui, à deux reprises.

— Ton impression ? demanda Subotaï.

— Intelligente, astucieuse. Et hardie. Je crois qu'elle avait deviné le caractère religieux de Latar même si elle n'en connaissait pas la teneur.

— La probabilité qu'elle soit de connivence avec la périphérie ou les prêtres ? »

Une lueur de surprise scintilla dans les yeux en amande de Tylin :

« Infime... »

Latar, littoral de Laboused, quatre-vingt-trois jours standard après l'expiration de l'ultimatum.

Seul sur le promontoire qui surplombait le plateau de grès rose, Subotaï guettait les rayons de l'aube.

Encore quelques secondes...

Les premières lueurs orangées le guidèrent vers un chemin rocailleux qui serpentait le long de la falaise abrupte ; la pénombre rendait sa progression délicate et il s'évertuait à éviter les pièges que lui tendait la sente. Il distingua bientôt le mandala, sculpté à même la roche du plateau, léché par les langues d'écume de la mer pleine : le cercle de la connaissance, le cercle des sensations, le cercle de la stabilité et, enfin, le cercle du monde spirituel. Il délaissa la douceur des derniers mètres de la pente pour rejoindre le plateau par un amas de rochers qui lui offrait des prises faciles. Lorsqu'il y parvint enfin, il demeura immobile quelques instants pour reprendre son souffle et admirer les arabesques ombrées que le soleil d'Orient esquissait sur la roche.

La mer ne progresserait plus, elle devrait s'abandonner à l'étale avant de refluer, impétueuse, vers le large ; Subotaï affectionnait ce moment où la pierre se retranchait dans ses ultimes fortifications pour lutter contre la fureur océane. Il songea aux saints hommes enfermés dans leur vaisseau, là-haut, dans les éthers de Latar ; les mercenaires dépêchés pour l'inspection avaient confirmé au conseil des sages la présence du dalaï-lama et du panchen-lama à leur bord.

En dépit de leur entraînement, ils n'ont pas su masquer leur émotion lors de la rencontre... Mais qui pourrait les blâmer ?

Latar avait connu l'orgueil, l'affliction génétique et l'isolement tandis que les garants des anciennes religions avaient affronté la clandestinité, la persécution et parfois l'oubli. Tant de siècles avaient sans doute éloigné les croyants, la diversité s'était muée en divergence et, pour le culte comme pour les croyances elles-mêmes, le bouddhisme Latar s'était peut-être détourné du bouddhisme traditionnel, incarné par le dalaï-lama et le panchen-lama. Pourtant, le conseil des sages reconnaissait toujours l'autorité spirituelle de leurs hôtes spass ; presque trois millénaires plus tôt, Latar s'était tourné vers cette religion pour panser la douleur de ses plaies génétiques et les lamas leur avaient redonné l'espoir et une raison de vivre.

Et leur soutien n'a jamais faibli depuis... Même s'ils ont toujours refusé d'intégrer le conseil des sages, chacun ressent les bienfaits de leur influence.

Subotaï s'assit en tailleur à l'entrée du premier cercle et s'efforça d'ouvrir son esprit pour laisser ses inquiétudes et ses angoisses s'évaporer dans l'air. Il songea au mandala, lieu de méditation, dédié à Manjusri, le Seigneur de la sagesse que certains écrits présentaient comme un Bouddha accompli alors que d'autres voyaient en lui un Bodhisattva, un être humain ayant atteint l'état d'éveil, mais qui suspend, par compassion pour ses semblables, son entrée dans le nirvana. Le symbole de Manjusri, ciselé dans la pierre, trônait au centre du mandala sur un lotus à huit pétales entouré par huit carrés concentriques.

Comme à chaque rencontre, Subotaï cherchait à se confondre avec la divinité suprême, pour atteindre la délivrance finale ; ses précédentes tentatives l'avaient rapproché de Manjusri, mais, à la suite des quatre cercles, il n'avait jamais franchi plus de trois carrés. Toutefois, ces expériences lui apportaient le calme et la sérénité nécessaires à sa fonction et il ressentait le besoin de s'isoler au cœur de ce mandala marin à intervalles réguliers.

Un son sourd bourdonna à ses lèvres, le dharani, simple syllabe rituelle qui rassemblait l'essence de la sagesse bouddhique. La répétition des dharanis symbolisait le retour à l'origine, paix, silence et volupté, grâce au dépassement de la parole, des mots et même du sens.

« Am… Am… Am… »

Peu à peu, Subotaï se mêlait aux souffles du vent, il entendait le murmure des flots, chants sacrés envoûtants de beauté, il sentait l'arôme du soleil d'aurore qui titillait ses narines de senteurs nacrées, il voyait la vigueur de la roche aux reflets rose pâle.

« Am… Am… Am… »

Les cris des morvaouted se muaient en une mélopée envoûtante, paisible et céleste, qui distillait des effluves sucrées le long de ses veines.

« Am… Am… Am… »

Les éclats d'embruns suaves, semblables à un philtre pastel, illuminaient son palais d'étincelles de douceur.

« Am… Am… Am… »

Les reflets flavescents caressaient sa peau rugueuse et dessinaient de minces filaments d'or autour de sa chevelure ébène.

« Am… Am… Am… »

Le mica des roches concentrait la chaleur du soleil pour réchauffer ses lèvres et les colorer de carmin, d'azur et d'indigo.

« Am… Am… Am… Am… Am… »

L'exploration toujours, la solitude souvent, la découverte parfois, l'abandon jamais !

École des navigatrices des mondes périphériques.

Vaisseau de commandement de la périphérie, espace proche de Kreis, quatre-vingt-huit jours standard après l'expiration de l'ultimatum.

« Saut spass dans cinq secondes, annonça la navigatrice. Quatre, trois, deux, un, zéro… »

Le voile noir s'étendait à la lisière de l'esprit de Morgevnid et menaçait d'envelopper sa conscience ; elle n'essaya pas de lutter contre la torpeur, mais plutôt de s'unir à l'âme du nœud pour laisser la sensation d'engourdissement se muer en douce indolence.

« Presque aussi affûtée qu'une navigatrice de combat… »

La voix de Dagur.

Elle congédia la navigatrice d'un geste sec et se tourna vers le spol qui dardait ses yeux noisette sur elle, comme pour déceler une faille dans son équilibre post-spass. Il esquissa un sourire gracieux, presque affectueux.

Son programme génétique ne prévoyait pas de résistance à l'inconscience spass.

« Une nouvelle compétence spol ou une aptitude personnelle ? demanda-t-elle.

— Ah… Quelle importance ?

— Si les spols des royaumes disposaient de telles qualités…

— Aucun d'eux n'est navigateur. »

Comment peut-il en être si sûr ? Et combien d'autres secrets les spols dissimulent-ils sous leur masque de cire ?

« Nous disposons de quelques heures avant d'atteindre notre destination, observa Dagur. Peut-être souhaites-tu aborder les questions stratégiques dès maintenant.

— Avec plaisir. Commençons par la Sainte planète… J'ai laissé le commandement général de nos forces de l'espace de Kreis à Dao.

— Dao ? Le vilain petit canard de l'école des stratèges de la périphérie.

— Ses tactiques semblent les plus appropriées contre les minggans de Melen…

— À ta guise. Mais je m'étonne que tu aies délaissé les étoiles comme Kailee ou Galiene à son profit.

— Une intuition…, murmura Morgevnid.

— La souveraine des mondes périphériques, chantre de la science génétique, coordonne la dernière phase d'un conflit préparé depuis des siècles, et elle délègue le commandement militaire le plus crucial sur une simple… intuition ? »

Qu'il aille au diable !…

« Tu désapprouves ?

— Au contraire, c'est un excellent choix. »

Le rire juvénile de Morgevnid vrilla le silence de la cabine de commandement :

« Le parangon de logique appuie une décision écervelée ?

— Instinctive, corrigea le spol. Et non écervelée…

— Soit. Tu penses toujours que l'attaque frontale de Melen est prématurée ?

— Toujours.

— "La conquête de Melen passe par la capture de ses planètes vassales", récita Morgevnid.

— Nous obligeons ainsi Asbjorn à disperser ses forces alors que le conflit avec les neuf royaumes l'empêche de manœuvrer à son gré.

— Peu à peu, nous grignoterons son empire et nous le contraindrons à se replier sur ses seules planètes. À ce moment-là, Melen ne sera plus qu'une puissance immobile, ses nœuds ne lui permettront plus de se mouvoir dans l'univers et sa chute sera alors inéluctable.

— C'est juste », approuva Dagur.

Il se leva soudain de son fauteuil et parcourut avec lenteur les quelques pas qui le séparaient de l'amas d'oreillers de velours aux teintes pastel, puis se laissa glisser sur le tapis angora pour se lover au creux des coussins douillets.

« Je ne suis pas certaine que cet endroit soit propice à notre discussion, observa Morgevnid.

— Tu crains des avances ? »

Elle dédaigna sa remarque d'une moue narquoise et s'assit sur le tapis, la tête appuyée sur un traversin ventru. Les lueurs ambrées de la cabine se reflétaient sur sa peau caramel et rehaussaient encore l'éclat de ses yeux turquoise, joyaux rares au cœur de l'écrin sombre de ses longs cils effilés. Ses cheveux ondulés coulaient sur sa nuque jusqu'à ses épaules, telles de fines anguilles de jais. Ses jambes sveltes, longues courbes galbées dans un pantalon moulant, paraissaient presque irréelles tant elles évoquaient la douceur et la féminité.

« Sur l'ancienne Terre, les fleurs les plus belles masquaient souvent les pièges les plus dangereux, chuchota Dagur.

— Une louange acidulée ?

— Elle te flatte ?
— Les spols maîtrisent leurs passions.
— Pas tout à fait… Ils les choisissent. »
Ne pas se laisser déstabiliser par sa rhétorique.
« Nous parlions stratégie, répliqua-t-elle. Loar ?
— Loar est la seule planète que nous ne pouvons occuper. Du moins pour l'instant… Asbjorn ne manquerait pas de lancer une attaque avec sa nouvelle arme et nous ne connaissons rien du fonctionnement de la parade. Les neuf royaumes nous ont refusé le passage de nos vaisseaux, j'imagine ?
— Oui. »
Comme tu l'avais prévu, Dagur.
« Nos stratèges préconisent de n'intervenir que d'une manière ponctuelle contre eux, pour conquérir un nœud profond ou une planète inhabitée, reprit Morgevnid. Lorsque Melen sera affaibli, il sera alors temps de s'en occuper.
— Nos stratèges…
— Inutile de me rappeler que les mercenaires sont plus compétents, interrompit Morgevnid. Latar m'intrigue.
— Latar intrigue tous les royaumes depuis des siècles.
— Je ne sais pas s'ils représentent une menace pour nos plans.
— Par les qualités de leurs mercenaires, oui. En tant que puissance, non.
— Je serais curieuse de savoir ce qui te rend si sûr de toi.
— Aucune certitude, répondit Dagur. Une simple analyse liminaire…
— À partir de quels éléments ?
— Ah… Laisse-moi ma part de mystère.
— Je ne suis pas prête à jouer l'avenir des mondes périphériques sur tes cabotinages !
— Rien ne t'y oblige. Attaque Latar demain si tu le souhaites.

— Et pourquoi pas ? cracha Morgevnid.

— Tu ne risques qu'une coalition des neuf royaumes et de Melen, en ordre de combat derrière l'étendard noir des mercenaires. Latar est la seule puissance à laquelle tous accordent leur confiance.

— Raison de plus pour les éliminer !

— Latar n'est pas Kreis. »

« Latar n'est pas Kreis », se répéta Morgevnid. Maudits mercenaires ! Maudits spols !

« Je me demande parfois si l'attitude des prêtres de Kreis envers les spols n'était pas la meilleure.

— Tu n'en penses rien, répliqua Dagur. Ou tu ne prendrais pas le risque de m'en parler alors que nous sommes seuls…

— Une menace voilée ? »

Le regard de Dagur erra quelques secondes sur le corps alangui de la souveraine, à la fois absorbé et absent, comme si son esprit prenait appui sur la peau de Morgevnid pour s'envoler ailleurs.

« Non, murmura-t-il. Non, jamais… »

Les yeux de Dagur reflétaient en cet instant une telle détresse qu'elle ne put réprimer un élan de compassion. La barrière induite par la transe spol, si présente à l'accoutumée, semblait se désagréger et Morgevnid n'osait pas prononcer la moindre parole, de peur de briser le charme. Elle s'approcha du spol et effleura la peau de son avant-bras, comme pour confirmer la réalité de sa présence, sans l'effaroucher.

Que savons-nous des spols ? Sont-ils encore humains ?

Elle hésita quelque peu, retira sa tunique ivoire et révéla sa poitrine nue, ferme et arrogante ; ses seins, sublimes de perfection, figuraient l'essence même de la féminité que nul défaut ne venait ternir. Elle s'assit à califourchon sur Dagur puis elle approcha son buste jusqu'à ce que les lèvres du spol s'entrouvrent pour gober l'une des gemmes grenat de sa poitrine.

De longs cheveux noirs et une crinière de feu. Une adolescente et une femme. La fidélité et l'insolence. Une mercenaire et une spol… Tout oppose Loazour et Gouanv, mais l'on sent parfois percer des signes de connivence inhabituels entre le commandant en chef Latar et le spol du royaume.

Archives du département d'espionnage de Bihan : rapport de l'agent PL1209, en poste sur Melen.

Melen, palais d'hiver de Lur, quatre-vingt-douze jours standard après l'expiration de l'ultimatum.

Quel gâchis…, songea Evzek.

Les nappes de brume se mêlaient aux ombres esquissées par l'aurore pour inventer des silhouettes vaporeuses, farouches sentinelles des bois du palais d'hiver, tandis que les pas du grand prêtre troublaient à peine la quiétude sylvestre et laissaient des empreintes incongrues dans les sentiers gorgés de rosée matinale.

Nos réseaux décimés en moins d'une journée… Asbjorn s'est révélé plus fin que je ne l'imaginais. Ou plus attentif aux conseils de sa spol…

Il s'arrêta au pied d'un marronnier ; les chants des

oiseaux, dissimulés dans la brume, ornaient de sons les formes fugaces du bois. À l'orée d'une clairière, le brouillard se densifiait et dessinait des formes blanchâtres, éphémères, douces ou menaçantes. Il aperçut une silhouette éthérée qui se dirigeait vers lui, à pas prudents, aura nébuleuse à forme humaine.

Est-ce une illusion ?…

Une femme se détacha des nappes, l'aube pâle illuminait ses longs cheveux roux et allumait une à une les taches de rousseur de son visage sensuel. Puis les rares rayons du jour attisèrent la pureté de ses iris, soleils aigue-marine, célestes et cristallins.

Gouanv…

« La brume est envoûtante à cette heure, murmura la spol.

— Qui vous a permis de pénétrer dans le domaine du palais d'hiver ?

— … Personne. »

La police religieuse et les escadrons Latars surveillent tous les accès. Comment a-t-elle pu s'infiltrer en ces lieux ?

« Je vous somme de quitter ce bois !

— Evzek… Même sur Kreis, je n'accepterais pas vos ordres. Et nous sommes sur Melen.

— Vous êtes venue pour me tuer ? demanda-t-il.

— Vous tuer ? Les spols ne sont pas des assassins.

— Je représente un danger pour vous.

— Non, plus maintenant. »

Nous n'avons pas dit notre dernier mot ! songea-t-il en serrant les poings.

« Vous êtes donc venue me narguer.

— Non plus.

— Que me vaut cet honneur, dans ce cas ? railla Evzek.

— Un simple sentiment humain.

— Comme si les spols éprouvaient le moindre sentiment !

— La curiosité... Puis-je vous accompagner dans votre promenade ?
— Ai-je le choix ?
— Oui. Mais je crois que vous vous laisserez tenter, vous êtes curieux vous aussi.
— ... Soit. »
Ils longèrent un buisson de ronces parsemé de mûres ; Gouanv se hissa sur la pointe des pieds et en récolta une poignée ; elle laissa fondre un fruit sous sa langue puis elle en proposa quelques-uns à Evzek :
« N'ayez crainte, elles ne sont pas empoisonnées. »
Le grand prêtre savoura les mûres sans quitter la jeune femme du regard :
« Succulentes. Ainsi, je suis curieux ?
— Vous avez négligé les conseils de Sansar, votre commandant en chef Latar, et cette légèreté vous a coûté Kreis. Et, en dépit de votre orgueil, vous vous demandez si vous n'avez pas commis une seconde erreur en exterminant les spols sur la planète Sainte.
— Les sp... Vous êtes des aberrations ! répliqua Evzek.
— Oublions les harangues religieuses. Croyez-vous qu'Asbjorn ou les souverains des neuf royaumes nous apprécient ? Ils nous tolèrent parce que nous leur apportons un soutien et que le génocide des spols causerait plus de troubles qu'il n'en résoudrait.
— La Sainte Foi n'accepte pas de compromis.
— La Sainte Foi n'est que compromis entre les anciennes religions dans lesquelles elle a puisé pour s'ériger en dogme unique, hautain et dédaigneux.
— Blasphème ! »
Prudence, prudence... Elle pressent la vérité, mais celle-ci est enfouie au cœur de notre bibliothèque, à l'abri de tout regard importun. Elle cherche à m'arracher des bribes d'informations, les données sont leur matière première...

« Vous me suggérez de prendre un spol comme conseiller ?

— Ah… Personne ne “prend” un spol comme conseiller, il frappe à votre porte et libre à vous de l’accepter ou de le refuser. Et je doute qu’aucun d’entre nous ne se présente pour vous proposer ses services.

— Parce que nous avons tué vos semblables sur Kreis ?

— Parce que vous êtes une puissance à l’agonie, condamnée à l’oubli, corrigea Gouanv. La Sainte Religion déclinera dans l’ensemble des royaumes, d’anciens cultes que vous croyez éteints regermeront comme autant de nouvelles pousses vivaces, certains plus tolérants, d’autres encore plus sectaires. Seul Melen vous restera fidèle sur le plan spirituel, mais jamais vous ne retrouverez votre influence d’antan.

— Vous oubliez le surnom de ce royaume : “Melen la pieuse”.

— Sans soutien dans l’armée, la piété du peuple — que, à mon avis, vous surestimez — vous sera inutile. Et vous avez perdu vos appuis, à jamais.

— Vous nous prêtez de fausses intentions… Il me semble d’ailleurs que les traîtres exécutés sur l’ordre d’Asbjorn espionnaient pour Bihan.

— Certains d’entre eux jouaient double jeu, en effet. Mais peu m’importe que vous reconnaissiez la réalité des faits, je ne suis pas venue pour cela.

— Et quel est le motif réel de votre intrusion dans notre domaine ?

— Découvrir le vrai visage du grand prêtre de la Sainte Église de Kreis, comparer la réalité avec mes analyses liminaires. Comme je vous l’ai dit : la curiosité. »

Evzek ramassa une branche de bois mort et dessina dans l’air de lents croquis ; ses gestes répétitifs et vains témoignaient de son intense concentration. Pour la première fois depuis le début de leur discussion, il adressa un sourire à la jeune femme :

« Puisque vous souhaitiez me rencontrer, accepteriez-vous de remplir les fonctions de spol pour la Sainte Église le temps de cette promenade ?

— Pourquoi pas ? Tant que cette passade n'interfère pas avec mon rôle auprès d'Asbjorn.

— La première spol de Kreis.

— Ainsi que la dernière, compléta Gouanv. Et pour quelques instants seulement... »

Au pire, cela agrémentera ma balade, songea Evzek.

« Qui, de Melen ou de la périphérie, sortira vainqueur de ce conflit ?

— Données insuffisantes, répondit-elle.

— De quelle puissance militaire disposent les mondes périphériques ?

— Données insuffisantes.

— Vos réponses me sont précieuses, ironisa-t-il. La périphérie s'est-elle attaché les services de mercenaires ?

— Enfin une question pertinente... Non.

— Parce qu'elle ne leur accorde aucune confiance ou parce qu'elle estime ses propres troupes plus efficaces ?

— Ni l'un ni l'autre. Jamais Latar n'accepterait de servir une puissance où la génétique tient une telle place.

— Même pour un prix élevé ? demanda Evzek.

— Vous pensez au coût exorbitant que Subotaï exigeait pour les mercenaires affectés aux unités de la police religieuse ?

— Comment le savez-vous ?

— Le cas est différent, poursuivit Gouanv en ignorant la question du grand prêtre. Même si le tarif était prohibitif, vous aviez la possibilité d'enrôler quelques Latars dans vos escouades tandis qu'aucun mercenaire ne combattra pour la périphérie.

— D'où vient l'aversion de Latar pour la génétique ? Elle n'est pas liée à des raisons religieuses...

— Données insuffisantes. »

« Données insuffisantes » signifie autant l'absence d'informations que le refus de répondre à une question, pensa le grand prêtre.

« Depuis combien de temps les planètes ardentes sont-elles alliées à la périphérie ?

— Au moins deux générations.

— Un spol conseille-t-il les mondes périphériques ?

— Sans doute.

— Depuis longtemps ?

— Même réponse.

— Le connaissez-vous ? demanda Evzek.

— Non.

— Pouvez-vous communiquer avec lui ?

— Non. Et je ne le souhaite pas.

— Pourquoi les planètes ardentes ont-elles renié la convention humaine ?

— Koroll, Don et Flour se trouvaient dans une impasse, expliqua Gouanv. Ils ont compris bien avant la Première Guerre des royaumes que leur faiblesse les plaçait à la merci de la soif de pouvoir d'un conquérant plus puissant. Quoi que vous pensiez des mondes périphériques, ils représentaient pour les planètes ardentes l'unique issue pour préserver un peu de leur liberté.

— Au prix de l'infamie !

— C'est votre opinion. Les velléités de conquête d'Asbjorn lors de la Première Guerre des royaumes ont confirmé leur analyse.

— Depuis combien de temps saviez-vous que les planètes ardentes servaient de laquais à la périphérie ?

— Je ne suis la spol de Melen que depuis quelques mois.

— Votre prédécesseur le savait ?

— Je ne l'ai pas rencontré. »

Peut-être les spols connaissaient-ils cette menace larvée

depuis des années. Combien d'entre eux ont gardé cette information secrète vis-à-vis de leur souverain ?…

« Les neuf royaumes peuvent-ils profiter de l'affaiblissement de Melen et de la périphérie pour s'étendre ?

— C'est une possibilité. Données insuffisantes.

— Pourquoi Emrodes dirige-t-il la coalition ?

— Trois explications complémentaires : la personnalité du jeune souverain, la parade conçue par Loar et le talent de Chuluun.

— Loazour est-elle plus douée que Chuluun ?

— Je ne suis pas compétente dans les questions militaires.

— Bihan a-t-il réussi à infiltrer des espions sur Melen ?

— Oui, affirma Gouanv.

— Vous les avez identifiés ?

— Certains d'entre eux.

— Avez-vous rencontré les spols des neuf royaumes ?

— Aucun.

— Qui succédera à Asbjorn ?

— Difficile à prévoir. Vous avez manœuvré pour placer Heikki sur le trône, mais ni lui ni Ince n'ont l'âme d'un parricide. Tout dépendra de l'issue du conflit, mais je pencherais pour Heikki, si Melen existe encore… »

Nos intentions étaient-elles si transparentes ?

« Asbjorn attentera-t-il à ma personne ?

— Données…, commença Gouanv dans un sourire.

— … insuffisantes. Melen et les neuf royaumes peuvent-ils s'allier contre les mondes périphériques ?

— *A priori* non, ils se méfient trop l'un de l'autre. À moins d'une erreur de l'ennemi…

— De quel genre ? demanda Evzek.

— La plus grossière serait une attaque contre Latar, Subotaï pourrait alors fédérer Melen et les royaumes du Ponant sous sa bannière.

— Vous pensez que la périphérie commettra une telle erreur ?

— Non.

— Si Melen repousse la périphérie et que nous regagnons Kreis, la Sainte Église retrouvera-t-elle son influence ?

— Non.

— Pourquoi ?

— Pour de multiples raisons. Un : je ne connais pas la puissance militaire de la périphérie, mais il est certain qu'elle préparc cet assaut depuis de nombreuses années ; une victoire d'Asbjorn est possible, mais elle n'est pas proche. Deux : ni Melen ni les neuf royaumes ne peuvent contre-attaquer les mondes périphériques puisque personne ne connaît l'emplacement de leurs planètes, ce qui signifie que tous les royaumes sont vulnérables à des actions de guérilla en cas de repli de l'ennemi…

— Et que nous dépendrons de Melen pour notre défense, compléta le grand prêtre.

— Exact. Trois : les cultes "déviants" — pour reprendre votre terminologie — vont bientôt se manifester, sous la forme d'un renouveau des anciennes religions et de l'apparition de nouvelles croyances.

— Les anciennes religions sont éteintes.

— Assoupies et non éteintes. Le dogme unique aura vécu, que vous retourniez ou non sur Kreis. »

Ils rejoignirent une allée un peu plus large qui menait, après quelques détours, à l'orée du bois ; ils s'arrêtèrent de concert, figés et indécis, puis la spol se détourna en silence pour rejoindre les arbres.

« Gouanv ? appela le grand prêtre.

— Oui ?

— Je vous méprise et je vous hais, vous et vos semblables.

— Je sais. »

La lune de Loar, égérie des romantiques et des poètes, est devenue le centre névralgique de la défense militaire des neuf royaumes. Sombre destin…

Extrait du journal intime d'Emrodes, souverain de Loar.

Loar, palais d'Aven, quatre-vingt-dix-sept jours standard après l'expiration de l'ultimatum.

Debout sur le muret de la terrasse, Chuluun se détendait avant l'éveil du palais d'Aven. Il distinguait au loin des silhouettes éparses, témoins de l'activité humaine avant le souffle de l'aurore. Son regard se posa sur les quais où s'activaient les marins-pêcheurs ; il devinait dans la pénombre le désordre des derniers préparatifs, les vociférations des capitaines et l'excitation maladroite des mousses, impatients de prendre la mer pour prouver leur valeur au monde adulte.

L'océan… Le trait d'union entre la citadelle de Laboused et la capitale de Loar.

Les vagues claquaient contre la jetée, comme pour intimider les aventuriers de la mer, mais les pêcheurs ignoraient le fracas de l'écume et le premier bateau largua les amarres sous les clameurs des terriens restés à quai.

Chaque monde possède ses heures, ses rites, ses codes…

Il songea à sa discussion avec Bleiz en ce même lieu, plus de trois mois auparavant ; les événements s'étaient depuis enchaînés avec une rapidité inouïe : l'attaque de l'arme de Melen, la parade et la coalition des neuf royaumes, l'agression des vaisseaux d'Asbjorn, l'intervention de la périphérie et la prise de Kreis, l'exil des prêtres…

Et maintenant ce conflit entre trois puissances qui se détestent. Cette période signale-t-elle une nouvelle ère, plus guerrière que la précédente ?

Au cœur de ce tumulte belliqueux, deux communautés déployaient leur influence, les mercenaires et les spols : aux premiers, la rigueur des compétences militaires ; aux seconds, la finesse des analyses politiques.

Du moins pendant la durée des troubles… Ensuite, difficile de prévoir les conséquences de ces guerres. Même pour Latar, la planète des combattants.

Chuluun se rétablit sur le sol de la terrasse d'une pirouette agile au moment où la porte de bois pivotait sur ses gonds pour livrer le passage à Emrodes. Le souverain le salua d'un geste gauche puis il s'assit sur le muret à quelques pas du mercenaire. Ses yeux gonflés témoignaient de sa torpeur ; il étouffa un bâillement sonore et adressa un sourire indolent à Chuluun :

« Je savais que je te trouverais ici, il n'y a que toi pour se lever à ces heures indues.

— Et toi aujourd'hui…

— Je voulais mesurer l'étendue de ta névrose, plaisanta Emrodes. Aucune nouvelle depuis hier ?

— Non. Les vaisseaux des mondes périphériques sont toujours immobiles depuis qu'ils ont pris possession de N-Aber, dans l'espace semi-profond de Bihan, sans que nos vaisseaux n'opposent la moindre résistance. Les unités de surveillance de Bihan se tiennent à distance sûre et continuent à étudier l'armada ennemie.

— Combien de djaghouns ?

— Trois.

— Une hypothèse sur la stratégie de la périphérie ? »

Le mercenaire haussa les épaules en signe d'ignorance :

« Aucune. Si Loazour avait opté pour une telle manœuvre, j'aurais imaginé les théories les plus farfelues, mais je pense que l'explication est plus simple : elle se nomme incompétence. N-Aber est situé à plus de quatre mois du nœud le plus proche et à presque six mois de Bihan, sa capture n'apporte aucun avantage tactique : si leurs vaisseaux se décidaient à effectuer un tel voyage, nous aurions tout le temps de préparer une défense appropriée.

— N-Aber a valeur de symbole, observa Emrodes. Le premier nœud des neuf royaumes occupé par la périphérie.

— Je le leur laisse bien volontiers, c'est le nœud le plus futile de notre espace.

— N-Aber est lié à Mein, ce qui signifie que les forces de la périphérie se sont rendues maîtres de cette planète aux dépens de Melen.

— Sans doute, admit Chuluun.

— Tu n'as pas l'air étonné…

— J'imagine que Morgevnid ne se serait pas lancée dans une telle conquête si elle ne pouvait venir à bout d'une planète comme Mein.

— Quelle est ton opinion sur les forces de la périphérie ?

— Je serais tenté de répondre comme les spols : “données insuffisantes”. Leurs compétences stratégiques sont pauvres, mais leur flotte semble étendue, sans doute plus que celles de Melen et des neuf royaumes réunies. Et le manque d'information sur l'emplacement de leurs planètes leur confère un avantage crucial puisqu'elle nous interdit toute contre-attaque, ce qui libère leurs vaisseaux pour l'attaque.

— Tu me parais bien pessimiste, remarqua Emrodes.

— Inquiet…

— Tu penses qu'une alliance avec Melen nous aiderait ?

— D'un point de vue militaire, non. Nos défenses sont indépendantes et, tant que Melen et les neuf royaumes ne gaspillent pas des vaisseaux l'un contre l'autre, des stratégies séparées sont presque aussi efficaces. Sur le plan politique, la question s'adresse plutôt à Bleiz.

— Aucun changement dans la stratégie de Melen ?

— Asbjorn a cessé toute agression depuis plus d'un mois, leurs vaisseaux se regroupent autour des nœuds des neuf royaumes qu'ils ont déjà conquis et ils en abandonnent même certains.

— Un repli ? s'enquit le souverain.

— Cela y ressemble.

— La périphérie nous a libérés des crocs d'Asbjorn pour mieux y planter les siens. »

Chuluun conserva le silence, pensif, presque soucieux :

« Un autre problème ? demanda Emrodes.

— Non… Pourquoi la périphérie n'a-t-elle pas attendu la fin du conflit entre Melen et les royaumes du Ponant pour intervenir ?

— J'imagine que Morgevnid espérait profiter du désordre et de l'effet de surprise. Peut-être escomptait-elle aussi gagner notre confiance… »

À moins qu'elle ne rechigne à régner sur des planètes en ruines, songea Chuluun.

La porte pivota à nouveau et ils reconnurent un jeune officier Latar, en poste depuis peu sur Loar ; il s'approcha sans hâte et s'immobilisa à quelques pas pour un salut réglementaire.

« Oui ? l'encouragea Chuluun.

— Un message de Tan, répondit le jeune officier d'une voix neutre. La périphérie a conquis N-Towi dans leur espace semi-profond.

— Combien de vaisseaux ?

— Deux minggans.

— Leur direction ?

— Ils demeurent immobiles pour l'instant.

— Je vous remercie », conclut Chuluun.

Le mercenaire se retira et Chuluun esquissa un sourire :

« Cette approche est plus intelligente.

— N-Cembigg, murmura Emrodes.

— Exact. N-Cembigg est un quadri-facettes qui mène vers Aer, Douar et Heol : sa conquête représenterait une avancée notable pour la périphérie. Comme ses soldats ne connaissent pas de phase d'inconscience, la maîtrise de N-Cembigg lui permettrait de se répandre au cœur des neuf royaumes. Avant que tu ne me poses la question, N-Towi est situé à six semaines de N-Cembigg.

— Nous pouvons résister à un assaut de deux minggans ?

— Notre défense est calibrée pour soutenir une agression de trois minggans… de Melen. »

Et les stratèges de la périphérie sont loin de valoir Loazour, pensa Chuluun. *Nous pourrions vaincre cinq de leurs minggans sans renfort.*

« Et si la périphérie mobilise d'autres vaisseaux ? demanda Emrodes.

— Le délai nous permet de modifier notre défense. N-Cembigg est un nœud névralgique et nous sommes à même de router de nombreux djaghouns dans cette direction en cas de besoin.

— Aucun danger majeur, donc ?

— Pas dans l'immédiat, non. »

L'univers a connu maintes guerres par le passé, mais

c'est la première qui mobilise toutes les puissances pour un même conflit, songea Emrodes.

« Nous ne connaissons pas l'emplacement des planètes de la périphérie…

— Non, confirma Chuluun.

— Mais nous savons quels nœuds mènent aux planètes ardentes. »

Un sourire froid se dessina sur le visage buriné du mercenaire :

« Conquérir ou anéantir Koroll, Don ou Flour ne nous servirait à rien. Les planètes ardentes ont sans doute fourni de multiples renseignements à Morgevnid, mais elles ne lui sont maintenant d'aucune utilité.

— D'un point de vue militaire, non.

— Tu songes à la vengeance ? Tu sais aussi bien que moi que la liberté des planètes ardentes n'était qu'éphémère ; elles ont choisi leur camp, la périphérie plutôt que Melen… Même si elles avaient sollicité l'aide des neuf royaumes, la configuration des nœuds ne nous aurait pas permis de les protéger contre les assauts d'Asbjorn.

— C'est juste, admit Emrodes.

— Et j'imagine que leur espace grouille de vaisseaux de la périphérie… Leur sort dépendra de l'issue du conflit, pas de son déroulement. »

Et de la loyauté de Morgevnid, pensa le souverain.

« Si tu le permets, je vais rejoindre le centre de commandement, dit Chuluun.

— Je t'en prie. »

Emrodes suivit du regard la silhouette altière du mercenaire pendant quelques secondes puis il reporta son attention sur la ville que l'aube avait maintenant éveillée de ses rayons. Cette heure n'était pas sienne, les images et les sons lui paraissaient étrangers et il se sentait presque voyeur d'observer la nuit se déliter. Il affectionnait plutôt le crépuscule, les dernières lueurs orangées qui éclataient, fières et dignes, avant de périr sous les assauts de la pénombre. Il se délectait du sommeil qui enveloppait peu à peu les hommes, les animaux et même les objets ; il demeurait seul, ultime témoin de la défaite de la lumière. Il évitait les essaims humains qui se regroupaient alors pour se rassurer face à l'avancée de l'obscurité ; parfois, il croisait une ombre solitaire, servante, garde ou courtisane, et leurs regards échangeaient alors un éclair de connivence, complicité tacite entre deux créatures des préludes de la nuit.

Kampiola goûte aussi ces instants…

Cette pensée libéra de multiples sensations en son être ; ils ne s'étaient pas revus depuis la dernière réunion des neuf royaumes, presque vingt jours plus tôt, et cette absence distillait dans ses veines un lent poison qui meurtrissait son cœur. Les images se succédaient, pluie de cheveux blonds, éclat de jade de ses iris, sourire enjôleur, corps entremêlés, tant de moments que les sens d'Emrodes, drogués au charme de Kampiola, imploraient.

La guerre trouble notre idylle, mais elle ne la brisera pas.

Le nœud est passage, le nœud est voyage, le nœud est aura.

Extrait du *Manuel du navigateur.*

Bihan, palais d'Arger, cent trois jours standard après l'expiration de l'ultimatum.

« Ainsi, vous êtes Duyen. »

Elle ressemble en effet à une Latar, songea Elestr : *mêmes cheveux noirs, mêmes yeux effilés, mêmes pommettes saillantes.*

Duyen ne savait pas trop comment se comporter face à l'adolescente qui l'observait ; les gardes étaient restés muets sur l'identité de son interlocutrice comme sur le motif de cette entrevue. Elle hésita puis se décida pour un salut militaire :

« Mais je manque à tous mes devoirs, j'ai omis de me présenter : je me nomme Elestr et je vous souhaite la bienvenue dans le palais d'Arger. »

La propre sœur de Kampiola ! pensa Duyen.

Elle opina alors que ses yeux furetaient vers les bâtisses qui entouraient la cour intérieure du palais à la recherche de gardes assignés à la protection de l'adolescente, mais elle n'en décela aucun.

« Seules, murmura Elestr. Mais nous sommes entre amies, n'est-ce pas ?

— C'est un honneur.

— Abandonnons le protocole rigide des royaumes si vous… si tu n'y vois pas d'inconvénient.

— Avec joie.

— Tu n'es guère plus âgée que moi, après tout, et Bihan est bien moins formel que Melen ou que les autres royaumes. Te joindrais-tu à moi pour une balade en navette ? »

Seule avec un membre de la famille royale, songea Duyen. *Une belle marque de confiance. À moins que…*

Ses années d'espionne sur Melen lui avaient appris la méfiance, et l'attitude de l'adolescente lui paraissait soudain étrange, presque menaçante en dépit de sa cordialité apparente. Elle avait posé le pied sur Bihan une semaine plus tôt, et elle se trouvait déjà en présence d'une des figures du royaume, sans la moindre escorte ; elle s'imaginait dans la mire d'arbalètes laser invisibles, armées par les meilleurs tireurs d'Arger.

« Qui a trahi une fois trahira de nouveau », récita-t-elle. *Bihan ne peut m'accorder une telle confiance en si peu de temps, cette sollicitude cache un piège…*

Elle s'immobilisa, indécise. Elle sentait la panique la gagner et elle mourait d'envie de s'enfuir, de quitter le palais pour se soustraire à cette menace invisible. Le regard d'Elestr s'adoucit, puis elle chuchota :

« Tu n'as rien à craindre parmi nous. Suis-moi. »

Elles se hissèrent dans la cabine de pilotage et les doigts d'Elestr pianotèrent sur les écrans tactiles de l'appareil. Le nez de la navette s'éleva, bientôt suivi par le fuselage de l'appareil tandis qu'elle pivotait sur elle-même pour pointer vers la ville basse.

« Attache ton harnais », lui conseilla Elestr.

Elle accéléra pour décrire une courbe large qui rejoignait les quartiers anciens d'Arger. Duyen distinguait les échoppes de pierre et les habitations à colombage aux teintes vives. Quelques silhouettes les saluaient d'en bas, figurines de chair et d'os au milieu du dédale des ruelles, et Duyen se surprit à répondre à leurs gestes chaleureux.

« Et maintenant : direction la montagne », souffla Elestr.

Les ailes de la navette s'inclinèrent pour amorcer un virage vif, la ville laissa la place aux faubourgs éparpillés puis à une campagne parsemée d'habitations isolées. L'appareil prenait peu à peu de l'altitude, comme pour narguer les sommets enneigés qui se dressaient au loin, flèches arrogantes au cœur de la brume lointaine.

« Duyen...

— Oui ?

— Kampiola aurait aimé t'accueillir elle-même, mais les affaires du royaume ne lui laissent guère de temps et je me suis proposée comme émissaire.

— Pourquoi un tel intérêt ?

— Ta mission était délicate, dangereuse et parfois... embarrassante. Bihan te doit beaucoup et nous n'oublions jamais nos dettes.

— L'argent.

— L'argent, en effet. Un pécule t'attend au palais et il te permettra de vivre dans le confort jusqu'à la fin de tes jours si tu le souhaites. Mais s'il ne s'agissait que de cela, je ne me serais pas dérangée et nous aurions mandé un messager. Je voulais te remercier de tout mon cœur.

— Nous avions conclu un accord où chacun trouvait son compte.

— Ah... Bihan enrôle des espions depuis des siècles et les motivations sont diverses : le pouvoir, l'argent, le sexe, l'idéalisme et tant d'autres raisons. L'aisance matérielle t'intéresse bien sûr, elle constitue la raison majeure de notre… accord, comme tu l'appelles, mais l'idéal de loyauté incarné par Bihan a aussi pesé dans ta décision.

— Tu m'éliminerais dans le cas contraire ?

— Non, mais je ne pousserais pas plus loin notre discussion. »

Duyen hésita un instant puis elle murmura :

« Je t'écoute.

— Tu étais lieutenant dans les troupes d'assaut de Melen, nous te proposons de rejoindre les nôtres. Avec un grade de major. »

Deux échelons au-dessus de mon ancien rang…

« Je suis d'ores et déjà riche ?

— Oui, dit Elestr.

— Je peux consacrer le reste de mes jours au commerce, à la peinture ou à une oisiveté complète si je le souhaite ?

— Oui.

— Et vous me suggérez de risquer ma vie dans une guerre à l'issue incertaine ?

— Oui.

— Avec le risque supplémentaire de connaître un sort fâcheux si je tombe entre les mains des troupes de Melen ?

— Oui.

— Et vous respecterez mon choix, quel qu'il soit ?

— Oui.

— J'accepte.

— Excellent. Une petite figure aérienne pour fêter ton nouveau poste ? »

Sans attendre la réponse de la jeune femme, Elestr lança la navette dans une manœuvre audacieuse qui cloua sa passagère contre son siège ; l'appareil dessina un cercle presque parfait puis fila à nouveau vers les cimes enneigées.

« À une seule condition : que tu évites de risquer nos vies sur des courbes aussi insensées, ironisa Duyen.

— Accordée. »

Les vallées laissaient la place aux montagnes, parsemées de forêts de sapins et de mélèzes, ornées de filaments ivoire abandonnés par les dernières neiges ; le vaisseau se frayait un chemin entre les gorges et les ravins, insensible au panorama accidenté.

« Les armées sur Bihan fonctionnent d'une manière un peu particulière, expliqua Elestr. Le système en place cherche à responsabiliser chacun, des officiers supérieurs aux hommes de troupe. Sans sacrifier aux exigences de la discipline.

— Un équilibre délicat.

— Parfois, oui. Je ne m'inquiète pas pour toi, tu n'auras aucune difficulté à t'adapter à l'esprit de notre armée.

— Si tu le dis… Elestr ?

— Oui ?

— Où nous emmènes-tu ? Tu nous balades au cœur des montagnes ou tu rejoins un lieu précis ?

— Nous sommes bientôt arrivées ; tu vois le petit village à flanc de montagne, à l'orée du bois de conifères ?

— Oui.

— C'est notre destination. »

Le nez du vaisseau se leva soudain tandis qu'il se penchait sur sa gauche, Duyen se sentit plaquée en arrière avant d'avoir pu demander des précisions supplémentaires. Elestr manœuvrait avec minutie, indifférente à la force de la décélération ; elle pianota sur ses écrans et posa l'appareil à l'entrée du village. Elle décrocha son harnais et glissa jusqu'au sol, bientôt rejointe par Duyen, qui ne parvenait pas à masquer sa surprise :

« Ce hameau est-il désert ?

— Il abrite plusieurs familles, répondit Elestr.

— Pourquoi personne ne cherche-t-il à connaître la raison de ta venue ?

— Ils savent, je viens souvent ici. »

Comme elles pénétraient dans le village, un vieillard à la peau burinée les salua d'un geste ample ; il portait de grandes peaux de teintes diverses sur son épaule et Duyen perçut une odeur âcre, animale.

« Ce lieu est réputé pour son artisanat du cuir, précisa Elestr.

— Tu viens acheter un vêtement ?

— Tu penses que je musarde à des centaines de kilomètres d'Arger alors que Bihan est en guerre ? Tu me juges bien maniérée ! »

Elle feint de s'offusquer, songea Duyen.

« D'accord, d'accord... Que cherches-tu ici ?

— Je viens rendre visite à un homme curieux de te rencontrer. »

Elles contournèrent la fontaine sculptée de la place pavée pour rejoindre la cour d'une demeure ancienne, décorée avec goût. Même si la maison n'affichait aucun signe d'opulence ostentatoire, les récents travaux et la qualité des matériaux trahissaient une richesse discrète. Un homme mûr aux cheveux blonds bouclés apparut soudain ; il écarta les bras et Elestr se précipita vers lui, insouciante et enjouée.

« Je te présente Duyen, notre nouveau major des troupes d'assaut.

— J'étais sûr qu'elle accepterait, répondit-il. Enchanté.

— Duyen, je te présente mon père : Elorn. »

Duyen hésita un instant. Elle s'attendait à une base militaire secrète ou à une extravagance d'adolescente et elle se retrouvait au milieu de retrouvailles familiales, en présence de l'ancien souverain du royaume, qui avait gouverné Bihan pendant quatorze années. Elle esquissa un salut et bredouilla :

« Je suis très honorée.

— Allons, allons, pas de simagrées ici. Je ne suis plus régent depuis bien longtemps ; j'ai laissé les plaisirs et les contraintes du pouvoir à mon frère et, à son tour, il les a transmis à ma fille.

— Je vous croyais mort, précisa Duyen.

— Pas encore. Au bout de quelques années, je me suis lassé et cette région m'a toujours attiré, je m'y suis donc installé.

— Sans protection ?

— Je n'exerce plus aucune fonction officielle, mais je soupçonne Kampiola d'avoir disséminé quelques militaires dans le village, sous le couvert de fonctions diverses, n'est-ce pas, Elestr ?

— Je ne suis pas au courant.

— Oui, oui, bien entendu. Mais suivez-moi, j'ai récupéré un vieil élixir dont vous me direz des nouvelles, un mélange de liqueur de pommes et de fruits des bois parfumés. »

Il précéda les deux jeunes femmes à l'intérieur de la demeure et les invita à s'asseoir autour de la table basse, sur des coussins moelleux posés à même le sol. Il tendit un gobelet à Duyen et souffla :

« Ce vieux gredin d'Asbjorn n'a pas changé, il court toujours après ses rêves de puissance. Je me suis rendu à Lur quelques années après la fin de la Première Guerre des royaumes, une magnifique cité riche de monuments fabuleux et d'œuvres d'art uniques…

— Les années qui ont précédé le début du conflit l'ont encore embellie, précisa Elestr. Asbjorn est fortuné et il a toujours soigné la capitale.

— Melen ne vous manque pas ? demanda Elorn.

— Je n'avais que peu d'amis et je n'ai plus de famille.

— Je sais. »

Je ne l'ai jamais rencontré et il connaît sans doute de nombreux détails de ma vie, songea-t-elle. *Tout comme Kampiola, Elestr et combien d'autres sur Bihan ! Je m'y habituerai peu à peu…*

« Ainsi, vous étiez curieux de me rencontrer ? osa Duyen.

— Oui.

— Votre intérêt se portait sur quelle Duyen ? L'officier de Melen, l'agent de Kreis, la maîtresse d'Heikki ou l'espionne de Bihan ?

— La vraie Duyen. Un assortiment de ces quatre facettes et de bien d'autres encore.

— C'est à vous que je dois la proposition d'Elestr ?

— Non, à Kampiola. L'un des talents de ma fille est de savoir s'entourer de personnes compétentes plutôt que de courtisans.

— C'est un compliment ?

— C'est un compliment, fit Elorn. Vous ferez honneur au grade de major, je n'en doute pas. Et qui sait ce que l'avenir nous — et vous — réserve ? Bihan sait reconnaître les éléments brillants lorsqu'ils se présentent.

— Un jugement bien positif sur quelqu'un que vous ne connaissez que depuis quelques minutes. »

Elorn porta la timbale à ses lèvres et laissa la liqueur sucrée aiguiser ses papilles :

« Quelques minutes, dites-vous ? Je vous connais depuis des années, sans doute mieux que quiconque sur Melen. Vous êtes une jolie pousse, Duyen, et vous vous épanouirez sur Bihan… »

Le solipsiste est un fou enfermé dans un blockhaus imprenable.

Précepte Latar.

Citation attribuée à un philosophe de l'époque pré-spatiale, nommé Schopenhauer.

(Le solipsisme est la forme extrême de l'idéalisme métaphysique, le sujet ne reconnaît que sa propre existence, la seule dont il ait la conscience directe : doctrine à la fois folle et irréfutable.)

Loar, coordonnées inconnues, cent huit jours standard après l'expiration de l'ultimatum.

La troisième stance du lai, éthérée et pourtant si précise…

Les buissons de genêts blonds illuminaient de leurs fleurs le chemin rocailleux ; le jeune homme porta un pétale doré à sa bouche pour en goûter la saveur puis il poursuivit sa route sur le sentier qui se hissait, sinueux, vers le sommet de la roche. Jamais il n'effleurait la moindre épine ; sa silhouette agile se jouait des pièges indulgents que lui tendait la nature, trop heureuse d'accueillir un visiteur en son sein.

Trois pôles, à nouveau… La Sainte Église s'éteint et la périphérie s'épanouit. Melen, les neuf royaumes et la périphérie : trois puissances si éloignées l'une de l'autre qu'aucune d'elles ne songe à une union.

Ses pas, tempos de poussière, rythmaient sa pensée ; seul le son de sa marche troublait la quiétude du lieu et ni les rares oiseaux perchés sur les branchages ni la cohorte d'insectes ne semblaient lui en tenir rigueur.

Les prêtres de Kreis représentaient un facteur unitaire potentiel, mais ce péril est maintenant écarté.

Il atteignit bientôt le sommet de la roche et un nouveau paysage se dressa devant lui : des forêts verdoyantes paressaient au creux des vallées, des ruisseaux tortueux profitaient des caprices de la pente et des monts arrondis se dressaient à l'horizon, comme autant d'invitations à la marche.

Un équilibre précaire pour l'instant. Les neuf royaumes représentent le pôle le plus faible et la périphérie pourrait les blesser. Mais l'arme d'Asbjorn, menace d'hier, est le protecteur d'aujourd'hui : elle oblige la périphérie à maîtriser Melen avant de conquérir Loar.

Le jeune homme abandonna le sommet sans un regard en arrière et il suivit le chemin qui plongeait vers la vallée avant de se redresser pour affronter une nouvelle cime rocheuse. Le printemps avait recouvert les flancs de montagne d'un manteau chamarré, les fleurs grenat ou ambrées côtoyaient les pins arrogants et les fougères étincelantes, pour une ode sylvestre à la nouvelle saison.

Il convenait de respecter deux préceptes a priori *opposés… Depuis des siècles, l'absence de missions d'observation avait permis à la périphérie de se développer dans l'ombre des royaumes. Mais un signal était nécessaire et les planètes ardentes, hérauts candides et ignorants, se sont acquittées de cette tâche avec pétulance.*

Le soleil encore frais projetait des ombres versatiles, et il se laissa distraire par ces esquisses de lumière et d'obscurité griffonnées par le jour.

Et l'ultime stance, la quatrième. Fantasque et ardente…

Loar n'a jamais connu de quiétude pleine pendant ces siècles de « Sainte Paix ». Kant, Melen, Kreis, planètes ardentes, coalition des planètes unies, périphérie ou même Douar : toujours un adversaire s'est dressé sur notre chemin, pour une rivalité ponctuelle, un conflit larvé ou une guerre ouverte.

Extrait du journal intime d'Emrodes, souverain de Loar.

Vaisseau de commandement de Melen, à proximité du nœud spass N-Ystwyth, cent treize jours standard après l'expiration de l'ultimatum.

« Déformation magnétique de l'équilibre de N-Ystwyth, siffla Loazour dans son émetteur. Tenez-vous prêts ! »

Seule dans la cabine de commandement du vaisseau amiral, elle étudia l'hologramme : aucun des appareils de Melen, figurés en carmin, n'occupait une position statique et les trajectoires entremêlées évoquaient une danse macabre, prélude à un affrontement meurtrier. Soudain, le nœud cracha une salve de points parme, symboles des unités de la périphérie ; dès qu'ils eurent franchi le nœud, ils dévièrent leur course pour s'égayer dans l'espace de Melen.

Une stratégie confuse, mais leurs navigateurs hésitent moins que lors des précédentes batailles.

La ronde des unités de Melen faucha bon nombre de vaisseaux ennemis avant que la périphérie ne pût s'organiser ; le compteur s'égrenait sans cesse de part et d'autre et, à peine quelques minutes après le début du combat, il affichait déjà plus de quatre cents appareils contre quatre-vingt-dix en faveur de Melen.

« Djaghouns deux et quatre, concentrez vos tirs sur les vaisseaux qui viennent d'émerger du nœud ! rugit la Latar. Djaghoun trois, vous êtes presque immobiles ! Variez vos angles d'attaque. »

La périphérie avait réussi à passer plus de cinq cents appareils et ils se regroupaient en arbans pour ensuite échapper à la nasse tissée par Loazour. Puis ils harcelaient à leur tour les défenses de Melen, pour desserrer l'étreinte des armées d'Asbjorn sur le nœud.

Une chance que j'aie pressenti cette attaque et que je me sois dirigée vers N-Ystwyth. À partir d'une certaine distance, il est impossible de coordonner les manœuvres avec toute la finesse nécessaire et j'aurais dû laisser un officier de Melen se charger de la défense du nœud.

« À tous les djaghouns : la périphérie se place peu à peu. Après vos frappes, repliez-vous avant de lancer une nouvelle attaque et concentrez vos tirs sur les vaisseaux qui viennent de franchir le nœud, ce sont des cibles plus faciles ! »

Comme Loazour levait les yeux du globe holographique, le miroir de la cabine lui renvoya l'image d'une adolescente solitaire, plongée dans ses pensées. Ses traits mutins, rehaussés par les amandes sombres de ses yeux et l'éclat de sa chevelure brune, tranchaient avec l'intensité de sa concentration.

Je ne suis plus une enfant depuis bien longtemps, songea-t-elle avec mélancolie.

Elle reporta son attention sur les hologrammes

secondaires de la cabine, afin de glaner le moindre fragment d'information. Elle pianota sur les écrans tactiles puis elle scella ses paupières pour projeter en son esprit les variantes de la position actuelle.

Nous allons perdre N-Ystwyth. Il ne nous reste que mille cinq cents vaisseaux sur les deux mille dont nous disposions ; plus de mille neuf cents unités de la périphérie ont péri, mais leurs ressources semblent inextinguibles.

« À tous les djaghouns : repli ! Je répète : repli. Simulez une retraite heurtée et désordonnée, mais restez toujours en formation d'arban. Dirigez-vous vers l'arrière-garde et essayez d'attirer l'ennemi à votre suite. »

La périphérie, d'abord surprise par les manœuvres de Melen, ne réagit pas. Puis les appareils les plus véloces se lancèrent à la poursuite des fuyards, fauchant de leurs tirs meurtriers les vaisseaux les plus lents.

Encore quelques minutes…

Environ la moitié des forces de la périphérie poursuivaient les fugitifs tandis que les autres, pour la plupart moins mobiles et plus puissants, assuraient leur position à proximité du nœud.

« Aux djaghouns de tête, ralentissez votre course pour que notre position soit plus compacte. »

Les unités de la périphérie s'étiraient en longueur entre N-Ystwyth et les vaisseaux de Melen qui, à l'exception d'une vingtaine d'appareils, avaient échappé aux salves ennemies.

« Préparez-vous à entourer vos poursuivants. Pour tous : virages à cent quatre-vingts degrés, parallèles à la trajectoire adverse, mais dans la direction opposée. À mon signal, djaghoun un à quatre, coordonnée tierce : zéro degré. Cinq à huit, coordonnée tierce : quatre-vingt-dix degrés. Neuf à douze, coordonnée tierce : cent quatre-vingts degrés. Treize à seize : deux cent soixante-dix degrés. Dix-sept à vingt : en opposition par rapport aux unités de la périphérie, épaulés par l'arrière-garde. Prêts… Go ! »

Les vaisseaux de Melen virèrent de bord à l'unisson et, scindés en cinq groupes, se portèrent en face, au-dessus, en dessous et sur les côtés des appareils ennemis, pendant que l'arrière-garde venait renforcer les djaghouns qui affrontaient la périphérie face à face. La réaction des poursuivants était trop lente et désorganisée pour lutter contre la chorégraphie fluide orchestrée par Loazour ; ceux qui résistaient aux tirs croisés périssaient sous le feu de l'arrière-garde qui les cueillait au bout de leur course. Bientôt, la nasse funeste se referma sur les derniers survivants et, dans cette zone de l'espace, seuls les points carmin demeuraient sur la surface de l'hologramme.

Cinq mille unités ennemies contre mille cent des nôtres. Mais il leur reste encore autant d'appareils à proximité du nœud et ils sont maintenant placés en position de défense.

« Nous attendons vos ordres, précisa une voix dans son récepteur.

— Placez-vous à distance respectable du nœud dans la direction de Gwernenes, à deux heures de leurs navettes les plus rapides. »

Gwernenes, l'unique planète du plus excentré des systèmes stellaires de Melen… C'est le seul objectif cohérent, il permettrait à la périphérie d'occuper une planète et d'agresser les deux nœuds de son espace qui mènent au cœur du royaume. Mais notre position sera plus confortable puisque nous pouvons engager des renforts dans un délai très court. Et la distance entre N-Ystwyth et Gwernenes nous permet de peaufiner les détails de notre défense.

Elle reprit l'émetteur d'une main assurée :

« Si leur flotte reste aux environs du nœud, contentez-vous d'opérations de guérilla, mais si elle se dirige vers Gwernenes, harcelez-les sans répit tout en préservant vos forces. Hauke, je vous laisse le commandement et je vous envoie un minggan en soutien.

— Bien compris.

— À tous : vous vous êtes bien battus, Melen peut être fier de ses soldats.

— Bien reçu et merci. »

Melen, palais de Lur, cent quinze jours standard après l'expiration de l'ultimatum.

« Immobiles ? s'étonna Asbjorn.

— Immobiles, confirma Loazour.

— Où se trouvait ton vaisseau lors des combats ?

— À mi-chemin entre N-Ystwyth et Gwernenes, à deux jours de Lur.

— Et la périphérie n'a pas bougé depuis ?

— Non. »

Assis en face de leur père, Heikki et Ince demeuraient muets ; le souverain se tourna vers Gouanv et l'interrogea du regard :

« Ils craignent un nouveau piège, affirma la spol. Ils se sont précipités et ils ont perdu un minggan entier. Pourquoi se hâter ?

— En dehors de Gwernenes et de ses nœuds, quel est l'intérêt de N-Ystwyth ? demanda Heikki.

— Sur un plan militaire : aucun, intervint la Latar.

— Le prestige, suggéra Ince.

— Négligeable, répliqua Gouanv. Le temps n'a pas la même signification pour la périphérie, ils se préparent depuis des siècles, que représentent quelques jours ou même quelques semaines de plus ?

— Gwernenes n'est pas menacé ? » s'enquit Asbjorn.

Loazour répondit par une moue boudeuse, presque enfantine :

« Nous disposons d'un minggan dans l'espace proche de

N-Ystwyth, bientôt rejoint par un second, et Gwernenes abrite trois autres minggans, soit cinq au total, que nous pouvons renforcer en quelques heures. La périphérie affiche pour l'instant six minggans et notre plus mauvais ratio lors d'une bataille est de trois pour un en notre faveur.

— Ce qui signifie que nous pouvons tenir contre quinze minggans même sans renforts, compléta Heikki.

— Partout où la périphérie souhaitait s'imposer à tout prix, elle y a mis les moyens, poursuivit la Latar. Ils ont perdu trois minggans et demi pour conquérir N-Ystwyth, un nœud mineur. Il ne s'agit pas d'une escarmouche : trois minggans et demi ! Melen, le plus puissant des royaumes, dispose encore d'une quarantaine de minggans au total et la périphérie a sacrifié plus de trente-cinq minggans depuis le début du conflit. Sans sourciller.

— Nous ne connaissons rien de leur puissance, intervint Asbjorn.

— Exact, approuva la mercenaire. Nous pourrions résister à une flotte en surnombre, mais quelles sont leurs réserves ? Vingt, cinquante, cent ou mille minggans ? Qui sait ? Les chiffres ne paraissent pas avoir la même signification pour les royaumes que pour la périphérie, Mein en est l'illustration parfaite : la périphérie a perdu six fois plus de vaisseaux que Melen dans les batailles, mais elle contrôle quatre nœuds et elle menace la planète. Pour un royaume vassal mineur !

— La périphérie a-t-elle attaqué les neuf royaumes ?

— Des échauffourées sans réelle importance pour l'instant, répondit Gouanv, mais ils lui ont refusé le passage. Ils se méfient autant de la périphérie que de Melen.

— Une alliance…, commença Ince.

— … serait repoussée par les neuf royaumes, l'interrompit la spol. Melen et la périphérie se déchirent, et cette situation arrange Loar et ses alliés.

— Qu'en est-il de Kreis ? demanda Asbjorn.

— La périphérie contrôle toujours quatre des dix nœuds de son espace, et celui qui relie la planète Sainte à Orlegi ne résistera pas au prochain assaut », répondit Loazour.

Kreis n'est déjà plus qu'un souvenir, songea le souverain. *Melen risque-t-il le même sort ?*

« Loazour et Gouanv, j'ai besoin de vos analyses : quelles sont nos chances dans ce conflit ? »

Les deux jeunes femmes s'observèrent en silence, comme pour inviter l'autre à prendre la parole ; le visage de la spol n'exprimait pas la moindre émotion et Loazour comprit qu'elle se plaçait peu à peu en analyse liminaire.

« Les batailles se suivent et se ressemblent, commença la mercenaire. Nous perdons en moyenne quatre fois moins de vaisseaux que nos adversaires et notre défense reste ferme tant que nous disposons d'au moins dix minggans, soit trente de moins que notre force actuelle.

— Ce qui signifie que la périphérie nous submergera si elle dispose de plus de cent cinquante minggans, intervint Asbjorn.

— Pas tout à fait, répondit Loazour. Si Morgevnid dispose de deux cents minggans, par exemple, elle pourrait venir à bout de notre armée, mais elle ne saurait résister à une offensive des neuf royaumes sur Melen. Pour conquérir et conserver Melen et ses planètes vassales, la périphérie a besoin d'au moins quatre cents minggans.

— Et si elle veut dominer l'univers connu ?

— Plus du double.

— Tu inclus la chute de Latar dans tes projections ?

— Non. »

Inutile de la questionner sur le nombre de minggans nécessaires à une victoire contre Latar…

« L'avantage crucial de la périphérie sur l'ensemble de ses opposants réside dans la connaissance des nœuds qui lient les royaumes entre eux, poursuivit la mercenaire. Comme nous ne savons rien de leurs planètes ou des chemins qui y mènent, toute contre-attaque nous est interdite.

— À part contre les planètes ardentes, objecta le souverain.

— Aucun intérêt sur le plan militaire.

— Gouanv, une opinion sur l'étendue des ressources des mondes périphériques ?

— S'il est vrai que le ratio de pertes s'est stabilisé aux alentours de quatre lors des affrontements, la tactique a toutefois quelque peu changé. L'ennemi intègre maintenant cette donnée alors que, lors des premiers combats, ce facteur constituait pour eux une surprise. La périphérie connaissait les forces en présence avant le début des conflits, elle a patienté longtemps avant de lancer son attaque et le moment choisi correspond à un rapport de forces qu'elle jugeait favorable, *a priori*.

— Un chiffre erroné, approuva Loazour.

— Si Morgevnid pensait que deux ou trois cents minggans étaient nécessaires à ses projets de conquête, même en gardant une marge de sécurité, pourquoi aurait-elle attendu de commander mille minggans ?

— Tu penses que leur projection se situait en deçà de la réalité ? demanda Asbjorn.

— Oui.

— Pourquoi ne se replient-ils pas ?

— Ils perdraient ainsi l'un de leurs atouts majeurs, l'effet de surprise. Melen et les royaumes du Ponant pourraient alors préparer leur défense et lancer des missions d'exploration vers ces mondes inconnus.

— Ton analyse nous laisse donc toutes nos chances, se réjouit Asbjorn.

— Pas tant que cela », répondit Gouanv en souriant.

Le souverain fronça les sourcils et interrogea la spol d'un regard dur ; Loazour sourit à son tour puis elle murmura :

« Si leur armée était calibrée pour conquérir l'univers connu, ils pourraient sans doute soumettre Melen. Quitte à repousser le conflit avec les neuf royaumes à un moment plus propice… »

Une mélodie
Ici.
Une nouvelle aura
Là-bas.
Sortilège
De la cantilène.

Extrait de la *Cantilène des daofined.*

Loar, baie d'Aven, cent vingt-trois jours standard après l'expiration de l'ultimatum.

À mi-chemin entre les plages du palais d'Aven et Enez Du, Emrodes affala les voiles et laissa son dragon, un voilier effilé à la poupe tranchante, dériver au gré de la houle et des courants. Seules quelques embarcations de la régence parsemaient le dégradé bleuté esquissé par l'océan, mais le souverain distinguait la foule compacte, groupée le long des falaises qui surplombaient les roches de granit fouettées par les assauts marins.

Il s'allongea sur le pont pour s'imprégner du murmure envoûtant qui enveloppait l'espace depuis plus d'une heure. Le son évoquait le clapotis des vagues sur le sable doré, les humeurs du vent de noroît au cœur de la lande et les chants sylvestres de l'aurore ; Emrodes savait que cette rumeur ne constituait qu'un prélude, une annonce feutrée qui précédait l'explosion d'émotions propre à la cantilène des daofined. Les mains derrière la nuque, il observait le disque flavescent dessiné par la lune, symbole de nuit dans les éthers azur du midi ; témoin ou interprète de l'ode océane, elle s'exhibait, sans qu'un seul nuage vînt flétrir sa rondeur.

Une infime variation dans la tonalité le fit tressaillir ; le chant des cétacés s'ornait de variations anodines qui éveillaient pourtant en lui des souvenirs enfouis au plus profond de son être. Il ressentait les clameurs des tempêtes qu'il affectionnait tant lorsque, adolescent, il se blottissait au creux de ses draps douillets, et que la nuit distillait les plaintes des airs et le fracas de l'écume contre les digues de pierre érigées par les hommes. Il se rappelait la danse langoureuse de la mer qui venait lécher ses orteils avant de s'enfuir ensuite au loin, comme pour reprendre des forces en vue d'une nouvelle aubade. Il se souvenait des écrins de verdure éclairés au printemps de mille nuances, offrandes végétales à son âme d'enfant.

Sa conscience se détachait du lieu et de l'instant pour se perdre dans les méandres de son esprit ; il se rendait à peine compte que les murmures monotones des daofined s'étaient mués en une litanie plus subtile, éloignée des canons musicaux humains. Les cliquetis se mêlaient aux notes, comme pour les transcender, et la mélodie s'imposait d'elle-même, exquise et naturelle. Soudain, il distingua une forme massive à la surface de l'onde ; il se hissa sur les coudes et reconnut l'animal chimérique des anciennes légendes de Loar. Le cétacé dessinait des courbes éthérées le long de l'écume, assortiments de lignes sinueuses, de longues droites véloces et de voltes-faces singuliers ; ses trois excroissances de cuir luisaient parfois au soleil lorsqu'il frôlait les vagues de son rostre ivoire.

Puis, comme les daofined quittaient les profondeurs océanes pour rejoindre l'éclaireur téméraire, la baie s'habilla d'une houle délicate. Emrodes ne parvenait pas à concentrer son attention sur l'un ou l'autre des animaux, et son regard volait des pirouettes agiles de deux cétacés au corps fuselé aux cabrioles indolentes d'un groupe qui effleurait la rive ; plus que les acrobaties individuelles, le ballet collectif des daofined tressait peu à peu des linéaments d'émotion le long de ses veines.

Le son s'était déjà imposé à sa conscience, mais il aurait pu jurer que son système auditif ne jouait aucun rôle. Le chant imprégnait son cerveau sans se soucier de codage biologique ou mécanique et la pureté de cet échange emportait avec elle les barrières quotidiennes, ridicules palissades de l'esprit élevées par le temps.

Emrodes glissait, insouciant, le long d'un galbe imaginaire esquissé par la cantilène et seul le contact de sa peau sur le bois tiède du dragon le liait encore à la réalité. Les vagues d'eau et de mélodie le berçaient, et le souverain se laissait porter, serein, par la douce puissance du chant. Des fils polychromes se tissaient autour de son âme, gangue protectrice et invitation feutrée au voyage, et Emrodes trancha ses derniers liens avec le réel en toute confiance pour se plonger dans le monde des daofined. Les litanies se croisaient, divergentes mais complémentaires, pour prolonger ses sensations et créer de nouvelles voies toujours plus inattendues.

Une voix intérieure lui cria sa vulnérabilité, seul sur son voilier de bois au milieu de la baie, mais il n'en avait cure ; chaque fibre de son corps et de son âme savait qu'il ne risquait rien, que sa sécurité était garantie par la veille des cétacés. Il distinguait presque la spirale qui l'entraînait au cœur de sa conscience : même si le temps et l'espace avaient perdu toute importance, il tournait de plus en plus vite autour d'un point central, son écorce charnelle. Paisible, il la contemplait avec une curiosité et un recul sans cesse croissants, semblable à un observateur extérieur.

Puis les tourbillons se multiplièrent à l'infini, amènes malgré leur violence, et chacun d'eux sécrétait une goutte de langueur qui se diffusait dans l'esprit d'Emrodes ; le liquide nacré le rassurait et le guidait vers les rives lénifiantes du sommeil, ultime témoignage de vigilance des daofined…

*

Le soleil déployait un voile tiède sur sa peau, à peine troublé par le souffle de la brise ; Emrodes ouvrit enfin les yeux et se redressa, les épaules calées contre la coque en bois du voilier. Intrigué par la longueur de l'ombre de son mât sur la mer, il regarda sa montre.

Quatre heures depuis le début de la cantilène ! Ma conscience imaginait plutôt des minutes…

Il choqua les écoutes, laissa l'ardent dragon remonter vent debout, hissa la voile puis s'installa au safran. Sa main droite contrôlait l'orientation de la voile tandis que la gauche manœuvrait le gouvernail, et le bateau filait le long de l'onde, au largue, pour rejoindre la plage de sable blond au pied du palais d'Aven.

Emrodes réduisit sa vitesse à l'approche de la digue de pierre qui s'avançait, orgueilleuse, sur l'océan ; il accola son dragon protégé par des boudins de caoutchouc contre la paroi de granit, affala sa voile puis bondit sur la jetée. Ses pieds nus rencontrèrent bientôt les premiers grains de sable ; il appréciait la caresse rêche de la plage et ne se souciait guère de protéger son corps contre les assauts importuns du sable. Son âme retenait les saveurs de la cantilène et il ne souhaitait pas retrouver les contraintes de la réalité et les exigences de sa fonction. Il s'apprêtait à passer un moment seul sur la plage, mais la silhouette familière de Kai se détacha au loin ; il marchait d'un pas ample et il rejoignit Emrodes en quelques minutes.

« Bonjour, Kai. Tu as assisté à la cantilène ? »

Le jeune homme hocha la tête dans un sourire et murmura :

« Somptueuse.

— Je n'aurais jamais imaginé vivre de tels instants. »

Kai toussota, gêné :

« Je sais que tu préférerais la solitude avant de regagner le palais, mais je me devais de te prévenir aussitôt que possible…

— Oui ?

— Les troubles nodaux sont majeurs.

— Quelle est la proportion des nœuds altérés ? demanda le souverain.

— Nous ne disposons que de données partielles, mais Goronwy vient de me fournir une première estimation. Tu tentes ta chance ? »

Les derniers troubles d'importance datent de deux cent trente-deux ans et ils ont touché huit pour cent des nœuds, un chiffre élevé, mais je sens que celle-ci est encore plus influente.

« Dix pour cent, proposa Emrodes.

— Entre soixante-dix et quatre-vingts.

— Tu déraisonnes !

— Sur nos huit nœuds, seuls N-Gerveur et N-Houad sont restés stables.

— Et dans les autres royaumes du Ponant ?

— Le coefficient est similaire. Nous n'avons aucune donnée sur Melen ni sur la périphérie, mais Goronwy pense que la situation est analogue. Les altérations sont d'ordinaire bien réparties dans l'espace.

— D'ordinaire ! répéta le souverain. Nous ne sommes pas en période ordinaire : jamais la proportion n'a dépassé quinze pour cent et nous sommes en plein milieu d'une guerre totale. Ces troubles peuvent signifier un avantage décisif pour Melen ou la périphérie !

— Chuluun sera prêt pour un premier point d'ici une vingtaine de minutes.

— Et Bleiz ?

— Il t'attend. »

Loar, palais d'Aven, cent vingt-trois jours standard après l'expiration de l'ultimatum.

Chuluun avait placé une douzaine de globes holographiques dans la pièce pour décrire la situation sous des angles variés, avec des échelles différentes. Le mercenaire approcha le globe qui figurait Loar et il le plaça en suspension au-dessus de la table basse :

« N-Houad est toujours orienté vers Koroll et N-Gerveur vers Bihan et Aer. En ce qui concerne les nœuds proches, N-Vriad est maintenant lié à Mor, N-Molenes à Latar et N-Calot est devenu un quadri-facettes orienté vers trois planètes de la périphérie.

— Et pour les nœuds semi-profonds ? l'interrogea Emrodes.

— Tous mènent vers l'un ou l'autre des neuf royaumes, en bi ou en multi-facettes.

— Ce qui signifie que nous n'avons plus aucun lien avec Melen.

— Exact, confirma le Latar. Et seul N-Calot représente un danger de premier ordre, à comparer avec quatre nœuds pour l'ancienne configuration.

— Et ces menaces se sont reportées vers d'autres planètes des neuf royaumes ? demanda le souverain.

— Non. Les liens internes entre les royaumes du Ponant sont plus nombreux et nous sommes maintenant moins ouverts vers l'extérieur : Melen, Kreis, les planètes ardentes ou la périphérie.

— Nous sommes plus isolés.

— Nous pouvons ainsi concentrer nos forces sur un nombre plus faible de nœuds et les transferts de vaisseaux entre les neuf royaumes sont facilités grâce aux nouvelles voies. »

Chuluun écarta l'hologramme d'un geste sec pour en positionner quatre nouveaux, qui représentaient des vues diverses des royaumes et de leurs liens avec la périphérie :

« L'impact de ces altérations sur la périphérie est difficile à prédire, mais sa taille et sa diversité augurent de problèmes potentiels. Toutes les planètes sont-elles accessibles ? Morgevnid peut-elle mobiliser autant de vaisseaux ? Leur stratégie est-elle toujours applicable en dépit de ces troubles ? Quant à Melen, nous disposerons sans doute bientôt d'une carte complète de leurs nœuds, Bihan nous a déjà transmis les orientations d'un tiers d'entre eux. »

Leurs espions sont toujours aussi efficaces, songea le souverain.

« L'effet est-il positif pour Asbjorn ?

— Il semble que Melen connaisse une évolution similaire à celle des neuf royaumes : une prééminence de nœuds à l'intérieur de sa zone d'influence aux dépens de liens vers l'extérieur. Le changement renforce leur position défensive vis-à-vis de la périphérie, mais il inhibe leurs opportunités d'attaque.

— D'une manière générale, les troubles ont renforcé les positions du défenseur au détriment de l'agresseur, résuma Emrodes.

— Ce qui complique la tâche de Morgevnid. Pourtant, la périphérie demeure un mystère et nous ne savons toujours rien de ses forces. Ces altérations compliquent leur tâche, mais elles n'auront peut-être aucune conséquence sur l'issue finale. »

Emrodes observa les hologrammes et les fils ténus dessinés à l'intérieur du globe, mais il ne parvenait pas à s'intéresser aux implications militaires de ces changements.

Jamais les troubles n'ont atteint une telle ampleur. Juste au moment où le monde se débat à la lisière d'un nouvel ordre…

Il se tourna vers Bleiz qui n'avait soufflé mot depuis le début de la réunion :

« Quel est le lien entre la cantilène et l'altération des nœuds ?

— Aucune idée.

— Une analyse liminaire ? »

Le spol ferma les yeux et son corps se détendit, comme plongé dans une semi-léthargie :

« Faits. Les cantilènes sont chantées par les daofined. Les daofined sont une espèce intelligente, endémique à Loar. Les hommes n'ont jamais réussi à communiquer avec les daofined. Les altérations de nœuds n'apparaissent que lors des cantilènes, suivant une logique aléatoire. Correction. Une logique qui nous paraît aléatoire. Il n'existe aucun lien physique établi entre les daofined et les nœuds. Personne ne connaît le fonctionnement des nœuds. La communauté scientifique pense que les daofined perçoivent les prémices des troubles des nœuds. Aucune preuve formelle ne vient étayer cette théorie. »

Peu de faits, admit le souverain.

« Analyse. Explication des liens entre les daofined et les nœuds : données insuffisantes. Implication d'éléments extérieurs dans la cantilène : recherche cible. Périphérie : effet négatif des troubles. Melen : effet neutre. Kreis : effet neutre. Neuf royaumes : effet positif. Étude historique des occurrences antérieures : effet neutre. Lien causal improbable. Latar : équilibre du conflit, effet positif. »

Chuluun ne supportera pas une analyse poussée sur Latar.

« Troubles antérieurs : léger effet positif. Culte du secret de Latar : élément supplétif. »

Emrodes surprit le sursaut du mercenaire ; sa mâchoire se crispait et sa main droite avait disparu sous la table.

La main sur le couteau… Chuluun craint les révélations de Bleiz.

« Latar : lien ténu. »

Chuluun se détendit et replaça sa main à plat sur la table, attentif à la suite de l'analyse du spol.

« Présence de forces externes : négatif. Influence des daofined dans d'autres domaines : négatif. Intérêt d'études scientifiques plus poussées sur les daofined : données insuffisantes. Conscience collective des daofined : données insuffisantes. Corollaire possible de la relation daofined / nœuds, absence de daofined / absence de nœuds : données insuffisantes. »

La pérennité des nœuds dépendrait-elle de la survie des daofined ?

Aucune séquence génétique humaine ne sera associée avec une séquence génétique animale ou végétale, même pour des motifs de recherche.

Convention humaine universelle : article 7.

Stered, planète capitale de la périphérie, cent trente et un jours standard après l'expiration de l'ultimatum.

« Une explication ? » s'enquit Morgevnid.

Poenui se dandina, indécise, et elle avoua :

« Non.

— Une hypothèse, peut-être ?

— Même pas. »

Le poing de Morgevnid s'abattit sur la table avec violence :

« Depuis le trouble des nœuds, l'ensemble de nos troupes, y compris nos navigatrices de combat les plus affûtées, subit lors des sauts spass une phase d'inconscience, en dépit de la qualité de son patrimoine génétique. Et toi, la première biologiste des mondes périphériques, tu n'as aucune explication à m'apporter ? »

Poenui soupira puis elle figea son regard dans les iris turquoise de la souveraine :

« Tu souhaites que je débite un chapelet de banalités, alors que je suis aussi ignorante que toi sur les causes réelles de ce changement ? »

Elle a raison, songea Morgevnid. *La colère est mauvaise conseillère.*

« Des précédents ? demanda la souveraine d'une voix plus calme.

— Pas de ce type. Certaines aptitudes génétiques se sont diluées au cours du temps, mais cette évolution s'est toujours étalée sur plusieurs générations. Le cas présent est différent : la disparition brutale de notre capacité à lutter contre l'inconscience lors des sauts spass, pourtant au point depuis des siècles, trouve son origine dans un événement précis…

— Le dernier trouble des nœuds.

— Comme toujours, il a eu lieu lors de la cantilène. Nous ignorons tout des daofined… Se pourrait-il que Loar manipule l'orientation des nœuds grâce à ces créatures ?

— Dagur écarte cette possibilité : si le royaume d'Emrodes disposait d'un tel pouvoir, il serait maître du monde depuis longtemps.

— Quels sont les dégâts ? demanda Poenui.

— Nous sommes sans nouvelles d'un quart de nos planètes, sans doute isolées dans les méandres des nœuds. Seuls soixante pour cent de nos vaisseaux sont pour l'instant opérationnels, les autres sont soit perdus dans l'espace, soit à des mois de voyage.

— Et pendant les combats ?

— L'inconscience nous prive d'un avantage crucial, les dernières offensives se sont soldées par une déroute. »

Nos navigatrices explorent l'espace pour rejoindre les mondes perdus, mais leur tâche est longue et ingrate. Nous en trouverons certains, mais d'autres resteront égarés dans le dédale des nœuds spass…

« Nous devons lancer de nouvelles recherches sur le phénomène d'inconscience.

— Nous avons commencé, répondit la biologiste. Nous croisons les différents gènes concernés pour en extraire la combinaison idéale, mais ces études sont lentes.

— Plusieurs années ?

— Plusieurs décennies.

— Et les spols ?

— Les… spols ? répéta Poenui.

— Dagur ne sombrait pas dans l'inconscience lors des sauts spass.

— Et maintenant ?

— Je l'ignore.

— Difficile de conclure. En dehors de vos conseillers successifs, peu de spols s'aventurent dans l'espace et leur collaboration n'est pas acquise. »

Dagur éviterait ma question, pensa Morgevnid.

Comme le silence enveloppait les deux femmes, elle perçut la gêne de Poenui, discrète mais patente dans le moindre de ses mouvements. Elle semblait lutter contre des sentiments opposés ; son visage gracieux exprimait tantôt la témérité, tantôt la résignation.

Une mauvaise nouvelle ? s'inquiéta la souveraine.

« Pardonne mon impertinence…, commença la biologiste.

— Je t'écoute.

— Mais je dois savoir.

— Oui ?

— … Allons-nous perdre ? »

Morgevnid s'apprêtait à la rassurer par des paroles apaisantes, mais le regard ardent de Poenui la dissuada et elle opta pour la franchise :

« Non. Mais je ne suis pas sûre que nous gagnerons… »

Stered, jardins du palais, cent trente et un jours standard après l'expiration de l'ultimatum.

La coccinelle voletait autour de la main de Dagur ; elle s'approchait, confiante, pour s'enfuir ensuite vers les cieux, comme pour abandonner le spol au milieu du parc du palais. Puis elle revenait en piqué et frôlait sa main de ses ailes vrombissantes.

Elle me nargue, songea Dagur, amusé.

Soudain, elle s'approcha sans feindre un vol au hasard et se posa sur sa paume offerte ; elle demeurait immobile, îlot ébène et grenat sur la main humaine, apprivoisée l'espace de quelques secondes. Une autre coccinelle se posa à ses côtés, presque à la jointure de l'annulaire, et Dagur tourna la main de manière à observer les nuances de forme et de couleur des deux insectes.

Si semblables et si différentes.

Sa main décrivait maintenant de lentes courbes harmonieuses et les deux coccinelles se laissaient promener autour de lui, sans s'effaroucher de ses caprices. Il marchait le long de la rivière Ster pour exposer à ses amies éphémères les richesses de la flore et elles s'accommodaient de cette promenade quelque peu inhabituelle. Il tendit alors le bras vers le ciel ; après une hésitation fugace, les deux coccinelles prirent leur envol ; elles effleurèrent ses cheveux en bataille et regagnèrent le massif de fleurs.

« Dagur ? »

Le spol laissa la voix flûtée de Morgevnid se diluer dans son esprit puis il se retourna : elle se tenait à quelques mètres, attentive.

« Tu joues avec les coccinelles ? demanda-t-elle.

— Elles sont passionnantes. Et si gracieuses. »

La souveraine secoua la tête :

« Je désespère parfois de vous comprendre.

— Vous, les spols, compléta Dagur.

— Je ne voulais pas t'offenser.

— Aucune offense, ces coccinelles aussi paraissent similaires… M'accompagnerais-tu pour une promenade, puisque nous affectionnons tous deux cette rivière ? »

Morgevnid lui emboîta le pas sans un mot ; elle se laissa gagner par le charme du sentier qui serpentait le long du cours d'eau. Si proche du palais, le lieu lui offrait une oasis de calme, précieuse dans ses moments de réflexion ou de doute.

Comme aujourd'hui.

« Poenui n'a fourni aucune solution à la phase d'inconscience de nos navigateurs, n'est-ce pas ? demanda Dagur.

— Non.

— Inquiète ?

— Cela dépendra du nombre de mondes et de vaisseaux que nous pourrons relier dans les prochaines semaines. Toutes nos exploratrices parcourent la toile des nœuds pour réunir les mondes que nous avons perdus après le trouble. »

La souveraine reconnaissait avec peine les lacets de la rivière qu'elle parcourait d'habitude à la nage, les roseaux graciles sur l'autre rive, les caprices courbes de l'eau ou le léger courant entre les rochers qui affleuraient la surface.

Curieux qu'un simple changement de perspective modifie ainsi les paysages.

« Tu resteras à mes côtés pour ce conflit ?

— C'est un ordre ?

— Non, une requête.

— Alors, oui. »

Ils reprirent leur marche le long de la rivière, silencieux ; leurs pas les menaient vers un amoncellement de rochers qui dominait le cours d'eau avec orgueil. Morgevnid s'appuya contre l'une des roches puis elle reporta son attention sur le spol :

« Notre campagne de conquête est planifiée depuis des siècles, mais la réalité s'est chargée d'y introduire quelques surprises.

— Les plans ne sont que des esquisses.

— Certes, mais tout nous dessert : l'unité des neuf royaumes, le talent de Loazour, la piètre performance de nos stratèges et maintenant les nœuds. Je t'accorde que nous avons peut-être péché par arrogance, mais qui aurait pu prévoir des troubles d'une telle amplitude ? »

Dagur s'était hissé au sommet de l'amas de pierres et il ne répondit pas. Il se débarrassa de sa tunique et s'avança sur la roche plate qui surplombait le cours d'eau ; son regard plongeait vers l'onde, attentif aux ridules que le vent dessinait sur la rivière, et il leva ses mains vers le ciel.

Est-ce là mon seul conseiller ? se demanda Morgevnid avec amertume.

Le spol plia les genoux à demi et s'élança dans les airs ; il creva la surface de l'eau sans une éclaboussure pour réapparaître cinq mètres plus loin, le sourire aux lèvres. Il regagna à nouveau les profondeurs pour rejoindre, en quelques brasses énergiques, la rive sur laquelle l'attendait la souveraine.

« La situation ne semble pas t'affoler outre mesure, observa-t-elle.

— À vrai dire, non.

— Confiant ?

— Plutôt indifférent. »

De mieux en mieux.

« Tu as quelques minutes à me consacrer ou tu préfères continuer à barboter dans la rivière ?

— Je t'écoute.

— Quelle est ton opinion sur la situation ? »

Le spol parut surpris par sa question :

« Mon avis dépendra du nombre de mondes et de

vaisseaux que vous aurez réussi à relier d'ici quelques jours et cette information n'est pas connue.

— Je ne suis pas patiente.

— Je sais. Mais tu n'as pas d'autre choix pour l'instant. »

L'attente, est-ce là son seul conseil ? Je pourrais m'entourer d'une myriade de conseillers, conçus, façonnés et éduqués pour m'assister avec une efficience optimale et je me contente d'un spol, effronté et capricieux.

Elle ressentit soudain le fardeau de sa fonction ; les mondes périphériques s'organisaient depuis des siècles pour cet affrontement ; des générations de scientifiques, d'enseignants, d'exploratrices, de soldats et de souveraines avaient œuvré pour cet objectif commun et elle-même ne représentait que l'un des ultimes maillons de cette chaîne conquérante.

« Les troubles des nœuds ne pouvaient survenir à un pire moment, siffla Morgevnid. Ils introduisent l'incertitude et nous privent de l'assurance d'une victoire préparée depuis des siècles. »

Son poing rageur se détendit en direction d'un tronc de chêne sur lequel paressait une petite araignée aux reflets marbrés, mais Dagur lui saisit le poignet avant que sa main n'écrase l'arachnide :

« Cette araignée et ses congénères nous débarrassent des moustiques qui pullulent le long de la rivière. Chaque geste d'apparence bénigne est riche de conséquences… »

Morgevnid libéra son poignet d'un mouvement sec et fusilla du regard le spol qui l'observait maintenant avec amusement.

« Mon rôle consiste à te prévenir des dangers. Mais tu peux la tuer si tu le souhaites toujours. »

Elle hésitait entre une volte-face dédaigneuse, une remarque acerbe ou même une gifle un peu vaine, mais son courroux se dissipa en quelques secondes.

En vérité, je suis en colère contre moi-même à cause de ce geste irréfléchi, songea-t-elle. *Le ressentiment envers les spols prend souvent sa source dans nos propres errements.*

Jugez un homme par ses questions plutôt que par ses réponses.

Précepte Latar, attribué à un écrivain de l'époque pré-spatiale, nommé Voltaire.

Latar, espace proche, cent trente-quatre jours standard après l'expiration de l'ultimatum.

« Vous avez pris de nombreux risques, commença Tylin.

— L'inertie représentait un danger encore plus grand, contra Esyllt.

— Vous avez pourtant tenu des siècles contre les prêtres de Kreis.

— La périphérie nous aurait submergés en moins de deux générations, leurs armes sont bien plus létales.

— La génétique ?

— La génétique. »

Mais je ne lui apprends rien, songea Esyllt. *Quelle information est-elle venue chercher ici ? J'imagine que la deuxième figure de Latar n'a pas de temps à gaspiller.*

Tylin fixa son interlocutrice dans les yeux, le visage neutre, puis elle souffla :

« Latar ne peut vous accueillir sur son sol.

— Inutile d'en demander la raison, je suppose ?

— Exact. Il nous restait donc trois solutions : vous renvoyer vers Kreis, vous aider à transiter vers une tierce planète ou vous détruire.

— J'aime ces choix simples, ironisa Esyllt.

— Aucune de ces solutions ne nous satisfaisait pleinement, ce qui explique en partie le délai de notre réaction.

— À peine deux mois et demi… »

Un rictus narquois se dessina sur les lèvres de la mercenaire :

« Toujours aussi insolente ?

— C'est fonction de mon interlocuteur.

— Une réaction à la froideur cléricale, peut-être. »

Elle masque son angoisse à la perfection, pensa Tylin.

« Vous êtes venue nous apporter notre arrêt de mort en personne ? demanda Esyllt.

— Nous avons trouvé une autre solution.

— Vous m'en voyez ravie. »

La main de la mercenaire plongea vers la poche intérieure de sa tunique et les réflexes d'Esyllt, aiguisés par les années de rébellion, lui dictèrent d'adopter une position de garde. Tylin perçut son trouble :

« N'ayez crainte, il ne s'agit pas d'une arme, mais d'un simple hologramme… »

Elle posa la sphère luminescente sur le bois brut de la table et en activa les commandes : des paysages sauvages défilaient tour à tour, vierges de toute présence humaine. Une prairie inondée de fleurs multicolores laissa la place à une cascade coruscante, habitée de mammifères au pelage dru, puis à une succession de dunes de sable blond qu'une mer sereine venait lécher.

« Nous l'avons nommée Bod, précisa la mercenaire.

— Une planète vassale de Latar ?

— Pas tout à fait. Plutôt une découverte récente… »

La situation l'amuse, songea Esyllt.

« Très bien, souffla-t-elle. Vous avez aiguisé ma curiosité, je vous écoute…

— La situation dans les royaumes a quelque peu évolué depuis votre saut. Permettez-moi de vous la décrire.

— Je vous en prie.

— La périphérie a continué à grignoter des nœuds et des planètes dans l'espace de Kreis et de Melen, en dépit de son incompétence militaire. Pourtant, un événement nouveau est venu chambarder la quiétude sanguinaire des conflits. »

Tylin s'interrompit quelques secondes pour ménager son effet, mais Esyllt n'esquissa pas le moindre geste d'impatience.

« Des troubles nodaux aux proportions inattendues, reprit la mercenaire, de l'ordre de soixante-quinze pour cent.

— Soixante-quinze pour cent. C'est… c'est…

— … Inopiné. Les conséquences sont multiples. Une augmentation des facettes orientées vers les autres planètes de leur propre camp, tant pour Melen que pour les neuf royaumes, un désordre apparent dans les liens de communication de la périphérie et la disparition de l'un de ses atouts majeurs : l'absence de phase d'inconscience lors des sauts. Le nœud par lequel vous avez surgi est maintenant orienté vers l'un de leurs systèmes, deux étoiles et quatre planètes habitées.

— La périphérie vous a agressés ?

— Non.

— Latar l'a attaquée ?

— Non plus : nous sommes des mercenaires, pas des envahisseurs. »

D'ailleurs une des grandes énigmes au sujet de Latar, pensa Esyllt. *Pourquoi n'ont-ils jamais utilisé leurs capacités guerrières à des fins de conquête ?*

« Ce qui nous ramène à la planète que je vous ai montrée tout à l'heure, poursuivit Tylin. Un de nos nœuds bi-facettes est maintenant orienté vers Bod, un monde inconnu, et il présente des caractéristiques intéressantes.

— D'après vos hologrammes : vies végétale et animale développées.

— Oui. Et cette planète, bien que vierge de toute colonisation, est idéale pour les humains. Elle présente en outre un avantage majeur : en dehors du bi-facettes orienté vers Latar, aucun autre nœud n'est présent dans son espace proche ou profond.

— Vous êtes sûre ?

— Accordez-nous votre confiance sur ce point. »

Une bouffée d'espoir inonda Esyllt : les descriptions de la mercenaire suggéraient que Latar était prêt à offrir cet Éden aux réfugiés de Kreis.

Ne te réjouis pas trop vite, songea-t-elle. *Il existe sans doute des conditions contraignantes…*

« Le conseil des sages vous propose de vous y installer : Bod peut accueillir trois cent mille personnes ainsi qu'une descendance féconde. Personne ne saura rien de votre présence, et cet unique nœud vous protège des importuns.

— J'imagine que Latar souhaite conserver la souveraineté sur cette planète.

— Non, elle est vôtre.

— Le conseil des sages demande-t-il une représentation dans notre futur gouvernement ?

— La rébellion a abrité les représentants des cinq religions antiques pendant des siècles, dans une totale harmonie : vous saurez donc vous organiser entre vous. »

Tout cela est un peu trop beau.

« Devrons-nous vous payer une dîme pour notre protection ?

— Non.

— Vous fournir des soldats ?

— Non.

— Limiter notre population ?

— Non.

— Aucune exigence d'aucune sorte ?

— Nous ne pouvons pas vous permettre, à vous ou à vos descendants, de quitter Bod, mais vous y serez souverains.

— Pourquoi une telle générosité ? s'étonna Esyllt.

— La présence des représentants des religions antiques dans vos vaisseaux. Mais vous l'aviez deviné, c'est la raison pour laquelle vous avez tenté ce saut, malgré les dangers.

— À quel culte vous rattachez-vous ? »

Une moue sardonique se dessina sur le visage ambré de la mercenaire :

« Vous en savez déjà beaucoup, laissez-nous notre part de mystère…

— Je vous dois bien cela.

— C'est nous qui vous sommes redevables, pour la protection que vous avez apportée aux religieux sur Kreis pendant tous ces siècles. »

Tylin s'était levée pour signifier la fin de leur entretien et Esyllt s'apprêtait à l'imiter lorsqu'une pensée soudaine effleura son esprit :

« La probabilité qu'un trouble majeur oriente l'un des nœuds de Latar vers une planète idyllique, protégée du reste du monde, juste au moment où nous croisons dans votre espace est…

— Infime, en effet, compléta la mercenaire.

— Devons-nous remercier la cantilène ou notre bonne étoile ? »

Bod, espace proche, cent trente-huit jours standard après l'expiration de l'ultimatum.

« Les vaisseaux d'escorte Latars sont repartis, observa Rayan.

— Nous sommes donc seuls autour de cette planète », souffla Esyllt.

Les mercenaires ont refusé de nous conseiller une région pour nous établir, songea-t-elle. *Ils estiment que cette décision nous revient. J'ai encore du mal à croire qu'ils nous offrent un tel présent...*

« Ils enverront un appareil dans une semaine pour savoir si nous avons besoin de matériaux et de machines pour amorcer notre installation, reprit Rayan.

— Tu parais de fort bonne humeur, petit frère.

— Et pourquoi pas ? Nous avons échappé à la répression des prêtres puis aux griffes de la périphérie, la chance nous ouvre un sillon dans les entrelacs des nœuds et Latar nous offre aide et protection. La meilleure défense qui soit ! »

Toutes les religions évoquent la terre promise et un tel enchaînement de circonstances favorables surprend à peine les réfugiés. Tous partagent la foi, même si celle-ci revêt des formes distinctes.

Leur appareil survolait une région vallonnée, parsemée çà et là de forêts sombres et de ruisseaux tortueux. Un coup d'œil sur le moniteur lui confirma que les trente-quatre vaisseaux se suivaient à vitesse réduite et Esyllt devinait des milliers de visages collés au verre des hublots, émerveillés devant la magnificence des paysages.

Bod est notre refuge, virginal et sûr.

Les plaines avaient laissé la place à l'océan, paré d'îles aux falaises granitiques ; elles dessinaient des estampes fugitives sur l'onde, ultime rempart de terre au cœur de l'étendue salée. Puis les archipels s'évanouirent et seul l'océan, majestueux, emplissait l'horizon ; la houle, semblable à une vigie d'eau et de sel, déroulait ses filaments d'écume en direction de l'Orient.

« Qu'ont décidé les hiérarchies cléricales ? demanda Rayan.

— Toutes se sont accordées sur une colonie commune.

— Excellente nouvelle.

— Répartir les implantations par religion aurait semé des graines de discorde pour les générations futures, approuva Esyllt. Ce qui nous rapproche est plus fort que ce qui nous sépare, et ces siècles de rébellion sur Kreis nous ont appris que la coexistence était souhaitable.

— Aucun ne désire l'instauration de quotas dans le gouvernement ?

— Non. Comme sur Kreis, les religieux ne veulent pas s'impliquer dans les décisions politiques, ils savent que ce pouvoir à court terme recèle de nombreux pièges. Ils laissent donc à la rébellion le soin de s'occuper des affaires courantes ; à nous de veiller à un équilibre acceptable pour tous.

— Comme sur Kreis.

— Tout juste. »

Les vaisseaux survolaient maintenant une région côtière, riche de forêts de feuillus et de rivières courbes. Esyllt pianota un instant sur la console et ralentit sa course, bientôt imitée par les autres appareils ; elle observait le sol sur les moniteurs en s'attardant de temps en temps sur un secteur ou un autre :

« De l'eau douce, du bois, des pierres, du gibier sur terre et des poissons dans la mer, des abris naturels. »

Elle se saisit de l'émetteur et ordonna :

« La patrouille de reconnaissance en survol pour étudier la région !

— Bien reçu. »

Si la zone est sûre, nous apprécierons tous de nous dégourdir les jambes après presque trois mois de voyage, songea-t-elle. *Et ce lieu abritera peut-être notre première colonie…*

Cinq chasseurs parcouraient l'espace et ils s'approchaient peu à peu du sol pour vérifier *de visu* les allégations de leurs capteurs. Deux appareils s'étaient concentrés sur les espaces boisés, tandis que deux autres suivaient le cours sinueux des rivières et que le dernier observait les falaises qui surplombaient l'océan.

« Esyllt ?

— Je vous écoute.

— Les forêts sont gorgées de vie, de nombreux oiseaux et mammifères ; leur densité suggère qu'il existe peu de prédateurs. Les plaines sont recouvertes de végétation et l'eau abonde.

— Pas dc souci pour les cultures, murmura la jeune femme.

— Et la mer grouille de poissons, conclut la voix dans le récepteur.

— Bien reçu. Pas de menace particulière ?

— Aucune.

— Retour au vaisseau.

— Compris. »

Esyllt observa à nouveau les moniteurs, comme si ses yeux pouvaient distinguer un danger que les capteurs pointus des chasseurs auraient négligé.

« Un problème ? demanda Rayan.

— Tout est si…

— Parfait ?

— Oui. Et cela cache souvent les pièges les plus subtils.

— Tu es trop méfiante, nous ne sommes plus dans un milieu hostile. »

Elle reporta son attention sur les paysages qu'elle avait presque oubliés pour ne considérer le lieu que du point de vue de la survie. Le dégradé de teintes sylvestres rehaussé par la présence apaisante de l'océan lui apparut soudain, elle imagina une ville nichée entre terre et mer, des champs dessinés le long des méandres des cours d'eau, des bateaux de pêche bariolés aux filets remplis de poissons.

« L'officier Latar m'a demandé le nom que nous souhaitions donner à cette planète, murmura Rayan.

— Les mercenaires l'ont nommée Bod, ce nom me convient… »

Il n'est pauvreté que d'ignorance.

Extrait du Talmud, le livre sacré de l'une des cinq religions antiques.

N.B. Toute consultation de cet ouvrage est réservée aux prêtres et soumise à l'accord préalable d'Evzek.

Melen, une plage, cent quarante-trois jours standard après l'expiration de l'ultimatum.

Latar me manque, songea Loazour.

Assise sur la plage, elle glissa un regard vers Gouanv, allongée de tout son long sur le sable doré : le soleil composait de fugaces reflets cuivrés le long de sa chevelure rousse. Les yeux clos, la spol jouait avec un coquillage mordoré tandis qu'une brise importune glissait des grains de sable sous sa tunique légère.

Elle ne semble pas craindre les effets du soleil, en dépit de sa peau laiteuse.

« Nous sommes surveillées ? murmura Gouanv.

— Que…

— Une simple question.

— … Non.

— Certaine ? »

Un rictus sardonique se dessina sur les lèvres de Loazour :

« Tu me sous-estimes tant que cela ?

— Non, bien sûr que non. »

Gouanv se hissa sur les coudes et ses iris aigue-marine, rehaussés par la lumière vespérale, fixèrent la mercenaire :

« Le commandant en chef et la spol du royaume isolés sur une même plage déserte, sans escorte, est-ce bien raisonnable ?

— Nous sommes seules, mais toutes les voies d'accès, terrestres, maritimes ou aériennes, sont gardées.

— Me voilà rassurée », ironisa Gouanv.

Me suis-je méprise sur le sens de sa question ? se demanda Loazour. *Je n'ai jamais considéré Gouanv comme une menace et pourtant…*

La Latar replia son genou sur son corps et libéra sa main droite pour parer une éventuelle attaque dans un mouvement qu'elle voulait le plus naturel possible.

« À ton tour d'être inquiète », souffla Gouanv.

Elle m'a alarmée à dessein.

« Tu ne m'effraies pas !

— Rien n'effraie les Latars.

— Tu m'as mal comprise, corrigea Loazour. Je ne te crains pas pour une tout autre raison : parce que tu m'apprécies, malgré tes paroles acerbes.

— Ah…

— Je me trompe ?

— Non. »

La spol joignit les mains au-dessus de sa tête et étira son corps longiligne pour dégourdir ses membres, puis elle tourna son visage criblé de taches de rousseur vers la jeune mercenaire :

« Tu hais la périphérie, n'est-ce pas ?

— C'est l'ennemi de Melen.

— Tout comme les neuf royaumes, mais tu ne les

exècres pas autant. Il est vrai que Loar et ses alliés ne se sont pas laissé tenter par les sirènes de la génétique. »

Prudence, prudence, pensa la mercenaire.

Ses yeux en amande se plissèrent encore, comme pour discerner les pensées secrètes de la spol, mais elle conserva le silence.

« Le culte du secret de Latar est si révélateur, poursuivit Gouanv. Vos errements passés vous ont condamnés à l'art de la guerre… »

Elle sait ! songea Loazour. *Comme Bleiz, le spol de Loar. Comme combien d'autres encore ?*

« Tu t'aventures en terrain dangereux, murmura la mercenaire.

— C'est un jeu de dupes : je connais votre secret, et tu le sais. Mais tu n'es pas surprise, ce qui signifie que d'autres spols vous ont déjà percés à jour : comme eux, je resterai muette. »

Loazour s'assit sur le sable ; elle brossa sa tunique du revers de la main pendant que ses yeux se perdaient sur les roches qui égayaient l'océan. Un fou de Bassan s'éleva d'un rocher, bientôt suivi par cinq de ses congénères, et le vol gracieux de l'oiseau marin la ramena quelques mois en arrière, lorsque, perchée sur les murailles de la citadelle, elle regardait les morvaouted affronter la tempête pour pêcher leur pitance.

Je ne devrais sans doute pas, mais je la crois.

« Comment sais-tu qu'ils sont restés muets ?

— À mon tour de te demander si tu me sous-estimes tant que cela. »

Loazour écarta les mèches brunes que le vent agaçait tandis que le soleil dessinait des ombres éphémères sur ses pommettes saillantes. Gouanv observa un instant le galbe gracieux de la jeune femme, sa silhouette fine, la pureté de ses traits :

« T'envoyer si jeune dans un royaume représentait un risque pour Latar.

— Tes provocations sont d'ordinaire plus incisives, ironisa la mercenaire.

— Tes compétences ne sont pas en cause, mais… tu es une guerrière d'exception qui n'est pas encore une femme. »

Loazour ouvrit la bouche pour répliquer, mais les mots ne franchirent pas le seuil de ses lèvres. Aucune émotion ne filtrait des yeux pâles de la spol, et la Latar finit par détourner le regard, le rouge aux joues :

« Comment oses-tu ?

— Ce n'est pas une critique, mais une simple constatation. »

Suis-je si transparente ?

« Melen regorge de beaux mâles, mais ton rang te dessert, poursuivit Gouanv. Il t'impose une certaine discrétion, et tu sais que la plupart de tes amants potentiels se vanteraient du présent de ta virginité dès les premières lueurs de l'aube.

— Il suffit ! »

Loazour écumait de rage. Elle dardait son regard sombre vers la spol, les muscles tendus, les nerfs à fleur de peau, alors que Gouanv n'avait pas esquissé le moindre mouvement :

« Ne t'avise pas de propager de telles… de telles…

— Vérités ?

— Inepties ! explosa la Latar.

— Non, bien sûr que non. »

La main de Gouanv se déplaça avec une lenteur infinie pour ne pas effrayer Loazour et ses doigts se posèrent sur la main gauche de la mercenaire. Elle demeura immobile, comme pour laisser le temps à la jeune femme de s'habituer à ce contact, puis elle dessina des arabesques fugaces sur sa peau. Surprise, la Latar ne réagit pas, mais son poing droit fermé démentait tout relâchement. La spol effleura les phalanges, s'attarda sur l'annulaire puis elle frôla la paume gracile de Loazour dans un geste d'apparence innocente.

Pourquoi une telle douceur après des propos si âpres ?

Les rayons de l'aurore composaient des reflets inédits, alliance d'or et d'azur, au cœur des iris de Gouanv et illuminaient une à une les taches de rousseur disséminées sur son visage délicat. Loazour ne savait quelle attitude adopter ; elle savait qu'un simple mouvement de son poignet briserait l'ambiguïté, mais elle appréciait cette vague suave au cœur d'un océan de violence, de guerre et d'intrigues. La main de la spol remontait maintenant vers son avant-bras, en suivant le sillon des veines les plus colorées ; elle se promenait, hésitante, s'arrêtait parfois puis reprenait sa course sur le satin cuivré de la peau de la Latar.

Loazour entrouvrit la bouche pour reprendre pied avec le réel, mais Gouanv posa l'index sur ses lèvres pour lui intimer le silence ; la mercenaire détendit alors ses muscles et s'allongea à même le sable, les yeux mi-clos. Alanguie, elle ressentait les caresses de la spol qui s'aventurait sous sa tunique jusqu'à sa nuque, au creux d'une épaule ou à la naissance d'un sein.

Je ne lui ai pas menti tout à l'heure. Nous sommes seules ici. Sur une plage isolée…

La main indiscrète de la spol dansait sur le ventre de Loazour, elle jouait avec ses muscles effilés, musardait au creux des vallées dessinées par les côtes pour ensuite aller s'égarer sur les cimes tendues par l'excitation. Loazour ouvrit les yeux, prête à croiser les yeux moqueurs de la spol, mais Gouanv dardait sur elle un regard tendre, linéament aigue-marine, sibyllin et envoûtant.

La mercenaire hésita : sa raison lui soufflait de se lever et de quitter cette plage sans un mot, sans chercher d'explication ou de justification, mais elle resta allongée sur le sable blond, en attente. Lorsque la main de Gouanv s'insinua un peu plus bas, si près de son intimité, elle abandonna toute résistance et se laissa porter par le flot de ses sensations. Elle goûtait les caresses de la spol, le ballet exquis de ses doigts qui guidait son corps vers les sources du plaisir ; un soupir ténu s'échappa de ses lèvres lors d'une caresse un peu plus indiscrète. Impudique, Loazour tendait maintenant son bassin vers les cieux, pour devancer les gestes de Gouanv ; le commandant en chef Latar s'effaçait peu à peu pour laisser la placc à une belle adolescente, au bord de la jouissance.

Presque…

Le rythme s'atténua soudain et cette langueur arracha à Loazour un feulement de frustration. Gouanv demeura un moment immobile puis ses doigts agiles s'activèrent de nouveau, toujours plus précis, toujours plus lestes, toujours plus ardents.

Gouanv, Gouanv, Gouanv…

L'espace d'un instant, le temps se figea et Loazour se sentit emportée par les rafales d'un orgasme absolu. Puis elle flotta au cœur de volutes riches de sensations en suspens et les mots de la spol flattèrent ses émotions sans que sa conscience ne s'en offusquât :

« La rencontre entre Asbjorn et Emrodes fige la guerre et la politique pour encore quelques jours. Cette soirée est nôtre, Loazour… »

Un vaisseau-refuge… Réminiscence des conflits passés au cours desquels les vaisseaux-refuges servaient de lieu de rencontre et de négociation entre les souverains en guerre. Neutre, sûr… et onéreux. Un seul peuple bénéficiait de la confiance des protagonistes et des moyens de les obliger à respecter leur parole : les Latars. Tout comme aujourd'hui. Probes et incorruptibles Latars…

Extrait du journal intime d'Emrodes, souverain de Loar.

Latar, espace semi-profond, cent quarante-quatre jours standard après l'expiration de l'ultimatum.

Une table ronde, deux fauteuils, un miroir sans tain en face d'une unique porte.

Emrodes voilait son impatience derrière un masque impassible et un regard atone, mais ses doigts suivaient un rythme récurrent sur le bois précieux de la table. Lorsqu'il s'en aperçut, il exhala un soupir d'agacement puis il croisa les bras pour contraindre son corps à l'immobilité ; les yeux mi-clos, il expira l'air de ses poumons et cet exercice lui procura un semblant de calme.

Apaiser ma nervosité…

La porte pivota avec lenteur et Emrodes reconnut d'abord la Latar qui l'avait accueilli à bord du vaisseau-refuge ; son regard aiguisé embrassa la pièce, attentif au moindre détail, puis ses yeux d'amande sombre se figèrent au cœur des iris du souverain de Loar. Elle s'avança de quelques pas, souple comme un félin, et elle invita un homme d'âge mûr à pénétrer dans la pièce :

« Vous ne vous êtes jamais rencontrés, je crois. Asbjorn, souverain de Melcn. Emrodes, souverain de Loar. »

Emrodes se leva et salua d'un bref geste de tête, comme le voulait l'étiquette des royaumes, aussitôt imité par Asbjorn. La mercenaire leur désigna les fauteuils de la main :

« Prenez place, je vous prie. »

Les deux souverains s'assirent face à face, mais ils semblaient hypnotisés par le port altier et l'aura d'autorité de la Latar :

« Je me nomme Tylin, je seconde Subotaï dans la citadelle. Ce vaisseau-refuge, situé dans l'espace de Latar, est un lieu neutre. Depuis votre saut spass, vous êtes tous deux sans escorte et vous êtes placés sous notre protection. »

Elle observa les deux hommes à la dérobée pour quérir un assentiment ou une objection, mais aucun d'eux ne cilla.

« Je me dois de vous rappeler que si l'un d'entre vous détournait notre hospitalité pour une agression, soit personnelle, soit par le biais de ses armées, il s'exposerait alors au rappel de tous les mercenaires de son royaume ainsi qu'à une vendetta Latar. Quant à sa propre personne, sa sécurité ne serait alors plus garantie… »

Bel euphémisme, songea Emrodes. *Notre douce mercenaire tuerait sur-le-champ celui qui ne respecterait pas ses engagements.*

« Après vos entretiens, nos appareils vous conduiront jusqu'aux nœuds orientés vers vos royaumes respectifs, poursuivit Tylin. D'un point de vue pratique, les frais de cette rencontre sont pris en charge par Melen, qui l'a sollicitée. »

Asbjorn opina sans mot dire.

« Vous trouverez un bouton d'appel sur les accoudoirs de votre fauteuil et, pour votre sécurité, deux officiers Latars se trouveront derrière ce miroir sans tain. »

Pour punir le fautif en cas d'agression, traduisit Emrodes.

« Néanmoins, vos discussions ne nous sont pas accessibles et elles ne sont retranscrites sur aucun support. Votre temps n'est pas limité, vous pouvez profiter d'une collation et d'une cabine de repos si vous le souhaitez. Des questions ? »

Les deux souverains secouèrent la tête à l'unisson. Tel un chat sauvage, Tylin se détourna alors et franchit la porte sans un mot. Emrodes reporta son attention sur Asbjorn ; l'étiquette voulait que les premiers mots soient prononcés par le doyen de la rencontre.

« Vous croyez à l'absence de curiosité de nos amis Latars ? demanda le souverain de Melen.

— Je peux m'en assurer, si vous le souhaitez.

— Je vous en prie. »

Emrodes extirpa de sa poche intérieure un petit objet en verre sombre, en forme de pyramide tronquée ; il pianota sur la base, qui s'irisa d'une douce lumière bleutée, puis il la posa à même le bois de la table. Au bout de quelques secondes, la pyramide clignota à trois reprises pour ensuite se colorer d'une nuance turquoise.

« Ni capteur ni appareil électronique dans cette pièce, conclut Emrodes.

— En dehors des vôtres.

— En dehors des miens.

— Une nouvelle merveille de la technologie de Loar ?

— Vous me flattez. Vous disposez vous aussi de détecteurs… »

… incapables de repérer nos derniers senseurs.

Les deux hommes s'observèrent en silence ; chacun d'eux détenait maints enregistrements holos de son rival, mais ils se rencontraient pour la première fois. Asbjorn retrouvait çà et là des ressemblances avec Faolan, le père d'Emrodes, son ancien rival de la Première Guerre des royaumes : une chevelure brune en bataille, des pommettes saillantes et surtout l'éclat de ses yeux verts. Asbjorn, quant à lui, paraissait plus doux que sa réputation ne le laissait présager ; sa nonchalance trompeuse et ses gestes lents masquaient des crises de colère qu'Emrodes savait fréquentes.

« Puis-je me permettre de résumer la situation, quitte à négliger les politesses d'usage ? proposa Asbjorn.

— Je vous écoute.

— Nos plans d'origine ont connu quelques déconvenues, deux pour être plus précis : votre parade inattendue qui protège non seulement Loar, mais aussi vos alliés.

— Désolé d'avoir gâché le feu d'artifice, ironisa Emrodes.

— *A posteriori*, je n'ai aucun regret, mais nous y reviendrons. La deuxième me dérange plus : l'intervention de la périphérie nous prive d'une victoire certaine sur les royaumes du Ponant.

— C'est votre opinion.

— En effet, mais qu'importe. Et comme si cela ne suffisait pas, ces barbares menacent maintenant les royaumes.

— Disons plutôt que la périphérie menace Melen.

— Pour l'instant, corrigea Asbjorn. Pourtant, vous connaissez aussi quelques échauffourées avec les armées de Morgevnid, sans gravité tant que leur attention est centrée sur le conflit avec Melen, mais que se passerait-il si nous succombions ?

— Les mondes périphériques seraient à bout de force.

— Vous ne connaissez rien de leur potentiel.

— Peut-être disposons-nous de données complémentaires… »

Le premier leurre…

Asbjorn fronça les sourcils ; la remarque acerbe du jeune homme évoquait les compétences secrètes de Bihan, mais les mots de Gouanv, la spol de Melen, résonnèrent dans son esprit : « Pas plus que Melen, les neuf royaumes ne connaissent la puissance de la périphérie ; leurs espions grouillent peut-être sur les planètes ardentes, mais Morgevnid le sait, jamais elle n'aurait confié le moindre secret d'importance à Koroll, Don ou Flour. »

« Un bluff, affirma-t-il.

— Admettons.

— La périphérie est plus dangereuse pour vous que Melen, car elle est inconnue : ni leur force militaire, ni le nombre de ses mondes, ni les cartes de ses nœuds ne vous sont accessibles.

— Que suggérez-vous ? demanda Emrodes. Une alliance ?

— Une alliance ? Non. Melen ne désespère pas de conquérir les neuf royaumes un jour…

— De votre vivant ? »

Jeune insolent ! songea Asbjorn.

« Sept minggans sont isolés dans votre espace, poursuivit-il, imperturbable. Nous souhaiterions les rapatrier vers Melen.

— Quel est notre intérêt ? Ces vaisseaux sont éparpillés en djaghouns et ils ne peuvent conquérir ni nœud ni planète.

— C'est juste, fit Asbjorn. Mais leur seule présence vous oblige à mobiliser vos forces de manière à contrer leurs attaques éventuelles, ce qui vous affaiblit par ailleurs. Si vous ouvrez vos nœuds à leur retour, vous

vous débarrassez ainsi de plusieurs épines dans votre espace.

— Cela augmentera d'autant votre potentiel de nuisance, pourquoi renforcer ainsi notre ennemi ?

— Parce que, pour votre malheur, vous avez deux ennemis puissants et que la périphérie vous inquiète plus que Melen. »

Et pour notre bonheur, ces deux ennemis s'entre-déchirent, songea Emrodes.

« Je n'ai pas besoin d'une réponse immédiate, je vous laisse le temps de la réflexion.

— Inutile. »

La proposition d'Asbjorn correspond tout à fait aux analyses liminaires de Bleiz…

« J'accepte.

— Vous parlez pour Loar ou pour les neuf royaumes ?

— Pour les neuf royaumes.

— Nos unités se replieront d'une manière progressive, je ne veux pas risquer de les voir détruites d'un coup.

— Bien entendu. »

Asbjorn se cala au fond de son fauteuil, satisfait. Il entrouvrit les lèvres, mais, pendant quelques secondes, il conserva le silence puis il souffla :

« Vous avez assisté à la cantilène ?

— Oui.

— Et ?

— Des instants magiques.

— Plus qu'à l'accoutumée ?

— Encore plus, oui.

— Au vu de l'importance des troubles, nous nous sommes demandé si Loar influait d'une quelconque manière sur les nœuds.

— Qui sait ? »

Le second leurre…, pensa Emrodes.

Asbjorn esquissa un sourire tandis que sa main écartait l'hypothèse d'un geste sec :

« Nous savons tous deux qu'un tel pouvoir aurait assuré à Loar la maîtrise des royaumes. Néanmoins, ces concours de circonstances sont troublants, n'est-ce pas ? Une telle ampleur au moment où la périphérie émerge de siècles de secrets ? Est-il possible qu'une tierce puissance puisse prévoir la force des troubles à l'avance, pour ensuite profiter de cette connaissance ? Leurs effets se ressentent au tréfonds de l'espace ; peut-être existe-t-il des signes annonciateurs en dehors de Loar ?

— Vous surestimez les pouvoirs de la périphérie, s'amusa Emrodes. D'autant que ces troubles la desservent.

— Je ne pensais pas à la périphérie.

— À qui donc ?

— Aux mondes qui n'ont agressé aucune autre planète depuis des siècles et qui n'ont connu aucune menace sérieuse jusqu'à maintenant. Ils sont au nombre de deux... »

Emrodes posa son menton sur ses mains jointes et il laissa errer son esprit le long des voies possibles. Il réfléchissait tout autant à l'énigme d'Asbjorn qu'aux raisons qui le poussaient à orienter la conversation vers ce sujet :

« Latar », murmura-t-il.

Les mots de Bleiz résonnèrent dans sa mémoire : « Latar : équilibre du conflit, effet positif », avait récité le spol, au lendemain du trouble des nœuds. Pourtant, il avait conclu : « Latar, lien ténu ».

L'analyse du spol de Melen est-elle plus tranchée ? se demanda Emrodes.

« C'est le premier nom, en effet », répondit Asbjorn.

Aucune autre planète n'a échappé au conflit jusqu'alors, à part Kreis, mais leur déroute ne plaide pas en leur faveur. Melen n'a eu de cesse que de s'étendre, les royaumes indépendants ont toujours oscillé entre soumission aux grandes puissances, zone d'influence et indépendance, les planètes ardentes se sont regroupées pour lutter contre les conquérants. Quant aux neuf royaumes, ils ont connu leur part de conflits, tant internes qu'externes. Sauf...

Asbjorn laissait l'esprit d'Emrodes cheminer à son rythme, mais le regard glacial que ce dernier lui lança soudain lui confirma qu'il avait atteint son but :

« Vous essayez de semer la discorde ? le questionna le jeune homme.

— Libre à vous de le croire.

— Bihan n'a connu aucun conflit, certes. La raison majeure est que Bihan ne recèle que peu d'attraits, aujourd'hui comme hier : pas de richesses naturelles, peu de nœuds, une faible influence...

— Si vous le dites, susurra Asbjorn.

— C'est la version de votre spol ?

— Non, une simple hypothèse que je n'ai pas manqué de lui soumettre. La réponse fut laconique : données insuffisantes... »

Comment Bihan pourrait-il prévoir les cantilènes ? C'est ridicule...

« *A posteriori*, je suis heureux que notre arme n'ait pas touché Loar, poursuivit Asbjorn.

— Un soudain élan d'humanisme ?

— Plutôt une prise de conscience tardive. Quel aurait été l'impact de notre frappe sur les nœuds ? Plus ou moins de stabilité ? Un désordre nodal plus vaste ?

— Un quelconque lien avec vos hypothèses sur Bihan ?

— S'il détient un code qui lui permet de prévoir les troubles majeurs, l'étape suivante consisterait à les initier ou à les altérer. Vous imaginez le pouvoir d'un royaume qui disposerait d'une telle ressource ? »

Ah... Nous y voilà, songea Emrodes.

« La fréquence des troubles paraît liée au soleil et à la lune de Loar, et non de Bihan. À ma connaissance, seuls les daofined les détectent ; et ils peuplent nos océans, pas les leurs ! »

Asbjorn demeura silencieux, les yeux dans le vague. Puis il darda un regard narquois au cœur des iris émeraude du jeune souverain :

« Vous épousez Kampiola dans quelques semaines, me semble-t-il… »

J'ai toujours trouvé que la paranoïa était une position parfaitement défendable.

Citation attribuée à un écrivain de l'époque préspatiale, nommé Pat Conroy.

Loar, palais d'Aven, cent cinquante jours standard après l'expiration de l'ultimatum.

« Nous sommes ravis d'accueillir des étudiants d'Erc'h au sein de notre département, observa Goronwy. Les mathématiques attirent peu les étudiants des neuf royaumes, la plupart préfèrent s'orienter vers la mécanique et le génie civil. »

Emrodes ne put s'empêcher de sourire du commentaire de bienvenue de son ancien professeur, maintenant responsable du département des mathématiques astronomiques d'Aven. Le taux d'échec des étudiants des neuf royaumes frôlait les quarante pour cent la première année et il dépassait les soixante pour cent dans les études de mathématiques pures. Si la délicatesse diplomatique insistait sur les difficultés d'adaptation, les explications officieuses désignaient plutôt le différentiel de niveau à l'entrée de l'Université d'Aven : les adolescents de Loar bénéficiaient d'un enseignement secondaire sans égal.

Banain, le régent d'Erc'h, hocha la tête et son regard se posa sur les trois étudiants choisis pour représenter la jeunesse exilée de son royaume. Les deux jeunes filles paraissaient intimidées, et le jeune homme dissimulait mal son embarras croissant derrière un masque de fausse décontraction.

Les sujets les plus brillants, à n'en pas douter, pensa Emrodes.

« En quelle année êtes-vous ? » les interrogea Banain.

Le jeune homme se racla la gorge :

« En quatrième tous les trois… Sire, ajouta-t-il après un instant d'hésitation.

— Oublions les titres pour aujourd'hui, ce n'est pas une visite formelle. Quand se terminent vos études ?

— L'année prochaine, en ce qui me concerne. »

Banain se tourna vers les deux jeunes filles.

« Nous pensons prolonger notre cycle actuel par un programme de recherche, répondit la plus petite des deux.

— Dans quel domaine ?

— Les sujets ne sont pas encore définis, mais nous nous orientons toutes deux vers l'analyse numérique spatiale.

— Des applications pratiques ? » demanda Banain.

Elles échangèrent un regard de connivence et la plus grande murmura :

« Elles sont multiples. Le transport des minerais dans l'espace, par exemple…

— Je vois. »

Elles n'auront aucun mal à trouver un emploi dans ce domaine sur Erc'h, songea-t-il.

« Bonne chance à vous trois et merci de votre accueil, Goronwy.

— Tout l'honneur est pour moi. »

Les étudiants esquissèrent un semblant de révérence, sous l'œil amusé de Banain, puis les deux souverains se dirigèrent vers les jardins du palais d'Aven. Ils n'échangèrent pas un mot avant de rejoindre le pied des premiers cyprès ; ce silence, loin de susciter la moindre gêne, paraissait naturel, presque complice.

Rares sont les personnes avec lesquelles le silence est doux, pensa Emrodes.

« Félicitations pour votre mariage, commença Banain.

— Merci.

— Je vous confirme de vive voix ma présence, ainsi que celle de Rosenn. »

De plus en plus unis…

« J'attends la cérémonie pour une annonce officielle, mais vous en aurez la primeur, reprit Banain. Rosenn et moi-même avons décidé de suivre votre exemple, à une exception près…

— Oui ?

— Nous marions également nos royaumes, Traezh et Erc'h ne formeront plus qu'un. La cérémonie se déroulera sur Traezh dans quelques mois ; vous recevrez une invitation formelle, bien entendu.

— À mon tour de vous adresser mes félicitations.

— Merci. »

Au loin, le chant des vagues accompagnait maintenant le bruissement des arbres et les deux souverains percevaient les cris aigus des courlis et des sternes ; Emrodes savait qu'ils ne tarderaient pas à apercevoir les premiers reflets d'or sur le dégradé bleuté de la mer :

« Qui sera le souverain de ce nouveau royaume ?

— Une régence bicéphale pour ne froisser aucune susceptibilité. Seul un enfant nous permettra de réunir les royaumes d'une manière définitive.

— Où se trouvera votre nouvelle capitale ? s'enquit Emrodes, perfide.

— Ah… Le cauchemar de nos diplomates. Ils ont

néanmoins fini par trouver la parade idéale : pas de capitale officielle, mais deux palais que nous occuperons tour à tour.

— L'un sur Traezh, l'autre sur Erc'h, suivant le protocole...

— Suivant nos envies et nos caprices, plutôt », ironisa Banain.

Le chemin se hissait sur une colline ornée de massifs d'hortensias magenta, azur et ivoire, qui surplombait la baie d'Aven. De concert, les deux souverains s'assirent à même le sol, le regard perdu sur les roches éparpillées le long des filaments d'écume, les bateaux aux voiles multicolores qui musardaient autour des chapelets d'îles et les oiseaux marins, danseurs ailés au regard acéré.

« Les entretiens sur le vaisseau-refuge ne nous ont guère surpris, murmura Banain.

— La proposition d'Asbjorn arrive à point nommé, les escarmouches entre les neuf royaumes et la périphérie sont de plus en plus nombreuses. Comme si Morgevnid voulait tester notre défense...

— C'est sans doute le cas. Comment avez-vous trouvé Asbjorn ?

— Calme. Serein, même. »

Et pernicieux. Ses commentaires sur Bihan ne cessent de me hanter depuis notre rencontre.

« Votre rapport ne mentionne aucun autre élément en dehors de son offre. Vous semblez pourtant soucieux...

— Rien qui concerne les neuf royaumes dans leur ensemble », répliqua Emrodes d'un ton sec.

Les traits de Banain ne trahirent pas de contrariété ; il observait toujours le ballet harmonieux sur les flots de la baie. Emrodes se mordilla la lèvre inférieure et souffla :

« Je vous prie de m'excuser.

— Aucune offense.

— Je... »

Emrodes s'interrompit ; il n'avait parlé des analyses d'Asbjorn à personne, pas même à Kai, Chuluun et Bleiz, mais il ressentait le besoin de partager ce fardeau, et les confessions étaient parfois plus faciles avec des personnes moins proches :

« Asbjorn soupçonne Bihan d'être à même de prévoir l'ampleur des troubles nodaux. »

Banain hésita quelques secondes :

« Une nouvelle tentative pour nous diviser ?

— Possible.

— Des preuves ?

— Non, un faisceau de présomptions : l'absence de conflit depuis des siècles, à l'exception des deux guerres des royaumes, la force de leurs réseaux d'espionnage et le relatif secret dont s'entoure Bihan.

— C'est mince, observa Banain.

— Il existe un dernier point : depuis trente ans, Bihan a envoyé plus d'émissaires sur les planètes ardentes que toutes les autres puissances réunies. Asbjorn suppose que Bihan a provoqué, ou précipité, l'intervention de la périphérie parce qu'il savait que les troubles sèmeraient la pagaille dans les plans de Morgevnid.

— Il aurait fallu que Bihan soit au courant des liens entre la périphérie et les planètes ardentes.

— C'était le cas. »

Banain s'apprêtait à lui demander d'où il tenait cette certitude, mais le regard assuré d'Emrodes l'en dissuada :

« Je vois. »

Banain joua avec une brindille en forme de trident qu'il finit par planter dans la terre meuble, les trois pics vers le haut :

« Cela ne prouve rien. Les daofined sont endémiques à Loar, royaume le plus développé sur le plan scientifique : s'il existe une quelconque suspicion sur la prévision, voire le contrôle, des troubles, elle concerne Loar.

— Nous ne connaissons rien des daofined.

— Tout comme Bihan. Tout comme Erc'h. Tout comme les autres royaumes. Vous en avez parlé avec votre spol ?

— Je… Non… Pas encore. »

J'ai peur des conclusions de son analyse.

« Il vous rassurera, poursuivit Banain en posant une main fraternelle sur son épaule. Et, avant que vous ne me le demandiez, je vous promets le silence.

— Merci. »

Les deux souverains laissèrent le vent reprendre possession de l'espace ; son souffle résonnait au cœur des fourrés, les branchages vibraient de ses fantaisies et l'écume farouche explosait sous ses assauts.

« J'ai aussi un secret à partager, reprit Banain.

— Au sujet du système que vous exploitez en coopération avec Traezh ?

— Oui.

— Il est devenu inaccessible ?

— Bien au contraire : nous fonctionnons maintenant en circuit fermé, sans lien vers l'extérieur. Le premier nœud, N-Rhyl, est orienté vers Traezh et le second, N-Caernarfon, vers Erc'h.

— Une situation idéale ! »

Et une heureuse coïncidence, songea Emrodes. *Une de plus…*

« En dehors de vos deux royaumes, seuls Bihan et Loar connaissaient l'existence de ce système ?

— Oui, nous en avions parlé ensemble sur une rivière d'Aer pendant que Rosenn décrivait la situation à Kampiola, juste avant les… »

Banain secoua la tête, un sourire en coin :

« Vous êtes trop soupçonneux ! Vous trouverez toujours des liens possibles avec Bihan si vous en cherchez. Mais la réponse est ailleurs : Asbjorn veut semer la discorde entre les neuf royaumes et ses prétendues preuves ne sont que des nuages de brume sans épaisseur.

— Vous avez raison, j'accorde trop d'importance à ses propos. »

Le regard d'Emrodes se posa à nouveau sur le panorama marin qui se transformait peu à peu ; un éclairage plus oblique et une mer un peu moins basse composaient de nouveaux paysages, soulignés par de nouveaux repères.

« Parlez-moi plutôt de Rosenn, chuchota Emrodes.

— Rosenn… Elle est charmante, n'est-ce pas ?

— La rose des sables…

— Tout juste. Rosenn, c'est une fleur de désert, deux soleils sombres rehaussés par de longs cils soyeux, une peau chocolat sur des dunes oblongues, des fleurs grenat d'opuntia, opulentes et généreuses. Rosenn, c'est une tornade d'erg sauvage, une aurore vermillon, une oasis de douceur, l'égérie de Traezh, la planète des sables. Si différente d'Erc'h, sculpté par les montagnes, et pourtant si proche.

— L'union des complémentaires.

— Les planètes ou les personnes ?

— … Les deux. »

À l'unisson, ils se dirigèrent vers un sentier qui plongeait vers la falaise ; un passage étroit les mena vers une pierre de granit, polie par les flots, qui surplombait l'océan de quelques décimètres. Banain entrouvrit les lèvres, mais il se ravisa avant d'émettre la moindre parole.

« Oui ? fit Emrodes.

— La rumeur prétend que Kampiola va abdiquer le jour de votre mariage.

— C'est ce qu'elle m'a annoncé.

— Au profit de ?

— Je l'ignore. La logique plaide pour sa sœur, Elestr, mais elle me semble encore un peu jeune et Bihan nous a habitués aux surprises par le passé. »

Ses pensées s'enfuirent vers Bihan, royaume qu'il n'avait visité qu'à deux reprises ; il se souvint de la première nuit intime qu'il avait partagée avec Kampiola, de la grâce de son corps et de la sensualité de leurs étreintes.

Et de ta douce utopie, Kampiola…

Il jeta un coup d'œil en direction de Banain, mais il s'aperçut que l'esprit du souverain d'Erc'h se trouvait aussi en d'autres lieux, sans doute au cœur de la planète des sables, à côté de son aimée que l'éclat d'un soleil ardent rendait encore plus désirable.

Une impression de déjà-vu un peu floue, un lieu connu faussé par quelques nuances subtiles, un souvenir enfoui et pourtant si proche, autant de façons de décrire votre premier saut après un trouble majeur des nœuds.

Extrait du *Manuel du navigateur*.

Stered, planète capitale de la périphérie, cent cinquante-cinq jours standard après l'expiration de l'ultimatum.

La main de Morgevnid laissa échapper un feuillet sur le sol tandis qu'elle se recroquevillait au creux de ses couvertures. Elle n'avait nul besoin de consulter à nouveau les rapports ; il lui suffisait de clore les paupières pour voir les chiffres danser dans l'obscurité.

Cent cinquante planètes… Nous avons perdu cent cinquante planètes sur les cinq cent quatre-vingts qui composaient la périphérie.

Elle récita un à un le nom des mondes isolés, exercice mnémonique un peu vain, proche d'une expiation personnelle :

« Janglenn… La planète-jungle si riche d'espèces végétales endémiques a permis tant de mutations qui nous ont libérés d'une multitude d'afflictions génétiques. Liée à la périphérie depuis plus de douze siècles. »

Morgevnid adopta une position en chien de fusil ; seuls ses lèvres et son nez dépassaient des draps de satin écru. Elle énuméra une vingtaine de noms puis son esprit s'arrêta à nouveau sur une planète perdue :

« Emsav, le monde insoumis. Leur désir d'indépendance était si présent que neuf générations ont été nécessaires pour l'inclure dans nos mondes. Retrouveront-ils leurs velléités d'autonomie après ces quatre siècles passés à nos côtés ? »

Elle s'interrompit pour guetter les sons au-dehors, mais aucun bruit ne vint la divertir, comme si le vent et les animaux l'abandonnaient à son décompte macabre :

« Klanvus où la consanguinité avait provoqué de tels ravages que l'avenir de ses habitants était menacé à court terme. Un si parfait contre-exemple… »

Une gouttelette salée perla au coin de son œil droit ; elle la laissa glisser hors de sa paupière pour se perdre le long de sa joue jusqu'à la commissure de ses lèvres :

« Kozh, la planète aux mille ruines antiques. Nous avons découvert là-bas des documents de l'époque des premiers sauts spass ; peut-être est-ce le premier monde colonisé par l'homme ? Morgan, le monde des fées… L'étude des mythes et des légendes ancestrales sert de base à l'enseignement des enfants, tant pour la langue que pour les sciences et la géographie. Et Ys, la planète océane : à peine cinq pour cent de terres émergées, des îles esseulées assaillies par les vents et les embruns. »

Puis elle égrena une à une les planètes qu'elle n'avait pas encore nommées ; de murmure, sa voix enfla peu à peu et elle hurla les derniers noms dans le silence nocturne.

Les troubles nodaux ont peut-être créé des îlots de mondes ; si nous trouvions une planète dans le dédale des nœuds, elle nous mènerait alors vers les autres.

Elle changea à nouveau de position pour chercher ce sommeil qui la fuyait. Elle se rappelait ces moments uniques où une nouvelle perle, planète retrouvée, venait se joindre au collier de la périphérie. Un à un, les mondes s'étaient liés pour former un ensemble humain harmonieux ; ils avaient crû, guidés par les bienfaits de la génétique, pour maintenant déborder les anciens royaumes, gorgés d'une prétention obsolète.

Le chemin vers la victoire sera plus escarpé et plus lent que prévu, mais nous progressons de génération en génération, face à des adversaires qui stagnent.

Elle rejeta les couvertures d'un geste sec. Le froid s'insinua le long de ses membres, mais elle ne tressaillit pas ; son patrimoine génétique la protégeait des variations mineures de température. La nouvelle lune ne distillait pas la moindre lueur, mais la vision crépusculaire de Morgevnid, proche de celle des félins, lui permettait de distinguer une masse sombre au pied de la fenêtre.

Sa langue claqua à deux reprises et le ki-kazh leva la tête, intrigué ; il étira ses muscles avec soin et se dirigea, furtif, vers le lit de la souveraine. Il s'immobilisa à quelques pas, comme pétrifié, puis il bondit sans élan pour retomber à quelques centimètres du visage de Morgevnid. La souveraine laissa sa main errer sur le pelage soyeux du ki-kazh, autant pour flatter l'animal que pour détourner son attention des planètes perdues.

Demain me promet des instants saumâtres, à commencer par mon entrevue avec Naïs, la régente de Koroll…

Stered, planète capitale de la périphérie, cent cinquante-six jours standard après l'expiration de l'ultimatum.

« Merci de m'accueillir dans votre palais, souffla Naïs.

— Tout le plaisir est pour moi. Le voyage s'est déroulé sans incident ?

— D'autant mieux que votre planète-capitale et Koroll sont maintenant reliées en direct par un bi-facettes. »

Une allusion à peine voilée aux altérations de facettes des nœuds, songea Morgevnid.

Les lèvres de Naïs effleurèrent à peine le breuvage suave et son regard las se posa sur la souveraine des mondes périphériques :

« Je suis inquiète. Et je parle aussi pour Don et Flour…

— Les troubles renforcent la défense des planètes ardentes contre Melen et les neuf royaumes, commença Morgevnid.

— C'est certain. Les trois quarts des nœuds sont maintenant orientés vers la périphérie, ce qui vous a d'ailleurs permis de relier quelques planètes égarées.

— Vous doutez de notre soutien militaire ?

— Non.

— De nos promesses ?

— Non, vous avez respecté tous vos engagements.

— Dans ce cas…

— Nous doutons de votre victoire, l'interrompit Naïs. Combien de minggans avez-vous perdus à cause des troubles ?

— Une cinquantaine.

— L'équivalent de l'ensemble des forces de Melen.

— Puis-je vous rappeler que nous possédons encore trois cent cinquante minggans ?

— Certes. Mais le territoire à protéger est immense et le défenseur dispose d'un avantage naturel, surtout depuis que vos navigatrices subissent un évanouissement consécutif aux sauts spass. Les plans de départ prévoyaient la déroute de Kreis, la conquête des planètes vassales d'Asbjorn, puis l'effondrement de Melen et des neuf royaumes.

— Kreis et ses dominions sont nôtres, nous avons conquis bon nombre de mondes proches de Melen, nous

nous battons contre les armées d'Asbjorn sur Dibh. Nous pensons cantonner Melen à ses douze planètes d'origine sous peu.

— Et ensuite ?

— Nous aurons posé un jalon et nous serons à notre tour en position de défense sur les planètes que nous avons conquises, répondit Morgevnid. Difficile pour Melen ou les royaumes du Ponant de les reprendre sans risquer d'affaiblir leurs armées et exposer ainsi leurs planètes à une attaque ennemie.

— L'argument vaut aussi pour la périphérie. Si vous agressez Melen, vous vous exposez à une contre-attaque des neuf royaumes…

— Tout dépendra de notre force. Au pire, nous consoliderons pendant quelques années.

— Vous consoliderez, railla Naïs.

— N'oubliez pas que personne ne connaît les emplacements de nos planètes ; nous décidons du lieu et du moment des conflits, nos adversaires réagissent, mais ils n'initient pas les batailles. »

Naïs observait la ronde des gardes au-dehors ; tout semblait si parfait dans les mondes périphériques, chacun à sa place, conçu et éduqué pour un rôle désigné à l'avance.

Pourtant leurs plans séculaires se sont écroulés en si peu de temps.

« Vous ne portez plus de lentilles, observa Morgevnid.

— Je… Non. Vos médics m'ont soulagée de ce poids.

— Une simple altération génique indolore.

— Je m'habitue sans mal à ce… progrès. Tout comme Koroll. La vie devient plus douce sur les planètes ardentes, en dépit de la guerre.

— Vous avez sauvé votre population du joug de Melen. »

Je sais, songea Naïs avec un brin d'amertume. *Et l'absence de choix est sans doute ma meilleure justification…*

« Comment se déroule le conditionnement sur Kreis ?

— Le mieux du monde, répondit Morgevnid. J'avoue que l'ancienne tyrannie religieuse nous sert, la population n'est pas habituée à la désobéissance.

— Il existait pourtant une rébellion sur la planète Sainte.

— Elle s'est enfuie de Kreis quelques jours après notre arrivée.

— Enfuie ? répéta Naïs.

— Leurs vaisseaux ont franchi le nœud qui reliait l'espace à Latar. »

« Paix à leurs âmes », comme diraient les prêtres, pensa Naïs.

Le visage de l'ancien grand prêtre de Koroll s'imposa alors à son esprit ; elle revit un instant son regard hypocrite et son menton fuyant :

« Aram vous est-il utile dans vos recherches ? demanda-t-elle.

— Ses actions nous aident, ses gènes sont à oublier. Nous lui avons accordé tous ses caprices matériels et il se satisfait de sa nouvelle position.

— Des découvertes intéressantes ?

— Peu. Evzek a pris soin d'emporter les documents importants dans son exil. »

Un sourire mutin éclaira le visage de Morgevnid ; elle déplia son corps gracile et se dirigea vers un coffre en verre opaque.

Son apparente fragilité est un leurre…, se souvint Naïs, *c'est une guerrière déguisée en vestale. Un galbe longiligne, une démarche souple, un visage adolescent, les années n'ont pas laissé la moindre empreinte sur son corps.*

Morgevnid extirpa trois fioles du coffre, l'une parme, l'autre indigo et la dernière ambrée. Elle les posa en silence sur l'accoudoir de Naïs puis se rassit sans hâte, avant de murmurer :

« Un présent. »

Naïs se saisit de la première fiole et l'observa avec attention comme pour deviner la fonction du liquide. Au bout de quelques secondes, elle haussa un sourcil interrogateur en direction de Morgevnid.

« Nos biologistes se sont penchées sur la maladie qui décime vos troupeaux dans la région de Sur : la cause est bactériologique et l'affliction se transmet par contact entre les bêtes. Mais il suffit de modifier d'un iota le patrimoine génétique du bétail pour rendre la bactérie inopérante. Vos vétérinaires n'auront aucun mal à dupliquer ce produit avec l'aide des machines que nous avons installées dans les laboratoires de Kan. »

Sans dire mot, Naïs désigna la deuxième fiole du bout de l'index.

« Une protection contre les températures basses ; elle doit être insérée dans l'ADN du receveur au moment de la fécondation, *in vitro* bien entendu. Je ne détaille pas les applications civiles et militaires… »

La régente de Koroll hésita un instant :

« Et la dernière ?

— Un cadeau personnel. Poenui, la première biologiste de la périphérie, s'est elle-même chargée de cette étude. Vous avez trente-cinq ans, je crois ?

— Oui, répondit Naïs, surprise.

— Vous paraissez plus jeune.

— Merci.

— Mais, sans offense, cela ne durera pas. Enfin, cela ne durerait pas sans cette fiole. Attention cela dit, elle n'est efficace que pour votre cas personnel et son contenu se dégradera dans trois jours s'il n'est pas injecté. »

Naïs approcha la fiole de ses yeux, incrédule, et elle chuchota :

« Un élixir de jouvence… Pour le corps ou l'esprit ?

— Un peu des deux, mais surtout le corps.

Physiquement, vous vieillirez cinq fois moins vite et votre espérance de vie sera doublée. Sauf accident.

— Et…

— Pas d'effets secondaires. »

Naïs se rappelait les ridules qui se dessinaient peu à peu au coin de ses yeux, de sa peau chaque année plus plissée, de ses muscles un peu moins souples que dans son souvenir. Cette prise de conscience soudaine l'agaça ; elle voulut jeter la fiole à même le sol, pour briser la chimère que lui offrait Morgevnid, mais les traits allongés et gracieux de la souveraine, illuminés par l'éclat chatoyant de ses iris turquoise, l'en dissuadèrent.

« Vous m'offrez une illusion.

— Le monde a changé, les illusions sont maintenant devenues réalités… »

Les premiers cultes « déviants » sont apparus dans les steppes glacées du Nord. Les protestations officielles d'Evzek n'ont rencontré que peu d'écho auprès d'Asbjorn et l'on murmure dans les salons du palais qu'Heikki s'intéresse de près à ces nouvelles religions.

Archives du département d'espionnage de Bihan : rapport de l'agent AL603, en poste sur Melen.

Melen, continent septentrional, cent soixante-deux jours standard après l'expiration de l'ultimatum.

Blotti au cœur des hautes herbes de geot, Heikki évalua la distance qui le séparait de la forêt de conifères tandis que la lune ronde projetait des ombres blafardes, esquisses mystérieuses que la nuit et le lieu rendaient parfois menaçantes.

Trois cents mètres à découvert. Je n'ai guère le choix…

Il laissa son esprit errer au-delà des sons naturels : aucun indice ne venait corrompre la musique du vent sur les cordes des herbes. Il s'assura de la présence de son poignard puis il s'élança, silencieux ; sa foulée ample lui permettrait de rejoindre le premier bosquet en moins d'une minute, mais les secondes s'égrenaient avec une lenteur funeste. Il franchit le dernier talus d'un bond, poursuivit sa course sur quelques mètres et s'accroupit au pied d'un cyprès touffu, attentif au moindre mouvement.

Il tendit l'oreille : seuls les arbres fredonnaient, parfois accompagnés dans leur mélodie par le chant suave des oiseaux ; aussi, il poursuivit sa progression, silhouette fugace dans l'obscurité de la forêt septentrionale. Les leçons de ses maîtres d'armes défilaient dans sa mémoire, une à une.

Éviter les crêtes, je serais visible depuis des kilomètres. Fuir le creux des vallées, l'encerclement est trop aisé. Ne pas frôler les arbustes, afin de ne laisser aucun indice. Suivre les zones d'ombres, la nuit est mon alliée. Écouter, écouter, écouter sans cesse…

Heikki progressait à un rythme soutenu ; il louvoyait au gré des caprices du terrain, toujours en deçà de l'essoufflement. Sa course le rapprochait de son objectif et elle le protégeait : personne n'aurait pu le suivre à la trace dans la nuit sans se trahir par un bruit suspect.

Encore deux ou trois kilomètres… Si mes informations sont exactes.

Il délaissa la sente confuse qu'il suivait pour s'enfoncer au cœur de la végétation ; il esquiva de justesse une racine saillante et ralentit son rythme pour éviter les pièges de la forêt. Au bout d'une dizaine de minutes, il se figea, les sens aux aguets, mais aucun bruit étranger n'attira son attention. Alors qu'il allait se remettre en route, il surprit un éclat de voix, bientôt étouffé par la forêt ; il se concentra sur l'origine des sons et il perçut une rumeur sourde, presque inaudible.

Enfin…

Soudain, une main effleura son bras et glissa un petit sachet dans les replis de sa tunique. Heikki se décala sur sa gauche ; son poing fusa vers l'inconnu : il ne rencontra que le vide. Il plongea à même le sol et sa main agrippa son poignard de combat avant qu'il ne se redresse : personne ne lui faisait face. Son œil exercé discerna un reflet en contrebas, mais la nuit le dissuada de se lancer à la poursuite de la silhouette qui s'enfuyait.

Comment a-t-il réussi à m'approcher sans un son ? Il aurait pu me tuer…

Il replaça la lame dans son fourreau et sa main explora le sachet qu'avait déposé l'inconnu ; il l'ouvrit avec précaution ; il ne contenait que quatre graines oblongues de la taille d'un ongle. La raison lui conseillait de se débarrasser de ce présent inattendu avant de poursuivre sa route ; pourtant, il ne se résignait pas à l'abandonner.

Si la sagesse dictait ma conduite, je serais en ce moment dans ma chambre dans le palais d'Aven.

Il porta les graines à ses narines dans l'espoir de déceler un indice, gratta de son ongle la surface qui s'effrita puis sa langue goûta une des graines sans qu'il en apprenne plus. Il replaça le sachet dans sa tunique puis il reprit sa route vers la rumeur qui enflait au fur et à mesure de sa progression ; il s'enfonça dans un bosquet un peu plus touffu qui débouchait sur une clairière, havre de paix au cœur de la forêt. Environ deux cents personnes occupaient l'espace et Heikki distinguait de nouveaux arrivants qui crevaient les fourrés pour les rejoindre.

Des hommes, des femmes, des jeunes, des vieux. Beaucoup de monde pour une cérémonie secrète, perdue dans les forêts du continent Nord.

Chacun d'eux semblait guetter un changement, même mineur. Les uns restaient assis, comme prostrés, alors que d'autres arpentaient la clairière, comme à la recherche d'une explication à leur présence en ces lieux étranges.

Autant aller jusqu'au bout…

Il se releva et s'avança vers la foule. Il ignora un groupe d'adolescents qui discutaient à voix basse pour rejoindre le centre de la clairière ; il observa le visage de ses plus proches voisins, mais tous semblaient aussi ignorants que lui sur la conduite à tenir.

Peut-être cette assemblée se dispersera-t-elle sans que rien ne se passe.

« Bonsoir, Heikki », chuchota une voix flûtée.

Il se retourna d'un geste sec, la main sur le poignard, mais il se détendit en reconnaissant Gouanv :

« Mes hommages du soir.

— Tu arrives juste à temps.

— J'ignorais qu'une heure précise était prévue.

— Minuit marquera le début de la fête de Samain, la journée hors du temps.

— Tu parais bien renseignée.

— La bibliothèque de ton père est une vraie mine d'informations pour qui sait chercher. »

Le regard de la spol embrassa la clairière :

« Les derniers curieux nous rejoignent. »

Plus de quatre cents personnes étaient maintenant regroupées en pleine nuit, sans attaches communes si ce n'était cette cérémonie d'un autre âge.

« Minuit », murmura Gouanv.

À l'instant où elle prononçait ces mots, un vieil homme, habillé d'une longue toge blanche qui effleurait ses pieds nus, apparut à l'orée d'un bosquet, bientôt suivi par sept hommes vêtus du même vêtement. Ils marchèrent jusqu'au centre de la clairière puis s'assirent sur le sol humide en demi-cercle :

« Samain marque la fin de la saison claire et le début de la saison sombre, psalmodia le vieil homme.

— Il est le lien, récitèrent ses sept acolytes.

— Samain rompt la longue chaîne du temps pour une seule journée, qui n'appartient ni à l'année qui se termine ni à celle qui commence.

— Il est le lien.

— Le lien entre les hommes et les Dieux de l'autre monde.

— Il est le lien. »

Une religion polythéiste, songea Heikki. *Je croyais qu'elles avaient disparu bien avant la suprématie des prêtres de Kreis.*

« Samain ! rugit le vieil homme.

— Il est le lien », murmurèrent ses compagnons, bientôt imités par les témoins les plus fervents ou les plus aventureux.

Le druide leva la main pour réclamer le silence ; ses yeux transperçaient l'assemblée lorsqu'il reprit :

« Les âmes ne périssent pas, elles demeurent parmi nous même si nous ne pouvons les voir ou les entendre ; nous les ignorons depuis des siècles, mais elles n'en demeurent pas moins présentes. Le temps de l'oubli est maintenant clos ! Samain !

— Il est le lien, répondit la foule, conquise.

— Les prêtres ont enfermé le sacré dans leurs écrits, ils l'ont cloîtré dans des livres. Ils ont installé Ogme, le Dieu sombre de la guerre et de la magie, sur le trône des hommes. »

Gouanv se pencha vers Heikki :

« Ogme est aussi le Dieu de l'écriture », souffla-t-elle.

Sans écrits, comment ce culte a-t-il pu survivre à la conquête spass ?

Il reporta son attention sur le vieil homme qui poursuivait sa diatribe :

« Seule la parole enseigne, seule la parole transmet la connaissance, seule la parole guide. Samain !

— Il est le lien. »

Heikki dédaigna le druide et son attention se porta sur les curieux, agglutinés au milieu d'une clairière isolée de toute civilisation. Les groupes disparates ne répondaient pas à une description précise : les anciens côtoyaient les adolescents, les flâneurs solitaires se mêlaient aux clans d'amis.

Il existe sans doute une structure commune. À moi d'être lucide…

Il étudia les silhouettes et les visages les plus proches, d'abord en vain. Puis son regard se posa sur un homme impassible, îlot de calme dans cet océan de mysticisme. Si son profil aquilin et ses muscles noueux passaient inaperçus dans la pénombre, son attitude altière, empreinte d'orgueil et de puissance, le trahissait.

Un Latar.

Le mercenaire se détourna et ses yeux se posèrent aussitôt sur l'observateur importun, puis sur la spol à ses côtés. Il observa ensuite leurs plus proches voisins, un à un, avant de reporter son attention sur le vieux druide.

« Il nous a reconnus, expliqua Gouanv, mais l'absence de gardes lui a confirmé notre statut officieux. »

Heikki approuva d'un hochement de tête ; il chercha d'autres Latars dispersés dans l'assistance, mais il n'en décela aucun. Toutefois, il ne parvenait pas à se débarrasser d'une inquiétude latente que le mystère du lieu et l'étrangeté de la cérémonie ne suffisaient pas à expliquer.

Les sept druides marmonnaient maintenant de longues séries de vers, suivant un canevas établi à l'avance ; ils ponctuaient parfois leur liturgie d'un « Samain ! » hagard, imités par les témoins les plus fervents. Il se demanda quelle serait la réaction de son père devant un tel spectacle, même s'ils savaient tous deux que la résurgence de cultes anciens diminuait d'autant l'influence des prêtres de Kreis.

Ses espions l'ont sans doute informé de cette cérémonie, mais il n'a aucune raison d'intervenir.

Il décela un mouvement à une centaine de mètres sur sa gauche ; un groupe d'une dizaine d'hommes se formait. Ils s'approchaient peu à peu, comme pour dénicher un endroit plus propice à l'observation ; aucun d'eux ne semblait agressif, mais leur coordination dénotait dans le comportement spontané de la plupart des spectateurs.

« Problème, murmura Gouanv.

— Tu les connais ?

— Non, mais je devine leur intention. Ce sont des hommes de la police religieuse de Bendiks, le grand prêtre : tu es leur cible, Heikki.

— Comment savaient-ils que je serais présent ? »

La spol pivota de quelques degrés pour présenter son côté aux assaillants :

« Je pense que leur mission première visait les druides, mais la foule les empêche d'intervenir, ta capture serait un lot de consolation.

— Les fourrés ?

— Non, ils sont trop proches. Et ils te croient seul… »

Me propose-t-elle ainsi son aide ?

Un nouveau déplacement à la limite de son champ de vision attira son attention ; le Latar s'avançait aussi vers eux, avec un détachement feint. Sa progression distilla une onde de peur dans les veines d'Heikki :

« Gouanv !

— Je crois que le mercenaire n'est pas des leurs. Et ils ne l'ont pas détecté non plus… »

Je préférerais en être sûr…

Heikki demeura aussi impassible que possible ; sa main se referma sur le manche de son arme tandis qu'il fléchissait ses muscles en prévision de l'attaque. Le Latar affectait de rejoindre des amis situés plus au cœur de la clairière et il s'approchait ainsi sans attirer l'attention des hommes de la police religieuse.

Il croisa Heikki sans un regard au moment où les policiers frôlaient la voisine de Gouanv. Le poing de la spol se détendit pour frapper le premier au plexus dans un son mat alors que la lame du mercenaire avait décrit un arc de cercle meurtrier.

Plus que huit...

Heikki se plaça en position de combat alors que les pèlerins s'écartaient, incrédules. Gouanv jaillit au milieu du groupe ; son pied droit cueillit à la gorge un policier qui s'écroula sans vie. Elle feinta à gauche, ramassa le couteau du mort et planta sa lame dans le corps d'un adversaire qui s'était jeté sur elle, le poignard en avant. Le mercenaire profita de la panique que la spol semait dans les rangs adverses pour frapper à deux reprises ; il s'écarta de quelques centimètres et les deux corps s'écroulèrent à l'unisson.

Quatre.

Deux hommes avaient réussi à s'approcher d'Heikki ; le premier visa le flanc, mais Heikki évita l'assaut d'une esquive latérale. Son pied fouetta l'air et il faucha l'assaillant d'un balayage leste ; il frappa l'homme en déséquilibre de la pointe de son arme et se positionna en garde pour affronter le deuxième policier. L'homme savait que ses deux coéquipiers ne retarderaient pas longtemps le tandem spol-Latar et que son temps était compté. Il feinta du poing vers les yeux pour déstabiliser Heikki pendant que sa main gauche saisissait un objet oblong sur le côté de sa tunique, puis il se jeta sur son adversaire dans un geste suicidaire ; Heikki para le coup de son avant-bras gauche et il enfonça son poignard dans le corps du policier ; la main gauche de l'homme cingla l'obscurité juste avant qu'il ne chancelle. Heikki recula son buste par réflexe, mais une lame d'acier entailla son visage de la pointe.

Il avait une dague en plus de son couteau...

Un bref coup d'œil lui confirma que Gouanv et le Latar étaient venus à bout des deux derniers policiers. La spol s'approcha de lui et essuya le sang qui perlait sur sa joue :

« Une éraflure. Dans quelques semaines, tu ne pourras même plus t'en vanter auprès de tes conquêtes... »

Les témoins, muets, s'éloignaient de la scène au plus vite, mais personne ne donnait l'alerte. Sur un signe de Gouanv, ils rejoignirent les fourrés les plus proches pour évaluer la situation :

« Sire, je vous escorte jusqu'à la base la plus proche, proposa le Latar.

— Oui, merci… Quel est votre nom ?

— Lieutenant Eunji, combats urbains.

— Je vous dois la vie, ainsi qu'à toi, Gouanv. »

Heikki s'appuya contre un tronc d'arbre ; maintenant que la tension était retombée, il ressentait la fatigue de sa course nocturne.

« Les graines que tu as gardées dans ta tunique soulageront ta lassitude, chuchota Gouanv.

— Comment sais-tu que…

— C'est moi qui les ai déposées. »

L'amour ne consiste pas à s'observer l'un l'autre, mais à regarder ensemble dans la même direction.

Citation attribuée à un explorateur de l'époque pré-spatiale, nommé Antoine de Saint-Exupéry.

Loar, palais d'Aven, cent soixante-treize jours standard après l'expiration de l'ultimatum.

« La lune est presque ronde, observa Kampiola.

— Elle sera pleine demain, pour notre mariage », précisa Emrodes.

La jeune femme s'approcha de la fenêtre vitrée qui surplombait les splendeurs de la baie d'Aven ; elle se repaissait des lueurs que l'astre blond dessinait sur les flots. Assis en tailleur sur un large coffre, Emrodes l'observait, ému :

« Je dois éclaircir un dernier point…

— Je t'écoute, répondit-elle sans se retourner.

— Lorsque nous discutions dans le vaisseau-refuge, Asbjorn a émis une hypothèse.

— Au sujet des neuf royaumes ?

— Au sujet de Bihan. »

Kampiola demeura silencieuse, statue de sel dans l'obscurité.

« Il soupçonne Bihan de prévoir à l'avance l'ampleur des troubles nodaux, poursuivit Emrodes.

— Et qu'en pense ton spol ?

— Il accorde une probabilité faible à cette éventualité.

— Combien ?

— Trois pour cent. »

Kampiola se retourna avec lenteur puis elle s'assit face à lui, dans un fauteuil ancien ; un sourire narquois, teinté de mélancolie, barrait son visage :

« Quelle importance ?… »

Emrodes tressaillit : l'impudence de sa réponse et son ton badin tranchaient avec la colère contenue qui étincelait dans ses yeux.

« Quelle importance ? répéta-t-elle. J'abdiquerai après notre mariage et je n'exercerai alors plus aucune autorité sur Bihan. Jamais je ne transmettrai à mon successeur la moindre information sur Loar, comme je te l'ai déjà promis, mais je ne te divulguerai non plus aucun renseignement sur Bihan. Mon avenir se nomme Loar et mon passé Bihan : je suis fidèle aux deux… »

Des gouttelettes salées perlaient à ses paupières, mais elle retint d'un geste Emrodes qui s'apprêtait à la consoler. Après un instant d'hésitation, il lui tendit les bras et la serra en silence contre lui :

« Tu as raison, pardonne-moi. Profitons plutôt de notre dernière nuit de célibataires.

— Tu ne préfères pas un enterrement de vie de garçon en bonne et due forme ?

— Non.

— J'ai une suggestion, dans ce cas », minauda Kampiola.

Elle se saisit d'une bouilloire et la posa dans l'âtre de la cheminée, y versa un peu d'eau et quelques herbes qu'elle conservait dans un étui de cuir à sa ceinture. Elle se saisit ensuite d'un tisonnier et d'un soufflet pour attiser le feu terne, sous l'œil amusé du jeune homme.

« Une vraie sorcière…

— Trouve-moi plutôt deux tasses au lieu de médire. »

Emrodes se saisit de deux bolées de faïence, ornées de décorations gracieuses, aux couleurs éclatantes. Des flammèches léchaient le bois et la paroi métallique de la bouilloire, qui ne tarda pas à émettre un sifflement strident.

« Tu vas réveiller tout le palais ! »

Elle s'aida d'un vieux torchon pour verser un liquide ambré dans les deux bolées puis les posa sur la table basse.

« Les plantes de Bihan vont te manquer.

— La flore de Loar est tout aussi riche. »

Elle en sait peut-être autant sinon plus que nos botanistes sur le sujet, songea Emrodes. *Loar ne s'est jamais beaucoup intéressé à ses plantes…*

Il observa le liquide fumant d'un air ironique :

« Somnifère ? Calmant ? Aphrodisiaque ? Poison ?

— Rien de tout cela. Une porte ouverte sur un voyage à deux…

— Tu te souviens que demain est le jour de notre mariage, j'aimerais être conscient et lucide lorsque je dirai oui.

— Tu auras retrouvé toutes tes facultés à l'aube. »

Kampiola saisit l'anse de la bolée à deux doigts ; elle souffla sur le liquide pour le refroidir avant de boire à petites gorgées :

« Tu m'accompagnes ?

— Soit. »

Il agrippa à son tour la bolée et dégusta le breuvage du bout des lèvres : si l'odeur lui rappelait la tisane de tilleul, le goût n'évoquait aucun souvenir. Il laissa une lampée couler au fond de sa gorge ; le liquide sucré le réchauffait, tel un onguent suave. Ils reposèrent leur tasse vide sur la table à la même seconde.

« Et maintenant ? demanda-t-il.

— L'attente ne sera pas très longue. »

Elle s'allongea sur le tapis et entraîna Emrodes à ses côtés. Blottis l'un contre l'autre, ils s'imprégnaient des sons que la fin du crépuscule avait abandonnés, le tumulte lancinant du ressac, le cri d'un rapace en chasse ou un éclat de voix qui montait parfois de la vieille ville. Emrodes s'endormait presque, mais ses yeux guettaient un indice étrange, un signe annonciateur.

Rien…

Il cligna des yeux à plusieurs reprises : l'air se teintait d'une nuance vert pâle. Kampiola se rapprocha encore de lui, la main posée sur son torse, le souffle chaud au creux de sa nuque.

Des reflets de jade,
Un paladin, une naïade,
Seuls et complices.
Un songe s'immisce.

Leur conscience s'effaçait peu à peu et cette absence dessinait une île de sable ivoire autour d'eux, entourée par une mer fougueuse. Les flots esquissaient des estampes océanes, tantôt abstraites, tantôt images d'une réalité de plus en plus lointaine. Emrodes essayait de retenir les figures d'un geste vain, mais elle posa une main apaisante sur sa joue :

« Laisse-les s'enfuir. D'autres naîtront, encore plus belles… »

Les motifs s'assemblaient sans logique apparente, pour aussitôt disparaître, happés par les vagues. L'océan rugissait, il soufflait son courroux, mais il ne menaçait pas, il tissait des fils invisibles entre Kampiola et Emrodes.

L'écume les ceint
De filaments d'embruns,

Esquisses d'eau et de sel
Rubans éternels.

Une roche ébène, striée d'éclats vert sombre, s'élevait sur le sable ; elle distillait d'infimes reflets coruscants qui se fichaient sur leurs lèvres pour les colorer d'une teinte insolite. Leur respiration exhalait des volutes verdoyantes, elles se frôlaient pour de lentes arabesques vaporeuses avant de pâlir et de se dissoudre.

La pierre s'ébranla soudain pour se fendre en son milieu. D'abord timide, une plante apparut sur le côté puis elle entoura la roche de ses feuilles avant d'exhiber sa fleur, symphonie de tons d'or : l'ambre se mêlait à l'ivoire et au vermillon pour illuminer la chambre de mille reflets dorés.

Un éclat de malachite
En leur cœur, palpite.
Une pousse de jonquille
Dans la pénombre, brille.

La fleur oscillait autour de la pierre et ce mouvement d'apparence anodine raffermissait les courants d'air qui coiffaient la crête des vagues d'une dentelle d'écume. Le vent sifflait à leurs oreilles, comme pour étouffer le fracas de l'océan tandis que la jonquille poursuivait sa danse langoureuse.

« Tu vois la même chose que moi ? demanda Emrodes.

— Notre voyage est commun et je ne sais plus si les images et les sons viennent de ton âme ou de la mienne.

— Donne-moi la main… »

Pétales des sables,
Gracile au galbe
Doux. Elle est fluette,
Pourtant fleur de tempête.

La houle allumait çà et là des lueurs à la surface des flots, aussitôt étouffées par la vigueur des vagues. Pourtant, au loin, une clarté résistait à la force de l'océan ; elle dardait des linéaments à la lisière d'un bleu marine et d'un violet profond. Puis la lumière crépita à l'horizon et les deux amants ressentirent des esquilles d'émotion s'insinuer en leur cœur.

Une lueur indigo,
Au-delà des flots :
Tourbillon d'émotion,
D'ardeur et de passion

Leurs yeux ne se quittaient plus, ils avaient oublié l'océan, la plage, la roche et la fleur. Ils se noyaient dans le regard de l'autre et les teintes claires de leurs iris semblaient se fondre en une aquarelle céleste, parangon d'une harmonie idéale. Leurs lèvres se scellèrent pour un baiser tendre, passionné, éternel.

Une naïade, un paladin,
Unis main dans la main,
Pour un soir, pour une nuit,
Peut-être pour la vie…

Loar, palais d'Aven, cent soixante-quatorze jours standard après l'expiration de l'ultimatum.

Elestr porta à ses lèvres la coupe de cristal décorée de parures de platine, et la douce liqueur réchauffa sa gorge. La salle des festivités bruissait de conversations furtives, les souverains conversaient avec les diplomates, les industriels flattaient les interlocuteurs les plus influents et les militaires tentaient de se fondre dans un monde qu'ils ne côtoyaient que peu. Parfois, un regard se posait sur elle, désinvolte, puis il volait au loin sans un signe de connivence :

« Sais-tu ce qu'ils pensent ? demanda Duyen, à ses côtés.

— Ils se demandent si la jeune fille frêle en robe de soirée affriolante sera la prochaine souveraine de Bihan.

— Oui. Et ils te comparent avec Kampiola. »

Un physique proche, songea Elestr. *Avec trois ans de moins...*

« Leurs pensées sont gravées sur leur visage, poursuivit Duyen : sera-t-elle régente de la planète des espions à seize ans ou Bihan nous réserve-t-il une nouvelle surprise ?

— Et toi, tu n'es pas curieuse ?

— Je connais déjà la réponse. »

Les portes du balcon ne tarderaient pas à s'ouvrir pour laisser le passage à Kampiola et Emrodes, mariés dans l'intimité d'une chapelle ; la tension croissait au fur et à mesure de l'attente, en dépit des douceurs servies aux invités.

Soudain, la double porte pivota sur ses gonds pour laisser le passage aux mariés. La robe ivoire de Kampiola, ornée de filaments d'émeraude, rehaussait encore sa beauté juvénile et son sourire franc confirmait son bonheur. Emrodes, vêtu du fuseau noir de cérémonie, tentait de dissimuler son émotion derrière un masque de circonstance, mais son émoi se lisait dans ses gestes un peu gauches. Ils s'approchèrent de la rambarde et saluèrent à l'unisson sous les clameurs des invités ; Kampiola se pencha vers son époux et lui glissa quelques mots au creux de l'oreille. Le regard d'Emrodes se posa alors sur Elestr, qu'il gratifia d'un hochement de tête discret.

« Il sait maintenant que tu es la nouvelle souveraine de Bihan, chuchota Duyen.

— Kampiola ne l'annoncera que demain, après la nuit de noces », répondit Elestr sur le même ton.

Un couple s'approcha d'eux à pas prudents. La silhouette élancée de la femme paraissait encore plus fine dans sa robe ajustée, et ses lèvres pulpeuses, oasis de couleur sur sa peau chocolat, promettaient mille délices. Les cheveux blonds bouclés du jeune homme encadraient un visage gracieux, illuminé par des yeux azur.

Elestr salua, suivant l'étiquette des royaumes, aussitôt imitée par le couple :

« Nous ne nous sommes jamais rencontrés, mais nous nous connaissons par hologrammes interposés, je pense », commença l'homme.

Elestr se tourna vers Duyen :

« Rosenn, la régente de Traezh. Banain, le souverain d'Erc'h. Duyen, major des troupes d'assaut de Bihan. »

Elle perçut l'infime hésitation dans les yeux de Banain.

« Latar ou non ? », traduisit Elestr.

« Vous êtes le centre de maintes conversations, susurra Rosenn.

— Et de nombreux paris sur la succession de Bihan, ajouta Banain.

— Vous avez vous-même joué ?

— Nous étions du même avis, nous avons donc parié avec d'autres invités.

— Sur vous, bien sûr », compléta Rosenn.

Elestr ne put réprimer un sourire énigmatique :

« Avec un peu d'avance, je vous félicite pour votre mariage, même si l'annonce ne sera officielle que demain.

— Merci, répondit Rosenn. Mais vous détournez la conversation…

— Je m'en voudrais de gâcher ces quelques heures de suspense. »

Une clameur s'éleva de la salle ; les deux époux descendaient le long escalier en marbre pour rejoindre les invités et chacun se pressait pour glaner un signe ou un mot courtois. Les yeux exercés d'Elestr décelèrent aussi le mouvement discret des mercenaires affectés à la sécurité de la soirée ; ils maillaient la foule et leur regard sondait sans cesse, en quête d'un signe singulier.

Les convives sont triés sur le volet. Puis fouillés, scannés, espionnés… Le risque d'une agression est infime.

Elle ressentit soudain la charge des responsabilités

qui lui incomberaient le lendemain. Si elle conseillait sa sœur depuis quelques années, Kampiola prenait toujours l'ultime décision, en son âme et conscience comme le voulait la formule consacrée.

Jusqu'à demain.

La sensation de pouvoir se mêlait à son appréhension pour composer un sentiment de liberté, nouveau, excitant, prometteur et quelque peu angoissant. Elle suivait la progression de Kampiola et d'Emrodes, mais son esprit se trouvait ailleurs, elle imaginait des projets généreux et des situations inextricables, des sujets reconnaissants et des erreurs létales, un règne juste et une guerre atroce.

Et l'éveil, toujours l'éveil…

Une main élancée se posa sur son épaule avec délicatesse. Rosenn s'approcha de son oreille pour murmurer :

« J'étais encore plus émue que vous à la veille de mon intronisation. Je suis sûre que vous serez une souveraine exemplaire… »

J'ai souvent rêvé de Latar lorsque j'étais enfant. J'imaginais des villes anciennes et des paysages sauvages peuplés de guerriers farouches. Au cœur de ces nuits, j'aurais voulu être un combattant, un mercenaire, un Latar !

Extrait du journal intime d'Emrodes, souverain de Loar.

Latar, cent soixante-quinze jours standard après l'expiration de l'ultimatum.

Les chevaux de Subotaï et de Tylin galopaient côte à côte ; la pluie nocturne avait cédé la place à une aurore blême qui laissait encore sa part de mystère à la steppe. Un vent glacé fouettait les visages rougis des Latars, mais ils s'en moquaient et traçaient une ligne de poussière courbe sur la plaine, en direction du point d'eau qui se détachait au loin.

Les sabots des chevaux rythmaient leur progression régulière et pas un son ne venait troubler cette mélopée ; les deux Latars gardaient le silence, trop heureux de retrouver leurs sensations d'antan, lorsque, enfants, ils parcouraient les steppes à la recherche d'un lieu plus accueillant pour leurs troupeaux de moutons et de yaks.

Ils contournèrent une faille qui leur barrait la route et leur regard se posa sur les montagnes au loin, assaillies par les orages. Un arc-en-ciel étincelant surplombait un sommet de roches, comme pour saluer les visiteurs ; il dardait des tons rares sur l'immensité plutôt habituée aux teintes brunes, ocre et vertes.

Ils atteignirent bientôt l'étang isolé au cœur de la steppe et leurs montures, assoiffées, manifestèrent leur excitation par des hennissements répétés. Les deux cavaliers sautèrent à terre tandis que les bêtes se désaltéraient puis ils se saisirent de leurs gourdes qu'ils remplirent d'eau à ras bord.

« Notre quotidien dans la citadelle nous éloigne des splendeurs de la steppe, murmura Tylin, comme effrayée de briser leur silence.

— Estimons-nous heureux. Les mercenaires en poste abandonnent Latar pour tant d'années, alors que nous pouvons encore en profiter de temps en temps. »

Subotaï porta la gourde en peau à sa bouche : le liquide glacé s'insinua en son être et Tylin sourit devant sa réaction de surprise.

« Comme un enfant, le taquina-t-elle. Bois à petites gorgées ! »

Les dernières paillettes de brume s'estompaient et les prairies s'exhibaient avec fierté, parfois striées d'un ruisseau argenté ; le temps paraissait s'écouler avec lenteur, indifférent aux hommes et à leurs soubresauts quotidiens.

Ils remontèrent en selle puis quittèrent le point d'eau, au pas pour ne pas brusquer leurs montures après la halte. Ils visaient un chemin qui serpentait dans la montagne pour ensuite plonger vers la cité de Laboused.

« Le spectre de la défaite se dissipe pour les neuf royaumes, commença Tylin.

— Melen a beaucoup plus souffert de la périphérie. Si Asbjorn disposait de cinquante minggans au début des hostilités, les batailles successives contre l'armée de Morgevnid les ont réduits à environ quarante alors que les royaumes du Ponant n'ont perdu que trois minggans.

— Ce qui situe leurs ressources à trente-deux minggans, l'écart se resserre. Reste l'inconnue de la périphérie… »

Les chevaux progressaient sans bruit, respectueux de la conversation entre leurs cavaliers. Subotaï flattait l'encolure de sa jument pendant qu'il analysait les dernières informations en provenance des planètes ardentes :

« La périphérie a masqué ses ressources pendant tant d'années.

— Elles ne sont pas illimitées, observa Tylin.

— Et Morgevnid s'appuie sur de bien piètres stratèges. Pourtant, la périphérie aurait pu vaincre sans ce trouble majeur…

— Tu la crois anéantie ?

— Anéantie ? Non. Mais je doute de ses capacités à se relever d'un tel coup du sort.

— Nous ne connaissons pas le nombre de minggans dont elle dispose encore.

— Non.

— Melen et les neuf royaumes se détestent tant qu'ils ne peuvent s'allier.

— Exact.

— Les mondes périphériques ne sont localisés par aucune carte.

— Non.

— Les planètes ardentes ont fourni des informations essentielles à Morgevnid.

— C'est juste.

— Mais tu ne crois pas à une victoire de la périphérie.

— Je n'y crois plus », corrigea Subotaï.

Une marmotte pointa soudain son nez en dehors d'un terrier ; elle s'immobilisa quelques secondes pour ensuite s'élancer dans une course effrénée entre les herbes, sous le regard amusé des deux Latars, puis elle plongea d'un geste leste dans un nouvel abri.

« Enfant, je les chassais à l'arc pour m'entraîner, observa Tylin.

— Comme la plupart d'entre nous, j'imagine. Mais j'ai plus souvent touché une motte de terre qu'un rongeur.

— Tout comme moi », avoua-t-elle, un sourire aux lèvres.

L'animal réapparut ; il grignota quelques herbes avant de disparaître pour de bon dans un terrier ; leurs yeux fouillèrent en vain la steppe pour dénicher un autre animal.

Ils atteignirent bientôt les premiers contreforts des montagnes ; la pente, décorée par de rares buissons, se raidissait peu à peu. Les chevaux soufflaient un peu plus, mais ils ne rechignaient pas à avancer ; ils empruntaient ce chemin régulièrement, et leur mémoire leur rappelait que l'écurie était maintenant proche, au-delà de ces montagnes de basse altitude.

Subotaï observait les broussailles, attentif, sous le regard amusé de Tylin :

« Je sais ce que tu cherches... »

Des arbustes malingres et des buissons de plus en plus touffus apparaissaient sur la roche. Tylin arrêta sa monture et elle indiqua du menton un bosquet un peu plus épais :

« Là. Je tiens la bride de ton cheval, si tu veux.

— Tentée ?

— Plus tard. »

Subotaï sauta à terre et s'approcha d'un buisson épineux parsemé de multiples taches sombres. Ses doigts voletaient de la plante à sa bouche, il dévorait les baies sauvages et ses doigts prenaient la teinte du fruit, un violet profond. Quand il se tourna vers la jeune femme, elle éclata de rire :

« Tes dents sont noires et tu es taché jusqu'aux oreilles !

— Tu es sûre que tu n'en veux pas ?

— La montagne en regorge et je m'attends à quelques arrêts, je passe mon tour cette fois-ci.

— Le repos est excellent pour les chevaux, expliqua Subotaï.

— Oui, oui. Ils ont bon dos… »

Il avala un dernier fruit puis il remonta en selle, indifférent aux sarcasmes de Tylin. Ils reprirent leur route vers le col et ils reconnurent un ovoo — amas de pierres décoré par de longs morceaux de tissu azur — à un croisement. Ils attachèrent leurs chevaux à une branche et ils contournèrent le sanctuaire à trois reprises en psalmodiant des prières à voix basse, comme le voulait la tradition.

La voie la plus pentue rejoignait le col en ligne presque droite, alors que l'autre dessinait de longs rubans sur le flanc de la montagne. Tylin interrogea Subotaï du regard :

« La moins abrupte », proposa-t-il.

Elle acquiesça et engagea sa monture vers le sentier.

« Des nouvelles des rebelles sur Bod ? demanda-t-il.

— Nous leur avons livré des machines d'extraction de minerai, des foreuses, des perforatrices, des navettes, des véhicules terrestres, des bateaux, des outils, des armes légères. Ils ont déjà érigé les premiers villages et quelques usines pour fabriquer les objets usuels.

— Et l'organisation politique ?

— Un conseil gère les affaires courantes, répondit Tylin.

— Avec un système de quota par culte ?

— Non, l'idée même les a étonnés, la répartition est

naturelle. Les chefs religieux se tiennent à l'écart de la vie civile, ils se cantonnent au domaine spirituel, c'est Esyllt qui dirige ce conseil, comme sur Kreis.

— La perspective d'un isolement prolongé ne les effraie pas trop ?

— Pour l'instant, non. Ils comprennent notre point de vue et leur sentiment se résume plutôt à une reconnaissance éperdue pour l'asile que nous leur avons offert. »

L'envie deviendra plus forte dans quelques générations, songea Subotaï. *Les interdits créent autant d'attraits…*

« Il est si tentant de les accueillir sur Latar, murmura-t-il.

— Génétiquement, nous sommes trop vulnérables.

— Je sais. »

Navigatrice n'est pas le féminin du navigateur des royaumes. Les navigatrices sont des exploratrices, elles sondent l'immensité du dédale spass à la recherche d'anciennes planètes colonisées. Elles offrent la chaleur d'un foyer aux humains égarés par les vicissitudes de l'histoire, et ce foyer se nomme « périphérie ».

École des navigatrices des mondes périphériques.

Stered, planète capitale de la périphérie, cent soixante-seize jours standard après l'expiration de l'ultimatum.

« Nous tenons Kreis et six de ses nœuds ainsi que Groenn, récita Morgevnid. Quant à Dibh et Orlegi, deux anciennes planètes de la zone d'influence des prêtres maintenant contrôlées par Melen, nos armées s'en rapprochent chaque jour.

— Parfait, soupira Dagur.

— Mein et Unan, deux ex-colonies de Melen, sont nôtres, et nos vaisseaux menacent Gwernenes, à la lisière de leur royaume. »

Pourquoi cette arrogance ? se demanda-t-elle. *Les positions n'ont guère évolué depuis presque deux mois, depuis les troubles nodaux.*

« Et notre flotte affiche trois cent vingt minggans, plus de quatre fois celles de Melen et des neuf royaumes réunis.

— Oyez ! Oyez ! railla le spol.

— Tu te moques ?

— Nous sommes seuls ici, Morgevnid. Tu sais comme moi qu'en dépit du rapport des forces, nous ne pouvons pousser plus loin notre avantage sous peine de nous exposer à une contre-attaque. Nos stratèges ne sont que des ersatz de Latar, et l'inconscience nous touche maintenant comme les autres. Quatre pour un ! La conquête du dernier nœud d'Unan nous a coûté dix fois plus de vaisseaux que Melen.

— Nos positions sont fermes. »

Pourquoi nier l'évidence ? songea-t-elle.

« Certes. Nous conserverons les mondes que nous avons conquis et nous finirons par vaincre sur Dibh ou Orlegi. Mais qu'importe !

— Melen est tout aussi immobilisé, répliqua Morgevnid. Ainsi que les royaumes du Ponant.

— Nous n'avons pas perdu, en effet. Mais la conquête éclair de la périphérie a échoué. »

La périphérie a échoué, répéta-t-elle intérieurement. *J'ai échoué…*

Dagur claqua ses mains dans un geste théâtral :

« Des milliers de manipulations génétiques, des siècles de préparation, des dizaines de planètes, un nouveau monde annoncé. Pour… un pat.

— Assez ! »

Le spol haussa les épaules. Son regard se posa sur le globe holographique de la régente ; il signalait les planètes retrouvées en parme et les nœuds en blanc.

« Quatre cent trente sur les cinq cent quatre-vingts auparavant liées à Stered, murmura-t-elle. Quel gâchis…

— De nouvelles voies ont peut-être été ouvertes vers d'autres mondes oubliés.

— C'est l'espoir des navigatrices. »

Morgevnid s'approcha de la paroi vitrée pour voir les ultimes lueurs du crépuscule mourir dans un dernier éclat sur la rivière Ster. Le paysage se modifiait sans cesse, de nouvelles bandes d'ombre gagnaient sur les taillis, de pâles reflets s'évanouissaient peu à peu et la rivière s'obscurcissait, semblable à un voile ténébreux. Elle se retourna au moment où le soleil succombait et la question de Dagur la cueillit par surprise :

« Et ta succession ? »

Il est vrai que la prochaine régente aura une tâche bien différente de ce que nous avions prévu à l'origine.

« Les biologistes ont créé de multiples enfants avec un patrimoine génétique bien distinct. Et l'éducation cadrée se charge de peaufiner les détails, n'aie aucune crainte !

— Je ne doute pas de la capacité de la périphérie à générer une souveraine idéale. Ma question visait plutôt l'adéquation entre la situation actuelle et ton patrimoine génétique personnel : tu as été conçue pour la conquête, pas pour la consolidation.

— Poursuis, l'invita-t-elle d'une voix glaciale.

— Certaines autorités pensent peut-être que tu n'es plus la personne la plus appropriée pour…

— Je suis l'autorité !

— Tu pourrais abdiquer. »

Abdiquer ?… Non, j'aime trop le pouvoir. C'est même l'une des caractéristiques communes des régentes.

« Ridicule, trancha-t-elle.

— Tu ne crains pas un assassinat ?

— Tu te méprends sur l'organisation de la périphérie, Dagur. S'attaquer à ma personne, c'est défier le système, ce que personne n'osera.

— À l'exception d'une personne qui a déjà renié ce système… »

Personne n'a… Si. Les spols.

Morgevnid s'éloigna de son bureau pour dissiper la

tension ambiante ; sa main frôla le manche de sa dague de combat, à sa ceinture. Dagur n'avait pas esquissé le moindre geste, mais la pénombre soulignait sa silhouette confuse, presque menaçante.

« À leur manière, les spols sont fidèles, souffla-t-elle.

— À une personne ou à une institution ? Ces deux loyautés sont en contradiction dans le cas présent.

— Tu ne sortirais pas vivant du palais si tu attentais à mes jours.

— Je serais dehors avant que l'alerte ne soit donnée et je crois même que l'on me laisserait en paix ensuite : ta mort arrangerait beaucoup de monde, à commencer par celle qui prendrait ta place.

— Je vois. »

La main de Morgevnid tira la dague de son fourreau puis elle fléchit ses muscles pour présenter son corps de trois quarts, comme le lui avaient enseigné ses maîtres d'armes :

« Assez parlé maintenant : attaque-moi ou disparais à tout jamais !

— À ta guise. »

Dagur s'avança d'un pas puis il lança la pointe de son pied droit vers le visage de la souveraine. La rapidité du coup la surprit, mais elle retira son buste au dernier moment tandis que sa lame décrivait une courbe meurtrière vers la gorge du spol. Son arme ne rencontra que le vide.

« Tu sous-estimes les atouts de la génétique », sourit-elle.

Il feinta du poing à deux reprises. Morgevnid ignora ses ruses ; elle sautillait pour éviter de lui offrir une cible trop statique. Dagur demeurait presque immobile, mais son regard ardent démentait son inertie apparente.

Je ne peux pas rompre le combat, aucune garde ne se trouve à proximité et il bloque l'unique sortie. Je dois l'affronter… et le tuer !

Le spol frappa du revers, mouvement aussitôt paré par l'avant-bras de Morgevnid ; il enchaîna par un balayage puissant, mais elle avait anticipé son geste d'un bond souple en arrière. Elle contra de la pointe de sa dague puis, comme il évitait la lame d'une esquive latérale, son poing gauche frappa à pleine puissance en direction du foie de Dagur.

Touché !

Guère troublé en dépit de la violence du coup, il inclina la tête avant de reprendre une position de garde. Son pied fouetta l'air vers le genou de la souveraine ; elle se déroba et sa dague visa l'endroit où se trouverait le sternum du spol quelques dixièmes de seconde plus tard. Son attaque l'entraîna un peu plus loin que ce que la prudence dictait et Morgevnid observa, comme au ralenti, la main du spol parer son attaque pour ensuite asséner un atémi brutal au creux de son poignet. La lame tomba à terre et Dagur l'expédia du pied à l'autre extrémité de la pièce :

« Nous voici à égalité », murmura-t-il.

Elle adopta une garde groupée et s'avança vers lui, attentive à ses réactions.

Ne pas lui laisser l'initiative.

Elle décocha deux coups rapides pour déstabiliser son adversaire puis elle contourna la garde du spol par l'intérieur et son poing droit se détendit pour porter un uppercut agressif au menton. Comme Dagur esquivait, elle amorça un crochet avec l'autre poing, mais elle discerna à peine le pied qui lui heurta la mâchoire ; elle recula d'un pas, étourdie, avant de s'écrouler sur le sol, inconsciente.

*

Ma tête…

Morgevnid entrouvrit les yeux ; elle distingua d'abord les accoudoirs du divan en cuir puis, dans un semi-brouillard, le galbe gracile de Dagur affalé dans un fauteuil. Elle s'assit avec peine, l'esprit encore dans le combat, mais son geste accentua sa migraine.

« Reste allongée, tu seras mieux ainsi. »

Il m'a épargnée.

« Pourquoi ? demanda-t-elle d'une voix rauque.

— Je n'ai aucune raison de te tuer.

— Même pour la périphérie ?

— Je me moque de la périphérie. »

Il lui tendit un verre rempli d'une solution aqueuse que Morgevnid identifia comme un analgésique ; elle le porta à ses lèvres, mais elle s'interrompit soudain.

À moins que ce ne soit un poison.

Dagur avait suivi son embarras du coin de l'œil ; il s'enfonça encore un peu plus au fond de son fauteuil et son rire clair jaillit de l'obscurité :

« Tu hésites ? »

Elle sourit à son tour et vida le verre d'un trait ; elle ferma les yeux et le reposa en aveugle sur la table en bois précieux. La nuit avait maintenant envahi les jardins du palais et Dagur n'avait allumé qu'un simple lumignon qui dardait de pâles filaments de lumière dans la pénombre.

« Combien de temps suis-je restée évanouie ?

— Trois minutes environ.

— Espèce de brute. »

Son menton ne la tourmentait pas. En revanche, elle ressentait une douleur intense dans le creux de l'oreille gauche ; elle essaya de fermer sa mâchoire, mais son geste lui arracha une grimace de douleur :

« Espèce de brute », répéta-t-elle.

Elle se massa l'oreille de la pointe de l'index : cela ne lui apportait aucun soulagement. Les yeux toujours clos, elle adressa un signe de la main à Dagur :

« Viens t'asseoir à mes côtés. »

Le spol se leva sans hâte puis il demeura immobile près de son fauteuil, indécis.

« À ton tour d'hésiter… », ironisa la souveraine.

Il franchit les quelques pas qui les séparaient puis il s'assit à sa droite, sans un mot. Ils s'observèrent un long moment, comme pour percer le masque de leur fonction, l'arrogance affectée de la souveraine et la froideur impassible du spol.

« Pourquoi m'as-tu agressée si tu ne voulais pas me supprimer ?

— C'est toi qui as tiré ta lame la première, objecta Dagur.

— Tu m'y as poussée. J'aurais pu te tuer…

— Non. »

Sans doute pas, s'avoua-t-elle.

« La situation est plus claire à présent, chuchota-t-il, tu ne douteras plus de ma sincérité.

— Des mots auraient suffi.

— Bien sûr que non. »

Elle se détendit et laissa sa joue reposer sur l'épaule du spol. L'avenir ressemblerait à un jeu de stratégie aux règles floues plutôt qu'à une succession de scènes tirées d'un canevas prévu à l'avance.

La périphérie possède maints atouts : le nombre, le secret et surtout la génétique. Mais nous avons besoin des spols, j'ai besoin d'un spol. Comme les souverains des royaumes.

« Tu voulais me prouver que la périphérie a besoin des spols ?

— Non. »

Les doigts de Dagur s'égarèrent un instant dans la chevelure de la régente, mais ses yeux absents diffusaient une douce mélancolie tandis que Morgevnid laissait son esprit errer, à la recherche de voies possibles.

Melen, les neuf royaumes et la périphérie se méfient trop les uns des autres pour accepter une quelconque alliance. Kreis n'est plus. Latar est une énigme solitaire.

Elle se tourna pour solliciter l'avis de Dagur, mais il posa un index sur ses lèvres pour lui intimer le silence :

« Tu m'es précieuse. »

Morgevnid s'apprêtait à répondre, mais un détail l'arrêta, peut-être la douleur lancinante dans son oreille, peut-être l'ambiance particulière de leur discussion, peut-être la langueur dans le regard du spol.

Nous ne sommes pas sur le même registre, songea-t-elle. *Cherche-t-il à me troubler ? Les temps à venir seront assez difficiles... Après notre échec, mon échec, chacune guettera la moindre de mes failles, je ne pourrai m'appuyer sur personne.*

Il s'approcha de la souveraine et déposa sur ses lèvres un baiser tendre, dans un élan presque adolescent, et ce geste gauche l'émut plus que ce que les mots auraient pu exprimer.

Personne. Personne. Personne...

Une larme de sel se teinta de turquoise.

Personne, sauf Dagur. Je n'ai pas besoin d'un spol, j'ai besoin de Dagur.

« Tu resteras près de moi ? demanda-t-elle.

— Tout près... »

Un désir s'envole depuis la terre,
Céleste, vers les éthers.
Et son souffle dévoile
Un chemin entre les étoiles.

Extrait de la *Cantilène des daofined.*

Loar, baie d'Aven, cent soixante-dix-sept jours standard après l'expiration de l'ultimatum.

Encore quelques secondes…

Emrodes visa du regard une roche de granit qu'il rejoignit en quelques coups de palmes. Puis il pivota avec une lenteur délibérée, comme s'il voulait se prouver que l'appel de la surface n'était pas trop pressant. Il fouetta l'eau de sa palme droite et son corps remonta vers la crête des vagues ; il effectua un tour sur lui-même dans les derniers mètres pour repérer un éventuel obstacle et son corps creva les flots. Il expira d'un coup pour remplir aussitôt ses poumons d'un air nouveau, parfumé des senteurs de l'océan, puis il ajusta son masque et son tuba avant de nager à la surface, à la recherche d'un amas de rochers proche.

Un peu plus au nord.

Il distinguait une masse noire, posée sur le sable ivoire. Il s'approcha encore, inspira une grande goulée d'air et plongea vers les profondeurs. Les premiers mètres paraissaient les plus difficiles puisqu'il devait lutter contre une légère différence de densité par rapport à la mer, mais, peu à peu, la pression diminuait le volume d'air retenu dans ses poumons et il s'enfonçait sans retenue vers les profondeurs océanes. Un rapide coup d'œil à son ordinateur lui confirma qu'il avait atteint les quinze mètres ; il se laissa glisser et sa jambe gauche se détendit juste avant qu'il ne touche la roche.

Dix-sept mètres, trente-cinq secondes, cent quarante pulsations par minute, lut-il sur l'écran de sa montre.

Une multitude de poissons multicolores s'approchaient de lui sans défiance. Certains tournoyaient autour de leur étrange visiteur tandis que d'autres le frôlaient de leurs nageoires. Il contourna un bloc de granit et son regard fut attiré par une teinte indigo sur la pierre : il s'approcha sans hâte et il reconnut un nudibranche, rare sous ces latitudes. Emrodes le contempla, un sourire aux lèvres, puis il se détacha à regret de la roche. Avant de débuter son ascension, il nota mentalement des repères pour retrouver l'animal lors d'une prochaine plongée.

Une minute douze secondes, cent soixante-dix pulsations par minute.

Il força un peu l'allure, pressé de reprendre sa respiration. À trois mètres, il laissa échapper un peu d'air, signe qu'il avait un peu surestimé sa résistance. À la surface il vida ses poumons d'un souffle pour reprendre une profonde inspiration salvatrice.

Je ne dois pas dépasser les cent soixante pulsations par minute, l'heure du retour a sonné.

Il se tourna vers la plage, à quelques centaines de mètres de là, et commença à palmer, toujours en deçà du seuil d'essoufflement. Il levait parfois la tête pour s'assurer de la direction, mais il savait que la marée montante le poussait vers la rive. Au bout d'une dizaine de minutes, il distingua les ridules que la mer laissait lorsqu'elle venait lécher le sable ; il poursuivit sa progression en faible profondeur jusqu'à ce que le fracas des vagues le contraignît à se redresser et à franchir les derniers mètres à pied.

Les palmes à la main, Emrodes regagna la plage où l'attendait Chuluun, assis en tailleur au pied d'une dune.

« Je sais, je ne devrais pas plonger seul en apnée. »

Le mercenaire écarta les paumes en signe d'impuissance. Emrodes vint s'asseoir à ses côtés ; les grains de sable s'agglutinaient sur sa peau cuivrée, mais il appréciait ce léger picotement après les douces caresses marines.

« Une belle plongée ? demanda Chuluun.

— Superbe. De magnifiques poissons autour de la roche, mais surtout un nudibranche…

— Quelle couleur ?

— Indigo, avec un liseré vermillon. »

Le Latar hocha la tête, en connaisseur. Il accompagnait parfois Emrodes, autant pour l'attrait de l'océan que pour secourir son souverain en cas de défaillance.

« Tu es venu m'attendre parce que tu avais quelques instants à tuer ?

— Pas tout à fait.

— Une attaque de Melen ou de la périphérie ?

— Non plus. »

Chuluun demeurait silencieux comme s'il répugnait à annoncer la nouvelle.

« Bleiz, murmura-t-il enfin.

— Oui ?

— Il nous a quittés pour rejoindre les sentiers de la liberté. »

Emrodes s'allongea sur la dune, les yeux clos. Bleiz était le spol du royaume depuis bientôt trois ans et le souverain s'était attaché à lui, en dépit de son insolence et de son indifférence apparente.

« Il n'a laissé aucun message, j'imagine ?

— Il m'a annoncé lui-même son départ », rectifia le mercenaire.

Voilà qui est inhabituel ! D'ordinaire, les spols ne choisissent pas un Latar pour signifier leur départ.

« Il m'a livré une brève analyse de la situation politique, expliqua Chuluun. Il pense que Melen, la périphérie et les neuf royaumes forment un équilibre à peu près stable, au moins pour le moment. Et, pour lui, le pouvoir de la Sainte Religion n'est déjà plus qu'un souvenir.

— Ce qui rejoint ton analyse.

— Oui. Et… Il te souhaite bonne chance pour la suite de ton règne. »

Chuluun paraissait tendu, mal à l'aise.

« C'est tout ?

— Oui », mentit le mercenaire.

Le reste ne concerne que Latar, songea-t-il. *Une promesse de secret…*

La brise glissait quelques grains de sable importuns dans la chevelure brune d'Emrodes, mais il n'en avait cure. Des images fugaces s'échappaient de sa mémoire : le regard soucieux de son père à l'arrivée de Bleiz, les balades solitaires du spol le long de la grève, les lueurs de mélancolie ou de dérision dans son regard noisette, les discordes récurrentes avec Chuluun.

« Au fond, tu l'aimais bien », souffla-t-il.

Le Latar répondit par un grognement bourru, aussi proche d'un aveu qu'une affirmation formelle. Ni l'un ni l'autre n'étaient pressés de regagner le palais ; ils partageaient la même passion pour l'océan, guidés par le souffle du vent, à la découverte des profondeurs ou alanguis sur une plage illuminée par le soleil.

« Le nouveau spol ne tardera pas », observa le mercenaire.

Je n'ai connu que Bleiz lors de mon règne, les études politiques et les analyses liminaires étaient colorées par son visage et sa voix.

« Je me demande parfois…, commença Emrodes.

— Oui ?

— … Si certains spols sont plus intelligents ou compétents que d'autres et si leur analyse différerait de l'un à l'autre.

— Jc l'ignore. »

La question résonnait comme un avertissement dans l'esprit du mercenaire et il ne put réprimer une grimace de gêne.

Le conseil m'a informé que Gouanv connaissait aussi le secret de Latar, pensa-t-il. *Combien d'autres ? Quelques privilégiés en contact avec le pouvoir ou chacun d'eux ? Sauront-ils tous garder le silence ?*

À l'exception des conseillers du royaume, Chuluun n'avait rencontré que peu de spols depuis son arrivée sur Loar, quinze ans plus tôt : une ombre au loin sur la rive ou un regard profond au détour d'une ruelle, mais aucune discussion.

Sauf peut-être…

La question d'Emrodes lui confirma que leurs esprits suivaient des voies parallèles :

« Tu te souviens de Tadhg ?

— Le créateur de la parade qui a sauvé Loar. Je l'ai parfois croisé, mais nous n'avons échangé que des banalités. Il semblait…

— Impressionné par ta fonction de commandant en chef ?

— Sans doute un peu, mais aussi égaré dans un monde différent.

— C'est souvent le cas des mathématiciens : où tu ne vois que désordre et hasard, ils distinguent formules, théorèmes, lemmes et corollaires. »

Une goutte d'eau salée perlait à l'extrémité de l'une

des mèches rebelles d'Emrodes ; elle se détacha à regret pour éclater sur son bras et brouiller ainsi les estampes de sel que le soleil avait dessinées sur sa peau hâlée.

« Je t'ai préparé un rapport sur la situation militaire, dit Chuluun.

— Cela implique un retour à la salle du conseil ?

— Non, le document t'y attend, mais je peux te le résumer en quelques mots.

— Je t'écoute.

— Melen est en position d'attente, ses forces sont dispersées sur tous les fronts sensibles et Asbjorn peut répondre aux éventuelles agressions, qu'elles viennent de la périphérie ou des neuf royaumes.

— Et leur défense te paraît appropriée ?

— Exemplaire. »

La redoutable efficacité de Loazour, songea le Latar.

« Et les derniers mouvements de la périphérie plaident pour une consolidation plutôt que pour une offensive.

— Une feinte ? » suggéra Emrodes.

La moue méprisante du mercenaire témoignait de ses doutes quant à la subtilité des stratèges de Morgevnid :

« Peu probable, leurs vaisseaux seraient alors obligés de revenir en arrière.

— Une ouverture pour les neuf royaumes ?

— Non, toute attaque nous affaiblirait sans offrir de perspectives intéressantes. Les positions de chaque camp sont figées, à l'exception du contrôle de quelques planètes mineures, telle Orlegi. »

Cela signifie la fin de la guerre pour Loar, traduisit le souverain. *Place à une tension continue, un conflit latent.*

Chuluun le poussa du coude et lui indiqua d'un geste le sentier au sommet de la falaise. Une silhouette élancée longeait le précipice en direction du palais ; elle agitait parfois la main en signe de salut.

Kampiola…

Elle flottait sur la falaise, korrigane insouciante sur

une lande parsemée de l'or des genêts et de l'éclat mauve de la bruyère sauvage ; à l'extrémité du chemin qui surplombait la plage, elle obliqua vers la pinède pour rejoindre les jardins du palais.

« Elle passe beaucoup de temps dans les bois qui longent la côte sud, à la recherche d'herbes et de plantes.

— Tes hommes la filent ? le questionna Emrodes.

— Disons qu'ils la protègent.

— Bel euphémisme ! Tu crois qu'elle représente un danger pour Loar ?

— Non, mais je m'en voudrais d'avoir négligé une telle hypothèse.

— Et si je t'ordonne de lever cette surveillance ?

— Tu me rendras service.

— Laisse-la en paix. »

Elle n'espionnera jamais pour Bihan, songea Emrodes. *Elle a abandonné sa couronne et c'est maintenant Elestr qui détient les clés du royaume.*

« Bihan, si proche et si mystérieux, un nid d'espions dirigé par une adolescente de seize ans…

— Tu doutes des capacités d'Elestr ? demanda le mercenaire, surpris.

— Pas une seule seconde. »

Pendant leur discussion, les vagues s'étaient approchées du pied de la dune. Flanquées de nuages d'écume, elles s'élançaient à l'assaut de la plage, régulières et tenaces, tandis que l'esprit d'Emrodes s'attardait sur les événements de ces derniers mois : la menace létale de Melen, la parade miraculeuse de Tadhg, l'union des neuf royaumes.

Et ma première nuit d'amour avec Kampiola, dans sa chambre du palais de Bihan.

Les souvenirs des rapports de batailles se mêlaient aux stratégies subtiles des Latars, les nœuds agressés aux tactiques antiques adaptées par Loazour et Chuluun, les manœuvres gauches de la périphérie à la précision funeste de Melen.

Puis vint la cantilène des daofined, qui annonçait les changements dans l'équilibre des nœuds.

La pointe d'une vague un peu plus hardie leur lécha les orteils puis elle se retira, embarrassée par sa propre audace. Bientôt, le ressac se fit plus présent ; il entourait leurs chevilles et les lames les plus téméraires effleuraient leurs genoux.

« Tu veux te noyer en position allongée ? » ironisa Chuluun.

Emrodes se tourna vers lui, les yeux dans le vague :

« Latar ne te manque pas ? »

Les mercenaires ne parlent pas de Latar, se reprit-il.

Pourtant, un sourire espiègle illumina le visage buriné de Chuluun :

« Je n'ai qu'un vœu pour mon retour.

— Lequel ?

— Atteindre l'harmonie que tu esquisses avec Kampiola… »

Parfois, je plains Asbjorn… Tant que le culte de la Sainte Église de Kreis conserve quelque influence sur Melen, il doit subir les harangues récurrentes d'Evzek.

Extrait du journal intime d'Emrodes, souverain de Loar.

Melen, palais de Lur, cent soixante-dix-neuf jours standard après l'expiration de l'ultimatum.

Heikki distingua la toge blanche du grand prêtre au moment où il s'engageait dans le couloir qui rejoignait les salons de son père.

Trop tard pour l'esquiver sans érafler l'étiquette…

Evzek lui adressa un signe solennel de la main, auquel Heikki répondit par le salut traditionnel des royaumes. Le grand prêtre essayait de dissimuler son courroux derrière un masque affable, mais ses yeux éclatants et son rictus crispé le trahissaient.

« Je viens de discuter avec votre père. »

Comme le jeune homme demeurait silencieux, Evzek poursuivit :

« Il m'a confirmé son attachement à la Sainte Religion.

— Comme nous tous, ajouta Heikki, un demi-sourire aux lèvres.

— Oui, oui, bien sûr. »

Le vieil homme se dandinait sur place et son regard évitait la cicatrice sur le visage de l'héritier de Melen.

Il ne sait comment rattraper son erreur, songea Heikki. *L'incident dans la forêt n'a suscité aucune protestation officielle, mais les spadassins de Loazour ont éliminé tous les officiers supérieurs de la police religieuse. Même si l'enquête officielle accuse Loar, personne n'est dupe.*

« Le quotidien de la Sainte croyance accapare beaucoup de mon temps, mais je serais néanmoins ravi de converser avec vous, lors d'un dîner, fit Evzek.

— Avec le plus grand plaisir. »

Et une bonne escorte, pensa Heikki.

« Nous laisserons à nos chefs de protocole le loisir de choisir une date. Vous êtes encore un jeune homme et il est parfois facile d'oublier que vous succéderez un jour à votre père, pour le plus grand bien de Melen et, je l'espère, de la Sainte Religion. »

Pas tout à fait une demande d'excuse et presque une allégeance, traduisit Heikki.

Evzek salua d'un geste suranné puis il poursuivit son chemin vers la cour centrale du palais ; il disparut au bout du couloir, dans un dernier bruissement d'étoffe. Heikki demeura immobile, décontenancé par leur courte conversation.

Il est si… décalé. Il se raccroche aux us et coutumes d'antan alors que nous avons changé d'ère. La Sainte Religion n'est plus qu'une farce aux yeux des autres royaumes et même ici, sur Melen « la pieuse », elle n'est qu'en sursis.

Il se détourna et suivit la galerie jusqu'au bureau de son père ; il frappa trois coups secs et la voix d'Asbjorn jaillit de la pièce :

« Entre ! »

Il poussa le battant et s'avança dans la lumière.

Loazour interrompit le ballet des hologrammes pour le saluer et Asbjorn l'invita à s'asseoir.

« Tu as croisé cette vieille vipère d'Evzek ?

— Oui, à l'instant. Il paraissait furieux.

— Je lui ai ôté ses crocs, jubila Asbjorn. Je ne parviens toujours pas à croire que ses hommes aient attenté à tes jours ; peut-être devrions-nous le supprimer pour placer un fantoche à la tête de la Sainte Église.

— Gouanv pense que c'est trop tôt, intervint Loazour.

— Je sais, je sais... Il faut d'abord noyauter leur hiérarchie. »

La Latar déplaça ses globes multicolores, pour les placer entre le père et le fils. Elle s'apprêtait à poursuivre ses explications, mais Asbjorn la devança :

« Loazour me décrivait le troisième sous-cas de la seconde possibilité de la première hypothèse, ton arrivée me permet de lui avouer sans honte que je me perds dans ses déductions. Je n'ai retenu que les conclusions : Morgevnid ne peut guère nous inquiéter, à l'exception de quelques planètes mineures, et la situation est bloquée, pour nous, pour les neuf royaumes, pour la périphérie.

— C'est un bon résumé, dit la mercenaire. J'ajouterais que nous pouvons conserver Orlegi et Dibh sans trop de pertes. »

La guerre s'étouffe d'elle-même, songea Heikki.

« Parle-nous plutôt des cultes que tu as observés, puisque tu fuis le palais à la nuit tombée.

— Une soudaine crise de mysticisme, Père ?

— Dieu m'en garde.

— La Sainte Religion est en recul partout, mais de manière différente. Dans les villes, cela se traduit par une pratique moins rigoureuse, des interdits levés, voire un athéisme affiché. Dans les villages et les campagnes, la situation est plus mitigée : certaines zones restent très attachées à la Sainte Religion tandis que d'autres ont ravivé d'anciennes croyances.

— Les cultes antiques ?

— Avec de multiples variantes, répondit Heikki. Une kyrielle d'autres religions ont émergé : certaines ressemblent fort à des sectes, centrées autour d'un gourou plus ou moins sincère, plus ou moins dément ; d'autres se réfèrent à des croyances antérieures à l'ère spass, souvent transmises par oral. Les plus actives commencent à s'implanter dans les villes moyennes.

— Nombreuses ?

— Trois ou quatre. »

L'illusion du culte unique n'aura pas résisté longtemps, pensa Heikki. *À peine quelques mois…*

« Tu peux nous les décrire ? demanda Asbjorn.

— La plus structurée utilise des missionnaires qui sillonnent les campagnes pour convertir de nouveaux fidèles. Leur message n'est pas très différent de celui de la Sainte Religion, mais ils stigmatisent la corruption et le luxe ostentatoire des prêtres. Ils jouent ainsi sur une corde sensible, en particulier dans les régions pauvres de Melen où les excès du clergé agacent. Par contre, ils prennent toujours soin de ne pas attaquer la régence : j'ai même assisté à une réunion publique au cours de laquelle le missionnaire t'a cité à quatre reprises. Une autre mêle la piété avec un semblant de gymnastique ; le résultat est censé unir l'âme et le corps, pour le bien-être des adeptes.

— Dangereux ?

— Pour l'instant, non. Enfin, la plus intéressante regroupe trois… clans, que j'ai d'abord crus indépendants les uns des autres. Le filid est historien, enseignant, conteur, magicien et parfois ambassadeur. Le fàith — qui peut être une femme — est un devin, un spécialiste de la prédiction…

— Et que pressent-il ? interrompit Asbjorn.

— En général, un règne juste de notre auguste souverain, la fin des royaumes qui s'opposent à son pouvoir et le déclin des impies, les prêtres. Le troisième groupe rassemble les druides, garants du pouvoir spirituel : leur rôle est flou, les plus hardis se décrivent comme le lien entre toi et les Dieux.

— Les ?

— Ils sont polythéistes, leurs dieux et déesses foisonnent : pour la nature, les astres, les océans, l'air, les animaux, la guerre, la paix, la mort et j'en passe. Le triplet druide / filid / fàith me paraît très entier. À l'inverse des deux cultes précédents, leur fidélité à ta personne n'est pas feinte, elle est spontanée. »

Loazour buvait les paroles d'Heikki et elle ne perdait pas une parole de l'échange entre le père et le fils.

Je l'ai rarement vue si absorbée, songea le jeune homme. *Sur la religion non plus, nous ne connaissons rien de Latar…*

« Je ne suis pas aussi rassuré que toi, dit Asbjorn : les idéalistes sont souvent les plus dangereux, ils n'acceptent aucun compromis.

— Briser ces croyances ne nous prendrait que quelques mois.

— Aujourd'hui, oui, mais dans quelques années ?

— Le peuple de Melen a besoin d'un substitut à la Sainte Religion : si nous éliminons ces cultes, il en surgira d'autres. Ceux-là nous sont *a priori* favorables et ils sont encore jeunes, profitons-en pour les infiltrer dès maintenant et pour maintenir un équilibre, afin qu'aucun d'eux ne s'assure l'exclusivité du monde spirituel. »

Oui, sans doute, admit Asbjorn en son for intérieur.

« Nous prendrons l'avis de Gouanv demain. »

Le souverain se tourna vers Loazour :

« Merci pour votre exposé. Limpide, comme à l'accoutumée. »

La mercenaire comprit aussitôt le message sous-jacent ; elle désactiva les hologrammes et sortit après un bref salut.

« Mon fils, tu régneras un jour sur Melen. Même si je trouve que tu prends un peu trop de risques, tes recherches sur les religions nous servent. Cependant, je voudrais m'assurer qu'il s'agit d'un intérêt, comment dire… externe.

— N'aie aucune crainte, Père, je sais que les croyances sont des leviers puissants, mais je ne me fourvoierai pas dans un dogme. »

Melen, palais de Lur, cent quatre-vingts jours standard après l'expiration de l'ultimatum.

Comment s'appelle-t-elle ? se demanda Heikki. *Safron ? Non, Safron, c'était la nuit dernière. Lis ? Oui, Lis.*

La jeune femme se blottit contre lui ; elle déposa un doux baiser au creux de son épaule pendant que ses doigts agiles caressaient son ventre nu. La main d'Heikki se perdait dans la chevelure blonde de la jeune femme et il effleurait parfois sa nuque, comme par inadvertance.

À l'orient, les rares nuages se coloraient pour annoncer l'éveil proche du soleil. Puis l'aurore éclata de mille feux, elle illumina les cieux avant de se répandre sur Melen dans une pluie de couleurs pour un hommage chatoyant.

Un coup sourd résonna à la porte.

Trois gardes sont en faction devant ma porte, mais ils ignorent que je ne suis pas seul. Puisqu'ils n'annoncent pas la visite, il s'agit sans doute de mon père.

Il hésita un moment. La jeune femme le suppliait du bout des cils de congédier l'intrus, mais il ne lui accorda pas un regard.

« Rhabille-toi », chuchota-t-il.

Déçue, Lis n'insista pas. Elle s'habilla sans hâte, lascive, en laissant parfois apparaître ses cuisses galbées ou son profil gracieux.

Une parfaite courtisane…

« Entrez ! »

La porte laissa le passage à Gouanv : aussi étonnée que le jeune homme, Lis quitta la pièce sans un mot. La spol s'assit sur le fauteuil en rotin, au coin sud de la chambre.

« Ne sois pas trop dur avec les gardes, je ne leur ai pas laissé le choix et ils savent que je ne représente pas un danger pour ta personne.

— Que me vaut l'honneur de ta visite matinale ?

— Je te dérange peut-être », hasarda Gouanv.

Heikki balaya l'allusion d'un geste de la main. Il savait que son esprit tournait un peu au ralenti au réveil alors qu'une discussion avec la spol réclamait toutes ses facultés.

« Tu préfères les blondes maintenant ? Tu as renoncé à trouver un double de Loazour ? Le syndrome de Duyen… »

Une attaque en règle, songea le jeune homme.

« Toujours aussi courtoise.

— Je viens t'annoncer une nouvelle, répondit-elle à contretemps : je pars dans quelques minutes. »

Heikki se redressa, surpris. La couverture glissa sur son corps et il la rattrapa de justesse.

« Tu pars… Tu quittes le palais ?

— Je regagne les sentiers de la liberté.

— Déjà ? Tu n'es là que depuis… »

Son esprit embrumé s'empêtrait dans les dates et les chiffres, mais la spol le secourut :

« Six mois, le temps des conflits. Avec les neuf royaumes et la périphérie.

— Et pourquoi ce message ? D'ordinaire, vous partez sans une parole.

— Parce que je reviendrai parfois dans le palais, répondit Gouanv. À titre privé. »

Heikki passa une main dans sa chevelure hirsute pour se donner un peu de temps pour réfléchir. Il percevait la tension de l'instant, mais l'attitude de la spol lui paraissait étrange, déplacée.

« À titre privé, répéta-t-il, incrédule.

— Vos orchidées sont les plus belles de Melen. »

Se moque-t-elle de moi ?…

Il éclata d'un rire clair, tant la situation lui semblait singulière :

« Et tu as préféré me déranger en galante compagnie plutôt que de prévenir Asbjorn.

— Tes réactions sont plus amusantes.

— Ravi de te divertir. »

Gouanv se leva pour prendre congé, mais Heikki se redressa à nouveau :

« Attends ! »

Elle s'immobilisa et tourna son visage criblé de taches de rousseur vers le jeune homme, ses iris aigue-marine teintés d'une lueur de curiosité :

« Merci, chuchota-t-il.

— Pourquoi ?

— Tu m'as sauvé la vie.

— Chacun commet des erreurs, ironisa-t-elle.

— Et merci pour tes conseils.

— C'est mon rôle. »

Les intrigues politiques les passionnent-elles donc autant ?

Il replongea dans ses couvertures sans quitter la spol des yeux :

« Ce n'est pas un adieu si tu reviens au palais.

— Pour les orchidées.

— Pour les orchidées », sourit Heikki.

Et la plus belle se nomme Loazour, songea Gouanv.

Vagabonds des chimères,
Rares sur la terre,
Ils chuchotent leurs vœux…
Les enfants des nœuds.

Extrait de la *Cantilène des daofined*

Loar, coordonnées inconnues, cent quatre-vingt-dix-neuf jours standard après l'expiration de l'ultimatum.

La pluie cinglait les flots en rafales, elle dessinait des cercles infimes sur la mer. Le jeune homme se cala contre un rocher de granit, un peu à l'abri du vent ; les gouttes fouettaient parfois son visage pour ensuite couler le long de sa nuque, mais il s'en moquait : seul importait le courroux de l'océan et des cieux.

Les dernières braises de la quatrième stance du lai rougeoient encore ; elles s'éteindront bientôt…

Une pierre se détacha de la paroi et s'écrasa dans une mare, à quelques pas de lui. Il percevait les bruits discrets d'un homme qui escaladait les rochers pour le rejoindre ; aux sons qu'il discernait, il aurait pu tracer le chemin que suivait l'inconnu. Puis la falaise retrouva sa quiétude, le visiteur se trouvait maintenant sur la pierre oblongue qui surplombait son refuge précaire.

Soudain, une ombre jaillit pour se réceptionner devant lui. La silhouette gracile semblait entourée d'un halo de pluie, qu'un soleil blême éclairait parfois de lueurs irisées.

« Viens t'asseoir, Bleiz », souffla le jeune homme.

Le spol s'installa à son tour sur la roche, face à la mer. Les vagues éclataient une à une contre les rochers, dans un fracas d'écume et de sel, puis l'océan se retirait un instant avant de lancer une nouvelle offensive, plus violente encore que la précédente.

« Je savais que je te trouverais là, remarqua Bleiz.

— Comme je savais que tu m'y rejoindrais. Tu t'es lassé des fastes du palais d'Aven ?

— Je ne les regretterai pas.

— Tant de souverains pendant tant de siècles. Rois, ducs, empereurs, présidents, ministres, triumvirats, dictateurs, tyrans : tous pétris de leur propre pouvoir alors que ce ne sont que des pantins !

— Tu effleures l'orgueil, lui reprocha Bleiz.

— Pas l'orgueil, non. L'ironie. La colonisation était une ère passionnante, mais qui se souvient encore des aspirations de ces pionniers, à part nous, les spols ? »

Bleiz le toisa du regard :

« Nous ?

— Oui, nous.

— Pas encore…

— Que veux-tu dire ? »

Bleiz pointa du doigt l'avant-bras du jeune homme :

« Tu as la chair de poule.

— Je n'ai pas froid.

— Non, tu ne grelottes d'ailleurs pas, mais tes poils se hérissent à cause du vent. Te souviens-tu de ton nom ? »

Le jeune homme fronça les sourcils. Pensif, il observa

Bleiz un instant, avant de porter son attention vers l'océan :

« Non. C'est étrange, je me souviens pourtant de toi.

— Et de l'histoire des spols ?

— Ce n'est pas de la mémoire ; il suffit de s'intéresser un peu aux événements. C'est tellement…

— Évident ?

— Oui. Notre nombre a crû avec les explorations et nous avons affronté la curiosité, l'incompréhension et la haine. Ce n'est un secret pour personne. Nous n'avons gagné notre liberté que lorsque les plus fantasques d'entre nous sont devenus des conseillers, essentiels aux puissants. »

Il s'accroche à ce qu'il sait, plutôt que de contempler le puits noir de ses propres souvenirs, pensa Bleiz.

« Certains nous ont rejetés, objecta-t-il.

— Et ils ont disparu. Les spols n'ont pas profité de la phase de convergence, ils l'ont initiée ! Les myriades de mondes autonomes engendraient la guerre et le chaos, seule la constitution de pôles forts nous offrait l'influence. Un bon compromis : l'un de nous dédiait ses jours à l'analyse politique, jusqu'à ce qu'il ressente l'ennui, tandis que tous les autres profitaient de cette nouvelle liberté. Comme toi, plus de neuf millénaires plus tard. »

Bleiz approuva en silence.

« Au bout de quelques siècles, nous avons façonné ce terrible paradoxe, poursuivit le jeune homme comme s'il se parlait à lui-même : favoriser l'émergence d'une religion unique, rigide, éloignée des idéaux qu'elle prône, et qui allait devenir au nom d'un dogme la pire ennemie des spols. La Sainte Église de Kreis était née.

— Pour mourir en quelques mois plus de trois millénaires plus tard.

— Mais elle aura rempli son rôle, celui de pilier d'un équilibre instable, aux côtés de Melen, des neuf royaumes et des diverses forces qui ont parsemé cette période. »

Son doigt pointa vers l'est. Un oiseau sombre rasait les flots déchaînés, ses longues ailes ébène suivaient un rythme effréné et la houle le protégeait un peu du souffle du vent. Il se posa sur la mer déformée ; sa tête plongeait de temps en temps, comme pour observer le monde sous-marin. Tout à coup, il bascula et son corps s'immergea en entier. Ils le cherchaient des yeux, l'oiseau ne réapparut que deux minutes plus tard, à plus de cinquante mètres de là, la queue d'un poisson en travers du bec.

« Te souviens-tu de ton nom ? répéta Bleiz.

— Non.

— Et de l'histoire plus récente ?

— Oui. Depuis trois ou quatre générations, le changement était inéluctable. L'ancien équilibre ne pouvait être affiné, les signaux que nous envoyaient les spols de la périphérie parlaient d'eux-mêmes. Je n'ose imaginer les années et les analyses successives pour convaincre les souveraines de la périphérie qu'un accord avec les planètes ardentes leur permettrait d'obtenir une mine d'informations sur leurs futurs ennemis, alors que ce contact avait pour unique objectif de prévenir les spols des royaumes de l'attaque inéluctable des mondes périphériques. Une guerre de cette ampleur signifiait un monde scindé en deux camps, puis, un jour ou l'autre, un vainqueur omnipotent qui aurait fini par se tourner contre les spols, devenus alors inutiles.

— J'aurais aimé vivre sur l'une des planètes ardentes, souffla Bleiz.

— Pourquoi ?

— L'attitude des spols y était primordiale : ils devaient nous fournir un maximum d'informations sans paraître trahir leur régente, simplement par le biais des décisions intérieures et des réactions diplomatiques, pendant qu'ils distillaient un à un les renseignements utiles aux spols de la périphérie grâce aux entrevues officieuses.

— Le rôle des spols de la périphérie était tout aussi délicat. Ils connaissaient l'existence des royaumes même s'ils en ont ignoré la puissance pendant des siècles. Et la menace génétique s'accorde si peu avec notre réalité. Des manipulations sur l'inné contre une transe d'apparence aléatoire. Un rôle défini à l'avance contre une liberté sans entraves. La perspective d'un conflit les protégeait, mais ils ont sans doute frôlé l'extermination à plusieurs reprises. Sans compter que la recherche génétique compliquait leur tâche : combien d'atouts, tels que l'absence d'évanouissements lors des sauts spass, les chercheurs des mondes périphériques étaient-ils capables de concevoir ? »

Le laisser parler… Lorsqu'il aura vidé son sac, il sera face à ses propres vides.

« Les neuf royaumes constituaient un terrain plus propice, poursuivit le jeune homme. Nous devions juste nous assurer de la continuité de leur alliance, tout en préservant leurs différences, source d'émulation indispensable au maintien d'un pôle de taille à lutter contre Melen. »

La mer se lançait à l'assaut de la falaise. Elle décochait des vagues acérées qui explosaient dans les interstices de pierre, pour ensuite se répandre sur les lichens et les mousses. La lune pleine de Loar s'unissait au soleil pour composer une marée montante d'une vigueur extrême et l'océan profitait de ces instants pour hurler son ire.

« Melen, Melen… Toujours un peu plus puissant que ses voisins. La fonction des spols visait plutôt à les contenir qu'à les aider. Leurs richesses nous exposaient à un risque de déséquilibre, d'autant plus élevé qu'une union avec Kreis — amicale ou hostile — devenait de plus en plus probable. Néanmoins, l'intervention proche de la périphérie réclamait le conflit, Melen contre les neuf royaumes, pour éviter un front uni, synonyme à terme d'un monde bipolaire.

— Préserver la diversité, récita Bleiz.

— La Seconde Guerre des royaumes s'affichait comme le détonateur qu'attendait la périphérie, persuadée qu'il serait plus facile de conquérir un monde en proie aux batailles. Nous avons ainsi choisi le moment de l'attaque de Morgevnid.

— Te souviens-tu de ton nom ? »

Le jeune homme éluda la question :

« Combien de temps es-tu resté dans le palais d'Aven ?

— Presque trois ans.

— Sans aucune lassitude ?

— Rarement. Au-delà des jeux de pouvoir qui comportent leur intérêt, certaines personnalités sont attachantes.

— Tu penses à Emrodes ?

— Par exemple, admit Bleiz. Il est intelligent, sensible et pétri d'idéal. Les Latars sont également passionnants, et Chuluun est l'un des plus brillants d'entre eux ; je me demande d'ailleurs si le conseil ne l'a pas envoyé sur Loar à dessein, pour niveler les forces en présence.

— Cela supposerait la recherche d'un équilibre.

— Il s'agit peut-être d'une quête inconsciente, proche de l'instinct de survie.

— Dans ce cas, pourquoi dépêcher un jeune officier si brillant pour diriger les troupes de Melen ?

— Le talent de Loazour a surpris tout le monde, y compris les mercenaires », l'assura Bleiz.

Pendant que les deux spols discutaient, l'océan s'était un peu calmé ; les étreintes de l'étale avaient refréné ses ardeurs même s'il crachait encore ses vagues d'écume. Cependant, le vent ne s'était pas assagi, il semait des graines de pluie sur la mer et les côtes et il prenait un malin plaisir à fouetter les deux silhouettes graciles, assises sur un rocher face au large. Sans prévenir, Bleiz allongea la main et frappa le jeune homme à la tempe. Ce dernier chancela et faillit glisser de la roche humide.

« Tu parles du monde, mais tu ne sais même pas qui tu es ! rugit Bleiz.

— Je suis un spol.

— Non. Pas… complètement.

— Bien sûr que si. Je suis un spol dans les yeux de chaque personne que je croise.

— Cela ne suffit pas ! Quel est ton nom ?

— Je ne sais pas ! hurla-t-il. Tu es content ?

— Parle-moi de Latar. »

Le regard du jeune homme se porta au loin, à l'horizon, il cherchait un signe qu'il ne pouvait apercevoir depuis son promontoire de pierre.

« Latar représentait la menace la plus sérieuse pour nos plans. Le culte du secret et leur spécialisation dans l'art de la guerre les trahissaient : ils cachaient en leur sein une faiblesse funeste. Et quel mal peut perdurer pendant des siècles sans espoir de remède, si ce n'est une affliction génétique ? Latar devait rester une puissance solitaire. Si les mercenaires s'étaient rangés derrière l'étendard de Melen, les neuf royaumes n'auraient pu résister aux assauts d'Asbjorn. Un groupe de Latars renégats se seraient alors enfuis dans l'espace, pour un jour s'allier avec la périphérie. L'association de la stratégie et de la puissance des armées de la périphérie aurait alors balayé toute opposition, y compris Melen.

— Un monde uni, approuva Bleiz.

— Et le massacre des spols. Latar était le mieux placé pour pressentir notre rôle puisqu'ils dépendent eux aussi de l'équilibre instable. Pour notre bonheur, ils s'intéressent plus aux effets qu'aux causes.

— Pour l'instant. Même pour nous, Latar conserve une aura de mystère. »

La clé de nos plans se nomme synchronisation, songea Bleiz. *Puisque nous ne communiquions pas entre nous, les actions à mener devaient être logiques et similaires : la guerre entre Melen et les neuf royaumes pour éviter un front uni contre la périphérie, l'intervention de Morgevnid au moment opportun, la neutralité de Latar et la chute de Kreis, dernier facteur unitaire. Pour un monde tripolaire, sans puissance dominante…*

Bleiz s'approcha du jeune homme et passa la main sur son visage pour lui fermer les yeux. Puis il chuchota :

« Oui, tu connais le monde, tu en vois les rouages. Je vais te confier un secret…

— Oui ?

— Ce n'est pas le plus important ; l'essentiel est ailleurs.

— Ailleurs… Où ?

— Tu le sauras lorsque tu auras terminé ta transe.

— Ma transe ? Elle est terminée puisque je suis spol.

— Non, tu ne l'as qu'esquissée.

— Je… »

Bleiz l'interrompit d'un geste :

« Lors de notre transe, nous sommes vulnérables.

— Je sais : nous ne pouvons nous défendre.

— Je ne parlais pas du physique, mais du mental. Pour absorber et lier les circonstances que nous avons connues depuis notre enfance, nous avons besoin de purger notre esprit. Littéralement. Une fois les données et les événements connectés entre eux, nous pouvons récupérer nos informations personnelles perdues dans notre subconscient. Cela semble simple, alors que c'est le plus complexe et ce qui prend le plus de temps.

— Et moi ?

— Toi, tu n'en as pas eu le temps. Tu n'as même pas pu absorber toutes les données… »

Les épaules du jeune homme s'affaissèrent :

« Les daofined folâtrent dans les profondeurs.

— Tu ressens aussi leurs émotions ?

— Oui. »

Ils demeurèrent silencieux de longues minutes. Ils contemplaient l'océan, les sens en alerte, mais ni leur vue ni leur ouïe ne distinguaient le moindre signe. Seule leur conscience percevait la douce complainte, la mélopée lancinante qui chantonnait au creux de leur âme.

« Allonge-toi. »

Le jeune homme s'exécuta.

« Tu n'as pas achevé ta transe, parce que tu as pris un risque inouï, celui de te perdre à tout jamais. Et je devais attendre la fin des conflits pour t'aider.

— Je ne m'en souviens pas.

— Tu as conçu la parade de Loar. Mais, pour cela, il fallait que tous soient certains que tu n'avais pas vécu la transe, du moins la partie visible. La parade nous a contraints à dépasser les limites de l'analyse politique et c'était le seul moyen d'éviter de trop forts soupçons sur nos capacités réelles.

— Et… »

Bleiz posa un index sur les lèvres du jeune homme :

« Silence… Ce sont les daofined qui vont t'aider.

— Comment ?

— Je ne sais rien du comment. Laisse-toi aller… »

Bleiz hésita un instant :

« Tu t'appelles Tadhg. »

*

Allongé sur la roche, Tadhg tressaillait parfois. La nuit était tombée depuis plusieurs heures et l'océan s'était retiré au loin, avant de revenir à l'assaut des rochers. Il avait commencé par lécher les cailloux sur le sable puis il s'était hissé au niveau des roches les plus basses. Maintenant, il lançait ses ultimes forces dans la bataille, avant d'être freiné par l'étale.

Curieux que personne ne se soit jamais douté du lien invisible qui nous unit aux daofined, pensa Bleiz. *Qui se souvient encore que Loar fut la première planète découverte par les colons de l'ancienne Terre ? Plus aucun nœud ne nous relie au monde originel et même les mémoires ont délaissé l'histoire. Ne restent que les légendes, les mythes… Et la cantilène des daofined, en vers et en prose.*

Tadhg se réveilla enfin ; il gémit quelques minutes puis il se hissa sur les coudes, le regard ardent :

« Comment ai-je pu être aveugle à ce point ? Les indices sont partout. Les colons cherchent des édens dans l'espace pour fuir la persécution sur Terre ? Les sauts spass leur offrent des asiles luxuriants. Latar souhaite offrir les services de ses mercenaires aux royaumes ? Ils sont reliés à tous les protagonistes dans chaque conflit. Les ressources naturelles d'Erc'h et de Traezh s'épuisent ? Ils découvrent ensemble deux planètes, riches en minerais et en hydrocarbures. Autant de cas où les désirs et les aspirations ont façonné l'orientation des nœuds.

— Calme-toi.

— Comment ignorer que la pensée a une influence sur les nœuds ? Et le lien suivant est si patent… Les facettes ne sont altérées que lors d'un trouble, et les daofined ne le pressentent pas, ils le façonnent ! Les meilleurs navigateurs sont les êtres les plus sensibles, les plus réceptifs à la mélopée des nœuds même s'ils n'en distinguent pas la teneur. Même les pionniers des voyages spass avaient mieux compris le rôle des daofined ; ils ont laissé une œuvre fabuleuse, *La Cantilène* — dont le titre est un hommage au chant des cétacés —, mais plus personne n'en saisit les nuances.

— À part nous.

— Oui, nous sommes les enfants des daofined, nous sommes les enfants des nœuds ! »

Il avait presque crié sa dernière phrase, telle une incantation. Ses larmes mêlaient leur sel aux effluves de l'océan et son regard altier défiait le vent, les hommes, les royaumes et surtout le hasard.

« Les daofined cisèlent les nœuds, ils sont leur énergie, leur âme. Nous ressentons leurs sentiments et nous parlons le même langage qu'eux. Nous pouvons ainsi modeler l'orientation de certains nœuds lors des troubles : isoler la périphérie pour qu'elle se développe en paix, sans contact trop précoce, ou protéger les défenses de Melen et des neuf royaumes contre le surnombre des vaisseaux de Morgevnid. Les navigateurs et les poètes sont les intimes des daofined. Mais nous, les spols, nous sommes nés avec les premiers voyages spass, la transe nous unit l'espace d'un instant à la tendresse céleste des daofined et à la trame infinie des nœuds.

— Nous sommes les enfants des nœuds, répéta Bleiz. Te souviens-tu de ton passé ?

— Oui, de tout.

— Tu es un spol maintenant. »

Il toucha l'épaule de Tadhg puis son doigt pointa vers l'ouest : tandis que le soleil colorait les flots de l'orient d'une lueur orangée, la lune ronde dardait de pâles reflets d'or. Elle effleurait l'horizon entre deux îlots de pierre ornés d'une lande chamarrée, et les deux spols s'étaient tus pour observer l'astre sélénite se noyer dans l'océan. Bleiz se redressa soudain, silhouette fluette face à la colère des éléments. Il retira sa tunique et la posa sur la roche, bientôt imité par le jeune homme :

« Un plongeon avant que la mer ne se retire et que la lune ne meure ?

— Honneur au spol du royaume.

— Ex-spol du royaume. »

Il s'approcha néanmoins du bord, plia à demi les genoux puis se détendit alors que la vague enflait. Il toucha les flots au moment du ressac et le courant l'entraîna à quelques mètres de la paroi, à l'abri du combat que se livraient l'eau et la pierre. Il leva les yeux vers le promontoire et rugit :

« À ton tour, Tadhg… »

*

APPENDICES

APPENDICE 1

Rapport de Goronwy

AUTEUR : Goronwy, responsable du département de mathématiques astronomiques du centre de recherches d'Aven, Loar.

TITRE : La parade contre l'arme de Melen : fonctionnement et notions mathématiques.

DESTINATAIRE : Emrodes, souverain de Loar.

CONFIDENTIALITÉ : Degré A.1.

Objectifs

Le but de ce document est de décrire l'aspect mathématique qui sous-tend la parade conçue par Tadhg. Certaines parties demeurent encore obscures, soit parce que nos chercheurs n'ont pas encore terminé l'étude des documents de Tadhg, soit parce que certains théorèmes utilisés pour concevoir la parade ne sont étayés par aucune démonstration.

Description succincte de l'arme de Melen

Le postulat de base de Tadhg décrit l'arme de Melen comme une énergie « amplifiée » : une source d'énergie puissante orientée vers des directions précises se trouverait « réactivée » par les différentes étoiles ou planètes qu'elle frôlerait, jusqu'au moment où elle toucherait une masse d'importance, étoile, planète ou astéroïde. L'impact libérerait alors l'énergie amplifiée et provoquerait tsunamis, éruptions volcaniques, tremblements de terre, nuages de poussière…

Les modélisations de Tadhg correspondent aux différents événements observés sur Beltz, la seule planète anéantie grâce à l'arme de Melen (la plupart des informations nous ont été fournies par Bihan, sans doute grâce aux espions en place sur Dibh, la planète du système stellaire voisin de celui de Beltz). Les tremblements de terre, les éruptions volcaniques et les tsunamis ont secoué Beltz, puis des nuages toxiques se sont créés, compliquant ainsi la tâche des rares survivants.

Selon Tadhg, le point de départ de cette énergie « amplifiée » doit se situer au « centre » de la spirale tridimensionnelle que forme notre galaxie, pour ensuite se propager vers la périphérie. Ce « centre » est situé dans l'espace de Melen, ce qui implique que seule Melen peut utiliser une telle arme. Par ailleurs, la quantité d'énergie nécessaire croît avec la distance entre Melen et sa cible. Sur la spirale, Melen est suivie par des planètes isolées, comme Beltz ou Dibh, les royaumes du Ponant, Kreis, les planètes ardentes, Latar et les mondes périphériques. L'efficacité de l'arme au-delà des royaumes du Ponant semble peu plausible.

Au vu du niveau actuel des centres de recherches de Melen, cette découverte doit sans doute être attribuée au hasard. L'hypothèse la plus crédible réside dans une destruction accidentelle d'un satellite riche en minerai suite à une tentative de forage à distance. Si la plate-forme de forage spatial se trouvait à ce moment à proximité du « centre » de la spirale, elle aurait alors anéanti le satellite au lieu de percer des unités de forage. Asbjorn aurait alors compris l'éventail de possibilités militaires que lui offrait une telle arme. L'opinion de Bleiz, le spol du royaume, paraît alors judicieuse : l'ultimatum d'Asbjorn, logiquement refusé par Beltz, ne constituait qu'un prétexte pour tester leur nouvelle arme en situation réelle.

Description de la parade

La parade imaginée par Tadhg se base sur les modules disséminés sur la lune de Loar : au nombre de cent, ils forment un maillage complexe qui assure la défense de Loar et des planètes situées à l'arrière de la spirale. Les simulations indiquent que la parade semble efficiente avec six modules, mais, en deçà, les risques deviennent importants, en particulier pour un nombre d'unités inférieur ou égal à quatre.

Prenons l'exemple suivant (issu des notes de Tadhg) :

Hypothèses

Soit n le nombre de modules sur la lune de Loar, avec $n \in [5 ; 100]$.

Soit e_i le coefficient propre au module i, pour $i \in [1 ; n]$.

Soit $e_{i,j}$ le coefficient propre au couple de modules (i ; j), pour $i \in [1 ; n]$ et pour $j \in [1 ; n]$.

Ces coefficients $e_{i,j}$ forment donc une matrice carrée à deux dimensions (n lignes et n colonnes).

Quel que soit i∈[1 ; n], le coefficient $e_{i,j} = 0$.

De la même manière, on construit une matrice à trois dimensions ($n \times n \times n$), composée des éléments $e_{i,j,k}$ (coefficient propre au triplet de modules (i ; j ; k)), pour i∈[1 ; n], j∈[1 ; n] et k∈[1 ; n].

Quels que soient i∈[1 ; n], j∈[1 ; n], k∈[1 ; n], tels que i=j ou i=k ou j=k (ou non exclusifs), le coefficient $e_{i,j,k} = 0$.

De la même façon, on construit (n-1) matrices à m dimensions, avec m∈[2 ; 100] (pour m=2 et m=3, la construction de la matrice est décrite ci-dessus).

Une matrice à m dimensions est composée des coefficients propres à chaque n-uplet de modules. S'il existe au moins deux modules communs pour un n-uplet, son coefficient est égal à 0.

Modélisation des coefficients et loi de Lesenn

On suppose que chaque coefficient non nul par construction de ces (n-1) matrices ainsi que les coefficients propres à chaque module sont des variables aléatoires qui suivent une loi de Lesenn (nommée ainsi par Tadhg).

Une loi de Lesenn est une nouvelle loi statistique qui pallie les défauts des autres lois jusqu'alors utilisées, en particulier de la loi Normale. Les paramètres qui suffisent à définir mathématiquement la loi Normale sont l'espérance (ou moyenne) et l'écart type tandis que, pour définir une loi de Lesenn, cinq paramètres sont nécessaires : la moyenne, l'écart type, le troisième (indicateur de l'asymétrie), le quatrième et le cinquième moment.

Modules en réseau neuronaux

Ces modules sont liés entre eux par un réseau neuronal, dont les caractéristiques dépendent de la valeur des différents coefficients. La modélisation théorique de ce réseau par nos équipes de recherches est encorc très incomplète, ne serait-ce que parce que les propriétés mathématiques de la loi de Lesenn n'ont pas livré tous leurs secrets.

Par contre, l'objectif de ce réseau neuronal est connu : il vise à réguler le niveau d'énergie à la surface de notre lune, afin de le maintenir dans une situation « d'équilibre ». Schématiquement, l'énergie présente à la surface de notre lune dépend bien sûr du rayonnement solaire, mais aussi de celui de Loar, des étoiles proches, voire d'une comète ou d'une météorite : elle n'est donc pas constante et les raisons susceptibles de provoquer des variations sont multiples, l'activité solaire par exemple. La « valeur d'équilibre » de l'énergie n'est pas une variable exogène que nous pouvons paramétrer à notre guise, elle est calibrée par le réseau neuronal et recalculée en continu.

Si nos modèles ne nous permettent pas de calculer, *a priori*, cette valeur d'équilibre, nous sommes à même de l'observer *a posteriori*. Cependant, les séries de valeurs étudiées ne nous ont pas permis d'en déduire un modèle de comportement, ni analytique, ni probabiliste, ni même fractal.

Théorie sur le fonctionnement de la parade

La théorie admise par la plupart d'entre nous se résume de la manière suivante. Une variation « mineure » de l'énergie disponible à la surface de notre lune entraînerait un re-calibrage de la part du réseau neuronal, ce qui modifie les différents coefficients, selon des règles qui nous échappent encore. D'un point de vue énergétique, le réseau modifie seulement le « niveau d'équilibre », mais les modules eux-mêmes ne jouent aucun rôle « actif ».

Par contre, lors d'une variation « majeure » et « non prolongée », comme lors des deux attaques de Melen, les modules « absorbent » l'excédent d'énergie pour la restituer sur des temps plus ou moins longs suivant l'énergie absorbée : deux jours pour une « frappe » d'une durée de cinq millisecondes lors de la première attaque, trois jours pour une « frappe » d'une durée de sept millisecondes lors de la deuxième.

Le danger réside dans une attaque « majeure » et « prolongée » puisque le réseau neuronal ne serait pas à même d'absorber la totalité de l'énergie, laissant alors la planète sans défense. Cependant, cette hypothèse demeure pour l'instant dans le domaine théorique, car l'énergie nécessaire serait démesurée.

APPENDICE 2

Extraits biographiques

(archives de Bihan : 12857 A.S.)

ASBJORN (12810 A.S. -) : Il a commencé son règne sur Melen en 12835 A.S., suite à la maladie psychiatrique de son père. En quelques années, il a redressé l'économie exsangue de son royaume et il a accumulé les richesses afin de se constituer un trésor de guerre suffisant pour la conquête des neuf royaumes. L'agression de Tan a marqué le début de la Première Guerre des royaumes, mais l'impétuosité d'Asbjorn a permis à la coalition des neuf royaumes de repousser les attaques de Melen. Pour la Seconde Guerre des royaumes, Asbjorn avait appris la patience, mais l'agression de la périphérie a figé le conflit.

AOUR (12822 A.S. - 12856 A.S.) : Première maître d'armes de Loar dès l'âge de vingt-six ans, elle approchait le niveau des meilleurs Latars dans le maniement des armes. Elle est morte en héroïne lors de la défense de Vanch. Des rumeurs persistantes suggèrent qu'elle aurait été la maîtresse d'Emrodes avant son règne.

BANAIN (12819 A.S. -) : Souverain d'Erc'h depuis 12848, il associa son royaume avec celui de Traezh par son mariage avec Rosenn (12857 A.S.). Même si l'intérêt stratégique de cette union semble évident — la fusion de l'énergie et des matières premières —, ce mariage ressemble à une histoire d'amour plutôt qu'à une manœuvre politique.

CHULUUN (12821 A.S. -) : Commandant en chef Latar de Loar depuis 12842 A.S., il a défini l'essence des positions de défense des neuf royaumes pendant les deux guerres des royaumes. Chuluun jouit d'une réputation sans égale parmi les officiers supérieurs Latars : les bribes de conversations entre mercenaires que nous avons glanées çà et là sous-entendent que seule la créativité virtuose de Loazour pourrait inquiéter le génie stratégique de Chuluun.

ELESTR (12841 A.S. -) : Souveraine de Bihan depuis 12857 A.S., suite à l'abdication de Kampiola en sa faveur.

EMRODES (12834 A.S. -) : Il règne sur Loar depuis 12855 A.S. À l'instar de son père, il a pris le commandement de la coalition des neuf royaumes lors de la Seconde Guerre des royaumes, grâce à la parade développée par le centre de recherches d'Aven et aux talents de stratège de Chuluun. En dépit de la position prééminente de Loar, il n'a pas essayé d'étendre l'influence de Loar vers les autres royaumes du Ponant, pas même par son mariage avec Kampiola, alors régente de Bihan.

ESTEVO (12806 A.S. -) : Souverain de Douar depuis 12845 A.S., suite à la mort de son père au cours de la Première Guerre des royaumes.

ESYLLT (12831 A.S ? -) : Chef secrète de la rébellion sur Kreis jusqu'à l'intervention de la périphérie. L'hypothèse romantique selon laquelle elle se serait enfuie vers l'un des neuf royaumes nous paraît peu plausible dans la mesure où nous aurions alors retrouvé sa trace et un exil vers Latar est encore plus improbable. Elle a sans doute péri avec ses troupes après avoir refusé de collaborer avec la périphérie.

N.B. : Nous ne disposons d'aucune image holographique d'Esyllt.

EVZEK (12795 A.S. -) : Dernier grand prêtre de Kreis, il s'est imposé à la tête de la Sainte Église en 12840 A.S., après maintes manœuvres politiques. Ambitieux, il visait l'unification des royaumes sous l'autorité de la Sainte Église et la première partie de ce plan passait par la conquête de Melen via un coup d'État religieux. Toutefois, l'attaque de Kreis par la périphérie a ruiné les projets d'Evzek et l'influence de la Sainte Église s'est affaiblie dans l'ensemble des royaumes, phénomène qui ne peut que s'accentuer de par le manque de latitude des prêtres.

FAOLAN (12809 A.S. - 12855 A.S.) : Il régna sur Loar entre 12835 A.S. et 12855 A.S. Lors de la Première Guerre des royaumes, il réussit à fédérer les royaumes du Ponant en dépit de leurs divergences. Les circonstances de sa mort n'ont jamais été éclaircies, une intervention de Melen n'est pas à exclure, soit par vengeance, soit par intérêt puisque Faolan représentait le pilier central de la défense des neuf royaumes.

GEAROID (12786 A.S. -) : Il règne sur Tan depuis 12840 A.S. Le doyen des souverains des neuf royaumes a joué un rôle modérateur lors de la Seconde Guerre des royaumes, en particulier dans les relations entre Mor et Douar.

GORONWY (12791 A.S. -) : Responsable du département des mathématiques astronomiques du centre de recherches d'Aven depuis 12849 A.S. Il est surtout connu pour la mise au point de la parade de Loar contre l'arme de Melen, mais il n'a jamais revendiqué la paternité de ces recherches, peut-être à cause de leur caractère secret.

HEIKKI (12836 A.S. -) : Fils aîné d'Asbjorn et héritier du royaume de Melen. En dépit de la multitude de renseignements dont nous disposons sur lui, Heikki demeure une énigme. Sa personnalité recèle de nombreuses facettes : intelligent, fidèle, droit, solitaire, perturbé, parfois retors ; il méprise le protocole, délaisse parfois les courtisanes même s'il recherche la compagnie des femmes.

INCE (12838 A.S. -) : Deuxième fils d'Asbjorn, son désir de monter sur le trône de Melen s'est manifesté à plusieurs reprises, mais, à notre connaissance, il n'a été à l'origine d'aucun attentat contre Asbjorn ou Heikki.

KAHAIA (12809 A.S. -) : Régente de Flour depuis 12851 A.S., elle a associé son royaume à la périphérie en 12856 A.S.

KAI (12833 A.S. -) : Compagnon d'enfance, confident et conseiller d'Emrodes.

KAMPIOLA (12838 A.S. -) : Elle régna sur Bihan à partir de 12853 A.S. et abdiqua en faveur d'Elestr en 12857 A.S., suite à son mariage avec Emrodes. Elle vit maintenant dans le palais d'Aven, la capitale de Loar.

LIHUEN (12801 A.S. -) : Régente de Don depuis 12848 A.S., elle a associé son royaume à la périphérie en 12856 A.S.

LOAZOUR (12840 A.S. -) : Nommée commandant en chef de Melen à l'âge de seize ans, elle s'est illustrée lors de la Seconde Guerre des royaumes par la diversité de ses attaques et par sa capacité à appliquer les leçons d'anciens stratèges de l'ère pré-spatiale aux contraintes des combats spass.

MORGEVNID (? -) : Souveraine des mondes périphériques. L'apparence comme la personnalité dc Morgevnid demeurent pour l'instant floues.

NAÏS (12821 A.S. -) : Régente de Koroll depuis 12851 A.S. La politique de Naïs au cours des cinq années qui ont précédé la Seconde Guerre des royaumes témoigne de sa volonté farouche d'intégrer Koroll aux mondes périphériques.

NERYS (12808 A.S. -) : Souveraine d'Heol depuis 12830 A.S., suite à l'assassinat de son frère par un déséquilibré.

NIVLENN (12810 A.S. -) : Souveraine d'Aer depuis 12840 A.S.

ROSENN (12820 A.S. -) : Régente de Traezh depuis 12852, elle associa son royaume avec celui d'Erc'h par son mariage avec Banain (12857 A.S.). Sa beauté légendaire a inspiré de nombreux troubadours et l'hymne poétique « La rose des sables » lui est dédié (auteur inconnu).

SUBOTAÏ (12821 A.S. ? -) : Chef du conseil de Latar, il dirige la citadelle de Laboused, le centre de formation des mercenaires. Subotaï cultive le goût du secret ; nous n'avons que peu d'éléments sur son passé ou sa personnalité.

TUDUR (12806 A.S. -) : Souverain de Mor depuis 12841 A.S.

APPENDICE 3

Lexique des royaumes

(12857 A.S.)

AER : royaume composé de quatre planètes réparties dans quatre systèmes stellaires, fondé entre le 92e et le 94e siècle A.S.

AIR : corps d'armée composé des troupes de combats atmosphériques ; il forme, avec l'infanterie et l'espace, le noyau des armées d'un royaume.

ANALYSE LIMINAIRE : analyse première d'un spol, réalisée à partir de données incomplètes.

ARBAN : groupe de dix vaisseaux spass.

ARGER : capitale de Bihan.

ARME (DE MELEN) : nouvelle arme utilisée au début de la Seconde Guerre des royaumes par Asbjorn qui provoque la destruction de la planète visée (voir Beltz) ; les principes de cette arme ne sont pas connus, sauf de Melen et peut-être de Loar (voir parade).

A.S. (APRÈS SPASS) : postérieure à la date d'origine du calendrier spass qui correspond au premier saut spass (par opposition à P.S. : Pré Spass).

ASSAUT : formation militaire d'élite à effectif réduit, chargée de missions spéciales et opérant isolément.

AVEN : capitale de Loar ; célèbre pour ses centres de recherches au sein desquels étudie la jeune élite des neuf royaumes.

BELTZ : royaume indépendant mono-planète, fondé entre le 94e et le 96e siècle A.S., détruit en 12856 A.S. par Melen, suite à son refus de se soumettre à l'ultimatum d'Asbjorn (nombre de victimes estimé : 160 millions).

BIHAN : royaume composé d'une seule planète, fondé entre le 101e et le 103e siècle A.S. ; vie économique et sociale basée sur la responsabilisation des individus ; le plus secret des royaumes du Ponant, son agence d'espionnage est considérée comme la meilleure de l'univers connu.

BOMBARD : instrument à vent en bois, à anche double (voir gwerz).

CALENDRIER SPASS : créé en 10500 A.S., il place la date d'origine au premier saut spass et la durée d'une année est calquée sur celle de la Terre, la planète originelle.

CANTILÈNE : 1. complainte des daofined qui culmine lors d'un équinoxe ; elle se déroule à intervalles réguliers (tous les quinze ans et demi) ; la cantilène et les troubles nodaux sont concomitants, sans qu'aucun lien scientifique n'ait pu être identifié (voir daofined). 2. recueil de légendes liées à cette complainte.

CITADELLE : centre de formation de l'élite des mercenaires de Latar (voir Laboused).

CLOCH : royaume indépendant mono-planète, fondé entre le 93e et le 95e siècle A.S., lié à Kreis par des liens historiques et culturels, dans la sphère d'influence de Melen depuis le début de la Seconde Guerre des royaumes.

CONVENTION HUMAINE : convention signée en 10712 A.S. par la Sainte Église de Kreis et les royaumes visant à protéger les humains des méfaits des manipulations génétiques (seuls les mondes périphériques ne sont pas signataires ; Koroll, Don et Flour l'ont dénoncée après l'intervention de la périphérie dans la Seconde Guerre des royaumes).

CRISTAL-SON : quartz hyalin et incolore des grottes de quelques planètes de la périphérie ; la chute d'une gouttelette d'eau sur un cristal-son produit des notes qui dépendent à la fois des caractéristiques du cristal et de facteurs exogènes tels que la température, la pression de l'air et la taille de la gouttelette (voir seranig).

DALLISME : école sculpturale qui s'inspire des chefs-d'œuvre du sculpteur aveugle Dall (12701 A.S. — 12737 A.S.)

DAOFINED : mammifères marins à fanons des mers de Loar (longueur : 30 à 40 mètres, poids : plus de 100 tonnes) ; leur langage leur permet de communiquer à des distances supérieures à 5 km et, malgré leur taille, ils ne sont détectables ni par radar ni par satellite (voir cantilène).

DEL : manteau traditionnel Latar.

DIBH : planète co-gouvernée par la Sainte Église de Kreis et une administration locale, elle hébergeait quatre centres d'études religieuses ; les armées de Melen et de la périphérie se disputent son contrôle depuis la fin de la Seconde Guerre des royaumes.

DJAGHOUN : escadron de cent vaisseaux spass, soit dix arbans.

DON : royaume mono-planète, fondé entre le 92e et le 95e siècle A.S.

DOUAR : royaume composé de six planètes réparties dans cinq systèmes stellaires, fondé entre le 92e et le 94e siècle A.S. ; Douar est souvent considéré comme l'éden des espèces animales puisqu'il a, depuis l'origine, préservé la richesse de sa faune.

DRUIDE : dans l'une des religions pré-spatiales : garant du pouvoir spirituel (voir fàith et filid).

ENEZ DU : île d'un archipel qui en compte sept, dans la baie d'Aven, la capitale de Loar, célèbre pour ses falaises escarpées (voir enez gwenn).

ENEZ GWENN : île d'un archipel qui en compte sept, dans la baie d'Aven, la capitale de Loar, célèbre pour ses plages de sable blond (voir enez du).

ERC'H : royaume composé d'une seule planète, fondé entre le 99e et le 101e siècle A.S. ; les montagnes recouvrent la majorité des terres émergées et regorgent de gisements de métaux et de pierres précieuses ; population peu nombreuse et dispersée.

ESPACE : corps d'armée composé des troupes de combat spass ; il forme, avec l'infanterie et l'air, le noyau des armées d'un royaume.

FACETTE : orientation d'un nœud spass, la première facette est située au niveau du nœud de départ et les autres se trouvent à proximité des nœuds d'arrivée (voir nœud spass) ; un nœud à n facettes est lié à (n-1) autres nœuds (n compris entre 2 et 5).

FÀITH : dans l'une des religions pré-spatiales : devin spécialiste de la prédiction (voir druide et filid).

FILID : dans l'une des religions pré-spatiales : historien, enseignant, conteur, magicien et parfois ambassadeur (voir druide et fàith).

FLOUR : royaume mono-planète, fondé entre le 92e et le 95e siècle A.S.

GARDE : corps d'armée chargé d'assurer la sécurité des personnages officiels et des infrastructures sensibles d'un royaume.

GARDIEN : entité imaginaire, souvent protectrice, qui apparaît parfois lors des transes dues à l'absorption de produits hallucinogènes.

GÉNIE : unité militaire de soutien, chargée des travaux relatifs aux voies de communication terrestres, maritimes et spatiales et à l'aménagement du terrain.

GROENN : planète co-gouvernée par la Sainte Église de Kreis et une administration locale, qui hébergeait deux centres d'études religieuses ; occupée par les armées de la périphérie depuis la fin de la Seconde Guerre des royaumes.

GUERRES DES ROYAUMES : 1. la Première Guerre des royaumes (12843 A.S. — 12846 A.S.) a opposé Melen aux neuf royaumes, pour la première fois unis lors d'un conflit — sous l'autorité de Faolan, le souverain de Loar. La paix, signée à la demande d'Asbjorn, a rétabli les souverainetés existantes au début du conflit. 2. la Seconde Guerre des royaumes (12856 A.S. — 12857 A.S.) opposait également Melen aux royaumes du Ponant ; elle a débuté par la destruction de Beltz (voir Beltz) et s'est éteinte d'elle-même après l'intervention de la périphérie.

GWENNEG : unité monétaire principale des royaumes.

GWERNENES : unique planète du plus excentré des systèmes stellaires de Melen.

GWERZ : chant sacré dont l'origine date de l'époque pré-spatiale (voir telenn et bombard).

GWEZBOELL (OU GWYDDBWYLL) : jeu de stratégie datant de l'époque pré-spatiale dans lequel deux adversaires manœuvrent sur un plateau octogonal de 256 cases deux séries de 32 pièces de valeurs diverses.

HEOL : royaume composé de trois planètes réparties dans un système bi-stellaire, fondé entre le 93e et le 96e siècle A.S. ; la présence de deux soleils génère des courbes de révolutions particulières pour les trois planètes et l'une des conséquences les plus perceptibles pour la population réside dans les écarts importants de température et de précipitation.

HOLO-GLOBE : sphère reproduisant les positions des vaisseaux, notamment lors de combats. Utilisé par les stratèges Latars et les unités de commandement.

INFANTERIE : ensemble des troupes de combats à la surface d'une planète ; elle comprend en général des unités motorisées, mécanisées, parachutées et marines et forme, avec l'air et l'espace, le noyau des armées d'un royaume.

JERZE : deuxième ville de Vanch, dans le royaume de Mor, anéantie par une navette suicide de Melen pendant la Seconde Guerre des royaumes (nombre de victimes : sept cent mille environ).

KAN : capitale de Koroll.

KANT : Ancien royaume composé de quatre planètes au sein de trois systèmes stellaires, fondé entre le 94e et le 97e siècle A.S. Suite à l'exécution du commandant en chef Latar par le souverain en 12689 A.S., les mercenaires sont intervenus en 12693 A.S. lors d'une opération commando audacieuse au cours de laquelle ils ont assassiné la famille royale. Kant, un des royaumes les plus riches et les plus puissants de l'époque, fut alors annexé par Melen sans la moindre résistance.

KARVAN : grand reptile à fortes mâchoires et dont la queue se termine par un aiguillon venimeux, qui vit dans les mangroves de deux des planètes d'Aer (longueur : jusqu'à neuf mètres).

KERZU (MONTAGNES) : hauteurs de l'ouest du continent principal de Loar, surplombant la baie d'Aven (point culminant : 884 mètres).

KHAN : titre équivalent à celui d'un empereur, porté par le chef des armées mongoles pendant une période indéfinie de l'époque pré-spatiale ; leurs batailles sont encore étudiées par les mercenaires de Latar.

KI-KAZH : animal stérile des mondes périphériques obtenu par manipulation génétique, au pelage polychrome, apprécié pour sa beauté, sa fidélité et la souplesse de ses déplacements.

KORNOG (MER) : océan bordé à l'est par le continent principal de Loar et au nord-ouest par le bed-newez (superficie : 112 millions de km^2, profondeur maximale 11 432 m).

KOROLL : 1. royaume mono-planète, fondé entre le 92e et le 95e siècle A.S. ; son nom vient de la danse du même nom. 2. sur Koroll, danse-transe spontanée, exécutée seul ou en groupe, au rythme des taboulinoù.

KREIS : planète des prêtres de la Sainte Église de Kreis, occupée par les armées de la périphérie.

LABOUSED : capitale de Latar ; elle abrite le centre de formation de l'élite des mercenaires (voir citadelle).

LATAR : 1. royaume composé d'une seule planète ; un secret absolu entoure Latar, personne ne connaît son organisation politique, économique, sociale ou culturelle et aucun vaisseau étranger ne s'y est rendu depuis plus de vingt-cinq siècles ; les mercenaires de Latar sont présents dans l'ensemble des royaumes et sont considérés comme les meilleurs spécialistes du combat et de la stratégie militaire de l'univers. Tous les commandants en chef des armées des royaumes sont des mercenaires. Latar s'approvisionne auprès des royaumes, mais, comme une clause de secret est incluse dans chaque contrat, leurs ressources naturelles sont inconnues. 2. mercenaire de Latar (commandant en chef, maître d'armes, pilote, soldat, assassin,...).

LIMINAIRE : voir analyse.

LOAR : royaume composé d'une seule planète, fondé entre le 101e et le 103e siècle A.S., célèbre pour ses compétences scientifiques et ses universités au sein des royaumes du Ponant.

LOOVUZ : chapeau traditionnel Latar.

LUR : capitale de Melen ; célèbre pour la beauté de ses monuments et de ses jardins, elle est souvent nommée « la perle de l'univers ».

MÉDIC : médecin de bord d'un vaisseau spass.

MÉDITATION LATAR : Réflexion profonde des officiers supérieurs Latar, au cours de laquelle leurs fonctions vitales sont ralenties au minimum, destinée à augmenter leurs capacités d'analyse stratégiques.

MEIN : royaume indépendant mono-planète, fondé entre le 96e et le 98e siècle A.S. ; dans la sphère d'influence de Melen au début de la Seconde Guerre des royaumes, il est maintenant occupé par les forces de la périphérie.

MELEN : royaume composé de douze planètes réparties dans dix systèmes stellaires, fondé entre le 94e et le 102e siècle A.S. ; Melen est le plus riche des royaumes de l'univers connu et ne dépend d'aucune autre planète pour ses besoins, à l'exception de Latar.

MERCENAIRE : voir Latar.

MINGGAN : régiment de mille vaisseaux spass, soit dix djaghouns.

MOR : royaume composé de six planètes réparties dans cinq systèmes stellaires, fondé entre le 92e et le 94e siècle A.S. ; Mor se caractérise par l'omniprésence de la mer à la surface de ses planètes et par le nombre important de nœuds dans son espace.

MORPHO-HOLOGRAMME : image humaine dynamique obtenue par une méthode de photographie en relief utilisant les interférences produites par la superposition de plusieurs faisceaux lasers.

MORVAOUT : oiseau palmipède au long bec effilé, au plumage noir, excellent plongeur, répandu sur Loar et, selon la rumeur, le long des côtes des continents septentrionaux de Latar.

NAVIGATEUR : 1. officier chargé de diriger les sauts spass (voir saut spass, nœud spass) ; leur phase d'inconscience ne dure que quelques secondes. 2. Navigatrice : exploratrice des mondes périphériques.

NŒUD SPASS : lieu de l'espace permettant de rejoindre un autre nœud suivant l'orientation des facettes du nœud de départ et d'arrivée (non paramétrable) ; les nœuds bi-facettes ne sont liés qu'à un seul autre nœud de l'espace tandis que les nœuds multi-facettes (trois, quatre, parfois cinq) sont liés à plusieurs nœuds, ce qui signifie que l'on ne peut prévoir avec certitude la destination à la sortie du nœud de départ ; les attributs d'un nœud ne sont pas stables dans le temps puisque le nombre de facettes et l'orientation d'un nœud peuvent évoluer lors d'un trouble nodal. La modélisation n'a pas permis de fournir d'explication sur ces phénomènes.

NORZ (BOIS DU) : forêt située au nord-ouest du centre d'études religieuses de Kreis (superficie : 10 400 km²).

OGME : dans l'une des religions pré-spatiales : Dieu de la guerre, de la magie et de l'écriture.

ORLEGI : planète co-gouvernée par la Sainte Église de Kreis et une administration locale, elle hébergeait deux centres d'études religieuses ; les armées de Melen et de la périphérie se disputent son contrôle.

PANCHEN-LAMA : second personnage de la hiérarchie de l'une des religions pré-spatiales.

PARADE : système de protection mis au point par les chercheurs de Loar contre l'arme de Melen ; les principes de cette défense demeurent secrets (voir arme de Melen).

PENDULE-SPASS : instrument de mesure qui indique le temps d'inconscience d'un navigateur lors d'un saut spass.

PÉRIPHÉRIE : ensemble des planètes situées en dehors de l'univers connu ; certaines d'entre elles se sont regroupées dans une union nommée « mondes périphériques », bon nombre d'autres sont sans doute toujours isolées autour de leur système stellaire.

PLANÈTE ORIGINELLE : voir Terre.

PLANÈTES ARDENTES : Koroll, Don et Flour ; alliées des mondes périphériques.

PRÊTRE : 1. ministre de culte de la Sainte Église de Kreis. 2. celui qui a reçu le sacrement de l'ordre, dans l'une des religions pré-spatiales.

PRINTEMPS (FÊTES DU) : sur Koroll, ensemble des réjouissances qui marquent le premier jour du printemps.

P.S. (PRÉ SPASS) : antérieur à la date d'origine du calendrier spass qui correspond au premier saut spass (par opposition à A.S. : Après Spass).

RETER (GROTTES DE) : grottes fabuleuses situées, selon la légende, dans les bois du Norz (voir Norz).

ROYAUMES DU PONANT (OU NEUF ROYAUMES) : union économique, culturelle et militaire des royaumes de Mor, Douar, Aer, Tan, Heol, Traezh, Erc'h, Loar et Bihan (voir guerres des royaumes).

SAUT SPASS : passage d'un nœud spass à un autre ; il provoque toujours une phase d'inconscience et, plus rarement, des problèmes de santé graves.

SEDR : grand arbre à branches étalées horizontalement en plans superposés, endémique aux forêts de Kreis (hauteur : 40 m environ, ordre des conifères).

SEIZH : royaume indépendant mono-planète, fondé entre le 102e et le 105e siècle A.S., dans la sphère d'influence de Melen depuis le début de la Seconde Guerre des royaumes.

SENSIBILITÉ MNÉMONIQUE : état de concentration extrême qui permet de mémoriser une importante quantité de données d'une manière exhaustive.

SERANIG : oiseau de petite taille des mondes périphériques, à plumage blond et au bec vermillon, obtenu par manipulation génétique. Les seranigoù laissent tomber de leur bec des gouttelettes d'eau sur le cristalson des grottes et « jouent » ainsi collectivement des mélodies envoûtantes, en accord avec les émotions des humains présents.

SILENCE (ELLIPSE DE) : système de distorsion des vibrations sonores qui génère un espace protégé contre les écoutes (Loar a réussi à miniaturiser les composants de manière à créer des ellipses de silence portatives).

SPASS : voir nœud spass, saut spass, voyage spass.

SPOL : Tout individu ayant vécu la transe-spol (fréquence d'apparition : une personne sur cinq cent mille environ) ; les spols se caractérisent par une maîtrise de leurs muscles et de leurs nerfs (résistance à la douleur, au froid...) et par un sens logique développé ; solitaires, ils ne supportent pas la moindre entrave à leur liberté individuelle, qu'elle soit physique ou psychologique, et les tentatives pour restreindre cette liberté conduisent à des actes de violence, parfois meurtriers ; ils assistent les souverains de tous les royaumes dans le domaine de l'analyse géopolitique, sauf peut-être Latar, mais ils n'acceptent alors aucune contrainte et se réservent le droit de choisir le moment de leur départ (un nouveau spol se présente alors, sans qu'il soit possible de savoir si ce dernier a été en contact avec son prédécesseur).

STER : rivière de l'une des planètes des mondes périphériques (non connue).

SU : province aride méridionale de Koroll (voir tarw).

TABOULIN : tambour en bois, de forme tronconique, recouvert d'une peau tendue par des cordes, utilisé sur Koroll (voir Koroll).

TABOULINER : joueur de taboulin.

TAN : royaume composé de trois planètes réparties dans deux systèmes stellaires, fondé entre le 93e et le 96e siècle A.S.

TARW : grand bovidé à trois cornes, présent sur les planètes ardentes ; la région d'élevage la plus connue se situe dans la région de Su, sur Koroll.

TEMPLE : lieu de culte de la Sainte Église de Kreis.

TELENN : instrument de musique à cordes pincées tendues entre deux parties d'un cadre triangulaire (voir gwerz).

TELENNER : joueur de telenn.

TERRE : planète originelle de la race humaine ; ses coordonnées sont aujourd'hui inconnues et certains documents attestent de sa destruction.

TRAEZH : royaume composé d'une seule planète, fondé entre le 99e et le 101e siècle A.S. ; les déserts recouvrent la majorité des terres émergées et abritent de riches gisements de pétrole et de gaz naturel, ce qui permet à Traezh de commercer avec ses voisins ; parfois appelé « la planète des sables ».

TRANSE : 1. état révélateur de la mutation spol, au cours duquel le sujet est hautement vulnérable (voir spol). 2. état consécutif à l'absorption de substances hallucinogènes.

TRANSFERT (DE TROUPES) : unité militaire de soutien, chargée du transfert des troupes, vers ou depuis les zones de combat.

UNAN : royaume indépendant mono-planète, fondé entre le 99e et le 103e siècle A.S. ; dans la sphère d'influence de Melen au début de la Seconde Guerre des royaumes, il est maintenant occupé par les armées de la périphérie.

URBAIN (COMBAT) : formation militaire d'élite à effectif réduit, chargée de missions spéciales dans les zones urbaines.

VANCH : planète excentrée du royaume de Mor.

VOYAGE SPASS : voyage spatial au cours duquel sont effectués un ou plusieurs sauts spass.

YEZH AR MOR : langue de la plupart des premiers explorateurs spass ; elle se retrouve souvent dans la terminologie spass (nœuds, planètes, villes…).

APPENDICE 4

Héraldique des royaumes

AER : Tranché d'azur et d'argent.

BELTZ : D'or à la fasce de sable.

BIHAN : De sinople plain.

DIBH : Écartelé en sautoir d'or et de gueules.

DON : D'argent au chef de gueules.

DOUAR : D'or à une fasce d'azur et une fasce de sinople.

ERC'H : D'argent au pal de sinople.

FLOUR : D'argent à deux fasces de gueules.

GROENN : Bandé d'or et de gueules.

HEOL : Burelé d'or et d'azur.

KOROLL : D'argent à la fasce de gueules.

KREIS : D'or à deux planètes de gueules, deux planètes d'azur et deux planètes de sinople.

LATAR : De sable plain.

LOAR : D'argent au franc canton de sinople à la lune d'argent.

MEIN : De gueules au pal d'or.

MELEN : D'or au chêne sable.

MOR : D'azur à deux fasces d'argent.

ORLEGI : Échiqueté d'or et de sable.

SEIZH : D'or à une fasce de sable et une fasce d'azur.

TAN : Tranché d'or et d'azur.

TRAEZH : D'or au pal de sinople.

UNAN : Écartelé en sautoir d'or et d'azur.

Bibliographie

Livres

CHAMBERS, James, *Les Cavaliers du diable, l'invasion mongole en Europe*, Histoire Payot, 1988.
FAVEREAU, Francis, *Geriadur Ar Brezhoneg a vreman : Brezhoneg / Galleg, Galleg / Brezhoneg. Dictionnaire du breton contemporain bilingue*, Skol Vreizh, 1993.
PASTOUREAU, Michel, *Figures de l'héraldique*, Découvertes Gallimard, 1999.

L'aphorisme de Bihan : « La justice n'a pas besoin de lois, elle doit même les considérer comme ses ennemies » est inspiré d'une citation de Kierkegaard : « La foi n'a pas besoin de preuves, elle doit même la regarder comme son ennemie. »

Les articles de la Convention humaine universelle sont inspirés de la Déclaration universelle des droits de l'homme, adoptée par l'Assemblée générale des Nations Unies dans sa résolution 217 A (III) du 10 décembre 1948.

Remerciements

Alexandrine H.
Augustine H.
Christian-Philippe C.
Danielle L.
Gaël H.
Géraud D.
Hady F.
Men. & Cen.

Et, pour les notes et les mots :
Alan S.
Asian D.F.
Damien S.
Dead C.D.
Denez P.
Didier S.
Gwénaël K.
Loreena M.K.
Louise A.
Luc A.
Merzhin
Perry B.
Tony N.
Wig A.W.
Yann Fanch K.

DU MÊME AUTEUR

Aux Éditions Griffe d'encre

LOAR (Folio science-fiction n° 446)

ÉROS OU THANATOS

Ce volume a été composé
par IGS-CP à L'Isle-d'Espagnac (Charente)
et achevé d'imprimer par Novoprint
à Barcelone, le 1er février 2013

Imprimé en Espagne
Dépôt légal : février 2013

ISBN : 978-2-07-044667-4

239317